Choisir sa randonnée

Les randonnées sont classées par ordre de difficulté.

Elles sont différenciées par des couleurs dans la fiche pratique de chaque circuit.

très facile Moins de 2 heures de marche.
Idéale à faire en famille, sur des chemins bien tracés.

facile Moins de 3 heures de marche.
Peut être faite en famille. Sur des chemins, avec quelquefois des passages moins faciles.

moyen Moins de 4 heures de marche.
Pour randonneur habitué à la marche. Avec quelquefois des endroits assez sportifs ou des dénivelées.

difficile Plus de 4 heures de marche.
Pour randonneur expérimenté et sportif. L'itinéraire est long ou difficile (dénivelée, passages délicats), ou les deux à la fois.

Durée de la randonnée

La durée de chaque circuit est donnée à titre indicatif. Elle tient compte de la longueur de la randonnée, des dénivelées et des éventuelles difficultés.
Pas de complexe à avoir pour ceux qui marchent à «deux à l'heure» avec le dernier bambin, en photographiant les fleurs.

Quand randonner ?

■ **Automne-hiver :** les forêts sont somptueuses en automne, les champignons sont au rendez-vous (leur cueillette est réglementée), et déjà les grandes vagues d'oiseaux migrateurs animent les eaux glacées.

■ **Printemps-été :** suivant les altitudes et les régions, les mille coloris des fleurs animent les parcs et les jardins, les bords des chemins et les champs.

■ Les journées longues de l'été permettent les grandes randonnées, mais attention au coup de chaleur. Il faut boire beaucoup d'eau.

■ En période de chasse, certaines randonnées sont déconseillées, voire interdites. Se renseigner en mairie.

Avant de partir, il est recommandé de s'informer sur le temps prévu pour la journée, en téléphonant à Météo France : 08 36 68 02 30

Pour se rendre sur place

En voiture

Tous les points de départ sont facilement accessibles par la route.
Un parking est situé à proximité du départ de chaque randonnée.
Ne laissez pas d'objet apparent dans votre véhicule.

Par les transports en commun

■ Pour les dessertes SNCF, les horaires sont à consulter dans les gares ou par tél. au 08 36 35 35 35 ou sur Minitel au 3615 SNCF.

■ Pour se déplacer en car, se renseigner auprès des Offices de tourisme et Syndicats d'initiative (voir la rubrique « Où s'adresser ? » page 15).

Où manger et dormir dans la région ?

Un pique-nique sur place ?

Chez l'épicier du village, le boulanger ou le boucher, mille et une occasions de découvrir les produits locaux.

Pour découvrir un village ?

Des terrasses sympathiques où souffler et prendre un verre.

Une petite faim ?

Les restaurants proposent souvent des menus du terroir. Les tables d'hôtes et les fermes-auberges racontent dans votre assiette les spécialités du coin.

Une envie de rester plus longtemps ?

De nombreuses possibilités d'hébergement existent dans la région.

	ALIMENTATION	RESTAURANT	CAFÉ	HEBERGEMENT
Boire, manger et dormir dans la région ?				
Aiguèze	✗	✗	✗	✗
Allègre				✗
Anduze	✗	✗	✗	✗
Aspères				✗
Aubais	✗		✗	✗
Aujargues	✗	✗	✗	
Bagnols-sur-Cèze	✗	✗	✗	✗
Barjac	✗	✗	✗	✗
Beaucaire	✗	✗	✗	✗
Bellegarde	✗	✗	✗	✗
Belvézet		✗		✗
Bessèges	✗	✗	✗	✗
Blauzac	✗		✗	
Bonnevaux	✗	✗	✗	✗
Bragassargues		✗		
Camprieu	✗	✗	✗	✗
Collias	✗	✗	✗	✗

	ALIMENTATION	RESTAURANT	CAFÉ	HEBERGEMENT
Boire, manger et dormir dans la région ?				
Concoules	✗	✗	✗	✗
Comps	✗	✗	✗	
Corconne		✗	✗	✗
Dourbies	✗		✗	✗
Génolhac	✗	✗	✗	✗
Junas	✗	✗	✗	✗
La Capelle Masmolène		✗	✗	✗
Le Vigan	✗	✗	✗	✗
Les Plantiers	✗	✗	✗	✗
Lussan	✗	✗	✗	✗
Méjannes-le-Clap	✗	✗	✗	✗
Mialet		✗	✗	✗
Molières Cavaillac		✗	✗	✗
Molières-sur-Cèze	✗	✗	✗	✗
Nîmes	✗	✗	✗	✗
Notre-Dame de la Rouvière	✗	✗	✗	✗
Orsan	✗	✗	✗	
Quissac	✗	✗	✗	✗
Robiac-Rochessadoule	✗	✗	✗	✗
Rochefort-du-Gard	✗	✗	✗	✗
St-André-de-Valborgne	✗	✗	✗	✗
Ste-Anastasie (Russan)	✗		✗	✗
St-Bonnet-du-Gard	✗	✗	✗	
St-Gilles	✗	✗	✗	✗
St-Hippolyte-du-Fort	✗	✗	✗	✗
St-Jean-du-Gard	✗	✗	✗	✗
St-Julien-les-Rosiers	✗	✗	✗	✗
St-Michel-d'Euzet	✗		✗	
St-Paulet-de-Caisson – La Valbonne		✗	✗	✗
Sauve	✗	✗	✗	✗
Seynes	✗	✗	✗	✗
Sumène	✗	✗	✗	✗
Thoiras				✗
Tornac	✗	✗	✗	✗
Uzès	✗	✗	✗	✗
Valleraugue	✗	✗	✗	✗
Vauvert - Gallician	✗	✗	✗	
Vénéjan	✗	✗	✗	✗
Vers pont du Gard	✗	✗	✗	✗
Vézénobres	✗	✗	✗	✗
Vissec				✗

COMMENT UTILISER LE GUIDE ?

La randonnée est reportée en rouge sur la carte IGN

Rivière

Village

La forêt (en vert)

La fabrication de l'ocre

Le minerai brut d'extraction doit être lavé pour séparer l'ocre marchande des sables inertes. L'eau délaie la matière brute qui décante pendant le trajet pour ne laisser subsister que de l'ocre pur que le courant emporte dans les bassins. Après plusieurs jours de repos dans les bassins, l'eau de surface ne contient plus d'ocre. La couche d'ocre déposée au fond peut atteindre 70 à 80 cm d'épaisseur. Encore à l'état pâteux, la surface de l'ocre est griffée à l'aide d'un carrelet. Elle est ensuite découpée à la bêche et entassée en murs réguliers où les briquettes d'ocre achèvent de sécher. Le matériau part ensuite pour l'usine où s'achèvera son cycle de préparation : broyage, blutage et cuisson.

Colorado provençal. *Photo D. G.*

52

Pour en savoir plus

Nom et Numéro de la randonnée

Pour se rendre sur place

Le Sentier des Ocres

Fiche pratique 17

3 h
9 Km

572m
345m

Cet itinéraire présente le double avantage d'une découverte à la fois panoramique et intime des ocres.

Situation : Rustrel sur la D 22 à 13 km au Nord-Est d'Apt

Parking communal de Rustrel

Balisage
❶ à ❸ blanc-rouge
❸ à ❶ jaune

Difficulté particulière
■ passages raides dans la descente sur Istrane

Ne pas oublier

❶ Du parking, emprunter la route vers l'Est.

❷ Dans le prochain virage à gauche, prendre à droite l'ancien chemin de Rustrel à Viens qui descend vers la Doa. Franchir le torrent. Passer à côté d'un cabanon en ruine. Un peu plus haut, le chemin surplombe un cirque de sables ocreux.

❸ Laisser le GR® 6 à gauche. Plus haut le chemin surplombe le ravin de Barries et le moulin du même nom. En haut du vallon de Barries, prendre à gauche une route.

❹ Au carrefour suivant, tourner à droite.

❺ Après une petite ferme entourée de cèdres et de cyprès, prendre à droite le chemin qui parcourt le rebord du plateau.

❻ Après une courte descente, prendre à droite. Suivre le haut du ravin des Gourgues. Ne pas prendre le prochain sentier sur la gauche. A la bifurcation suivante, prendre à gauche le sentier à peu près horizontal qui s'oriente vers l'Ouest. Un peu plus loin, longer une très longue bande de terre cultivée. Se diriger vers la colline de la Croix de Cristol.

❼ Au pied de celle-ci, prendre à droite le sentier qui descend vers Istrane. *Il s'agit de l'ancien chemin de Caseneuve à Rustrel. Une éclaircie ouvre des points de vue sur les pentes ravinées de Couvin..., sur la chapelle de Notre-Dame-des-Anges et sur Saint-Saturnin-lès-Apt. Au fur et à mesure de la descente, la végétation change de physionomie pour laisser place à des espèces qui affectionnent les terrains sableux.* Franchir la Doa et remonter la route jusqu'à Istrane.

❽ Au croisement, prendre à droite l'ancien chemin de la poste. Passer à proximité d'une ancienne usine de conditionnement de l'ocre, puis à côté de Bouvène. Avant de regagner le point de départ, on peut remarquer le site des Cheminées de Fées (*colonnes de sables ocreux protégées par des blocs de grès*).

À voir

En chemin
■ Gisements de sables ocreux
■ Chapelle Notre-Dame-des-Anges

Dans la région
■ Roussillon : sentier des aiguilles et usine Mathieu, consacrés à l'exploitation de l'ocre.

53

Description précise de la randonnée

3 h
9 Km

Temps de marche à pied

Longueur

Classement de la randonnée :

Très facile | Moyen
Facile | Difficile

572m
345m

Point le plus haut
Point le plus bas

Parking

Balisage des sentiers *(voir page 13)*

Attention

Prévoir des jumelles

Prévoir une lampe de poche

Emporter de l'eau

Sites et curiosités à ne pas manquer en chemin

Autres découvertes à faire dans la région

Des astuces pour une bonne rando

■ Prenez un petit sac pour y mettre la gourde d'eau, le pique-nique et quelques aliments énergétiques pour le goûter.

Le temps peut changer très vite lors d'une courte randonnée. Un coupe-vent léger ou un vêtement chaud et imperméable sont conseillés suivant les régions.
En été, pensez aux lunettes de soleil, à la crème solaire et au chapeau.

■ La chaussure est l'outil premier du randonneur. Elle doit tenir la cheville. Choisissez la légère pour les petites randonnées. Si la rando est plus longue, prévoyez de bonnes chaussettes.

■ Mettre dans votre sac à dos l'un de ces nouveaux petits guides sur la nature animera la randonnée. Ils sont légers et peu coûteux. Pour reconnaître facilement les orchidées sauvages et les différentes fougères. Cela évite de marcher n'importe où et d'écraser des espèces rares ou protégées.

■ Pour garder les souvenirs de la randonnée, des fleurs et des papillons, rien de tel qu'un appareil photo.

■ Les barrières et les clôtures servent à protéger les troupeaux ou les cultures. Une barrière ouverte sera refermée.

■ Les chiens sont tenus en laisse. Ils sont interdits dans les parcs nationaux et certaines zones protégées.

SUIVEZ LE BALISAGE POUR RESTER SUR LE BON CHEMIN.

LE BALISAGE DES SENTIERS	PR®	GR®	GRP®
Bonne direction			
Tourner à gauche			
Tourner à droite			
Mauvaise direction			

La Fédération française de la Randonnée pédestre

N

180 000 km de sentiers balisés

1947, le Comité National des sentiers de Grande Randonnée est créé, il devient 30 ans plus tard la Fédération Française de la Randonnée Pédestre. Sa tâche : équiper la France d'un réseau d'itinéraires de randonnée balisés, entretenus par 6 000 bénévoles et décrits dans des topo-guides.

1 900 clubs et associations

Lieux d'accueil et d'amitié pour les randonneurs, ils sont la force vive de la Fédération et proposent à leurs adhérents des programmes de randonnées de tous les niveaux.

O FFRP E

Plus de 110 000 licenciés*

La licence FFRP, individuelle ou familiale, permet d'acquérir une assurance adaptée à la pratique de la randonnée pédestre en responsabilité civile, accidents corporels et assistance. La licence permet également de bénéficier d'un certain nombre de tarifs préférentiels.

(*en 1998).

La formation

Une formation agréée par le ministère de la Jeunesse et des Sports débouche sur l'obtention du **Brevet fédéral d'animateur de randonnée pédestre.** La FFRP organise aussi des stages spécifiques.

S

Les chemins sont en fête
Fête de la randonnée le 3ème week-end de juin

Fédération **F**rançaise de la **R**andonnée **P**édestre

Où s'adresser ?

Comité régional du tourisme (CRT)

Le CRT publie des brochures d'informations touristiques (gratuites) sur chaque région administrative :

- CRT du Languedoc-Roussillon, tél. 04 67 22 81 00.

Comité départemental du tourisme (CDT)

Le CDT publie des brochures (gratuites) mises à jour sur les activités, les séjours et l'hébergement dans le département concerné ainsi que la liste des Offices du Tourisme et Syndicats d'Initiative :

CDT du Gard, 3, Place des Arènes, BP 122, 30010 Nîmes cedex 4,
Tél. 04 66 36 96 30.

Offices de tourisme et syndicats d'initiative

- Nîmes, tél. 04 66 67 29 11.
- Aigues-Mortes, tél. 04 66 53 73 00.
- Alès, tél. 04 66 52 32 15.
- Alzon, tél. 04 67 82 08 30.
- Anduze, tél. 04 66 61 98 17.
- Aramon, tél. 04 66 57 37 50.
- Bagnols sur Cèze, tél. 04 66 89 54 61.
- Barjac, tél. 04 66 24 53 44.
- Beaucaire, tél. 04 66 59 26 57.
- Bessèges, tél. 04 66 25 08 60.
- Camprieu, tél. 04 67 82 64 67.
- Cendras, tél. 04 66 30 21 83.
- Les Fumades, tél. 04 66 24 80 24.
- Génolhac, tél. 04 66 61 18 32.
- Goudargues, tél. 04 66 82 30 02.
- Le Grau-du-Roi / Port Camargue, tél. 04 66 51 67 70.
- Lasalle, tél. 04 66 85 27 27.
- Lussan, tél. 04 66 72 97 82.
- Méjannes-le-Clap, tél. 04 66 24 42 41.
- Pont du Gard, tél. 04 66 37 00 02.
- Pont-Saint-Esprit, tél. 04 66 39 44 45.
- Quissac, tél. 04 66 77 11 48.
- Remoulins, tél. 04 66 37 22 34.
- Roquemaure, tél. 04 66 90 21 01.
- Saint Ambroix, tél. 04 66 24 33 36.
- Saint-André-de-Valborgne, tél. 04 66 60 32 11.
- Saint-Gilles, tél. 04 66 87 33 75.
- Saint-Hippolyte-du-Fort, tél. 04 66 77 91 65.
- Saint-Jean-du-Gard, tél. 04 66 85 32 11.
- Saint-Laurent-des-Arbres, tél. 04 66 50 10 10.
- Sauve, tél. 04 66 77 57 51.
- Sommières, tél. 04 66 80 99 30.
- Sumène, tél. 04 67 81 30 16.
- Uzès, tél. 04 66 22 68 88.
- Valleraugue, tél. 04 67 82 25 10.
- Vauvert, tél. 04 66 88 28 52.
- Vergèze, tél. 04 66 35 45 92.
- Le Vigan, tél. 04 67 81 01 72.
- Villeneuve-lez-Avignon, tél. 04 90 25 61 33.
- Vézénobres, tél. 04 66 83 62 02.

La Fédération française de la randonnée pédestre (FFRP)

- **Le Centre d'Information Sentiers et Randonnée :** Pour tous renseignements sur la randonnée en France et sur les activités de la FFRP
14, rue Riquet, 75019 Paris, tél. 01 44 89 93 93. fax. 01 40 35 85 48.
- **Le Comité Régional de la Randonnée Pédestre (CRRP)**
Languedoc-Roussillon, Résidence le Belvédère, Chemin des Tilleuls, 48000 Mende
- **Le Comité Départemental de la Randonnée Pédestre (CDRP)**
Gard, 149 avenue du Docteur Fleming, ZI Saint-Césaire, 30900 Nîmes, tél. 04 66 68 93 20.

Le Gard, terre de randonnée

Traverser la Camargue, parcourir les Cévennes, découvrir la garrigue, pénétrer les gorges, cheminer sur les traces des Celtes, des Romains, des Camisards, tel est le programme proposé au travers de cet ouvrage.

La diversité géographique et la qualité du patrimoine culturel du Gard nous permettent de vous proposer un incomparable réseau d'itinéraires de randonnée.

Le Conseil général et le Comité départemental du tourisme conscients de ces richesses, ont engagé une politique volontaire de mise en valeur, de présentation et de promotion des terroirs du Gard.

L'histoire des hommes qui ont modelé ces paysages, les savoir-faire ancestraux, la mémoire orale, la qualité du patrimoine culturel et naturel, sont autant de points sur lesquels le Département porte ses actions.

Nous sommes fiers de participer avec vous, promeneurs et randonneurs, à la protection et à la mise en valeur de ce patrimoine. Les chemins, portes ouvertes sur les espaces naturels, restent pour nous l'élément porteur d'un développement touristique durable. Ils permettent à chacun d'entre nous de renouer avec ses racines mais également aux populations locales, par la diversification de leurs activités, de conserver au monde rural son caractère, son authenticité et sa réalité économique.

L'entretien, la mise en valeur et la promotion des 3000 km d'itinéraires du Plan départemental de randonnée s'intègrent donc parfaitement dans cette politique de valorisation du patrimoine et de développement touristique.

Alors n'hésitez plus, nouez vos chaussures, saisissez votre sac à dos et venez participer à la renaissance des chemins historiques et symboliques du Gard.

Yvan VERDIER
Président du Comité Départemental
du Tourisme du Gard

Alain JOURNET
Sénateur du Gard
Président du Conseil
Général du Gard

FORET

PASSION GESTION

PRIVEE

Contrairement à une idée reçue, la forêt n'est ni immuable, ni éternelle. Depuis de nombreuses années le forestier gère ce patrimoine.

Celui-ci sélectionne les arbres adaptés au sol. Il les débroussaille, les taille et les élague pour les rendre plus élancés. Il les éclaircit pour les fortifier. Il les protège des parasites, du feu. Enfin quand ils deviennent adultes, ce même forestier (ou plutôt son petit-fils) les récolte pour en faire des charpentes, des meubles, des planches, de la pâte à papier, du bois de feu.

Avec plus du tiers de sa superficie couverte par des bois et forêts (217 246 hectares), le Gard apparaît comme un département très boisé.

Le quart de ces forêts sont publiques, c'est-à-dire relèvent de l'Etat ou des Communes.

La majorité de ces forêts appartiennent donc à des particuliers que l'on retrouvent dans toutes les catégories socioprofessionnelles de notre société. Pour notre seul département, on ne compte pas moins de 30 000 propriétaires forestiers de 1 à 100 hectares. Les petites surfaces sont cependant très largement majoritaires.

Mais quelle que soit sa superficie, pour être bien gérée une forêt nécessite de la part de son propriétaire un vrai savoir-faire et beaucoup de passion car on ne travaille jamais pour soi mais toujours pour les générations futures.

Alors, ami randonneur, quand vous emprunterez un sentier, sachez que vous allez forcément traverser plusieurs forêts privées ou publiques. Vous y êtes un hôte de passage. Soyez donc attentif aux recommandations suivantes :

Merci et bonne randonnée !

Découvrir le Gard

Depuis des lustres, le Gard est appelé le **paradis des géologues**. Il mérite aussi, sans aucune hésitation, le titre de paradis des randonneurs.
Le sol du département a été profondément bouleversé lors de la surrection de la chaîne des Cévennes et les diverses couches géologiques se sont imbriquées les unes dans les autres. En quelques centaines de mètres, il peut arriver de marcher sur des terrains granitiques, schisteux, calcaires, dolomitiques, gréseux, argilo-silicieux, sablonneux.

Ciste cotonneux. *Photo N.V.*

Cette singulière mosaïque a favorisé une extrême diversité des essences végétales.
La châtaigneraie, largement dominante sur les versants ensoleillés du Haut Gard, conserve encore des reliques insolites sur les collines de Fons-Outre-Gardon, de Vézénobres et de Saint-Julien-de-Peyrolas. La hêtraie renaissante des flancs de l'Aigoual prospère également au cœur de l'Uzège, dans les lœss de Valbonne.

Circaète Jean-le-Blanc. *Photo F.de R.*

Les **Rouvières**, les forêts de chênes blancs, survivent surtout dans la toponymie, mais il est fréquent de découvrir à des carrefours de vénérables spécimens pluri-centenaires. Les **Elzières**, les bois de chênes verts, ont colonisé la garrigue et les piémonts schisteux. Délaissés aujourd'hui par les fabricants de charbon de bois et par les tanneurs, grands utilisateurs d'écorce, les yeuses atteignent souvent une taille respectable.
Conifères, aulnes, érables, arbousiers et peupliers complètent ce véritable « patchwork » arboré, en particulier, à l'automne lorsque chaque feuillage revêt sa propre nuance dans une palette allant des bruns couleur rouille aux jaunes lumineux.

L'érosion, dopée par les pentes abruptes, est à l'origine d'un relief très accidenté qui contribue à accentuer le caractère pluriel des paysages.

Vallon de la Valniérette. *Photo F.de R.*

Que de contrastes entre les serres déchiquetées des Cévennes, éventrées par des « valats » torrentiels, et les immenses étendues karstiques où les cours d'eau se sont enfoncés lorsque la mer s'est retirée.
Grande est la surprise de découvrir les gorges profondes entaillées dans les plateaux calcaires par de modestes rivières telles la Cèze et le Luech au nord du département, la Vis et l'Argentesse à l'ouest et l'Argensol et l'Aiguillon en Uzège.
Chaque « gardonnet » a creusé son défilé personnel à travers les garrigues. Leurs eaux mêlées dans le mythique Gardon ont sculpté un authentique « canyon » entre Dions et Collias.

Les concluses de Lussan.
Photo F. de R.

La courte distance qui sépare les sommets de l'Aigoual et du mont Lozère et le rivage du littoral apporte, comme sur la Côte d'Azur, un effet bénéfique sur le climat. La masse d'eau de la Méditerranée, dont la température varie très peu, favorise les contrastes thermiques. Au matin, les nappes d'air froid de l'intérieur des terres glissent vers la mer, tandis qu'au coucher du soleil le vent marin souffle vers les garrigues et les serres réchauffées pendant le jour. Ces brises bienfaisantes qui balaient les formations nuageuses offrent, le plus souvent, un ciel limpide et serein. Le bleu azur gardois se rapproche tellement de la pureté absolue que les peintres du monde entier l'ont baptisé « bleu Anduze ».

Un des attraits majeurs des balades pédestres dans le département repose sur la magie de la plupart des sentiers balisés. Placé idéalement dans le couloir de

Dolmen, près de St-Hippolyte-du-Fort.
Photo F.de R.

circulation préhistorique faisant communiquer la vallée du Rhône et la vallée de la Garonne, le Gard se présente comme une terre de passages. Bien plus, à l'image du Rhône qui a toujours été sillonné par des embarcations reliant les deux rives, les montagnes des Cévennes n'ont jamais constitué une barrière pour les échanges. Au contraire, elles ont joué le rôle de zone de contact entre « Haut pays » d'Auvergne et « Bas pays » du Languedoc. Depuis des temps immémoriaux peuples et populations des deux contrées ont fréquenté massivement la chaîne des foires de Meyrueis, Le Vigan, Barre, Anduze, Villefort, Saint-Ambroix et les Vans.

Pendant des millénaires, les chemins qui courent dans la campagne gardoise n'ont jamais cessé de canaliser ces longues marches. Allongez-vous sur la bordure et collez votre oreille contre le sol.

Vous entendrez le martèlement lancinant des troupeaux de moutons et de brebis qui montaient à l'estive en empruntant **drailles et draillaous**.

Vous entendrez le bruit rythmé des fers à mulets quand les pittoresques caravanes de bêtes de somme suivaient les *camis ferrats* et les *camis* de la *saou*.

Vous entendrez le pas cadencé des légions romaines qui se déplaçaient sur la **via Domitia** et les moyeux grinçants des chariots qui roulaient sur les routes gardoises.

En réalité, les chemins gardois se présentent comme un rite initiatique pour remonter le temps jadis.

Châtaigneraie. *Photo F.de R.*

Ce prestigieux passé se signale sans cesse au randonneur : là, des dolmens et des menhirs de cinq mille ans d'âge, ici des vestiges grecs d'avant notre ère, ici encore des monuments romains à couper le souffle.
Le Moyen Age a laissé quantité d'églises romanes, des tours et des châteaux du 12e siècle, des villages perchés en acropole, des enceintes fortifiées avec leurs portes et leurs tours, des places du marché bordées d'arcades…
Rares sont les villes et les bourgs qui n'aient pas conservé des maisons Renaissance et des hôtels particuliers construits au siècle des Lumières.

Pont du Gard. *Photo CDT 30*

En randonnant dans le département, on ne peut que s'émerveiller de la diversité des lieux chargés d'histoire. Les mille facettes de ce très vieux pays sont autant d'invitations à revenir pour de nouvelles balades enrichissantes.
Et à l'aube du 21e siècle, le Gard maintient sa vocation de terre de communication avec ses deux autoroutes et sa ligne TGV en cours d'achèvement.

Pierre-Albert CLEMENT
Historien

Transhumance. *Photo F.de R.*

Les Cévennes, terre de liberté...

Valat de Taleyrac. *Photo F. de R.*

« Un enchevêtrement de collines bleues s'étalaient devant moi ». Ce soir là Robert Louis Stevenson n'a pas écrit une ligne de plus dans son « Journal de route ». « Un autre pays, les Cévennes par excellence, la Cévennes des Cévennes » déroulaient à l'infini cet enchevêtrement de serres (crêtes) et de valats (vallées). Il faut voir ce paysage, et, pour ceux qui ne peuvent monter sur les crêtes du Lozère, d'Aujac ou de Bonnevaux, il reste le belvédère des Bouzèdes sur la route en lacets qui grimpe au Mas de la Barque.

Malgré des altitudes modestes, l'importance du ravinement lié à la raideur des pentes et à l'encaissement des vallées crée une ambiance réellement montagnarde. Cette montagne chantée par Jean Ferrat, les hommes ne l'ont jamais domptée, mais pour y vivre, ils ont dû la façonner. Des menhirs du néolithique aux filatures de l'industrie de la soie, l'empreinte laissée par l'homme au cours de son histoire est omniprésente.

Les Cévennes, en suivant les crêtes aujourd'hui, c'est emprunter les drailles millénaires des troupeaux de moutons transhumants qui quittaient jadis la plaine surchauffée pour gagner les terres plus fraîches et plus vertes.

Les Cévennes, ce sont de beaux « villages-rues », aux riches arcades, bâtis sur la Voie Regordane qui reliait jadis Nîmes au Puy.

Les Cévennes, c'est une immense futaie de pins maritimes qui servaient encore hier à produire les bois des mines du bassin houiller.

Les Cévennes ou le dur labeur des paysans qui ont sué sang et eau pour fabriquer une plaine en altitude : les terrasses (bancels, faïsses) dont beaucoup sont aujourd'hui laissées à l'abandon.

Les Cévennes, c'est « l'arbre à pain » (le châtaigner) puis « l'arbre d'or », le mûrier de l'époque de la soie.

Les Cévennes c'est aussi une terre de refuge de toujours, hier réfugiés protestants, réfugiés pendant la Seconde Guerre mondiale, aujourd'hui néoruraux quittant les villes pour retrouver dans ces terres austères, d'autres valeurs...

Les Cévennes, terres de liberté...

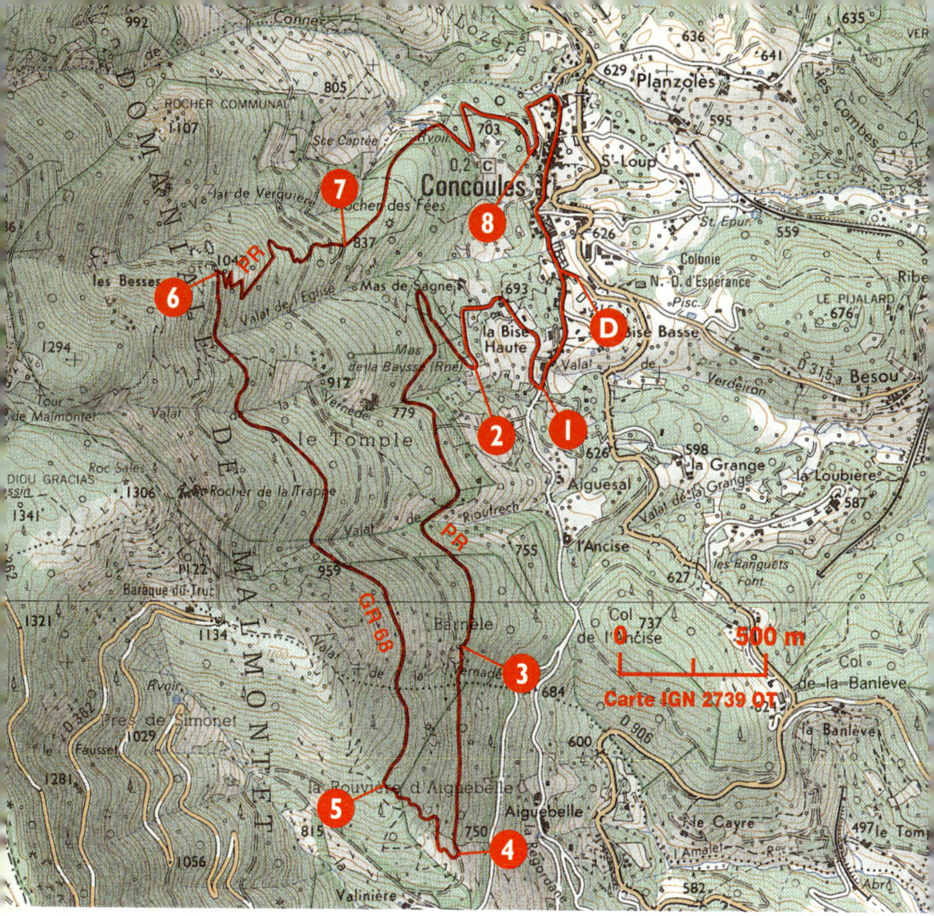

Les Tourbières

Au détour d'un virage, sur ce circuit, une pancarte : « la Sagne »... Sagnes, Sagnoles, Sagnelet autant de noms de lieux-dits qui indiquent la présence de tourbières. Reliques de l'époque glaciaire, elles naissent dans ces lieux où l'eau stagne prisonnière des arènes granitiques (sable de quartz résultant de la désagrégation du granite). Pendant plusieurs milliers d'années, elles vont évoluer lentement. Les sagnes (sphaignes, longues mousses sans enracinement) d'abord, puis certaines plantes et arbres vont peu à peu coloniser et assécher ces zones humides. Malheureusement car elles abritent une flore rare et protégée, comme la linaigrette, la populage des marais, la droséra, plante carnivore de nos contrées...

Droséra. *Dessin N.L.*

La Virado des Roncs

Sur l'abrupt oriental du Lozère, une balade sur les chemins d'autrefois. De la voie Régordane aux sentiers caladés, par les pistes forestières ayant favorisé le reboisement de ce versant jadis dénudé.

D Partir à gauche, sur la voie Regordane, en direction de Basse-Bise et Haute-Bise. Passer une fontaine et parcourir 50 m.

1 Prendre à droite une route en direction de La Sagne.

2 Aux ruines de La Baysse, monter à droite par la piste forestière dans la futaie de pins maritimes.

3 Au second virage en épingle, quitter la piste et partir tout droit par un petit sentier parsemé de boules de granite qui chemine à flanc de coteau sous un taillis de châtaigniers. Traverser une lande à genêts et parcourir 100 m.

4 Grimper à droite par une sente étroite qui serpente entre rochers et chênes pubescents.

5 Tourner à droite et suivre la piste forestière sur 1 km. A la patte d'oie suivante, partir à gauche.

► A l'intersection avec la ruisseau de la Vernède, station forestière riche de nombreuses essences : pins maritime et laricio, mélèze, sapin, hêtre, bouleau, alisier, frêne, chêne…

6 20 m avant l'intersection, descendre à droite par un sentier escarpé en lacets qui débouche sur une première piste forestière. Emprunter la piste à gauche sur quelques mètres, puis retrouver un chemin qui descend à droite. Faire 100 m, puis virer à gauche à la patte d'oie suivante (descente difficile dans un chemin défoncé, encombré d'arbres morts).

7 Traverser la piste forestière (ne pas prendre la piste à gauche) et descendre sur un chemin jonché de débris. Plus bas, à la patte d'oie suivante, aller à gauche. Passer à droite d'un « tor » granitique (*rancarèdes*) et retrouver plus bas, sous les pins maritimes, une petite route. Descendre à droite.

8 En rejoignant la route principale, prendre à droite pour regagner le parking.

Fiche pratique 1

3 h 30
9 Km

1 047 m
630 m

Situation Concoules, à 45 km au Nord d'Alès par la D 906

Parking derrière l'église

Balisage
D à 5 jaune
5 à 6 blanc-rouge
6 à D jaune

Ne pas oublier

À voir

En chemin

- Concoules : passage de la voie Régordane, église romane 11e (clocher à peigne), vieilles maisons, fontaine, manoir des Molhes
- Rocher des Fées

Dans la région

- Tour de Malmontet
- Belvédère des Bouzèdes
- Château de Chambonnet
- Plateau de la Croix de l'Hermite (pelouse d'altitude parsemée de tourbières)

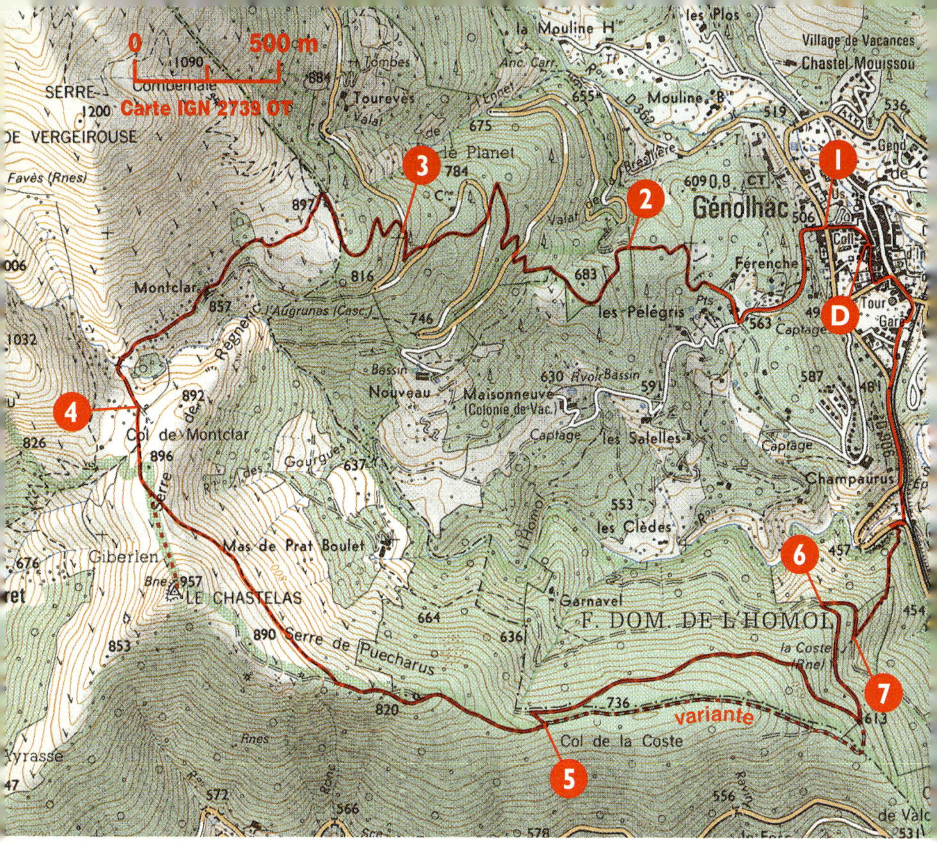

La Voie Regordane

Axe de circulation dès les temps celtes, ce chemin charretier reliait le pays de Nîmes à l'Auvergne. Les Romains, avec tout leur talent d'ingénieurs, l'aménagèrent ensuite pour des utilisations tant économiques que militaires. Pendant le Moyen Âge, pélerins et croisés parcourent le « camin Regourdan » jusqu'à Saint-Gilles, important lieu de pélerinage, et Aigues-Mortes, point d'embarquement pour les lieux saints. Au 19e siècle, il perdra son rôle pour le transport des marchandises (en longues caravanes de mulets) au profit du chemin de fer.

Depuis 1987, une association remet en valeur cet itinéraire par une action de développement culturel. Ce « chemin de la tolérance » part du Puy-en-Velay et conduit à Saint-Gilles-du-Gard, traversant le Velay, le Gévaudan, la bordure des Cévennes, la Gardonnenque et la région de Nîmes, pays où « les excès des intolérances ont forgé, dans le plus profond des terroirs, les principes sur lesquels les droits de l'homme vont se construire ».

Vestiges de la voie Régordane.
Photo F. de R.

La Coste

Fiche pratique 2

Châtaignes. *Dessin N.L.*

« Au flanc du Lozère, c'est à monter qu'on pense » disait Chabrol. Alors allez, des ruelles de Génolhac au col de Montclar entre châtaigniers et granites, pour voir ce qui se cache derrière la montagne…

D Prendre la rue Aimé Crégut jusqu'à la place des Ayres, puis monter à gauche la rue Timothée.

1 Traverser la D 906 vers Maisonneuve. A la première patte d'oie (châtaigniers), monter à droite par une petite route.

2 Poursuivre à gauche par un sentier caillouteux sous les pins, chênes et châtaigniers. La sente, par moment empierrée (*ancienne draille*), coupe quatre fois la route du Mas de la Barque.

3 Grimper au collet. Prendre le chemin de gauche qui passe devant une boule de granite. Passer devant la ferme en ruine de Montclar, continuer à droite et franchir un pont en granite sur l'Homol.

4 Au col, suivre la piste principale, en légère descente, qui passe sous le Chastellas. Continuer sur la piste et gagner une intersection en T.

5 Descendre la sente à gauche.

► Variante : monter tout droit.

Passer deux virages en épingle, puis laisser à gauche la ruine de La Coste.

6 Continuer à descendre à droite la piste forestière sur 250 m.

7 S'engager à gauche sur une sente qui dévale la pente. Traverser la route, puis la longer à droite sur 20 m. Prendre à gauche un sentier qui longe la voie ferrée (ne pas passer dessous). Poursuivre sur la D 906 (*prudence*). Passer par la gare et par l'ancienne voie Regordane pour rejoindre Génolhac.

4 h
10 Km

890 m
457 m

Situation Génolhac, à 37 km au Nord d'Alès par la D 906

Parking place de la Poste

Balisage jaune

Ne pas oublier

À voir

En chemin

■ Génolhac : passage de la voie Régordane ■ Ancienne draille ■ Ferme de Montclar ■ Pont en granite sur l'Homol ■ Ruines du château 13e du Chastellas

Dans la région

■ Chamborigaud : viaduc ■ Pont-du-Rastel : vieux village, pont romain, cimetière protestant ■ Château du Péras ■ Mas Chaptal : magnanerie restaurée ■ Le Coudoulous : ancienne voie romaine (traces de chars dans les schistes) ■ Haute-vallée de la Cèze

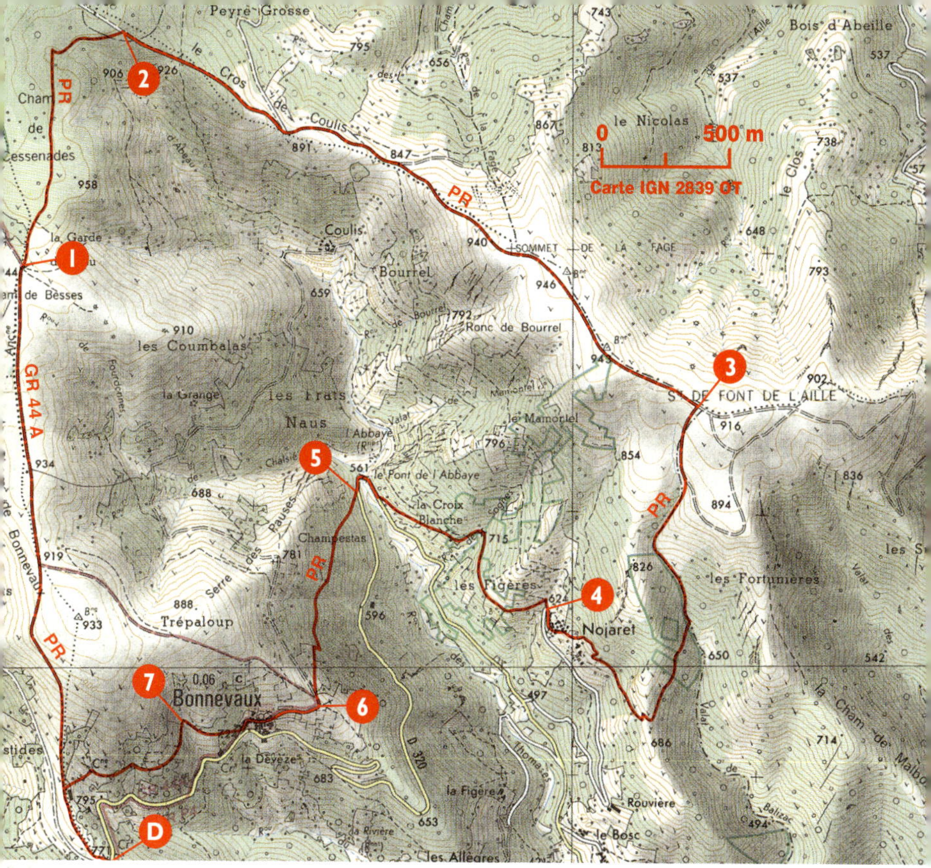

Le prieuré de Bonnevaux

A cent mètres au-dessus du pont de l'abbaye, on peut voir ce qui reste du prieuré de Bonnevaux, dont l'élément subsistant le plus remarquable est une grande cheminée dite « sarrasine ». L'occasion pour nous d'évoquer ces moines défricheurs du Moyen Âge, cisterciens ou bénédictins. Si on a un peu exagéré leur rôle en ce qui concerne l'implantation du châtaignier en Cévennes, il n'en est pas moins vrai qu'ils géraient leurs propriétés agricoles et « industrielles » (moulins et forges) de façon très efficace : la tête dans le ciel peut-être, mais les pieds bien sur terre !

Bonnevaux, l'église. *Photo F. de R.*

Les drailles perdues

Fiche pratique **3**

Aux confins du Gard, à partir du col du Péras, autour de la haute vallée de l'Abeau, une balade qui emprunte d'anciennes drailles sur des plateaux arides, battus par les vents, appelés chams.

D Traverser la D 320 et emprunter la draille qui monte sur la cham de Bonnevaux. Poursuivre tout droit sur le plateau.

1 A la croix sur abri de pierre (Garde de Dieu), prendre à droite un sentier qui s'enfonce en sous-bois.

2 A l'intersection avec une piste forestière, continuer sur la droite. Traverser une esplanade (926 m) et poursuivre tout droit sur le versant Nord du Cros de Coulis. Gagner une seconde esplanade (847 m).

► Variante (*plus courte d'une heure*) : de l'esplanade, suivre un petit sentier qui part à droite dans les genêts.

Passer l'esplanade et monter en face droit vers le sommet de la Fage. Franchir une barrière et longer une plantation de cèdres.

3 Descendre à droite pour rejoindre le fond du Valat de Balizac sur 1 km (*descente délicate ; prudence*). Laisser le fond du ruisseau pour prendre à droite une sente plus visible. Elle franchit une crête, puis se dirige après deux virages en épingle vers Nojaret.

4 Traverser Nojaret (*eau*), descendre la route. Dans l'épingle, prendre la calade (*parfois dallée*). Franchir le ruisseau des Sagnes et, après la ruine d'une clède, descendre à gauche pour rejoindre la D 320. La suivre à droite, passer le pont de l'Abbaye et continuer sur 150 m.

5 Prendre à droite un sentier qui grimpe sur le versant.

6 Descendre par la petite route qui traverse Bonnevaux. Peu après la buvette, prendre à droite, près d'une fontaine, un sentier qui monte en pente douce.

7 Traverser la piste et suivre le sentier GR® 44A pour regagner le col du Péras.

5 h
16 Km

960 m
560 m

Situation Bonnevaux, à 50 km au Nord d'Alès par les D 904, D 51 et D 320

Parking col du Péras (1 km avant Bonnevaux)

Balisage jaune

Difficulté particulière

■ attention en période de chasse et de vent ; descente délicate entre **4** et **5**

Ne pas oublier

À voir

En chemin

■ Tumulus autour du Cros de Coulis ■ Ancienne abbaye 11e ■ Nojaret : rue médiévale, four à pain, chemin dallé ■ Bonnevaux : église 12e (clocher à peigne)

Dans la région

■ Forêt de hêtres du Mas de l'Ayre ■ Châteaux du Cheylard et de Brésis ■ Malons-et-Elze : église romane ■ Aujac : village pittoresque

1
2
3
4
5
6
7
8
D
GRP
GR 44
GR 44 A
var.
var. GR 44 A
0
1000 m
Carte IGN 2839
la Fage
la Cham de Besses
la Cham de Bonneveaux
St de la Croix Desparguet
le Pont de l'Abbaye
Chassac
Nojaret
la Tourrette
Bonnevaux
la Cham de Malbosquet
Gorges
Salveplane
la Figere
Fabre
Col du Péras
les Allègres
l'Estevenet
Sabuscles
la Lichère
les Bouchets
les Thomases
la Gardette
le Tour
Malbosquet
Ravanis
les Pauses
le Chambon
le Brouzet
la Loubière
Escoussous
la Chaze
Chabannes
Aujac
Bas Aujac
le Chaylard
Larriget
le Mas
Malbosc
l'Arbous
Bédousse
Fourniel
le Fau
Serre d'Aubrias
Aubrias
Aujaguet
la Baraque
Arget
Serre de l'Elzède
les Combres
les Brugèdes
Fontanille
Sénéchas
l'Estiel
Rouis
l'Homol
Mourèdes
Mas de l'Hôpital
la Frigoulière
le Gourret
Bge de Sénéchas
Bordezac
les Chams
Pourcharesses
les Tribes
Tarabias
l'Elzière
Col de Soulages
Martinet Neuf
le Lingot
Chambon
Mas du Pellet
Chamboredon
le Mas Herm
Palanquis
Charenevue
Peyremale
la Jasse
la Plaine
le Plo
Digue
le Planas
le Ranc du Cade
Clamoux
les Drouilhèdes
FORÊT DOMANIALE DU ROUVERGUE
Cornas

La crête d'Aujac

Il faut partir tôt le matin pour effectuer ce long circuit qui court sur l'ancienne draille des crêtes de la Loubière avant d'emprunter une vieille voie romaine cachée dans la fûtaie de pins.

D Prendre la D 314. Passer devant l'église. Au carrefour, suivre la D 51 à droite. Après la dernière maison du Gouret, monter le bon chemin à droite sous les pins.

1 Traverser la D 216 et monter à gauche des maisons de La Fermigère par une bonne piste. Passer un virage en épingle bien marqué, puis grimper à gauche dans le virage suivant.

2 Au col (617 m), laisser à droite une bonne piste et monter tout droit vers la Loubière.

3 Descendre à droite dans les rochers, puis à gauche par la piste forestière sur 20 m. Prendre la sente à droite qui dévale la pente (*possibilité de visiter le château du Cheylard*). Tourner à droite sur la route, passer deux virages en épingle, puis suivre la D 320. Aller à gauche pour rejoindre Aujac (*eau*).

4 Avant l'église, prendre à gauche pour rejoindre une voie antique (*assise romaine*). Après le petit pont en lauzes, emprunter le second sentier à gauche. Descendre la route à droite jusqu'à Aujaguet.

5 Laisser le hameau à gauche et descendre dans les prés encore exploités. Après un gué, prendre à droite un chemin qui, au départ, longe le ruisseau en balcon.

6 Quitter la route par un sentier qui descend dans la combe puis remonte. Poursuivre quelques mètres sur une piste forestière, puis s'engager sur une sente à droite. Elle descend dans le ravin, puis remonte plus loin.

7 Monter la route à gauche sur 250 m, puis bifurquer à droite. Aux premières maisons des Mourèdes, descendre à droite. La sente part à gauche puis à droite, traverse un chemin plus large, passe à gauche du serre. Plus bas, bifurquer à gauche sur un chemin empierré en lauzes par endroits. Après le pont sur la Doue, prendre deux fois à droite en montant au mas de Lauzas.

8 Suivre la route. Au carrefour, suivre la D 51 à droite sur 150 m, puis monter à gauche pour regagner Bordezac.

Fiche pratique 4

8 h
22 Km

881 m
290 m

Situation Bordezac, à 39 km au Nord d'Alès par les D 904 et D 51

Parking mairie

Balisage

D à 3 jaune-rouge
3 à D blanc-rouge

Difficultés particulières

■ éviter la chaleur de l'été et la période de chasse ■ descente difficile entre 3 et 4

Ne pas oublier

À voir

En chemin

■ Bordezac : village perché, dolmen ■ Château du Chaylard ■ Aujac : église romane 10e (clocher à peigne) ■ Aujaguet : hameau pittoresque

Dans la région

■ Château de Brésis
■ Sénéchas : tour à signaux d'Olivon, menhir, petit pont empierré au fond des gorges de la Cèze
■ Peyremale : église carolingienne 11e
■ Cascade du Tourrel
■ Gorges de l'Homol et forêt domaniale

Les châteaux forts

Dans cet extrême nord du département du Gard, entre Ardèche et Lozère, s'élevèrent au Moyen Age de nombreux châteaux forts, dont la plupart ont aujourd'hui disparu.
Certains de ces châteaux sont parvenus jusqu'à nous en très bon état, comme le château du Chambonnet, entre Génolhac et Villefort, à l'est du massif du Lozère. Certains autres ont échappé de peu à une perte totale, comme le château de Brésis, dans la haute vallée de la Cèze, ou le château de Portes. Celui-ci, occupé jusqu'en 1929, a failli s'écrouler à cause des galeries creusées dans son sous-sol pour l'exploitation charbonnière. Une association, Renaissance du château de Portes, a entrepris la restauration et réussi à sauvegarder les bâtiments : l'éperon du château, dont la forme rappelle de façon étonnante l'étrave d'un cuirassé devrait continuer longtemps à « commander » la voie Régordane. Le château de Brésis, fief de la famille Hérail dès le Moyen Âge, tomba en ruines après la Révolution et fut pillé au 20e siècle par un antiquaire, avant d'être racheté en 1963 par un descendant des anciens propriétaires, le vicomte Hérail du Brésis. Une convention a été passée avec l'association qui restaure déjà le château du Cheylard, et se charge de la restauration et de l'accueil des visiteurs.
Le château du Cheylard est situé sur la route de Villefort à Bessèges dans la haute vallée de la Cèze, à proximité du village d'Aujac, où se dresse une remarquable église romane surmontée d'un clocher à peigne, avec un cimetière sur le côté. Le château du Cheylard a toujours été habité, ce qui explique son exceptionnel état de conservation. Sa dernière habitante est d'ailleurs à l'origine de la création de l'Association de recherches et de restauration du château d'Aujac (ARRCA), qui non seulement dirige la restauration, mais assure aussi la recherche archivistique et historique. Des milliers de documents concernant les châteaux du Brésis et d'Aujac, sur parchemins pour les plus anciens, ont en effet échappé au feu auquel les vouait leur propriétaire ! Les membres de l'ARRCA font visiter le château, et leurs commentaires, jamais ennuyeux mais néanmoins très solides sur le contenu, battent en brèche nombre d'idées reçues : saviez-vous que les défenseurs du château jetaient sur les assaillants beaucoup de choses, mais pas d'huile bouillante, beaucoup trop coûteuse ? Ou encore que les habitants du château étaient beaucoup plus propres qu'on ne l'imagine, utilisant même un système de latrines dont la simplicité n'avait d'équivalent que l'efficacité ?
« L'été aux visiteurs, l'hiver aux chercheurs », tel est le slogan de l'ARRCA. Pour notre plus grand plaisir, a-t-on envie d'ajouter.

Château de Brésis. *Photo G.B.*

Alouettes et busards des landes

Au sortir de la forêt du Mas-de-l'Ayre, au-dessus de Bonnevaux, on trouve un paysage surprenant dans ces Cévennes schisteuses si boisées : des landes de montagnes couvertes de graminées et de bruyères. Avril, mai, l'aube pointe et déjà inlassablement là-haut l'alouette grisolle : la plaine se réveille. Survolant sans relâche prés et landes, à faible hauteur, un rapace gris et noir, ailes relevés en V. Une brusque pirouette interrompt son parcours, aussitôt stoppé : toutes les alouettes se sont enlevées, aucun oiseau blessé ou affaibli qui ne se soit laissé surprendre. Combien d'essais, combien d'échecs, avant enfin la capture qui assure la survie ? Là-bas, derrière la haie, un oiseau gris dans la grisaille, le busard Saint-Martin poursuit sa quête obstinée.

Busard Saint-Martin. *Dessin M. J.*

Les drailles

De grands axes de circulation des troupeaux, les drailles, permettent aux moutons de monter en estive à la fin du printemps et d'en redescendre à l'automne quand les grandes pluies font reverdir les plaines. Ces drailles sont des axes de circulation immémoriaux, jalonnés de dolmens et de menhirs, de tombes à coffres et de roches à cupules qui montrent leur utilisation depuis les temps préhistoriques.

Mais c'est au Moyen Age que la transhumance atteint son plein développement avec l'action des moines des grandes abbayes, qui installent leurs établissements religieux tout au long des drailles, étapes commodes et points de départ pour l'évangélisation des montagnes.

Les riverains des drailles profitaient de l'engrais naturel et abondant déposé par les troupeaux au cours des « nuits de fumature ». Les seigneurs, eux, profitaient des nombreux impôts et droits de passage établis pour la traversée de leurs terres : nous n'avons rien inventé avec nos péages autoroutiers !

La grande draille du Languedoc, qui vit passer des centaines de milliers de moutons jusqu'à la dernière guerre, n'est utilisée maintenant que par quatre ou cinq troupeaux, qui n'arrivent même plus à nettoyer les brousses qui l'envahissent. Mais quel spectacle de les voir passer en parure de fête, avec leurs pompons et leurs rosettes colorés, dans le tintamarre de leurs sonnailles !

Les landes de Bonnevaux. *Photo G.B.*

Sur les traces de Rémi

Rescapé de la plus terrible catastrophe minière des Cévennes (le 11-10-1861, à la Lalle, périrent 105 « gueules noires » sur 139 !), c'est à Bessèges que grandit Rémi, le jeune héros de « Sans famille », le roman d'Hector Malot. Bessèges sœur jumelle de la Grand-Combe, née quelques années plus tard mais comme elle de l'exploitation de la « pierre qui brûle », le charbon.

L'arrivée du train (déjà en 1840, le Gard possède la plus longue voie ferrée de France : 88 km, entre Alès et Beaucaire !), et surtout la création du pôle sidérurgique, en rive droite de la Cèze, des forges de « Terre noire », vont permettre à Bessèges de tripler sa population entre 1857 et 1900, pour atteindre 12 000 habitants.

Ancien viaduc ferroviaire minier. *Photo F. de R.*

Mais en 1946, l'exploitation du charbon cesse et Bessèges perd la moitié de sa population. La reconversion s'annonce ici aussi difficile qu'ailleurs.

Le Ronc-Rouge

Au cœur du pays minier, une balade, entre pins et châtaigniers, agrémentée de nombreuses surprises comme le belvédère du Ronc-Rouge, qui doit son nom à la couleur marron-rouge de sa terre.

D Prendre au Nord la rue Gambetta sur 100 m. Emprunter à gauche la rue L.-Barry et monter aux écoles.

1 Au-dessus de l'école, suivre la route à gauche. Avant la centrale électrique, emprunter un sentier à droite.

2 Plus loin, dans une épingle, descendre à gauche. Après le ruisseau, grimper à droite par une sente étroite assez raide (*à droite, possibilité de découvrir une des premières galeries d'exploitation minière*). Continuer à gauche, dépasser la ligne à haute tension. Poursuivre sur une piste (*une sente permet de découvrir un dolmen*).

3 Quitter la piste dans l'épingle et grimper à gauche à travers les ruines d'une habitation. S'enfoncer dans une châtaigneraie (*bien suivre le balisage*) et arriver au Ronc-Rouge.

4 Le circuit change de versant. Franchir une murette et s'engager à droite sur une sente étroite à travers des rochers, au cœur d'une forêt de chênes qui abrite une « capitelle ». Continuer en surplombant Rochessadoule (*la grotte des Fées, accrochée au flanc de la montagne, se trouve légèrement en contrebas*).

5 Quitter la piste à gauche pour grimper sous les châtaigniers vers la cloche Saint-Laurent, puis la chapelle du même nom. Redescendre et reprendre la piste en face.

6 Obliquer à droite sur la large piste jusqu'au grand virage cernant une pinède. Monter à gauche et dépasser un réservoir.

7 Descendre à droite par un sentier dans les pins (*galerie*). Le chemin serpente dans un sous-bois riche en fougères (*bien suivre le balisage*), suit les murets d'anciennes terrasses, retrouve des maisons et rejoint la route. Gagner La Cantonnade.

1 Prendre l'itinéraire de montée, regagner la place de la Mairie.

Fiche pratique 5

3 h 40
11 Km

439 m
171 m

Situation Bessèges, à 30 km au Nord d'Alès par les D 904 et D 51

Parking place de la Mairie

Balisage jaune

Difficulté particulière

- attention aux jours de chasse

Ne pas oublier

À voir

En chemin

- Galerie de mine
- Dolmen
- Capitelle
- Grotte des Fées
- Chapelle Saint-Laurent

Dans la région

- Château féodal de Castillon
- Peyremale : église carolingienne 11e
- Gorges du Luech
- Vallée de la Gagnière
- Hameaux médiévaux de La Rivière et du Village

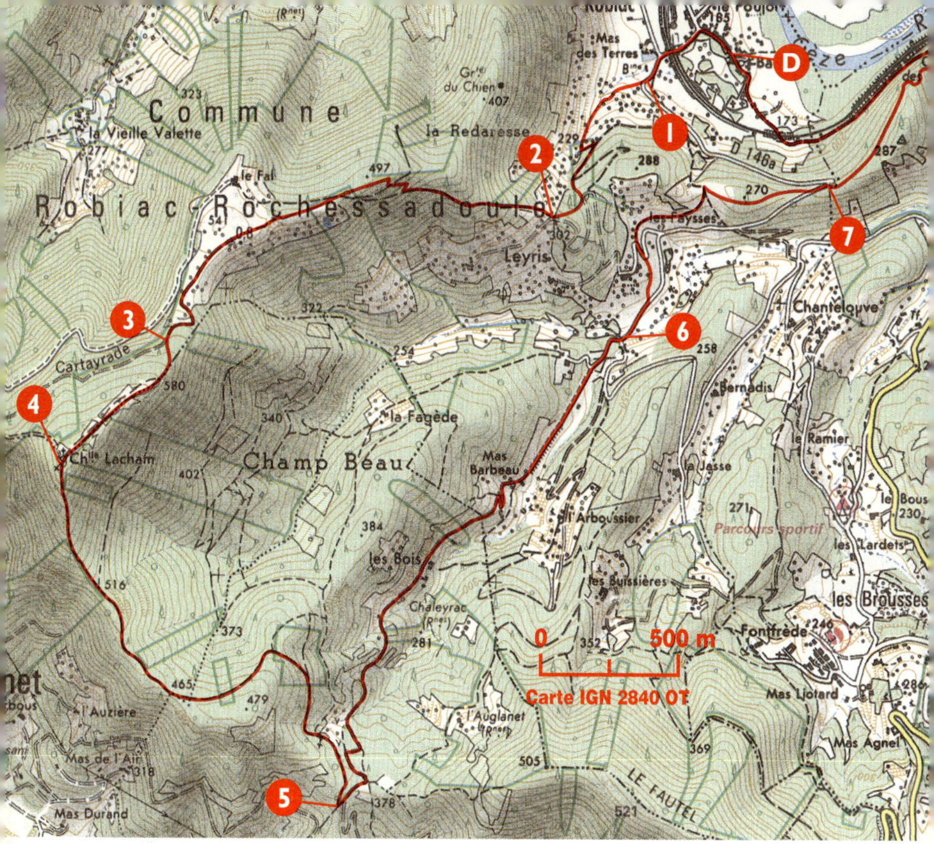

De beaux insectes !

Serre de Lacham : sur les landes surchauffées une grande libellule se pose, face au vent, sur des graminées. Elle volète lentement. C'est le sympétrum du Piedmont, rare en France, facilement reconnaissable aux grandes barres brunes qui traversent ses ailes (voir aquarelle). Plus bas, dans le Valat, endémique aux régions côtières méditerranéennes (jusqu'à 1 000 m), le pacha à deux queues, méfiant, s'envole souvent. De grandes ailes sombres, ornées de deux petites queues et bordées d'une grande bande marginale fauve rougeâtre, ce papillon est inféodé à une éricacée, l'arbousier. « L'arbre aux fraises », qui présente la particularité de porter en même temps fleurs et fruits, accueille la chenille de notre papillon. Tant et si bien que leurs répartitions se superposent parfaitement…

Sympétrum du Piémont et Pacha à deux queues. *Dessin N. G.*

La chapelle Lacham

Fiche pratique **6**

4 h 30
12 Km

620 m
165 m

Il faut partir tôt en été pour emprunter ce sentier dégagé, fait de pierres, bordé de thym, de buis, de chênes kermès qui conduit à la chapelle Lacham et découvrir le pays minier…

D Monter vers Robiac et prendre la D 146a à gauche vers Les Bois. Enjamber la voie ferrée et continuer sur la gauche.

1 Dans le virage de la route, partir à droite, traverser l'esplanade et emprunter le sentier qui monte tout doucement. Emprunter la piste à droite sur 10 m, puis, dans le virage bétonné, bifurquer sur le sentier qui part à droite. Il regagne la piste.

2 Monter à droite un sentier. Il grimpe dans une garrigue basse à chênes kermès. Passer trois virages en épingle et déboucher sur une lande. Marcher sous un vieux châtaignier, franchir une barrière chaînée et s'engager dans un sous-bois de chênes pubescents.

3 Monter à gauche en direction de la chapelle.

4 Passer devant la chapelle et descendre à droite de la dalle bétonnée (*descente délicate ; prudence*). Le sentier s'élargit en piste. Descendre à gauche aux deux intersections suivantes.

5 Après une croix blanche, prendre à gauche, sous un bosquet de pins, une bonne piste forestière qui descend doucement. Après le mas Barbeau, la piste est goudronnée.

6 Tourner à gauche au croisement. Faire 200 m, puis monter à gauche par un sentier. Prendre la route à gauche. Dans le virage en épingle suivant, partir à droite sur un sentier en contrebas des maisons. Ne pas franchir le col et rester sur la droite.

7 Traverser la route et prendre tout droit, sous une ligne électrique, une sente qui monte tout doucement, puis dévale sous les châtaigniers (*prudence*). Tourner à gauche sur un sentier plus large pour revenir à Robiac.

Situation Robiac, à 27 km au Nord d'Alès par les D 904 et D 51

Parking église

Balisage jaune

Difficultés particulières

- attention en période de chasse
- léger surplomb de la Cèze entre **7** et **D**

Ne pas oublier

2h

À voir

En chemin

- Chapelle Lacham
- Panorama sur les crêtes
- Cultures en terrasses à la ferme de l'Arbousier
- Robiac : église (toile du peintre Cigalon), vestiges mérovingiens, maison de la Liqueur

Dans la région

- Château de Castillon
- Vallée de l'Auzonnet
- Rochessadoule : exposition permanente de minéraux et fossiles

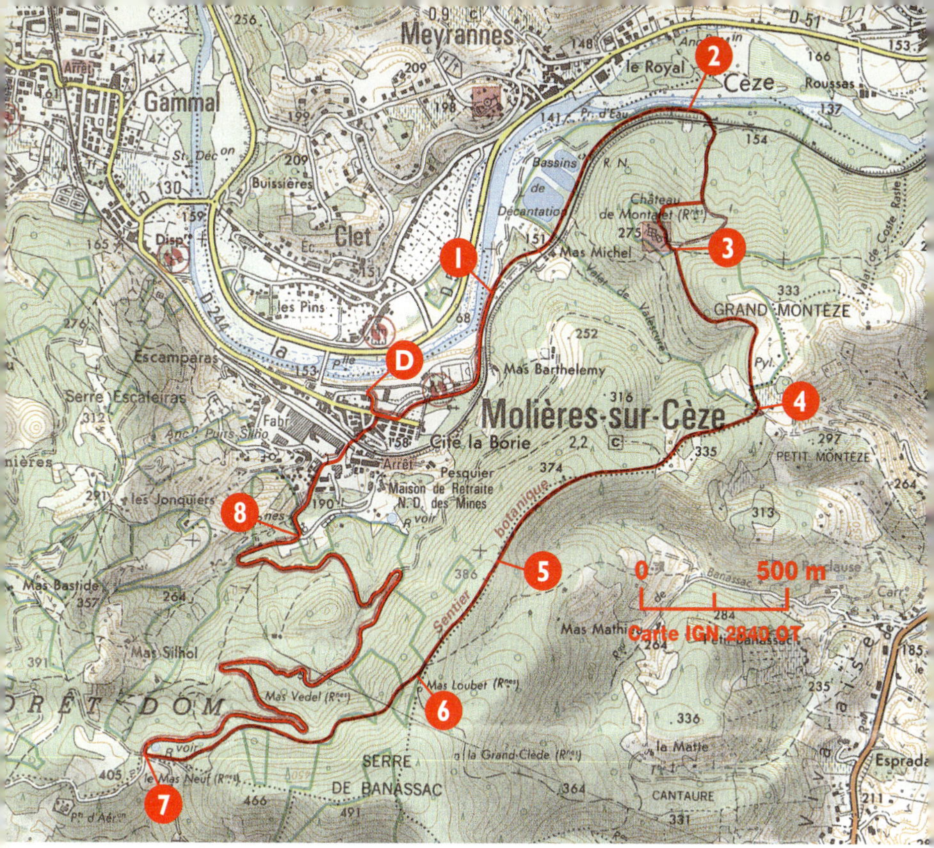

Le sentier botanique de Montalet

Sentier en sous-bois. *Photo G.B.*

Un circuit qui emprunte dans son intégralité un sentier botanique est chose assez rare pour mériter ces quelques lignes. En toute saison il est possible au promeneur de se familiariser avec les plantes les plus typiques des milieux traversés (certains végétaux sont étiquetés en groupe constituant des haltes botaniques). Des sols de nature et d'exposition différentes permettent d'inventorier une flore très diverse. Au bord de l'eau, la ripisylve et son cortège de plantes jaunes et roses (onagres, impatientes, saponaires…) Dans le sous-bois qui monte au château, quatre sortes de bruyères dont deux de couleur blanche fleurissent au printemps, les bruyères à balai et arborescentes; vers le Grand-Montèze dans la callune, les fleurs fragiles de la scille d'automne, au mas Loubet deux cèdres du Liban…

Le château de Montalet

A l'assaut d'un des plus vastes châteaux cévenols, une balade familiale qui emprunte un sentier botanique, longe et surplombe la Cèze sur les premiers contreforts des Cévennes schisteuses.

Ⓓ Longer la grande place en terre de la cité minière et prendre à gauche une piste carrossable entre une haie de cyprès et un transformateur. Passer en contrebas de la voie ferrée.

❶ A la patte d'oie, se diriger à droite vers la pisciculture sur 20 m, puis emprunter une sente à gauche. Construite sur un remblai, la sente longe la voie ferrée, traverse une ruine et se rapproche de la Cèze.

❷ Quitter le bord de la rivière par un sentier qui monte à droite sur 100 m. Passer sous la voie ferrée, puis grimper au château (*bien suivre le balisage*) dans un sous-bois de chênes verts.

❸ Laisser le château sur la droite, traverser la clairière (*table et bancs*) et continuer à monter par un sentier tracé sur des affleurements rocheux.

❹ Au croisement avec une piste carrossable, continuer à monter à droite. Suivre la piste. Descendre franchement, puis monter à mi-hauteur.

❺ Quitter la piste sous les pins maritimes pour s'engager à droite sur un petit sentier qui enjambe un petit escarpement rocheux, serpente sous les pins et les châtaigniers. Retrouver la piste 350 m plus loin.

❻ Dans un virage, au lieu-dit mas Loubet, sous un grand cèdre, quitter la piste et bifurquer à droite sur un sentier. Il longe un mur de soutien en schiste d'une ancienne terrasse, puis court à mi-pente, dans une riche fûtaie mixte relativement fraîche et humide. Au croisement avec une piste, partir à droite sur 100 m, puis déboucher sur une grande esplanade en terre.

❼ Passer devant la citerne DFCI et prendre la première piste à droite qui descend en lacets dans la vallée.

❽ A la chapelle, descendre à gauche la route qui entre dans Molières. Passer deux fois dans des tunnels, puis suivre les ruelles qui ramènent au parking.

Fiche pratique 7

3 h
11 Km

420 m
140 m

Situation Molières-sur-Cèze, à 24 km au Nord d'Alès par les D 904 et D 51

Parking place en terre devant la cité La Borie

Balisage jaune

Ne pas oublier

À voir

En chemin

■ Bords de la Cèze (baignade) ■ Sentier géologique ■ Château de Montalet 11e-12e ■ Terril du mas Vedel ■ Vues panoramiques

Dans la région

■ Saint-Ambroix : fortifications, tour Gisquet, tombe celte ■ Site archéologique du Dugas ■ Source de Fontfrède ■ Chapelle romane de Meyrannes ■ Moulin du Roc-Tombé ■ Grotte de la Cocalière ■ Les Mages : musée de statues d'enfants (Larnac)

La mémoire de la mine

On a souvent dit qu'Alès, comme Rome ou Nîmes, était construite sur sept collines : c'est pourtant une huitième colline, le terril ou « crassier » au-dessus du faubourg de Rochebelle qui nous paraît la plus symbolique de cette ville dont toute l'activité tournait autrefois autour de la mine. La mine, c'est en effet deux siècles de la mémoire d'Alès. Deux siècles de labeur, de drames, d'épopée et de solidarité. Deux siècles que retrace la mine témoin, établie dans l'ancienne mine-école des apprentis-mineurs, où cinq « tailles » montrent l'évolution des techniques et du travail du mineur tout au long de 650 mètres de galeries. Et le fait que ce soit un ancien mineur qui guide la visite, permet de comprendre comment cette activité a priori ingrate du mineur de fond a pu créer chez le mineur une telle fierté, une telle passion pour son travail, en un mot une telle culture de la mine.

Mineur dans le soutainement marchant, mine témoin d'Alès. *Photo B.D.*

La source de Carabiol

Entre les ruines d'hier (abbaye des Fonts, mine de la Minette) et les villas d'aujourd'hui, il reste, aux portes d'Alès, une balade agréable dans une garrigue colorée, riche et variée, aux parfums subtils.

D Prendre à droite après le ru sur 20 m, puis à gauche entre deux villas et parcourir 200 m. Monter à gauche entre les villas.

1 Descendre à gauche. Laisser trois villas à main droite, bifurquer à droite entre deux villas. A la sortie du chemin, prendre la rue en face.

2 Tourner à droite avenue des Mimosas, virer à gauche sur le chemin des Fonts. Après l'ancienne abbaye, partir à droite vers La Roque. Dans le virage en épingle, quitter la route et prendre le chemin de la Minette.

3 Après les ruines, face à l'ancienne esplanade, monter à gauche un sentier escarpé. A la première intersection, grimper à droite à la crête. Le sentier descend à Arbousse.

4 A la route, partir à droite sur 50 m, puis à gauche pour traverser le hameau et rejoindre la route. Monter à droite par un bon chemin. A la première intersection, descendre à gauche et, à la seconde, suivre le sentier à droite. Passer sous la ligne à haute tension.

5 Descendre à gauche, traverser un gué et monter par un sentier qui se rétrécit et repasse sous la ligne. Au col, descendre à droite par une piste, goudronnée peu après.

6 Traverser La Gardie (*eau*). Dans un virage, aller tout droit sur 50 m. Face à la dernière maison, tourner à droite sur un sentier herbeux, puis caillouteux. Négliger les intersections et rester sur le sentier principal (*bien suivre le balisage*).

7 Avant la ferme de Bouzarit, quitter le chemin et suivre à gauche une sente étroite qui s'élargit à l'intersection suivante. Traverser le parcours de santé et, au fond du vallon, tourner à gauche vers la source de Carabiol. Sortir du site et revenir au parking.

Fiche pratique 8

5 h • 15 Km

427 m / 182 m

Situation Saint-Julien-les-Rosiers, à 9 km au Nord d'Alès par la D 904

Parking esplanade de la source de Carabiol

Balisage jaune

Difficulté particulière

■ éviter la chaleur de l'été et la période des battues au sanglier

Ne pas oublier

2h

À voir

En chemin

■ Aire de repos et de détente de la source de Carabiol ■ Caussonille ; abbaye des Fonts 13e ■ Ancienne mine de bauxite de la Minette ■ Arbousse ■ Ferme fortifiée à La Gardie

Dans la région

■ Alès : mine-témoin, cathédrale Saint-Jean, fort Vauban, musées ■ Châteaux de Rousson et de Trouillas ■ Château et chapelle de La Tour ■ Oppidum de l'Ermitage ■ Ruines de l'ancienne ferme du château du Sauvage ■ Abbaye et écomusée de Cendras

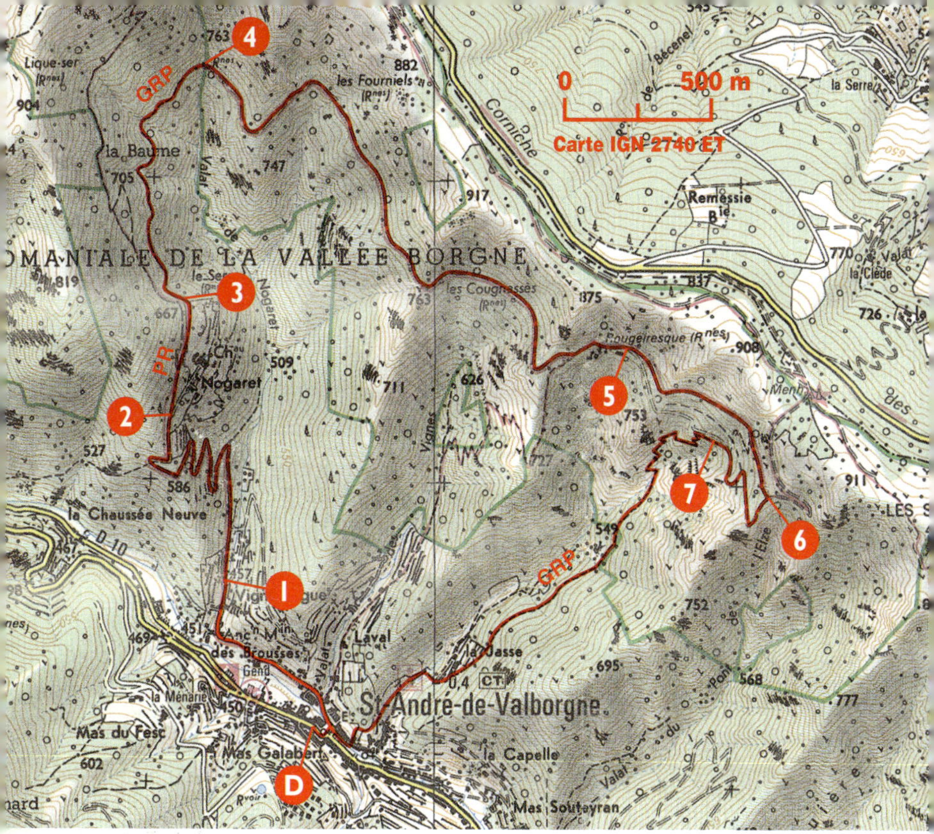

La châtaigneraie

Nous ne voyons plus aujourd'hui que des lambeaux de la châtaigneraie cévenole, souvent étouffés par le pin maritime ou par le chêne vert. Or depuis plusieurs siècles, c'était pratiquement une monoculture (80 % du territoire agricole dans certaines communes), assurant la nourriture de tous les jours pour les hommes comme pour les animaux. Les variétés étaient nombreuses (plus d'une centaine), chacune adaptée au terroir. Point besoin d'ingénieurs agricoles ou de chercheurs pour déterminer les meilleures variétés : la mémoire et l'observation paysannes séculaires permettaient de greffer telle ou telle variété en fonction des contraintes du lieu, de leur précocité, mais aussi des qualités gustatives. Certaines châtaignes ou marrons se vendaient en effet fraîches, certaines variétés meilleures à rôties à la poêle, d'autres bouillies. D'autres enfin étaient séchées dans les « clèdes » afin de pouvoir les conserver jusqu'à la récolte suivante.

Photo CDT 30.

L'escale

Faire escale sur les traces des habitants d'autrefois, en arpentant cette calade, qui serpente dans des valats sauvages et abrupts : château, ancienne magnanerie et menhir seront au rendez-vous.

D Revenir sur le quai et franchir l'ancien pont. Tourner à gauche et emprunter une petite route (*prudence*) qui pénètre plus loin dans la vallée de Nogaret.

1 A la patte d'oie, continuer de monter à gauche. Plus loin, la route se transforme en piste carrossable.

2 A l'intersection avec le chemin qui mène au château de Nogaret, monter à gauche par un sentier escarpé.

3 Au grand châtaignier, descendre de quelques mètres et bifurquer à gauche après l'angle du bassin.

4 Juste après la cascade, la sente se transforme en calade, large piste qui suit les courbes de niveaux et serpente autour du valat parsemé de nombreuses ruines.

► En été, possibilité de voir, planant, de nombreuses buses variables en vol stationnaire.

Passer les ruines de Rougeiresque et gagner une patte d'oie.

5 Continuer de monter à gauche.

6 A l'intersection en T, prendre à droite sur la crête et parcourir 500 m.

7 Quitter la piste pour descendre franchement à gauche sur une sente en épingles (*passage délicats sur les dalles de schistes, prudence*). Passer derrière le hameau de La Jasse. Au village, aller derrière le temple pour regagner les quais et le départ.

Fiche pratique 9

3 h 30
10 Km

870 m
445 m

Situation Saint-André-de-Valborgne, à 25 km à l'Ouest de Saint-Jean-du-Gard par la D 907

Parking D 907 (200 m après l'office du tourisme)

Balisage

D à **3** jaune (icône belette)
3 à **D** jaune-rouge

Difficultés particulières

■ éviter les jours de chasse ■ gué sur le ruisseau de Nogaret ■ passages délicats entre **7** et **D**

Ne pas oublier

À voir

En chemin

■ Saint-André-de-Valborgne : maison forte, église romane 11e, calade, magnanerie (dans le vallon de Rougeiresque), pont 11e, tour de l'Horloge ■ Menhir à cupules sur la crête

Dans la région

■ Ruines du château de la Fare, de Ginestou, de Poujoul ■ Château de l'Hon : ruines, chapelle ■ Maison forestière d'Aire de Côte et son sentier botanique ■ Hameau du Follaquier : tour-donjon (vestige d'un ancien château 13e)

Fontfouillouse

C'est au détour d'une clairière, cachée par des châtaigniers séculaires qu'apparaît l'église de Saint-Marcel-de-Fontfouillouse.
Construite en pierres de schiste rouge (architecture typique de la région), cet ancien prieuré roman aurait été édifié au 11e siècle par des moines bénédictins défricheurs. Avec les guerres de Religion, dans cette vallée convertie à la Réforme, les services religieux cessèrent vers 1574. En septembre 1703, les Camisards brûlèrent l'église.
Abandonnée depuis plus de trois cents ans, elle servait encore récemment de bergerie. Heureusement, depuis 1973, une association entreprend sa restauration. Notons au-dessus du porche, la trace d'un cadran solaire circulaire visible, et sur la façade nord, deux têtes de rapaces.

Saint-Marcel-de-Fontfouillouse.
Photo F.de R.

Saint-Marcel-de-Fontfouillouse

Fiche pratique **10**

Après avoir dépassé, à moitié cachée dans la végétation, l'abbaye, quel plaisir de cheminer sur cette crête, entre châtaigniers et landes, puis de plonger dans ce valat hérissé de dalles schisteuses.

Grand corbeau. *Dessin M.J.*

D Suivre la route vers Faveyrolle. Après le vieux pont, monter par une petite route étroite en épingle.

1 Avant d'amorcer la descente sur Saint-Marcel, prendre à gauche, dans une épingle, la piste qui monte au col de Tinquos, en passant devant l'abbaye romane de Saint-Marcel-de-Fontfouillouse en cours de restauration.

2 Au col, prendre le bon chemin de gauche qui serpente sur le versant Nord du serre, entre landes et châtaigniers. Passer devant deux bergeries en ruines et continuer tout droit.

► Possibilité d'observation du grand corbeau qui glisse, les ailes rigides, d'un versant à l'autre de la crête.

3 Au col de l'Espinas, sous le frêne, enjamber le grillage de pacage et descendre à gauche par une petite sente (visible en contrebas sur la droite). Laisser Recoule, hameau abandonné, à droite. Dépasser des granges en ruine, franchir le gué du ruisseau de Recoule, puis sauter une cascade.

4 Traverser les deux hameaux de Faveyrolle *(eau)*. Laisser sur la gauche une route et parcourir 100 m. Dans l'épingle de la route, tourner à gauche sur une piste en direction du hameau visible un peu plus haut.

5 Après le valat du Devesset, le sentier passe sous Le Mazel (restauré), serpente, monte et descend, puis franchit l'éperon qui domine un méandre de la Borgne en contrebas.

6 Arriver à Monteils *(eau)*, rejoindre la D 193. La suivre sur 1,3 km pour regagner Les Plantiers.

4 h 30
13 Km

910 m
403 m

Situation Les Plantiers, à 20 km à l'Ouest de Saint-Jean-du-Gard par les D 907 et D 20

Parking entrée du village

Balisage
- **D** à **3** blanc-rouge
- **3** à **4** jaune
- **4** à **6** jaune-rouge
- **6** à **D** jaune

Difficultés particulières
- éviter les jours de chasse
- gué entre **3** et **4**

Ne pas oublier

À voir

En chemin
- Les Plantiers : très vieux tilleul, château 15e, temple
- Abbaye de Saint-Marcel-de-Fontfouillouse 12e
- Panorama du pic de Borgne et du col de l'Espinas
- Recoule
- Faveyrolle
- Monteils : vieux pont, tour 15e

Dans la région
- Col du Pas (monument à la Résistance)
- Pont-aqueduc à quatre arches du Caylou
- L'Estréchure : verger-conservatoire, château de l'Hom

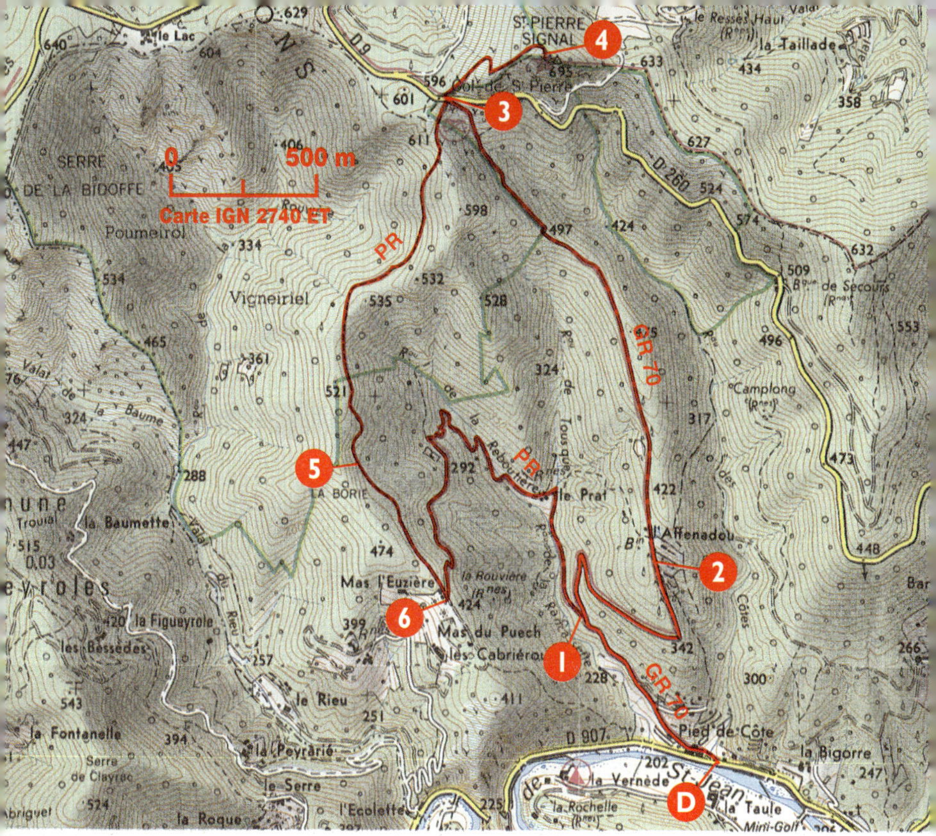

Le maquis cévenol

Les Cévennes du Gard et de la Lozère, terres de refuge, furent pendant la guerre de 1939-1945 le lieu d'élection de plusieurs maquis. Alimentés essentiellement par ceux qui refusaient de partir pour le STO (Service du travail obligatoire), ils menèrent de nombreuses actions, et quelques batailles importantes, comme à Hures-la-Parade en Haute-Lozère, ou à la Madeleine près de Tornac. Mais le plus émouvant de ces maquis cévenols est celui qui offre la particularité d'avoir été presque entièrement composé d'antifascistes allemands et autrichiens. Une stèle à leur mémoire a été récemment inaugurée au col de Saint-Roman-de-Tousques en Lozère, sur la corniche des Cévennes, quelques kilomètres après le col de Saint-Pierre.

Corniche des Cévennes. *Photo F. de R.*

Signal Saint-Pierre

Fiche pratique **11**

3 h 30
9 Km

695 m
205 m

Sur les traces de Stevenson et de Modestine son ânesse, un circuit qui emprunte une ancienne draille et offre en récompense un des plus beaux panoramas sur les Cévennes de part et d'autres du Signal.

D Quitter la D 907, traverser Pied-de-Côte (*dont le nom rappelle que le chemin s'élevait de cet endroit pour gagner la crête*) et suivre la route.

1 Au premier embranchement, continuer de monter à droite sur la route.

2 A L'Affenadou, laisser à droite la bâtisse principale et monter vers la grange. La dépasser sur la droite. Continuer par ce chemin (*ancienne draille*) qui se transforme plus haut en sentier.

3 A la D 9 (*prudence, route très fréquentée*), partir à gauche. Franchir le col, parcourir 50 m, puis grimper à droite pour atteindre le signal Saint-Pierre (plusieurs sentiers possibles plus ou moins difficiles, table d'orientation).

4 Revenir au col. A la route, prendre à gauche, passer devant la borne royale (*limite entre les départements du Gard et de la Lozère*) et, 20 m plus loin, bifurquer à droite sur les rochers. Descendre par un sentier escarpé dans la garrigue à chênes verts.

5 Continuer sur une piste plus large. Laisser la première intersection rencontrée sur la gauche et poursuivre tout droit. Laisser sur la droite une piste et continuer tout droit jusqu'aux ruines de La Rouvière.

6 Descendre à gauche sur une piste en lacets. A la patte d'oie suivante, continuer à descendre sur la droite. Contourner le hameau du Prat et longer le ruisseau de la Rancassette.

1 Regagner Pied-de-Côte et le point de départ.

Nombrils de Vénus. *Dessin N.L.*

Situation Pied-de-Côte, à 4 km à l'Ouest de Saint-Jean-du-Gard par la D 907

Parking D 907

Balisage

D à **3** blanc-rouge
3 à **1** jaune
1 à **D** blanc-rouge

Difficultés particulières

- éviter la période des fortes chaleurs et les lendemains de pluies (schistes glissants entre **3** et **5**)
- gué entre **6** et **1**

Ne pas oublier

À voir

En chemin

- Pied-de-Côte : fenêtres à meneaux (façades dignes d'une riche ville-étape)
- Flore remarquable autour du ruisseau de la Reboutière (Nombril de Vénus, par exemple)

Dans la région

- Musée des Vallées cévenoles
- Filature de la Maison Rouge
- Maison d'Abraham Mazel à Falguière

Le Désert

Le Mas Soubeyran, hameau de la commune de Mialet où est né Rolland, l'un des plus célèbres chefs camisards, abrite l'admirable musée du Désert. Mais de quel désert s'agit-il donc ? Il y a là une allusion à un épisode de l'ancien testament : de même que les Hébreux pour fuir Pharaon se réfugièrent dans le désert, les Protestants, après l'interdiction de leur religion par Louis XIV, continuèrent à professer leur foi clandestinement dans ce qu'ils appelaient les assemblées du désert. Choisissant les endroits les plus reculés, souvent sur des hauteurs pour voir venir les soldats, ou bien la nuit pour être moins facilement repérés, les Protestants prévenus par le bouche à oreille continuèrent ainsi à pratiquer leur religion, malgré les risques encourus : emprisonnement, galères ou amendes pour les participants, la mort pour les prédicants ou les pasteurs.

Musée du Désert.
Photo C.M./M.D.

Circuit de Mialet

Fiche pratique 12

5 h • 13 Km

669 m
165 m

Voir à l'horizon onduler les Cévennes, embrasser du regard les multiples hameaux de Saint-Paul-la-Coste... paysages qui se méritent en empruntant les superbes anciens chemins et sentiers de cette longue boucle.

Ⓓ Monter à droite vers le village, passer devant l'église et s'engager dans la seconde ruelle à gauche, passer sous une arche. Le chemin se rétrécit.

❶ A l'intersection, grimper sur les rochers à droite. Le sentier monte raide dans les terrasses désaffectées, puis plus doucement en suivant les courbes de niveaux.

❷ Laisser à droite un sentier qui descend franchement et poursuivre à travers une vielle châtaigneraie.

❸ Après un bassin et, avant les ruines d'une clède, partir à droite. Le chemin se poursuit sur la crête dégagée (thym). Avant d'arriver au mas Pagès, le chemin suit une terrasse.

❹ Monter à droite avant le mas sur 50 m, puis descendre à gauche par une piste carrossable. Rester sur la piste jusqu'au col (644 m).

❺ Grimper à droite pour atteindre le point culminant du circuit. Continuer tout droit et, dans la descente, juste avant un virage prononcé sur la droite, quitter la piste pour descendre à gauche par un sentier escarpé.

❻ Dans la clairière, s'engager sur le second sentier à droite. Traverser le taillis de chênes verts et descendre par la piste à droite. Suivre la piste en restant toujours sur le versant occidental du serre.

❼ Avant la route, descendre à droite sur un ancien chemin qui emprunte une dalle calcaire, franchit un gué, puis se poursuit en lacets avant d'atteindre la route de fond de vallée.

❽ La suivre à gauche, puis la quitter pour une sente qui part à droite. Parcourir 100 m. A la première fourche, rester à gauche. Longer le cimetière, traverser une route, puis s'engager, dans un virage à droite, sur une sente très ombragée. Arriver à la rue principale, monter à droite, passer devant le temple, puis regagner le parking.

Situation Mialet, à 10 km au Nord-Ouest d'Anduze par la D 50

Parking sous les platanes (Ouest du village)

Balisage

Ⓓ à ❺ jaune
❺ à ❻ blanc-rouge
❻ à Ⓓ jaune

Difficulté particulière

■ éviter les périodes de fortes chaleurs et les lendemains de pluies (schistes glissants)
■ gué entre ❼ et ❽

Ne pas oublier

À voir

En chemin

■ Mialet : pont des Camisards, église 13e, temple, vieilles ruelles
■ Châtaigneraie
■ Panorama et lapiaz
■ Chemin caladé remarquable

Dans la région

■ Grotte de Trabuc et ses « cent mille soldats »
■ Musée du Désert au mas Soubeyran ■ Hameau des Aigladines ■ Corbès : fontaine, ancienne chapelle romane

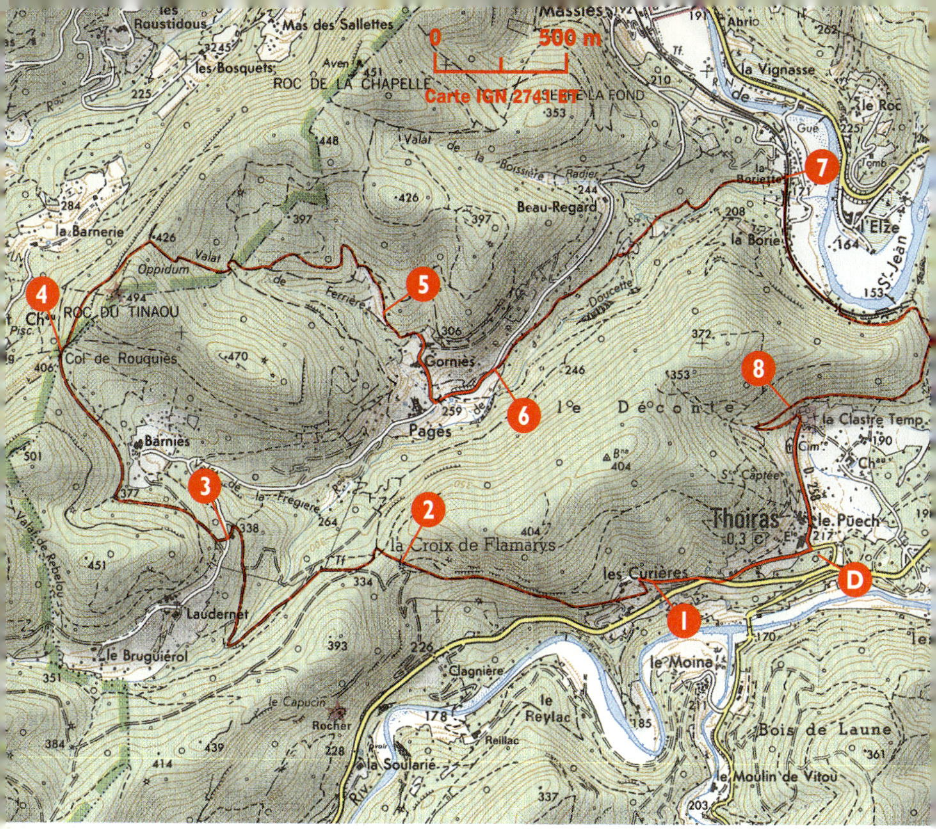

Le maréchal de Toiras

Jean du Caylar de Saint-Bonnet, marquis de Toiras, dont la marquise de Sévigné, qui avait pourtant la dent dure, chanta les louanges, fut un de ces grands soldats dont les Cévennes furent si riches. Né à Saint-Jean-du-Gard en 1585, page du prince de Condé dès 14 ans, il servira Henri IV puis Louis XIII avec fidélité et courage. Il se distingua notamment en résistant victorieusement aux Anglais dans l'île de Ré avec une poignée de soldats pendant quatre mois. Nommé maréchal de France en 1630, la haine du cardinal de Richelieu pour ce huguenot le fit s'engager au service du duc de Savoie, allié de la France, et il mourut d'une décharge d'arquebuse en1636, au siège de Fontenette en Italie, sur la pièce d'artillerie qu'il pointait contre l'ennemi.

Automne cévenol. *Photo G.B.*

Le roc de Tinaou

Fiche pratique 13

5 h • 16 Km

426 m
171 m

Trois cols au cœur des Cévennes pour découvrir, cachés dans ces « bouts du monde », des fermes et des hameaux qui témoignent du courage de l'homme pour apprivoiser un pays rude et austère.

D Prendre plein Ouest, la route qui descend à la D 57, puis monter vers Les Curières.

1 Avant la barrière, descendre l'escalier à gauche. Emprunter une petite sente qui serpente en contrebas des terrasses, puis grimpe doucement parfois sur des dalles de pierre. Avant le col, laisser sur la gauche un chemin carrossable.

2 Franchir une barrière à bétail et tourner à gauche en haut du col. Retrouver la piste carrossable et partir à droite sur 50 m. A la patte d'oie, descendre à droite au gué, puis remonter dans les pins.

3 Traverser la route et monter par une piste carrossable au col du Rouquiès.

4 Basculer de l'autre côté du col et prendre une petite sente qui serpente sur le flanc Nord-Ouest du Roc de Tinaou. Au troisième col (426 m), descendre dans le valat de Ferrières. Laisser de nombreux sentiers de part et d'autre du chemin (*bien suivre le balisage*).

5 Couper d'anciennes terrasses et continuer à descendre vers Gorniès. Traverser le hameau et poursuivre la descente. Bifurquer à gauche sur la route principale. Passer le pont et parcourir 300 m.

6 Descendre à droite par une sente. Elle serpente dans le sous-bois de la rive gauche de la Doucette (*bien suivre le balisage*). Traverser des rus, puis enjamber une canalisation. Monter sur 150 m, puis descendre franchement à droite.

7 Grimper sur le talus du chemin de fer, franchir le pont et emprunter la voie ferrée sur 500 m. La quitter sur la gauche par un sentier qui l'enjambe sur un petit pont de pierre. Ce sentier escarpé et caillouteux grimpe en sous-bois et surplombe par moment la voie ferrée.

8 Continuer à monter légèrement derrière la chapelle. Dans un virage en épingle, descendre à gauche. Passer devant le cimetière et gagner Thoiras.

Situation Thoiras, à 10 km à l'Ouest d'Anduze par les D 907 et D 57

Parking école

Balisage jaune

Difficultés particulières

■ éviter les fortes chaleurs de l'été et les jours de battue aux sangliers ■ gué sur la Doucette entre 2 et 3 ■ voie ferrée empruntée par le petit train d'Anduze en été

Ne pas oublier

À voir

En chemin

■ Oppidum du roc du Tinaou (point de vue) ■ Gorniès ■ Marmites et cascades de la Doucette ■ Thoiras : château 15e, chapelle

Dans la région

■ Verdure et châteaux du val de Salindrenque : châteaux de Nogarède 19e, de Calviac 13e, de Prades 13e, de Malérargues ■ Pont médiéval du Martinet ■ Soudorgues : tour de Beauvoir ■ Lasalle : tour de Peyre, château d'Algues

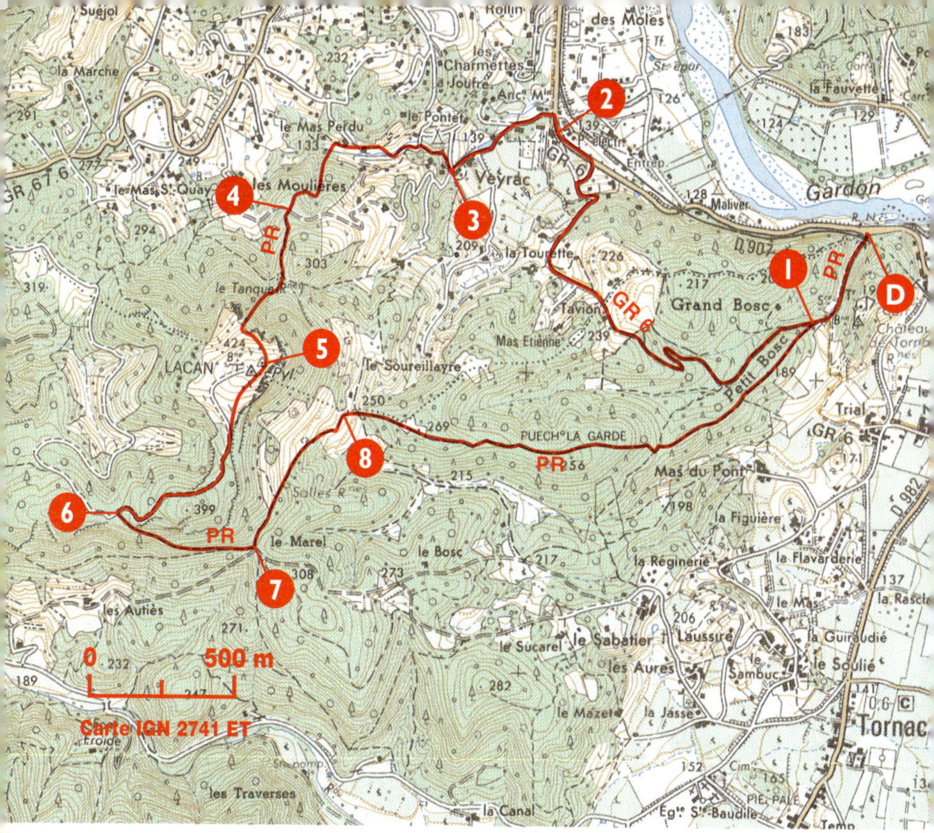

Mémoire...

Celle du chemin de fer des Cévennes, qui accéléra le développement économique de Saint-Jean-du-Gard. Inauguré en 1909, il fonctionna jusqu'en 1971. Quatre tunnels, six viaducs et trois gardons suivis ou traversés : Saint-Jean, Mialet, Anduze. Aujourd'hui, grâce à une poignée de passionnés et au tourisme sa mémoire se perpétue.

Celle du cinéma français, du « Salaire de la Peur » de Clouzot. Quand Vanel et Montand sont prisonniers d'un marécage dans le décor fabuleux des bambous géants de Prafance.

Unique en Europe, il faut absolument descendre du petit train des Cévennes et savourer cette oasis asiatique de près de 40 ha.

Au plein cœur de l'été, fraîcheur exotique garantie…

Train à vapeur des Cévennes. *Photo CDT 30*

Lacan et le château de Tornac

Fiche pratique **14**

De pinède en chênaie verte, une balade gaillarde sur le piémont des Cévennes calcaires vers le sommet de Lacan, superbe belvédère sur la porte des Cévennes dont la tour de Tornac contrôlait l'accès.

D Monter le chemin carrossable qui passe sous la voie ferrée.

1 Partir à droite. A la patte d'oie suivante, aller à droite. Monter en épingle dans une chênaie verte à Tavion, puis descendre par une ancienne route à la D 907.

2 Avant l'ancien moulin, bifurquer à gauche et monter une route.

3 A l'entrée du camping, s'engager sur un sentier escarpé surplombant celui-ci par la gauche. Retrouver une petite route que l'on quitte à droite pour traverser à gué un petit ruisseau. A la conduite forcée, grimper dans une forêt de pins par un sentier étroit.

4 Prendre à gauche un chemin plus large sur 20 m, puis grimper par le sentier à droite dans la forêt de chênes. Laisser à droite les ruines du Tanque et continuer à monter. La vue se dégage. Après un petit replat, prendre la sente à droite qui serpente entre rochers et pierriers, assez raide (*fléchage au sol*).

5 Au sommet de Lacan, descendre par une sente derrière les pylônes. Un peu plus bas, prendre à gauche un chemin carrossable (*enrobage ancien*) sur 800 m.

6 A la sortie d'un virage, quitter le chemin pour dévaler un sentier caillouteux.

7 Au Marel, remonter par la gauche et rester à flanc de coteau. Laisser des ruines à droite et suivre le sentier qui descend. Passer sous une ligne électrique et, après une pente raide mais courte, atteindre une intersection (mas à gauche).

8 Franchir une barrière en ferraille et remonter par un large chemin entre les pins. Suivre la crête, longer un mur de séparation et d'anciennes terrasses sur la droite. Le sentier descend plus franchement en zigzag entre les chênes et passe sous deux lignes électriques.

1 Reprendre le chemin de l'aller.

4 h
10 Km

424 m
120 m

Situation Tornac, à 3 km au Sud d'Anduze par la D 907

Parking à 700 m du carrefour de La Madeleine à droite (en venant d'Anduze)

Balisage

D à 1 jaune
1 à 2 blanc-rouge
2 à D jaune

Difficultés particulières

■ éviter les jours de chasse ■ passage de rochers et de pierriers entre 4 et 5

Ne pas oublier

À voir

En chemin

■ Château de Tornac 16e ■ Rocher de Lacan ■ Croix gravée dans le rocher

Dans la région

■ Tornac : monastère bénédictin, église, moulin ■ Anduze : tour de l'Horloge, fontaine-pagode (tuiles vernissées), musée de la Musique ■ Musée du Santon à Générargues ■ Dolmens de La Grande-Pallière ■ Oppidum de Saint-Julien

Anduze « porte des Cévennes »...

La porte d'Anduze. *Dessin Malika Whitaker, 15 ans, lauréate du grand prix de la bande dessinée de la ville de Sauve, en 1997.*

C'est à Anduze que le Gardon quitte la montagne. Il s'écoule là entre deux belles parois calcaires, véritables murailles dont les plis trahissent l'histoire géologique de la région.

De Saint-Hippolyte-du-Fort à Saint-Ambroix, allongées au pied du bloc surélevé des Cévennes, les Cévennes dites calcaires forment une bande étroite orientée nord-est/sud-ouest. Malgré les 922 mètres de la montagne de la Fage, ce massif est peu élevé, son altitude variant généralement entre 200 et 500 mètres.

Il est formé de sédiments identiques à ceux des causses : grès, marnes et surtout calcaires du jurassique.

Cette bordure sous-cévenole est comprise entre, à l'est, le système de failles qui la sépare de la dépression voisine du bassin d'Alès et à l'ouest, les premiers affleurements schisteux des Cévennes. C'est une région très plissée : les plis les plus visibles s'observent dans les nombreuses falaises qui bordent le Vidourle et le Gard dans les cluses respectives de Saint-Hippolyte-du-Fort et d'Anduze. L'origine de ces plis est aujourd'hui bien connue. Il y a 45 millions d'années, des Pyrénées à la Provence surgit une montagne dont les massifs des Maures, de l'Esterel et bien entendu des Pyrénées demeurent les témoins. Cette naissance provoque deux phénomènes : la disparition presque totale de l'océan qui couvrait cette région et un déplacement des garrigues. En appui sur la faille des Cévennes, ce massif coulisse de près de 8 km vers le nord-est en provoquant le plissement des terrains sédimentaires.

Le château de Tornac

Le château de Tornac se dresse sur le rocher dominant la plaine gardoise, et commande l'accès à Anduze par la cluse du Gardon. A l'origine, il n'y avait probablement que la tour carrée ou donjon de Sandeiren, construite par les Bermond d'Anduze au 11e ou 12e siècle. Cette tour faisait partie d'un réseau de tours à signaux qui permettait de communiquer de proche en proche de façon très rapide jusqu'en hautes Cévennes, et en particulier permettait de signaler l'arrivée de troupes ennemies. Le château lui-même fut construit au 16e siècle. Incendié en 1792 par les sans-culottes locaux, il fut ensuite saisi et vendu comme bien d'émigré et partagé en plusieurs lots. La ville d'Anduze en acquit ainsi une partie. Après des années d'abandon, une nouvelle restauration a été entreprise par ses propriétaires actuels.

Au pied du château, à la Madeleine, se trouve une grande bâtisse, ancien relais à la croisée de routes autrefois importantes. Une grande bataille camisarde se déroula à proximité de ce relais et plus récemment un combat entre maquisards et troupes allemandes.

Les alentours du château de Tornac sont riches en monuments religieux romans. Au Monestier, s'élève l'ancienne abbaye de Saint-Etienne de Tornac, dont les aménagements récents n'ont pas réussi à masquer la beauté. Cette abbaye, que le grand spécialiste de l'art roman en Languedoc Pierre-A. Clément appelle le « Jumiège des Cévennes », est un véritable chef-d'œuvre en péril. A 300 mètres à l'est du monastère se dresse, accompagnée de cyprès, l'église romane de Sainte-Baudille, datant du 11e siècle. L'édifice a été très bien restauré récemment. Un peu plus loin encore, à un kilomètre du monastère, une autre église romane, Saint-Pierre de Sévignac, a longtemps servi de bâtiment d'exploitation à une ferme. Il est toujours surprenant de voir que de si belles églises ont réussi à traverser les siècles agités par des guerres de Religion en plein pays huguenot !

Le château de Tornac. *Photo G.B.*

Des causses méditerranéens aux sommets cévenols

Il faut emprunter l'ancienne route des Ruthènes qui reliait Nîmes à Rodez, pour découvrir deux paysages bien différents.
D'abord, après avoir franchi le col du Cap de Coste, s'ouvre le verdoyant pays viganais. Enserré entre les massifs granitiques du Liron, du mont Aigoual et du Lingas, ce pays offre ici une variation d'altitude importante qui favorise un bel étagement de la végétation. Quel changement par rapport au 19e siècle où les besoins en bois de chauffe avaient fait de ces massifs des montagnes pelées !
C'est ici le pays de l'arbre-roi des Cévennes, le châtaignier. Exclusivement silicicole, il est omniprésent jusqu'à près de 900 mètres d'altitude. Utilisé pour la charpente comme pour l'alimentation des bêtes et des hommes, il a, dans ce pays d'écarts, permis à bon nombre de générations de survivre. Aujourd'hui les terrasses, autrefois nécessaires pour le développement de la châtaigneraie à fruit, sont laissées à l'abandon. Mais déjà certaines renaissent avec la culture de l'oignon doux...
Inféodée au milieu forestier la flore est riche et la faune remarquable : citons, le cerf, le mouflon (réintroduit), la rosalie des Alpes, beau coléoptère bleu, et la chouette de Tengmalm, découverte récemment, qui utilise les cavités du pic noir.

Mouflon. *Dessin M. J.*

Ensuite, soudés à ce massif, les causses, tables calcaires au paysage monotone qui se perd à l'horizon. Ils sont indissociables des canyons, ces profondes vallées encaissées qui découpent ces plateaux en autant d'îles : causses de Blandas, de Campestre, de Bégon, du Larzac, Causse noir...
Dans ce paysage de pacages, landes et boisements lâches, battus par les vents, les champs cultivés sont cantonnés dans les creux (doline). S'accommodant de la pauvreté de la végétation, c'est une région traditionnelle d'élevage du mouton (lait des brebis pour le roquefort). Sur les sols squelettiques la pelouse rase et la lande buissonnante abritent une végétation xérophyle (qui aime chaleur et aridité). Mais il faut surtout scruter les cieux pour apercevoir l'aigle royal ou les vautours fauves réintroduits depuis peu dans le plus sauvage des canyons caussenards, celui de la Vis.

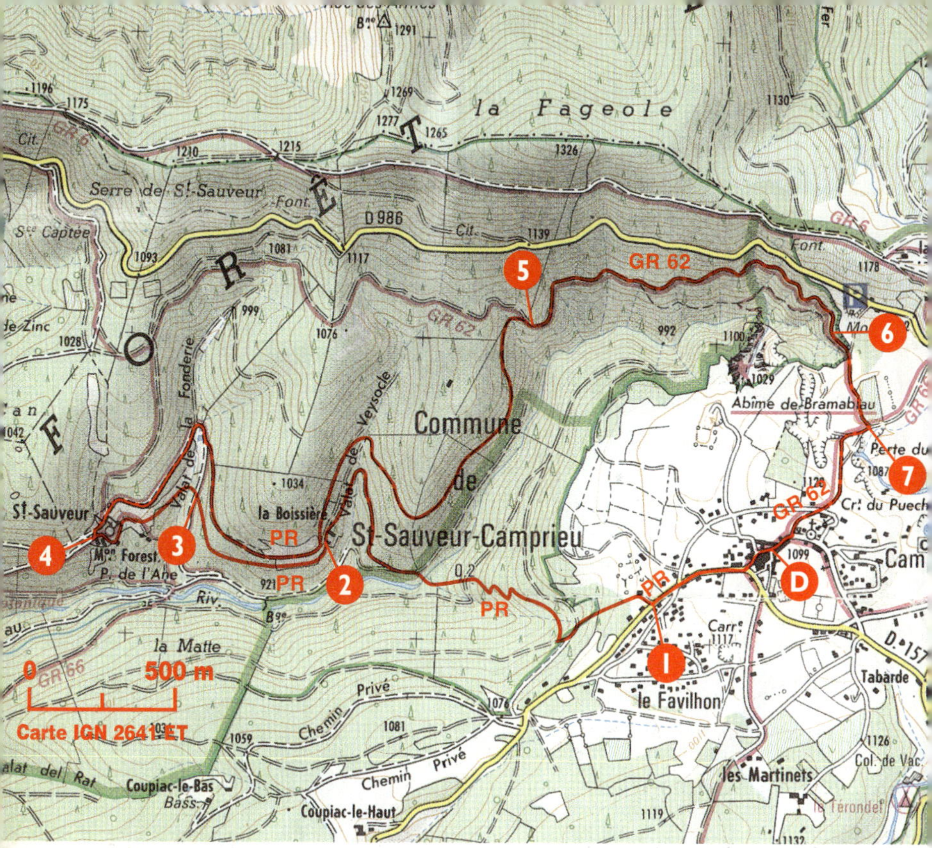

Bramabiau, la naissance de la spéléologie

Autrefois, on hésitait à dire « grottologie ». Depuis le 28 juin 1898, avec la traversée, réussie par E. A. Martel « non sans difficultés », sous la risée des gens du causse, du parcours souterrain du ruisseau du Bonheur on parle de « spéléologie ». Ce petit ruisseau, abandonnait son ancien lit pour s'engouffrer dans la grotte des « 3000 bêtes » (de l'habitude des caussenards de jeter cadavres et carcasses) sous les dalles calcaires du causse de Camprieu. Martel et son équipe prouvaient, 700 mètres plus loin et 90 mètres plus bas, après avoir sauté de cascades en cascades, que les eaux du Bonheur et du Bramabiau étaient les mêmes. Bramabiau, « le bœuf qui brâme », tant est bruyant le vacarme de l'eau de l'ultime cascade (40 mètres de hauteur) qui ressurgit dans la reculée de l'alcôve, au pied de la falaise de 100 mètres de haut (au lieu-dit l'Abîme).

L'Abîme de Bramabiau. *Photo F. de R.*

« Le sentier des morts... »

Fiche pratique **15**

Sur les traces de nos ancêtres... mais cette fois pour découvrir la beauté du « chemin des vivants » alternant forêts, torrents et bâtisses restaurées. Visiter l'abîme de Bramabiau ? excellente idée !

D Suivre la D 157 vers Millau sur 500 m.

1 Descendre à droite.

► Panneau en bois présentant le circuit emprunté jusqu'au 20 août 1872 par les habitants de Camprieu les jours d'enterrements. Sans église, ni cimetière, ils portaient à dos d'hommes les cercueils jusqu'à Saint-Sauveur-de-Pourcils.

Franchir la passerelle en bois sur le Bramabiau.

2 Quitter le sentier principal pour gagner une vieille bâtisse. La traverser sous un large porche. Le sentier remonte vers le chemin principal.

3 Couper une piste forestière et gagner Saint-Sauveur-des-Pourcils. Traverser le village. Longer l'église et parcourir 50 m.

4 Suivre la piste forestière. Laisser à droite le parking (*aire de pique-nique*).

► Possibilité de poursuivre plein Ouest vers le sentier botanique.

5 A l'intersection, prendre à droite et gagner Camprieu.

6 Laisser sur la droite le sentier d'accès à l'abîme de Bramabiau. Au croisement, tourner à droite et emprunter le chemin qui descend en direction du village.

7 Bifurquer à droite. Parcourir 50 m. A la patte d'oie, suivre le chemin du milieu. Il mène à la rue du Puech, au sommet de Camprieu. Descendre la route à droite pour rejoindre le parking.

3 h
9 Km

1 128 m
920 m

Situation Camprieu, à 37 km au Nord du Vigan par les D 999, D 48 (col du Minier) et D 986

Parking salle des fêtes

Balisage

D à 5 jaune
5 à D blanc-rouge

Difficulté particulière

- éviter les périodes enneigées

Ne pas oublier

À voir

En chemin

- Sentier des Arbres
- Maison des guides
- Abîme de Bramabiau
- Perte du Bonheur

Dans la région

- Mont Aigoual (observatoire météorologique)
- Gorges de Trévezel
- Vallée du Bonheur : prieuré roman 10e de Notre-Dame-du-Bonheur, nombreuses tourbières
- Arboretum de la Foux

Dourbies
D
I
Valgarnide
la Barthe
le Montet
le Mas
Duzas
Patarnat
Mourier
PR
la Rouvière
Montredon
GR 66
Valat de Duzas
Abri
0
500 m
Cabanials
Carte IGN 2641 ET
2
Ressançon
Crouzoulous
la Fageole
le Pradarel
les Issarts
3
l'Aubespi
8
4
la Grandesc Basse
7
GR 71
5
6
St-Guiral
les Trois Quilles
Route Forestière

Sentier du Saint-Guiral

Fiche pratique 16

Un tel panorama se mérite ! Cette longue boucle invite à prendre de la hauteur et traverse vallons, ruisseaux, forêts, landes et hameaux. La courte escalade finale rappelle les grands sommets !

D Prendre en contrebas la calade qui descend vers les berges de la Dourbie. La franchir par la passerelle en bois.

1 Suivre la D 151a à droite sur 50 m, puis monter une sente à gauche. A La Rouvière, devant la croix, tourner à gauche et suivre la route.

2 Avant d'arriver à Ressançon, à la hauteur de la croix, quitter la route et prendre à droite le sentier qui monte au milieu des prairies vers les bois. Franchir la rivière, puis serpenter en montant entre les genêts vers un petit col. Au milieu d'une grande plate-forme dénudée, le chemin rejoint une piste forestière.

3 Emprunter à droite la piste carrossable qui s'engage dans un bois de résineux. Passer le croisement de trois pistes et poursuivre sur 100 m.

4 Quitter la piste forestière et suivre à gauche un sentier qui monte en pente forte.

5 Poursuivre le chemin jalonné de cairns qui mène au pic Saint-Guiral, visible à gauche au sortir du bois. Suivre le GR® (tracé le plus facile) pour accéder au pic. Pour repartir, contourner le pic dans les bois en face Nord et rejoindre le croisement des pistes forestières.

6 Tourner à gauche.

7 Quelques mètres avant l'abri à droite, partir à droite sur une sente (*bien suivre le balisage dans le bois*). Elle rejoint une piste. La suivre à droite. Franchir le pont.

8 Quitter la piste pour descendre à gauche par un sentier plus étroit qui emprunte alors le versant Ouest de la montagne des Issards. Il contourne par l'Est le Montredon. Descendre son versant Nord par la piste en lacets. Emprunter à gauche la D 151a.

1 Partir à droite et regagner Dourbies.

7 h
18 Km

1 366 m
831 m

Situation Dourbies, à 43 km au Nord-Ouest du Vigan par les D 999, D 48 (col du Minier) et D 151a

Parking place de l'Eglise

Balisage

blanc-rouge, puis jaune, puis blanc-rouge, puis jaune

Difficultés particulières

■ éviter les périodes enneigées ■ ascension du pic Saint-Guiral ■ dalles de pierre inclinées sur le sentier entre 8 et 1

Ne pas oublier

À voir

En chemin

■ Dourbies ■ Ruines du château de Valgarnide

Dans la région

■ Montagne du Lingas et lac des Pises ■ Gorges du Trévezel ■ Causse noir : Lanuéjols, châteaux de Rogers et Espinassous ■ Ruines du château fort de Caladon ■ Aumessas : village pittoresque, château 12e

Le Saint-Guiral

Le Saint-Guiral est de ces endroits magiques riches à la fois d'un admirable paysage, d'une histoire ancienne et de traditions religieuses et mystiques persistantes.
Des traces de l'occupation néolithique et d'un oppidum, voisinent avec les ruines du château primitif des Roquefeuille (seigneurs locaux). Une pierre dressée, le menhir de Peyrelado, est à l'origine d'une légende que l'on retrouve quasiment identique dans d'autres régions cévenoles : le géant Gargantua, alors qu'il se trouvait sur le Saint-Guiral, se mit à jouer aux palets. Le premier se ficha en terre à l'intersection de trois anciennes voies traversant le causse de Blandas. Le second se planta à la limite des trois communes de Rogues, Blandas et Montdardier et le troisième à Peyrelado.
La présence d'ermites à Saint-Guiral est attestée de 1727 au début du 20e siècle, mais c'est surtout un pèlerinage annuel qui permet à la foi catholique des villages des alentours, de s'exprimer. Ce pèlerinage, fixé au lundi de Pentecôte, quel que soit le temps, réunissait les habitants d'une douzaine de villages d'alentour, prêtres et confréries de pénitents en tête. Les pèlerins, outre quantité de victuailles à consommer sur place, apportaient des offrandes pour le curé de leur paroisse, ainsi que des médailles, des chapelets et des cierges à bénir. Pratiques religieuses et pratiques païennes et magiques étaient fortement mêlées, destinées les unes et les autres essentiellement à protéger les troupeaux des maladies. Un peu de « caillé » béni à Saint-Guiral permettait ainsi d'avoir du bon fromage toute l'année. Après la messe, le casse-croûte regroupait par affinités et familles les habitants des différents villages; puis après les vêpres, c'était le moment de la cueillette de deux plantes médicinales propres au lieu, plantes censées prévenir et guérir diverses maladies du bétail, assurer la fécondité, etc. Adrienne Durand Tullou, « mainteneur du causse de Blandas », à qui nous avons emprunté toutes ces observations, nous dit que cette tradition du pélerinage à Saint-Guiral se maintint encore dans les années 70, malgré son abandon par le clergé local.

Pic de Saint-Guiral. *Photo D.G.*

Reboisement de l'Aigoual

Personne à Valleraugue dans la vallée de l'Hérault n'a oublié les terribles crues de 1857, 1861 et 1870 et son cortège de pierres roulées qui ont détruit filatures, moulins et temples, ont emporté les prairies, engravé les terres…
Sur ce massif, il ne restait que des pâturages à bruyères et des ravins. Les exploitations minières, l'indus-

trie du verre, puis le pâturage intensif des troupeaux caprins et ovins ont détruit la forêt qui couvrait le mont Aigoual. Il n'y avait plus rien pour ralentir, freiner ces pluies diluviennes propres au climat méditerranéen qui se déversent sur ce château d'eau (plus de 2 mètres d'eau par an) puis se précipitent comme des avalanches dans les vallées blotties au fond de ce massif. Pour faire face à ces catastrophes, il fallait reboiser. Ce fût l'œuvre de deux forestiers, G. Fabre et E. Deuxdeniers. A partir de 1874, ils entreprirent de restaurer ce paysage en achetant les derniers taillis de hêtre et en reboisant les terrains nus.

Station météorologique du mont Aigoual

Enraciné sur un bloc de granite enchassé entre schistes et calcaires, à cheval sur la ligne de partage des eaux entre Atlantique et Méditerranée, cette imposante forteresse livre depuis plus de cent ans une guerre sans merci contre les éléments climatiques. Mais aussi depuis plus de vingt ans contre cette logique économique qui s'oppose à la survie de la dernière station météorologique de montagne.

18 août 1894 : inauguration de la station. Une existence qu'elle doit d'abord à Georges Fabre. Il souhaitait associer à la création d'une station forestière pour le reboisement de l'Aigoual, une météorologie appliquée permettant grâce à l'étude des facteurs climatiques, de mieux connaître l'effet du reboisement sur l'écoulement des eaux et la dynamique des bassins versants. Commencés en 1887, les travaux, à raison de soixante-dix jours par an seulement, ont duré sept ans. L'entrepreneur responsable du chantier, totalement ruiné finira les travaux comme simple ouvrier.

A partir des années 1970, suite aux évolutions technologiques, toutes les stations météorologiques de haute montagne (pic du Midi-de-Bigorre, puy de Dôme, mont Ventoux...) ont fermé. Toutes sauf une...

La station doit sa survie d'abord à Christian Proust, qui s'opposa, dans les années 1970, à la fermeture de cette station en travaillant, seul, pendant 18 mois à 1 567 mètres d'altitude.

Au début des années 1980, Jean Boulet, le Cévenol, prend la relève. Lui et son équipe s'ingénient alors à trouver d'autres vocations. Aujourd'hui, outre les prévisions météorologiques, l'observatoire accueille un secteur de recherche tourné vers les entreprises privées qui testent de nouveaux matériaux et un musée de la Météorologie ouvert du 1er mai au 30 septembre.

Observatoire météo d'Aigoual.
Photo F. de R.

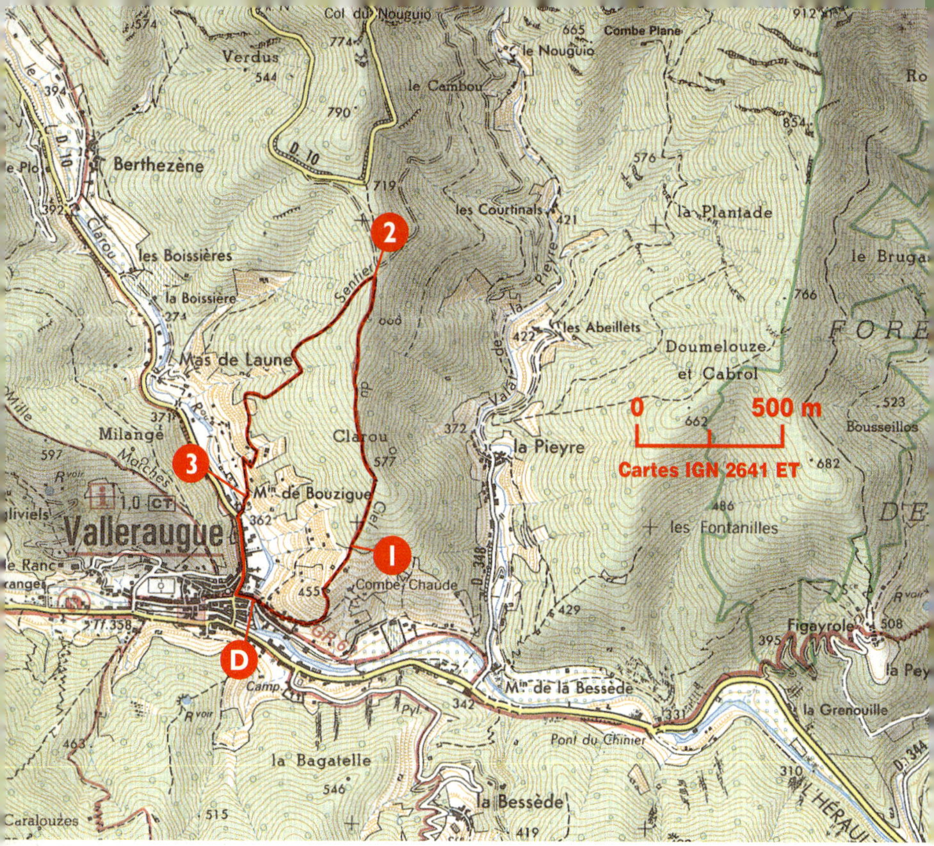

Les filatures

La forte progression de la production de la soie date à Valleraugue de la seconde moitié du 18e siècle : 5 à 6 000 kilos de cocons produits vers 1760. A cette époque, la soie était filée de façon artisanale à domicile, dans des « bassines» installées sur des fourneaux. Filer la soie consiste en effet à « dévider » les cocons dans de l'eau chaude, à réunir plusieurs fils de soie et à les tordre (la « croisure »), puis à les enrouler en écheveaux envoyés à Lyon pour le tissage. Vers 1820, l'utilisation des chaudières à vapeur entraîne la construction de véritables usines, les filatures, grandes et belles bâtisses aux larges ouvertures pour laisser pénétrer la lumière, et qui drainent la main-d'œuvre féminine de toute la vallée.

Filature du Mazel. *Photo CDT 30*

Valleraugue, le sentier du Ciel

Fiche pratique **17**

Cincle plongeur. *Dessin M.J.*

En quelques enjambées, prenez de la hauteur pour admirer Valleraugue et le massif de l'Aigoual. Ce sentier montre que toutes les terrasses ne sont pas abandonnées... A faire avant les 4000 marches !

2 h
3,3 Km

666 m
350 m

Situation Valleraugue, à 23 km au Nord du Vigan par les D 999 et D 986

Parking la placette (ne pas stationner les jours de marché)

Balisage jaune

Difficulté particulière

- éviter les fortes chaleurs et les périodes orageuses

Ne pas oublier

Ⓓ Emprunter le pont sur le Clarou, tourner à droite, parcourir 30 m, puis s'engager dans la ruelle à gauche.

❶ Le sentier serpente dans les terrasses et atteint rapidement la forêt de châtaigniers.

► Nombreux points de vue sur Valleraugue, la vallée du Clarou, le valat de la Pieyre, la vallée de l'Hérault et, en amont, le massif de l'Aigoual.

Puis, il grimpe le long de la crête boisée.

❷ Prendre à gauche à l'arrivée dans la clairière et descendre vers la vallée du Clarou.

❸ En bas de la dernière calade, tourner à gauche, puis à droite pour passer sur le pont du moulin de Bouzigue. Descendre à gauche la D 10 sur 500 m pour regagner Valleraugue.

À voir

En chemin

- Valleraugue : château des Angliviels
- Vues

Dans la région

- Mont Aigoual (observatoire météorologique)
- Col du Pas (monument à la Résistance)
- Ardaillès (ancien maquis)
- Monument André-Chamson (serre de la Lusette)
- Filature du Mazel

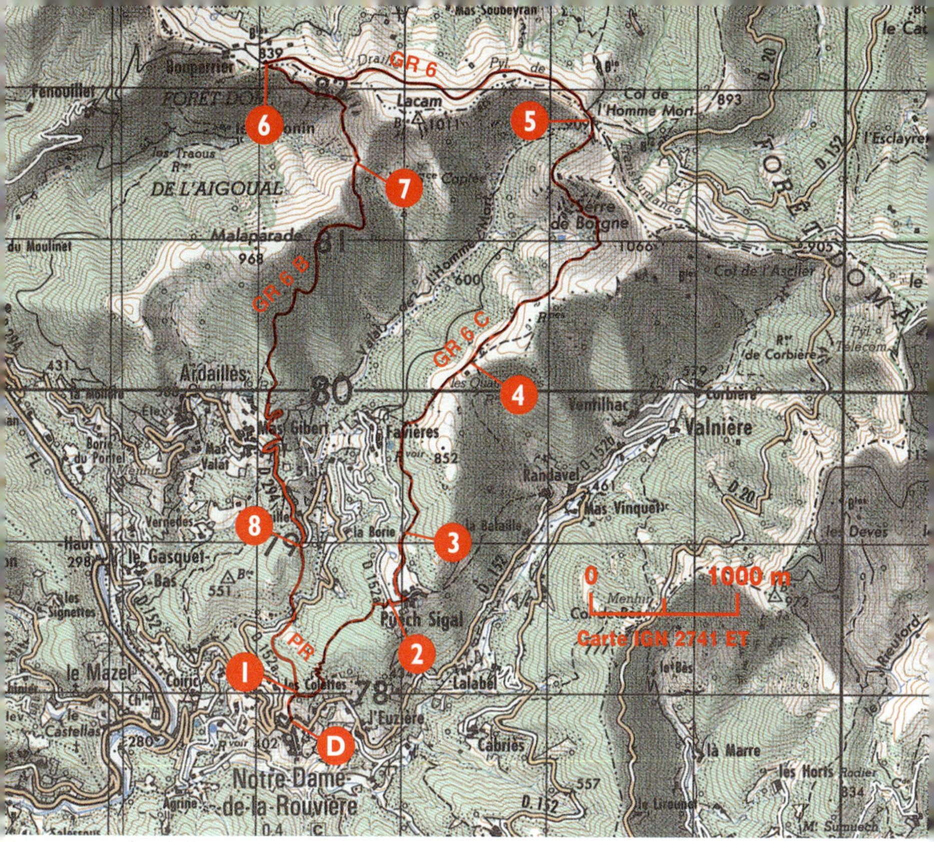

La transhumance

Photo CDT 30

Les troupeaux montant à l'estive par les drailles suivaient un cérémonial immuable, remontant du fond des âges. D'abord viennent un bouc ou un bélier enrubanné, avec une énorme sonnaille, puis des boucs et des chèvres, les béliers et leurs clarines, tachés de rouge, le flot des moutons, et des brebis ensuite. Des ânes et des mulets décorés de pompons étaient disséminés dans le troupeau, transportant les provisions dans de grandes corbeilles, les banastes. Venaient enfin les bergers et leurs chiens.

Si maintenant les troupeaux sont infiniment moins nombreux et plus petits, si la camionnette a remplacé les ânes, la transhumance est toujours un régal pour les yeux et les oreilles, un spectacle magique et toujours renouvelé.

La Grande Draille

De crête en crête, accédez aux célèbres voies de transhumance par lesquelles passent les troupeaux pour se rendre en estive, au son perpétuel des cloches, sous le regard constant du mont Aigoual.

D Emprunter la calade du Puech-Sigal et parcourir 300 m en amont du village.

1 Au premier embranchement, suivre le sentier de droite sur 200 m. Traverser la piste et prendre en face le sentier qui monte. 150 m avant Puech-Sigal, le sentier rejoint la route dans un virage.

2 Aller en direction du village et gagner l'entrée. A hauteur de la croix, bifurquer à gauche sur la piste forestière DFCI G 19 sur 500 m.

3 Au cerisier, quitter la piste pour emprunter à droite un sentier.

4 Au col des Quatre-Jasses, quitter le chemin carrossable qui longe le parc et suivre à droite le sentier qui monte en ligne de crête. Gagner le col de l'Homme-Mort.

► Vue lointaine par ciel dégagé sur le mont Lozère, le mont Ventoux, les Alpilles et les Alpes.

5 Suivre à gauche la draille qui contourne par le Nord le mont Lacam et rejoindre le col de Bonperrier.

6 300 m avant les bâtisses, tourner à gauche et gagner un collet.

7 Au collet (833 m), basculer de la vallée du Vallonin au Valat de l'Homme-Mort. Suivre à droite le chemin qui traverse une murette, 20 m plus loin, et amorce la descente. Le sentier rencontre la route que l'on suit sur 1 km.

8 Dans une épingle à gauche, quitter la route à droite, prendre un sentier qui coupe la route et rejoint le repère 1.

1 Descendre vers Notre-Dame-de-la-Rouvière.

6 h 30
17 Km

930 m
400 m

Situation Notre-Dame-de-la-Rouvière, à 20 km au Nord-Est du Vigan par les D 999, D 986 et D 323

Parking placette (devant la poste)

Balisage

D à 8 blanc-rouge
8 à 1 jaune
1 à D blanc-rouge

Difficulté particulière

- éviter les fortes chaleurs

Ne pas oublier

À voir

En chemin

- Notre-Dame-de-la-Rouvière : village typique sur un promontoire
- Landes de Lacam (flore)
- Ardaillès (ancien maquis)

Dans la région

- Menhir au col de Bes
- Pont moutonnier de l'Asclier
- Saint-Martial : site inscrit, église 12e
- Fabrique-musée de la Soie du Mazel

Les sources de la Vis

« La Vis à trois sources » écrivait A. Martel, en 1890. Issues du flanc méridional du Saint-Guiral, les deux premières sources sont la Virenque à l'est et la Vis à l'ouest. Malheureusement, passé respectivement Alzon et la Sauclière, les eaux de ces deux rivières s'infiltrent dans les couches calcaires des causses laissant les gorges sans vie : Vissec porte bien son nom.

La Vis ne naît véritablement qu'à la Fontaine-de-la-Foux, en amont du méandre abandonné du cirque de Navacelles. Cette résurgence, la plus importante de tous les causses (2 mètres cubes par seconde) restitue les eaux de nos deux rivières et celles infiltrées dans les karsts des causses voisins.

Le méandre recoupé du cirque de Navacelles. *Photo G.B.*

Cette fontaine change le décor : eaux limpides bondissant dans un canyon, avec un moulin récemment restauré… la vie naît là…

Entre Vis et Virenque

Fiche pratique 19

Aigle royal.
Dessin M.J.

A la découverte de deux villages caussenards, en empruntant le lit des rivières, jadis voies de communication vitales, vers Alzon et le Larzac, qu'il fallait sans cesse remettre en état après chaque crue…

D Traverser Vissec, passer devant l'église et parcourir 200 m. A hauteur de la croix, prendre à droite sur 200 m. Avant les dernières bâtisses, emprunter à gauche un sentier en pente douce qui rejoint le lit de la Vis. Partir à droite et le remonter.

1 A la confluence de la Vis et de la Virenque, prendre à gauche et remonter le lit de la Virenque.

2 Couper la D 814 et poursuivre en face la remontée du lit de la Virenque.

3 Laisser sur la gauche les grandes bâtisses du Camp Altou (*deux grandes maisons, l'une est dans le Gard et l'autre dans l'Hérault!*) et continuer à droite le lit de la rivière.

► Possibilité d'observer les vautours fauves du cirque de Navacelles et parfois l'aigle royal qui tournoient dans le ciel (aux heures les plus chaudes de la matinée).

4 Quitter le lit de la rivière en bifurquant à droite en direction d'un éperon calcaire. Commencer à monter vers Régagnas au travers d'une chênaie pubescente.

5 Passer le portillon de sortie du parc (*refermer les barrières*) et poursuivre en face sur le chemin carrossable.

6 Tourner à gauche et se diriger vers le hameau visible de Régagnas. Après 50 m, tourner encore à gauche pour se rendre au hameau. Prendre à droite pour retourner à Vissec.

7 Le chemin traverse une esplanade de terre puis se rétrécit en filant vers la vallée de la Vis. Traverser la D814, suivre le lit de la Vis, puis l'itinéraire de l'aller pour rejoindre Vissec.

4 h
10,5 Km

742 m
450 m

Situation Vissec, à 23 km au Sud-Ouest du Vigan par les D 999, D 48 et D 113

Parking aire d'accueil (en contrebas du village)

Balisage jaune

Difficultés particulières

- éviter les fortes chaleurs et les jours suivant de fortes précipitations (lits des rivières impraticables)
- parcours au sommet des falaises entre **7** et **1**

Ne pas oublier

À voir

En chemin

- Vissec
- Régagnas
- Chênaie pubescente du Bosc
- Doline forestière

Dans la région

- Vissec : ruines romaines (au Nord, sur le causse de Blandas), sentier de la Foux (départ de l'aire d'accueil)
- Cirque de Navacelles
- Résurgence de la Foux
- Causse de Blandas : menhirs, dolmens, cromlechs
- Causse de Campestre : châteaux de Campestre, Grailhe, Luc et Salze
- Abîme Saint-Féréol

Les princes du château d'Esparon

La légende dit que ces frères, Alban, Loup et Guiral, tombèrent tous trois amoureux de la belle Irène de Rogues. Ne voulant se faire de peine les uns les autres, ils partent alors en croisade. Las, quand ils reviennent, la belle est morte. De désespoir les trois frères se revêtent de bure et se font ermites chacun sur l'un des sommets environnants. Leur nom fut donné à chacun de ces sommets : la montagne de Saint-Alban, le pic Saint-Loup et le mont Saint-Guiral. » Trois petits princes sortant du Paradis A la guerre lointaine s'en sont partis » chantaient il y a peu de temps encore les enfants d'Esparon…

Esparon. *Photo F. de R.*

Villages viganais, circuit des Ruthènes

Fiche pratique 20

« Sur la cinquième branche de l'étoile des chemins nîmois », la route d'étape de la marine royale de Brest à Toulon passait, au temps de Colbert, par Rodez, Millau, Le Vigan. 300 ans plus tard, à vous de la découvrir…

D Passer sous l'église et prendre deux fois à droite la petite ruelle qui descend. Rejoindre la D 272, la suivre à gauche sur 50 m et, avant le virage, descendre à droite par un sentier qui retrouve la D 272, franchit le Rieu. Suivre la départementale jusqu'au pont d'Andon (*vous êtes sur l'ancien circuit des Ruthènes*).

1 Se rendre rive droite et suivre la direction Molières-Cavaillac sur la D 190. Après 300 m, tourner à droite sur la D 790 pour monter au village. Atteindre le premier virage à gauche.

2 Quitter la D 790 et prendre à gauche une ruelle bétonnée qui monte. Traverser Molières-Cavaillac, puis parvenir, 100 m après la sortie du village, à une croix.

3 Prendre le sentier à droite qui entame la montée au travers des terrasses jusqu'à Esparon en laissant à droite à mi-chemin le chaos de la Déroucade.

4 Quitter le chemin pour rejoindre la crête à travers les terrasses.

► A Esparon, possibilité de monter sur le rocher qui surplombe le village et la vallée de l'Arre (20 mn A/R).

5 Quitter Esparon par un sentier devant la fontaine. Traverser une première fois la route, prendre tout droit le sentier qui coupe la D 790a et suivre la piste forestière à droite sur 1,2 km (piste DFCI G 47 ter).

6 Quitter cette piste en suivant à droite le sentier de pays étroit qui descend parmi les cèdres.

7 Descendre à droite la piste forestière ; monter à gauche après la chaîne barrant la piste. Le sentier passe au-dessus de la Quinta, puis arrive sur la crête, dans une châtaigneraie.

8 Virer à droite en direction de Bréau pour rejoindre la mairie au point de départ.

4 h
9,5 Km

650 m
267 m

Situation Bréau-et-Salagosse, à 5 km à l'Ouest du Vigan par la D 999

Parking place de la mairie

Balisage

D à **5** jaune
5 à **D** jaune-rouge

Difficulté particulière

■ à éviter par fortes chaleurs

Ne pas oublier

À voir

En chemin

■ Rocher d'Esparon : nid d'aigle avec chapelle, fontaine ■ Molières-Cavaillac : maison des Magnans (ancienne filature remarquable), l'église romane occupe une partie de l'ancien fort ■ Bréau-et-Salagosse : château du Caladon, temple octogonal moderne à l'architecture rare ■ Château du pont d'Andon du 16e

Dans la région

■ Alzon et son église fortifiée ■ Château de Montdardier ■ Château d'Aumessas ■ Avèze : château de Montcalm du 13e et vieux pont roman ■ Cascades d'Orgon

Sarrasins en Cévennes

Le vieux pont du Vigan. *Photo F. de R.*

La mode de l'interprétation toponymique a fait du col des Mourèzes l'un des nombreux lieux de passage des envahisseurs maures ou sarrasins : il n'y a pas loin en effet de Maures à Mourèzes. Sur le plan historique cependant, rien ne permet d'affirmer que les invasions arabes aient une quelconque responsabilité dans le nom de ce col, comme dans beaucoup d'autres toponymes du même genre, d'ailleurs, en Cévennes (le plus fameux étant dans la vallée Française, le Fèz-Rolland, où Roland, oui, le Roland de Charlemagne et de l'olifant ! aurait vaincu les Sarrasins). On ne peut qu'être frappé par l'impact sur l'imaginaire collectif de ces invasions, probablement les dernières à déferler sur la région. Il faut dire que la lutte contre l'Islam avait été un cheval de bataille important pour l'Eglise catholique au Moyen Age.

Le col des Mourèzes

Fiche pratique 21

Depuis Le Vigan, arpentez les anciennes châtaigneraies jusqu'au col des Mourèzes. Surplombez les vallées, avant de redescendre par des hameaux isolés et de longer les berges de l'Arre.

Sanglier. *Dessin P.R.*

D Monter la rue de Mareilles (angle arrière droit de l'hôtel de ville).

1 Laisser à droite trois poteaux en béton reliés par une barrière métallique verte, continuer 10 m. Quitter la route à droite et suivre la calade bordée à gauche par un ruisseau. Suivre la route sur 150 m.

2 Tourner à gauche au niveau d'un petit pont en pierre. Le chemin coupe le lacet de la route et rejoint le col des Mourèzes. Suivre la piste forestière en face.

3 Bifurquer à angle droit à droite (*à l'amorce de la descente : marque jaune visible à mi-hauteur sur un jeune tronc de chêne vert*) et descendre dans les châtaigniers.

4 300 m avant les premières bâtisses de Paillérols, bifurquer à gauche. Le sentier mène aux Caumels.

► Un monticule rocheux offre en amont des Caumels un point de vue panoramique sur les vallées de l'Arre, de l'Arboux et, au loin, sur le massif de l'Aigoual.

5 Le sentier traverse Les Caumels (*en cours de restauration*) et poursuit la descente sur 300 m. Couper une piste forestière. Passer sous l'ancienne voie ferrée, tourner à droite et suivre la D 999 sur 50 m (*route fréquentée : prudence*). Descendre à gauche un chemin goudronné, puis franchir l'Arre sur le pont-aqueduc.

6 Au sortir du pont, tourner à droite. La route se dirige vers Le Vigan par la rive droite de l'Arre.

4 h
10,5 Km

576 m
208 m

Situation Le Vigan, à 80 km au Nord-Ouest de Nîmes par la D 999

Parking hôtel de ville (rue des Mareilles)

Balisage

D à 3 jaune
3 à D blanc-rouge

Difficultés particulières

■ éviter les fortes chaleurs et les périodes orageuses ■ abrupt entre 3 et 4 (thalweg) ■ traversée de la D 999 entre 5 et 6

Ne pas oublier

À voir

En chemin

■ Le Vigan : promenade des châtaigniers, château d'Assas, musée Cévenol ■ Pont Lacroix (pont-aqueduc de plusieurs arches) ■ Vieux pont roman sur l'Arre

Dans la région

■ Cascades d'Orgon ■ Col du Minier ■ Lac des Pises ■ Château des Clapices dans le vallon sauvage du Coudoulous ■ Château de Mandagout sur la commune du même nom qui possède 40 hameaux !

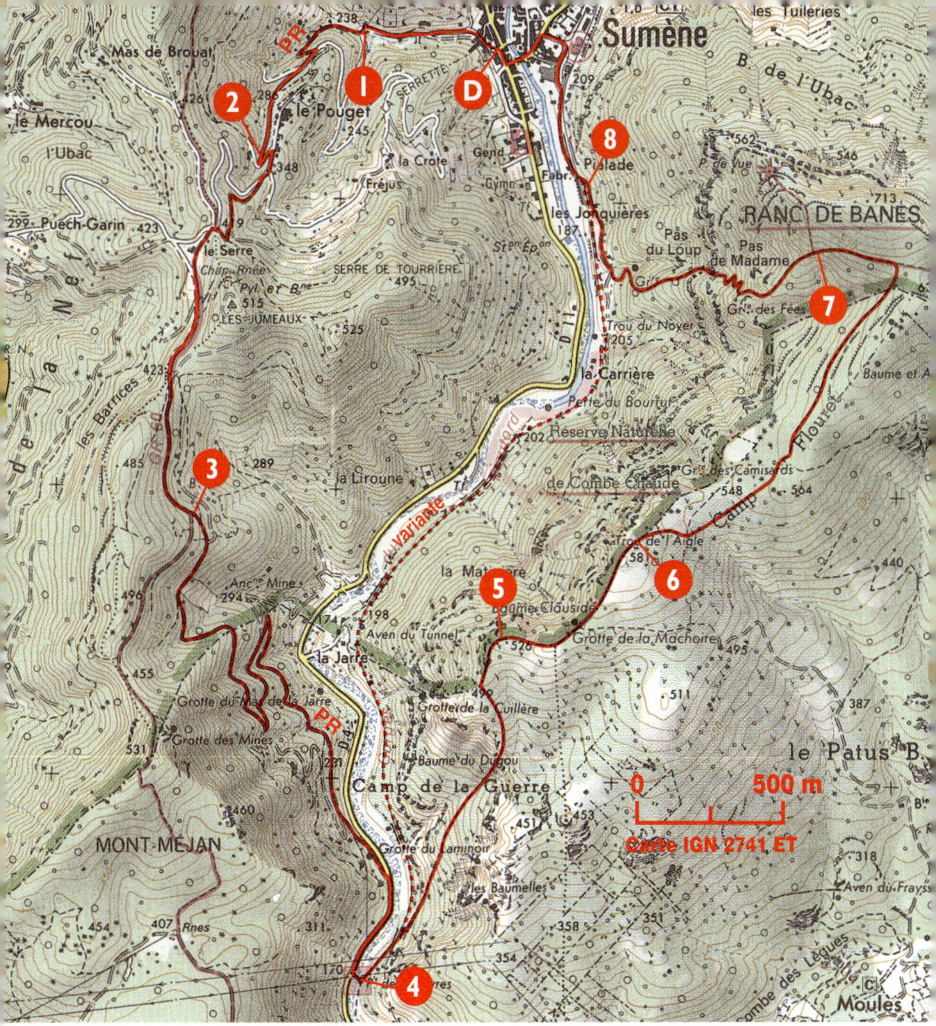

La « Raïolette »

L'oignon doux des Cévennes ou « Raïolette », commercialisé sous l'appellation de « Doux Saint-André » couvre de nombreuses terrasses ou faïsses de la région de Sumène et de Saint-Martial. Ces oignons, délicieux en salade et en tartes, se conservent très bien. La production, de 1 500 tonnes seulement, a un débouché essentiellement régional. Mais cet oignon, s'il est très apprécié localement, pourra prétendre à une place plus importante dans le marché national au fur et à mesure de la conquête de nouvelles terres et de l'utilisation de nouvelles méthodes de culture : son coût actuellement assez élevé s'explique par le fait qu'il est encore largement cultivé et ramassé à la main !

Photo C.M.

Le Ranc de Banes

Fiche pratique 22

Sur les traces des ermites, des romains et des mineurs d'hier, une balade à faire de préférence en automne ou en hiver autour d'une gorge profonde.

Ⓓ Monter par la route du Pouget sur 400 m. Après un petit pont, quitter la route et partir à droite. A deux reprises, laisser à droite les chemins qui mènent à des habitations.

❶ Au Pouget, poursuivre tout droit sur la route (*cabine téléphonique*), puis continuer à monter. Passer deux lacets. A la patte d'oie suivante, poursuivre sur la route à droite sur 50 m. Virer à gauche sur un sentier qui monte franchement.

❷ Gagner la route. Prendre le chemin le plus à gauche vers le Serre.

❸ Partir sur le petit chemin raviné qui descend vers la vallée. Il passe près d'un ancien site minier. Déboucher sur la D 11, la suivre à droite vers Ganges (*prudence*).

❹ Franchir le pont des Chèvres, entamer la montée à gauche sur 300 m et passer sous l'ancienne voie ferrée.

► Variante qui rejoint directement Sumène : suivre la voie large et plane longeant le cours du Rieutord (*durée : 1 h*).

Continuer à grimper et gagner la crête.

❺ Poursuivre sur la crête (*bien suivre les cairns qui complètent le balisage*) et rejoindre le Trou-de-l'Aigle.

❻ A cet endroit, le chemin quitte la ligne de crête afin de contourner la réserve de Combe-Chaude (*interdite à la fréquentation ; grillage du charnier de nourrissage des rapaces ; panneaux d'informations*). Rejoindre un carrefour au milieu des blocs de calcaire et des chênes verts.

► Accès au Ranc de Banes : suivre le sentier qui monte à droite (*balisage point jaune, 45 mn aller-retour*).

❼ Descendre vers la vallée.

❽ Le chemin passe sous la voie ferrée, puis entre dans Sumène par l'ancienne gare.

6 h 30 • 14 Km

640 m / 170 m

Situation Sumène, à 6,5 km au Nord de Ganges par la D 11

Parking route du Pouget (50 m après l'église)

Balisage blanc-rouge du Serre à ❸, puis jaune

Difficultés particulières

■ éviter l'été, les périodes orageuses ■ attention aux abords des falaises entre ❹ et ❻ ■ passages escarpées entre ❼ et ❽ ■ parcours sur la D 11 entre ❸ et ❹

Ne pas oublier

À voir

En chemin

■ Sumène ■ Vestiges de la chapelle Saint-Cyprien et vestiges d'un castellas (sommets des Jumeaux) ■ Ancienne mine (deux grands fours en pierre) ■ Grottes

Dans la région

■ Saint-Martial ■ Moulin de Poujol ■ Château de Saint-Julien-de-la-Nef (auberge d'Isis) ■ Château du Mercou ■ Cascade d'Aiguefolle ■ Menhirs du col de la Pierre levée et du Cayrel

Riches et fragiles garrigues

Capitelle. *Photo F. de R.*

Entre la montagne cévenole et la plaine languedocienne s'étendent les garrigues gardoises sur plus de la moitié du département. La masse sombre des chênes domine cet ensemble de plateaux calcaires, légèrement inclinés du nord au sud, d'où émergent les falaises blanches brûlées de soleil. Séparés par de légères dépressions, comme le bassin d'Alès ou celui de Lédignan, ces plateaux sont entaillés par de superbes gorges à méandres où coulent, parfois avec violence, l'Ardèche, la Cèze et le Gard.

Vers 10 000 avant Jésus-Christ, la garrigue est recouverte de pins sylvestres, de genévriers et de chênes à feuilles caduques (chênes blancs). L'homme qui la parcourt n'est encore ni agriculteur, ni pasteur, mais vit de la chasse et de la cueillette. Entre 6 000 et 4 000 avant Jésus-Christ, il devient agriculteur et élève chèvres et moutons. Le chêne blanc, qui vit sur les sols les plus profonds, est éliminé au profit des cultures. Le chêne vert et le buis se développent sur les plus mauvais terrains. Les premiers villages de cabanes se forment, puis les oppida fortifiés et leurs maisons en pierre sèche, et enfin les villas romaines, ancêtres de beaucoup de nos mas et hameaux actuels.

Depuis cette période et jusqu'aux années 1950, la garrigue joue un rôle essentiel. C'est d'abord le terrain de parcours indispensable aux troupeaux de moutons. Les habitants des fermes et des villages en tirent leur bois de charpente, leur bois de chauffage, des glands, des plantes médicinales, des champignons. Le charbon de bois est produit sur place par les charbonniers suivant des techniques ancestrales. On y fabrique également de la chaux avec du calcaire chauffé à blanc, du verre. L'yeuze fournit le tan pour tanner les peaux de mouton, et le genévrier cade l'huile de cade si importante dans la pharmacopée ancienne. Une belle architecture du calcaire, avec ses puits et ses citernes, se développe. On peut véritablement parler d'une civilisation de la garrigue.

On retrouve bien sûr la garrigue dans d'autres départements que le Gard, mais en trouve-t-on d'aussi belle ? La fréquentation de plus en plus intense de ce massif par de nombreux randonneurs, grâce aux nombreuses pistes de Défense de la Forêt Contre les Incendies, fragilise cette garrigue. Aussi, conscient de la richesse de ce patrimoine et de sa vulnérabilité, on peut espérer que bientôt des mesures de protection verront le jour.

Le camaïeu des garrigues. *Photo CDT 30.*

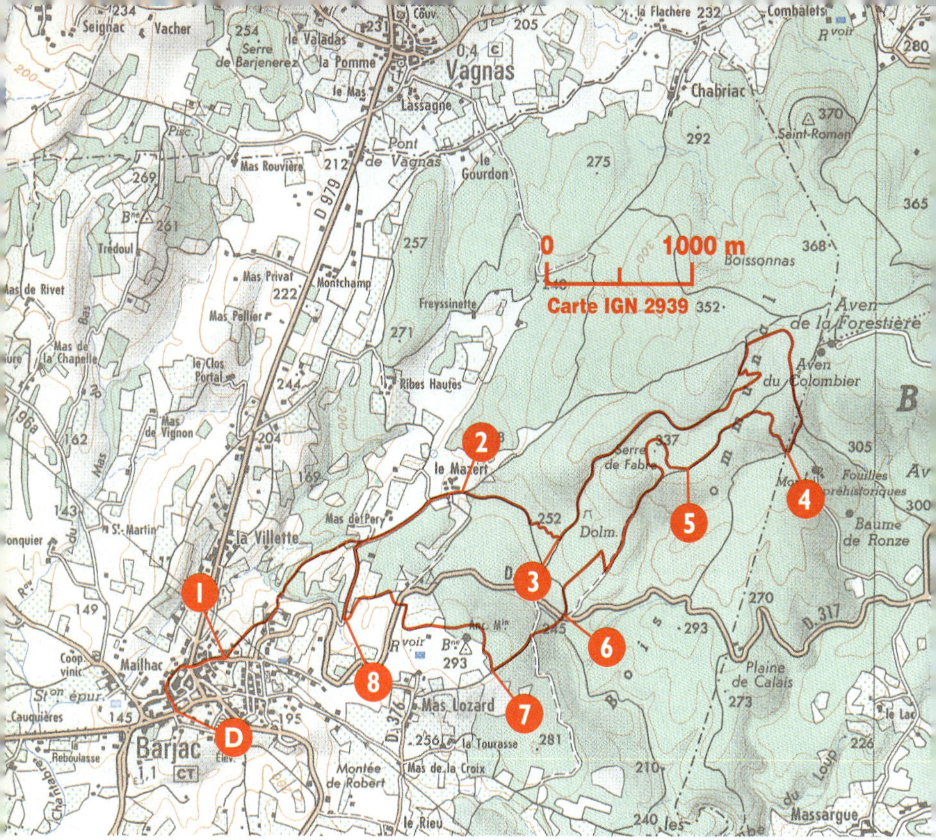

Avens et grottes

Sur les plateaux calcaires, en surface, les eaux circulent peu ou pas. Elles s'infiltrent dans le manteau calcaire. Chargée de gaz carbonique, l'eau attaque le carbonate de calcium contenu dans le calcaire entraînant la formation de dolines (petites dépressions fermées) d'ouvalas puis de poljés… A l'occasion des multiples fissures qui parcourent les plateaux, l'eau pénètre très profondément dans le sol. Ce creusement et cette dissolution des calcaires provoquent la formation de puits, les avens. Peu à peu, ces puits s'agrandissent, des galeries souterraines se ramifient pour arriver à former de véritables grottes parsemées de concrétions de calcites, stalactites, draperies… Joyaux du département du Gard, il faut visiter la grotte de Trabuc, la Cocalière, l'aven de la Forestière…

Grottes de Trabuc, «les mille soldats». *Photo R.D.*

Dolmens et capitelles

Fiche pratique **23**

Au milieu des bois et des garrigues, partez à la découverte des panoramas sur les Cévennes, des capitelles, mais surtout des dix dolmens sur les trente recensés du bois des Ronzes.

D Entrer dans Barjac par la rue Salavas. Avant l'arche, emprunter la Grand-Rue. Au bout, traverser et monter par la D 176. Dépasser une croix et poursuivre sur 200 m.

1 Prendre à gauche un chemin. Descendre la route à gauche. Dans le creux, poursuivre par un chemin caillouteux. Retrouver une route, passer devant le mas de Péry.

2 Au Mazert, poursuivre tout droit. Au niveau du chêne pubescent, prendre un sentier à droite. Arriver sur une piste, tourner à gauche. A la clairière, emprunter le second sentier à droite qui serpente jusqu'au premier dolmen.

3 Prendre la piste à gauche. Dépasser une citerne, continuer sur 200 m, puis monter un sentier à droite. Après le cinquième dolmen, descendre à gauche, revenir sur la piste et tourner à droite. A la patte d'oie suivante, obliquer à droite. Au carrefour de la citerne, poursuivre en face. La piste descend. A l'intersection, monter à droite et encore à droite, plus loin.

4 Quelques mètres avant une troisième patte d'oie, partir sur une sente à droite en sous-bois, puis descendre la piste.

5 Après la seconde piste à droite, emprunter une sente sur la droite. Retrouver la piste plus loin. La descendre sur 1 km. Bifurquer à droite vers la maison forestière. Partir deux fois à gauche et retrouver la D 176.

6 Suivre la D 176 quelques mètres à droite, descendre à gauche une piste DFCI sur 50 m. Monter à droite un chemin herbeux. En haut, tourner à gauche sur la piste carrossable. A la patte d'oie, aller à gauche.

7 Face à un mur, partir à droite. Passer devant deux maisons, une neuve et un moulin en ruine. Couper la D 176. Laisser le camping à droite, prendre un chemin devant une maison. Descendre un sentier escarpé et caillouteux.

8 Suivre la route à droite sur 500 m, puis aller à gauche pour regagner Barjac par l'itinéraire aller.

4 h 30
17 Km

353 m
153 m

Situation Barjac, à 30 km au Nord-Est d'Alès par les D 904, D 171, D 255 et D 901

Parking place du 8 mai (devant l'office du tourisme)

Balisage jaune

Difficulté particulière

- éviter l'été

Ne pas oublier

2h00

À voir

En chemin

- Barjac
- Dolmens
- Charbonnières
- Capitelles
- Panoramas du serre de Fabre et de la Devèze

Dans la région

- Aven de la Forestière
- Aven et musée de l'aven d'Orgnac
- Baume de la Ronze
- Chapelle de Saint-Roman
- Carrières de pierre de taille
- Fouilles préhistoriques de la Ronze

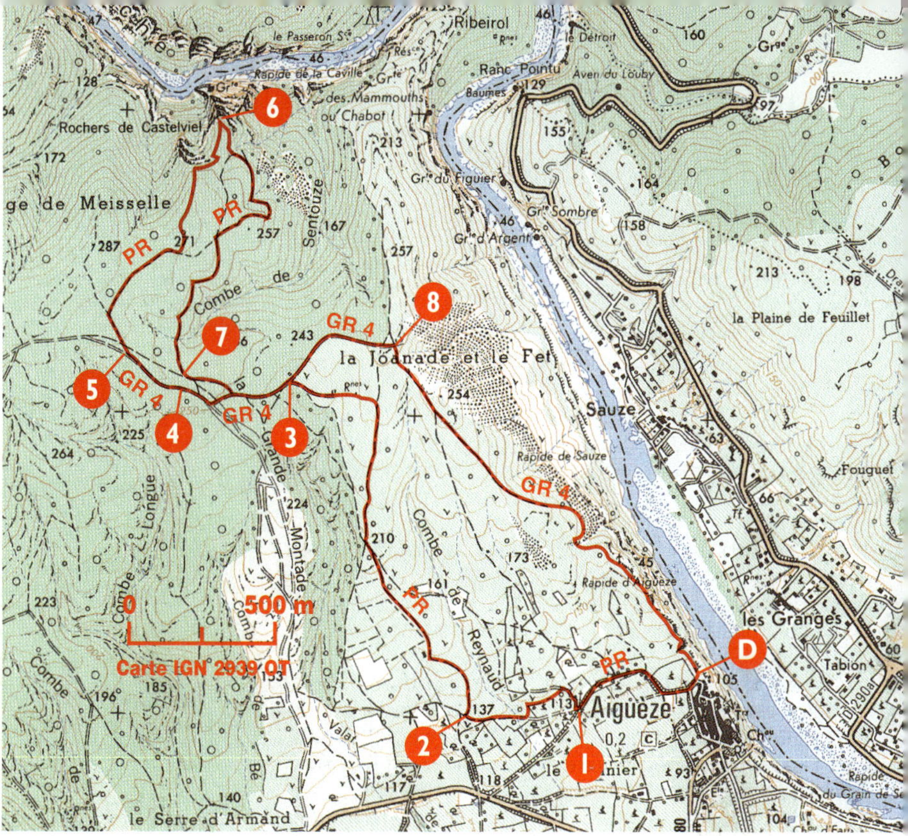

Les gorges de l'Ardèche

Entre Aiguèze et Vallon-Pont-d'Arc, sur près de 30 kilomètres, la rivière Ardèche dessine une succession de méandres harmonieux, entrecoupés de rapides, au cœur d'un canyon dont les falaises peuvent atteindre près de 400 mètres. Ces falaises inaccessibles abritent des espèces rares et menacées comme l'aigle de Bonelli ou le vautour percnoptère. Des curiosités géologiques spectaculaires comme le pont d'Arc, des sites préhistoriques de première valeur (nombreuses grottes ornées, dont la somptueuse grotte Chauvet) ont développé un tourisme de plus en plus important. Les créations, en 1980, d'une réserve naturelle et plus tard d'une opération Grand Site ont pour but de mieux définir une stratégie d'accueil visant à maîtriser la fréquentation du site tout en protégeant ses richesses.

Gorges de l'Ardèche.
Photo F. de R.

Castel-Viel

Fiche pratique 24

Choucas des tours.
Dessin M.J.

Une balade autour des gorges de l'Ardèche, où retentissent les cris des choucas, et d'Aiguèze (peut-être l'ancienne cité de Charles Martel), nid d'aigle aux portes du Languedoc.

D Partir plein Ouest par la route qui monte légèrement. Passer devant un monument au morts.

1 A hauteur d'un garage, dans un virage, s'engager à droite sur une dalle de pierre. Faire 30 m et prendre le sentier à gauche (*balisage au sol*). Plus loin, emprunter un chemin à gauche.

2 Au bout d'une petite route, monter à droite dans la garrigue ouverte par une piste carrossable sur 20 m. A la patte d'oie suivante, aller à droite. Dépasser un mazet. A l'intersection, partir à gauche. A la citerne du Grand-Aven, poursuivre tout droit.

3 Se diriger à gauche sur 100 m, puis poursuivre tout droit. A l'intersection suivante en T, partir à droite sur une piste forestière très large.

4 Poursuivre sur la piste principale plein Ouest.

5 S'engager à droite en sous-bois. A l'intersection suivante, aller à droite sur 250 m. A la patte d'oie, descendre à gauche par un sentier plus escarpé.

6 Descendre à droite par un sentier escarpé. Plus loin le chemin remonte. Emprunter un ancien chemin (murs de soutien en pierres sèches). Après le virage en épingle, prendre à gauche à la première intersection.

7 Partir deux fois à gauche pour retrouver une piste forestière. Continuer jusqu'au repère **3**.

3 Quitter la piste et monter par celle de gauche.

8 Prendre à gauche à la clairière, faire quelques pas et s'engager au Sud-Est sur une sente à droite. Emprunter le GR®4, rester sur le sentier principal et regagner Aiguèze.

3 h
11 Km

275 m
105 m

Situation Aiguèze, à 10 km au Nord-Ouest de Pont-Saint-Esprit par les N 86 et D 901

Parking sortie Nord du village

Balisage
D à **3** jaune
3 à **5** blanc-rouge
5 à **7** jaune
7 à **D** blanc-rouge

Difficultés particulières
■ éviter l'été ■ prudence en longeant les falaises des gorges entre **8** et **D**

Ne pas oublier

1h30

À voir

En chemin

■ Aiguèze ■ Village médiéval, castelas, château 8e, église 16e

Dans la région

■ Château des Templiers 12e de Laval-Saint-Roman ■ Montclus ■ Pont-Saint-Esprit : musée Paul-Raymond, musée départemental d'art sacré, pont 13e (seul pont entre Lyon et la mer pendant de nombreux siècles)

Les thermes

Utilisés par les Romains (vestiges encore visibles), les thermes des Fumades ont traversé, depuis plus de 2000 ans, les aléas de l'histoire.
Au début du 20e siècle, l'établissement atteint son apogée; à partir de 1914, les curistes allemands (fort nombreux) se font rares. La station thermale végète jusqu'en 1989 où elle est rachetée par le département.
Commence alors une renaissance : les anciennes installations sont abandonnées au profit d'un nouveau bâtiment moderne et pratique. Cette « cure de jouvence » ne s'est pas faite sans mal car seules deux sources sont aujourd'hui déclarées d'utilité publique, contre quatorze au début du 20e siècle.

Les anciens thermes. *Photo G.B.*

L'eau gardoise chargée en soufre permet à la station de s'affirmer dans le traitement des voies respiratoires, de la dermatologie et des affections des muqueuses buccales.

Le château d'Allègre

Petite balade familiale entre l'eau, qui façonne baumes et marmites du diable du défilé d'Argensol, et les falaises sur lesquelles les hommes ont dressé ce château fort…

D Traverser La Bégude vers le Nord. Dépasser le monument aux morts et continuer sur 100 m. Monter à droite par une ruelle entre deux maisons sur 150 m. Partir à gauche sur un sentier longeant deux murets, puis grimper en sous-bois par un sentier escarpé bordé de buis. Au croisement suivant, poursuivre la montée et gagner une intersection en T.

1 Continuer à monter légèrement à droite par un chemin carrossable au mas d'Allègre.

2 Prendre la route à droite sur 50 m. En plein virage (face à un portail rouillé), grimper à gauche par une sente rocailleuse au château d'Allègre. Contourner le château par le Nord. A la fin du sentier bordé de deux murs de pierres sèches, avant d'amorcer une descente, s'engager à gauche sur une sente qui monte sur les affleurements de calcaire (*fléchage au sol*). Le sentier s'élargit et redescend légèrement.

3 A l'intersection en T, monter à droite en sous-bois sur un chemin plus facile. Au croisement suivant, partir à droite vers la chapelle. La contourner par le Nord. A partir de là, le sentier très escarpé et rocailleux longe les falaises calcaires (*prudence !*). Rester sur la sente principale (attention aux innombrables intersections).

4 Dévaler à droite un chemin plus large. Plus loin, contourner une ruine dans un bosquet de chênes pubescents.

5 Couper la D 37 (*prudence !*) et s'engager à droite de la citerne sur un chemin carrossable en pente douce (DFCI 10).

6 Continuer à droite sur le chemin carrossable, franchir un pont bétonné. Au croisement plus loin, rester sur la droite. Arriver à La Bégude, tourner à gauche pour regagner le parking.

Ciste à feuilles de sauge. *Dessin N.L.*

Fiche pratique 25

3 h
9,6 Km

358 m
147 m

Situation La Bégude (commune d'Allègre), à 18 km au Nord-Est d'Alès par la D 16

Parking pré, près d'un silo (au Sud du hameau)

Balisage jaune

Difficultés particulières

- éviter les jours de chasse et ceux de fort mistral
- prudence entre la chapelle et 4

Ne pas oublier

À voir

En chemin

- Château d'Allègre
- Panorama sur les serres calcaires du massif du Bouquet
- Défilé d'Argensol

Dans la région

- Chapelle d'Arlende 10e
- Boisson : église (carillon), château
- Sources thermales des Fumades
- Source d'Arlende
- Oppidum de Saint-Peyre
- Valat de Séguissous
- Cascades et marmites des Petites Aiguières

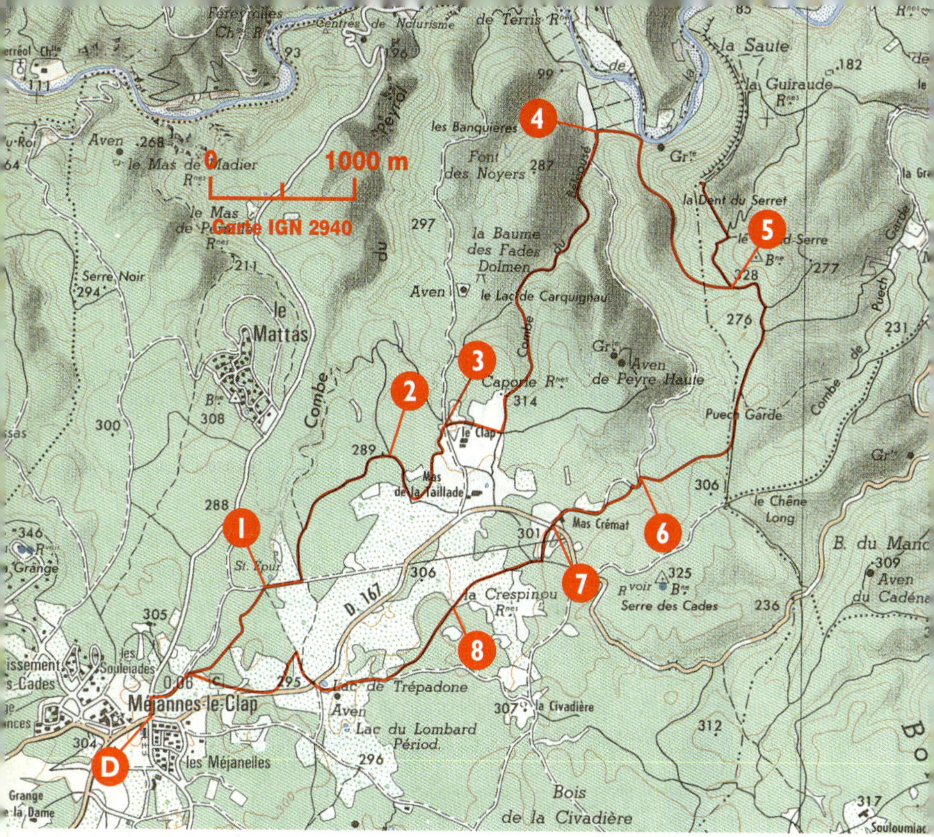

De l'or dans la Cèze ?

L'or a fait rêver, et fera encore longtemps rêver, et ce rêve résiste à toutes les baisses du cours officiel ! Mais point besoin de courir la jungle ou la savane : les sables et les graviers des rivières de notre région cachent des paillettes d'or. On dit même que la plus grosse pépite d'or jamais trouvée en France de mémoire humaine, vient du Gard : elle aurait pesé 543 grammes ! Dans la Cèze, les orpailleurs sont toujours nombreux et la relève semble assurée : d'anciens orpailleurs professionnels organisent des stages au cours desquels enfants et adultes peuvent apprendre à manier la « battée », et repartent avec leur récolte de minuscules paillettes, sans grande valeur marchande (il faudrait 7000 paillettes pour faire un gramme d'or), mais quel riche souvenir !

Orpaillage. *Photo G.C.*

La dent du Serret

Fiche pratique **26**

6 h
18 Km

316 m
90 m

Sur les chemins de traverse des garrigues du plateau de Méjannes, il faut descendre se baigner dans le cadre enchanteur des gorges de la Cèze avant de grimper à la dent du Serret pour la contempler.

Situation Méjannes-le-Clap, à 30 km au Nord d'Uzès par les D 979 et D 167

Parking mairie (devant l'office de tourisme)

Balisage jaune

Difficulté particulière

- éviter la chaleur de l'été et les jours de chasse

Ne pas oublier

1h30

D Traverser la route du hameau du Mattas. Un peu plus loin, prendre un sentier sur la droite, dans la garrigue haute à chênes pubescents.

1 Au croisement, suivre le chemin de terre qui monte à droite. Bifurquer dans un premier chemin à gauche, puis sur un sentier à gauche. Laisser deux sentiers sur la gauche.

2 Prendre la piste de droite sur 250 m. S'engager à gauche sur un sentier plus sinueux.

3 Traverser la piste et poursuivre en face. Tourner à gauche au croisement suivant et rester sur la droite pour descendre par la combe de Béléousé à l'intersection avec une large piste. Poursuivre la descente sur la piste.

4 Virer à droite avant les plantations de peupliers. Au bord de la Cèze, continuer à droite pour remonter par la combe de la Verrière.

5 Arrivé sur un chemin de terre, poursuivre à gauche. Au col, avant de basculer dans la combe de Bertrand, grimper par un petit sentier à la Dent du Serret. Revenir sur ses pas au repère 5.

5 Continuer tout droit sur le chemin sans changer de direction aux intersections.

6 Emprunter à gauche une piste sur quelques mètres. A la sortie du virage, partir à gauche par un sentier plus étroit. Continuer jusqu'au mas Crémat.

7 Traverser la D 167. Prendre en face le sentier qui coupe un chemin de terre, serpente, repart sur la droite, croise un chemin et rejoint une piste.

8 Emprunter à gauche cette piste, puis un sentier à droite, avant de retrouver la piste plus loin. Poursuivre jusqu'au lac de Trépadonne. Franchir la D 167. S'engager sur le sentier en face. Au croisement suivant, bifurquer à gauche sur un sentier qui longe la route pour revenir au parking.

À voir

En chemin

- Mas du Clap
- Dolmen des Fades et aven de Peyre-Haute
- Gorges de la Cèze
- Dent du Serret
- Mas Crémat
- Lac de Trépadonne

Dans la région

- Villages perchés de Montclus et Tharaux
- Oppidum de Barri
- Château ruiné de Rochegude
- Chêne vert séculaire

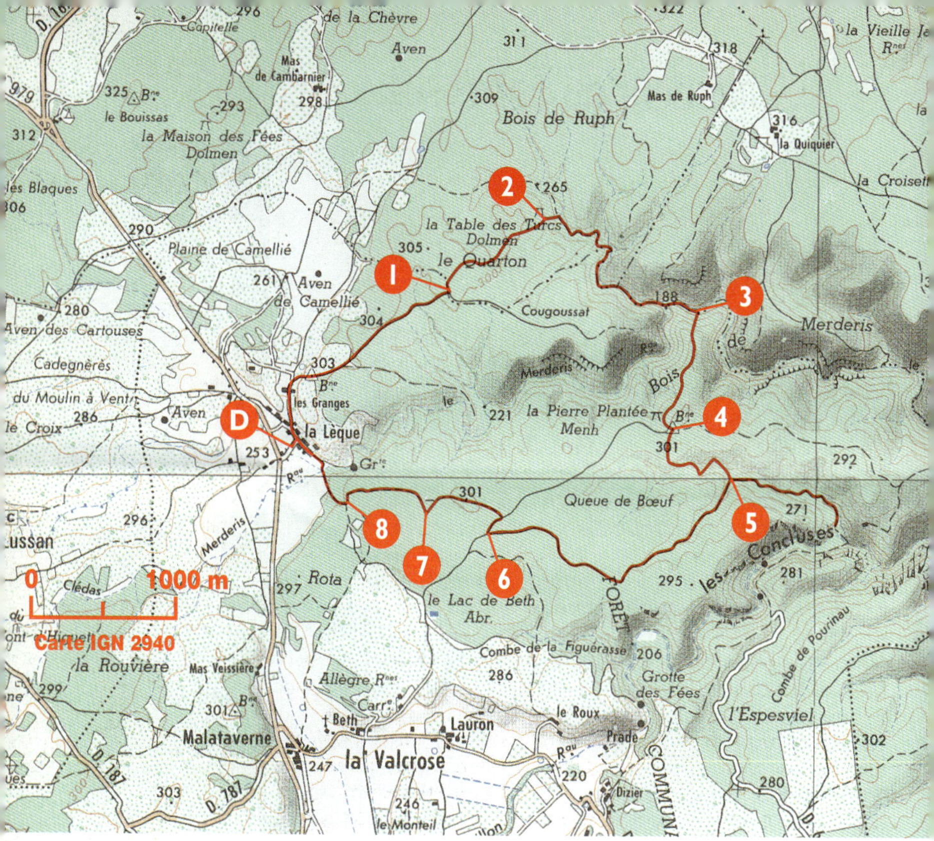

Menhirs et dolmens

A proximité des gorges du Merderis, se dresse le menhir dit « la Pierre Plantée », le plus haut du Languedoc et probablement même de tout le sud-est avec près de six mètres de haut. Ces pierres dressées sont très nombreuses dans le Gard, et sont même, parfois, sur le causse de Blandas, réunies en véritables « cromlechs » (cercles de menhirs) qui n'ont pas grand chose à envier à la Bretagne !
Les dolmens, autres signes du passé le plus ancien (âge du bronze soit 2000 ans avant Jésus-Christ) sont présents également dans de nombreux sites du Gard, en particulier entre Barjac et Orgnac. Ils sont de taille et de facture différentes, sépultures individuelles ou collectives ou simples dépôts de restes d'incinération, mais toujours situés dans des lieux « magiques » et pleins de mystères.

La Pierre Plantée.
Photo D.G.

Le menhir, les Concluses

Fiche pratique **27**

Pour les amoureux de la nature, une balade entre deux gorges peuplées de mille et une fleurs et d'une avifaune typique des milieux rupestres et des garrigues basses ou hautes, ouvertes ou fermées.

D Prendre à gauche dans le hameau de la Lecque, puis à droite. Traverser la ferme des Granges et emprunter la route à droite. Poursuivre sur le bon chemin.

1 Se diriger à gauche sur 50 m, puis bifurquer à droite sur un chemin qui se transforme en sentier. Gagner le dolmen de la Table des Turcs.

2 Traverser le lapiaz, puis descendre à droite vers la vallée qui se dessine en contrebas par un sentier escarpé jalonné d'escaliers naturels importants. Au terme de la descente, s'engager à droite au fond de la combe du Ruph. Rejoindre la jonction avec les gorges du Merderis et poursuivre sur 200 m.

3 Au niveau de trois gros rochers alignés en file indienne au milieu du lit de gravier, monter à droite brutalement par un sentier escarpé (escalier aménagé). Sur le plateau, ne jamais emprunter la piste forestière qui parfois longe la sente

4 Traverser la piste qui passe devant le menhir. Prendre en face un sentier. Il coupe un autre chemin, devient très rocailleux et plonge brusquement dans une combe. Atteindre une patte d'oie.

► Accès au point de vue sur les gorges des Concluses : continuer à descendre le chemin tout droit.

5 S'engager à droite sur une sente étroite. Au sommet de la combe de La Queue-de-Bœuf, suivre la piste à droite.

6 A l'intersection avec une autre piste, prendre à gauche. 250 m plus loin, à l'amorce d'un virage, partir sur le sentier en face à droite qui rejoint une piste.

7 Aller à droite sur la piste. A la patte d'oie, tourner à gauche. Le chemin descend, puis amorce, face à la plaine en contrebas, un virage à angle droit vers le Sud.

8 A la sortie du virage, s'engager à droite sur une sente. Elle franchit un gué sur le Merderis et ramène à La Lèque.

4 h 50
14 Km

304 m
180 m

Situation La Lèque (commune de Lussan), à 23 km au Nord d'Uzès par la D 979

Parking à droite avant l'entrée du hameau

Balisage jaune

Difficultés particulières

- éviter la chaleur de l'été et les jours de chasse
- prudence au Portail
- gué entre **8** et **D**

Ne pas oublier

À voir

En chemin

■ La Lecque ■ Dolmen de la Table des Turcs ■ Menhir de la Pierre Plantée (le plus haut du Sud-Est de la France) ■ Le Portail (étroit des gorges de l'Aiguillon)

Dans la région

■ Plaine du Camellié (se transforme en lac par très forte pluie) ■ Lussan : village fortifié, château 13e ■ Château du Fan 16e ■ Verfeuil : village médiéval, château 11e ■ Site des Concluses : gorges, oppidum ■ Chêne de l'Arnaud

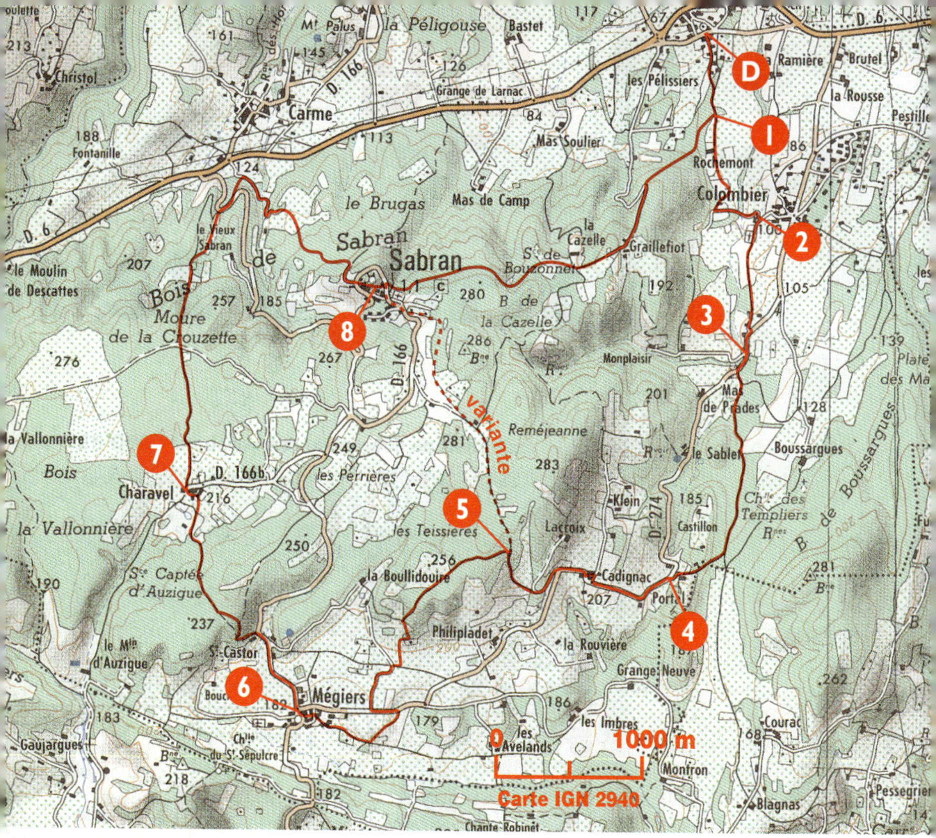

La comtesse de Sabran

Françoise Eléonore Dejean de Manville épousa à 19 ans, en 1768, le comte Joseph de Sabran, illustre marin de 47 ans son aîné (cela ne les empêcha pas d'avoir deux enfants !). Son mariage ouvrit les salons parisiens et la cour de Louis XV à la belle intrigante. Elle y rencontra le marquis de Boufflers (il n'avait que onze ans de plus qu'elle) qui devint son amant et la rejoignit en Rhénanie quand la plupart des nobles émigrèrent pour échapper à la Révolution. Cette femme passionnée, s'intéressait à la politique, aux arts, écrivait des poèmes, bref, la parfaite femme de salon de l'époque des Lumières.

Le Mazet. *Photo CDT 30*

Sabran

Fiche pratique 28

Dans les pins et les chênes blancs, un circuit agréable, vallonné et ombragé, parsemé d'une multitude de petits hameaux, tout aussi pittoresques les uns que les autres.

D Couper la route, prendre la montée de la Fontaine. Au croisement, poursuivre à gauche. Le chemin descend et tourne à gauche au-dessous des vignes.

1 Aller à gauche vers Colombier. Longer une oliveraie, prendre à gauche, puis monter à droite une marche. Face à un bâtiment, suivre à gauche le chemin goudronné qui enjambe un ruisseau et continuer à droite. Avant le village, partir à droite, puis à gauche.

2 Monter à gauche du cimetière. Passer un croisement, rejoindre une route. Suivre la rue des Hauts-du-Colombier. Descendre à droite, puis aller en face.

3 Avant le pont, monter à gauche, puis descendre à droite. Avant le plateau, grimper un sentier qui serpente et débouche sur un chemin de terre près des habitations.

4 Descendre à gauche, poursuivre sur le chemin goudronné. A l'entrée de Cadignac, monter à droite. Aller à gauche place du Tilleul et prendre à droite le chemin goudronné de Bel-Horizon. Gagner une intersection.

▶ Raccourci : se diriger tout droit et gagner le repère 8.

5 Aller à gauche. Descendre en face le chemin goudronné. Partir à droite au croisement, puis à gauche. Suivre la D 274 à gauche, puis le chemin à droite bordé d'une murette. Au calvaire, partir à droite vers Mégiers.

6 Aller vers Sabran. Passer un pont. Au-dessus de la dernière habitation, monter à gauche. Au calvaire, descendre en face, passer un lavoir, monter à Charavel.

7 Prendre le chemin à gauche de la route de Sabran. A la route, aller sous le pont, longer la glissière de sécurité et descendre à droite. Continuer à droite. Après le ruisseau, monter à droite et récupérer le chemin de Sabran.

8 Entre le second pont et le cimetière, descendre à gauche. Près du mas de la Cazelle, aller en face, puis descendre sur un chemin goudronné. Dans une boucle, prendre le sentier à droite et gagner Combe.

6 h 30
18 Km

320 m
70 m

Situation Combe (commune de Sabran), à 3 km à l'Ouest de Bagnols-sur-Cèze par la D 6

Parking face à la chapelle

Balisage jaune

Difficulté particulière

- éviter les jours de chasse

Ne pas oublier

2h30

À voir

En chemin

- Cadignac
- Charavel
- Sabran : château 12e

Dans la région

- Bagnols-sur-Cèze : musée Albert-André, musée archéologique Léon-Alegre, vieilles ruelles 13e
- Gaujac : oppidum celtique et gallo-romain de Saint-Vincent
- Boussargue : château, ruines de la chapelle des Templiers
- Chapelle romane du Saint-Sépulcre
- Village perché de La Roque-sur-Cèze
- Cascades du Sautadet

La forêt de la Valbonne

Reflet à la fois des conditions du milieu passées et présentes et de l'action de l'homme, en plein cœur du midi méditerranéen, la forêt de la Valbonne offre, sur 1 400 hectares, un havre de paix et de fraîcheur

Chartreuse de Valbonne. *Photo F de R.*

méritant à coup sûr le détour.

Une cuvette vallonnée, une succession de sols différents et un microclimat original ont favorisé la présence d'une forêt remarquable, très riche sur le plan botanique. Sa préservation, elle la doit aussi aux Bénédictins puis aux Chartreux qui pour assurer leur tranquillité l'ont protégée. En 1830, l'Etat prend la relève et elle fait l'objet d'un plan de reboisement général.

Orgueil de cette forêt : des hêtres séculaires présents dans les vallons encaissés et humides où le soleil pénètre peu, reliques glaciaires d'une époque (plus de 20 000 ans av. J.-C.) où cette essence était plus commune à basse altitude…

La Chartreuse de Valbonne

Fiche pratique **29**

Cachée dans une cuvette verdoyante au centre du massif de Valbonne, la Chartreuse est le point de départ de deux balades abritées du soleil permettant de découvrir la richesse de la forêt domaniale.

D Prendre la route qui monte légèrement à gauche d'une maison en angle. Après le panneau indiquant la Chartreuse, monter à gauche par un sentier sous les arbres.

1 Couper la D 23 et prendre en face. Le chemin continue à monter. En haut de la côte, suivre la piste carrossable à droite et contourner la vigne.

2 Descendre à gauche sur 200 m. A la fin de la vigne, monter à droite par une sente. Après une descente franche, tourner à droite sur la D 303. A la patte d'oie, prendre la piste forestière de la Sarraïer à droite.

3 A l'intersection, descendre à gauche. A l'intersection suivante, aller tout droit, puis à droite dans un virage en épingle bordé d'anciennes bornes. Suivre la piste forestière qui, dans une combe très marquée au Nord, permet de découvrir les hêtres (*arbres au tronc gris et lisse*). Aller à droite sur la route.

1 Descendre la sente de l'aller et gagner le point de départ.

D Suivre la route vers l'Ouest.

4 Monter à droite la route forestière de la Croix-de-Sablé à Saint-Paulet-de-Caisson. Au col, bifurquer à droite.

5 Quitter la route forestière et s'engager à gauche dans un sentier qui descend en pente douce sous les pins sylvestres. Rester sur le sentier principal (*bien suivre le balisage*).

6 Descendre la route à gauche. A l'intersection avec une autre route, prendre à gauche vers le vallon.

7 Bifurquer à droite sur la route, après le mas de la Broze. Continuer par une route forestière qui monte dans la garrigue à droite d'une vigne (*bien suivre le balisage*).

8 Poursuivre à droite, en montée régulière par le chemin de Saint-Jean, puis sur la route et regagner le parking.

5 h • 15 Km

345 m
100 m

Situation chartreuse de Valbonne (commune de Saint-Paulet-de-Caisson), à 10 km à l'Ouest de Pont-Saint-Esprit par la D 23

Parking sous les platanes (près de la chartreuse)

Balisage blanc-rouge, puis jaune, puis blanc-rouge, puis jaune

Ne pas oublier

2h

À voir

En chemin

■ Chartreuse : cloîtres d'époques différentes, toits de tuiles vernissées ■ Sentier botanique

Dans la région

■ Saint-Paulet-de-Caisson : chapelle Saint-Agnès
■ Pont-Saint-Esprit : musée Paul-Raymond, musée départemental d'Art sacré, hôpital et collégiale de l'Œuvre du Saint-Esprit 14e, pont 13e (seul pont entre Lyon et la mer pendant de nombreux siècles)
■ Saint-Michel-d'Euzet : ancien village fortifié, église romane, lavoir (1650)
■ Salazac : village médiéval fortifié ■ Saint-Christol-de-Rodières : église romane 12e

0
500 m
Carte IGN 2940 OT
les Escanaux
Aubagnac
l'Euze
Z.A. de Berret
les Oliviers
le Bosquet
Roquette
Malbos
N 580
les Moissardes
la Charité
Plateau de Berret
Colline de Jérusalem
les Horts
Signac
les Planes
Hautes Planes
Berret
la Dent de Signac
les Estaques
la Mothe
Romani
la Parade
Orsan
Bourdillan
Marcon
Combe d'Enfer
Lacau
Poussieux
GR 42
St-Pierre
Valliguières
var. GR 42
GR 42A-PR
Bois de St-Pierre
Plateau
Combe de Roubaud
Passage du Loup
St-Pierre de Castres
Boutes
Serre
Mas des Boutes
Excoutellier
Lauzière
le Camp de César
St-Jean
Site archéologique
Puget
Beluce
le Mont de Vigueux
Malbos
Plousole
Combe Fériol
Plaine des Avaux
Malcros
Foltodon
les Charmettes
les Aillans
Lembron
Puech Velin
Piedaillan
Figon
Roc Colombe
S.-Denis
PR
1
2
3
4
5
6
7
8

Le Camp de César

Fiche pratique 30

Des panoramas grandioses, un itinéraire contrasté qui longe les falaises, remonte dans l'histoire ancienne par le « Passage du Loup » et plonge dans la combe de l'Enfer…

D Prendre la D 121 à gauche, passer à droite du lavoir et suivre tout droit le sentier GR® 42. Après la croix de fer, au second virage, monter à droite un sentier escarpé.

1 Suivre la piste à droite. A l'intersection, monter à gauche. Après une forte pente, le sentier longe le bord de la falaise puis revient vers l'intérieur. Il descend, passe des marches de pierre, traverse deux ravins et dévale dans la combe d'Enfer. Descendre dans le lit à sec, faire 20 m, puis sortir à droite. Au mazet ruiné, continuer à droite sur un chemin.

2 Aller à gauche. Au croisement, monter à gauche l'étroit chemin. Au sommet, prendre le sentier à droite. Partir à droite. Sur le plateau, rester à gauche. Descendre, passer la ligne à haute tension.

3 Aller à gauche sur une piste. A la route, partir à droite sur 20 m puis à gauche sur un chemin.

4 Prendre la route à gauche. Dans un creux à gauche, s'engager dans le lit d'un ruisseau à sec. Il devient chemin, monte et descend au mas de Serre. A gauche de la fontaine, prendre le chemin entre vignes et bâtiments vers le mas des Boutes.

5 Traverser le mas, continuer à droite. Suivre à gauche une piste qui monte et coupe un plateau cultivé. Entre deux poteaux, bifurquer dans un chemin en pente à gauche puis à droite. Après quelques pas, monter une sente dans les buissons à droite. Au sentier, continuer à droite. Le raidillon conduit au sommet.

6 Descendre à droite. Un sentier à gauche mène à la chapelle. Aller à gauche dans le sous-bois puis plusieurs fois à droite pour longer les falaises. Le sentier descend du plateau dans les buissons.

7 A la stèle de l'oppidum, descendre la route à gauche puis la piste. Le chemin contourne une vigne à gauche et descend. A la fourche, rester à gauche puis grimper une sente raide. Après le passage du Loup, prendre à gauche sur le plateau. Trouver un chemin à droite dans les ruines, passer deux carrefours puis devant un bassin dans la pierre. Suivre le sentier à gauche au bord des falaises. Au croisement, prendre en face le sentier qui monte à flanc de colline sur des terrasses.

8 S'engager à droite, descendre dans la combe de Roubaud, gagner le repère **1**. Descendre et traverser Orsan.

8 h 30
22 Km

262 m
45 m

Situation Orsan, à 6 km au Sud-Est de Bagnols-sur-Cèze par la N 580

Parking derrière l'église

Balisage blanc-rouge de **D** à **1**, jaune, puis blanc-rouge, puis jaune de **3** à **8** et blanc-rouge de **8** à **1**

Difficultés particulières

- éviter les fortes chaleurs de l'été, les jours de mistral et les jours de chasse
- passage du Loup étroit entre **8** et **9**
- bords de falaises entre **7** et **9**

Ne pas oublier

À voir

En chemin

- Chapelle Saint-Pierre-de-Castres
- Orsan : ruelles, château féodal 14e

Dans la région

- Laudun : musée du Camp de César (mairie)
- Tresques : village fortifié, tour sarrasine, château 12e
- Château 14e de Montfaucon
- Bagnols-sur-Cèze

La Chartreuse de Valbonne

Après la traversée de l'épaisse forêt, nous sommes tout étonnés d'arriver dans une petite plaine bien cultivée, avec un ensemble important de bâtisses aux toits vernissés : la Chartreuse de Valbonne. Ce sont les moines de l'ordre fondé par saint Bruno, les Chartreux, qui dès le Moyen Age défrichèrent cette vallée et lui donnèrent son nom bien mérité de Valbonne, la bonne vallée. Au 16e siècle, la Chartreuse fut livrée aux flammes au cours des guerres de Religion, mais la restauration ne tarda pas, et la Chartreuse atteignit une magnificence qu'elle n'avait jamais eue auparavant : placages et autels de marbre dans l'église, riches décors en bois des stalles des moines. Pour éviter une nouvelle destruction, la précaution avait été prise de protéger le monastère par une solide enceinte. Las ! la Révolution dispersa les moines et le mobilier de leur monastère, et ils ne purent revenir que sous la Restauration.

Sans mésestimer l'histoire ancienne de la Chartreuse, ni son site, ni surtout sa splendide architecture, c'est son devenir récent qui nous paraît le plus remarquable. Les Chartreux en effet, ne voulant pas se conformer à la loi sur les associations cultuelles de 1901, partirent en Espagne, et le monastère fut abandonné jusqu'en 1926.

Il fut alors acheté par un pasteur protestant ancien missionnaire, qui y installa un hôpital pour les victimes des maladies tropicales, lépreux, des colonies françaises principalement.

Depuis 1960, les progrès de la médecine permettent de soigner les lépreux à domicile. De nouvelles structures sont mises en place : un centre de postcure psychiatrique à vocation de réinsertion et de réadaptation professionnelle, ainsi qu'un CAT (Centre d'aide par le travail). Les activités pratiquées sont celles du bâtiment (maçonnerie, ferronnerie et menuiserie), et les activités agricoles (jardinage, élevage et maintenance agricole). Goûtez les Côtes-du-Rhône produits et vieillis à la Chartreuse, ils valent certainement ceux des moines chartreux de l'ancien temps !

Chartreuse de Valbonne.
Photo F. de R.

Le Camp de César

Fibule en bronze du 2e siècle après J.-C.
Photo G.D.

Un des nombreux sites antiques baptisés Camp de César où probablement César ne mit jamais les pieds ! Les populations avaient tendance à décréter « de César » tout ce qui remontait au-delà du Moyen Age, indice de la popularité du vainqueur de Vercingétorix ! En fait, ce Camp de César est à l'origine un oppidum celte, c'est-à-dire un camp fortifié, utilisant un plateau naturel entouré de falaises sur trois côtés : il suffisait de barrer le quatrième côté par une forte muraille, et une citadelle inexpugnable était réalisée à peu de frais. C'est ce que firent les membres d'une ethnie celte, les Volques Arécomiques (ça ne s'invente pas !), et ils vécurent tranquillement un ou deux siècles à l'abri de leurs murailles, exploitant les terres de la plaine, élevant du bétail et faisant du commerce en particulier avec Marseille : on a retrouvé de nombreuses poteries en provenant. Les Romains occupent les lieux au début du 1er siècle avant Jésus-Christ, et renforcent le système défensif. Une nouvelle enceinte est construite, dont subsiste une tour ronde haute encore de huit mètres. La ville romaine se développe ensuite, avec ses bâtiments publics, son forum et sa basilique. Son rôle économique est important car elle est située à un véritable nœud de voies de communications : à proximité de l'axe rhodanien très utilisé, par le fleuve et par les voies qui le longeaient, au confluent des vallées de la Cèze et de la Tave et pas très loin de la « voie des Voconces » qui reliait Nîmes à Vaison-la-Romaine. Ce rôle commercial est bien attesté par les nombreux débris d'amphores et de vaisselle originaires de l'Orient et de la Mauritanie qui ont été retrouvés sur le site. Cette petite capitale régionale a déjà livré beaucoup de ses secrets, mais pas encore celui de son nom, ce qui la condamne à rester encore, pour longtemps peut-être, le « Camp de César ».

Site archéologique du Camp de César. *Photo G.B.*

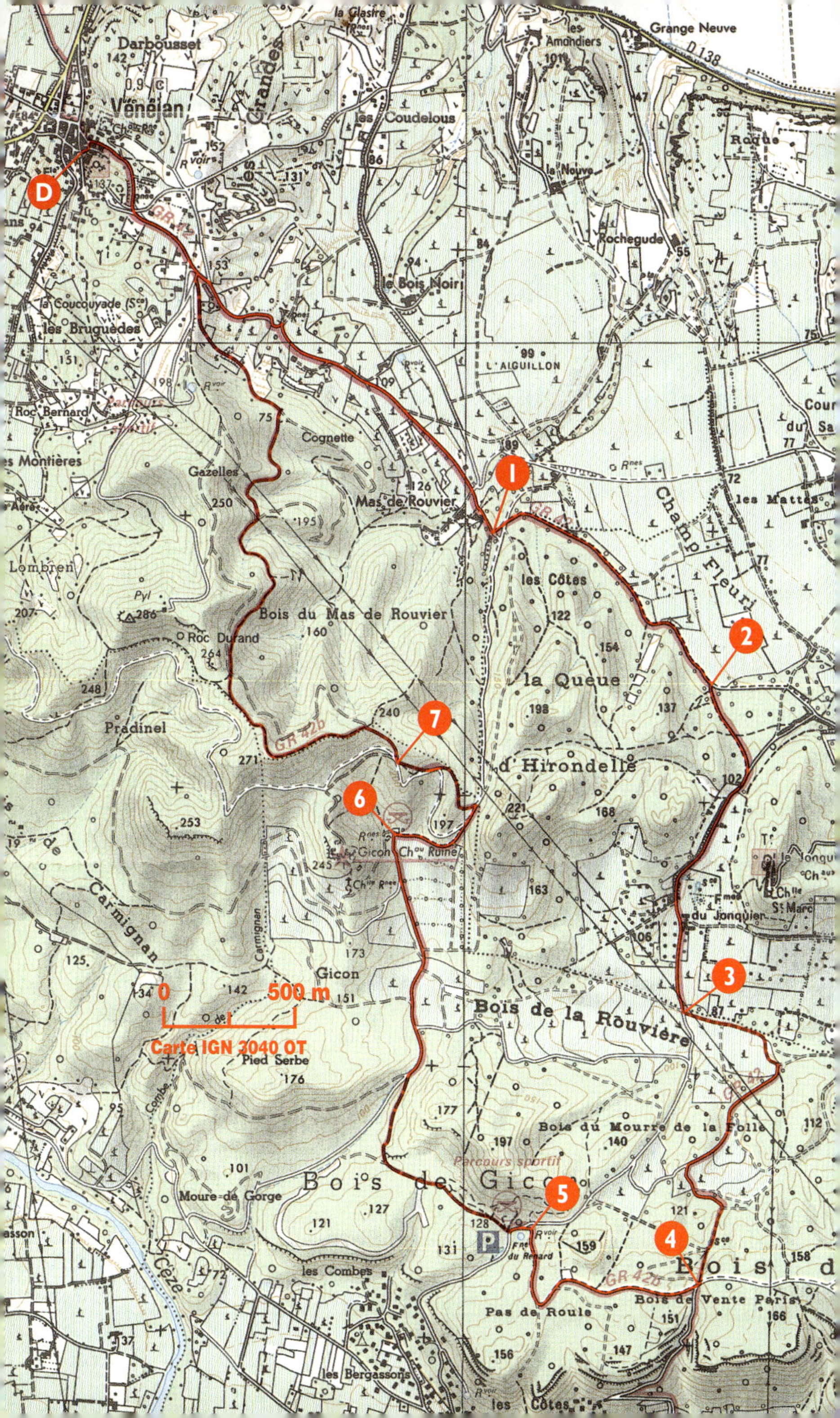

Vénéjan
Darbousset
la Glasire
les Amandiers
Grange Neuve
D 138
les Coudelous
Grandes
la Nouve
Roque
Rochegude
le Bois Noir
la Coucouyade
les Bruguèdes
L'AIGUILLON
Roc Bernard
Cognette
Gazelles
Mas de Rouvier
les Montières
Champ Fleuri
les Mattes
Lombren
Pyl
Roc Durand
Bois du Mas de Rouvier
les Côtes
la Queue
d'Hirondelle
Pradinel
GR 42
GR 42b
Gicon Chau Ruine
le Jonquier
du Jonquier
Carmignan
Gicon
Bois de la Rouvière
Pied Serbe
0
500 m
Carte IGN 3040 OT
Bois du Mourre de la Folle
Parcours sportif
Bois de Gicon
Moure de Gorge
Fne du Renard
Bois
Bois de Vente Paris
les Combes
Pas de Roule
Cèze
les Bergassons
les Côtes
D
1
2
3
4
5
6
7

Les collines rhôdaniennes

Fiche pratique **31**

De château en château, une promenade sous les pins, dans les contreforts calcaires du Rhône, avec de belles vues sur les vallées du Rhône et de la Cèze.

D Devant la mairie, suivre le chemin de Font-Froide. A la patte d'oie, prendre en face le chemin goudronné de gauche qui descend entre haies de cyprès, garrigues et vignes. Au premier croisement, bifurquer à droite ; au second, aller tout droit. Le chemin devient terreux et monte à gauche. Traverser Rouvier.

1 Suivre la piste tout droit au pied des collines.

2 Au croisement, continuer en face dans l'alignement du château de Jonquier. A la cote 102, s'engager à droite sur une route.

3 Quitter la route, prendre à gauche un chemin qui longe le lit à sec d'une rivière. Le chemin devient goudronné et monte. Dans les vignes, emprunter le chemin à gauche qui mène dans la colline. Près d'un réservoir vert, partir à droite sur un chemin sablonneux.

4 Grimper à gauche le sentier caillouteux. Au sommet, prendre le second chemin à droite. A l'intersection, aller encore à droite. Suivre le chemin qui descend et débouche sur un chemin goudronné près de la Fontaine du Renard.

5 Prendre à droite un chemin qui traverse un parcours de santé puis descend. A la patte d'oie, aller à droite, puis poursuivre sur le chemin goudronné qui passe devant le vignoble de Chusclan jusqu'à l'abri de la ferme de Gicon.

6 Continuer à droite sur le chemin. Au croisement, aller tout droit. Le chemin s'aplanit. A l'intersection, monter à gauche sur 250 m. Laisser un chemin à gauche. Plus loin, emprunter le sentier caillouteux qui monte à gauche.

7 Avant le château, prendre en face le chemin qui monte et emprunter un sentier à gauche dans la garrigue qui mène au col. Rester sur ce sentier qui redescend, passe sous une ligne à haute tension, puis s'élargit. Descendre à la patte d'oie et regagner Vénéjan par l'itinéraire aller.

3 h 30
11 Km

270 m
80 m

Situation Vénéjan, à 6 km au Nord-Est de Bagnols-sur-Cèze par les N 86 et D 148

Parking près de l'église

Balisage blanc-rouge

Difficulté particulière

■ éviter les périodes de forte chaleur, les jours de mistral et les jours de chasse

Ne pas oublier

2h

À voir

En chemin

■ Vénéjan ■ Château de Jonquier ■ Belvédère de la Dent de Marcoule (informations sur l'énergie atomique) ■ Parcours de santé

Dans la région

■ Bagnols-sur-Cèze : musée Albert-André, musée archéologique Léon-Alègre, ruelles 13e ■ Gaujac : oppidum celtique et gallo-romain ■ Chusclan : village pittoresque ■ Ancien château de Maransan

La soie dans la plaine

On a dit souvent que la soie fit la fortune des Cévennes. Mais elle fit également la fortune de la plaine, du « pays bas ». Alors qu'en montagne, c'est pratiquement toute la population qui « éduquait « le ver à soie, chaque maison étant rehaussée pour héberger le « magnan « (nom occitan du ver à soie), chaque terrasse arrosable plantée de mûriers, dans la plaine, cette culture se fit de façon beaucoup plus industrielle. Paysans aisés et même citadins, investirent dans d'immenses bâtiments à plusieurs étages, avec des fenêtres nombreuses et petites, avec des cheminées intégrées dans les murs : les magnaneries. Les mûriers étaient plantés la plupart du temps en bordure des parcelles et des chemins. La production de chaque unité était sans commune mesure avec celles de la montagne. Alors qu'en Cévennes chaque producteur « éduquait « les vers nés d'une once de graines, c'est-à-dire à peu près 25 grammes d'œufs de Bombyx, dans la plaine, la production était souvent dix fois plus importante. Il fallait deux tonnes de feuilles de mûriers pour nourrir une « chambrée » cévenole, il en fallait vingt dans la plaine. Tout cela était d'une gestion assez complexe, et c'est pourquoi on faisait souvent appel aux Cévenols de la montagne, qui avait acquis une grande réputation dans cette activité, pour diriger l'élevage de plaine « à moitié » (moitié des bénéfices pour celui qui fournissait bâtiments, feuilles et graines, moitié pour celui qui faisait le travail et en avait la responsabilité). Et le Cévenol avait encore le temps, grâce au décalage climatique, de remonter dans sa montagne pour terminer son propre élevage, que son épouse avait commencé, au moment où celui-ci demandait le plus de main-d'œuvre !

Cavalier et les Camisards

De 1702 à 1704, la plaine du Bas-Languedoc, depuis les chaînons des Cévennes à l'ouest, jusqu'à la région d'Uzès à l'est, a été le champ d'action de Jean Cavalier et de ses Camisards. L'ancien mitron sut devenir à 22 ans le chef incontesté de la plus forte des troupes camisardes et la terreur des Catholiques et des troupes royales. Ce soulèvement était l'expression d'une jeunesse protestante qui n'avait jamais pu pratiquer librement sa foi, et qui était tellement opprimée que même une mort à peu près assurée lui semblait préférable à une vie de soumission. Exerçant en vertu de son « inspiration » divine un énorme ascendant sur ses troupes, Cavalier compris que s'il menait une guerre classique, il allait à l'échec. Il mena donc une guerre d'embuscade, de guérilla avant la lettre, et parvint même à infliger une défaite sanglante aux meilleures troupes de l'armée royale : les bataillons de la marine, à Martignargues. Cette défaite coûta son poste au commandant en chef, le maréchal de Montrevel, qui arriva toutefois, avant de quitter la province, à prendre la troupe de Cavalier dans un formidable étau de plusieurs milliers de soldats à Nages (en Vaunage), puis à découvrir ses magasins et hôpitaux des grottes d'Euzet. Ces deux coups successifs incitèrent Cavalier à négocier avec le

maréchal de Villars, successeur de Montrevel, et à accepter de déposer les armes. Seuls, cent de ses compagnons d'armes acceptèrent de partir avec lui, le reste de sa troupe refusant de se rendre. La révolte durera ainsi encore quelques mois, mais la mort de Rolland, le chef camisard le plus important après Cavalier, entraînera bientôt la reddition de presque tous les « fous de Dieu ».

Cavalier, après avoir gagné la Suisse se met au service du roi de Savoie avec le grade de colonel, puis au service de l'Angleterre. Il finira ses jours comme général de brigade et lieutenant-gouverneur de l'île de Jersey. Belle promotion pour un petit mitron languedocien ! Il mourra en 1740 à Chelsea, l'un des rares Camisards à finir dans son lit.

L'ancêtre de l'AOC Côtes-du-Rhône

Il y a plus de 250 ans existait déjà, pour la région de Roquemaure (comprenant entre autres les communes de Tavel, Lirac et Chusclan aujourd'hui encore productrices de vins réputés), ce que l'on peut considérer comme un réglement précurseur des « AOC ». Le vin de ce terroir était commercialisé dans des futailles appelées « tavels », de contenance spéciale (228 litres environ), et gravées au fer rouge de la marque CDR signifiant Côte-du-Rhône, avec le lieu d'origine. Il était rigoureusement interdit d'importer tout vin étranger dans ce territoire et les contrevenants étaient passibles de fortes amendes. En 1864, l'emploi du pluriel « Côtes-du-Rhône » se généralisera, s'étendant à toute la vallée du Rhône, et faisant perdre du même coup toute appellation spécifique aux excellents vins de la région de Roquemaure.

Vignoble. *Photo G.B.*

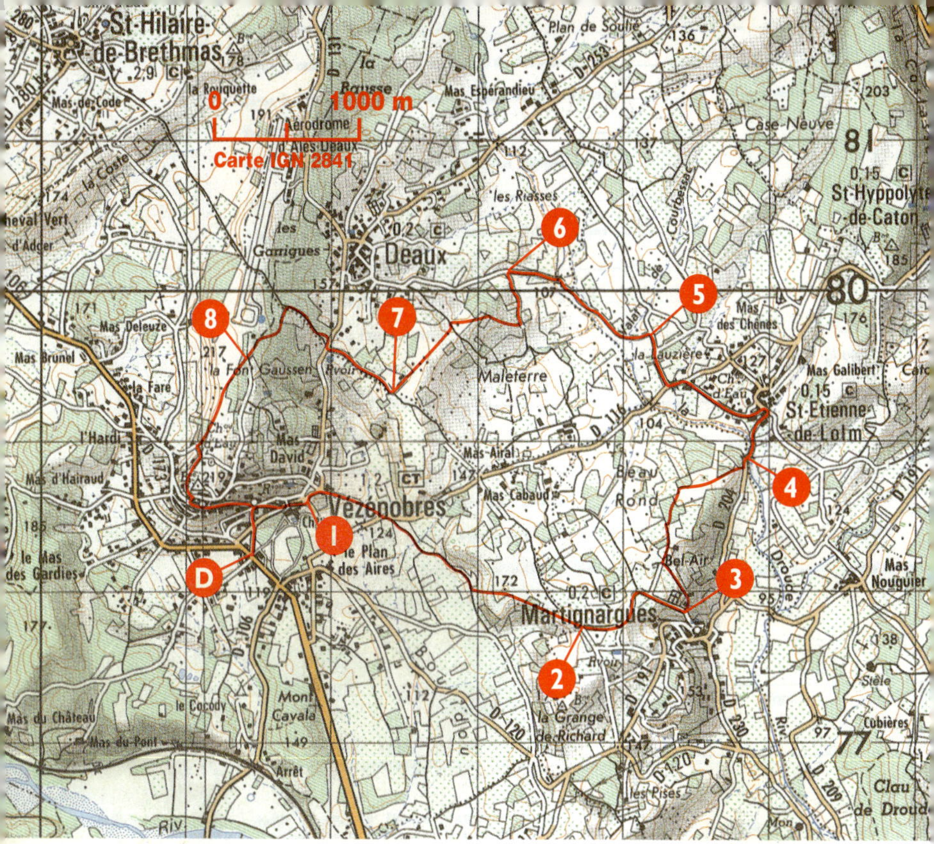

Vézénobres

Village médiéval perché à flanc de coteau, Vézénobres conserve de son passé féodal un vertigineux pan de mur de son château (démoli pendant les guerres de Religion), et une porte fortifiée de son enceinte, la porte Sabran. Un ensemble de maisons du 13e siècle, la « Rue des Maisons romanes » permet d'imaginer ce qu'était le village à cette époque. De ruelle en ruelle, on peut aller jusqu'à la maison de Lacombe, oncle de Jean Cavalier, chez qui il fut « goujat » (apprenti berger) avant de devenir le chef camisard que l'on connaît. De certains points du village, on a vue sur le château plus récent construit au pied du village au 18e siècle par le marquis de Calvière, seigneur de Vézénobres.

Vézénobres. *Photo CDT 30.*

La Droude

Au cœur des collines de la Gardonnenque, découvrez les ruelles ombragées des villages de la Droude et les trésors cachés de Vézénobres, village perché au charme médiéval.

D Monter à l'église. Descendre à droite sur 100 m une rue pavée, monter à gauche la ruelle du Prieuré, passer sous l'arche, partir à droite et gagner le rond-point.

1 Prendre la D 131 sur 50 m, puis à droite un chemin carrossable. Couper la D 116, faire 50 m, suivre à droite un chemin encaissé entre les vignes. Franchir un ru. A la patte d'oie, partir à gauche, puis grimper à gauche un sentier escarpé. Aller tout droit sur le plateau, passer sous une ligne électrique et devant une capitelle.

2 A la borne GDF, partir à gauche. Au croisement, virer au Nord, contourner la Grande Muraille, descendre la route.

3 Après le cimetière, prendre la route à gauche. A la route, aller à droite. Traverser un bois. Tourner à droite à l'angle d'une vigne. La longer. Au bout, prendre à gauche une trace qui descend. Surplomber et suivre la D 204.

4 Après le pont, gagner Saint-Etienne-de-l'Olm. Bifurquer sur la route trois fois à gauche. Franchir un petit pont, tourner à droite sur un chemin carrossable.

5 Emprunter un chemin qui longe la rive gauche de la Droude. Passer le pont et trouver une route.

6 Prendre à gauche le premier bon chemin. Passer la capitelle, faire 50 m et grimper à droite un sentier étroit et caillouteux. Sur le plateau le chemin s'améliore (*bien suivre le balisage*). Passer à gauche d'une maison.

7 Amorcer la descente. Suivre la D 131 à droite sur 50 m, bifurquer à gauche sur un sentier caillouteux qui monte dans les murets. A la patte d'oie, partir à gauche. Longer un mur en pierres sèches.

8 Au carrefour, laisser à gauche le chemin évident, s'engager à droite sur un sentier qui débouche aux premières maisons de Vézénobres. Emprunter le chemin de Catarusse, puis à gauche le chemin de Patefine. Passer la table d'orientation, suivre le chemin des Remparts, des Hauts-Plans, gagner le bourg. Descendre les escaliers, passer la mairie, la porte Sabran et rejoindre le parking.

4 h
13 Km

219 m
98 m

Situation Vézénobres, à 10 km au Sud d'Alès par la N 106

Parking champ de foire (devant la cave coopérative)

Balisage jaune

Difficultés particulières

- éviter les jours de fort mistral
- pont submersible sur la Droube avant **4**

Ne pas oublier

2h

À voir

En chemin

- Vézénobres : maisons romanes, maison d'Adam et Eve, maison de l'oncle de Cavalier
- Ruines du château de Fay-Pérault
- Eglise de Martignargues
- Saint-Etienne-de-l'Olm
- Val de la Droude

Dans la région

- Brignon : vieux village ordonné autour de l'ancien château 10e
- Ners : tour de guet, château 12e
- Châteaux de Castelnau-Valence et de Ribaute-les-Tavernes

Bouquet
le Puech
Fabrègues
les Combes
Picherol
les Caredes
Mas de Talain
les Cadenets
les Camparas
les Devèzes
Mûrier
Sigalière
le Castellas
Serre Redon
Serre de Gafe
Seynette
SERRE DE REBOUL
D 147a
le Sablas
Aven du Figuier
la Combe des Lattes
Carrières des Congues
D 607
le Clergue
Vges d'Oppidum
Col du Bourricot
Grotte des Camisards
le Laquet
Baume de Payan
le Puits de Vendime
0
500 m
Carte IGN 2840 OT
MONT BOUQUET
LE GUIDON DU BOUQUET
Tour de guet
la Madone
Citerne de Bouregand
les Croussons
la Rouvière
D 607a
Bourasse
les Mouzédoux
Bercadène
Fontanille
la Grande Combe
Chemin de la Grande Combe
Citerne de Mont Long
la Grande Baume
Rocher Troué
la Montagne
Grotte des Trois Ours
Rocher de la Montre
Picapoule
Seynes
D 115
D 6
Serre Simon
le Mas Crémat
l'Alauzène
1
2
3
4
5
6
7
8
D

Le mont Bouquet

A quinze minutes d'Alès, une balade dans un écrin de nature boisée de chênes verts, autour du Guidon du Bouquet qui offre, des Cévennes au Ventoux, le panorama le plus somptueux sur l'étendue des garrigues.

Ⓓ Traverser la D 115 et monter en face l'ancien chemin du Bouquet. Il s'engage à droite derrière la villa Chabrol.

❶ Monter à gauche la D 607. Quand la route amorce la montée du col du Bourricot, descendre la piste à droite. Elle se ravine et rend difficile la descente. Prendre à gauche un chemin plus facile.

❷ A la première patte d'oie, descendre à gauche. Bifurquer à droite sur la route plein Nord.

❸ A la sortie du Puech (*eau*), descendre à gauche une route, passer devant un vieux puits, puis continuer tout droit. Le chemin se transforme en sente très escarpée et sinueuse. Au bout de la sente, emprunter à droite un chemin plus large.

❹ Tourner à gauche sur un sentier qui longe un ru. Gagner les ruines de Talain. Passer devant le mas et bifurquer à gauche vers le Castellas. Le sentier escarpé grimpe vers le château. Après deux sources, couper une piste forestière et prendre en face pour continuer la montée.

❺ Passer le Castellas (*visite possible*), continuer la piste vers le Guidon du Bouquet. Perdre de vue le Castellas, boucler un virage prononcé, quitter la piste et descendre à droite une sente escarpée. Elle remonte et débouche sur la D 607.

❻ La suivre sur 300 m à droite. Bifurquer à gauche sur un sentier qui monte en sous-bois au sommet. Passer devant la chapelle, amorcer la descente plein Sud en longeant le terrain de décollage des parapentes.

❼ Descendre à droite une piste très caillouteuse sur 150 m. Bifurquer à gauche plein Ouest sur une piste sur 2 km. Passer deux énormes cubes en béton.

❽ Virer à gauche sur un ancien chemin qui descend à flanc de falaise à Seynes. Passer le cimetière et regagner le parking.

Fiche pratique 33

7h
18 Km

629 m
255 m

Situation Seynes, à 19 km à l'Est d'Alès par la D 6

Parking devant le transformateur

Balisage jaune

Difficulté particulière

■ éviter les jours de fort mistral et les jours de chasse

Ne pas oublier

3h

À voir

En chemin

■ Seynes : présence préhistorique (grotte des Trois-Ours), ancien moulin ■ Statue de la Mère admirable ■ Castellas médiéval 12e ■ Grotte des Camisards et baume du Payan ■ Vestiges de l'oppidum du Clergue ■ Panorama du Guidon du Bouquet ■ Plusieurs avens dont celui du Figuier

Dans la région

■ Suzon : hameau, oppidum romain ■ Cascades et marmites des Grandes et Petites Aiguières ■ Temple de Bouquet ■ Dolmen et grottes du Rédalet

Le mont Bouquet

Fleurs de garrigue. *Photo G.B.*

Le massif calcaire du mont Bouquet, en pente douce à l'ouest et en à-pic à l'est et au sud s'élève à 630 mètres, point culminant des hauteurs qui séparent la vallée du Gardon de celle de la Cèze.

Ce site défensif naturel a été utilisé dès la plus haute antiquité, comme en témoignent les restes d'enceintes néolithiques et d'oppida tels un des multiples « Camps de César » du midi de la France. L'occupation romaine laisse de nombreuses traces disséminées sur le massif, et des témoignages de l'implantation sarrasine auraient même été trouvés récemment.

Au Moyen Age, le château de Bouquet devait servir de refuge aux populations environnantes, et aux nombreux prêtres et moines des établissements religieux des alentours.

Le massif du Bouquet, couvert d'une épaisse végétation de chênes verts, truffé de grottes, était une forteresse inexpugnable, un sanctuaire dirions-nous aujourd'hui, pour les troupes camisardes de Cavalier (on retrouve d'ailleurs une « grotte des camisards » à l'est du massif), et même plus récemment, un opposant au coup d'état de Louis-Napoléon Bonaparte, Louis Félines, de Vézénobres. Il y resta caché de nombreuses années. Ignorant même qu'il avait été amnistié en 1856, et revint à la vie civilisée seulement en 1858.

Jusqu'à l'exploitation du charbon, les épaisses forêts de chênes verts fournissaient le combustible aux fours des « gentilshommes verriers » protestants, qui avaient le privilège d'être « ouvriers » sans perdre leur titre de noblesse. Ceux-ci étaient itinérants : quand ils avaient épuisé la forêt dans un lieu, ils cherchaient un autre endroit à exploiter.

Au sommet du Bouquet, une statue de la Vierge, la « Mère admirable » a été installée en 1864. Détruite par un orage, elle fut remplacée par une autre plus solide en 1866. Lors de son inauguration, afin de donner plus d'éclat à la cérémonie, on décida de tirer des coups avec un canon hissé tant bien que mal au sommet. Le canon explosa, mais les débris, projetés aux alentours, ne firent aucun blessé, ce qui fut qualifié de « miraculeux » par les organisateurs ! Le site est devenu depuis un lieu de pèlerinage, qui réunit encore quelques dizaines de personnes en mai et en septembre.

Belvézet

Le Mas-de-l'Ancienne-Église évoque pour nous l'une des scènes les plus terribles de la guerre des camisards. Belvézet était un éperon catholique enfoncé en plein pays protestant. Une « compagnie de bourgeoisie » y résidait, mais était absente quand arrivèrent les Camisards. Laissons parler l'un des témoins du drame, Jeanne Autonne, fille de Marc de Belvézet, âgée de dix-huit ans : » Après avoir lavé ses bas [elle] s'en retourna, elle vit arriver du côté de la Baume les fanatiques armés de fusils, de fourches, de faux, de haches à deux tranchants. Il y en avait plus de quarante qui n'avaient point d'armes, ils avaient six tambours et trois musettes; on commença de battre la caisse entre les rochers et de jouer de la musette, ils dansaient en marchant avant que d'entrer dans Belvézet. Ils se mirent à genoux par rangs de quatre, leurs trois chefs étaient debout et prêchèrent pendant un moment tous trois à la fois, et on chanta un psaume…

Les trois chefs l'abordèrent et lui demandèrent où était le cabaret, voulant dire la maison de Joseph Richard qui servait de corps de garde à la bourgeoisie. Elle leur dit qu'elle ne la savait pas et quelle n'était pas du lieu; celui qui portait le plumet rouge l'appela garce et lui demanda : qui est ton maître?… Le même lui commanda de se mettre à genoux et de prier Dieu, ce qu'elle fit, et on la laissa au bord du ruisseau, et de là elle vit mettre le feu dans toutes les maisons des anciens catholiques, d'une bûche qu'on avait pris chez Joseph Richard, et après avoir mis le feu aux maisons, ils allèrent mettre le feu à l'église. Le bruit des incendies ou la peur qu'elle avait l'empêcha d'entendre les coups de fusils, elle entendit pourtant les femmes qui criaient miséricorde et quelqu'un de la troupe qui défendait de ne pas gâter la poudre… Ils sortirent du village en dansant le tambour battant, en jouant des musettes. Ils demeurèrent bien environ deux heures dans le lieu, et ont tué seize personnes, ayant vu son maître et sa maîtresse morts des coups de fusils ».

L'ancienne église. *Photo G.B.*

Quel contraste entre la sauvagerie de tels faits, confirmés par plusieurs témoignages retrouvés aux archives de l'Hérault, et la douceur du paysage et du climat de « l'échancrure » de Belvézet?

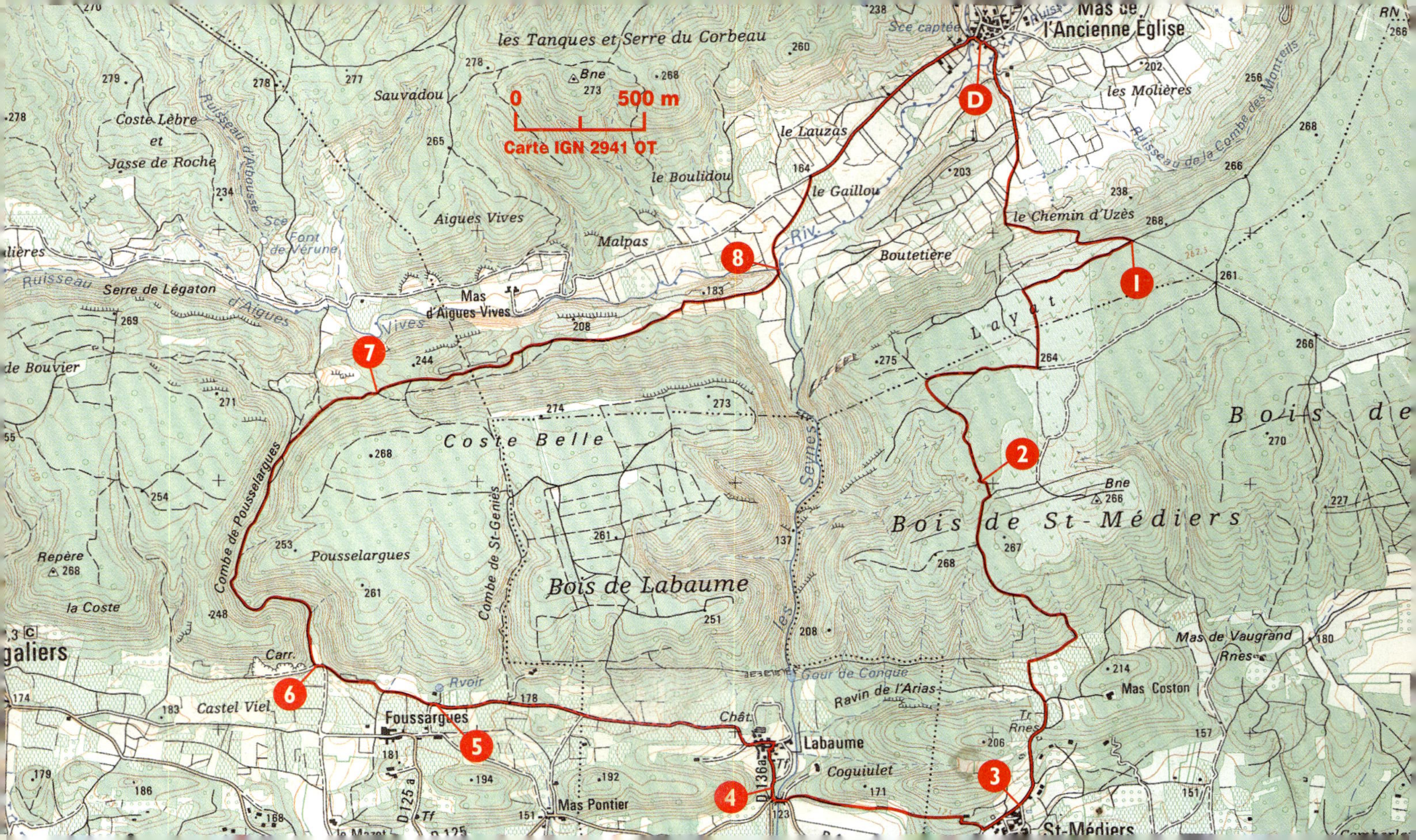
Mas de l'Ancienne Église
les Tanques et Serre du Corbeau
Sauvadou
0
500 m
Carte IGN 2941 OT
Coste Lèbre et Jasse de Roche
le Boulidou
Aigues Vives
Malpas
le Lauzas
le Gaillou
les Molières
Ruisseau de la Combe des Monteils
le Chemin d'Uzès
Boutetière
Ruisseau d'Arbousse
Font de Vérune
Serre de Légaton
Mas d'Aigues Vives
de Bouvier
Layat
Bois de
Coste Belle
Bois de St-Médiers
Combe de Pousselargues
Pousselargues
Combe de St-Geniès
Bois de Labaume
Repère
la Coste
Castel Viel
Foussargues
Gour de Conque
Ravin de l'Arias
Mas de Vaugrand
Mas Coston
Labaume
Coguiulet
Mas Pontier
St-Médiers
D
1
2
3
4
5
6
7
8

Le Mas-de-l'Ancienne-Eglise

4 h • 13 Km

265 m
123 m

Cette balade, à programmer à l'arrière-saison, entre plateaux et combes, emprunte des sentiers fréquentés, jadis, par les troupes de camisards. Elle permet de découvrir de jolis hameaux cachés.

D Suivre plein Sud une piste carrossable. A la première patte d'oie, descendre à gauche ; à la seconde, grimper à droite par une sente escarpée et rocailleuse sur l'ancien chemin d'Uzès.

1 Sur le plateau, prendre à droite une piste forestière qui longe la combe de Belvézet (*point de vue*). A l'intersection suivante, partir à droite ; à la seconde bifurcation, s'engager à gauche.

2 Au croisement, continuer tout droit et retrouver une meilleure piste. La suivre à droite. Au col, descendre à droite vers le bassin de l'Uzège. En bas de la descente très caillouteuse, tourner à droite en laissant sur la gauche un champ. A la seconde intersection, virer à gauche et retrouver une petite route qui mène à Saint-Médiers.

3 A l'entrée du village (*eau*), prendre à droite un chemin, une rue, un chemin. Emprunter une sente en sous-bois qui longe un mur de soutènement, puis passe devant un vieux puits. Au pont, tourner à droite vers La Baume (*eau*).

4 Prendre la Traverse-des-Jardins, la place des Quatre-Coins, puis monter à gauche par la ruelle de la Calade qui passe sous une arche. Suivre la route qui monte régulièrement, puis continuer tout droit sur la piste carrossable.

5 Au niveau de Foussargues, partir à droite sur une sente qui serpente en bas du coteau.

6 S'engager à droite et rester dans le fond de la combe de Pousselargues. A la première intersection, à la sortie de la combe, aller à droite.

7 Monter à gauche par un chemin escarpé et caillouteux qui file plein Est à travers les garrigues basses et une pinède très claire. Rester sur le chemin principal.

8 Franchir le gué. A la cote 164, trouver une route et regagner Le Mas-de-l'Ancienne-Eglise.

Situation Mas-de-l'Ancienne-Eglise (commune de Belvézet), à 15 km au Nord d'Uzès par les D 979 et D 218

Parking place de l'Ancienne-Eglise

Balisage jaune

Difficultés particulières

- éviter les chaleurs de l'été et les jours de chasse
- descente entre **2** et **3**
- gué entre **8** et **D**

Ne pas oublier

1h30

À voir

En chemin

- Saint-Médiers : tour ruinée, ruelles, borne d'interdiction de chasse (sortie du village)
- La Baume

Dans la région

- Belvézet : castellas, ancienne mine, ancien four à chaux
- Combe des Seynes et gour de Conque

La nature des garrigues

Présenter sommairement la flore et la faune des garrigues est un exercice difficile tant est riche cette région. Cette richesse peut se traduire par quelques chiffres : la flore est composée d'au moins 700 espèces dont 60 protégées sur le plan national et régional. La faune des garrigues est tout aussi importante : chez les vertébrés, cette faune comprend plus de 50 espèces de mammifères dont 15 de chauve-souris, plus de 115 espèces d'oiseaux nicheurs (recensés par le Centre ornithologique du Gard), dont les 3/4 sont protégées et 5 espèces inscrites à la « directive espèce » de l'Union européenne, sans oublier 21 espèces de reptiles et de batraciens. Chez les rares invertébrés connus, il faut noter 53 espèces d'odonates (appelés aussi libellules) sur les 97 recensées en France, plus de 100 papillons diurnes, mais aussi des scorpions, araignées, phasmes… Du pré-celtique Garric (l'arbre du rocher, le chêne vert) la garrigue est une formation végétale, sur sol calcaire, adaptée au climat chaud et sec. Elle est constituée d'une mosaïque de milieux : entre les plaques où le rocher affleure nu (provenant de la dégradation anthropogène de la forêt primitive de chênes verts), les pelouses à brachypode rameux, à thym, à cistes côtoient les landes des ligneux bas (chêne kermès) parsemés de ligneux hauts comme le pin d'Alep, le chêne vert et le chêne pubescent.

Chêne kermes. *Photo F. de R.*

Ces trois essences sont bien représentées dans les garrigues gardoises. Le pin d'Alep est présent à l'ouest du département autour de Sommières

Asphodèle. *Dessin M. J.*

et Sauve sur des calcaires marneux. Son sous-bois est riche d'une flore buissonnante. Seules les mésanges vont et viennent au sommet des arbres qui abritent les nids des chenilles processionnaires, qui dès les beaux jours se déplacent au sol en longues colonnes, guidées par un fil de soie.
Si l'amplitude écologique du chêne vert (yeusaie) lui permet d'être présent partout dans le département du Gard, c'est surtout dans le sud que la garrigue basse à chêne vert (jusqu'à 5m de hauteur) est fortement représentée. Cette garrigue est accompagnée d'une flore à feuilles persistantes (sempervirent), le filaria, le viornetin, l'alaterne, le pistachier lentisque et d'un cortège de lianes qui persistent dans les milieux ouverts : le chèvrefeuille, la salsepareille, la garance voyageuse... C'est ici le domaine d'oiseaux discrets, chanteurs émérites qui aux heures les plus fraîches de la journée répètent inlassablement leurs strophes : les fauvettes à tête noire, mélanocéphale, passerinette, mais aussi le pouillot de Bonelli. Concernant les papillons, le jason ou pacha à deux queues trouve autour de l'arbousier sa seule plante hôte (indispensable pour le développement de sa chenille).
Plus au nord, autour de Sabran et de la Valbonne, le chêne pubescent, grâce à des sols plus profonds et plus riches en eau remplace le chêne vert. Son association floristique est riche d'arbres à feuilles caduques (qui perd ses feuilles en hiver). L'avifaune est plus éclectique et la présence du gobe-mouche gris et du rougequeue à front blanc annoncent les peuplements de la France continentale. En sous-bois, il faut noter la présence du plus grand mammifère des garrigues gardoises, le chevreuil.

Percnoptère.
Dessin M. J.

Impossible de passer sous silence les landes basses à chênes kermès. Elles occupent de très vastes étendues dans les garrigues gardoises. Cette strate arbustive est occupée surtout par la fauvette pitchou ainsi que par des colonies lâches de busards cendrés. Les papillons sont nombreux et particulièrement la famille des lycènes, théclas, azurés, nombreux petits papillons bleus qui volètent de serpolet en sainfoin.
Les pelouses sèches accueillent l'essentiel des orchidées et abritent un visiteur d'été élégant aux lignes de bergeronnette : le pipit rousselline, petit passereau « terrestre » aux couleurs fauves qui fuit l'observateur curieux en courant avec vivacité, sur le sol nu...
On ne peut terminer cette présentation succincte sans évoquer les falaises, refuge de nombreuses espèces remarquables. Les grands rapaces, bien sûr, comme l'aigle de Bonelli, le vautour percnoptère, mais aussi le seigneur des nuits, le hibou grand-duc. Nombre de petits passereaux sont aussi présents sur ces parois calcaires, comme le merle bleu en été et le tichodrome échelette, petit oiseau rouge et noir qui volète, en hiver, de crevasse en crevasse tel un papillon en quête de sa nourriture.

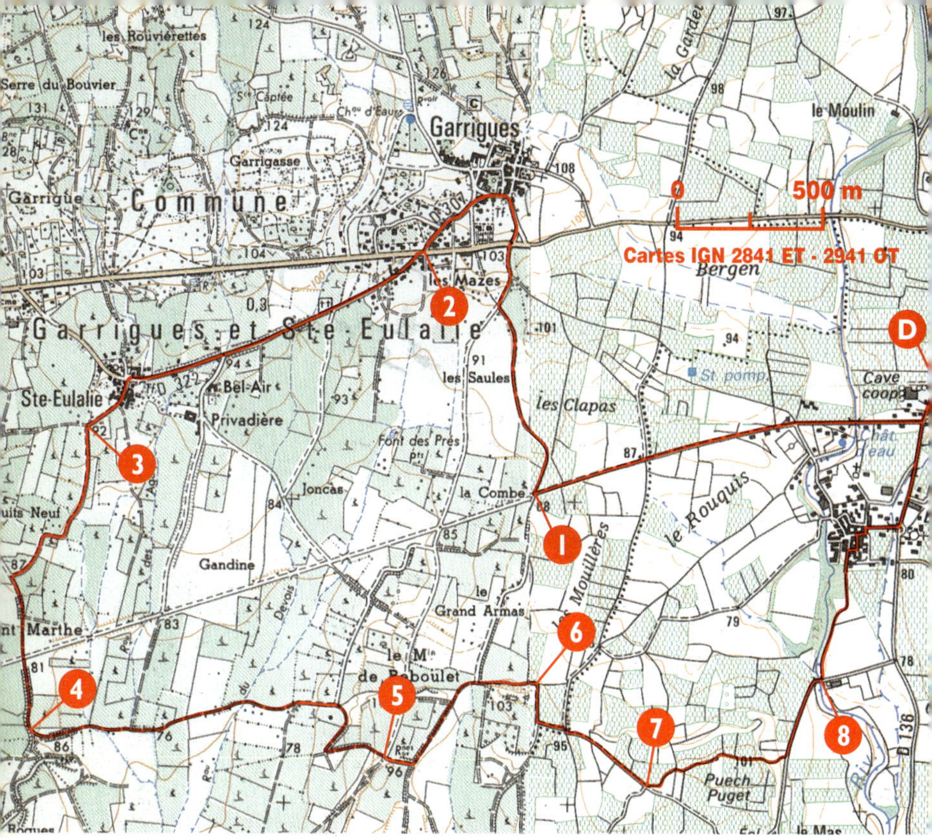

« Les collines de Bourdic »

Les premières coopératives agricoles sont apparues en France au 19e siècle : ce sont les « fruitières » du Jura et des Alpes. Il faut attendre le début du 20e siècle pour que les coopératives s'installent dans le secteur viticole, et c'est surtout entre les deux guerres mondiales que leur développement sera remarquable.
Créée en 1928, la Société coopérative agricole « Les collines de Bourdic » est la plus importante cave vinicole du Gard, avec une production de 130 000 hectolitres par an. Au cœur de l'Uzège, ses 1 700 hectares profitent d'un ensoleillement maximum, et une politique avisée de choix de cépages permet d'obtenir des vins de cépage et des vins de pays renommés, que de nombreuses médailles récompensent régulièrement lors des concours régionaux et nationaux.

Pigeonnier de Sainte-Eulalie. *Photo G.B.*

Entre vignobles et collines

Fiche pratique **35**

Au cœur du vignoble de la plaine de Saint-Chaptes, une balade familiale à découvrir en automne quand les vignes se parent de mille couleurs, reflet de cépages différents.

D Aller vers Bourdic. Au croisement, suivre à droite la route de Saint-Chaptes. Après le stade, poursuivre sur le chemin et passer un croisement.

1 Bifurquer à droite sur une piste carrossable vers Garrigues visible droit devant. A la route, prendre à droite. Traverser la D 982 (*prudence*) et s'engager rue du Pigeonnier. Contourner ce dernier, passer devant l'école et descendre doucement à gauche l'avenue Frédéric-Mistral.

2 Couper à nouveau la D 982 (*prudence*). Suivre la rue de la Légalité et gagner Sainte-Eulalie. Tourner à gauche, prendre l'avenue de Roumieu puis le chemin des Mûriers. Poursuivre le chemin sur 150 m jusqu'à une intersection.

3 Prendre à gauche plein Sud. A la première grande intersection (cote 87), tourner à gauche, puis couper la route *Bourdic-Saint-Chaptes.*

4 A la souche de bois mort, bifurquer à gauche. A l'intersection suivante, aller tout droit. Franchir la roubine du Devois, partir à droite, puis monter à droite. Tourner à gauche vers une ruine perchée sur la colline.

5 Passer au Nord de la ruine (cote 96), puis partir à gauche. A la seconde intersection avant le point coté 103, s'engager en face sur un sentier plus étroit.

6 Aller tout droit et rester sur la piste principale.

7 A la ligne téléphonique, quitter le chemin principal et monter à gauche sur quelques mètres dans une vigne. Retrouver le chemin (dalle de pierre). Laisser sur la droite une ruine, puis descendre à la route. La prendre à gauche.

8 Après le pont, s'engager à gauche sous la ripisylve par un chemin herbeux. Traverser Bourdic par la rue du Barry à droite, la rue du Midi à gauche, la Grande-Rue à droite puis à gauche et la rue du 19-mars-1962. Rejoindre la D 136. La suivre à gauche pour rejoindre la cave-coopérative.

3 h
10,5 Km

105 m
75 m

Situation Bourdic, à 9 km à l'Ouest d'Uzès par les D 982 et D 136

Parking cave-coopérative

Balisage jaune

Difficultés particulières

■ traversée de la D 982 entre 1 et 2 puis 2 et 3 ■ éviter les fortes chaleurs de l'été et les jours de fort mistral

Ne pas oublier

1h

À voir

En chemin

■ Garrigues : ruelles ■ Sainte-Eulalie : chapelle 12e ■ Bourdic : ruelles

Dans la région

■ Uzès : ville épiscopale, château, place aux Herbes ceinturée d'arcades, crypte 2e, tour Fenestrelle, hôtels particuliers 18e ■ « Vigères » de Saint-Chaptes ■ Plaine du Mas de Caze : nombreuses espèces d'oiseaux

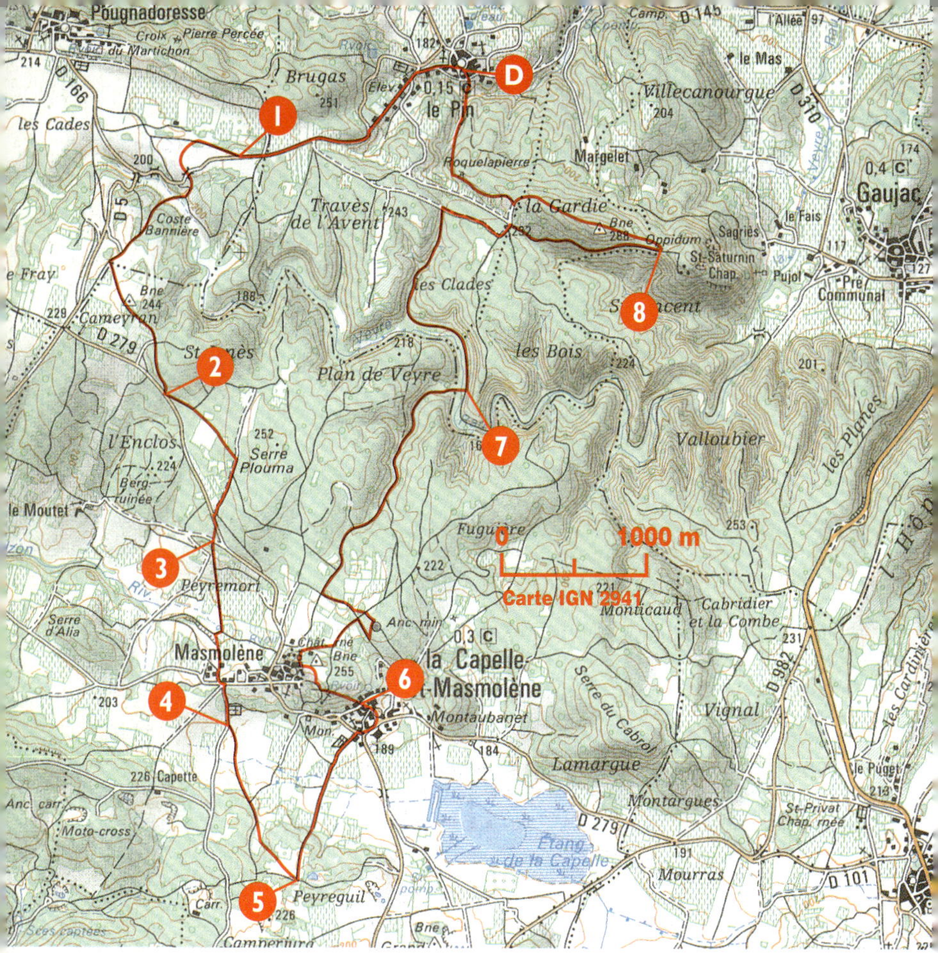

Le site protohistorique de Masmolène

Un site protohistorique important faillit disparaître dans l'exploitation d'une carrière de grès siliceux au lieu-dit le Petit Coucouillon. Des fonds de cabanes occupées par les agriculteurs de la fin du néolithique (vers 2500 av. J.-C., groupe de Fontbouïsse), s'aggloméraient sur cette colline auprès d'une grotte citerne. Ces fonds de cabanes, où furent retrouvées de nombreuses poteries, furent déplacés après une fouille de sauvetage, et implantés pas très loin de là, sur un autre site protohistorique, un enclos mégalithique (formé de gros blocs de pierre) formant une enceinte rectangulaire de trente mètres sur quinze. Fragile abri contre bêtes sauvages et rôdeurs ?

La Capelle Masmolène.
Photo CDT 30.

Le chemin de Masmolène

Fiche pratique 36

Les vestiges gallo-romains, les anciens chemins de Saint-Jacques-de-Compostelle, la route du Sel et la guerre de Cent Ans, c'est une grande promenade dans l'histoire du Languedoc à découvrir.

D Prendre rue de la Forge, place de la Vignasse, chemin des Prés. Couper la D 5. S'engager en face sur un sentier qui la rejoint.

1 Suivre à droite le chemin, s'enfoncer à gauche dans la garrigue. Couper la D 5 au pont, puis tourner à droite.

2 Faire 30 m sur la D 279, partir à gauche sur un chemin. Couper la D 279, prendre à gauche sur 20 m, retrouver le chemin à droite. Traverser une route.

3 Suivre en face l'autre route sur 100 m, monter à gauche. Franchir l'Alzon. Partir à droite, puis à gauche. Au sommet, aller à gauche, descendre au lavoir. Prendre le chemin de Fontanille.

4 Faire 50 m à gauche sur la route, suivre le deuxième chemin à droite. Passer devant le cimetière. A la croix, prendre le chemin à gauche qui traverse le vallon.

5 Partir à gauche sur un chemin. A Masmolène, couper la D 279, longer le château. Au bout de la place de l'Eglise, suivre la rue Hélias-de-Saint-Irieix, traverser la place de la Fontaine et la place de l'Evêque-d'Uzès.

6 En haut, prendre le sentier à gauche. Au calvaire, aller à droite, puis deux fois à gauche (*bien suivre les flèches*). Couper la route, visiter la chapelle. Par une porte du mur d'enceinte, descendre sur la route, prendre la *voie-sans-issue*. S'engager dans le sentier en pente. Peu avant la fin de la vigne, suivre une sente à droite. Aller à droite sur 100 m, puis à gauche, monter au moulin. Continuer tout droit, puis partir à gauche.

7 Franchir le ruisseau. Prendre le chemin à gauche. A la clairière, aller à droite. Au croisement, partir à droite. En haut du chemin, tourner à gauche, descendre sur 100 m. Au point 232, suivre la sente à droite.

8 Descendre le chemin bétonné sur 50 m. Grimper à gauche vers la Tour de Gardie, descendre. Au troisième croisement, prendre à droite un sentier. Il descend dans la garrigue. Au carrefour en T, aller à gauche. Franchir le vallon, monter au lavoir. Prendre la rue Carrière-Basse qui ramène à l'église.

6 h 30
20,5 Km

280 m
150 m

Situation Le Pin, à 13 km au Sud-Ouest de Bagnols-sur-Cèze par la D 5

Parking derrière l'église

Balisage jaune

Difficulté particulière

- éviter l'été

Ne pas oublier

3h

À voir

En chemin

- Etang de la Capelle
- Rochers de la Baume
- Chapelle de Masmolène
- Oppidum

Dans la région

- Saint-Quentin-la-Poterie : ateliers de poterie et de céramique
- Gaujac : chapelle Saint-Saturnin
- Vignoble de Tavel
- Châteaux de Pouzilhac 14e, de Pougnadoresse 12e, de Cavillargues 12e et de Vallabrix 13e

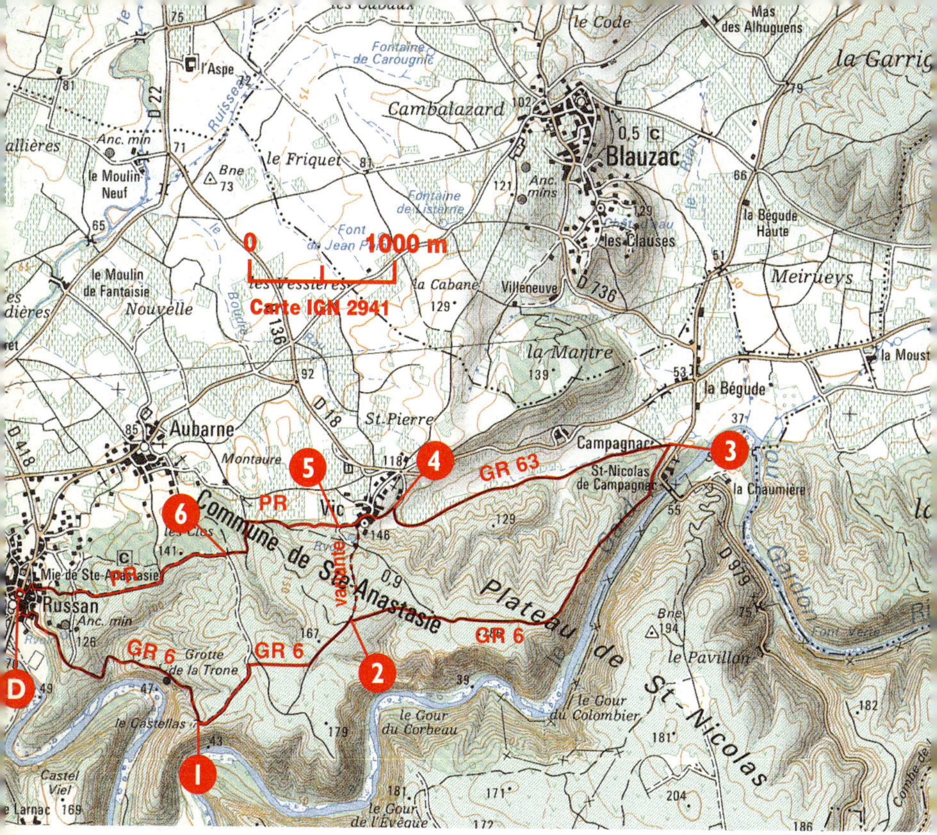

Les gorges du Gardon

Entre Russan et Collias, le Gardon s'enfonce dans le plateau calcaire couvert par la garrigue. Ces gorges très sauvages et difficilement accessibles sont une merveille et recèlent des richesses de tous ordres. Richesses naturelles de la flore et de la faune : l'aigle de Bonelli par exemple niche dans ces falaises. Richesses de l'occupation humaine : abris sous roche et grottes ornées témoignent de la vie à l'époque préhistorique ; les oppida perchés sur les rebords ont parfois été remplacés par des forteresses au Moyen Age. Au centre des gorges est campé le prieuré de Saint-Nicolas-de-Campagnac et son splendide pont.

Vue sur les gorges du Gardon, au loin, le pont de Saint-Nicolas-de-Campagnac. *Photo D.G.*

Les chapelles et ermitages, barrages et moulins s'égrènent tout au long de ces gorges, chaque méandre ou presque réservant un nouvel émerveillement.

Les gorges du Gardon

Fiche pratique **37**

3 h
10,2 Km

185 m
55 m

Situation Russan (commune de Sainte-Anastasie), à 15 km au Nord de Nîmes par les N 106 et D 418

Parking place du village

Balisage

D à 4 blanc-rouge
4 à D jaune

Difficultés particulières

■ éviter les chaleurs de l'été, les jours de fort mistral et les jours de chasse ■ ruines du Castellas dangereuses entre D et 1

Ne pas oublier

2h

Petit-duc.
Dessin M.J.

C'est à Russan que le Gard quitte sa large vallée alluviale pour traverser les garrigues de Nîmes, dans un canyon étroit et sauvage long de 29 km, aux méandres encaissés où les eaux disparaissent l'été.

D Monter par la Grande-Rue. A la première intersection, aller tout droit ; à la seconde, à droite sur 100 m, puis à gauche. Le chemin grimpe jusqu'à l'éperon rocheux du Castellas (*ruines ; point de vue*).

1 Prendre vers le Nord-Est un chemin carrossable. Passer une barrière verte et poursuivre sur 250 m. S'engager à droite sur un sentier difficile à trouver qui s'enfonce dans la garrigue basse. Gagner une patte d'oie.

► Possibilité de gagner directement Vic : aller à gauche.

2 Prendre à droite le chemin qui s'élargit et serpente en corniche jusqu'au pont Saint-Nicolas. Laisser la tour de Saint-Nicolas-de-Campagnac sur la droite. S'engager dans le pré en contre-bas, le traverser en diagonale en évitant de rejoindre la route.

3 Emprunter le chemin carrossable qui part à gauche et monte à Vic en restant au pied du massif. Amorcer une grande courbe.

4 Juste avant la route, grimper à gauche par une sente pentue qui amène dans Vic. En haut du sentier, aller à gauche, passer sous le porche, devant l'église. S'engager dans la rue de l'Eglise.

5 Juste avant l'amorce d'un virage à gauche prononcé, poursuivre tout droit dans un sentier bordé de buis sur 600 m. S'engager à gauche dans un thalweg étroit sur un chemin herbeux et carrossable sur 150 m. A l'orée d'une clairière, grimper à droite sur un sentier caillouteux très pentu.

6 A l'intersection avec la piste carrossable, partir à droite sur 450 m, puis prendre à droite un sentier qui descend doucement. A la route, aller à droite puis à gauche sur 40 m et descendre à Russan.

À voir

En chemin

■ Oppidum du Castellas ■ Grotte de Latrône ■ Saint-Nicolas-de-Campagnac : prieuré 12e, pont 13e ■ Ruelles de Vic

Dans la région

■ Dions : gouffre des Espelugues, château des Buissières 15e

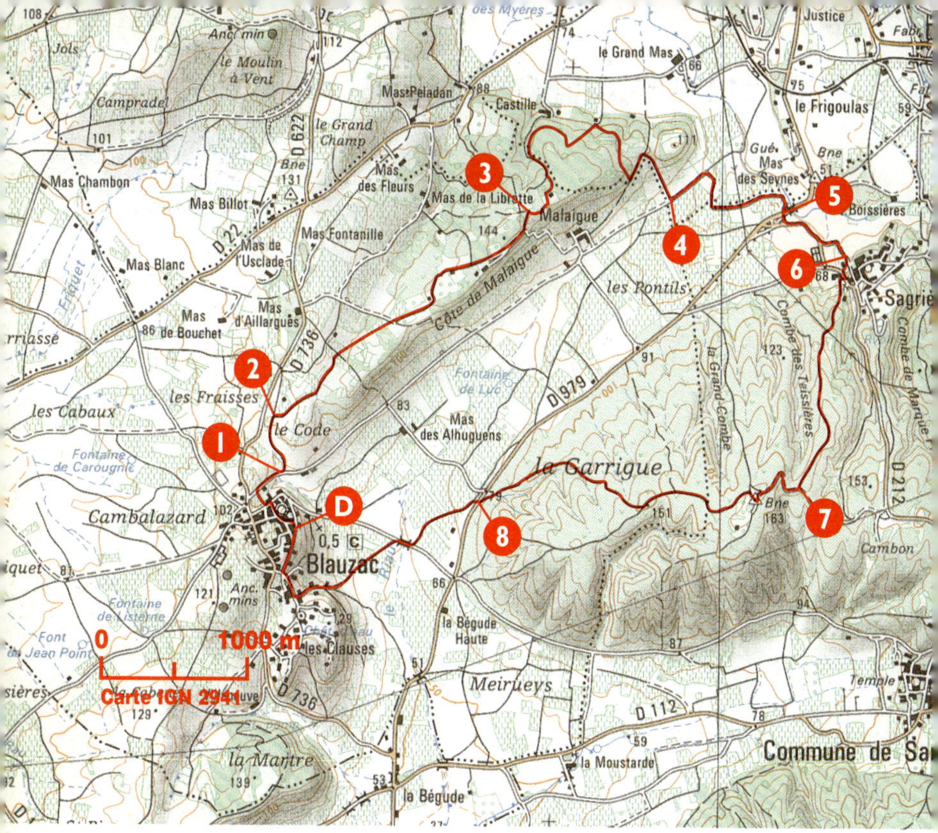

Les capitelles

Dans les plaines gardoises, en particulier en Uzège, en Gardonnenque, et aux alentours de Nîmes, on peut rencontrer de curieuses bâtisses de pierre sèche en forme de « bonnet » ou de pyramide, appelées localement cabanes ou capitelles. Ce type de construction, très répandu dans le midi de la France semble remonter au plus loin des époques préhistoriques. Le calcaire, par sa facilité d'extraction et de taille, et sa régularité, a permis d'édifier ces bâtiments rustiques et bon marché (ne demandant que de la sueur !). Leur utilisation comme abri par les agriculteurs jusqu'à une date récente les a protégées, mais actuellement elles sont menacées à la fois par la progression de l'urbanisation des villes, des villages, de la garrigue sur les terres autrefois cultivées.

Photo CDT 30

Autour du vallon des Pontils

Fiche pratique **38**

Partez à la découverte des garrigues hautes de chênes pubescents de la côte de Malaigue, qui cachent d'anciennes capitelles et des garrigues basses de chênes verts et chênes kermès du coteau de Sagriès.

D Prendre la rue de l'Hôtel-de-Ville. Au bout, aller à gauche sur 50 m. Après une villa, partir à droite, puis à droite sur la route qui descend de Blauzac à Malaigue.

1 Juste avant que la route amorce une montée, face à un tremble à trois branches, prendre à gauche un sentier mal entretenu, réempierré de briques concassées.

2 Tourner à droite, longer un muret (*nombreuses capitelles*), puis descendre doucement par une bonne piste la côte de Malaigue. Monter à gauche sur 100 m.

3 Bifurquer à droite. Avant d'amorcer la descente, prendre à droite un sentier qui se rétrécit et court au milieu d'une garrigue haute à chênes pubescents parsemée de capitelles. Descendre et quitter la collinette.

4 Au croisement en T, face à un champ cultivé, partir à gauche.

5 Au pont romain, couper la D 979 (*prudence !*) et s'engager tout droit dans la rangée de platanes. Suivre à gauche la route qui mène à Sagriès. 100 m avant le cimetière, quitter la route et partir à gauche.

6 Après le lavoir, aller à droite. Se retouver face à un grand bâtiment sur la route. La suivre sur 50 m et s'engager à droite, après une mini-clairière où trônent trois ifs, sur un chemin herbeux large et pentu. Amorcer une descente sur 20 m, quitter le chemin et prendre un sentier à gauche dans une garrigue basse à chênes verts et pins d'Alep. Le sentier escarpé débouche sur un large chemin de terre.

7 Le prendre à droite en montant. Dépasser la citerne verte DFCI et parcourir 300 m. Quitter le sentier pour prendre à droite une descente plus franche qui ramène dans le vallon des Pontils.

8 Couper la D 979 (*prudence*) et prendre à gauche le chemin qui la longe sur 100 m. Partir à droite au milieu des cultures, puis à droite sur la route. Après le pont, s'engager à gauche sur un chemin qui monte à Blauzac.

5 h
14,3 Km

163 m
60 m

Situation Blauzac, à 18 km au Nord de Nîmes par les D 979 et D 736

Parking place du 8 mai

Balisage jaune

Difficulté particulière

- éviter les fortes chaleurs et l'ouverture de la chasse

Ne pas oublier

1h30

À voir

En chemin

- Blauzac : château 12e
- Capitelles
- Sagriès

Dans la région

- Sanilhac : Tourasse, château 12e, sentier botanique
- Saint-Nicolas-de-Campagnac : prieuré 12e, pont 13e, baignade à Font Verte (au sud du pont)
- Baume Saint-Vérédème : chapelle troglodyte 11e
- Gorges du Gardon

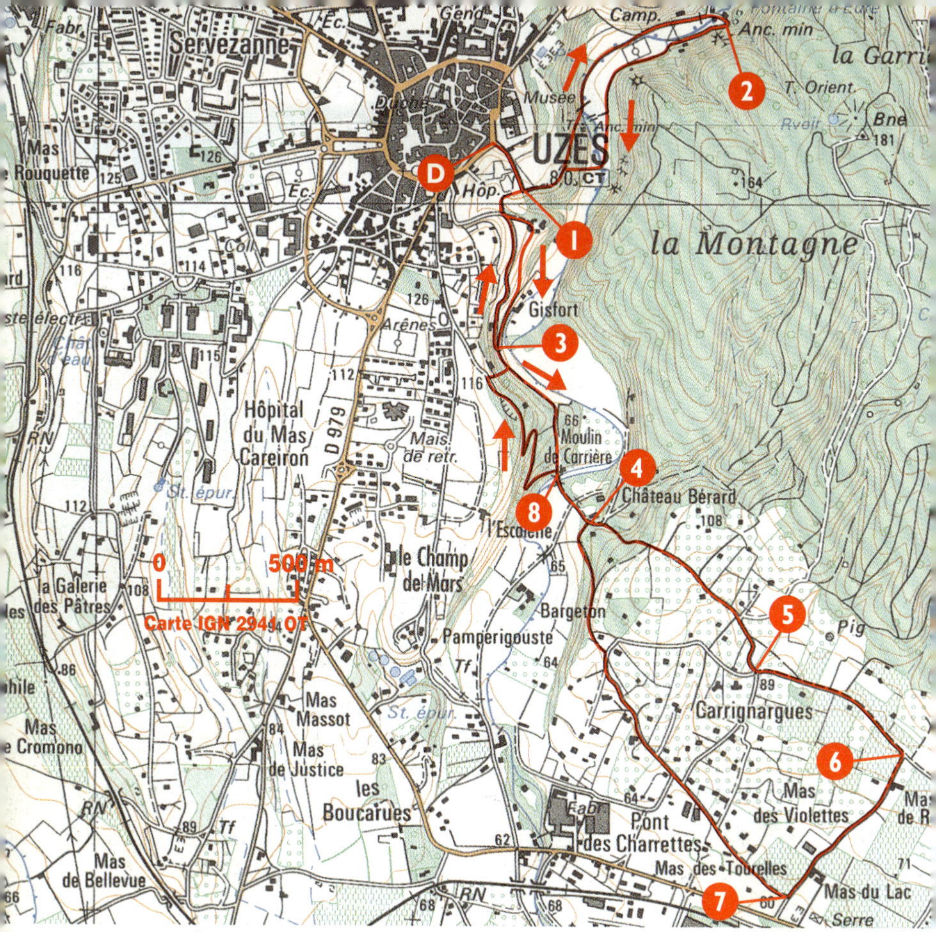

Uzès

Uzès est la ville des tours. Et ces tours sont toutes symboliques. La tour Fenestrelle, fine et légère est le vestige paradoxal de la cathédrale romane, dans le style des campaniles toscans. La tour du château ducal, la tour du Roi, et celle de l'Évêque rivalisent dans le ciel d'Uzès, comme ont toujours rivalisé localement ces trois pouvoirs avant la Révolution. Mais le pouvoir souterrain de la ville, celui qui n'a pas édifié de tours, c'est le pouvoir économique basé sur le textile, pouvoir de la petite noblesse et de la bourgeoisie protestante avec ses hôtels particuliers, pouvoir des consuls avec l'hôtel de ville. L'empreinte en creux des anciens remparts médiévaux a donné le boulevard circulaire si agréable à l'ombre de ses platanes.

La tour Fenestrelle. *Photo G.B.*

Gorges de l'Alzon et capitelles

Fiche pratique **39**

Après avoir musardé dans les ruelles du duché d'Uzès, prenez le temps de flâner autour des gorges de l'Alzon et de découvrir de belles capitelles témoins d'une riche région agricole.

D Prendre l'allée A.-Gide, entre deux murs, qui descend à droite de la route, en contrebas de la promenade Racine enserrant la cathédrale et la tour Fenestrelle.

1 Descendre à gauche. Avant la tour sarrazine, monter les escaliers à gauche. Descendre au pont sur l'Alzon.

2 Suivre la rive gauche de l'Alzon. Au moulin de Tournal, monter un sentier en lacets qui ramène au repère 1.

1 Faire 300 m, longer le mas de Cazotte (*ne pas stationner*). Laisser à droite une piscine, s'enfoncer dans un bois qui mène à la source de Gisfort. Passer le mas de Gisfort (*attention aux chiens*) de 200 m.

3 Dans un virage en épingle, prendre à gauche un sentier tracé à flanc de coteau jusqu'au moulin de Bargeton. Passer le château Bérard, parcourir 100 m.

4 Suivre à droite un sentier enserré entre deux murets qui débouche sur une pinède. A l'intersection, prendre la voie la plus à droite. Descendre 800 m sur une route.

5 A la place qui marque le carrefour de quatre routes, partir à gauche sur 500 m.

6 Laisser une capitelle à droite. A l'angle d'un bosquet de chênes verts, prendre à droite.

7 50 m avant la D 981, suivre à droite un chemin sous des marronniers. Continuer chemin de la Lavande. Avant le chemin des Chênes-Verts, prendre à gauche un sentier qui longe un mur. Traverser une dalle de calcaire. Le sentier s'enfonce dans un sous-bois de chênes blancs. A la patte d'oie suivante, descendre à gauche.

4 Regagner le moulin au repère 8.

8 Après le pont, prendre à gauche un chemin qui monte en lacets au milieu d'un bois et longe une falaise. En haut, à l'angle d'un mur, descendre à droite un sentier escarpé.

3 Tourner à gauche sur la route et, par l'itinéraire aller, rejoindre le parking.

3 h
9 Km

115 m
64 m

Situation Uzès, à 20 km au Nord de Nîmes par les D 979 et D 981

Parking route principale du Portalet (sur la gauche)

Balisage jaune

Ne pas oublier

1h20

À voir

En chemin

■ Uzès : ville épiscopale, château, place aux Herbes ceinturée d'arcades, crypte 2e, tour Fenestrelle, hôtels particuliers 18e ■ Tour sarrazine ■ Fontaine d'Eure (alimentait l'aqueduc romain d'Uzès à Nîmes) ■ Capitelles ■ Traces de gravures de carriers dans le sols ■ Grotte des Druides

Dans la région

■ Pont du Gard ■ Vers ■ Haras national ■ Gorges du Gardon ■ Sentier botanique de Sanilhac-Sagriès

Reptiles et batraciens

Les gorges et massif du Gardon abritent 10 espèces de reptiles et 7 d'amphibiens. Cette richesse (plus de la moitié des espèces gardoises) s'explique par la variété des milieux qu'offre le Gardon. Parmi ces milieux, les bras morts sont sans doute les plus riches : recherchés par la grenouille de Perez, les crapauds communs, calamites mais surtout accoucheurs. Amphibien qui porte bien son nom car le mâle porte les œufs sur son dos, puis les têtards, pendant près de 3 semaines cachés dans un trou, avant de les porter dans la mare qui les verra grandir. Son « tou » caractéristique retentit couramment les nuits d'été, mais ne le confondez avec le hibou petit-duc dont le chant est le même que notre crapaud.

Et si parfois ce chant vient d'un arbre, méfiez-vous, car notre batracien peut avoir décidé d'aller brailler sur une branche pour faire la « nique » à notre volatile…

Rainette. *Dessin M. J.*

L'ermitage de Collias

Fiche pratique **40**

3 h
11,5 Km

212 m
43 m

Appréciez les multiples saveurs d'un pays accueillant : la combe ombragée d'une ripisylve verdoyante, le recueillement d'un sanctuaire médiéval, les cultures du plateau et la garrigue !

Martin-pêcheur. *Dessin M.J.*

Ⓓ Descendre la D 3 vers le Gardon et franchir le pont de Collias.

❶ Passer les portes du pont. Prendre à gauche la première rue qui descend. Suivre la route qui longe le Gardon et traverse une zone pavillonnaire.

❷ Prendre une route à droite sur 30 m. S'engager à gauche sur un chemin large et sablonneux qui serpente dans la combe de l'Ermitage au cœur de la ripisylve. Franchir sept gués. Après le septième, parcourir 100 m.

❸ Passer à droite l'arche du petit pont de pierre et monter vers la chapelle entre les murets de pierres sèches. Face à l'autel, grimper à gauche par la sente (*prudence : surplomb*). Laisser la croix de pierre à droite et monter sur un chemin très difficile (*marches calcaires*).

❹ En émergeant de la garrigue, bifurquer à gauche sur un chemin carrossable jusqu'au mas de Laval. Emprunter à droite, plein Sud, une route qui traverse des zones de culture.

❺ Traverser la D 3 (*prudence*) et obliquer à droite sur un chemin de terre. Longer une propriété grillagée et prendre à droite la route du mas Saint-Privat.

❻ Descendre tout droit par le chemin DFCI B54 qui ondule sur la crête. Il devient rocailleux, serpente en lacets marqués de vieilles bornes en pierre du Gard (*vieille route abandonnée*). Au village, prendre le premier chemin à gauche qui ramène aux portes du pont.

❶ Regagner le point de départ.

Situation Collias, à 10 km au Sud-Est d'Uzès par les D 981 et D 3

Parking place du village, 200 m avant le pont rive gauche

Balisage jaune

Difficultés particulières

■ éviter la chaleur de l'été, les jours de fort mistral et les jours de chasse ■ gués entre ❷ et ❸ ■ montée difficile entre ❸ et ❹

Ne pas oublier

1h30

À voir

En chemin

■ Collias : château 16e, escalade, baignade ■ Grottes-tunnels

Dans la région

■ Baume de Sainte-Vérédème : chapelle troglodyte ■ Château de Castille 13e d'Argilliers ■ Oppida du Camp de Castres et de Barbegrèze

0
500 m
Carte IGN 2941 ET
Pont du Gard
Monument romain
Gardon
le Gard
St-Bonnet-du-Gard
Bégude de Vers-Pont-du-Gard
Bégude St-André
Bégude de Poulon
les Garrigues
Font Ménestière
la Lône
les Perrières
l'Estel
la Couasse
les Codes
Lafoux
le Sablas
les Bois
le Pélican
Gante Perdrix
Coste Belle
Serre Redon
Marduel
Ferraud
Grotte Sartanette
la Balouzière
le Valive
Croix de Martin
St-Pierre Chap. rnée
Fontaine de Misserand
Cave vinic.
Coop. vinic.
Source Campanard
GR 6
GR 63
PR
D 981
D 227
D 112
D 228
N 86
RN
1
2
3
4
5
6
7
8
D

Le pont du Gard

Fiche pratique **41**

Dans ce pays de chaleur, partez sur les traces de l'eau, et découvrez dans ce paysage de garrigues brûlées par le soleil, les vestiges cachés de l'ancien aqueduc romain qui courait d'Uzès à Nîmes.

D Suivre la ruelle au bout du parking. S'engager entre les vignes sur une route vers le front calcaire. Grimper un chemin caillouteux. Franchir la barre rocheuse.

1 Au col, prendre tout droit une sente étroite qui descend.

2 Prendre à gauche en direction du pont du Gard.

7 Passer le pont, puis suivre le sentier GR® 6 sur le chemin de Valive. Croiser les ruines de l'aqueduc.

3 Après une plate-forme en terrasse à droite, descendre à droite un sentier. Contourner à gauche le mas de la Bégude-Saint-Pierre (Saint-André sur la carte), poursuivre 300 m. Bifurquer à droite sur une route. Couper la D 981 (*prudence*). S'engager, à gauche du mas, sur un chemin. Prendre la petite route à droite, franchir la voie ferrée.

4 Au cimetière, aller à gauche, prendre deux fois à droite. Traverser le village, passer le porche. Gagner le second lavoir, la place de la Fontaine. Aller vers Castillon puis deux fois à droite. Descendre la D 227 à gauche.

5 Après le lavoir, grimper à gauche un sentier. Tourner à droite sur un chemin. Atteindre et longer les vestiges de l'aqueduc. A la D 227, franchir le passage à niveau.

6 Couper la D 981 (*prudence*). Au rond-point, partir à gauche (chaîne). Suivre les vestiges de l'aqueduc. A la cote 57, aller en face à gauche d'un portail sur un sentier qui serpente dans la garrigue. Au panorama, descendre à gauche de l'aqueduc. Le franchir.

7 Prendre à droite les escaliers. Au sommet, s'engager dans le tunnel, descendre sur 200 m et grimper à droite entre les vestiges de l'aqueduc. Après 1,5 km, laisser le sentier GR® à gauche, suivre tout droit la piste. A la première grande intersection, descendre à gauche.

8 A la route, aller à gauche. A la croix, suivre le chemin de gauche, gagner le parking.

5 h
17 Km

146 m
34 m

Situation Saint-Bonnet-du-Gard, à 19 km au Nord-Est de Nîmes par la N 86

Parking place de la Fontaine

Balisage jaune, blanc-rouge

Difficultés particulières
■ éviter l'hiver et les jours de fort mistral ■ panorama du Pont du Gard entre **5** et **3** (attention aux enfants)

Ne pas oublier

2h30

À voir

En chemin

■ Saint-Bonnet-du-Gard : village 10e pittoresque, église préromane 9e (fortifiée au 13e), tour d'ancien moulin ■ Vers-du-Gard : lavoirs remarquables, tour de l'Horloge, tour carrée (ancienne enceinte)

Dans la région

■ Castillon-du-Gard : village médiéval, chapelle romane de Saint-Caprais ■ Chapelle de Malpas

Le pont du Gard et son aqueduc

Le pont du Gard est universellement connu, et l'un des sites les plus visités de France. Mais la beauté de ce monument ne doit pas masquer d'autres vestiges tout aussi intéressants du même ouvrage ; la prouesse technique que représente ce merveilleux pont-aqueduc ne doit pas nous empêcher d'apprécier la prouesse fondamentale qui permit d'acheminer pendant plusieurs siècles 20 000 mètres cubes d'eau (20 millions de litres) par jour pour alimenter Nîmes. Pour cela, une conduite de 50 km de long, soit enterrée soit en tunnel, soit encore sur arcades pour franchir les vallées serpentait dans la garrigue, avec une différence de seulement 17 mètres d'altitude entre le point de départ et le point d'arrivée. Encore une preuve que les Romains étaient de grands architectes-bâtisseurs, mais aussi d'excellents hydrauliciens et géomètres.

Ces travaux furent entrepris probablement dans la première moitié du 1er siècle après J.-C., quand les eaux de la source (la Font) ne suffirent plus à alimenter une ville dont la population avait fortement augmenté. C'est la fontaine d'Eure, près d'Uzès, à 20 kilomètres à vol d'oiseau de Nîmes, qui fut choisie, pour sa qualité comme pour son abondance. La première partie du trajet, entre la source et le pont du Gard, est relativement pentue (plus de 60 cm/km). Cette pente avait été calculée ainsi pour économiser sur la hauteur du pont permettant de franchir le principal (et incontournable) accident de terrain : le Gardon. Le pont du Gard aurait eu sinon 10 à 20 mètres de plus en hauteur, et comme ses 48 mètres de haut représentaient déjà une belle prouesse technique, les ingénieurs romains ont parfaitement bien calculé en choisissant des pentes différentes selon les parties du parcours. On peut encore voir entre

Aqueduc. *Photo CDT 30*

Le pont du Gard.
Photo C.M.

Uzès et le pont de nombreux vestiges des ponts construits pour passer les petites vallées, comme le pont de Bornègre, le pont de la Lone ou le Pont-Rou.
Le pont du Gard franchit le Gardon par une triple rangée d'arcades, très larges (entre 15 et 24 mètres pour les deux étages inférieurs, 5 mètres pour l'étage supérieur). Ces largeurs d'arches différencient nettement cet aqueduc des autres aqueducs du monde romain, et contribuent fortement à sa perfection esthétique. Sa couleur ocre rajoute à sa beauté : les blocs de pierre ont été tirés des carrières de calcaire de Vers, tout près de là. Certains des blocs mis en place mesurent 2 mètres cubes et plus, ce qui correspond à un poids de 6 tonnes : on imagine encore une fois les prouesses pour hisser ces blocs à 40 mètres de hauteur avec un système de palans.
Quand on voit le site l'été, on est frappé de la démesure de cet ouvrage, avec ses arches si larges, par rapport à la largeur du Gardon. Mais les Romains connaissaient trop bien la capacité des torrents cévenols à gonfler brusquement le Gardon au printemps et surtout à l'automne en un flot renversant tout sur son passage, pour lésiner sur les dimensions. Le pont du Gard fut d'ailleurs l'un des rares ponts à résister aux crues, et il était très utilisé par les muletiers pour franchir le Gardon, alors qu'il n'avait pas du tout été prévu pour cela. Cette utilisation répétée fit même de tels dégâts aux piles qu'on craignit pour l'édifice, et vers 1740 la partie basse du pont fut élargie en un pont routier. Il fut enfin restauré sous Napoléon III, et défie toujours les temps et les éléments.
Au sud du pont du Gard, on peut encore voir quelques ponts à arches, mais surtout des tunnels (l'un d'eux fait plus de 400 m) où passait le canal conduisant l'eau. On peut voir dans ces conduits combien les dépôts calcaires obstruaient le passage de l'eau : un tiers du débit initial seulement pouvait encore circuler dans les dernières années de son utilisation. Il est vrai qu'à cette époque, les peuplades du nord avaient déferlé sur l'Empire romain, et il ne dut plus servir à alimenter Nîmes mais les mas riverains, et à irriguer les terres cultivées de la région. Certains tronçons enfin, dont les pierres furent pillées ou réutilisées, disparurent définitivement.

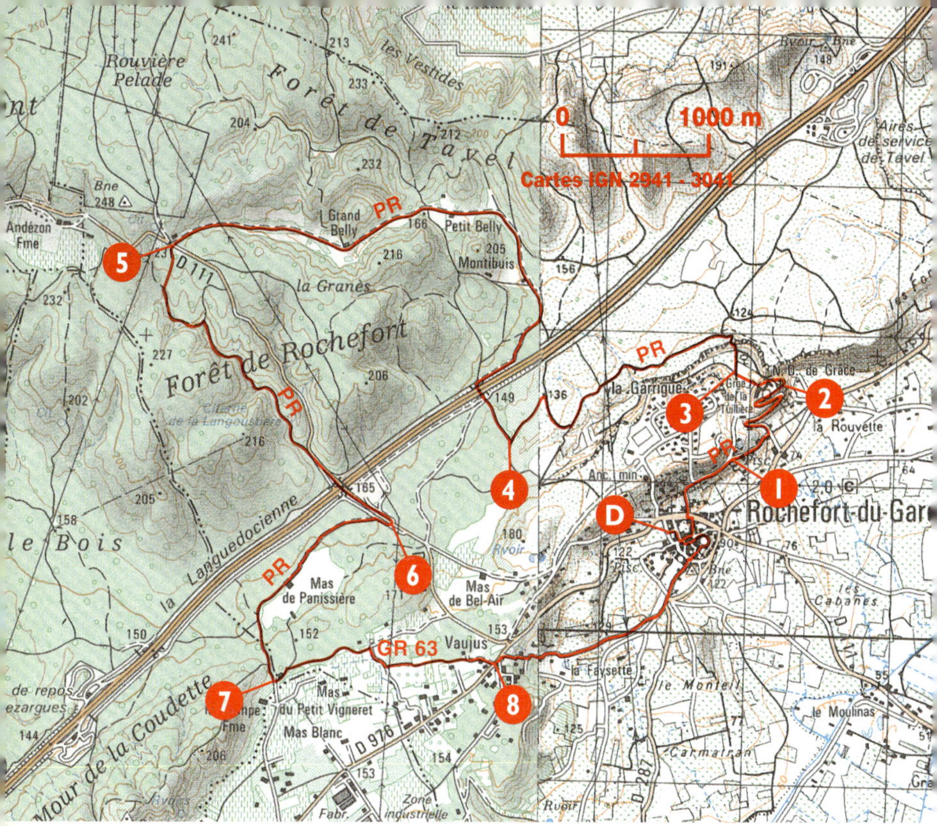

Notre-Dame-de-Grâce à Rochefort

Notre-Dame-de-Grâce fut construite à partir de bâtiments plus anciens au cours du 17e siècle, pendant ce que l'on a appelé la « contre-réforme catholique », et confiée aux moines bénédictins de la Réforme de Saint-Maur. Depuis cette date, miracles et pèlerinages se multiplièrent, apportant des revenus importants à la communauté religieuse. A la Révolution, le sanctuaire fut pillé et vendu comme bien national. Ce n'est qu'en 1846 qu'il fut repris par les Frères maristes, et que pèlerinages et processions reprirent.

On portera une attention particulière à la chapelle, ornée d'un autel richement décoré de marbre, et au musée des ex-votos où sont exposées images ou plaques de marbres remerciant Notre-Dame pour une guérison, ou pour avoir échappé à un accident.

Autel. *Photo C.M.*

Notre-Dame-de-Grâce

Des ruelles de Rochefort au recueillement du sanctuaire, en passant par la solitude des garrigues troublées par le chant des fauvettes, une « sacrée » balade, pleine des silences les plus riches…

D Monter la rue Mistral, descendre à gauche, passer devant la placette de la Vigne. Face au monument, aller à gauche rue de la Petite-Calade puis de l'Alambic. Couper la D 976. Emprunter le chemin de Notre-Dame-de-Grâce.

1 A la patte d'oie, rester à droite. Monter la route à gauche vers le sanctuaire. Avant le dernier lacet, prendre à droite, en contrebas du sanctuaire, un sentier herbeux (chicane métallique) sous des pins.

2 Dépasser le calvaire, descendre à gauche l'escalier puis une sente escarpée. Partir à gauche sur la piste. Traverser une clairière, déboucher sur une route.

3 Tourner à droite sur la piste. Franchir l'escarpement calcaire. A la première intersection, aller à gauche et tout droit aux suivantes.

4 Sur une dalle calcaire, virer à droite. Passer le tunnel sous l'autoroute. Tourner à droite, puis à gauche dans la garrigue. Faire quelques pas, obliquer à droite à la patte d'oie puis suivre la piste de la combe de Belly.

5 Couper la D 111. Prendre à droite du monument un sentier qui serpente en fond de vallée. Retrouver la D 111.

6 Franchir l'autoroute. Tourner à droite face à deux pylones. Dépasser le mas de Panissières. Obliquer à gauche sur la piste qui monte puis amorce une descente.

7 Après la première villa, prendre un sentier à gauche. Poursuivre ce chemin (*bien suivre le balisage*). A l'intersection avec un chemin, tourner à droite et s'engager à gauche sur la seconde sente. Passer la ligne à haute tension. Quitter la sente, se diriger vers une haie de cyprès. La longer à gauche, trouver une piste qui part en sous-bois.

8 Couper la D 976, faire 50 m à gauche, descendre à droite le chemin de Vaujus. A la D 987, monter à gauche. A la croix, prendre à gauche le chemin de Saze. A Rochefort, suivre à droite la calade de l'Abreuvoir, à gauche la montée de la Vieille-Eglise. En faire le tour, revenir au parking.

---

5 h
16 Km

231 m
45 m

Situation Rochefort-du-Gard, à 11 km à l'Ouest d'Avignon par les N 100 et D 111

Parking place de la Poste

Balisage

jaune de **D** à **7**, blanc-rouge de **7** à **D**

Difficultés particulières

■ éviter les jours de fort mistral ■ descente très dangereuse dans les rochers de la falaise entre **2** et **3**

Ne pas oublier

2h20

À voir

En chemin

■ Fermes du Petit et du Grand-Belly
■ Croix de Saze 18e

Dans la région

■ Vallabrègues : musée de la Vannerie ■ Aramon : village fortifié, église Saint-Pancrace 12e ■ Villeneuve-lez-Avignon : fort Saint-André, tour Philippe-le-Bel, chartreuse du Val-de-la-Bénédiction, chapelle des Pénitents-Gris

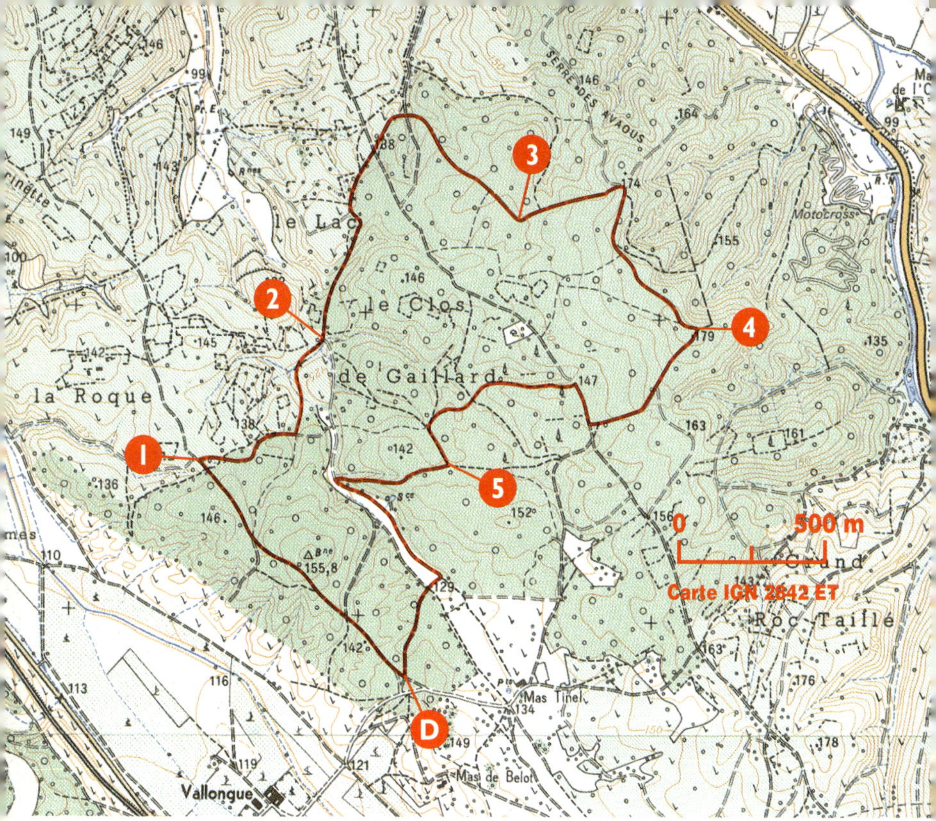

Nîmes aujourd'hui

Nîmes, « Rome, Genève, Séville françaises » est non seulement la ville d'un prestigieux passé, mais également une ville du présent : sa convivialité, ses fêtes dont la fameuse féria, en font une ville où il fait bon vivre. Nîmes est également une ville du futur, sinon « futuriste ». Les plus grands architectes internationaux et autre « designers » s'y sont donné rendez-vous, ces dernières années : l'Anglais Norman Foster (le Carré d'Art), le Français Jean Nouvel (les Paquebots), l'Italien Gregotti (le stade de football) et le Japonais Kurosawa (le Colisée), Starck (mobilier urbain) pour ne parler que des « hommes de l'art » les plus connus.

Nîmes, médiathèque. *Photo CDT 30*

Le Clos de Gaillard

Saviez-vous que ces espaces, aujourd'hui garrigues hostiles, étaient jadis fortement cultivées : 12 000 enclos à la fin du 18e… Un circuit familial et pédagogique, à éviter les jours de fortes chaleurs !

Alouette des champs. *Dessin M.J.*

D Passer à gauche de la citerne DFCI. Gagner le sylvetum.

1 Au carrefour en T, prendre à droite. A l'intersection suivante, obliquer sur la gauche vers l'enclos des deux cèdres. Franchir le gué.

2 Tourner à gauche sur une piste plus large.

3 A la patte d'oie, grimper à gauche. Au carrefour suivant (point coté 174), virer à droite et gagner le point de vue sur la combe du mas de l'Oume.

4 Descendre à droite. Au bout de la descente, partir à droite sur 150 m, puis tourner à gauche.

5 A l'intersection en T, aller à droite. Un peu plus loin, bifurquer sur la gauche dans la petite combe. Passer devant une source. A la patte d'oie suivante, tourner sur la droite pour regagner le parking.

Fiche pratique 43

3 h
7 Km

188 m
129 m

Situation Vallongue (commune de Nîmes), à 10 km à l'Ouest de Nimes par les N 106 et D 907

Parking au Nord du hameau

Balisage bleu

Difficulté particulière

■ éviter les jours de chasse et les jours de fort mistral

Ne pas oublier

1h

À voir

En chemin

■ Sentier de découverte jalonné de bornes d'information

Dans la région

■ Nîmes : ville romaine d'art et d'histoire ■ Russan : village à l'entrée des gorges du Gardon

L'habitat des garrigues

Photo CDT 30.

A la fin du 8e siècle av. J.-C., la population des grottes des gorges des différents massifs des garrigues s'accroît. Certaines communautés décident donc de s'établir sur les plateaux eux-mêmes. C'est l'âge du bronze : l'homme se sédentarise. S'il conserve toujours la cueillette et la pêche comme ressources principales, l'agriculture et l'élevage se développent. Ces pasteurs des plateaux parcourent la garrigue et commencent à défricher les immenses forêts de chênes qui couvrent les garrigues. « En cela les peuplades des néolithiques inaugurent les modes d'occupation, et de gestion de la garrigue, qui se sont développés pratiquement jusqu'à nos jours » (Fabre G.). Puis, tour à tour, les exploitants de la garrigue ont laissé des traces encore visibles dans le paysage. Jusqu'à l'âge de fer (800 à 50 ans av. J.-C.) ce sont les oppida, habitats fortifiés des Volques arécomiques, tribu fixée dans la région de Nîmes. L'oppidum de Nages à l'ouest de Nîmes reste l'un des mieux conservés. Avec la présence romaine, les vestiges sont nombreux et les garrigues continuent de se déboiser.

A partir du Moyen Age, la vie pastorale se développe : de nombreux vestiges témoignent de cette vie : les « faîsses » murs de soutènement, les « clapas », monceaux de pierres pouvant atteindre plusieurs mètres de haut pour dépierrer des enclos et installer quelques cultures sur des espaces secs et rocailleux, les « chemins clapiers » recouverts de lauzes plates pour favoriser le cheminement entre les parcelles, les « clos »... Ce défrichement atteint son apogée à la fin du 12e siècle. De la fin du 18e siècle à la première moitié du 19e, les capitelles se multiplient. Correspondant au maximum de l'activité agricole des garrigues, elles servaient à la fois d'abri pour le paysan et de réserve pour la récolte. Enfin, on ne peut passer sous silence ces vieux murs sommaires, à moitié enfouis, cachés dans la végétation : les restes des cabanes de charbonniers qui fabriquaient du charbon de bois à la fin du 19e siècle et au début du 20e siècle.

Toutes ces traces dans le paysage sont encore visibles dans cette « forêt » qui a payé un lourd tribut à une exploitation démesurée. Mais aujourd'hui, d'autres traces apparaissent, avec la lutte contre les incendies, les tours de guets, les pistes DFCI...

La Rome française

La maison carré. *Photo F. de R.*

La Rome française, tel est le surnom bien mérité de Nîmes, capitale de l'ager nemausensis (nom donné à la région par Pline l'Ancien, pendant l'occupation romaine). Son site était, il est vrai, idéal pour l'emplacement d'une ville, avec surtout cette merveilleuse et abondante fontaine au pied d'une colline, le mont Cavalier. Avant les Romains, ce sont les Celtes qui s'y établirent, édifiant même une tour, qui reprise par les Romains deviendra l'emblématique tour Magne. La ville romaine, que l'empereur Auguste dota richement, comptait au moins 50 000 habitants et s'étendait sur un vaste territoire entouré de fortifications. De nombreux vestiges de sa splendeur ont été retrouvés, comme le temple de Diane, près de la Fontaine, le Castellum, château d'eau où les eaux venues par l'aqueduc étaient réparties et envoyées dans les différents quartiers, des portes monumentales qui s'ouvraient dans l'enceinte dont il ne reste que peu d'éléments. Mais ce qui est extraordinaire, et a permis de parler de « Rome française », ce sont deux monuments dans un état de conservation tout à fait remarquable : un amphithéâtre (les arènes) et un temple (la Maison carrée). Si les arènes ont été aussi bien conservées, c'est qu'elles ont été transformées en forteresse à la fin de l'empire romain par simple obstruction des arcades (comme les arènes d'Arles). La Maison carrée, c'est-à-dire à angles droits, après de multiples utilisations qui auraient pu causer sa perte définitive, fut enfin restaurée par les consuls nîmois sur l'ordre de Louis XIV. Au 19e siècle, elle est dégagée de ses constructions parasites, et son site aménagé la met enfin en valeur.

Les Arènes de Nîmes. *Photo CDT 30*

Entre Sommiérois et Camargue

Aigues-Mortes. *Photo F. de R.*

Savez-vous qu'il existe au moins trois points communs entre le littoral et l'arrière-pays ? Le vin : le Listel, vin des sables de la petite Camargue, le Costière de Nîmes, vins des galets que le Rhône a déposé il y a plus de 700000 ans, le Coteau du Salavès, de la région de Sommières.

L'eau : de Saint-Hippolyte-du-Fort à la Grande bleue en passant par Quissac, Sauve et Sommières les eaux du Vidourle ont toujours été source de vie et d'inquiétude. Descendant des Cévennes, les vidourlades étaient hier particulièrement terribles. Aujourd'hui elles sont régulées par de nombreux barrages d'ecrêtement des crues. En Camargue, l'eau omniprésente a toujours induit construction et économie.

La pierre : avant Aigues-Mortes et ses remparts, Saint-Gilles et son abbatiale du XIIe siècle, il y avait Psalmody, une des plus importantes abbayes bénédictines du Languedoc qui a rayonné très loin jusque dans la plaine de Salinelles (chapelle Saint-Julien : l'un des plus beaux témoignages de l'art roman en Languedoc), mais aussi les restes de l'église de Saint-Pierre d'Aspéres...

Là s'arrêtent les points communs car la Camargue est unique.

C'est le pays plat des grands espaces et des montagnes de sel; c'est le pays des flamants roses qui tirent leur couleur de leur nourriture de base, de minuscules crevettes appelées artémis; c'est le pays du biou (le taureau) et de son compagnon, ce petit cheval blanc de race très ancienne probablement importée d'Asie Mineure, immortalisé par Crin Blanc; c'est le pays de la « Bouvine » des manades, des ferrades, des courses camarguaises inséparables des raseteurs, les hommes en blanc; c'est le pays des maisons blanches couvertes de « sagno » (le roseau des marais); c'est le paradis des oiseaux qui trouvent en ces lieux une terre nourricière, un refuge et une halte migratoire d'importance internationale pour les oiseaux migrateurs; c'est le pays de mille fleurs, de la saladelle, de la salicorne, des sansouires, de la flore des dunes fragiles et menacées.

Mais la Camargue c'est surtout ce pays où certains jours de brume, à l'aube, quand passe le vol d'un héron, on ne sait jamais où s'arrête la terre et où commence la mer, où se trouve la frontière entre le sol et l'eau.

La Camargue, pays de mystère...

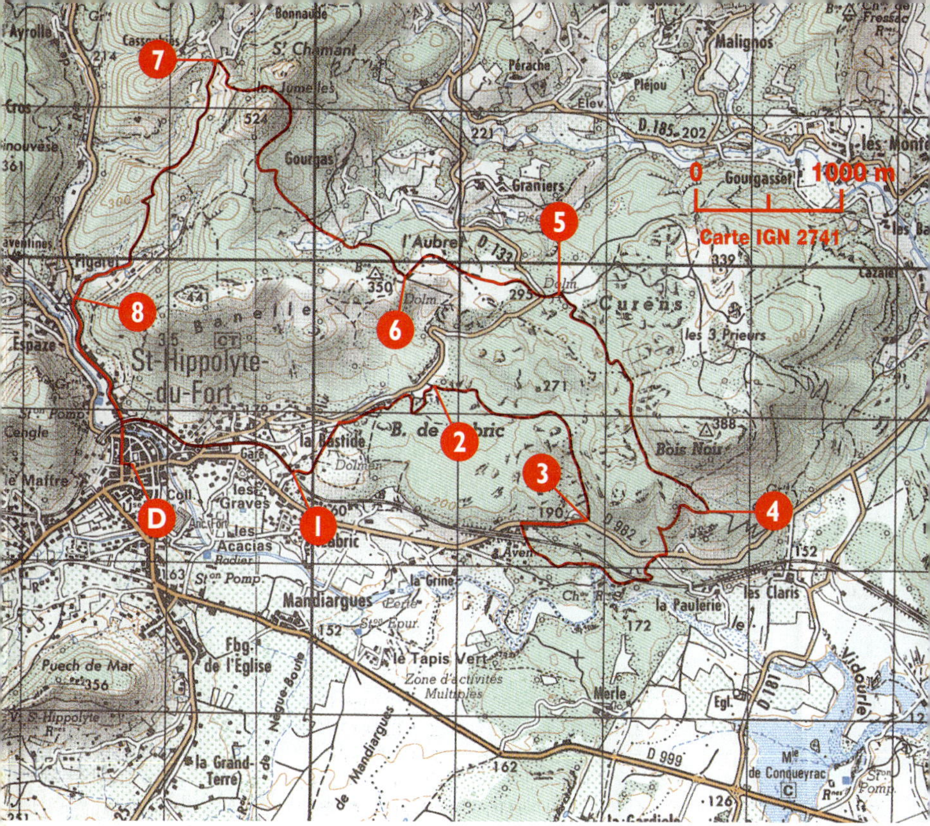

Un ciel plein de rapaces !

Circaète jean-le-blanc. *Dessin M. J.*

Avec 18 espèces de rapaces nicheurs, 4 espèces migratrices et 3 espèces hivernantes, c'est au total 25 espèces de rapaces diurnes qui visitent le pays régulièrement. Mais celui qui est sans contexte le rapace le plus représentatif, que l'on peut observer de la Costière au mont Aigoual, des causses aux garrigues, c'est le circaète jean-le-blanc. Apparenté aux aigles, il est facilement reconnaissable à son plumage très blanc et à sa gorge marron. Souvent, l'été, on voit ce grand rapace faire du sur-place en quête de sa nourriture préférée : les serpents. Mais rien ne vaut ses parades nuptiales quand la femelle se retourne, pile au bon moment, pour offrir ses griffes à son compagnon venu du ciel, en piqué, ailes repliées. Alors, comble de ravissement, pendant quelques instants ils se laissent tomber comme des feuilles mortes étrangement enlacées… pour recommencer un peu plus tard. Alors promeneurs gardois, ne pensez pas qu'aux champignons et levez les yeux. C'est plein de surprises.

Autour de St-Hippolyte-du-Fort

Aux portes des Cévennes, une longue balade qui emprunte des voies d'autrefois : une voie ferrée aujourd'hui abandonnée, une voie romaine et l'ancien chemin de Monoblet à Saint-Hippolyte-du-Fort.

D Prendre la D 39 vers Lasalle. Rejoindre l'ancienne voie ferrée au niveau du viaduc. L'emprunter sur 1,5 km.

1 Quitter la voie ferrée. Suivre à gauche un chemin goudronné vers la Bastide sur 100 m. Prendre un sentier à gauche, plein Nord, jusqu'au hameau. Bifurquer à droite sur un chemin qui longe la D 133.

2 Tourner à droite sur un sentier plus tortueux qui s'enfonce entre les lapiez du Bois de Labric (*bien suivre le balisage*).

3 Prendre à gauche la D 982 vers Saint-Hippolyte-du-Fort sur 800 m. Quitter la route et emprunter le sentier vers le château de la Roquette en traversant l'ancienne voie ferrée. Passer au Nord du château, retraverser la voie ferrée et rejoindre la D 982 au niveau du chemin de la Paulerie. Couper la route et prendre le sentier en face qui monte sur la crête qui domine la route.

4 Au serre de la Matte, le sentier effectue un virage à 180° à gauche. A la patte d'oie suivante, virer à gauche (*sur les 200 m avant le col de l'Aubret, de nombreux chemins sont possibles : bien suivre le balisage en restant orienté au Nord-Ouest*).

5 Couper la D 133, prendre le chemin vers les Jumelles sur 300 m et poursuivre le sentier sur la droite vers le mont Aubret.

6 Le sentier rejoint une ancienne voie romaine. La suivre à droite sur 500 m. Emprunter le sentier dans le prolongement de cette voie sur 150 m, puis à gauche et à droite. Passer entre les Jumelles. Le sentier rejoint un chemin goudronné.

7 Partir à gauche et descendre vers Saint-Hippolyte-du-Fort. Le chemin d'abord raviné puis goudronné mène à la D 39.

8 La suivre à gauche jusqu'à Saint-Hippolyte, passer sous le viaduc, puis regagner le parking.

7 h
17 Km

450 m
65 m

Situation Saint-Hippolyte-du-Fort, à 50 km à l'Ouest de Nimes par la D 999

Parking place du Plan

Balisage jaune

Difficultés particulières

- éviter les périodes de fortes chaleurs et les jours de battue aux sangliers
- prudence sur le viaduc

Ne pas oublier

À voir

En chemin

- Saint-Hippolyte-du-Fort : vieille ville, musée de la Soie
- Ruines du château de la Roquette 11e
- Dolmens de Rascassol et de l'Aubret

Dans la région

- Ruines de la forteresse de Fressac 11e-13e
- Causse de Pompignan : paysage de type espagnol
- Eglise de Cros
- Ceyrac : chapelle, oppidum
- Chapelle romane de Conqueyrac
- Château ruiné de Rochefourcade
- Monoblet : village (relance de la soie)
- Village de La Cadière

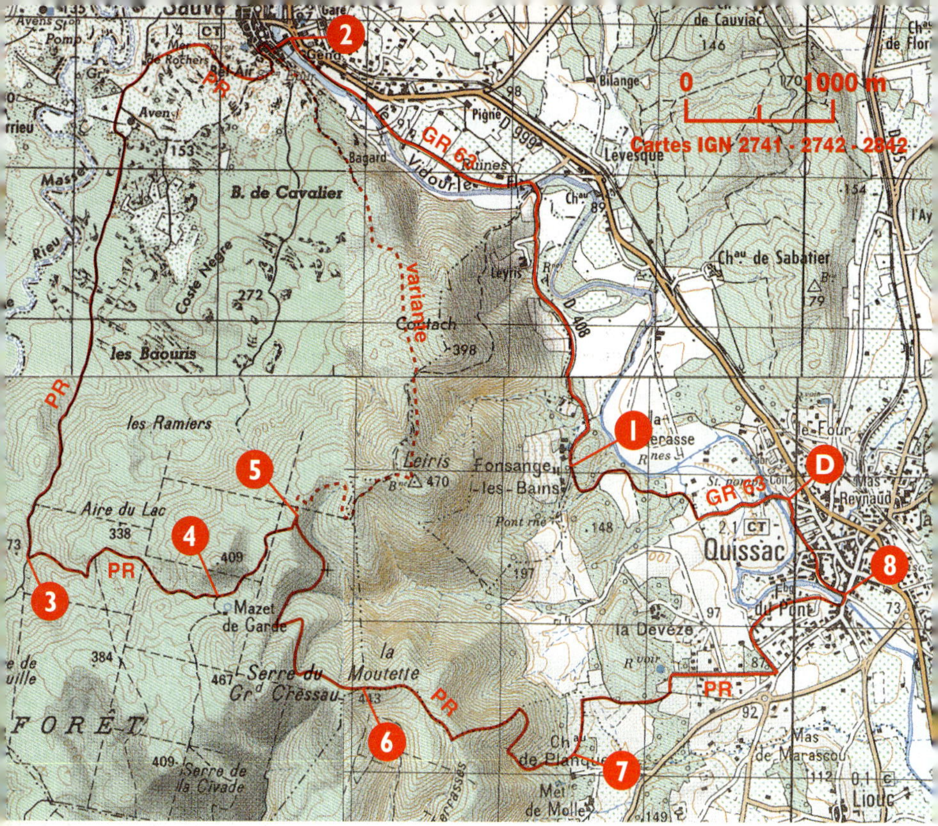

Une mer ou une forêt de rochers ?

C'est au printemps, tard le soir, quand le soleil se couche, brillant de mille feux, sur ce chaos calcaire dominé par le château de Roquevaire, à demi-enfoui dans une végétation luxuriante de toutes teintes que cette mer de rochers est la plus belle. Elle porte bien son nom d'ailleurs, car cet amoncellement de rochers plus ou moins importants, ressemble étrangement à « une mer démontée mais à jamais immobile ».

Le village de Sauve.
Photo G.B.

C'est l'action conjointe du vent et de l'eau qui a lentement modelé ce lapiez géant qui n'est pas sans rappeler les sites de Nîmes et de Montpellier-le-Vieux : de fines cannelures qui donneront naissance quelques millions d'années plus tard à ces statues gigantesques aux contours déchiquetés…

Le bois de Coutach

Ruelles et porches de Sauve et Quissac, abords du Vidourle, Mer des Rochers et garrigue, sommet de la Moutette, autant de joyaux à découvrir en quelques heures.

D De la gendarmerie, descendre vers les berges du Vidourle et emprunter le premier passage à gué. Dépasser le lit du Vidourle de 300 m, puis bifurquer à droite.

1 Au sortir du sentier forestier, traverser le champ. Au camp de vacances d'Air France, descendre la route. Franchir le Vidourle. Après le pont, aller à gauche à Sauve.

2 Emprunter le Vieux-Pont, passer sous le porche et monter les escaliers.

► Variante pour passer au Leiris et gagner le repère **5**.

Suivre le balisage qui serpente entre porches et ruelles. Il conduit à la Mer des Rochers. Parcourir le sentier qui traverse ce chaos calcaire et débouche sur une calade. Prendre à gauche vers Quissac sur 1 km. La calade rejoint un chemin carrossable, poursuivre à gauche vers Quissac.

3 Bifurquer à gauche pour suivre le chemin de la Vache-Morte. Le chemin carrossable rejoint une piste.

4 Suivre le chemin de gauche qui entame une longue boucle autour du Serre du Grand-Cressau. Quitter la piste principale, prendre à droite un sentier sur 100 m.

5 Virer à droite en angle aigu.

6 Partir sur un chemin d'abord abrupt qui descend droit vers la plaine, serpente dans les chênes verts, d'abord sur la crête, puis dans un thalweg.

7 Aux abords du château de Planque, prendre à gauche au Nord le chemin qui longe les premiers champs cultivés de bas de versant. Suivre le balisage qui se faufile entre garrigues et cultures. Quitter, à gauche, la route pour rejoindre le Vieux- Pont. Le traverser.

8 Prendre à gauche, dépasser le temple de 100 m, puis quitter les berges en tournant à droite vers le centre du village. Bien suivre le balisage qui passe par des ruelles, devant deux cimetières et ramène au point de départ.

8 h
22 Km

443 m
72 m

Situation Quissac, à 42 km à l'Ouest de Nimes par la D 999

Parking collège (derrière la gendarmerie)

Balisage

D à 2 blanc-rouge
2 à D jaune

Difficultés particulières

■ éviter les jours suivant de fortes précipitations et les périodes de fortes chaleurs ■ gué ■ prudence dans la Mer de Rochers

Ne pas oublier

À voir

En chemin

■ Mer de Rochers
■ Château de Roquevaire (ancienne résidence d'été des évêques de Maguelonne)
■ Grand Aven

Dans la région

■ Pic Saint-Loup et montagne de l'Hortus ■ Plan d'eau de La Rouvière ■ Ceyrac : chapelle, oppidum ■ Chapelle romane de Conqueyrac
■ Château de Florian 17e
■ Château de Mirabel 13e
■ Ruines du château de La Roquette 11e

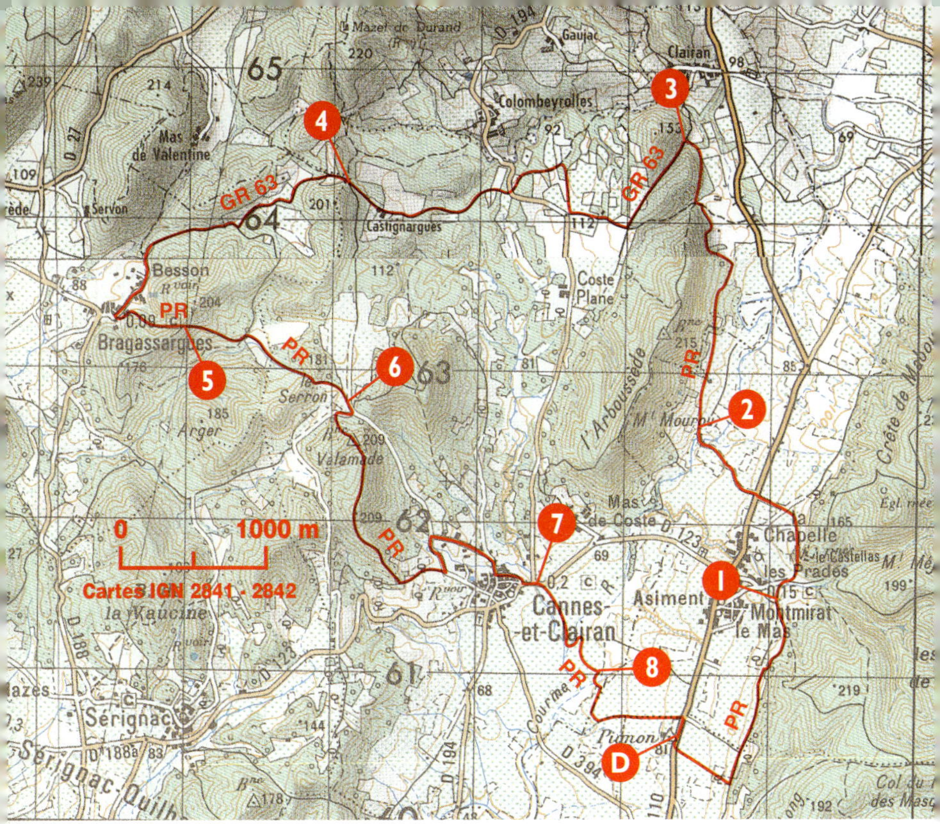

Les fourches de Sauve

Le micocoulier est un arbre très fréquent dans le Midi, où il accompagne souvent les églises romanes et autres lieux sacrés. Son bois est à la fois souple et très dur, quand on le taille de façon appropriée, il fait de nombreux rejets avec développement de trois bourgeons terminaux : une fourche « naturelle ». Sauve a été pendant des siècles la capitale incontestée de la fourche, gardant jalousement ses secrets de fabrication. En 1990, la production s'est arrêtée. Reprise en 1993 d'une production limitée par l'association, la Fanabrègue (nom occitan du micocoulier), est bien décidée à maintenir cette fabrication et à créer un écomusée autour de cette activité, dans l'ancienne caserne, qui hébergea autrefois les soldats du roi chargés de la répression du protestantisme.

Micocoulier. *Photo CDT 30*

Cannes-et-Clairan

Vignes et belles futaies de pins d'Alep se succèdent tout au long de cette longue balade qui emprunte dans sa première partie un sentier botanique qui serpente dans des marnes dénudées.

D Partir plein Sud sur 100 m. Monter à gauche une petite route. Au carrefour en T, partir à gauche le long du bois des Lens. Suivre une ancienne route qui descend.

1 Aller à droite. Passer le gué, puis monter par un chemin très raviné. A l'ancien stade de football, partir à gauche. Couper la N 110 et descendre en face sur une petite route. Franchir le gué sur la Courme et poursuivre 100 m.

2 Monter à gauche dans les bois. A l'intersection suivante, aller à gauche. Face à une vigne, monter à gauche une sente escarpée qui contourne des marnes noires (*prudence*). Suivre un sentier botanique. Couper une piste carrossable. Poursuivre en face le sentier botanique. Contourner un gué, puis couper une autre piste carrossable. Continuer en face sous la futaie de pins noirs. Plus loin, franchir une passerelle.

3 Monter à gauche par une excellente piste. Avant la route, aller à droite sur 100 m. A la patte d'oie, partir à gauche. Couper la D 194, continuer tout droit par la piste. Passer au Nord du mas de Castignargues et monter au col.

4 Descendre à gauche entre deux monticules. La piste serpente en fond de vallée. Traverser Besson. Monter à gauche la première piste.

5 Au sommet, à l'intersection, continuer tout droit puis amorcer une descente. Longer une vigne et un cours d'eau, puis franchir un passage entre deux buttes.

6 Ne pas franchir le col mais contourner la vigne. S'engager en pleine pente à gauche vers le Valamade. Continuer sur la crête, puis dévaler vers Cannes-et-Clairan. Contourner le village par le Nord. Franchir le pont sur la D 123.

7 S'engager à droite sur un sentier entre les vignes. Passer devant un ancien moulin, puis franchir le gué et monter à droite du moulin sur l'autre rive. Au sommet du coteau, partir à droite puis à gauche entre les vignes.

8 Face aux marnes, partir à droite sur 100 m et prendre à gauche une sente très humide qui serpente sous des pins. Au sommet, aller à droite puis à gauche pour revenir au Nord de la cave coopérative viticole.

6 h
18,5 Km

209 m
55 m

Situation Crespian, à 26 km à l'Ouest de Nimes par les D 999 et N 110

Parking cave coopérative viticole

Balisage

Jaune, puis blanc-rouge, puis jaune

Difficultés particulières

- éviter la chaleur de l'été, les jours de fort mistral et les jours de chasse
- gués après **1**, avant **2**, avant **3**, après **8**

Ne pas oublier

3h

À voir

En chemin

- Montmirat : ruines de l'église de la Jouffe et du castellas 11e construit près d'un oppidum celtique
- Marnes noires riches en fossiles

Dans la région

- Plan d'eau de La Rouvière
- Châteaux de Sérignac, de Saint-Théodorit, de Puechredon et de Vic-le-Fesc
- Bragassargues : château de Roux, ruines du château de Roucaute

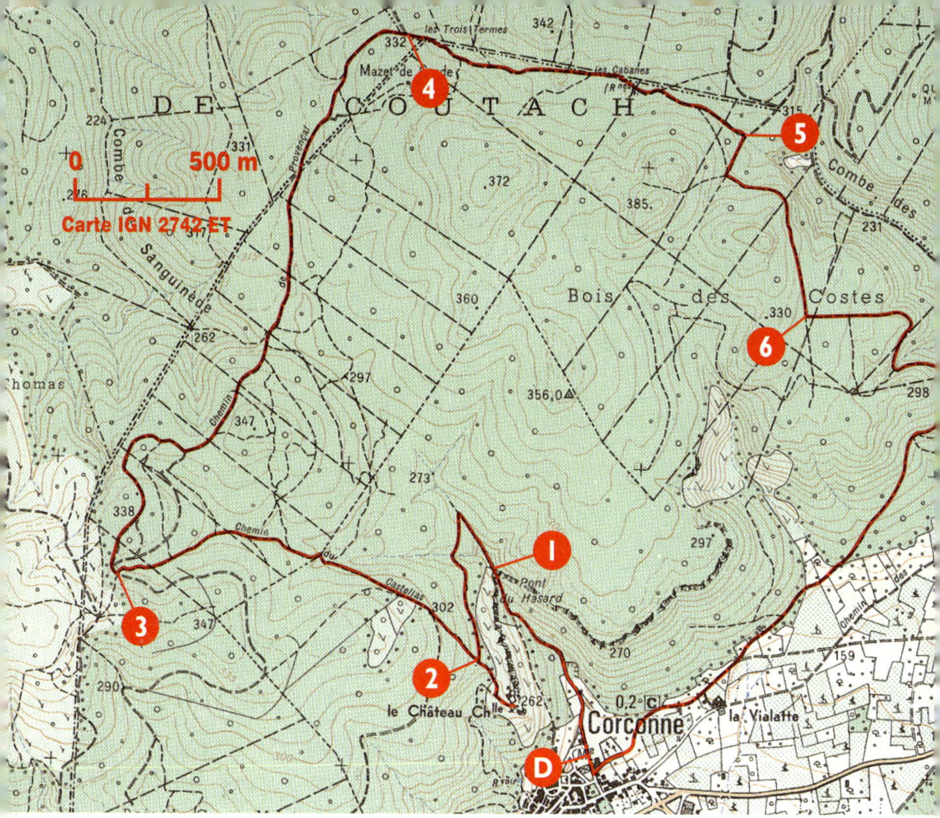

L'olivier

Olives sur olivier. *Photo CDT 30*

Merveilleux arbre plusieurs fois millénaire, l'olivier symbolise le terroir méditerranéen, son agriculture et sa culture. Et si la place qu'il occupe dans notre agriculture mécanisée d'aujourd'hui se réduit comme peau de chagrin, c'est aussi que notre époque est celle de la fin d'une culture rurale où l'on savait apprécier l'écoulement du temps et les saveurs de produits simples et naturels.

Par bonheur, quelques tenaces « mainteneurs » continuent à entretenir cet arbre mythique : les adhérents de la coopérative oléicole de Sommières par exemple, ou les personnes qui organisent à Corconne la fête de l'olive le deuxième dimanche de décembre. Nos enfants sauront ainsi peut-être encore pourquoi il y a des olives vertes, et d'autres noires !

Le pont du Hasard

L'ambiance d'une scène de western laisse place à la quiétude dès l'arrivée à la chapelle et à un inoubliable panorama. D'imposants blocs de calcaire massif peuplent les bois de chênes verts.

Fleurs et feuilles de chêne vert. *Dessin N.L.*

D Laisser sur la gauche la mairie et poursuivre le chemin Neuf qui monte en pente douce vers les falaises à l'arrière du village.

1 Passer le pont du Hasard et continuer la montée du lit du ruisseau. Gagner un croisement.

2 Partir à gauche et arriver à une chapelle (*le paysage s'ouvre sur la plaine viticole de Corconne et, au Sud, sur le pic Saint-Loup et les falaises de l'Hortus*). Revenir au repère 2, emprunter le chemin de gauche qui remonte le thalweg entre les blocs de calcaire. Le sentier rejoint le chemin carrossable du Provençal.

3 Tourner à droite.

► Si un panneau indique une battue au sanglier dans cette zone, avancer sans la discrétion habituelle, de façon à être entendu et rester bien en vue sur le chemin.

4 Le chemin est rejoint à gauche par un autre chemin carrossable. Tourner à droite.

► Noter les bouquets de cèdres et les pins qui brisent l'uniformité de la yeusaie.

5 La piste croise un autre chemin carrossable. Obliquer à droite en angle aigu, parcourir quelques dizaines de mètres. Quitter la piste forestière et partir à gauche.

6 Au croisement, prendre à gauche le chemin qui descend ensuite à flanc de versant vers Corconne. Poursuivre par la route du cimetière et déboucher sur la place de la Mairie.

Fiche pratique 47

3 h 30
12 Km

340 m
140 m

Situation Corconne, à 43 km à l'Ouest de Nimes par les D 999 et D 45

Parking place de la Mairie

Balisage jaune

Difficultés particulières

- éviter les périodes de forte chaleur et les jours de battue au sanglier
- prendre garde aux cavités aux abords du sentier avant 1
- bords de falaises à la chapelle

Ne pas oublier

1h30

À voir

En chemin

- Corconne : village perché
- Pont du Hasard
- Ruines du château-fort de Corconne 12e, chapelle romane 12e (reconstruite en 1870 avec les pierres des remparts du château)

Dans la région

- Ceyrac : chapelle, oppidum
- Dernier four à huile de cade de la région à Claret (Hérault)

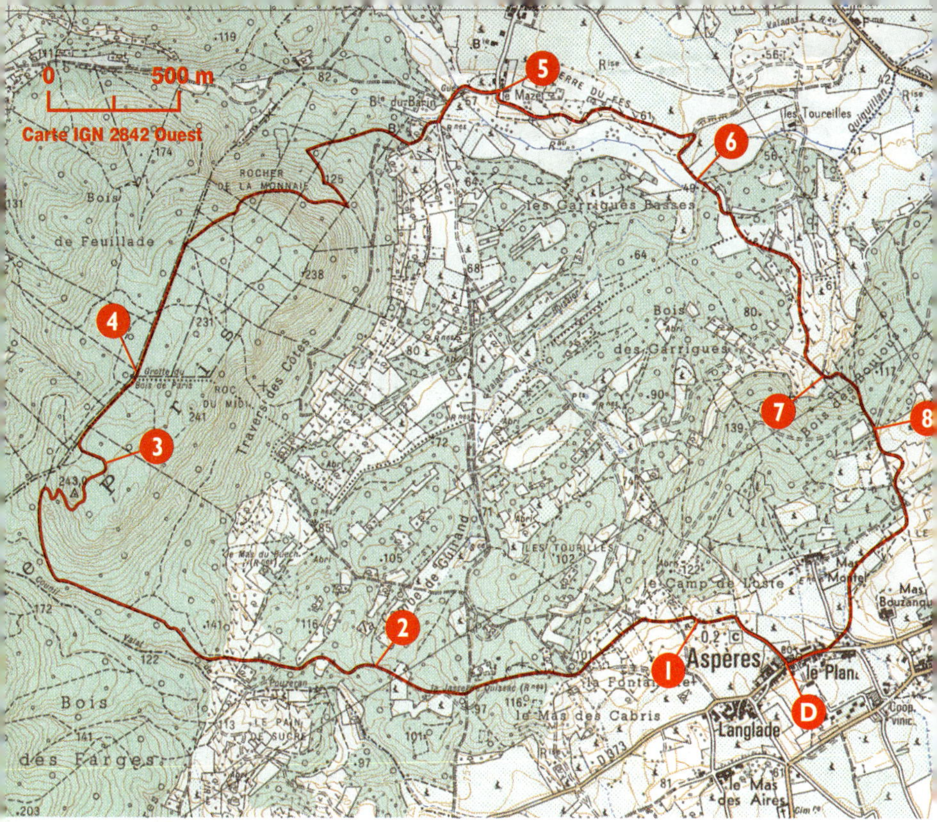

Paysage : vert ou blanc ?

Parcourir ce circuit borné de jalons, avec en mains l'excellent topo-guide du circuit disponible au village qui vous expliquera la formation du paysage. Un paysage façonné par l'homme dont la présence ancienne est attestée par un oppidum à moitié enfoui dans la yeusaie, des capitelles et un chemin caladé qui court à flanc de coteau. Du haut de cet oppidum, la monoculture de la vigne marque fortement le paysage, héritage des moines défricheurs et bâtisseurs du monastère d'Aspères qui auraient les premiers cultivé ce vignoble. Ceux-çi pour vivre, dépierrent les champs (les murets rappellent leur dur labeur), déboisent le massif de chênes blancs pour se chauffer. Ce chêne ne trouve plus qu'au fond du vallon les conditions propices à sa survie : un sol plus profond et humide. Plus haut, mieux exposé au soleil, sur des sols lessivés par les pluies méditerranéennes, il a laissé sa place au chêne vert, l'arbre toujours vert des sols pauvres, qui jette ses racines dans la moindre fissure de la roche calcaire…

Ancienne abbaye de Psalmodie.
Photo F. de R.

Le bois de Paris

Des garrigues aux gués, de la plaine d'Aspères au bois de Paris, de la vigne d'hier aux reboisements d'aujourd'hui, voici une boucle ponctuée de 13 haltes consacrées à la lecture des paysages.

D Suivre une ruelle entre un calvaire et un transformateur.

1 Monter entre les ruines du prieuré d'Aspères. A l'entrée d'un virage de la route, prendre un chemin carrossable. A l'intersection, monter à gauche. Le chemin serpente dans la garrigue. Il passe derrière une ruine, contourne un pylône.

2 A l'intersection, continuer tout droit. Passer un réservoir DFCI vert. Le chemin grimpe dans la garrigue. Passer une éolienne, laisser à gauche deux chemins carrossables. 200 m après la seconde intersection, prendre à droite une sente qui serpente, conduit à l'oppidum et longe les restes d'une capitelle.

3 Au bout, suivre à gauche le chemin carrossable qui descend (*à droite, roc de Midi : belvédère, table d'orientation*). Aux deux intersections, aller à droite sur un chemin plat. Gagner un carrefour important (*grotte du Bois-de-Paris : 20 m à droite*).

4 Aller à gauche. Le chemin débouche sur une petite clairière. Partir à gauche sur 10 m. A la patte d'oie, s'engager dans un sentier tortueux qui monte. A l'intersection, rester à gauche. Descendre le versant Nord du bois de Paris. Passer un pilier calcaire. Au bas de la colline, partir à gauche. Au carrefour en T, descendre à gauche. Franchir le pont. Poursuivre 100 m.

5 Au calvaire, suivre à droite le chemin de l'Eau-Chaude sur 100 m. Aller à gauche entre des villas, à droite, à la patte d'oie. Le sentier dépasse un mazet. 200 m après, tourner à droite le long des cannisses.

6 Franchir le gué, s'engager tout droit. Continuer sur la droite. Au carrefour en T, partir à gauche. Passer un mazet agricole

7 Franchir un ru, grimper dans la garrigue, passer la ligne à haute tension.

8 En haut de la colline, aller tout droit. Dans la descente, partir à droite aux intersections. Entrer dans Aspères par une ruelle montante et rejoindre le parking.

4 h • 12 Km

243 m
40 m

Situation Aspères, à 35 km à l'Ouest de Nimes par les D 40, D 35 et D 254

Parking Ouest de la mairie

Balisage jaune

Difficultés particulières

■ éviter l'été et les jours de chasse ■ attention en cas d'exploration de la grotte en 4 ■ gué en 6

Ne pas oublier

1h30

À voir

En chemin

■ Aspèress ■ Saint-Clément : pont, source d'eau tiède à 17° qui ne coule qu'en période de fortes précipitations (à 50 m en amont du pont, château d'origine médiévale

Dans la région

■ Sommières : cité médiévale, pont romain
■ Chapelle 12e de Saint-Jean-de-Salinelles
■ Villevieille : château 11e, château de Pondres 12e
■ Salinelles et ses quatre châteaux

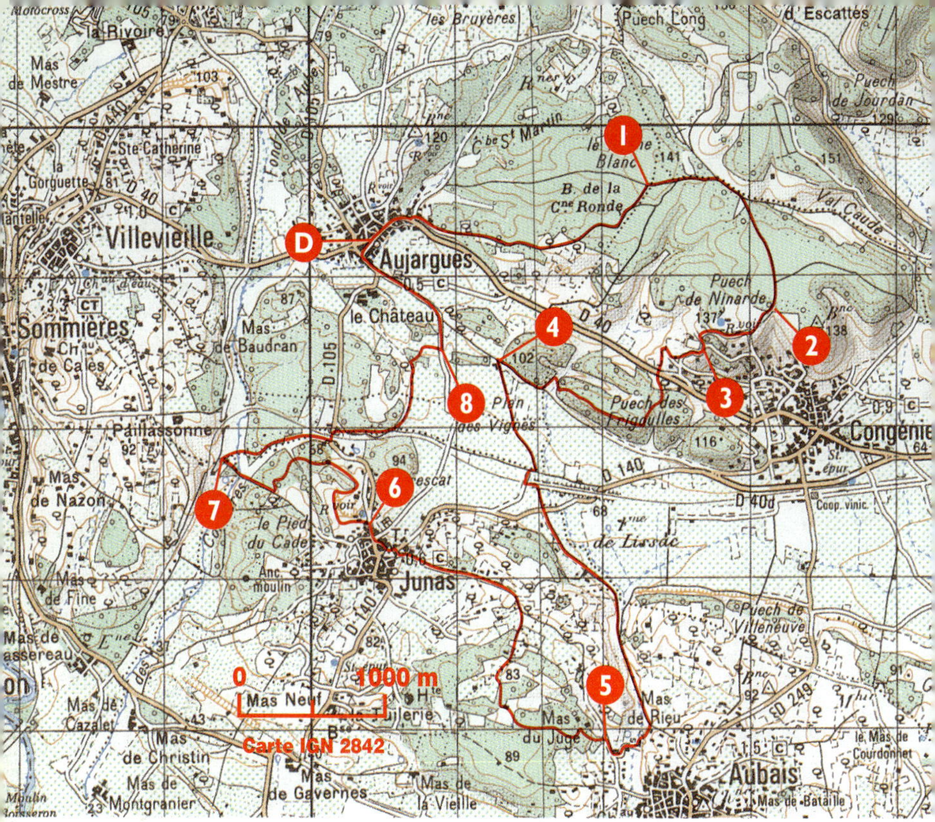

Les carrières de Junas

La pierre calcaire étant un des piliers de l'architecture gardoise, les carrières sont nombreuses dans le sud du département. Elles ont permis de bâtir jadis, Nîmes la romaine et tous ces villages pittoresques. Mais il est une carrière particulière qui mérite le détour, nichée au nord de Junas. Cet endroit magique et envoûtant, qui brille de mille feux au soir couchant, date de l'époque médiévale, quand la commune concédait des parcelles de carrière aux paysans locaux.

Chaque saison, mettant à profit le temps libre que leur laissaient les travaux des champs, ces « paysans carriers » ont creusé ce calcaire coquillier facile à travailler pour construire leurs maisons. Au hasard des failles, des creux sont nés, entourés de cierges de roche formant les piliers d'une cathédrale dont la voûte se serait affaissée. Abandonnées avant guerre, ces carrières abritent aujourd'hui des jardins potagers et trois jours durant un festival de jazz, les chaudes soirées d'été de mi-juillet.

Ancienne carrière de Junas.
Photo F. de R.

Les collines du Sommièrois

De collines en vallons, voilà un pays qui réserve des surprises : manade sous des pins, carrières abandonnées, prés couverts de narcisses au printemps, villages aux ruelles étroites et fraîches…

D Suivre au Nord la rue de la République, monter le chemin des Oliviers. Après la croix, traverser une pinède, longer un mur à droite. Gagner un croisement (*borne*).

1 Descendre à droite. A la pinède (*manade de taureaux*), tourner à droite, longer les enclos sur 250 m. A la patte d'oie, monter à droite le chemin d'Alès.

2 Au mazet, aller à droite sur 20 m. A la patte d'oie, partir à gauche. Le chemin serpente dans une pinède. A la route, continuer à droite en longeant une maison basse. Atteindre un important carrefour.

3 Aller à droite sur 200 m. S'engager à gauche. Le chemin descend. Couper la D 40 (*prudence*), prendre la sente en face sur 200 m. Retrouver un chemin, partir à droite. A la route, tourner à gauche et s'engager sous la voie rapide dans une buse. Monter à droite, longer la voie rapide.

4 Au croisement, prendre plein Sud un bon chemin. Franchir la voie ferrée, virer à gauche. Passer un mazet agricole, couper la D 140. Prendre le chemin de Lissac. Franchir le Lissac. Aller à droite au croisement.

5 Prendre à gauche un chemin sableux. Au mas du Juge, grimper à gauche. Passer sous un cèdre. Prendre à droite après le mur d'enceinte. Rester sur le chemin principal, retrouver la route. A Junas, suivre la route d'Aujargues. A la sortie du village, prendre à gauche le chemin des Ayres.

6 Du parking en terre, continuer à l'Ouest. Avant la route, descendre à droite une sente dans les carrières (*balisage au sol*). Après la barrière, descendre à gauche une sente tortueuse en sous-bois (*bien suivre le balisage*). Longer un pré, couper un mur écroulé, prendre à droite après une rupture de pente. Franchir un ru.

7 Descendre à droite, franchir le gué, grimper à droite un chemin. Passer sous le pont, partir à droite vers l'ancienne gare. Ne pas franchir le passage à niveau, prendre une sente tout droit, longer la voie ferrée. Monter à gauche, longer des vergers, gagner une route.

8 Aller à gauche. Au rond-point, franchir la voie rapide (prudence), gagner Aujargues, rejoindre le parking.

6 h
20 Km

135 m
41 m

Situation Aujargues, à 25 km à l'Ouest de Nimes par la D 40

Parking église

Balisage jaune

Difficultés particulières

■ éviter les jours de fort mistral ■ gué en 7 ■ attention dans les carrières entre 6 et 7

Ne pas oublier

3h

À voir

En chemin

■ Ruelles d'Aujargues
■ Croix de Secan
■ Junas : ruelles, carrières

Dans la région

■ Aubais : village pittoresque, château 17e (le « Versailles du Languedoc »), chapelle Saint-Nazaire ■ Roc de la Gachonne et ses trois moulins ruinés ■ Site d'Ambrussum ■ Oppidum de Nages 3e av. J.-C. (un des plus importants du Languedoc-Roussillon)

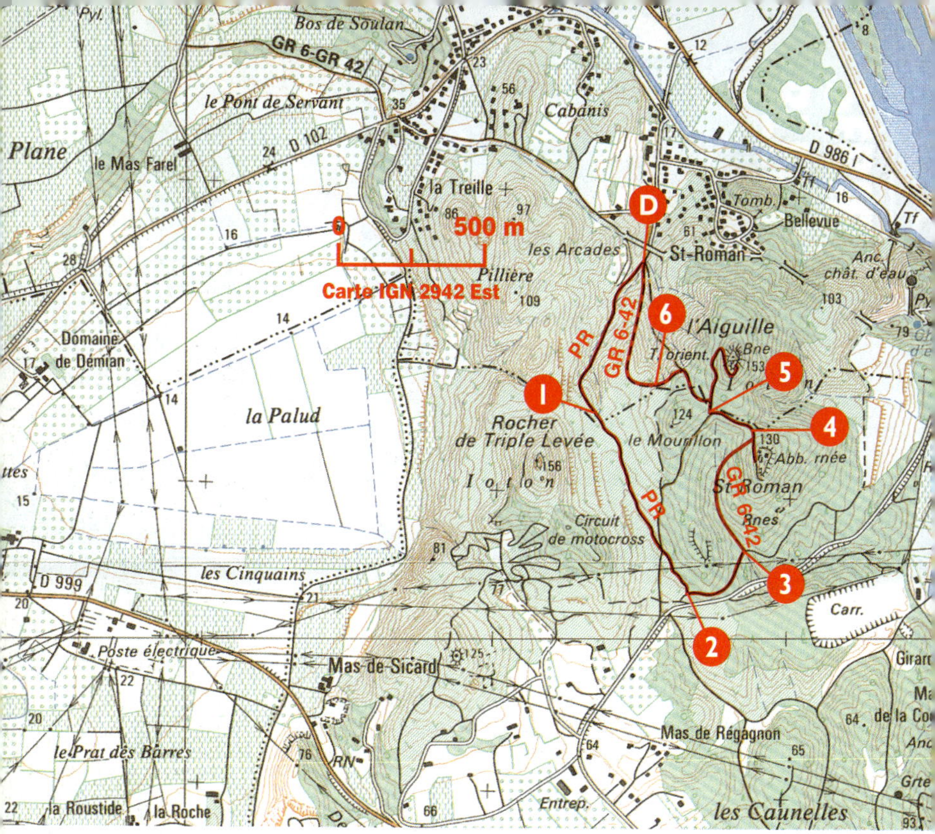

Abbaye de Saint-Roman

Cette abbaye, dont la première mention date de 1008, et probablement beaucoup plus ancienne, dépendait de l'abbaye gardoise de Psalmody. Les vestiges de l'abbaye sont en bonne partie taillés dans la roche calcaire : tombeau à reliques, siège abbatial sculpté et très grande chapelle pour les vestiges religieux, mais aussi un pressoir dont malheureusement la cuve a

été détruite pour récupérer la pierre, des silos à grain et des citernes car l'approvisionnement en eau était l'un des problèmes de l'abbaye.

Une terrasse rocheuse, à l'ombre des pins parasols, nous offre une vue magnifique sur la vallée du Rhône. Elle est remarquable par les quelques 150 tombeaux creusés dans le roc.

Photo D.G.

L'abbaye de Saint-Roman

Fiche pratique **50**

Pin parasol.
Dessin N.L.

Sur les collines façonnées par l'homme qui a bâti Beaucaire de cette pierre résistante et facile à travailler, partez sur les traces des moines et des chasseurs préhistoriques déjà là 60 000 ans avant notre ère.

D Emprunter le sentier GR® sur 30 m et, par le chemin de droite, remonter à gauche le fond de la vallée.

▶ Possibilité d'observation en pleine chaleur du circaète jean-le-blanc qui trouve dans ces collines les serpents nécessaires à son alimentation.

1 A la première intersection rencontrée depuis le début de la montée, aller à droite sur 30 m, puis s'engager à gauche sur une sente qui serpente sous un sous-bois de chênes verts (*ancien parking*). Passer devant une ancienne bergerie ruinée.

2 Tourner à gauche et monter plein Est sous l'allée de pins pignons. Traverser le second parking (*gardé seulement pendant les périodes d'ouverture de l'abbaye*).

3 Monter par le chemin des Moines, aménagé en larges escaliers, jusqu'à l'abbaye troglodytique de Saint-Roman.

4 Tourner à gauche et passer devant une ancienne colonne (*à droite, A/R à l'abbaye*). Gagner une intersection importante.

5 Prendre le sentier en face.

▶ Accès au second sommet du massif de l'Aiguille, aménagé par les moines : monter à droite.

A la sortie du sentier, prendre le chemin à gauche.

6 Bifurquer à droite et, par un chemin caillouteux, descendre vers l'aqueduc, au milieu d'une lande à chênes kermès et à cistes essentiellement cotonneux.

▶ Possibilité d'observation des fauvettes pitchou et mélanocéphales tout au long de la descente.

1 h 30
4,5 Km

153 m
50 m

Situation Comps, à 20 km à l'Est de Nîmes par la D 999

Parking au bout du chemin de St-Roman, avant l'aqueduc

Balisage

D à **2** jaune
2 à **D** blanc-rouge

Difficulté particulière

■ attention aux falaises en visitant l'abbaye

Ne pas oublier

À voir

En chemin

■ Vue sur la vallée du Rhône

Dans la région

■ Chapelle romane de Saint-Laurent 12e ■ Via Domitia au Sud de Jonquières : bornes milliaires ■ Mas des Tourelles : reconstitution d'une cave gallo-romaine ■ Beaucaire : château royal 11e, musée municipal (jardins du château), centre ancien rénové, hôtel de ville 17e, collégiale Notre-Dame-des-Pommiers 18e

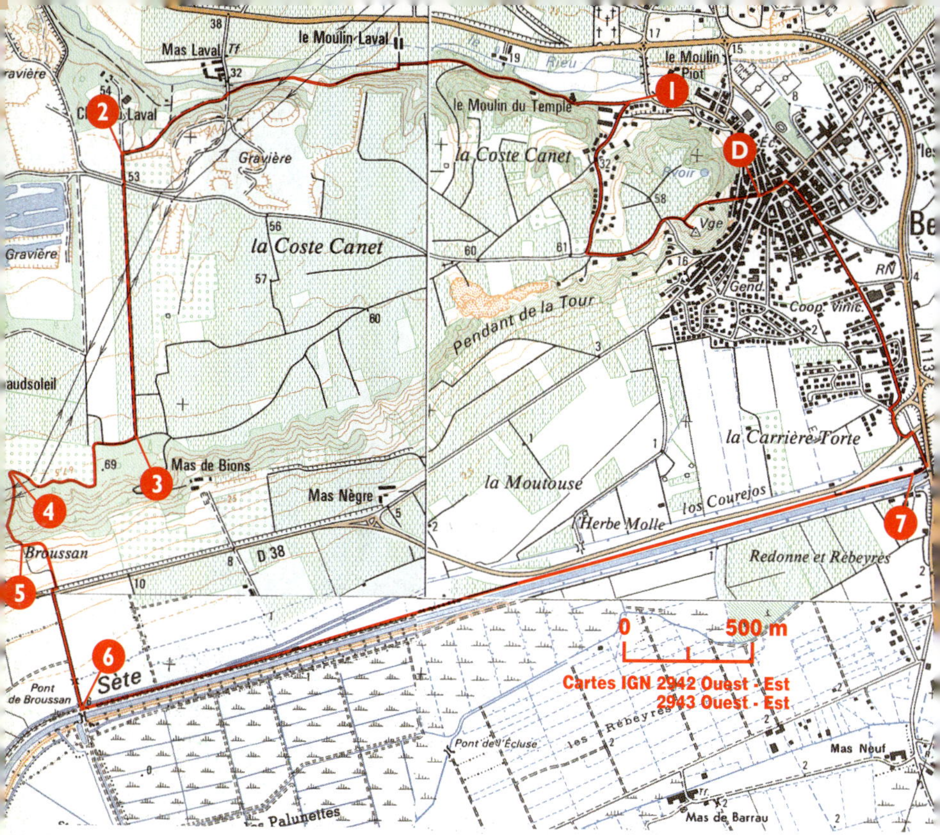

Costières et clairette

10 000 ha, 22 communes concernées, 73 caves et caveaux, une cave pilote (Gallician) : quelques chiffres pour mesurer l'importance de ce terroir qui s'étend au sud de Nîmes entre Vistrenque et Camargue d'une part, Vauvert à l'ouest et Beaucaire à l'est, d'autre part. C'est sur un coteau aride, vallonné, formé par les alluvions du Rhône qui s'écoulait jadis au pied de la Garrigue nîmoise, que les premières vignes sont apparues au 18e siècle. A partir de 1950, suite à l'irrigation de la Costière, de grandes propriétés fleurissent, le vignoble s'accroît, puis se labellise. Mais il a fallu attendre 1980 pour accéder au statut d'AOC et 1984 pour changer de nom et rattacher ce terroir à la ville de Nîmes. Une « route des vins » permet de découvrir ce vignoble qui se caractérise par de nombreux cépages dont le grenache et la syrah et plus récemment la clairette qui fournit un petit vin pétillant qui enorgueillit la cave coopérative de Bellegarde.

Vignoble des Costières.
Photo F. de R.

Autour de la Costière

Rollier. *Dessin M.J.*

C'est en mai qu'il faut se promener sur la Costière de Nîmes parsemée des mille couleurs des fleurs de notre région, et le long de ce canal rempli du chant des oiseaux, des batraciens, des insectes...

D Prendre l'escalier à droite de la place, traverser la rue et monter en face par la rue de Chanzy d'abord goudronnée, puis en terre. Après la vierge, continuer à monter à droite de la route jusqu'au plateau. Descendre à droite par la rue Coste-Canet.

1 Bifurquer à gauche sur un chemin de terre carrossable qui longe le Rieu. A partir du moulin Laval, le chemin monte plus franchement, croise une route, puis atteint le haut du plateau.

2 Tourner à gauche, traverser deux routes consécutivement (*engins : prudence*). Poursuivre tout droit entre deux haies d'oliviers.

3 Au bout de l'allée, bifurquer à droite sur un chemin qui longe le rebord boisé du coteau. Dépasser la ligne à haute tension de 100 m.

4 Descendre à gauche sous les pins. Le sentier évite un pin mort, serpente sous le bois, puis franchit une roubine asséchée.

5 Enjamber le grillage et bifurquer à gauche. A l'intersection suivante, descendre à droite vers la route. Traverser la D 38 (*prudence*) et se diriger vers la guinguette du pont de Broussan.

6 Ne pas franchir le pont et, à gauche, longer le canal du Rhône à Sète jusqu'au port de Bellegarde.

7 Monter vers l'ancien pont, puis descendre à gauche. Au croisement, aller à gauche puis à droite vers le centre-ville. Emprunter la rue d'Arles, puis, à gauche, la rue de la République et revenir au parking.

3 h
12 Km

69 m
6 m

Situation Bellegarde, à 15 km au Sud-Est de Nîmes par la N 113

Parking place de Saint-Jean

Balisage jaune

Difficulté particulière

■ éviter les jours de chasse et ceux de fort mistral

Ne pas oublier

1h30

À voir

En chemin

■ Bellegarde : lavoir, ruelles, point de vue de la tour de Bellegarde (contemporaine de la tour Magne à Nîmes, détruite au cours des invasions et relevée par les templiers au 12e) ■ Chapelle romane du mas de Broussan

Dans la région

■ Ancienne gravière du château Laval ■ Château de Fourques 11e ■ La Croix-Couverte : oratoire gothique 14 e ■ Manades dans la plaine au Sud de Bellegarde

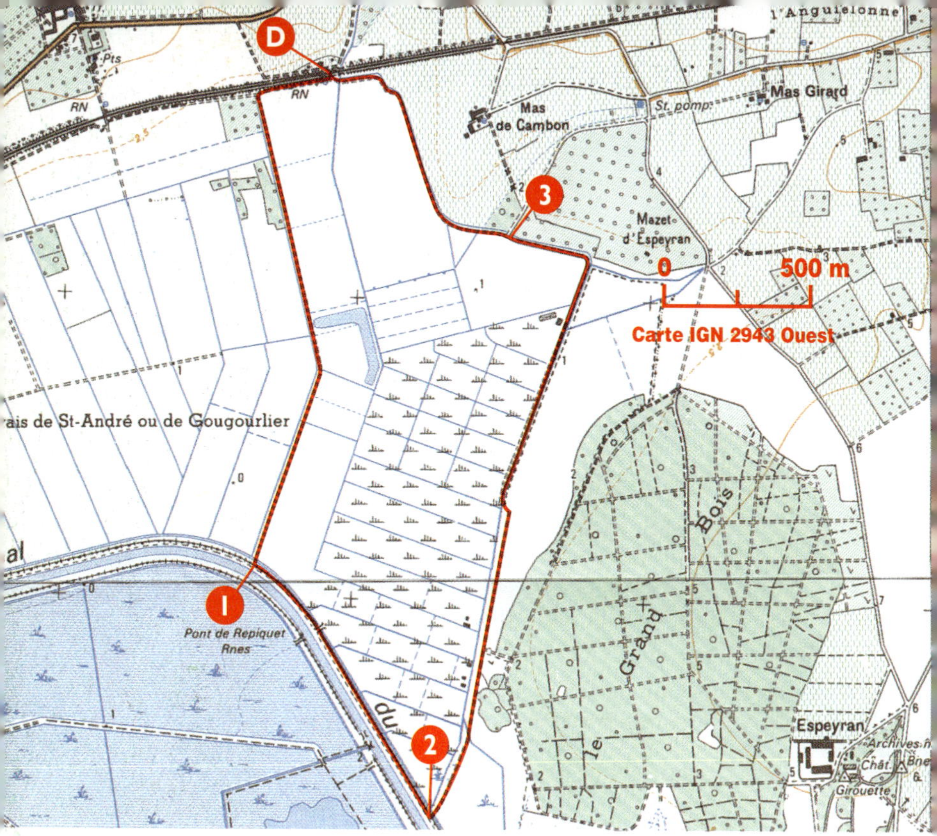

La bouvine

Photo CDT30

Au sud du Cailar commence la « bouvine ». Les saules traditionnels ont cédé beaucoup de terrain au frêne et au platane, mais on peut cependant en voir encore quelques beaux spécimens. Dans les prés arrosés par le Vistre et le Vieux Rhôny, les taureaux noirs de Camargue sont dans leur domaine. Ces taureaux, bœufs le plus souvent, ne sont pas destinés à la corrida, mais aux courses camarguaises, où l'animal n'est pas mis à mort. Contrairement à leurs collègues espagnols, les taureaux camarguais peuvent ainsi couler de longs jours heureux, du moins le présume-t-on, et les plus célèbres d'entre eux passent à la postérité : deux au moins de ces taureaux ont un monument à leur gloire, le Cosaque au pied de la tour d'Anglas, et le Sanglier au Cailar.

Autour du marais de Gougourlier

Fiche pratique **52**

Non loin de la Grande Camargue, un circuit idéal pour la famille, autour d'une manade, pour permettre aux enfants de découvrir les hôtes prestigieux de la camargue fluvio-lacustre : hérons, canards...

Héron garde-bœuf.
Dessin M.J.

D Franchir la voie ferrée et continuer sur la piste de droite.

1 Remonter le canal sur la gauche.

▶ Observation de hérons cendrés et pourprés.

2 A mi-chemin entre l'arrivée sur le canal et le coude que fait le canal, prendre à gauche.

▶ Ne pas oublier de refermer la barrière à taureaux.

Après un monticule de terre, suivre un chemin assez large qui s'enfonce entre un marais à droite (*aigrettes garzettes*) et des prés à gauche (*taureaux, chevaux et leur oiseau commensal : le héron garde-bœuf*). Le chemin fait un coude à angle droit. Poursuivre sur 250 m.

3 S'engager sur le chemin en face en laissant à droite le pont en béton et regagner le point de départ.

2 h
6 Km

13 m
1 m

Situation Saint-André (commune de Saint-Gilles), à 4 km à l'Est de Saint-Gilles par la N 572

Parking près de la voie ferrée

Balisage jaune

Difficultés particulières

■ éviter les jours de fort mistral ■ bien refermer les barrières franchies

Ne pas oublier

1h

À voir

En chemin

■ Roselière (de l'autre côté du canal : la plus grande de France)

Dans la région

■ Saint-Gilles : abbatiale, maison romane 12e, crypte 11e, escalier hélicoïdal 12e, écluse de Saint-Gilles
■ Tour de la Motte 12e (rive droite du Petit-Rhône)
■ Château d'Espeyran
■ Petit-Rhône et rizières de la Fosse ■ Château de Surville et de Générac 11e

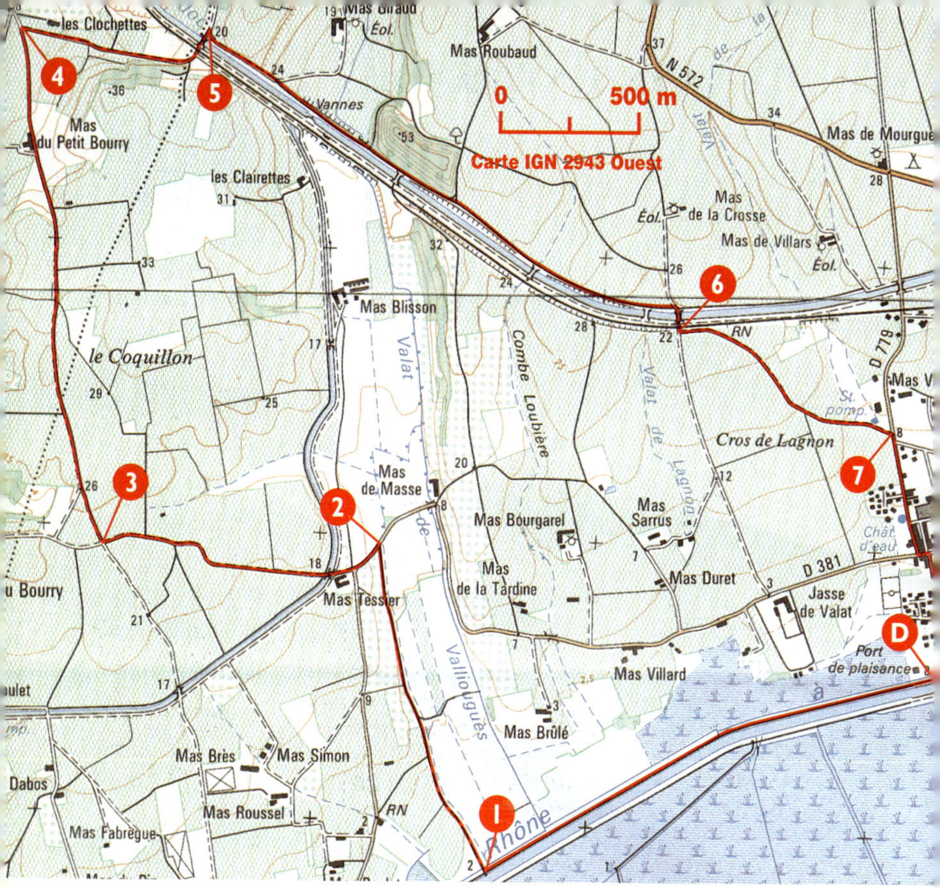

La Sagne

Ce mot désigne à la fois une grande plante herbacée, le milieu naturel où elle se trouve ainsi que les activités et l'économie qui lui sont attachées. C'est le nom régional du roseau par excellence, le phragmite phragmites australis, présent dans le monde entier.

Un sagneur, sur son « sagnadou » *Photo CDT 30*

Cette plante vivace, parfois de 4 mètres de haut pousse dans l'eau. Elle forme sur les rives des étangs aux eaux et aux pentes douces les immenses « sagnas » impénétrables et mystérieux, peuplés d'oiseaux sonores mais invisibles. Le mot désigne aussi la récolte du roseau. La sagne d'été est un fourrage pour les taureaux, la sagne d'hiver est utilisée pour les toitures. Le sagneur, a délaissé sa barque à fond plat et son « sagnadou » pour des machines de plus en plus adaptées.

D'un canal à l'autre

Fiche pratique **53**

3 h
10 Km

30 m
2 m

Guêpier. *Dessin M.J.*

Pays d'eau et de taureaux, il est aussi celui des sagneurs qui disposent, autour des étangs de Scamandre et du Charnier, de la plus grande roselière de France.

D Avant le pont, s'engager à droite et emprunter la berge du canal du Rhône à Sète. Dépasser une rangée d'oliviers de Bohème de 250 m.

1 Franchir la passerelle en bois et suivre le chemin bordé d'une roubine.

2 A l'intersection en T, prendre la route à gauche sur 125 m. A la première intersection, aller tout droit. Passer derrière le mas Teissier entre deux haies de cyprès et franchir le canal d'irrigation de la Costière. S'engager tout droit entre les vignes sur un chemin carrossable de galets (*anciennes alluvions du Rhône*).

3 Partir à droite entre les vignes, puis descendre un chemin goudronné qui passe derrière le mas du Petit-Bourry aux deux clochers rouges. Poursuivre sur 400 m.

4 En bas de la descente, s'engager à droite sur un chemin de terre qui monte en sous-bois.

5 Franchir le canal.

► Observation de nombreux guêpiers d'Europe sur les fils en été.

Emprunter à droite une piste carrossable qui longe le canal d'irrigation en le surplombant de quelques mètres. Laisser trois ponts sur la droite.

6 Repasser le canal. Prendre à gauche un chemin de terre qui grimpe sur quelques mètres, puis descend entre les vignes à la D 779.

7 La suivre à droite (*prudence*) et revenir au point de départ.

Situation Gallician (commune de Vauvert), à 28 km au Sud-Ouest de Nîmes par les D 13, D 135, N 572 et D 779

Parking halte nautique (avant le pont)

Balisage jaune

Difficultés particulières

- éviter les chaleurs de l'été et les jours de fort mistral
- passerelle en **1**

Ne pas oublier

1h10

À voir

En chemin

■ Gallician : cave coopérative viticole (cave-pilote) ■ Mas Tessier : musée de la Vigne et du Vin ■ Carrière des Clochettes où nichent guêpiers et rolliers d'Europe

Dans la région

■ Les Iscles : centre de découverte nature du Scamandre ■ Aigues-Mortes ■ Pont des Tourradons (observation de la Petite-Camargue fluvio-lacustre) ■ Caves de Listel ■ Salins du Midi

LES SENTIERS DE GRANDE RANDONNÉE®

DANS LA RÉGION

GR® Sentiers de Grande randonnée

BIBLIOGRAPHIE

Connaissance de la région

- Girault M., *Le Chemin de Régordane*, éd. Lacour.
- Joutard P., *Les Cévennes de la montagne à l'homme*, éd. Privat.
- Clément P.A., *Les Chemins à travers les Ages en Cévennes et Bas-Languedoc*, éd. Les Presses du Languedoc.
- Moreau M., *Les châteaux du Gard : du Moyen Age à la Révolution*, éd. Les Presses du Languedoc.
- *Le Pont du Gard : l'eau dans la ville antique*, éd. CNRS.
- Carrière J., *L'épervier de Maheux*, éd. R. Laffont.
- Chamson, *La Galère*, éd. Gallimard.
- Chabrol J.-P., *Les Rebelles*, éd. Plon.
- Chabrol J.-P., *Les Fous de Dieu*, éd. Gallimard.
- Stevenson R.-L., *Voyage avec un âne dans les Cévennes*, éd. Dix Dix-Huit.
- Vielzeuf A., *Et la Cévenne s'embrasa*, éd. Lacour.
- Gaussen I., *Poètes et prosateurs du Gard en langue d'Oc*, éd. Les Belles Lettres.
- Bousquet G. - Daycard D., *Oiseaux nicheurs du Gard*, Centre ornithologique du Gard.

Ouvrages généraux

- Soulier A., *Le Languedoc pour héritage*, éd. Presses du Languedoc.
- Faure D. et Lacamp M.-O., *Serres et Vallats des Cévennes*, éd. Chêne.
- *Cévennes et Grands Causses, Gévaudan / Languedoc*, éd. Presses du Languedoc.
- Bombal V. et Dufour D., *Guide de la France côté nature*, éd. Edisud.
- *Dictionnaire d'Amboise Languedoc-Roussillon*, éd. d'Amboise.
- *Guide Bleu Languedoc-Roussillon*, éd. Michelin.
- *Le Languedoc Méditerranéen Aude / Gard / Hérault*, éd. Christine Bonneton.
- *Guide vert Provence*, éd. Michelin.
- *Guide du Routard Languedoc Roussillon*, éd. Guides du Routard.
- Soulier A., *La cuisine secrète du Languedoc-Roussillon*, éd. Presses du Languedoc.
- Magos I., *Le guide des Cévennes*, éd. La Manufacture.
- Gas A., *Nîmes, Pont du Gard, sites et cités*, éd. Du Médian.
- Harrant H., Jarry D., *Guide naturaliste dans le Midi de la France*, Tome 1 et 2, éd. Delachaux et Niestlé.
- Aguilar J., Dommanget J.-L., *Guide des libellules*, éd. Delachaux et Niestlé.
- Rougier H., *Voyage à pied à travers les Cévennes*, éd. Lacour.
- Cantarel S., *Cheminement pédestre*, éd. Lacour.
- *Parc National des Cévennes*, Collection Guide Gallimard, éd. Gallimard.

Sur la randonnée

- Mouraret A. et S., *Gîtes et refuges en France*, éd. La Cadole.

Cartes et topo-guides de randonnée

- Cartes IGN au 1 : 25 000 : n° 2739 OT, 2839 OT, 2939 OT, 2640 OT, 2740 ET, 2840 OT, 2940 OT, 3040 OT, 2641 OT et ET, 2741 ET, 2841 E et O, 2941 E et O, 3041 O, 2742 ET, 2842 E et O, 2942 E et O, 2843 OT, 2943 O.
- Carte IGN au 1 : 100 000 : n° 59 et 66
- Carte Michelin au 1 : 200 000 : n° 240
- Collection Autour du Parc National des Cévennes :
  - Sentiers de découverte du canton de Trèves,
  - Sentiers de découverte de la Vallée de la Vis, des Causses et de l'Oiselette,
  - Sentiers de découverte de la Vallée Borgne,
  - Sentiers de découverte de la Haute Vallée de la Cèze,
  - Sentiers de découverte en Hautes Cévennes, autour de Génolhac.
- *Entre Cèze et Garrigues*, éd. Sivom des cantons de Pont-Saint-Esprit/Lussan.
- *Entre Cèze et Ardèche*, éd. Sivom des cantons de Pont-Saint-Esprit/Lussan.
- *Aspères paysages en histoire*, éd. Commune d'Aspères
- *Aspères pas à pas*, éd. Commune d'Aspères.
- *La Petite Draille*, Foyer Laïc de Saze.
- *Vallées Cévenoles et Hauts-Gardons*, éd. Chamina.

- Pour connaître la liste des autres Topo-guides de la FFRP sur la région, se reporter au catalogue disponible au Centre d'information *Sentiers et randonnée* (voir info pratiques p. 15).

REALISATION

La création des circuits et la réalisation de ce topo-guide ont mobilisé de nombreux partenaires : Conseil Général du Gard , Comité Départemental du Tourisme du Gard, Comité Départemental de la Randonnée Pédestre du Gard (CDRP 30), Centre Régional de la Propriété Forestière (CRPF), Office National des Forêts (ONF), Offices du Tourisme et Syndicats d'Initiative du Gard, Parc National des Cévennes (PNC), Syndicats Intercommunaux, Etablissements Publics de Coopération Intercommunale, Chartes Intercommunales, Pays d'Accueil Touristiques, Voies Navigables de France, bénévoles d'associations, communes concernées.

Le tracé des sentiers a été réalisé par les Offices de Tourisme Syndicats d'Initiative de Génolhac, Bessèges, Vallée Borgne, Saint-Jean-du-Gard, Anduze, Valleraugue, Allègre Les Fumades, Lussan et Méjannes le Clap, les communes de Robiac, Molières-sur-Cèze, Saint-Julien-Les-Rosiers, Sabran, Bourdic, Rochefort-du-Gard, Nîmes, Bellegarde et Saint-Gilles-du-Gard, les amis de la Vallée de Mialet, la Communauté de Communes des Hauts Plateaux, le Pays d'Accueil Touristique du Vigan, le Pays d'Accueil Touristique des Terres de Sommières, la Charte Intercommunale de la Moyenne Vallée du Vidourle, le SIVOM de Pont-Saint-Esprit / Lussan, l'association ARCCA, de nombreuses associations du CDRP 30 : l'ASPTT Alès-Nîmes, Les Chamois des Garrigues, Rando Cèze, Lou Cami, ATC, ATP, Agri-sentiers, Lou Randonnaïres Bességeois, Les Randonneurs Cigalois, l'Escapade, le Club Pédestre de Vézénobres et les baliseurs du CDRP 30.

La description des circuits a été réalisée par la société Latitude, sous la responsabilité de Gilles Bousquet, avec la participation d'André Bailly, Nadine Grosgurin, Nicolas Gogue, Jean-Brice Mercat et Roger Angebaud.

Les textes thématiques ont été écrits par Gilles Bousquet et Pierre Roland, de la société Latitude.

Le texte «Découvrir le Gard» a été écrit par Pierre-Albert Clément, historien.

Les infos pratiques ont été rédigées par Eliane Espaze, sous la direction de Claude Rezza, CDT du Gard. Les pages 6, 7, 8 et 12 ont été rédigées en collaboration avec Anne-Marie Minvielle.

La coordination de l'édition a été assurée par Claude Rezza, Directeur du CDT du Gard, assisté d'Eliane Espaze (CDT du Gard), Olivier Thérond (Conseil Général du Gard), et Eric Bosc, Président du CDRP du Gard, assisté d'Aurélie Launay.

Les illustrations sont de Michel Jay (M.J.), Nadine Grosgurin (N.G.), Nathalie Locoste (N.L.) et Pascal Robin (P.R.).

Les photographies sont de Gilles Bousquet (G.B.), de la collection du Comité Départemental du Tourisme du Gard avec la collaboration de Dominique André (CDT 30), du Musée du Désert / Claude Malhautier (C.M./M.D.), Christophe Marcouly (C.M.), Gilles Coladon (G.C.), Bernard Delgado (B.D.), Réné Delon (R.D.), Dominic Goury (G.D.), Francis de Richemond (F. de R.), Dominique Gengembre (D.G.) et Nicolas Vincent (N.V.).

Montage du projet, et direction des éditions : Dominique Gengembre.
Secrétariat d'édition : Philippe Lambert, Nicolas Vincent.
Cartographie et couverture : Olivier Cariot, Christiane Fantola et Christophe Touny.
Mise en page : Elisabeth Fally. Lecture et corrections : Brigitte Arnaud, Brigitte Bourrelier, Anne-Marie Minvielle et Gérard Peter. Suivi de fabrication : Jérôme Bazin.

Création maquette : Florelle Bouteilley, Isabelle Bardini - Marie Villarem, FFRP. Les pictogrammes et l'illustration du balisage ont été réalisés par Christophe Deconinck.

Cette opération a été réalisée et cofinancée à l'initiative : du Conseil Général du Gard, présidé par monsieur Alain Journet, Sénateur du Gard ; du Comité Départemental du Tourisme du Gard, présidé par monsieur Yvan Verdier, Conseiller Général et elle a bénéficié d'une aide financière de l'Europe.

DANS LA MÊME COLLECTION

Que de découvertes à faire en France ... PR® *... regardez un peu les titres !*

Bretagne - Normandie
012 Trégor, Haute Cornouaille
037 De la côte d'Emeraude au Méné
048 L'Ille-et-Vilaine
056 Pays de Morlaix, Monts d'Arrée et Trégor
058 Finistère Nord : Le Chemin des Phares
059 Finistère Nord (Anglais)
060 Finistère Nord (Allemand)
062 Tour de Brocéliande
077 Vallée de la Vilaine et de l'Oust
291 Finistère : Pointe du Raz - Cap Sizun
292 Finistère : Côte de Cornouaille
P293 Le Ménez-Hom Atlantique à pied
D050 La Manche à pied
D014 Le Calvados à pied *A paraître*
D076 La Seine-Maritime à pied
081 Le Pays d'Auge
141 Tour du Bessin

Ile-de-France
RE01 Les environs de Paris à pied
018 Vallée de la Marne - Pays des Morins
073 L'Essonne à pied
075 Paris à pied
D078 Les Yvelines à pied
079 Le Val-de-Marne à pied
D092 Les Hauts-de-Seine à pied
D095 Le Val-d'Oise à pied

Nord - Pas-de-Calais - Champagne-Ardennes - Picardie
D002 L'Aisne à pied *A paraître*
D059 Le Nord à pied
080 Le Pas-de-Calais et le Comté du Kent
087 La Côte d'Opale, le Boulonnais, l'Audomarois à pied
P621 La vallée de la Sensée à pied
089 Le Comté du Kent
088 Le Pas-de-Calais
801 La Somme - Trait vert et Haute-Somme
P805 L'Amiénois à pied
P806 Le Nord Amiénois à pied
P807 Amiens et le Sud Amiénois à pied

Alsace - Lorraine - Franche-Comté - Bourgogne - Beaujolais
PN03 Le Parc de Lorraine à pied
D021 La Côte-d'Or à pied
D089 L'Yonne pied
D054 La Meurthe-et-Moselle à pied
541 De Metz à Nancy
P691 Les Monts du Beaujolais et du Lyonnais à pied
P891 Auxerre et ses environs à pied
P892 Entre Cure et Yonne à pied

Centre - Pays de la Loire - Poitou - Charentes
P491 La Vallée du Loir à pied
P492 Les Basses Vallées Angevines à pied
D049 L'Anjou à pied
064 Sancerrois, Pays fort
D072 La Sarthe à pied
084 La Mayenne
171 La Charente-Maritime et ses îles
P449 De l'Anjou au Pays nantais à pied
D037 La Touraine à pied

Aquitaine - Midi-Pyrénées
D024 La Dordogne à pied *A paraître*
VI01 Toulouse à pied
082 L'Aveyron
471 Le Pays de l'Agenais
P472 Vallées du Lot et de la Garonne à pied
P473 Le Pays du Dropt à pied
P474 Le Pays du Haut-Agenais Périgord à pied

Languedoc - Roussillon - Vallée du Rhône
D026 La Drôme à pied *A paraître*
D030 Le Gard à pied
D034 L'Hérault à pied

Auvergne-Limousin
P031 La Montagne Bourbonnaise à pied

Rhône-Alpes - Vallée du Rhône
D026 La Drôme à pied *A paraître*
D042 La Loire à pied
PN05 Le Parc du Pilat à pied
076 En Haute-Savoie : Les Glières
P691 Les Monts du Beaujolais et du Lyonnais à pied
741 Tour et Massif des Dents Blanches

Provence - Alpes - Côte d'Azur
PN01 Le Parc du Luberon à pied
PN04 Le Parc du Luberon à pied (Anglais)
P051 Les environs de Gap à pied
P041 Massif des Monges
608 Vallée de l'Ubaye (Tome 1) Haute-Ubaye
623 Autour de Sisteron
625 Les Préalpes de Digne
626 Le Pays de Seyne
627 Vallée de l'Ubaye (Tome 2) Autour de Barcelonnette
630 Gorges, lacs et plateaux du Verdon
633 Le Val de Durance
634 Le Pays d'Annot-Entrevaux
831 La Côte Varoise et les îles
D004 Les Alpes de Haute-Provence à pied

Outre-Mer
974 Ile de la Réunion

INDEX DES NOMS DE LIEUX

Compogravure, impression : CORLET, Condé-sur-Noireau, N° d'Imprimeur : 39246

Achim Müller Hale

Die Göring-Verschwörung

SUTTON VERLAG

Impressum

Sutton Verlag GmbH
Hochheimer Straße 59
99094 Erfurt
www.suttonverlag.de

Gestaltung und Herstellung: Markus Drapatz
Druck: Antony Rowe, CPI Group, Chippenham | Wiltshire, UK

ISBN 978-3-86680-678-8

Über den Autor

Achim Müller Hale, Jahrgang 1964, ist promovierter Historiker und lebt in Oxfordshire, England.

Das Berliner Regierungsviertel im März 1939

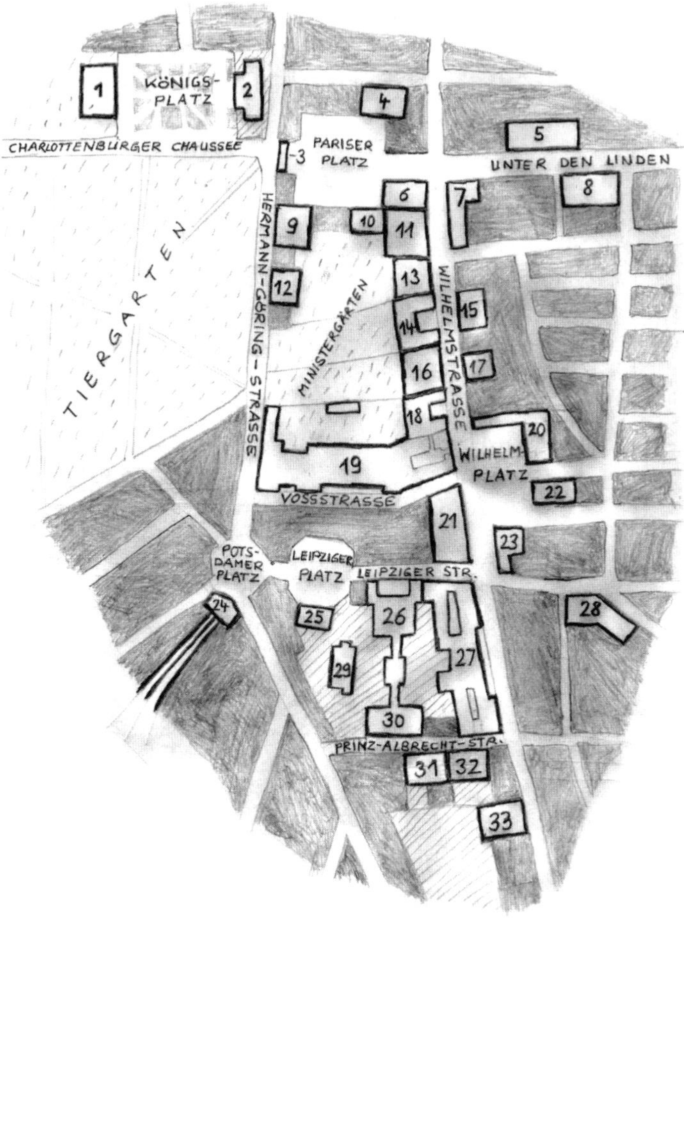

Legende

1 Kroll-Oper, Tagungsort des Deutschen Reichstags
2 Reichstag
3 Brandenburger Tor
4 Französische Botschaft
5 Reichsinnenministerium
6 Hotel Adlon
7 Reichsministerium für Wissenschaft, Erziehung und Volksbildung
8 Sowjetische Botschaft
9 Amerikanische Botschaft
10 Dienstsitz des Generalbauinspektors für die Reichshauptstadt, Albert Speer
11 Britische Botschaft
12 Joseph Goebbels' Stadtvilla
13 Reichsministerium für Ernährung und Landwirtschaft
14 Reichspräsidentenpalais
15 Reichsjustizministerium
16 Auswärtiges Amt
17 Dienstsitz des Stellvertreters des Führers, Rudolf Heß
18 Alte Reichskanzlei
19 Neue Reichskanzlei
20 Reichsministerium für Volksaufklärung und Propaganda
21 Reichsverkehrsministerium
22 Hotel Kaiserhof
23 Reichsfinanzministerium
24 Potsdamer Bahnhof
25 Reichsforstamt
26 Preußenhaus
27 Reichsministerium für Luftfahrt
28 Reichspostministerium
29 Hermann Görings Stadtpalais
30 Haus der Flieger
31 Zentrale der Geheimen Staatspolizei
32 Dienstsitz des Reichsführers SS u. Chefs d. deutschen Polizei, Heinrich Himmler
33 Prinz-Albrecht-Palais, Dienstsitz des Chefs d. Sicherheitspolizei, Reinhard Heydrich

1

Womöglich war er im Begriff, einen Fehler zu begehen, für den er bald teuer bezahlen würde. Jetzt, wo er dabei war, den vertrauten Boden der Insel zu verlassen, begannen seine im Verborgenen gehegten Zweifel mit Verspätung aus ihren Löchern zu kriechen.

Die schwarz-graue Junkers 52 der Deutschen Lufthansa erwartete ihre Passagiere auf dem regennassen Rollfeld des Airports London-Croydon. An ihrem Heck prangte das Hakenkreuz als stolzes Symbol eines neuen, dynamischen Zeitalters. Henry Clarson hielt inne. Wie zur eigenen Ablenkung ließ er seine Hand zu der unter Belastung stets schmerzenden Stelle über dem linken Knie wandern, wo sich vor Jahren die Seitenverkleidung eines Bristol-Bulldog-Doppeldeckers in das Fleisch gebohrt hatte.

Seine Frau stand ein paar Schritte vor ihm, mit den Händen an Kleid und Hut dem böigen Wind trotzend, und warf ihm einen forschenden Blick zu. Clarson rieb sich den Nacken, zog den Borsalinohut tiefer und richtete den Kragen seines Mantels auf, einer Maßanfertigung von *Rooster and Langard* mit verstärkten Schultern und ohne Gürtel getragen, dessen dunkelblaues Wollgarn an die Winterkleidung der Royal Air Force erinnerte. Er ließ sein Gewicht noch einen Augenblick auf dem Silberknauf seines Stocks ruhen, dann schloss er zu ihr auf.

Am Fuß der kleinen Treppe zur Passagierkabine empfing sie eine hochgewachsene, blonde Stewardess mit strahlendem Lächeln und kalten Augen, die diensteifrig ihre Namen erfragte und auf der Fluggastliste in ihrem Arm mit einem Häkchen versah. Mühsam erklomm Clarson mit seinem versteiften Bein die fünf Stufen und betrat geduckt den Innenraum. Er hasste Treppen. An Bord erwartete ihn ein junger Pilot, der seine Passagiere mit militärischem Habitus und selbstgefälligem Handschlag begrüßte: »Willkommen an Bord, angenehmen Flug in die Reichshauptstadt!«

»Vielen Dank«, antwortete Clarson, sich ein Lächeln abringend, »sehr freundlich von Ihnen.« Er sprach fließend Deutsch, untermalt von einem englischen Akzent. Sein alter Herr, Österreicher von Geburt, hatte ihn zweisprachig erziehen lassen und er erntete nun die Früchte der väterlichen Beharrlichkeit.

Die enge, überheizte Kabine war mit Einzelplätzen rechts und links des Gangs ausgestattet. Mit ihren Hutablagen über den Sitzen und

Gardinen in beige vor den kleinen Fenstern ähnelte sie einem offenen Zugabteil der zweiten Klasse, bloß war sie schmaler und kürzer und entsprechend für nur sechzehn Passagiere ausgelegt. Die Stewardess verriegelte die Luke und wies ihnen ihre Plätze an.

Clarson ließ kurz den Blick schweifen, bevor er sich niederließ. Der Mann im Sitz hinter ihm hatte sich bereits in einige Papiere vertieft, die er auf dem kleinen ausklappbaren Tisch unterhalb des Fensters ausgebreitet hatte. Geschäftsleute machten augenscheinlich die Mehrheit der Passagiere an Bord aus. Clarson glaubte auch ein paar *Armstrecker*, wie er sie nannte, ausgemacht zu haben. Auslandsdeutsche, die sich auf englischen Straßen mit *Heil Hitler* grüßten und Ausflüge nach Berlin unternahmen, um neues Überlegenheitsgefühl zu tanken.

Das Flugzeug rollte an und der Lärm der drei Rotoren, von den gepolsterten Blechwänden nur wenig gedämpft, dröhnte ihm in den Ohren. Er versuchte, es sich in dem kleinen, schmalen Sitz bequem zu machen für die sechshundert Meilen in der langsamen Maschine. Das gestreckte linke Bein hatte er in den Gang gelegt. Seit der Bruchlandung, die sein Kniegelenk zerschmettert hatte, glich dieses Bein einem hinderlichen Stück Gepäck, das man ständig mit sich führte und, sobald man Platz nahm, irgendwo abstellen musste.

Ariane hielt den Blick stur geradeaus gerichtet, die Armlehne fest umklammert. Er lehnte sich über den Gang und sagte an ihren strohblonden Lockenkopf geneigt: »Ganz zuverlässige Maschine.«

»Es ist nicht der Flug. Es ist …«

Er nickte und legte die Hand auf ihren Arm.

»Ich wollte nur sagen, wie ich mich fühle«, raunte sie.

»Gefährlich genug«, gab er flüsternd zurück.

Ariane wandte sich ab. Es gefiel ihm nicht, dass sie ihn begleitete. Doch es hatte keine andere Möglichkeit gegeben. Sie war das Verbindungsglied, das die ganze Angelegenheit erst möglich machte.

Sie sprachen wenig während des Fluges. Ariane vergrub sich in Modezeitschriften, um sich von der Beklemmung abzulenken, die ihr das Fliegen bereitete und die Möglichkeit, gleich bei der Ankunft verhaftet zu werden. Clarson beobachtete die bauschigen Wolken unter ihnen und nachdem sie in die Nacht geflogen waren, starrte er durch das Fenster in die Dunkelheit. Mehrere Male ließ er die zurückliegenden Wochen vor seinem inneren Auge ablaufen und es gelang ihm schließlich, sich zu überzeugen, dass der wahre Charakter ihrer Reise

unentdeckt geblieben war. Das unbehagliche Gefühl in seinem Nacken wollte dennoch nicht verschwinden.

Er war froh, den Ruck zu spüren, als die Räder der Junkers nach fünf langen Stunden endlich auf der Landefläche von Berlin-Tempelhof aufsetzten. Noch während sie auf die Flughafenhalle zurollten, griff Clarson nach dem Stock aus Ebenholz, erhob er sich mit dessen Hilfe und gab seiner Frau einen flüchtigen Kuss. Ariane hatte eine heitere Miene aufgesetzt, als seien sie an einem Urlaubsort angekommen. Er entschied sich, ihre gute Laune mitzuspielen.

Am Ausgang quälte er sich die kleine Treppe herab, während er mit der Rechten seine Augen vor dem grellen Licht der Scheinwerfer zu schützen suchte, die die Maschine vom Dach einer schier endlos langen Flughafenfassade anstrahlten. Die Goebbels'sche Propaganda pries den unlängst fertiggestellten Komplex aus Hangar und Haupthalle stolz als das flächengrößte Gebäude der Welt.

Einziger Schmuck des Ankunftsfoyers war ein übel gelaunter Adler mit Hakenkreuz in den Fängen, der in Form eines riesigen Bronzereliefs von der ansonsten kahlen Wand grüßte. Clarson gefiel die Leere des Raumes. Keine Abordnung der Polizei, die sie erwartete, keine dubiosen Herren in dunklen Mänteln mit Gestapo-Ausweisen, die um ein Gespräch baten.

Ein müde dreinschauender Wachposten in dunkelgrüner Uniform stand am Eingang zur Passkontrolle und ließ die Passagiere einzeln eintreten. Mit ihren Ferragamo-Absätzen über den polierten Marmorfußboden balancierend, ging Ariane voraus in die enge Passage mit einem Kontrollschalter zur Linken und schob ihren Reiseausweis mit Hakenkreuz auf dem Umschlag über den Tresen. Der diensthabende Beamte nahm ihn zwischen seine grobschlächtigen Hände und schaute zunächst das Foto, dann Ariane intensiv an. Während er die Papiere durchblätterte, nickte sein großer kurzgeschorener Schädel ein paarmal, und schließlich notierte er, der Vorschrift für alle Einreisenden folgend, die Passnummer auf ein Formblatt.

»Angenehmen Aufenthalt«, sagte er tonlos, ehe er mit einer misslaunigen Kopfbewegung dem Wachposten am Eingang seine Bereitschaft anzeigte, einem weiteren Passagier eine kurze Audienz zu gewähren. Clarson unterbrach den Kampf gegen einen winzigen Fleck auf dem Ärmel seines Mantels und hinkte an den Schalter. Der Beamte studierte kurz das Wappen Seiner Majestät auf dem Pass, schaute an ihm herab, sah den Gehstock, verzog das Gesicht und vertiefte sich in die Einreiseunterlagen. »Nehmen Sie den Hut ab!«

Clarson gehorchte.

»Wie ist ihr Name?«

Sie haben ihn gerade gelesen, war er versucht zurückzugeben.

»Henry Charles Clarson«, sagte er stattdessen.

»Ist dies Ihr erster Aufenthalt im Reich?«, fragte der Beamte, durch Clarsons Pass blätternd.

»Ja, in der Tat.«

»Dauer Ihres Aufenthalts?«

»Unbestimmt. Das Visum gilt für drei Monate.«

Nun schaute der Beamte auf.

»Sie befinden sich jetzt auf dem Hoheitsgebiet des Großdeutschen Reiches. Wir sind es hier gewohnt, dass unsere Fragen beantwortet werden, und zwar vernünftig. Ihr Visum habe ich selbst gesehen. Ich frage Sie noch einmal: Wie lange beabsichtigen Sie, das deutsche Volk mit Ihrer Anwesenheit zu beehren?«

»Möglicherweise auf Dauer«, gab Clarson zurück, dem stechenden Blick seines Gegenübers mit Mühe standhaltend.

»Ach ja? Und was ist der Zweck Ihres Aufenthaltes?«

Clarson kratzte sich die Schläfe unterhalb der Hutkrempe. Das war schwer zu sagen. »Verwandtenbesuch«, gab er schließlich zu Protokoll.

»Soso, wer sind denn diese Verwandten, die Sie *möglicherweise auf Dauer* besuchen wollen, bitte schön?«

Clarson ließ einen Augenblick verstreichen und sagte mit dem Anflug eines Lächelns: »Meine Schwägerin Magda Goebbels.«

Es verfehlte seine Wirkung nicht. Als Ehefrau von Joseph Goebbels, dem Reichspropagandaminister und engen Vertrauten des unverheirateten Hitler, war Magda praktisch die erste Frau des Reiches. Von ihrem Ehemann wirkungsvoll in Szene gesetzt, erschien sie, zum Idealbild einer nationalsozialistischen Mutter stilisiert, häufig in der Presse und war den Deutschen wohl vertraut.

Der Beamte wandte seinen Blick von Clarson ab und musterte Ariane, die am Ausgang des Korridors wartete. Einen Moment lang schien er unsicher, dann spannte er seine Schultern, griff nach einem Stempel und hämmerte ihn in Clarsons Pass. Er zeichnete die Visabescheinigung ab, entnahm einen Durchschlag, legte das Papier korrekt in den Pass ein, reichte Clarson die Unterlagen und presste sich ein Lächeln ab: »Heil Hitler, Herr Clarson. Willkommen in Berlin!«

2

Die Haupthalle roch nach frischer Farbe und ähnelte mit ihren schmalen, hohen Fenstern und marmorverkleideten, rechteckigen Seitenpfeilern einer kolossalen kubischen Kathedrale. Sie war bei weitem zu groß für das gegenwärtige Ausmaß an Flugbetrieb. Es war ein Bau, der in die Zukunft wies. In eine Zukunft Berlins als Zentrum eines Weltreiches.

Gleich einer Hydra, der man das Haupt abgeschlagen hatte, bloß um zu erleben, dass an dessen Stelle zwei neue Köpfe wuchsen, war Deutschland nach dem großen Krieg zurück auf der Weltbühne erschienen. Wenig mehr als ein Jahrzehnt hatte es den Völkern Ruhe gegönnt, dann war ein absonderlicher Österreicher an seine Spitze getreten und innerhalb von nur sechs Jahren hatte sich das wirtschaftlich am Boden liegende Land mit seiner winzigen Armee in einen hochgerüsteten Moloch verwandelt, der begonnen hatte, seine Nachbarländer zu verschlingen. Wie im Bann hatte die Völkergemeinschaft zugeschaut, wie das Reich mit jeder seiner Vertragsverletzungen stärker wurde – und gieriger.

Bunte Werbetafeln mühten sich, die Leere des Monumentalbaus zu überspielen. Eines der Plakate warb mit dem Bild des neuen Ford Taunus für die zurzeit in Berlin stattfindende Internationale Automobilausstellung. Auf anderen sah man glückliche Menschen auf Dampferschiffen der staatlichen Freizeitorganisation *Kraft durch Freude*, der Verheißung des Regimes auf Urlaubsreisen für jedermann.

Clarson drückte seine Frau an sich. Die Auslandsabteilung des SD, der ihn als Neu-Verwandten eines Reichsministers observiert haben dürfte, hatte, wie es aussah, nicht Lunte gerochen. Stattdessen war vielleicht ein Dossier in die Berliner Zentrale gefunkt worden, das ihn als harmlosen Privatmann ohne politische Ambitionen beschrieb. Im Prinzip hätte man damit nicht ganz falsch gelegen.

Die Komödie von ihren Auswanderungsplänen, die sie in den letzten Wochen in London inszeniert hatten, war offenbar nicht umsonst gewesen. Die Führung des Geschäfts, in dem er bis Anfang des Jahres die Einzelanfertigung von Luxusmöbelstücken beaufsichtigt hatte, die zu Preisen kleiner Landhäuschen begierige Abnehmer unter den Lords und Wirtschaftsbaronen des Empires fanden, hatte er endgültig den Händen des Stiefbruders anvertraut.

Getrieben vom Hunger des mittellosen Einwanderers nach gesellschaftlicher Anerkennung hatte der Vater vom Tag seiner Einheirat in die Familienmanufaktur an in niemals nachlassendem Ameisenfleiß sichergestellt, dass kein Haus in London, das etwas auf sich hielt, ohne eine Frisierkommode oder einen Sekretär aus den eigenen Werkstätten blieb. Sein Leben in Klubräumen und Gesellschaftssalons zubringend und unablässig am Geflecht seiner Geschäftskontakte strickend, war es ihm sogar gelungen, das Haus Seiner Majestät als Kunde zu gewinnen, der ultimative Ritterschlag für jedweden Produzenten. Auf dem Weg zu diesem erstaunlichen Erfolg hatte sich sein Ehrgeiz zu einer Sucht gesteigert und die sanften Seiten seines Wesens nach und nach aufgefressen.

Die Bezeichnung *Möbel* war dabei in der Familie zu Lebzeiten der Mutter, deren Großvater das Unternehmen einst gegründet hatte, regelrecht verpönt geblieben. Sie hatte in ihren Kommoden weniger Gebrauchsgegenstände denn architektonische Miniaturen gesehen und, Clarsons Spott zum Trotz, von ihnen wie von Werken antiker Baukunst geschwärmt. Nach ihrem Tod hatte sein alter Herr, wie von einer Altlast befreit, die Möglichkeit einer erneuten Eheschließung genutzt, um die nächste Stufe der Gesellschaftspyramide zu erklimmen, und eine zwar verschuldete, doch aristokratische Witwe geehelicht.

Der Baron of Cromford, als Clarsons neuer Stiefbruder nun Teil der Familie, entsprach ganz dem Geschmack des Vaters. Auch er betrachtete das Geschäft als eine erbitterte Jagd auf Rendite in einer Zeit, in der ein Adelstitel alleine seine Position in der Londoner Gesellschaft nicht mehr zu sichern vermochte und ein herrschaftliches Anwesen in der Provinz einzig noch als kostspieliges Prestigeobjekt herhielt.

Als im letzten Herbst eine Lungenkrankheit begonnen hatte, seinen Vater ans Bett zu fesseln, war Clarson ins Geschäft zurückgekehrt, um sicherzustellen, dass das Vermächtnis der Mutter nicht vor die Hunde ging. Doch mit dem begierigen Stiefbruder an der Seite hatte sich seine Anwesenheit im Betrieb bald als überflüssig erwiesen und er war darüber nicht unglücklich gewesen. Vor Jahren, vor dem Bruch mit dem Vater, hatte Clarson das Geschäft über den Atlantik getragen und dem Unternehmen Zugang zu den weit geöffneten Geldbörsen der Millionäre von Boston und New York verschafft. Dies erachtete er als hinreichenden Beitrag zum Familienimperium für eine Generation. Überhaupt hatte er es stets abgelehnt, die Tätigkeit im Geschäft zum alleinigen Zentrum seiner Existenz zu machen. Sol-

cherlei beschränkte Lebensanschauungen waren für ihn ein Ausdruck innerer Verarmung und letztlich bloß ein Symptom des fortschreitenden Kulturverfalls.

Er schaute sich suchend um. Niemand schien sie zu erwarten. Er hatte geglaubt, auf ein Begrüßungskomitee bestehend aus Magda und ihren der Größe nach aufgereihten Kindern zu treffen, umringt von einer Entourage aus Leibwächtern und Bediensteten. Nichts dergleichen war zu erkennen. Mit dem Flieger aus London ging der Dienstbetrieb des Flughafens für diesen Tag seinem Ende entgegen und abgesehen von einigen dem Ausgang zustrebenden Passagieren war der Ort nahezu menschenverlassen.

Der Verkäufer eines kleinen Kiosks in der Mitte der Halle schaltete die kleine Lampe über dem Ladentisch aus und schickte sich an, die Auslagen von den Journalen und Tageszeitungen zu räumen. Der *Völkische Beobachter*, das offizielle Organ der NSDAP, der *Angriff*, Goebbels' Hetzpostille aus der sogenannten Kampfzeit vor der Machtergreifung, und die gleichgeschalteten übrigen Blätter, alle bejubelten sie die Meldung des Tages.

Spanischer Bürgerkrieg vor seinem Ende, titelte die *Berliner Morgenpost*. Clarson trat heran, um den dazugehörigen Artikel zu studieren. *Frankreich und Großbritannien haben am heutigen 27. Februar 1939 die nationale Regierung des General Franco als legitime Vertretung Spaniens anerkannt. Ein weiterer Baustein in des Führers Werk der Neuordnung Europas steht damit vor seiner Vollendung. Die schweren Kämpfe um die Hauptstadt Madrid halten unterdessen weiter an.*

In den Augenwinkeln erkannte er einen Mann in schwarzer Uniform mit roter Hakenkreuzbinde, der mit langen, entschlossenen Schritten auf sie zukam. Er war ausgesprochen groß, ein Stück größer noch als Clarson, dabei so schmal, dass die Offiziersmütze mit Totenkopfemblem nur schief auf seinem Kopf Halt zu finden schien. Mit eindrucksvoller Akkuratesse in der Bewegung überspielte er seine natürliche Schlaksigkeit.

»Herr und Frau Clarson? Gestatten, SS-Oberscharführer Kraneck vom Begleitkommando Reichsminister Goebbels.« Er schüttelte Ariane und Clarson die Hand und erhob sie, kurz Haltung annehmend, zum Hitlergruß.

»Die gnädige Frau ist leider verhindert, erwartet sie jedoch in ihrem Haus auf Schwanenwerder. Ich habe die Ehre, Sie dorthin zu geleiten. Wenn Sie mir folgen möchten?«

»Wir warten noch darauf, dass der Zoll unser Gepäck freigibt«, warf Ariane ein.

»Natürlich«, sagte Kraneck mit einem freundlichen Zug um den Mund. Er hatte eines jener Gesichter, die gleich auf den ersten Blick leutselig und ehrlich wirkten. »Geben Sie mir den Gepäckschein. Ich veranlasse alles Notwendige. Sie brauchen sich um nichts zu kümmern, gnädige Frau!«

»Gut, wenn das so ist«, antwortete Ariane, reichte ihm die Kofferquittung und schritt hinter dem resolut losmarschierenden Kraneck her. Clarson stieß sich von seinem Gehstock ab und folgte ihnen. Er mochte gerade mal vierunddreißig Jahre alt sein, doch sobald er sich fortbewegen musste, machte sein versteiftes Kniegelenk ihn zu einem alten Mann.

Kraneck führte sie zu einer schwarzen Mercedes-Limousine, die unmittelbar am Ausgang des Gebäudes parkte. Dort angekommen, schlug er dezent die Hacken zusammen, entschuldigte sich kurz und ging zu einem der Taxifahrer, die auf dem Parkplatz unter einer Laterne herumstanden und rauchten. Er gab ihm den Gepäckschein und sprach, einen Daumen in das Koppel gehakt, im Befehlston auf den eilfertig nickenden Mann ein, der daraufhin seine Zigarette austrat und im Flughafengebäude verschwand.

»Das geht in Ordnung«, sagte Kraneck, als er Arianes besorgte Miene sah, »bei uns ist noch kein Stück Gepäck verloren gegangen.«

Clarson glaubte ihm. Wenn jemand von einem SS-Offizier den Auftrag erhielt, Koffer zum Anwesen eines Reichsministers zu fahren, war er in diesem Land gut beraten, die Gepäckstücke umgehend und unversehrt an ihren Bestimmungsort zu bringen.

Kraneck öffnete die Tür zum Fond des Wagens mit einladender Geste und einem unverbindlichen Lächeln. Auch der Fahrer trug SS-Uniform und schaute ernst, ohne zu grüßen. Für einen Augenblick war sich Clarson nicht sicher, ob sie zu Goebbels' Villa im Grünen gebracht würden oder in ein Kellerverlies der Gestapo.

3

»Jeder von uns muss sich darüber im Klaren sein, dass er, sollten wir scheitern, als Verräter in die deutsche Geschichte eingehen wird.«

General Franz Halder stand am Tisch seines Wohnzimmers und blickte in die Runde. Er war von mittelgroßer, kräftiger Statur, sein Schädel kantig mit ausgeprägtem Kinn, das Haar über der hohen Stirn im Bürstenschnitt geschoren. Seine Züge hatten sich tief in das Gesicht des Mittfünfzigers gegraben und einzig ein rahmenloser Zwicker milderte den harten Ausdruck seiner Erscheinung.

Seit Hitler ihn im vergangenen Sommer zum Generalstabschef des Heeres ernannt hatte, war Halder einer der ranghöchsten Offiziere des Reiches. Der Franke hatte bereits unter dem Kaiser im Großen Generalstab gedient und anschließend in der Kriegsakademie etlichen Jahrgängen von angehenden Stabsoffizieren Überlegenheitskomplex und blinden Offensivgeist auszutreiben versucht. Sein pedantisches, emotionsloses Abwägen jeden Details hatte ihm den Ruf eines Meistertaktikers ohne Schmiss und Verve eingebracht. Er kannte seine Reputation und wusste, dass man ihn unterschätzte.

Er trug Zivil wie seine Gäste, eine Gruppe von neun Offizieren, die einzeln im Schutz der Dunkelheit angereist waren. Die Fensterläden waren sorgfältig verschlossen worden. Alle Anwesenden sprachen mit gedämpfter Stimme, um sicherzustellen, dass nichts vom Inhalt ihrer Unterhaltung auf die Straße drang. Niemand hatte auf den bereitstehenden Sesseln Platz genommen. Die Männer standen mit ernsten Mienen im Kreis, inmitten tief hängender Schwaden von Tabakqualm.

»Ich brauche ihre Entscheidung«, sagte Halder, jedem in die Augen blickend, während er, die Runde abschreitend, angestrengt Wein nachschenkte. Er hatte den Hausangestellten freigegeben und kümmerte sich selbst um die Bewirtung seiner Gäste. Jedwedes Risiko musste vermieden werden. Nicht einmal seinen eigenen Adjutanten hatte er ins Vertrauen gezogen. Zu enthusiastisch war ihm dessen Bewunderung von Hitlers außenpolitischen Erfolgen. Dieses ständige Auf-der-Hut-sein, das sich eingeschlichen hatte, die stete Sorge, ob nicht irgendein Kellner oder Zimmermädchen ein Spitzel war, verletzte alleine schon die Würde eines rechtschaffenen Offiziers. »Sind Sie bereit, sich gegen das drohende Verhängnis zu stemmen, auch wenn es bedeutet, Ehre und Leben aufs Spiel zu setzen?«

Niemand sagte ein Wort.

»Die Alternative hieße zuzuschauen, wie Deutschland in den Untergang geführt wird«, setzte Halder hinzu.

General Friedrich Weihnacht rührte sich als Erster. Sich auf der Platte des niedrigen Tisches abstützend, drückte der Vierundsechzigjährige seinen dunklen Zigarillo in einen Aschenbecher und schüttelte langsam den grauhaarigen Kopf. »Sie verlangen sehr viel. Wir sollen unseren Eid brechen und uns mit jemandem, der in Charakter und Tat ein Schuft ist, zusammen tun?«

»Eitle Vorbehalte helfen uns jetzt nicht weiter«, entgegnete Halder. »Wir haben alle selbst zu lange mit den Nazis an einem Tisch gesessen, um nicht nach dem gleichen Essen zu riechen.«

Weihnacht verzog keine Miene.

»Wir haben keine andere Wahl«, wiederholte Halder, »wir brauchen ihn.«

»Und er braucht uns«, setzte Oberstleutnant von Dannegger hinzu, während seine Hände eine weitere Zigarette aus der fast leeren Packung fischten. »Wir sind seine letzte Chance. Können Sie das nicht sehen?« Er war der Rangniedrigste der Gruppe, doch die damit verbundene Rollenverteilung ignorierte er ostentativ. Der achtunddreißigjährige Leiter der Abteilung Operationsplanung der Kriegsakademie nahm grundsätzlich kein Blatt vor den Mund und hatte keine Nachsicht mit höheren Offizieren, die ihm altersweise daherkamen oder ihm erklären wollten, was Krieg bedeutete. Nur Wochen vor dem Waffenstillstand hatte er sich als Siebzehnjähriger freiwillig zur Front gemeldet. Zwei volle Tage lang hatte er nach einer letzten, gescheiterten Offensive mit Bauchschuss in einem schlammigen Loch im Niemandsland gelegen, bevor ein nächtlicher Spähtrupp über ihn gestolpert war. In den endlosen Stunden des Ausharrens hatte er die schlimmsten Qualen erlebt, die ein irdisches Dasein zu bieten hatte. Danach war nicht mehr viel geblieben, an das er noch glaubte.

»Es würde bedeuten, einen Mann der nicht halb das Format des Führers hat, an dessen Stelle setzen«, wandte Erich Hoepner ein. Dem Generalleutnant unterstand die einzige Panzerdivision in der Umgebung von Berlin, dreihundert der modernsten Panzer geführt von ihm treu ergebenen Offizieren. Es war seine Beteiligung, die der Gruppe militärische Schlagkraft verlieh.

»Meine Herren«, appellierte Halder, »führen Sie sich bitte vor Augen, dass unsere Aktion einen Großteil des Volkes gegen uns auf-

bringen wird und Feinde haben wir, weiß Gott, genug. Wir können es unmöglich alleine schaffen, wir brauchen Verbündete.«

»Aber ausgerechnet *er*?«, gab Hoepner in gleichmütigem Ton zurück, verzog dabei jedoch das Gesicht, als habe er einen bitteren Geschmack im Mund.

»Er ist noch der Beste der ganzen Bande«, erwiderte Halder. »Ohne ihn auf unserer Seite würden wir Deutschland bloß in einen blutigen Bürgerkrieg stürzen – sofern sie uns nicht gleich wie feige Verräter am nächsten Baum aufknüpften.«

»Außerdem ist er ein Mann, der erkannt hat, dass uns Hitlers Politik in den Abgrund führt«, ertönte ein sonorer Bass aus dem Hintergrund. Er gehörte zu General Erwin von Witzleben, Kommandant des Wehrkreises Berlin und Hoepners Vorgesetzter. »Franz«, sagte er an Halder gerichtet, »ich stehe zur Verfügung. Meine Bedingung ist, dass wir uns zu einer offenen Konfrontation und Aussprache mit dem Führer entschließen. Er verdient einen ordentlichen Prozess, in dem er sich rechtfertigen kann. Erwägst du jedoch ein Attentat, verzichte bitte auf meine Dienste.«

»Ich danke dir, Erwin«, antwortete Halder, »das bedeutet sehr viel.«

»Hitler verdient den Tod«, fuhr von Dannegger dazwischen. »Es ist der einzige Weg.«

»Wir alle haben unseren Eid auf den Führer abgelegt«, warf Oberst Clemens Nausitz mit gerecktem Kinn ein und machte einen Schritt nach vorne. »Wir können nicht einfach zu Meuchelmördern werden, das ist mit der Ehre eines deutschen Offiziers unvereinbar.«

»Ehre?«, erwiderte von Dannegger. »Die ist uns doch längst abhanden gekommen.«

»Was reden Sie denn da?«, fuhr Nausitz ihn an, ehe er sich wieder an Halder wandte. »Wir stimmen alle mit Ihnen überein, Herr General. Der selbstmörderischen Politik Hitlers muss ein Ende bereitet werden. Wenn Sie sich dazu entschließen, im Sinne von General von Witzleben vorzugehen, dann stehe ich ebenfalls bereit und mit mir mein Regiment.«

Halder schüttelte Nausitz dankbar die Hand, der daraufhin Haltung annahm und salutierte.

Von Dannegger schüttelte aufgebracht den Kopf. »Solange Hitler am Leben ist …«

Halder hob die Hand, um seinem Vertrauten Einhalt zu gebieten, und fing dabei dessen aufgebrachten Blick auf. Sekundenlang blieben

ihre Augen wie zu einem Duell ineinander verhaftet. Dann riss sich von Dannegger zusammen und der Augenblick war verflogen.

»Es ist schon spät, meine Herren«, wandte sich Halder an die Runde. »Lassen Sie uns die Diskussion hier beenden.« Sie waren heute weiter gekommen, als er hatte hoffen dürfen. »Ich möchte Ihnen allen nochmals für Ihr Kommen und Ihr Vertrauen danken. Wie immer die Geschichte urteilen mag, ich bin überzeugt, wir haben die Pflicht zu handeln. Mag dies jeder Einzelne von Ihnen mit Gott und seinem Gewissen ausmachen. Alles, was ich von Ihnen erwarte, ist eine baldige Entscheidung, denn die Zeit droht uns davonzulaufen.«

4

Sie war eine der technischen Errungenschaften, mit denen Nazi-Deutschland so gerne prahlte. Der Fahrer bog auf die Doppelfahrspur der am späten Abend nahezu verwaisten Autobahn ein und beschleunigte auf ein atemberaubendes Tempo. Oberscharführer Kraneck unterhielt seine Fahrgäste derweil mit etwas Konversation über das Berliner Wetter und pries die Vorzüge des neuen Blaupunkt-Autoradios AS5 mit Fernbedienung an der Lenksäule. Die kerzengerade Hochgeschwindigkeitsstrecke durchschnitt den Grunewald im Westen Berlins und endete am Wannsee, dem Lieblingsziel für Wochenendausflügler aus der Hauptstadt. In der Dunkelheit erinnerte der in üppige Vegetation eingebettete See an ein beschauliches schottisches Hochland-Loch.

Eine hölzerne Brücke führte auf eine bewaldete, nierenförmige Insel, die sich in der Nähe des Ostufers über circa einen Kilometer erstreckte. Davor zwang ein Schlagbaum den Mercedes zum Halten. Drei Uniformierte kamen aus einer kleinen Wachhütte auf die Limousine zu. Einer von ihnen begann mit einer Taschenlampe das Innere des Wagens auszuleuchten.

»Was soll das?«, rief Kraneck, während er die Seitenscheibe herunter kurbelte. »Das sind die Schwester von Frau Goebbels und ihr Ehemann aus London.«

»In Ordnung, passieren lassen«, befahl einer der drei, als er Kraneck erkannte. Er beugte sich zum Fenster des Wagens herunter und sagte in freundschaftlichem Ton: »Tut mir leid, verschärfte Kontrollen. Du weißt ja, wie das ist, wenn der Chef auf der Insel ist.«

Die Schranke hob sich und der Wagen rollte gemächlich über die knarrenden Holzplanken der Brücke.

Kraneck drehte sich zu Clarson und Ariane um. »Sie müssen das entschuldigen. Auf der Insel lebt eine Reihe von führenden Repräsentanten des Reiches, in erster Linie Reichsminister Dr. Goebbels selbst natürlich. Trotzdem ist die Sperre eigentlich nur da, um Schaulustige draußen zu halten. Aber Sie platzen in hohen Besuch heute Abend.«

»Der Chef?«, fragte Clarson.

»Höchstpersönlich.«

»Wer ist dieser *Chef*?«

Kraneck lachte kurz und auch der Fahrer erlaubte sich ein Grinsen.

»Sie werden von ihm gehört haben. Der Posten an der Absperrung war von der Leibstandarte. Die sprechen von ihrem Schutzbefohlenem als dem Chef. Der Rest der Welt nennt ihn den Führer.«

»Adolf Hitler ist hier auf dieser Insel?«

»Trinkt gerade Tee mit ihrer Schwägerin.«

Schwanenwerder beherbergte ein Dutzend repräsentativer Villen, die durch Waldstücke voneinander getrennt waren. Der Name der Insel war in der Weimarer Republik synonym für bürgerlichen Reichtum gewesen. Als vor einigen Jahren das Brettspiel *Monopoly* in Deutschland auf den Markt gekommen war, hatte die teuerste Straße konsequenterweise *Schwanenwerder* geheißen. Joseph Goebbels, Neubürger der Insel, nachdem der jüdische Vorbesitzer seines Hauses zum Verkauf unter Wert gezwungen worden war, hatte den Beigeschmack von Bonzentum befürchtet und das Spiel verbieten lassen.

Der Wagen bog, von der Wache lässig durch ein Gittertor gewinkt, in einen großen Kieselsteinhof und passierte eine Reihe schwarzer Limousinen mit SS-Runen auf den Nummernschildern, die ordentlich wie zu einer Parade aufgereiht im Licht gelber Laternen zu erkennen waren. Das Haus, das den Hof übersah, war eine zweigeschossige Villa aus rotem Backstein, efeubewachsen und umrahmt von Birken und hohen Fichten. Auf den ersten Blick erkannte man kaum, wie groß die Villa tatsächlich war. Sie wirkte nicht wie ein Anwesen mit über zwanzig Zimmern und die derzeit beliebte Überdimensionalität ging ihr gänzlich ab. Lediglich das am Eingang nachträglich angebrachte Vordach mit seinen grauen Sandsteinsäulen erinnerte an die herrschaftlichen Nazibauten, die allerorten aus dem Boden gestampft wurden.

Ein junger Bursche in Pagenuniform war zur Stelle und öffnete die Wagentür. Clarson kletterte aus dem Fond und traf auf die neugierigen Blicke des umstehenden Wachpersonals. Ein älterer Herr, an seinen weißen Handschuhen als der Butler des Hauses erkennbar, lächelte freundlich, bat sie einzutreten, nahm sich ihrer Mäntel an und ließ sie in einem Foyer aus hellem Marmor stehen.

Der Raum war ungeheizt und erinnerte Clarson an die Eingangshalle eines Museums. Von der hohen Decke hing ein riesiger Kristallleuchter herab und auf einem Gemälde an der dahinterliegenden Wand nahm preußische Artillerie französische Stellungen unter Beschuss. Der eigentliche Blickfang war jedoch ein vergrößertes Foto in einem schlichten Holzrahmen an der seitlichen Wand, das jedem Besucher deutlich vor Augen hielt, wessen Räumlichkeiten man betreten hatte.

Das Bild zeigte Hitler in Parteiuniform, wie er dem glücklich strahlenden Hausherrn auf einem Podium vor den angetretenen Massen des Reichsparteitags pathetisch die Hand schüttelte.

Ihre langen, schlanken Hände auf seiner linken Schulter abgelegt, wippte Ariane unruhig mit den Füßen. Clarson schaute sie schmunzelnd an und war im Begriff sie zu küssen, als er das näher kommende Klacken von Damenabsätzen vernahm. Er wandte sich um und umfasste den Griff seines Stockes fester in Erwartung des Auftritts der Gastgeber.

Durch den Korridor näherte sich eine Gestalt, wie aus einem Feenmärchen entsprungen. Magda war von graziöser Schönheit, ohne schmal oder verletzlich zu wirken. Sie trug ein tailliertes weiß-rosa Abendkleid aus Seide, dazu ein strahlendes Lächeln und ging gemessenen Schrittes auf die beiden zu. Ariane stürmte an ihrem Mann vorbei in ihre ausgestreckten Arme. Lange verharrten die Schwestern eng umschlungen, während Clarson, mit der Linken auf seinen Stock gestützt, etwas verloren herumstand und die beiden beobachtete.

Magdas Eltern hatten sich getrennt, als sie vier Jahre alt gewesen war. Sie war danach bei ihrem Vater aufgewachsen, der wieder geheiratet und eine zweite Tochter bekommen hatte. Von Beginn an hatte sie ihre acht Jahre jüngere Halbschwester ins Herz geschlossen und Ariane ihrerseits liebte und bewunderte Magda. Nachdem der Vater 1922 gestorben war, siedelte seine Witwe mit der dreizehn Jahre alten Ariane nach London über. Magda hatte ein Jahr zuvor den Multimillionär Günther Quandt geheiratet. Die Ehe währte nicht lange und 1930, noch während einer Affäre mit einem Funktionär der zionistischen Bewegung, hatte Magda eine Liaison mit Joseph Goebbels begonnen, dem NSDAP-Gauleiter von Berlin. Die beiden hatten ein Jahr später geheiratet und Magda war bald darauf zur Vorzeigefrau der Nazis avanciert.

Clarson war ihr bis heute nur ein einziges Mal begegnet, bei seiner eigenen Hochzeit auf dem Familiengut im vergangenen Dezember. Sie war alleine angereist, die allseits bekannte Ehekrise der Goebbels' hatte sich gerade auf ihrem Höhepunkt befunden. Er hatte eine *Heil Hitler* rufende Hysterikerin erwartet und eine höfliche, gebildete Frau getroffen. Auf die kritische Zurückhaltung der anderen Gäste hatte sie mit ausgesuchter Freundlichkeit reagiert und gleichzeitig offen die Rolle der Trophäe genossen, in deren Licht sich sein kranker Vater hatte sonnen dürfen.

Es ging Clarson nicht in den Kopf, wie sie mit einem Mann vom Schlage Goebbels' verheiratet sein konnte. Der Mann war nicht nur ein Agitator übelster Sorte, der sich radikaler noch als Hitler selbst gebärdete. Auch sein Privatleben schien Goebbels alles andere als tugendhaft zu gestalten. Englische Zeitungen berichteten, dass er seine Stellung als Herr des deutschen Kulturlebens ausnutze, um junge Schauspielerinnen zu sexuellen Abenteuern zu nötigen.

Ariane hatte Magda mehr als einmal bestürmt, ihn zu verlassen, und war stets auf taube Ohren gestoßen. Doch Goebbels hatte den Bogen überspannt, als er im vergangenen Jahr ein ernsthaftes Verhältnis mit der tschechischen Schauspielerin Lida Baarova eingegangen war. Magda hatte die Scheidung erwogen und sich in ihrer Not an ihren Trauzeugen Adolf Hitler gewandt. Dieser hatte dem verliebten Goebbels den Kopf gewaschen und vor die Alternative gestellt, entweder seine Ehe wieder in Ordnung zu bringen oder aber von seinen Ämtern zurückzutreten, so dass der ehrgeizige Goebbels sich nun völlig in der Hand der unversöhnlichen Magda befand. Das Ganze hatte sich zum Flüsterskandal Nummer eins der Berliner Gesellschaft ausgeweitet und der mächtige Propagandaminister litt so sehr unter der Situation, dass er sich Anfang des Jahres gar für ein paar Tage in ein Krankenhaus hatte einweisen lassen.

»Ich bin so froh, Euch zu sehen«, strahlte Magda. »Es tut mir leid, dass ich euch nicht abholen konnte. Überraschend hatte der Führer entschieden, Joseph nach einer Besprechung nach Hause zu begleiten. Ich konnte unmöglich das Haus verlassen. Ich war ganz außer mir vor Freude. Er ist so lange nicht mehr bei uns gewesen. Und ihr werdet den Führer kennenlernen – wundervoll!«

Das Haar hochgesteckt und ausgestattet mit einer ruhigen, gütigen Sprechweise, strahlte sie die Aura einer Filmdiva aus, ganz im Einklang mit ihrem herausgehobenen Status in Hitlers Umgebung.

Im Türbogen zum Flur war ein Mann in einem grauen Zweireiher erschienen und wartete, die Hände angespannt in den Jacketttaschen, dass Magda mit den Gästen zu ihm kam.

Wie klein er doch ist, dachte Clarson. Goebbels' Körperbau war außerordentlich schmächtig und sein Kopf schien entsprechend viel zu groß und geradezu künstlich auf den Körper aufgepflanzt. Seine hohe Stirn ging in einen halbkugelförmigen Hinterkopf über, unterhalb dessen die Ohren seltsam schief angebracht waren. Das Gesicht war dominiert von einem breiten Mund, der mit seinen dünnen Lippen einer schmalen

Kerbe glich, und zwei dunklen, glühenden Augen, die die eintreffenden Gäste mit dem Selbstbewusstsein des Mächtigen fixierten. Er gab Ariane einen angedeuteten Handkuss und zuckte statt eines Lächelns nur kurz mit den Mundwinkeln. Er wusste um die Abneigung, die sie ihm entgegenbrachte, wusste, dass seine Frau im Ehestreit Rückhalt bei ihr gesucht hatte. Offenkundig beabsichtigte er nicht, die persönliche Begegnung zu nutzen, um sein Ansehen bei ihr aufzubessern.

Er reichte Clarson die Hand, ohne viel freundlicher zu werden. »Herr Clarson, ich freue mich, Sie kennenzulernen.«

»Die Freude ist ganz auf meiner Seite«, log Clarson.

»Ich habe gehört, Sie sind Engländer mit deutschen Vorfahren?«

»Mein Vater ist ein gebürtiger Wiener.«

»Wien«, nickte Goebbels, »eine wunderschöne Stadt. Ich hatte im vergangenen Jahr selbst mehrfach Gelegenheit mich davon überzeugen.«

»Freut mich, dass es Ihnen gefallen hat.«

Clarson fühlte sich nicht wirklich mit Wien verbunden. Lediglich einmal hatte er als kleiner Junge vor Ausbruch des großen Krieges einige Wochen mit seinem Vater dort verbracht. Doch hatte es ihm wehgetan, als die Wehrmacht im vergangenen Jahr Österreich besetzt hatte und Berichte über den Jubel der Wiener Bevölkerung und die gleichzeitig einsetzende Verfolgung von Juden und vermuteten Regimegegnern die Londoner Zeitungen gefüllt hatten.

»Ich werde Sie jetzt dem Führer vorstellen«, wechselte Goebbels das Thema. »Das ist eine große Ehre.«

»Ich bin glücklich über die Gelegenheit, das Staatsoberhaupt Deutschlands persönlich kennenzulernen«, konzedierte Clarson.

»Der Führer ist nicht bloß ein Staatsoberhaupt«, schnappte Goebbels, unzufrieden mit Clarsons Replik, »er ist ein Mann von einmaliger historischer Größe, ein Geschenk der Vorsehung, der Deutschland aus tiefster Not gerissen und an die Spitze der europäischen Nationen gebracht hat. Ich erwarte, dass Sie sich entsprechend verhalten.«

Er machte auf dem Absatz seines Klumpfußes kehrt und geleitete seine Gäste in einer eigentümlich zackigen Gangart durch den Korridor.

5

Die Goebbels verstanden es zu leben. Sitzmöbel aus lackiertem Mahagoni, kombiniert mit Kommoden des französischen Empire, bezeugten eine Stilsicherheit, die Clarson dem Paar nicht zugetraut hatte. Von Germanenkult und ähnlichen Peinlichkeiten der Nazi-Bewegung fand sich keine Spur. Vielleicht hatte er sich von seiner Frau leiten lassen oder einen unverdienten Glücksgriff mit seinem Innenarchitekten getan.

Eine lange Glasfront an der Rückseite der Villa gab einen traumhaften Blick auf den Wannsee frei. Der von kleinen Laternen ausgeleuchtete Garten ging in einen Sandstrand über und am Ende eines breiten Landungsstegs sah man die Umrisse einer großen Segeljacht. Das Dritte Reich sorgte gut für seine Führer.

Ein knappes Dutzend Personen hatte sich im Salon vor der Glasfront in Polstersesseln niedergelassen, arrangiert um einen lang gestreckten, niedrigen Tisch, auf dem Gläser und Kaffeegedecke standen. Zwei Ordonnanzen in weißer Livree standen im Hintergrund, die Hände militärisch korrekt an den Seiten, doch mit entspannten, freundlichen Gesichtern.

Adolf Hitler erhob sich, als Goebbels mit seiner englischen Verwandtschaft eintrat. Die anderen Gäste, fast ausnahmslos in Uniform, folgten seinem Beispiel. Clarson erkannte Generalfeldmarschall Göring unter ihnen, der seine Körpermasse bedächtig und als Letzter aus dem tiefen Sessel herausdrückte. Die Übrigen schienen Adjutanten und Angehörige von Hitlers Stab zu sein; Männer in den Dreißigern und Vierzigern mit zurückweichendem Haaransatz und kleinem Bauch. Der Führer und Reichskanzler des Großdeutschen Reiches knöpfte sein braunes Jackett zu, strich sich eine Haarsträhne aus der Stirn und schritt lächelnd auf Ariane zu. Mit österreichischem Charme verneigte er sich zu einem Handkuss. »Meine Verehrung, gnädige Frau.«

»Mein Führer, es ist mir eine große Freude Ihnen Ariane Clarson, meine geliebte Schwester aus London, vorzustellen«, sagte Magda strahlend.

Ariane bedachte Hitler mit ihrem Zauberlächeln.

»Ich hoffe, Sie hatten einen angenehmen Flug«, sagte Hitler, ihre Hand in den seinen festhaltend. »Frau Goebbels hat mir erzählt, dass Sie das Fliegen nicht gut vertragen.«

»Ich hatte bloß ein wenig Angst«, sagte Ariane, entschuldigend die Schultern zuckend und noch immer lächelnd.

»Sie Ärmste. Warten Sie nur, bald werden die neuen Großraumflugzeuge in Dienst gestellt. So komfortabel und geräumig – Sie sitzen darin wie in einem Hotelsalon. Sie werden gar nicht mehr merken, dass Sie fliegen.«

Er hatte eine feste, recht angenehme Stimme, anders als der gestikulierend schreiende Hitler aus den Wochenschauaufnahmen. Überhaupt wirkte er aus der Nähe unspektakulärer. Seine Schultern hingen nach vorne und ausgeprägte Tränensäcke ließen ihn müde aussehen. Clarson schüttelte innerlich den Kopf. Dieser höflich auftretende Herr mit seinen runden, weichen Zügen war der gleiche, den das *Time Magazine* gerade zum Mann des Jahres erkoren hatte – weil er der Schrecken der freien Welt war und eine Bedrohung für den Frieden in Europa.

Mit weit geöffneten Augen starrte Hitler ihn an, schüttelte mit festem Druck seine Hand und legte ihm die Linke auf den Oberarm.

»Es freut mich außerordentlich, Sie kennenzulernen. Dr. Goebbels hat mir von Ihnen erzählt. Hochinteressant.«

Clarson hatte keine Ahnung, welche Geschichte der etwas nervös dreinblickende Goebbels über ihn erfunden hatte und entschied, die Andeutung zu übergehen. »Ich bin sehr froh, hier zu sein«, brachte er stattdessen heraus.

Der Rest der Abendgesellschaft schloss sich dem Begrüßungsreigen an und schüttelte ihnen höflich korrekt die Hände. Zwei zusätzliche Sessel wurden hereingetragen. Hitler bat Ariane und Clarson an seine Seite. Er knöpfte sein Jackett wieder auf und ließ sich in den tiefen Klubsessel zwischen Magda und Ariane fallen.

»Sie sind Filmschauspielerin?«, begann er eine Unterhaltung, während sich die Übrigen neu um ihren Führer gruppierten.

»Nicht beim Film. Nur auf der Bühne«, lächelte Ariane bescheiden. Sie war die perfekte Schauspielerin.

»Das Theater ist die hohe Schule der Schauspielkunst«, erläuterte Hitler. »Der direkte Kontakt mit dem Publikum ist einfach unersetzlich. Doch das Kino wird die Schauspielerei grundlegend ändern. Kleine Amateurtheater werden es in Zukunft schwer haben, jetzt wo wir Lichtspielhäuser in jedes Provinznest bringen. Die großen Bühnen werden natürlich erhalten bleiben. Dafür werde ich sorgen. Gar nicht auszudenken, wenn ich in meiner Jugend in Wien Theater und Oper nicht gehabt hätte.«

Er war in aufgeräumter Laune und bediente sich genüsslich am bereitstehenden Kaffeegebäck. Die anderen Gäste taten es ihm gleich, beäugten ansonsten die Neuankömmlinge interessiert und trugen freundliche Mienen zur Schau.

»Wien ist wieder eine deutsche Stadt«, fuhr Hitler mit halbvollem Mund fort. »Die Habsburger hatten mit ihrer irregeleiteten Politik der Toleranz das einst blühende Haupt des alten Reiches dem Verfall preisgegeben. Aber trotz der schleichenden Unterwanderung durch Ostvölker hatte sich Wien seinen deutschen Kern bewahrt und wir haben nur kleine Schnitte vornehmen müssen, um der Stadt wieder Frischluft zu verschaffen. Sie wird unser Tor zu Balkan und Orient sein.«

Clarson neigte kurz den Kopf zur Seite, um ein Gefühl der Beklemmung abzustreifen, das ihn bei dem Gedanken beschlich, mit Adolf Hitler und seinen Spießgesellen bei einem Kaffeekränzchen zu sitzen. Der deutsche Diktator entspannte hier, indem er seine Umgebung endlosen Monologen aussetzte, in denen er wahllos von Thema zu Thema sprang. Mit seinen rosa Wangen wirkte er dabei fast wie ein Onkel vom Lande, den man aus Höflichkeit nicht in seiner Mitteilungsbegierde bremsen mochte. Macht, diese Erfahrung hatte Clarson schon bei seinen Begegnungen in der Londoner Gesellschaft gemacht, wirkte aus der Nähe betrachtet stets kleiner und trügerisch harmlos.

Die übrigen Männer lauschten routiniert den Ausführungen ihres Führers, zufrieden mit ihrer Rolle als Auditorium eines Egomanen. Auch Göring verhielt sich still und thronte verdrossen in seinem Sessel.

Eine Ordonnanz trat diskret an die einzelnen Gäste heran und erfragte Getränkewünsche. Clarson ließ sich aus einer Karaffe den schottischen Whisky des Hauses einschenken. Er vertraute darauf, dass Goebbels bei der Auswahl von Spirituosen über einen ebenbürtigen Geschmack verfügte wie bei der Einrichtung seiner Wohnräume.

»Ein Staat ohne entschlossene Führung«, Hitler, nun bei einem seiner Lieblingsthemen angelangt, machte eine wegwerfende Handbewegung, »ein Reich, das seine rassische Grundlage negiert, ist dem Untergang geweiht. Wir sehen es immer wieder in der Geschichte. Auch Britannien ist im Niedergang begriffen und die derzeitige Führung ist dabei, das Empire zu verspielen. Die indische Unabhängigkeitsbewegung ist bloß das Ergebnis der schleichenden Selbstaufgabe der britischen Herrenrasse und wäre vor einer Generation noch ganz unvorstellbar gewesen. Wie denken Sie darüber?« Sein Blick hatte sich auf Clarson geheftet.

»Nun, er hat durch seine Ausreise ja soeben ein klares Votum abgegeben«, ging Goebbels lächelnd dazwischen, wohl besorgt, Clarson könnte eine unpassende Antwort geben und dem Führer die Laune verderben.

Magda sekundierte: »Es herrschen so schlimme Zustände in England heutzutage. Und es gibt dort noch ganz viele Arbeitslose. Auch Henry hatte ja seine Anstellung verloren.«

»Das war eher einer Auseinandersetzung mit dem Vater geschuldet«, korrigierte Clarson, innerlich amüsiert über Magdas Schilderung.

Hitler nickte gemessen. »Machen Sie sich nichts daraus. Sie sind da in guter Gesellschaft. Beinahe alle großen Männer hatten Schwierigkeiten mit ihren Vätern. Denken Sie nur an Friedrich den Großen.«

»Wie war es bei Ihnen?«, fragte Ariane in unschuldigem Tonfall. »Hatten Sie ein gutes Verhältnis zu Ihrem Vater?«

Eine Pause entstand. Die allgemeine Anspannung war mit Händen zu greifen. Fragen nach des Führers familiärem Hintergrund war die Runde nicht gewohnt.

»Ich habe meinen Vater respektiert«, begann er ernst und verschränkte seine Arme, »doch seine Pläne für mich waren anders als die meinigen.« Er schaute einen langen Moment ins Leere, dann lachte er plötzlich auf: »Oh ja, Frau Clarson, auch ich hatte meinen Kampf zu führen. Mein Vater wollte mich zu einem habsburgischen Provinzbeamten machen.«

Er begann eine komisch buckelige Haltung einzunehmen, umfasste seine halbvolle Tasse wie einen Stempel und gab zur Erheiterung der Umsitzenden ein kurzes Schauspiel eines verspießerten Beamten in seiner Amtsstube. Er lachte schallend über seine eigene Darbietung und die absurde Idee, dass der zukünftige Führer des Großdeutschen Reiches in einem Zollamt hätte versauern können. »Meine Welt war ein ganz andere. Ich wollte Kunstmaler werden oder Baumeister. Und bin der Architekt eines neuen Deutschlands geworden.«

»Und haben damit die größte aller denkbaren Bauleistungen vollbracht«, warf Goebbels ein.

»Es steht ja kaum erst die Vorhalle«, entgegnete Hitler und schmunzelte selbstzufrieden. Er lehnte sich zurück in das weiche Polster und beäugte den neuen Gast. »Was war Ihr Jugendtraum, Herr Clarson?«

»Ich war noch keine zehn, als der Weltkrieg ausbrach und die Kampfflieger waren unsere großen Vorbilder.«

»Die Engländer sind starke Piloten«, meldete sich Göring zu Wort. »Gehören neben den Deutschen zu den Besten.« Der Schöpfer und

Oberbefehlshaber der Luftwaffe räkelte sich in eine aufrechte Sitzposition. Seine weiße Uniform betonte seine Körperfülle noch und es war nicht ganz leicht sich vorzustellen, dass dieser übergewichtige Mittvierziger im Weltkrieg ein erfolgreicher Flieger und Geschwaderkommandant gewesen war. »Wer war Ihr größter Held? Bishop? McCudden? Mick Mannock?«

»Herr Clarson hat in den Zwanzigerjahren selbst eine Ausbildung zum Kampfpiloten absolviert, nicht wahr?«, schnitt Goebbels die drohende Diskussion über Weltkriegsidole ab.

»Ich war ein paar Jahre bei der Air Force«, nickte Clarson. »Bis eine defekte Bristol-Bulldog mich fast den Hals gekostet hätte. Der Motor setzte aus, ich musste notlanden. Dabei gingen die Maschine und mein Bein zu Bruch.« Er klopfte zur Untermalung mit dem Stock gegen seinen linken Unterschenkel. »Und die Air Force-Laufbahn gleich mit.«

»Es freut mich jedenfalls, in Ihnen einen Kameraden der Lüfte kennenzulernen«, stellte Göring fest.

Mit einem gemurmelten Dank und einer Handbewegung hielt Clarson die Ordonnanz davon ab, ihm nachzuschenken. Er hatte damals nach seinem Absturz feststellen müssen, dass er in Bezug auf Alkohol über keinerlei natürliche Kontrollmechanismen verfügte. Es hatte eine Weile gedauert, bis er sich so etwas wie Leitplanken aufgebaut hatte und seither genoss er seinen Scotch nur noch mit dem Fuß auf der Bremse.

»Tut mir leid von Ihrem Fliegerpech zu hören«, zog Hitler das Gespräch wieder an sich, »doch ich bin neugierig, Ihr Urteil über die deutsche Luftwaffe zu hören.«

»Wenn man den Pressemeldungen Glauben schenken kann«, antwortete Clarson, »dann ist es eine Waffe von bisher ungekannter Zerstörungskraft.«

Hitler klatschte amüsiert in die Hände. »So ist es recht. Den Westmächten soll der Schreck in die Glieder fahren, wenn sie das Wort *Luftwaffe* nur hören.«

Clarson hob unwillkürlich für einen winzigen Moment die Augenbrauen an. Das war nicht das, was er gesagt hatte. Selbstgefällig in seinem Sessel lungernd und von Schmeichlern umschwärmt, schien der Diktator nur das zu hören, was er hören wollte. Zufrieden beugte Hitler sich zu seiner Teetasse vor, nahm einen kurzen Schluck und fuhr fort: »Die herausragenden Leistungen unserer Flieger im Spanieneinsatz haben viel für unseren Ruf als führende Militärmacht getan. Der

Name der Legion Condor wird auf ewig einen Platz auf dem Ehrenschild der Luftwaffe einnehmen.«

Ob er den Angriff auf das wehrlose Guernika im Sinn hatte, wenn er von *herausragenden Leistungen* sprach? Die Stadt war von deutschen Bomberstaffeln in Schutt und Asche gelegt worden, während Tiefflieger die fliehende Zivilbevölkerung beschossen hatten.

Erneut schaute Hitler zu Clarson hinüber.

»Die Welt kennt mich als großen Freund des englischen Volkes und Bewunderer seiner Leistungen. Sie sind das Brudervolk der Deutschen. Immer wieder habe ich betont, dass keine meiner Aktionen gegen das Empire gerichtet ist oder jemals sein wird. Doch auf dem Kontinent muss man mir freie Hand lassen. Ich habe den Eindruck, dass sich diese Einsicht nun endlich auch in London durchsetzt. Die englische Regierung hat heute jedenfalls eine sehr weise Entscheidung getroffen und die Franco-Regierung anerkannt. Es blieb ihr auch gar nichts anderes mehr übrig. Ich weiß, dass man in London hofft, dass die Zeit der Umwälzungen in Europa nun an ihrem Ende angelangt sei. Es könnte allerdings sein, dass ich die Gentlemen enttäuschen muss.« Wieder schmunzelte er. Dann stützte er seine Hände von den Armlehnen ab und sagte an Magda und Goebbels gerichtet: »Wollen wir unsere kleine Unterredung jetzt führen?«

Er entschuldigte sich und die drei verließen den Salon. Angesichts von Hitlers Engagement im Goebbels'schen Ehekrieg war nicht schwer zu erraten, worum es bei der Unterhaltung im Nebenraum gehen würde.

Für die zurückbleibenden Gäste schoben die Ordonnanzen einen Rollwagen mit Nachtbuffet in den Salon.

»Dann wollen wir mal sehen, was Frau Goebbels ihren Gästen anzubieten hat.«

Göring sprang mit einer für sein Körpergewicht überraschenden Gewandtheit aus seinem Sessel und marschierte zum Buffettisch. Die bereitstehende Ordonnanz ignorierend, begann er eigenhändig ein respektables Stück von einem gewürzten Rinderbraten zu säbeln.

»Sie sind also dem Niedergang des Empires entflohen?«, scherzte er in Richtung Clarson, der neben Göring stehend die deftige Hausmacherkost aus unterschiedlichen Fleischsorten und Kartoffelsalaten inspizierte, bevor er entschied, hungrig zu bleiben.

»Der Britische Löwe ist ein zähes Biest. Es wäre ein Fehler, ihn zu unterschätzen«, gab er Göring zur Antwort.

»Ja, das mag schon sein. Aber Sie haben doch die freie Wahl zwischen beiden Reichen. Der Führer mag Sie. Er entscheidet so etwas schnell und endgültig. Bei der Bewertung von Menschen verlässt er sich ganz auf seinen Instinkt – und behält immer Recht. Andernfalls hätte Sie der gute Goebbels wahrscheinlich schnell wieder nach London abgeschoben.«

Göring, der zuvor griesgrämig in seinem Sessel gehockt hatte, schien nun aufzublühen und wurde zu jenem jovialen Machtmenschen von brutaler Direktheit, den Clarson aus Zeitungen und Filmausschnitten kannte. »Wissen Sie«, sagte der Marschall in freundlichem Ton, »die gegenwärtigen Unstimmigkeiten in den Beziehungen unserer Länder sind ganz überflüssig. Ich wünsche mir nichts mehr als einen dauerhaften Frieden mit dem Empire.«

Ein junger Offizier in Luftwaffenuniform pflichtete bei: »Die englischen Flieger sind für uns Kameraden. Es wäre eine Tragödie, wenn wir wieder die Schwerter kreuzen müssten.«

»Was nicht heißt, dass wir nicht zum Kampf bereit wären«, fiel Göring ein. Er stützte die linke Faust in seiner massigen Hüfte ab und untersuchte ein Tablett, auf dem die zweite Ordonnanz Getränke anbot.

»Was sind Ihre Pläne für die Zukunft?«, fragte er Clarson, während er sich für ein großes Glas Bier entschied.

»Ich weiß nicht recht. Meine Frau würde gerne auf Dauer in Deutschland bleiben. Wir schauen uns erst einmal um«, log Clarson.

»Na hören Sie! Sie müssen doch wissen, was Sie wollen. Ihre Frau kann Ihnen diese Entscheidung nicht abnehmen. Vielleicht besorgt Ihnen Ihr Schwager ja was im Propagandaministerium? Nicht, dass ich Sie darum beneiden würde«, lachte Göring und wandte sich wieder dem Buffet zu.

Clarson schaute zu Ariane hinüber, die sich charmant lächelnd mit drei uniformierten Herren unterhielt. Wie stets bei gesellschaftlichen Anlässen machte ihr lebhaftes Wesen sie zu einem natürlichen Anziehungspunkt. Die Unterbrechung von Hitlers Vorträgen schien man allenthalben zu genießen.

Ein gedrungener Mann mit rundem Gesicht und Stiernacken, den Bauch in eine braune Parteiuniform gezwängt, kam auf ihn zu.

»Wie schlägt sich unser Freund Mosley?«, fragte er leutselig, während seine Augen Clarsons Mimik absuchten.

Oswald Mosley, der Anführer der British Union of Fashists, führte ein Schattendasein im politischen Leben der Insel. Seine Anhängerschaft, die sogenannten Blackshirts, zählte nur wenige Tausend.

»Er wird bei den nächsten Wahlen kaum eine Chance haben, ins Unterhaus einzuziehen«, antwortete Clarson.

»Ja, ich fürchte, es nicht einfach für ihn«, nickte der Mann. »Und wie geht es seiner reizenden Frau?«

»Ausgezeichnet«, antwortete Clarson, der jedwedem Kontakt mit den Mosleys aus dem Weg gegangen war.

»Ist sie denn wieder genesen?«

Clarson stutzte einen Augenblick. »Es tut mir leid zu hören, dass sie nicht wohlauf ist.«

»Sie wissen nichts von ihrer Krankheit? Die Mosleys sind doch eng mit der Familie Goebbels verbunden.«

Oswald und Diana Mosley hatten vor drei Jahren in Goebbels' Berliner Stadtvilla in Anwesenheit Hitlers geheiratet.

»Ich hatte lange nicht mehr das Vergnügen, selbst mit Mosley zu sprechen. Mein Vater indes ist ein guter Freund der Familie und hätte mir gewiss berichtet, wenn das Befinden der gnädigen Frau zu ernsthafter Sorge Anlass geben würde.«

Das war leider wahr. Sein alter Herr verkehrte regelmäßig mit Mosley und dessen politischen Kumpanen. Clarson hegte den unbequemen Verdacht, dass nur die Sorge, die Geschäfte könnten Schaden nehmen, seinen Vater davon abhielt, sich offen zur britischen Faschistenbewegung zu bekennen.

»Seltsam«, erwiderte sein Gegenüber, dessen Namen sich einzuprägen Clarson bei der Begrüßung versäumt hatte.

Die Tür zum Nebenraum öffnete sich und Hitler kehrte zurück. »Meine hochverehrten Damen, meine Herren«, nickte er in die Runde, »es ist Zeit für mich aufzubrechen.« An Ariane und Clarson gerichtet fügte er hinzu: »Es war eine sehr angenehme Unterhaltung.«

Im Hintergrund lächelte Goebbels zufrieden. Hitler verabschiedete sich mit einem umständlichen Handkuss bei den Damen und hob kurz die Hand zum Rest der Gruppe. Eilfertig trat Göring hinzu und machte Anstalten, seinen Führer zur Tür zu begleiten. Doch Hitler hielt inne, ergriff Görings Rechte mit beiden Händen und sagte im Ton falscher Fürsorglichkeit: »Sie wirken erschöpft, mein lieber Göring. Sie lasten sich zu viel auf. Sie sollten einmal ausspannen. Eine Kur würde Ihnen gut tun.«

Göring versuchte eine Entgegnung. »Mein Führer, ich –«

»Glauben Sie mir, es ist das Beste so. Fahren Sie in den Süden, wo es schon warm ist. Warum nicht Italien?«Hitler nickte als Zeichen, dass er keine Antwort erwartete. Er wandte sich wortlos um und verließ,

von den Goebbels' begleitet, den Salon. Göring blieb für ein paar lange Sekunden mit versteinerter Miene im Raum stehen. Dann winkte er den jungen Luftwaffenoffizier herbei und marschierte ohne jeden Abschied zum Ausgang.

6

Friedrich Weihnacht rannte keuchend die hölzernen Stufen des engen Seitentreppenhauses hinauf. Oben angelangt hielt er schwer atmend inne und lauschte. Sein Verfolger holte schnell auf, zwei, drei Stufen mit jedem Schritt nehmend. Weihnacht stieß sich vom Geländer ab, hetzte durch den leeren Korridor, riss die Tür zu seinem Dienstzimmer auf und erreichte das Telefon. Einen endlosen Moment lang antwortete niemand. Nach Atem ringend versuchte er mit der linken Handfläche das stechend rasende Herz zu beruhigen. Schließlich vernahm er eine freundliche Frauenstimme: »Vermittlung. Mit wem darf ich verbinden?«

Auf dem Gang hörte er die klackenden Geräusche rasch näher kommender Uniformstiefel. Er zögerte. Kein Mensch konnte ihm jetzt noch helfen. Da war niemand, den er warnen konnte, ohne ihn zu verraten und damit gleichsam das Todesurteil über ihn zu sprechen. Er ließ den Hörer fallen und eilte um den Schreibtisch.

Die Schritte vor der Tür wurden langsamer, bestimmter. Sein Verfolger war nicht mehr in Eile. Er wusste sein Opfer in der Falle.

Weihnacht riss die unterste der drei Schreibtischschubladen heraus und warf sie mitsamt dem darin befindlichen Holzkästchen hinter sich. Das Kästchen aus lackiertem Walnussholz schlug lautstark auf dem Boden auf und gab dunkle argentinische Zigarillos frei, die sich rollend über den Teppich verteilten. Vor dem Schreibtisch kniend, suchte seine Hand ihren Weg in die untere Ecke hinter dem Schubladenfach. Mit den Fingerspitzen konnte er die Waffe ertasten. Er streckte seinen Arm tiefer in das Versteck und bekam den Lauf zu fassen. Eilig zog er die Pistole raus, entsicherte und lud durch.

»Oho, Herr General, ein später Anflug von Heldenmut?« Der Offizier stand über ihm und zielte mit einer Luger-Dienstpistole auf Weihnachts Kopf. Auf dem unteren Teil des linken Ärmels seiner Uniform war eine Raute aufgenäht, die die Buchstaben *SD* trug. Die Stiefel waren auf Hochglanz poliert und der jedem Angehörigen der SS verliehene Dolch baumelte von einer kurzen Kette seitlich am breiten Koppel. Weihnacht, immer noch außer Atem, schaute zu ihm hoch. Der Obersturmführer besaß ungewöhnlich attraktive, jungenhafte Gesichtszüge, ragte annähernd zwei Meter hoch und war unverkennbar mit dem Körperbau eines Zuchtbullen gesegnet. Er konnte nicht älter als Anfang zwanzig sein. Das kurz geschorene, blonde Haar war unter

der Offiziersmützekaum auszumachen. Die Mundwinkel hatte er in einem Ausdruck von Distanz und Verachtung zu dem spitz zulaufenden Kinn heruntergezogen. Er musste einer der vielen jungen Geheimdienstoffiziere sein, die ihre Aufträge erledigten, ohne menschliche Regungen oder anderweitige Schwächen zu zeigen, in dem Wissen, dass Härte und Skrupellosigkeit sie in diesem neuen Deutschland rasch nach oben katapultieren würden.

Die Waffe im Schoß haltend, kauerte Weihnacht mit schweißnasser Stirn auf dem Boden und rührte sich nicht. Langsam normalisierte sich sein Atem. Das Stechen in der Brust verschwand so übergangslos, wie es gekommen war.

Der SD-Mann fixierte ihn mit ungewöhnlich blassen, teilnahmslos wirkenden Augen. »Nun, Herr General?« Mit dem Zeigefinger der linken Hand schob der Obersturmführer die Schirmmütze mit silbernem Totenkopfemblem aus dem Gesicht und beobachtete den erschöpft schnaufenden Weihnacht, wartend.

»Unser altersschwacher Kriegsheld erwägt Widerstand zu leisten«, zischte er, als zwei weitere schwarz uniformierte Männer abgehetzt in das Büro gelaufen kamen.

Weihnacht hörte nicht hin. Er hatte seinen Entschluss gefasst. Langsam drehte er die Waffe in seiner Hand, senkte den Kopf und drückte ab. Die Kugel durchschlug seinen Oberkiefer und trat am Hinterkopf mit einer kleinen Blutfontäne wieder aus. Augenblicklich sackte der Körper leblos zusammen.

Die beiden Neuankömmlinge zuckten kurz erschrocken. Der Obersturmführer blieb ohne Regung. Er hob den herabhängenden Telefonhörer auf und legte ihn auf die Gabel, um ihn sofort wieder abzunehmen.

»Verbinden Sie mich mit dem Büro des Chefs der Sicherheitspolizei, Reinhard Heydrich persönlich bitte.«

»Wen darf ich melden?«

»Obersturmführer Struttner. Der Gruppenführer erwartet meinen Anruf.«

Nach einer kurzen Weile meldete sich eine Stimme.

»Struttner?«

»Jawohl, Herr Gruppenführer.«

»Ist mein Auftrag erledigt?«

»Melde gehorsamst, General Weihnacht hat sich soeben selbst gerichtet und so der Verhaftung entzogen.«

7

Andere nahmen zu, wenn sie die dreißig überschritten hatten. Er schien hagerer zu werden. Clarson seufzte und schloss den Knopf seines Cutaway.

Die britische Botschaft hatte die leitenden Mitarbeiter des Propagandaministeriums und deren Gattinnen für den heutigen Freitag zu einem Afternoon Tea eingeladen, einem der traditionellen Mittel der britischen Diplomatie. Goebbels, dem Ambitionen auf das Außenministerium nachgesagt wurden, hatte sein Erscheinen zugesagt. Derartige Gelegenheiten griff er stets begierig auf, da er sie außerdem als Bestätigung ansehen konnte, dass man ihn im Ausland nach wie vor als wesentliche Figur des Regimes wahrnahm. Auch Ariane und Henry Clarsons Namen fanden sich auf der Gästeliste. Das Foreign Office hatte offenkundig von Goebbels' neuen Verwandtschaftsbeziehungen Notiz genommen und setzte sie gleich im Interesse der deutsch-britischen Beziehungen ein.

Clarson hinkte durch das Schlafzimmer der Hotelsuite, die seit fast zwei Wochen seine neue Heimstätte war. Am Kleiderschrank angekommen, stellte er sich vor den in das dunkle Holz der Mitteltür eingelassenen, ovalen Spiegel.

Der Cutaway bedeutete Aussicht auf ausgedehnten Überdruss in Gegenwart von Menschen, mit denen man, vor die Wahl gestellt, niemals seine Zeit verbracht hätte. Als Heranwachsender war er auf zahllose Hausfeste geschleppt worden, die seine Herkunft und mehr noch das Geschäftsinteresse seines Vaters mit sich gebracht hatten. Höhepunkt waren dabei stets die unvermeidlichen kulturellen Darbietungen gewesen, wenn die Tochter des Gastgebers ein Piano malträtierte oder – noch arger – wenn Poesie aus der Feder einer der anwesenden Damen verlesen wurde. Früh hatte er gelernt, den Besuch solcher Veranstaltungen zu meiden oder, sofern er unumgänglich war, galant abzukürzen.

Allein die Gegenwart von Ariane machte Empfänge halbwegs erträglich. Sie brillierte mit unbekümmerter Leichtigkeit im belanglosen Meinungsaustausch mit Unbekannten und sogenannten Freunden, was es ihm erlaubte, lächelnd danebenzustehen, während er nach dem nächsten Scotch Ausschau hielt.

Vor zwei Jahren war sie auf einer der üblichen Gesellschaftspartys wie ein blonder Wirbelwind über ihn gekommen, als er in ein Glas

vertieft abseits auf einer Terrasse gestanden hatte. Sie hatte in ihm eine besondere Herausforderung für die Anziehungskraft ihres Charmes gesehen und er hatte nach wenigen Augenblicken die Waffen gestreckt.

Seither waren sie unzertrennlich und obwohl Ariane der Überzeugung war, dass Ehelosigkeit die adäquate Antwort auf den Status der verheirateten Frau in der englischen Gesellschaft war, hatte sie im vergangenen Frühjahr, als er ihr inmitten des Wochenmarktes von Covent Garden einen Antrag gemacht hatte, zu seiner großen Erleichterung unter Tränen eingewilligt.

Er hoffte, dass die heutige Einladung eine Ausnahme von der Regel sein würde. Zumindest versprach sie eine gute Gelegenheit zu sein, mit dem widerlichen Goebbels um der Sache willen in engeren Kontakt zu treten.

Konzentriert arbeitete Clarson an der mit Sorgfalt gebundenen Fliege, bis beide Flügel exakt ebenmäßig und waagrecht auf dem gestärkten Kragen auflagen. Mit den Fingerspitzen zupfte er ein einzelnes graues Haar von seiner Schläfe und grinste sich an. Durch die Tür hörte er Ariane und Magda im Nebenzimmer streiten.

Goebbels hatte sie in einer großzügigen Geste in der Gneisenau-Suite des Hotel Adlon untergebracht. Auf diese Weise vermied er es, die ungeliebte Schwägerin unter dem eigenen Dach zu haben. Die Rechnung ließ er vom NSDAP-Gau Berlin begleichen, den er im Nebenberuf leitete.

Obwohl die Nazi-Führungsriege das Hotel Kaiserhof gegenüber der Reichskanzlei bevorzugte, galt das Adlon nach wie vor als erstes Haus der Stadt. Angehörige des Hochadels, Wirtschaftskapitäne und Filmstars der UFA gehörten zu den regelmäßigen Gästen. Wohlhabende amerikanische Touristen dagegen, vor 1933 gern und viel gesehen, machten kaum noch hier Station. Ihren Platz hatten illustre Figuren aus den Randbezirken der Naziprominenz eingenommen: Hitlers Lieblingsbildhauer, die Mätresse des Schatzmeisters der Partei und die englische Schwägerin des Propagandaministers.

Seine Lage erschien ihm immer noch unwirklich und seine Zweifel an Sinn und Zweck des ganzen Abenteuers hatten längst die Oberhand gewonnen. Während Europa dabei war, durch die deutschen Drohungen gegen den tschechoslowakischen Nachbarn in die nächste Krise stürzen, hatte Clarson die letzten beiden Wochen mit Stadtrundfahrten und Theaterbesuchen vertan. Unterdessen veranstaltete Magda mit Ariane endlose Einkaufsbummel, auf denen sie in den Boutiquen Ber-

lins wie königliche Prinzessinnen hofiert wurden. Es würde viel Zeit kosten, Goebbels' Abneigung gegen den ungewollten Zuwachs seiner Familie in ein Vertrauensverhältnis umzuwandeln, und Clarson hatte entschieden, dass penetrante Anbiederung ein ungeeignetes Mittel war, diesen Prozess abzukürzen.

Einen anständigen Poloklub ausfindig zu machen, hatte sich indes in dieser Stadt als ein unmögliches Unterfangen erwiesen. Nach seiner Bruchlandung in einem mittelenglischen Rübenfeld hatte es ihn eine Unzahl schweißgebadeter Nachmittage gekostet, das Unmögliche möglich zu machen und auch mit einem unbeweglichen Knie eine Stütze des St. Albans Gentlemen's and Polo Clubs zu bleiben. Er hatte feststellen müssen, dass Hakenkreuze und Hitlerporträts in diesem Land zur üblichen Innenausstattung der Klubhäuser gehörten. Sein Bedauern über den Misserfolg seiner Suche war entsprechend eng begrenzt geblieben.

Er ließ sich auf dem Sofa nieder, das Bein auf einem kleinen Palisanderholzschemel abgelegt, und band sich die Schuhe in einer umständlichen Prozedur, zu der ihn das steife Knie zwang.

Der Streit der beiden Schwestern wurde lauter.

»Ich kann es nicht glauben«, Ariane hat sich in eine ihrer Stimmungen geredet. »Ich kann es einfach nicht glauben.«

»Ich muss an die Kinder denken und an die Zukunft«, hörte er Magdas kühle Stimme durch die Tür. »Es ist das Beste für alle so.«

»Nach allem, was er dir angetan hat?«

»Joseph ist ein fürsorglicher Vater und auch ein guter Ehemann, zumeist jedenfalls. Er hat versprochen, dass das Geschehene für immer der Vergangenheit angehört. Der Führer hat einen Ehevertrag vermittelt, der alles regelt. Außerdem bezeugt der Führer den Vertrag und Joseph würde niemals einem Wort, dass er dem Führer gegeben hat, zuwiderhandeln.«

»Und was ist mit den Juden, denen man die Fenster einwirft und die Synagogen abgebrannt hat?«

»Nationalsozialismus und Juden sind nun einmal Feinde«, erklärte Magda trocken.

Er hörte Ariane mit dem Fuß aufstampfen, wie sie es zu tun pflegte, wann immer sich die Welt um sie herum nicht nach ihren Vorstellungen richten wollte. »Wie kannst du so kaltherzig sein?«

»Du verstehst die Zusammenhänge nicht und siehst alles durch deine englisch-liberale Brille«, fuhr die große Schwester fort. »Die Welt

funktioniert nun mal anders, als man es sich euren vornehmen Londoner Teehäusern ausmalt. Warte, du wirst schnell einsehen, welch großes Glück es für uns bedeutet, in diesen historischen Zeiten zu leben. Ihr beide könnt euch hier eine herrliche, sorgenfreie Existenz aufbauen. Joseph kann Henry helfen, sich in Berlin zu etablieren. Und du solltest dich auf deine Aufgaben als Frau besinnen.«

»Du bist unausstehlich geworden«, fauchte Ariane. »Hast du alles vergessen, was der Papa uns gelehrt hat?«

Clarson trat aus dem Schlafzimmer. Er musste den Streit unterbrechen, bevor Ariane dauerhaften Schaden anrichtete.

Magda kam ihm zuvor: »Nun ist genug geredet. Lasst uns runtergehen. Joseph wird uns jeden Moment abholen.«

»Wir kommen nach«, zischte Ariane, »Lust auf den dummen Empfang habe ich jetzt sowieso nicht mehr.«

»Das war überflüssig«, kommentierte Clarson, als er mit Ariane zum Hotellift ging. Er vermied jedes offene Wort in der Suite. Für den SD oder einen von Goebbels beauftragten Schnüffler musste es ein Leichtes sein, dort verborgene Mikrofone zu installieren.

»Magda soll dieses Scheusal verlassen«, sagte Ariane trotzig.

»Das wird nicht passieren.«

»Denkst du etwa, du wirst etwas erreichen?« Ariane wurde lauter, als es ratsam war. »Großartige Dinge erfahren, wenn wir ab und zu mal bei den Goebbels zum Tee eingeladen sind?«

Clarson entgegnete nichts. Es gab keine überzeugende Antwort auf diese Frage. Sollte der Streit der Schwestern eskalieren, war auf engeren Kontakt zu Goebbels jedenfalls nicht zu hoffen.

Ein gedämpfter Glockenton erklang und die Aufzugstüren öffneten sich.

»Erdgeschoss?«, fragte der Liftboy.

Das Adlon, zu Beginn des Jahrhunderts erbaut, um den Luxushotels der Metropolen von London und Paris die Stirn zu bieten, und von Kaiser Wilhelm persönlich eingeweiht, war eine der ersten Adressen Europas. Erlesene Wandteppiche und Deckenmalereien im Stil des Barock auf gewölbten Stuckdecken, die auf quadratischen Säulen ruhten, ließen die Lobby mehr einem Schloss als einem Hotel gleichen. Hinter dem breiten Marmortresen der Rezeption stand stets mindestens ein halbes Dutzend Angestellter bereit, um den Gästen die Wünsche von den Augen abzulesen. Clarson und Ariane als Bewohner

einer der Suiten im obersten Stockwerk wurden von ihnen wie Halbgötter behandelt.

An den Rändern der ausgedehnten Eingangshalle befanden sich eine Bar mit vertäfelten Wänden aus Kirschbaumholz und ein Café, in dem großblättrige Zimmerpalmen in enormen Porzellantöpfen einzelne Sitzgruppen abgrenzten. Wer sich von den patrizischen Getränkepreisen nicht schrecken ließ, fand hier vorzügliche Gelegenheit, seine Zeit mit Sehen und Gesehen werden zu vertun.

Ein eben eingetroffenes, französisch sprechendes Paar hätte an einem anderen Tag Anlass für gewisses Getuschel geboten. Das Gesicht der Dame war kaum auszumachen unter einem überdimensionalen, mondänen Hut, den man so vermutlich nur in Paris erstehen konnte, während ihr Begleiter einen grau-weiß gestreiften Anzug trug und dazu helle Lederschuhe, wie man es von Angehörigen einer amerikanischen Mafia vermuten würde.

Die Aufmerksamkeit der Umgebung war jedoch im Augenblick vollständig auf die Mitte der Lobby gerichtet, wo Magda zusehends ungeduldiger wurde. Die Limousine ihres Mannes war bereits vorgefahren. Sie hatte eine freundliche Miene aufgesetzt, ignorierte den eilfertig seine Dienste anbietenden Hoteldirektor und genoss die neugierigen Blicke.

Als Clarson vom Aufzug kommend die Bar gegenüber der Rezeption passierte, rief ihm eine vertraute Stimme zu: »Hey Mister Goebbels, schick sehen Sie aus.«

Patrick Jenner, Journalist der CBS, war zu jeder Tageszeit in der Adlon-Bar anzutreffen. Die Berichterstattung über die Internationale Automobilausstellung, für die er aus New York angereist war, lastete ihn in keiner Weise aus. Stets auf der Suche nach Trinkkumpanen, war er in der letzten Woche zweimal in Clarson fündig geworden. Er bestand zu seiner eigenen Erheiterung darauf, ihn mit *Mister Goebbels* anzusprechen. Clarson hatte den Widerstand dagegen aufgegeben. Jenner war gesellig und der Einzige, der ihm offen und unbefangen gegenübertrat. Ausländische Journalisten, die sich gerne in der Adlon-Bar trafen und ihr ein angenehmes internationales Flair gaben, begegneten Clarson mit Zurückhaltung. Fiel es doch in die Zuständigkeit des Schwagers seiner Frau, unliebsamen Pressevertretern die Akkreditierung zu entziehen.

»Wollte mich verabschieden«, rief Jenner zu ihm hinüber, ohne sich vom Tresen zu rühren.

Früher mochte er einmal der Star des Footballteams seines Colleges gewesen sein. Inzwischen ging er sparsamer mit körperlicher Betätigung um. Zwei Jahrzehnte regelmäßigen Alkoholkonsums hatten die Physis seiner Jugendtage fast zur Gänze unkenntlich gemacht. Sein vorrangiges Bestreben bestand darin, sich stets in Reichweite des nächsten Drinks aufzuhalten und mit ironischem Blick seine Umgebung zu beäugen.

Clarson entschuldigte sich kurz und ließ eine missvergnügte Magda mit Ariane in der Halle stehen. Den Ellenbogen aufgestützt, hockte Jenner alleine an der Theke. Die Bar hatte an diesem Nachmittag nur wenige Gäste angelockt. An den Rundtischen saßen zwei Pärchen und in der hinteren Ecke des Tresens stand ein einzelner Mann im Trenchcoat bei einem Weißwein.

»Die IAA ist zu Ende. Morgen verlasse ich Berlin.« Jenner schaute zu dem Mann am Ende der Theke, der sich abgewandt hatte und in eine Lederkladde schrieb. »Sehr viel werde ich hier kaum verpassen. Sie waren jedenfalls ein unterhaltsamer Lichtblick in dieser Stadt, Mister Goebbels.«

Durch die riesige Drehtür am Hoteleingang trat der echte Goebbels in Begleitung von Oberscharführer Kraneck ein und zog sofort alle Augen in der Lobby auf sich.

»Gute Heimreise«, wandte sich Clarson wieder Jenner zu. »Sagen Sie New York einen Gruß von mir.«

»Melden Sie sich, wenn es Sie wieder mal dahin verschlägt. Ich kann Ihnen dort ein paar Bars zeigen, die in Europa ihresgleichen suchen.«

Augenscheinlich wartete sein Schwager nicht gerne. Anders als Magda, die auffordernd zu ihm hinüberstarrte, würdigte Goebbels ihn keines Blickes. Er hatte stattdessen Kraneck losgeschickt, der mit seinen langen Beinen in die Bar geeilt kam.

»Der Herr Minister wartet«, zwang sich der SS-Mann zu höflicher Verbindlichkeit, während seine Miene demonstratives Missfallen signalisierte.

»Familienpflichten«, zuckte Clarson mit den Schultern und schüttelte Jenner die Hand zum Abschied. Er bedauerte, seinen einzigen privaten Kontakt in Berlin zu verlieren.

Die ausgezeichnete Lage des Adlon mitten im Herzen der Hauptstadt machte es möglich, die meisten Regierungsgebäude und Sehenswürdigkeiten bequem zu Fuß zu erreichen. Das Hotel überschaute den Pariser Platz, in den von Süden her die Wilhelmstraße mündete, wo

sich die Reichskanzlei und die wesentlichen Ministerien aneinander reihten. Die Britische Botschaft stand in unmittelbarer Nachbarschaft des Adlon am Kopf der Wilhelmstraße. Goebbels schien selbst die kurze Wegstrecke ums Eck als eine Belastung zu empfinden. Er vermied tunlichst alle Fußwege, die für ihn eine unfreiwillige Zurschaustellung seines Klumpfußes waren. Die verkrampften Bemühungen des vorauseilenden Goebbels um einen ebenmäßigen, geraden Tritt ließen Clarson innerlich schmunzeln. Der komische Eindruck wurde noch verstärkt durch die Erscheinung des langen Kraneck, der halb neben, halb hinter dem Minister her marschierte und sich, wenn immer sein Meister das Wort an ihn richtete, zu diesem wie zu einem Kind hinunterbeugte.

Nach Osten hin ging der Platz in Berlins berühmte Flaniermeile Unter den Linden über, die, ihres traditionellen Reizes beraubt, einen traurigen Anblick bot. Heerscharen von Reichsarbeitsdienstmännern hatten in den vergangenen Tagen einen Gutteil ihrer Bäume gefällt und ihre verzweigten Wurzeln aus dem Boden gerissen. Pünktlich zu den Feierlichkeiten von Hitlers fünfzigstem Geburtstag im nächsten Monat würde stattdessen eine Allee von Obelisken aufgerichtet werden, auf deren Spitzen abwechselnd das Hakenkreuz und der Reichsadler thronten. An diesen steinernen Symbolen neu erstandener deutscher Herrlichkeit sollten dann stundenlang Wehrmachtseinheiten im preußischen Stechschritt wie Roboter in einem Fritz-Lang-Film vorbei marschieren, unterbrochen nur von Panzerkolonnen, deren Dröhnen den Zuschauern in den Ohren schmerzen musste.

Der Duft des frisch geschnittenen Holzes, das ordentlich zersägt und bereit für den Abtransport am Straßenrand lag, rief Clarson eine Erinnerung aus einer anderen Welt ins Gedächtnis. In der Familienmanufaktur hatte das gleiche Aroma Werkstätten wie Büros durchzogen. Vor nicht allzu langer Zeit hatte er seine Tage noch damit verschwendet, über Entwurfskizzen und Geschäftsplänen zu brüten. Er war unschlüssig, ob seine derzeitige Tätigkeit einen sinnvolleren Einsatz von Lebenszeit darstellte.

Die Stadt wurde wie häufig im Übergang zum Frühjahr von einem eisigen Wind geplagt und der Platz war praktisch menschenleer. Wenn man nach Westen schaute, konnte man jenseits des Brandenburger Tors die Kroll-Oper am Königsplatz erspähen, in der seit 1933 die seltenen Sitzungen des Reichstags stattfanden. Dem deutschen Parlament war als einzige Aufgabe das Bejubeln der Hitler'schen Tiraden geblieben

unter die Decke mit Büchern angefüllt, die den Raum mit dem modrigen Aroma alter Ledereinbände erfüllten. In der Mitte befanden sich schwarz lackierte Holztische, auf denen kleine beige Glasschirmlampen einzelne Arbeitsplätze markierten. Wardley stand mit dem Rücken zum Fenster gegenüber der Tür. Auf diese Weise konnte er den Eingang zur Bibliothek im Blick behalten und jeden, der sich näherte, frühzeitig bemerken. Er war schätzungsweise Anfang fünfzig, hatte das verbliebene Haar altmodisch akkurat toupiert und zog ein bedeutungsschwangeres Gesicht, als widere ihn der Geschmack der eigenen Zigarette an. Den eintretenden Clarson taxierte er eine Weile, ohne etwas zu sagen. Clarson entschied abzuwarten, bis sein Gegenüber sich durchrang, das Wort zu ergreifen.

»Wie gefällt Ihnen Ihr Empfang?«, gab Wardley endlich halb flüsternd von sich. Er öffnete ein silbernes Etui und offerierte Clarson eine seiner rhodesischen Zigaretten.

»Mein Empfang?«, erwiderte Clarson, die angebotene Zigarette ausschlagend.

»Sie sind die Hauptfigur hier. Ohne Sie würde das Ganze gar nicht stattfinden.«

»Ich verstehe nicht.«

»Die deutsche Geheimpolizei überwacht den Kundenverkehr zur Botschaft und wird vermutlich auch jeden, der Sie im Adlon besucht, registrieren. Die unauffälligste Lösung war es, einen Empfang zu organisieren. Es war nur eine kleine Anregung nötig, Ashfield ist gleich auf die Idee angesprungen. Er verkehrt gerne mit den Nazigrößen. Die Tatsache, dass Botschafter Henderson sich gerade in London einer Krebsoperation unterzieht, hat es ihm ermöglicht, noch kurz vor der Verabschiedung in den Ruhestand eine bedeutende diplomatische Vertretung zu leiten. Es ist die Krönung seiner Laufbahn und für einen walisischen Bauernsohn in der Tat eine ziemlich erstaunliche Leistung. Jedenfalls habe ich Sie lediglich noch als wandelnde Musterbeispiele deutsch-englischer Verständigung auf die Einladungsliste setzen müssen.«

Seine Ahnung hatte ihn nicht getäuscht. Wardley war der angekündigte Kontaktmann. Der Einzige, der außer Ariane und seinem Auftraggeber über den wahren Charakter seines Aufenthaltes orientiert war.

»Es erscheint mir ein deutlich überzogener Aufwand, bloß um mit mir in Verbindung zu treten.«

»Nein, nein, eine solche Veranstaltung erfüllt durchaus mehr als einen Zweck«, erwiderte Wardley schmunzelnd. Sein Blick verriet,

dass er noch dabei war, sich ein Urteil über Clarson zu bilden. »Man bekommt ein besseres Gefühl dafür, was sich hinter den Kulissen abspielt. Wie die Stimmung in der Nazi-Führung ist, jetzt wo sie die wehrlose Tschechoslowakei schlucken wollen, zu deren Beistand sich unsere Regierung verpflichtet hat. Außerdem ärgert es Außenminister von Ribbentrop, wenn wir Kontakt mit Goebbels pflegen.« Wardley wandte sich einem Messingaschenbecher auf einem der Tische zu und drückte seine halb aufgerauchte Zigarette aus. »Wir haben nicht viel Zeit. Sie müssen zurück zum Empfang, bevor Ihr Fehlen jemandem auffällt. Es ist eine Situation eingetreten, in der ich Ihre Mitarbeit benötige.«

»Worum handelt es sich?«

Wardley überging die Frage. »Kommen Sie morgen Abend um neun Uhr in die Tivoli-Bar in der Storchengasse. Nehmen Sie ein Taxi bis zur Kreuzberger Straße. Gehen Sie den Rest zu Fuß. Die Storchengasse ist von dort aus gleich um die Ecke. Versichern Sie sich, dass Ihnen niemand folgt. Sprechen Sie zu keinem Menschen darüber. Man kann niemandem in dieser Stadt trauen, jeder kann ein Nazi-Spion sein.«

Clarson nahm sich einen Augenblick Zeit, um die Information innerlich abzuspeichern.

»Ich verlasse mich auf Sie«, fügte Wardley so leise flüsternd hinzu, dass Clarson ihn kaum noch verstehen konnte. »Das Schicksal ganz Europas steht auf dem Spiel.«

9

Clarson bereute es, sich für den vierunddreißiger Châteaux Lafite entschieden zu haben. Es war ohne Zweifel der beste Wein, den das Haus anzubieten hatte, doch sein mildes Bouquet war dem würzigen Geschmack des hervorragenden Steaks nicht gewachsen. Die Qualität der Küche hatte ihn überrascht. Sie bot mehr, als die Straße und das bäuerliche Interieur hatten hoffen lassen. Umso befremdlicher war es, dass das Restaurant selbst an einem Samstagabend kaum Gäste begrüßen konnte. Das einzig irritierende Element bildete ein fettleibiger Herr am Nebentisch, der den Rest seines Weins mit einer dicken Zigarre genoss. Das Aroma eines guten Glases mit beißendem Rauch am Gaumen zu verderben, war unglücklicherweise eine verbreitete Unkultur, die für Clarson an Vulgarität grenzte.

Ariane war bester Abenteurerlaune und grinste verschmitzt, als sei das Ganze ein Lausbubenstreich. Auffordernd prostete sie ihm zu. »Du musst jetzt gehen.«

Er war dem Ratschlag seiner Frau gefolgt und ließ äußerste, vielleicht übertriebene Vorsicht walten. Sie hatten das Hotel gemeinsam wie zu einem harmlosen Spaziergang verlassen. Den langen Weg hatten sie zu Fuß zurückgelegt und dabei immer wieder überprüft, ob ihnen jemand folgte. In der Kreuzberger Straße waren Sie in eines der Restaurants eingekehrt und hatten an einem der Seitentische Platz genommen. Er würde Ariane nun für ein paar Minuten alleine lassen, um Wardley in der Bar um die nächste Straßenecke zu treffen.

Die dunkle Seitengasse war menschenleer. Allein die Lichter einer einzelnen Gaststätte zeugten von Leben. Erst an deren Eingang erkannte Clarson seinen Irrtum. *Zum goldenen Ross* stand in geschwungenen Lettern an der Hauswand. Wo war die Tivoli-Bar?

Er ging die Sackgasse bis ans Ende ab. Fassaden vierstöckiger Wohnblocks, von denen der Putz bröckelte, eine Werkstatt für *Reparaturen aller Art*, ein Zigarettengeschäft, fast alle Fenster verriegelt. Kein Anzeichen für eine Bar. Clarson machte sich auf den Weg zurück zur Straßenecke, um sich zu vergewissern, dass er in der Storchengasse war. Als er einen kleinen Hof zwischen zwei Häuserblocks passierte, hörte er gedämpfte Geräusche. Geräusche von einer Art, wie er sie als letztes inmitten Nazi-Deutschlands erwartet hätte. Es gab keinen

Zweifel, da spielte jemand eine Aufnahme des *Tiger Rag* von Louis Armstrong.

Er inspizierte den dunklen, muffig riechenden Hof. Die Musik drang aus einem Raum hinter einer einfachen Holztür in der gegenüberliegenden Ecke. Über dem Eingang hing ein unbeleuchtetes Emailschild, das im fahlen Mondlicht kaum auszumachen war: *Tivoli-Bar*. Als er die Tür öffnete, fühlte er sich in einen Vorort von London versetzt. Das kleine Gasthaus bestand aus einem einzigen Raum, der mit ungefähr hundert Besuchern gut gefüllt war. Die Innenausstattung, soweit man davon sprechen konnte, schien angelsächsischen Stil nachahmen zu wollen. Auf einem halb vergilbten Plakat am Ende des Raumes posierte eine Jazzband und die langen vertikalen Zapfhebel hinter der Theke hatten vermutlich bereits in einem Pub auf den britischen Inseln Dienst getan.

Die Mehrzahl der Besucher konnte kaum zwanzig Jahre alt sein und pflegte einen völlig anderen Kleidungsstil, als man ihn von den Straßen Berlins gewohnt war. Er konnte keine der sonst allgegenwärtigen Uniformen ausmachen. Stattdessen überwogen zu weit geschnittene helle Jacketts und breite Hosen mit Schlag. Dazu trugen viele der Gäste das mit Zuckerwasser nach hinten gekämmte Haar ein Stück länger, als es die Norm zuließ. Sie standen in Kleingruppen herum, Regenschirme und Shag-Pfeifen wie Ehrenzeichen tragend, und wippten mit den Füßen im Takt des Big-Band-Swing, der aus einem auf dem Tresen abgestellten Grammofon dröhnte. Bei den Frauen waren lange Zigarettenspitzen das modische Muss der Stunde. In der Mitte des in gedämpftes Licht getauchten Raumes tanzten ein Dutzend Paare in betont lässiger Haltung mit hängenden Schultern und halb gebeugten Knien.

Wardley hob erleichtert den Arm, als er Clarson in der Tür sah. Er hockte in einem dicken grauen Mantel an einem kleinen Tisch neben dem Hinterausgang. Seine Krawatte saß schief, der Kragenknopf darunter war offen geblieben.

Ein blondes Mädchen in einem kaum knielangen Kleid brachte, eine Zigarette achtlos zwischen die Finger geklemmt, Getränke zu den Gästen. Wardley bestellte zwei der Weiße genannten Berliner Biere, während Clarson ein Taschentuch, von denen er stets mehrere mit sich führte, hervorzog, um den Tisch vom gröbsten Schmutz zu reinigen. Er war kein Biertrinker, doch das schien Wardley nicht weiter zu interessieren. Der Attaché verfügte nicht über jenes einnehmende Wesen, das man von einem Diplomaten gemeinhin erwartete.

»Ich hatte Sie mir anders vorgestellt«, begann Wardley, »militärischer.« Er lehnte sich zurück, bis über dem offenen Kragenknopf ein Doppelkinn erschien, und bedachte Clarson mit einem Blick wie ein Vorarbeiter, dem ein schwindsüchtiger Tunichtgut zugeteilt wurde.

Der Geräuschpegel der Bar stellte sicher, dass ihr Gespräch nicht belauscht werden konnte. Mittels einer übergroßen Abtastnadel an die Grenzen seiner Belastbarkeit gebracht, verzerrte das alte Grammofon den Klang der Musik beinahe bis zur Unkenntlichkeit.

Die Tivoli-Bar war der unwahrscheinlichste Ort, den man sich in Berlin vorstellen konnte. In dem Land, das seine jüdischen Mitbürger systematisch verfolgte und jeden künstlerischen Beitrag von Juden aus der Öffentlichkeit verbannt hatte, ertönte in einem Gasthaus die Musik Benny Goodmans. Den jiddischen Refrain seines Gute-Laune-Swings *Bey mir bist du scheyn* sangen die Anwesenden so lauthals mit, dass das Grammofon gänzlich übertönt wurde.

Clarson musste schmunzeln. Eine seltsame Gegenkultur zum alles umfassenden System von Disziplin und Unterordnung hatte sich in diesem heruntergekommenen Hinterhof der Hauptstadt etabliert. Der Schwager seiner Frau hätte beim Anblick dieser Szene zweifellos Gift und Galle gespuckt.

»Das macht der Stock. Gibt mir eine zivile Erscheinung«, erwiderte er Wardleys Bemerkung. »Sie haben einen extravaganten Ort für unsere Zusammenkunft gewählt.«

»Die Lokalität ist ideal. Kein Mensch interessiert sich hier für zwei Männer, die an einem Tisch ein Bier trinken. Außerdem entspricht er einer Grundregel geheimdienstlicher Tätigkeit.«

»Die wäre?«, Clarson musterte sein Gegenüber mit hochgezogenen Brauen. Der Handelsattaché hielt ihn offenkundig für einen ahnungslosen Amateur, der sich in Dinge einmischte, die man besser den Profis von Geheimdienst und Diplomatischem Korps überließ.

»Jedwede Geheimhaltungsmaßnahme«, dozierte Wardley mit halblauter Stimme, »das Wechseln eines Taxis oder das einmal zu häufige Umschauen an einer Straßenecke sollte durch eine glaubhafte Story gedeckt sein. Diese Bar operiert am Rande der Legalität und ein Gast hat allen Grund, seinen Besuch diskret zu behandeln. Sollte Ihnen also trotz Ihrer Bemühungen jemand gefolgt sein, so finden Ihre Beschatter in diesem Etablissement eine akzeptable Erklärung für Ihr konspiratives Verhalten. Außerdem würde mir ein typischer Verfolger in dieser Umgebung gleich auffallen.« Er schaute unruhig in die Runde, während er sich

eine Zigarette zwischen die Lippen schob. »Diese Swing-Jugendlichen mit ihrer Vorliebe für alles Britische und Amerikanische sind ein ziemlich verrückter Haufen, aber so ziemlich die angenehmsten Zeitgenossen, die sie in diesem gottverdammten Land antreffen werden.« Er holte ein goldfarbenes Benzinfeuerzeug aus der Tasche und brachte seine Zigarette zum Brennen, den Raum weiter hektisch mit den Augenwinkeln absuchend. »Als Diplomat akkreditiert in einer Diktatur, habe ich mich daran gewöhnt, wie ein Spion zu handeln, wenn ich meine inoffiziellen Kontakte pflege. Sie sind jung, Clarson, und wie es scheint ganz mutig, doch Sie sind kein Profi. Ein falsches Wort am falschen Ort und …«

»Ich weiß sehr wohl, was mir in einem solchen Fall drohen würde.«

»Und vergessen Sie Ihre Frau nicht. Auch sie ist Teil der ganzen Affäre. Daran wird auch die schützende Hand der Lady Goebbels nichts ändern können.«

Clarson nickte. Wardley erzählte ihm nichts Neues.

»Verstehe ich richtig, dass niemand weder in England noch in Deutschland über den eigentlichen Grund Ihrer Anwesenheit in Berlin im Bilde ist?«, setzte der Diplomat fort.

»Ja, abgesehen von meiner Frau natürlich.«

»Das muss unter allen Umständen so bleiben. Ich habe Sie hergebeten, weil ich Ihre Hilfe benötige. Hören Sie gut zu, ich mache es kurz. Ich stehe außerhalb meiner Rolle als Handelsattaché in Geheimgesprächen mit führenden deutschen Stellen. Sie müssen bald möglichst nach England reisen, am besten gleich morgen, um *ihn* darüber in Kenntnis setzen. Erfinden Sie irgendeinen familiären Grund, der Ihre plötzliche Abreise erklärt. Ihre Frau bleibt in Berlin. Wir wollen so wenig Aufmerksamkeit wie möglich erregen. Am besten weihen Sie sie in diesen Teil Ihrer Mission gar nicht erst ein.«

Das Treffen begann sich anders zu gestalten, als Clarson es erwartet hatte. Mit einer Attitüde der Selbstverständlichkeit teilte Wardley ihm eine neue Rolle zu.

»War das nicht umgekehrt geplant?«, gab er zurück. »Sollten nicht Sie als Nachrichtenkurier fungieren, während ich den naiven Schwager spiele und Informationen beschaffe?«

»Hören Sie, Spionage ist kein Wunschkonzert. Sie werden tun müssen, was in der gegebenen Situation notwendig ist.« Wardley gab sich keine Mühe, seine Geringschätzung für einen Mann zu verbergen, der aus der Zufälligkeit verwandtschaftlicher Beziehungen heraus in seiner Branche dilettierte.

»Warum benötigen Sie dazu meine Hilfe? Die Botschaft muss doch wohl über ein sicheres Kommunikationssystem verfügen.«

Das rauchende Mädchen kehrte zurück und brachte das Bier mit seinen hohen Schaumkronen. Wardley gab ein Trinkgeld und nahm einen kräftigen Schluck, ohne auf Clarson zu warten.

»Ich kann niemandem mehr trauen«, fuhr er flüsternd fort. »Ich werde seit einiger Zeit rund um die Uhr observiert. Vor ein paar Tagen hat man sich sogar Zugang zu meiner Wohnung verschafft und meine sämtlichen Unterlagen durchwühlt.« Er räusperte sich, erneut seine Umgebung kontrollierend. »Irgendjemand hat den SD auf meine Spur gebracht. Keiner meiner üblichen Kommunikationskanäle ist unter diesen Umständen noch sicher. Es ist ein ausgesprochenes Glück, dass Sie zur Verfügung stehen.«

»Ich kann Ihnen nicht folgen. Welchen Gegenstand haben Ihre geheimen Unterredungen? Was kann so bedeutend sein, dass das *Schicksal ganz Europas* davon abhängt, wie Sie es gestern auszudrücken pflegten?«

Wardley schob seine Schulter eng an Clarson heran.

»Trotz aller Begeisterung für ihren Führer glauben einige in seiner Umgebung, dass er beginnt, das Maß zu verlieren und damit alles Erreichte zu gefährden.«

»Und das soll bedeuten?«

»Hitler hält die Westmächte für schwach und feige. Er glaubt, Europa nach seinen Vorstellungen neu aufteilen zu können, ohne dass jemand wagen wird, sich ihm entgegen zu stellen. Der Sieg, den die spanischen Faschisten und ihre deutschen und italienischen Helfershelfer eben errungen haben, ist ihm dafür neuer Beleg. Doch seine Offiziere bezweifeln, dass Deutschland trotz der massiven Aufrüstung der letzten Jahre einem Krieg mit England und Frankreich gewachsen wäre. Auch das Volk hat noch die Nase voll vom letzten Mal. Es gibt eine Gruppe von Männern, die verhindern will, dass Hitler in seiner Hybris das frisch erblühte Großdeutsche Reich wieder zerstört. Diese Gruppe wird angeführt von Leuten aus dem inneren Zirkel der Macht.«

»Eine Revolte gegen Hitler? Das ist unvorstellbar. Er ist ein Abgott für die Deutschen.«

»Ja, weil er seine Erfolge ohne Blutvergießen errungen hat. Sollte es damit vorbei sein, wird sich das Blatt augenblicklich wenden. Die hohen Herren haben sich gerade schön in ihrem neuen Reich eingerichtet. Vor allem die stolzen preußischen Offiziere wollen nicht alles

aufs Spiel setzen, nur weil ihr Führer einem halsbrecherischen Größenwahn erlegen ist.«

»Mein Güte, wenn das wahr ist «

»Die Zeit drängt. Die brodelnde Krise um die Tschechoslowakei ist vermutlich die letzte Gelegenheit zu einem solchen Coup. Die Zahl derer, die bereit sind, sich ihrem Führer entgegenzustellen, wird mit jedem seiner Erfolge kleiner.«

Clarson runzelte die Stirn. Die Dinge, die sein Landsmann mit leuchtenden Augen berichtete, schienen einfach zu unglaublich. »Und welche Rolle spielen Sie dabei?«

»Tun Sie genau, was ich Ihnen sage, und nichts anderes. Sprechen Sie mit niemandem darüber. Man hat Ihnen hoffentlich gesagt, dass internationale Telefon- und Telegrafenleitungen abgehört werden können. Seien Sie in England so sehr auf der Hut wie hier in Berlin. Und versuchen Sie keine eigenständigen Aktionen.«

»Sie haben meine Frage nicht beantwortet.«

Wardley nickte. »Die Verschwörung benötigt Unterstützung aus London. Ich betrachte es als meine Aufgabe, diese sicherzustellen. Die Regierung Seiner Majestät muss so rasch wie irgend möglich und absolut vertraulich über die Vorgänge in Kenntnis gesetzt werden. Niemand eignet sich dafür besser als Ihr Auftraggeber.« Wardley führte seinen Mund unmittelbar an Clarsons Ohr heran. »Sie werden nicht glauben, wer hinter dem ganzen Unternehmen steht.«

Er hielt inne, um sich erneut umzuschauen. Offenbar war es ein Name, den man nicht leichtfertig aussprach. Im gleichen Moment begannen die Gespräche in der Bar zu verstummen. Am Eingang schien ein Tumult zu entstehen. Ein halbes Dutzend angetrunkener Männer in SA-Uniform kam mit Schlagstöcken bewaffnet breitbeinig in die Bar stolziert.

»Sittenkontrolle!«, rief einer, der sich als Anführer der Gruppe gebärdete, lachend. »Alle Mann an der Wand aufstellen!«

Das Grammofon verstummte, ein paar der Mädchen schrien auf und der Pulk der Gäste eilte zum Hinterausgang. Es handelte sich offenkundig nicht um eine Polizeirazzia von Amts wegen, sondern um einen Haufen gelangweilter SA-Männer, denen der Jazzklub ein Dorn im Auge war und die sich nach einem Bier zu viel als Ordnungsmacht aufspielten. Entsprechend war der Hinterausgang nicht blockiert und versprach Rettung vor den Schikanen der alten Naziprügelgarde. Wardley hatte sich erhoben, wurde von der herausdrängenden Menge an

Clarson herangedrückt und musste sich mit beiden Händen von dessen Brust abstützen. Clarson, ebenfalls aufgestanden, wich zurück, bemüht, mithilfe seines Stockes das Gleichgewicht zu halten und gleichzeitig seines Hutes habhaft zu werden. Wardley grinste, halb amüsiert durch das Gedränge, halb das eigene Unbehagen überspielend. Sein Diplomatenstatus würde ihn vor Unannehmlichkeiten größeren Ausmaßes bewahren. Die Atmosphäre mutete Clarson nahezu heiter an und ganz unpassend angesichts dessen, was dann geschah.

Aus dem Getümmel blitzte eine Klinge unterhalb von Wardleys Kopf auf und war sogleich wieder verschwunden. Sie hinterließ einen roten Strich auf seinem Hals, der sich erst auszudehnen schien, dann aufplatzte und einen Schwall dunkelroten Blutes herausquellen ließ. Für einen Moment verharrte Wardley in einem gurgelnden Stöhnen, dann kippte er tonlos auf Clarsons Brust. Clarson fasste ihn, versuchte ihn zu halten, zu verstehen, was vor sich ging, doch der schwere, übergewichtige Körper begann ihm zu entgleiten. Er packte fester zu, sah das Messer in Wardleys Rücken und versuchte instinktiv, es herauszuziehen. Noch ehe er es recht zu fassen bekam, rutschte der leblose Körper an ihm entlang ab und schlug mit Brust und Kopf auf dem Boden auf.

Das gellende Schreien einer weiblichen Stimme ließ die Umstehenden eine Schrecksekunde lang auf das Messer zwischen Wardleys Schulterblättern starren, bevor sie umso entschlossener dem rettenden Hinterausgang entgegenstürmten. Die SA-Männer, jetzt um die eigene Sicherheit besorgt, begannen wahllos einige der Gäste aus dem Weg zu schubsen. Ihr Anführer befreite hektisch seine Walther-Pistole aus einem Gurthalfter und schrie: »Keiner rührt sich vom Fleck!«, ohne ernsthaft den Versuch zu machen, die Fliehenden aufzuhalten. Er begnügte sich damit, diejenigen, die zu weit entfernt gestanden hatten, um es noch rechtzeitig zum Hinterausgang zu schaffen, unter Kontrolle zu halten. Die Verbliebenen wichen langsam zurück, ihre Blicke dabei gebannt auf Clarson gerichtet, der Brust und Hände blutverschmiert, mit Entsetzen im Gesicht regungslos im Raum stand. Zu seinen Füßen lag der tote Wardley in einer sich rasch ausbreiteten Blutlache.

10

»Wir haben nun allerdings eine Aufrüstung vollzogen, wie die Welt sie noch nicht gesehen hat. Seit meinem Einzug in die Reichskanzlei habe ich *ein* Ziel vor Augen gehabt, nämlich dem Reich den Lebensraum und die Rohstoffquellen zu sichern, von denen die Wohlfahrt des deutschen Volkes für die kommenden Generationen abhängt. Es ist mein unumstößlicher Entschluss, diese mir von der Vorsehung übertragene Aufgabe noch in diesem Jahr mit eiserner Härte in Angriff zu nehmen.«

Auf Hitlers Stirn standen kleine Schweißperlen. Er hatte sich warm geredet und seine bebende Stimme füllte den Saal, der den missverständlichen Namen *Arbeitszimmer des Führers* trug. Der fünfzehn Meter breite und fast doppelt so lange Raum der unlängst fertiggestellten Neuen Reichskanzlei war ein reiner Repräsentationssaal. Zehn Meter hohe Wände aus rotbraunem Marmor wurden von einer Kassettendecke aus Palisander gekrönt. In einer der Ecken verlor sich ein mit Intarsien verzierter Schreibtisch und in der Mitte der Fensterfront war ein vier Meter langes Kartenpult aus Marmor aufgestellt. Die Initialen AH über den hohen Doppeltüren kündeten vom Hausherrn und Begründer des Dritten Reiches. Ein riesiger Teppich, der den gesamten Fußboden bedeckte, wirkte als einziges Element der Kälte des Saales entgegen.

Andächtig den Worten ihres Führers lauschend, hatte sich eine Gruppe von knapp dreißig Männern im Halbkreis am Kartentisch versammelt: Generäle aller Waffengattungen, hohe Partei- und SS-Funktionäre, dazu eine Handvoll Rüstungsindustrielle in Zivil.

»Sechs lange Jahre rastloser Aufbauarbeit haben uns nunmehr in die Lage versetzt, das Tor zu einer neuen Zeit aufzustoßen. Ich habe daher den Befehl gegeben, innerhalb nicht zu langer Frist die Tschechoslowakei militärisch zu besetzen.« Hitler schwieg einen Augenblick, um seinen Worten Zeit zu geben, ihre Wirkung zu entfalten. »Niemand wird es wagen, sich uns in den Weg zu stellen«, setzte er gestikulierend nach. »Polen wird bald folgen. Schon allein diese Entfaltung unserer Macht wird den gesamten Balkan gefügig machen. Wir werden dann uneingeschränkt über deren enorme landwirtschaftliche Quellen und Petroleum-Schätze verfügen können. Dies alles soll innerhalb eines Jahres von heute an vollbracht sein. Deutschland wird dann ein für allemal mit seinem Erbfeind Frankreich abrechnen.« Wieder machte er kleine Pause, um dann lauthals in den Raum zu schreien: »Dieses

Land wird von der Karte Europas verschwinden!« Er holte Atem und fuhr mit kalt entschlossenem Tonfall fort: »England ist ein altes Land, geschwächt durch Demokratie und Parlamentarismus. Es wird uns, sobald wir unsere Herrschaft über den Kontinent errichtet haben, wie eine reife Frucht in den Schoß fallen. Und auch mit den Dollar-Juden der Vereinigten Staaten werden wir eines Tages abrechnen. Heute können die Amerikaner unser Volk noch beleidigen, aber der Tag wird kommen, da wir jedes Wort, das sie gegen uns zu sprechen wagen, in ihren Rachen zurückstoßen werden.«

Hitler setzte sich erschöpft auf einen bereitstehenden Polsterstuhl. Niemals zuvor hatte er derart offen zu einem größeren Kreis gesprochen.

Alles verharrte einen Augenblick lang gebannt, als fülle der Widerhall von Hitlers Worten den Saal noch aus. Goebbels war der erste, der die Stille unterbrach: »Heil, mein Führer!«, schrie er, kurz den Arm zum Hitlergruß hochreißend, und begann stürmisch zu applaudieren. Die übrigen NS-Funktionäre stimmten ein und auch die Industriellen begannen heftig nickend in die Hände zu klatschen. Gemäß der preußisch-militärischen Etikette enthielten sich die Wehrmachtsoffiziere jeglicher Beifallsbekundungen. Die Äußerungen des Staatsoberhauptes und Oberbefehlshabers waren für sie Befehle, die sie nicht zu kommentieren hatten. Doch Generalstabschef Halder konnte in keinem der Gesichter seiner Kameraden eine Regung ausmachen, die die Vermutung zugelassen hätte, dass sein Entsetzen geteilt wurde.

Nachdem er ein paar Schweißtropfen, die an seiner Schläfe herunterliefen, mit einem weißen Taschentuch entfernt hatte, erhob sich Hitler wieder und begann die Reihe der Anwesenden abzuschreiten. In einer ausgedehnten Prozedur schüttelte er jedem Einzelnen mit festem Druck die Hand. Dabei schaute er seinem jeweiligen Gegenüber drei, vier lange Sekunden tief in die Augen – wie ein mystischer König, der seine Gralsritter zur Gefolgschaft verpflichtete. Alle waren sie angetreten, die Paladine des neuen Reiches: fanatische Nazis, raffgierige Wirtschaftsbarone und zu allem bereite Offiziere. Allein Göring fehlte.

11

Er rieb sich frierend die blanken Schultern, um seinen Körper etwas zu wärmen. Clarson kauerte nackt in kompletter Dunkelheit auf einem kleinen Holzschemel, dem einzigen Möbelstück einer winzigen, fensterlosen Einzelzelle. Seine Kleidung war ihm mitsamt der Unterwäsche abgenommen worden, *als Beweismittel sichergestellt*, wie man behauptet hatte. Irgendeinen Ersatz hatte man ihm nicht angeboten. Völlig entblößt hatte er mit einem Gefühl entwürdigender Ohnmacht inmitten des Polizeibüros gestanden. Nach der Abnahme der Fingerabdrücke hatte man ihn, die Kuppen noch blau von der Tinte, ins Untergeschoss geführt und in dieses feuchtkalte, nach Exkrementen stinkende Verließ gestoßen.

Für die Polizei war der Fall klar. Er war der Täter und brauchte keinerlei Rücksichten zu erwarten. Seine erste Begegnung mit dem nationalsozialistischen Justizsystem ließ nichts Gutes für die Zukunft ahnen. Dabei brauchte es gar keinen voreingenommenen Richter, der die Wahrheit nach Gutdünken umgestaltete. Alle Indizien sprachen objektiv gegen ihn. Eine der Besucherinnen der Bar hatte gegenüber der eingetroffenen Polizei zu Protokoll gegeben, sie habe beobachtet, wie Clarson seinem Gegenüber das Messer in den Rücken gestoßen hätte. Als ob seine Lage nicht schwierig genug gewesen wäre, auch ohne dass die Fantasie einem angetrunkenen Mädchen einen Streich gespielt hatte.

Er stand auf, um seine Gedanken zu sortieren. Sein Bein schmerzte beim Auftreten, doch im Sitzen konnte er nicht klar denken. Wardley, der anderen gerne Vorträge über geheimdienstliche Konspiration gehalten hatte, musste selbst einen tödlichen Fehler begangen haben. Auch was er in der Bar erzählt hatte, machte keinen rechten Sinn. Wenn der Nazigeheimdienst wirklich hinter einen geplanten Coup zum Sturz Hitlers gekommen war, warum wurden die Verschwörer, wer immer sie waren, nicht einfach hochgenommen und öffentlich hingerichtet? Und welche Rolle war der britischen Regierung zugedacht in diesem Spiel?

Wie immer die Dinge lagen, zunächst einmal musste er die eigene Haut retten. Auf Hilfe von außen war dabei kaum zu hoffen. Goebbels würde ihn vermutlich wie eine heiße Kartoffel fallen lassen, sobald er vernahm, dass er in einen Mordfall verwickelt war. Auch Churchill hatte ihn gewarnt, dass er völlig auf sich alleine gestellt bleiben werde,

falls er den Auftrag annehmen sollte. Fröstelnd durch die Dunkelheit der Zelle hinkend, konnte er nicht mehr recht verstehen, warum Letzteres für ihn von Beginn an außer Frage gestanden hatte. Er hatte seine Entscheidung in dem Moment getroffen, als Churchill im Hinterzimmer des Carlton Club seinen Plan offenbart hatte.

Am Tag nach ihrer Trauung hatte ein Laufbursche ihnen ein mysteriöses Schreiben mit einer Einladung in einen exklusiven Londoner Klub überreicht. Ariane und er hatten an eine verspätete Hochzeitsüberraschung geglaubt.

Von einem wissend dreinschauenden Clubsteward waren sie in den hinteren Teil des Gebäudes aus dem frühen achtzehnten Jahrhundert geführt worden, in die sogenannten Private Rooms, die den Senior Members vorbehalten blieben. Gäste waren dort im Grunde nicht zugelassen und schon gar keine Damen. Inmitten muffig riechender, abgewetzter Polsterstühle – die Einrichtung des Raumes musste in den zwei Jahrhunderten seines Bestehens unverändert geblieben sein – hatte sie zu Clarsons unbändiger Überraschung ein Zigarre paffender Winston Churchill begrüßt.

Der ehemalige Kabinettsminister war ein Sonderling der politischen Szene des Königreiches. Als Hinterbänkler der Regierungspartei hatte ihm sein Dauerclinch mit Premierminister Chamberlain den Zugang zu politischen Ämtern verschlossen. Vom politischen Gegner und den eigenen Parteifreunden als Panikmacher lächerlich gemacht, war er ein unermüdlicher Mahner vor der wachsenden Bedrohung durch Hitlers Reich und Wortführer all jener, die eine entschlossenere Haltung gegenüber dem deutschen Diktator forderten.

Mit seiner leicht gebückten Haltung und der in Falten gelegten Stirn wäre er noch um einiges älter erschienen, als er tatsächlich war, hätten nicht zwei lebhafte Augen den gegenteiligen Eindruck erweckt. Seine Miene hatte tiefen Ernst ausgedrückt, darunter jedoch hatte man das schelmische Grinsen eines Lausbuben ahnen können.

»Wie geht es Ihrem Vater?«, war seine Eingangsfrage gewesen, schwer atmend mit tiefer Stimme hervorgebracht.

Clarson hatte mit den Schultern gezuckt. »Wir vermeiden Konversation. Der alte Herr ist zäh.« Es stellte nicht unerhebliche Anforderungen an seine Selbstkontrolle, ruhig über den Vater zu sprechen.

»Ihr Wiedereinstieg in das Familienunternehmen war sehr nobel und hat Sie zweifellos Überwindung gekostet.« Der ehemalige Erste Lord der Admiralität hatte sich offenbar kundig gemacht. Auf der Kante

eines unbequemen alten Holzstuhls hockend, hatten seine hellwachen Augen jede von Clarsons Bewegungen und Gesten begierig registriert.

»Es war in der Tat keine leichte Entscheidung.« Noch dazu eine, die er schnell bereut hatte.

»Nun«, hatte Churchill fortgefahren, die Zigarre mit seiner klobigen Hand in einem schweren Marmoraschenbecher ablegend, »ich habe in meinem Leben die Erfahrung gemacht, dass der leichte Weg zumeist der falsche ist.«

»Mag wohl sein, doch das bedeutet nicht, dass der schwierige Weg notwendigerweise der richtige ist.«

»Natürlich nicht. Und der junge Baron ist ja auch noch da, um sich zu kümmern.«

»Mister Churchill, verstehen Sie mich nicht falsch, es ist mir eine ausgesprochene Freude, Sie persönlich kennenzulernen, und ich bin sicher, meine Frau empfindet ebenso, doch Sie werden meine Neugier verzeihen: Warum haben sie uns hergebeten?«

»Weil unser Land einer Bedrohung gegenübersteht, die größer ist, als es das Deutschland des Kaisers je war, gefährlicher als die Armeen Napoleons und potentiell übermächtiger als die spanische Armada zu ihrer Zeit.« Clarson hatte erst Ariane dann Churchill fragend angeschaut.

»Mister Churchill, was können wir für Sie tun?«

»Ich möchte, dass Sie beide nach Berlin gehen«, war er daraufhin mit der Tür ins Haus gefallen. »Gewinnen Sie Goebbels' Vertrauen und berichten Sie mir über alles, was Sie erfahren, auch wenn es nur Stimmungen sind. Hitler überrumpelt uns jetzt seit mehr als einem halben Jahrzehnt mit seinen Vertragsbrüchen und führt unsere Regierung mit seinem angeblichen Friedenswillen an der Nase herum. Und der Secret Service ist blinder als ein Maulwurf und weiß von nichts.«

Churchill war berüchtigt dafür, seine eigenen inoffiziellen Informationsquellen zu akquirieren, und mehr als einmal hatte er die Regierung vor den im Unterhaus versammelten Abgeordneten mit der Kenntnis vertraulicher Informationen aus den Londoner Ministerien düpiert. Doch jemanden in Hitlers Reich zu entsenden, um einen der führenden Nazis auszuhorchen, war ein völlig anderes Spiel und selbst für den alten Haudegen ein verwegenes Unternehmen.

»Ich weiß, welch großes Maß an Mut und Entschlossenheit dies von Ihnen beiden verlangt. Doch Ihre verwandtschaftlichen Beziehungen sind ein wahres Gottesgeschenk in dieser Situation. Wir müssen besser

über die Vorgänge im Reich informiert sein. Wie stark ist Nazideutschland wirklich? Was sind seine Pläne und Absichten?«

Ariane war sofort Feuer und Flamme gewesen. Das Einzige, was ihr zum perfekten Glück noch fehlte, war die geliebte Halbschwester von ihrem unerträglichen Ehegatten loszueisen. Natürlich hatte sie gehofft, innerhalb kurzer Zeit gemeinsam mit Magda nach London zurückzukehren. Und natürlich war dies von Anfang an eine Illusion gewesen. Magda war viel zu verliebt in ihr Leben als erste Dame des Reiches, um einen solchen Schritt auch nur zu erwägen.

Auch Clarson hatte in Churchills Ansinnen von Beginn an bloß das reizvolle Abenteuer gesehen. Nun kam ihm sein Handeln naiv und eitel vor. »Wie um Himmels willen stellen Sie sich den Ablauf eines solchen Unternehmens vor?«, hatte er gleichwohl entgegnet.

»Wir verschieben unsere Hochzeitsreise und ziehen ganz offiziell nach Berlin«, war Ariane Churchill zuvorgekommen. »Magda drängt sowieso immer, dass wir übersiedeln sollen.«

Sie hatten ausgedehnte Flitterwochen geplant und beabsichtigten, mit einem der neuen Flugboote Ägypten und Kenia zu bereisen, um anschließend mit dem Schiff nach Indien überzusetzen, wo sich für Clarson die Gelegenheit ergeben hätte, alte Geschäftskontakte zu pflegen und ein paar neue zu gewinnen.

»Und hier alle Zelte abbrechen?«, stutzte Clarson. »Du willst Teapartys und Ladies' Dinners drangeben für irgendein halsbrecherisches Unterfangen, von dem du erst vor zwei Minuten erfahren hast und dessen Erfolg mehr als fragwürdig ist?«

»Ein Möbelgeschäft ist keine Lebensaufgabe für einen erstklassigen Offizier Seiner Majestät«, hatte Churchill mit einem abfälligen Grunzen die Antwort übernommen.

»Meine Air-Force-Zeit ist lange vorbei.«

»Ach was, Sie könnten heute noch dabei sein. Ich kenne doch Ihre Akte. Es liegt ja eine Kopie davon auf meinem Nachttisch. Wenn Sie bloß nicht so dickköpfig gewesen wären und nach ihrer Bruchlandung die angebotene Stabslaufbahn angetreten hätten.«

»Das ist alles Jahre her und hat, mit Verlaub gesagt, nichts damit zu tun, dass Sie von mir und meiner Frau erwarten, als Ihre persönlichen Geheimagenten in einem Land zu agieren, das enttarnten Spionen ein ausgesprochen geringes Maß an Nachsicht entgegenbringt.«

»Bloß für ein paar Wochen, dann werden wir sehen«, hatte Churchill zu verhandeln begonnen. Natürlich hatte er in Wahrheit ein

langfristiges Engagement im Sinn gehabt. Es war offenkundig, dass es Monate dauern würde, sich Goebbels' Vertrauen zu erarbeiten, falls es überhaupt gelingen konnte.

»Wir werden niemals in direkter Verbindung stehen«, war Churchill schließlich zur Erläuterung der Details übergegangen. »Ein Mann meines Vertrauens wird Sie kontaktieren und von Zeit zu Zeit ihren Bericht einholen. Versuchen Sie niemals, von sich aus Kontakt aufzunehmen. Diese Mission darf nie, auch später nicht, ans Licht der Öffentlichkeit kommen. Es mag sein, dass der Secret Service in Berlin versuchen wird, sich ebenfalls Ihrer Dienste zu versichern. Gehen Sie auf keinen Fall darauf ein. Es würde nur Ihr Risiko erhöhen, enttarnt zu werden. Sollte Ihre Deckung jemals auffliegen, wird es keine Rettung für Sie geben. Ich würde Sie verleugnen müssen. Dies ist kein Regierungsauftrag; ich bin bloß ein Privatmann. Was Sie tun, tun Sie in eigener Verantwortung für König und Vaterland.«

Beim Abschied hatte Churchill ihm seine tonnenschwere Hand auf die Schulter gelegt und den für ihn typischen pathetischen Ton mit langgezogenen Vokalen angeschlagen, den man nur ihm und keinem anderen abnahm: »Die bewaffnete Auseinandersetzung zwischen der freien Welt und dem Naziimperium ist unausweichlich und viele der besten Söhne unseres Landes werden ihr Leben geben müssen, um diese Insel zu verteidigen. *Sie* können dazu beizutragen, dass unser Land vorbereitet sein wird.«

Danach war alles sehr rasch gegangen. Sie hatten Churchill am nächsten Tag ihre Bereitschaft erklärt, die Mission anzunehmen, und einen Zeitplan besprochen. Freunden und Verwandten hatten sie allesamt die gleiche Geschichte von einem neuen Leben in Deutschland vorgegaukelt. Das war das Schwerste gewesen. Im Klub hatten Sie ihn wie einen Aussätzigen angestarrt, dessen Hand je geschüttelt zu haben man bedauerte.

Der Gestank der Zelle war unausstehlich und ließ Clarson hustend gegen aufsteigende Würgereflexe ankämpfen. Da es keine Toilette gab, hatten seine Vorgänger in ihrer Not eine der Ecken wählen müssen. Seine Kehle war bereits wund und die Mundhöhle klebrig vor Trockenheit. Der Ausflug in die Salons der Naziführung gestaltete sich dezidiert anders, als er es sich auf seinen Winterspaziergängen in Hertfordshire ausgemalt hatte.

12

Es war kurz nach Mitternacht und Walther Traube hatte sich schlafen gelegt. Kurz vor Ende seines Spätdienstes hatte die Nachtstreife ein Mordopfer mitsamt blutverschmiertem Tatverdächtigen vor dem Revier abgeladen. Das bedeutete, dass ihm nur wenige Stunden Nachtruhe vergönnt sein würden und sein Wochenende aller Voraussicht nach komplett ruiniert war.

Das Verhör hatte er auf vier Uhr morgens angesetzt. Er mochte seine Methode. Keinem der frisch Inhaftierten gelang es je, Schlaf zu finden, während sie in der feuchten Arrestzelle schmorten. Das bange Warten und die wachsende Müdigkeit kochten den Verdächtigen gewöhnlich weich genug, um die lästige Vernehmungsprozedur erträglich zu halten. Er mochte es nicht, wenn geschlagen wurde. Es war ihm zuwider, auf dem Flur die Schreie zu vernehmen, wenn Kollegen ihre Regimetreue bewiesen oder schlicht ihren Frust herausprügelten. Sein Verfahren war allemal effektiv genug, um den leicht aufkommenden Vorwurf der Dienstaufsicht zu vermeiden, dass seinen Verhörmethoden die nötige Schärfe fehle.

Das Klingeln des Telefons neben dem Bett ließ ihn auffahren. Er tastete nach der Nachttischlampe, setzte seine Brille auf und griff zum Hörer. Seine Frau seufzte, verfluchte den Beruf ihres Mannes und zog die Bettdecke über den Kopf, um weiterzuschlafen. »Ja, bitte?«, gähnte er in die Sprechmuschel.

»Es gibt eine neue Entwicklung im Fall des Messermordes in der Tivoli-Bar, Herr Hauptsturmführer!«

Kommissar Traube war ein Aufsteiger. Der Einfluss der Sozialdemokratie hatte ihm, dem Sohn eines Industriearbeiters, den Wechsel vom einfachen Ordnungspolizisten zum Ermittlungsbeamten der Kriminalpolizei ermöglicht. Seine SPD-Mitgliedschaft hatte ihn dann 1933 um ein Haar seinen Posten gekostet. Lediglich die Protektion seines damaligen Vorgesetzten hatte ihn aus den Fängen der SA gerettet, die in den Tagen nach der Machtübernahme in Horden Jagd auf echte und vermeintliche Gegner des neuen Regimes gemacht hatte. Traube hatte sich in den neuen Verhältnissen eingerichtet und war gar zum Anhänger Hitlers geworden, als dieser im Jahr darauf die aufmüpfig werdende SA-Führung hatte erschießen lassen.

Pünktlich zum fünfundzwanzigsten Dienstjubiläum in der vergangenen Woche hatte man seinem Antrag stattgegeben und ihn im Ehrenrang

eines Hauptsturmführers in die SS aufgenommen. Die meisten seiner Kollegen hatten diese Formalie, die allen Kriminalkommissaren von der Dienstleitung nahegelegt wurde und in der Behörde zunehmend an Bedeutung gewann, lange vor ihm erledigt. Junge Nachwuchskräfte, die im Zuge des Ausbaus der Berliner Polizei unter der nationalsozialistischen Regierung die Ämter füllten, grüßten dienstbeflissen mit dem neuen Titel.

»Was soll es denn da für eine neue Entwicklung geben? Ich habe den Verdächtigen ja noch gar nicht verhört«, gab Traube genervt zurück.

»Das Opfer ist identifiziert, Herr Hauptsturmführer.«

»Kann das nicht warten? Ich bin in ein paar Stunden im Amt.«

»Es ist ein Ausländer. Und nicht nur das. Er ist ein Angehöriger der britischen Botschaft. Hatte einen Diplomatenpass dabei.«

Jetzt war Traube hellwach. »Was? Verdammte Schweinerei! Warum hat man das nicht früher herausgefunden?«

»Die Erstuntersuchung war wohl etwas schlampig, vielleicht weil alles blutverschmiert war. Der Leichenbeschauer hat den Pass dann gefunden, Herr Hauptsturmführer.«

»Bringen Sie den Täter in den Verhörraum, ich bin sofort da. Und nennen Sie mich Kommissar!«

Er rammte den Hörer auf die Gabel. Von Amts wegen war seine Behörde verpflichtet, in Fällen, in denen ausländische Vertretungen involviert waren, die Gestapo einzuschalten. Wenn jetzt Stunden nach der Festnahme noch kein Verhörprotokoll vorlag, konnten ihm unangenehme Fragen gestellt werden.

Der schwere gusseiserne Riegel schleifte quietschend über die Halterung, ein Schlüssel wurde gedreht und der diensthabende Wachtmeister trat ein. Er brachte ein Paar abgetragene Hosen und eine dünne Jacke. »Ziehen Sie das an und folgen Sie mir.«

Clarson kniff die Augen zusammen, um sich an das vom Korridor her eindringende Licht zu gewöhnen.

»Kann ich meinen Stock haben?«, fragte er, nachdem er sich bekleidet hatte.

Die Hose war viel zu weit und ohne Gürtel, er musste sie von Hand in Position halten.

»Sie können ganz gut ohne Krücke laufen, Gentleman«, gab der Wachmann zurück.

Er packte Clarson am Jackenkragen im Nacken und zerrte ihn den Korridor entlang. Clarson gelang es nur mit Mühe, Schritt zu halten, ohne

das linke Bein zu sehr zu belasten. Über eine quälend lange Treppe ins Erdgeschoss geführt, fand er sich in einem kahlen Verhörraum wieder. Er ließ sich keuchend auf einem der vier Stühle nieder und legte sein Bein unter dem großen quadratischen Holztisch in der Mitte des Zimmers ab. Gegenüber an der hellgrün getünchten Wand hing ein gerahmtes Porträt von Heinrich Himmler, Reichsführer-SS und Chef der deutschen Polizei. Mit seiner harmlosen, gutmütig wirkenden Miene ähnelte er eher einem Dorfschullehrer in der Uniform der Hilfsfeuerwehr als dem allmächtigen Befehlshaber sämtlicher Sicherheitskräfte des Reiches.

In seinem Bein breitete sich ein zitternder Schmerz aus, seine Augen, müde und von grellen Leuchtstoffröhren an der Decke des Raumes geblendet, begannen zu tränen. Er würde darauf beharren, in der Botschaft mit Wardley über Swing gesprochen und sich mit ihm daraufhin für den nächsten Tag in der Tivoli-Bar verabredet zu haben. Für den Rest der Geschichte konnte er bei der Wahrheit bleiben, abgesehen vom Thema ihrer Unterhaltung natürlich. Außerdem hatte er mit seiner Verwandtschaft zu Goebbels noch einen letzten, schwachen Trumpf in der Tasche. Einen Versuch war es allemal wert.

Was ihm fehlte, war eine passable Erklärung, warum er Ariane im Restaurant hatte sitzen lassen. Ihre ausgeklügelte Tarnung hatte letztlich das Gegenteil bewirkt und brachte ihn jetzt in Erklärungsnöte. Eine Geschichte von einem Ehestreit mochte für den Moment ausreichen. Glücklicherweise hatte er ihrem Drängen widerstanden und sie nicht mit in die Bar genommen. Sie war hoffentlich klug genug gewesen, sich ein Taxi zurück ins Hotel zu nehmen.

Der verhörende Kommissar setzte sich ihm gegenüber. Er hatte es augenfällig eilig und gab seinen Untergebenen knapp gehaltende Anweisungen. Einer der Beamten postierte sich breitbeinig hinter Clarson, ein weiterer nahm rechts von ihm am Tisch Platz und schickte sich an, ein Protokollformblatt auf Durchschlagpapier um die Walze einer kleinen schwarzen Schreibmaschine zu klemmen.

»Verhör Henry C. Clarson, in Haft, Sonntag, den zwölften März, null Uhr dreißig«, begann der Kommissar zu diktieren. Die bereitliegende Akte aufblätternd, wandte er sich seinem Verdächtigen zu. »Also, Sie sind Henry Charles Clarson, geboren am vierzehnten September 1904, britischer Staatsangehöriger, eingereist mit Besuchervisum am siebenundzwanzigsten Februar 1939. Korrekt?«

Clarson nickte, während er versuchte, die Augen des Kommissars auszumachen, die sich hinter einer großen Hornbrille verbargen, in

deren nachlässig gereinigten Gläsern sich die Deckenbeleuchtung spiegelte. Der auf Nasenbreite gestutzte Schnurrbart schien in Deutschland in Mode zu sein.

»War Ihnen das Tatopfer bekannt?«

»Ich hatte ihn tags zuvor auf einem Botschaftsempfang kennengelernt.«

»Gestehen Sie die Tat?«

»Wie bitte?«

»Haben Sie Ihren Landsmann erdolcht?«

»Nein, natürlich nicht. Der wahre Täter sitzt vermutlich noch in der Bar und trinkt auf die deutsche Polizei.«

Traube blieb ungerührt. »Ihre Vorwitzigkeiten werden Ihnen bald vergehen. Sie werden heute Nacht noch in die Prinz-Albrecht-Straße gebracht. Erwarten Sie dort kein Verständnis für Ihren englischen Humor.«

In der Prinz-Albrecht-Straße befand sich der Hauptsitz der Geheimen Staatspolizei, deren Kürzel *Gestapo* in ganz Europa für Schrecken und Ohnmacht gegenüber der Staatsgewalt stand. Niemand wusste, was genau hinter den abweisenden Fassaden des Gestapo-Sitzes vor sich ging, doch Geschichten über sadistische Folterungen machten die Runde und manch einer, den man dorthin verschleppt hatte, war nie wieder aufgetaucht.

Clarson zwang sich zur Ruhe. »Ich bin ein Bekannter des Attachés und stand ihm lediglich gegenüber, als der Mord geschah.«

»Aber natürlich. Sie kommen aus England eingeflogen und zwei Wochen später liegt einer ihrer Landsmänner tot in ihren Armen und Sie können gar nichts dafür. Ein Geist hat ein Messer gezückt und ist dann auf wundersame Weise wieder verschwunden. Pech für Sie, dass die Kollegen am Tatort Zeugen vernommen haben. Hier steht, dass eine junge Frau gesehen hat, wie Sie das Opfer gepackt und ihm das Messer in den Rücken gerammt haben.«

»Es handelt sich dabei um ein komplettes Missverständnis. Der gute Wardley fiel mir sterbend in die Arme. Welchen Grund sollte ich denn gehabt haben, ihn umzubringen?«

»Vielleicht kannten Sie sich aus England und hatten eine Rechnung zu begleichen?«

»Und dazu habe ich mir ausgerechnet das Gedränge einer Jazz-Bar ausgesucht?«

»Ich nehme an, Sie hatten eine Auseinandersetzung, und als das Opfer die eintreffende SA hinzuziehen wollte, da haben Sie kein anderes Mittel gewusst und ihm das Hälschen durchgeschnitten.«

»Das ist absurd«, erwiderte Clarson entnervt. »Ich sagte bereits, ich habe Wardley erst hier in der Berliner Botschaft kennengelernt.«

Der Polizist zu seiner Rechten blickte abschätzig drein und ließ dabei die Maschinentypen routiniert auf das eingespannte Papier einhämmern, ganz als würden ihm Weihnachtsgrüße diktiert. Es war Zeit, die Goebbels-Karte zu spielen.

»Ich war eingeladen zu einem Empfang gemeinsam mit meiner Schwägerin –«

Er wurde von einem hereinplatzenden Polizisten unterbrochen: »Telefon, Herr Hauptsturmführer!«

»Jetzt nicht«, raunzte Traube.

»Ich glaube, dieses Gespräch möchten Sie annehmen«, rief ein weiterer seiner Untergebenen in den Verhörraum und streckte ihm den Hörer mit einem vielsagenden Gesichtsausdruck entgegen. Traube stampfte hinaus.

»Kriminalkommissar Traube. Mit wem spreche ich?«

Die Antwort ließ ihn Haltung annehmen. »Jawohl Herr Präsident ... ist der Fall ... wie bitte? ... aber ... ja, aber ... natürlich, ich werde das Notwendige veranlassen, Herr Präsident, sofort.«

Traube winkte die Beamten aus dem Verhörraum herbei und bedeutete ihnen, die Tür hinter sich zu schließen. Clarson lauschte. Er hörte die aufgeregte Stimme des Kommissars, konnte aber keine Worte ausmachen. Für eine Weile war es völlig still, dann traten zwei Polizisten in dunkelgrauen Ledermänteln ein. Einer von Ihnen trug eine Holzkiste mit Clarsons blutverschmierter Kleidung und dem darauf liegenden Gehstock.

»Ziehen Sie Ihre Sache wieder an!«

Clarson schaute die beiden Beamten an, die ungerührt im Raum stehenblieben. Vor ihren Augen entschlüpfte er der fremden Hose und Jacke und stieg in seine eigenen, vom getrockneten Blut steif gewordenen Kleidungsstücke. Sein Callyn-Anzug war komplett ruiniert. Er nahm den Stock an sich und ließ sein Gewicht einen entspannenden Moment lang darauf ruhen, bis einer der Beamten ihn zur Eile drängte.

Vor dem Präsidium wartete ein schwarzer Opel Kapitän im strömenden Regen der Berliner Nacht. An der Vordertür war ein quadratisches Emblem aufgemalt, das Reichsadler und Hakenkreuz vor grün-weißem Hintergrund zeigte. Die Beamten in ihren langen Ledermänteln bedeuteten Clarson, auf dem Rücksitz zwischen ihnen Platz zu nehmen. Der Fahrer ließ den Motor an, ohne dass Worte gewechselt wurden.

Von der gegenüberliegenden Straßenseite tauchte plötzlich eine Gestalt aus der Dunkelheit auf und lief auf den Wagen zu. Unter einem Damenhut, der im Regen seine Form verloren hatte, erkannte Clarson Arianes verweintes Gesicht. Völlig durchnässt und aufgelöst schlug sie mit ihren schmalen Fäusten gegen die Fensterscheibe und rüttelte an der verriegelten Wagentür. Die Kriminalbeamten schauten einen Augenblick irritiert, dann blaffte einer von ihnen den Fahrer an: »Nun fahr schon los, verdammt noch mal!«

Der Wagen rollte an, Ariane versuchte noch Schritt zu halten und stolperte in ihren hohen Absätzen hinterher. Clarson verlor sie bald aus den Augen.

Es sah ihr ähnlich, alle rationalen Verhaltensmöglichkeiten in den Wind zu schlagen, doch was zum Teufel hatte sie vor dem Polizeipräsidium verloren? Er verfluchte die unsinnige Idee, als Privatspion nach Deutschland zu gehen und sich Mächten auszusetzen, die er nicht kannte und nicht kontrollieren konnte. Er verfluchte den gottverlassenen Wardley, der sich vermutlich auf eigene Initiative in eine undurchsichtige Verschwörung verstrickt hatte und dem dann nichts Besseres eingefallen war, als ihn in die Sache hineinzuziehen.

Vorsichtig bahnte sich der Opel einen Weg durch die Pfützen auf dem Asphalt, während der Regen in einem lautstarken Trommelfeuer auf das Blech des Verdecks niederging. Die kleinen Scheibenwischer hatten Mühe, der Wassermassen auf der Windschutzscheibe Herr zu werden. Die Männer in ihren Ledermänteln blickten finster und schwiegen.

Nach einer langen Fahrt durch enge Berliner Gassen bog der Wagen schließlich auf den Boulevard Unter den Linden ein, erreichte den Pariser Platz und hielt vor dem Eingang des Adlon.

»Steigen Sie aus«, sagte der Polizist zu seiner Rechten tonlos. »Die Ermittlungen gegen Sie sind eingestellt – zumindest vorläufig. Ihren Pass behalten wir bis auf Weiteres.«

Clarson sagte kein Wort, wusste nichts zu sagen und kletterte an dem Polizisten vorbei aus dem Wagen. Erst als er mit beiden Beinen auf der Straße stand, begann er zu verstehen, was hier passierte. Er wandte sich um, steckte den Kopf zurück in den Wagen und blickte die beiden mürrischen Beamten an. »Warum?«

»Seien Sie froh, dass Sie mächtige Freunde haben, sehr mächtige. Und jetzt hauen Sie ab.«

13

An einem Frühlingsmorgen die Sonne im Gesicht zu spüren, kam dem Gefühl neu einfließender Lebensenergie gleich. Nach dem Ungemach der vergangenen Nacht genoss Clarson die klare, kalte Luft. Ariane und er flanierten durch den Tiergarten, Berlins grüne Oase westlich des Brandenburger Tors. Seit ihrem Einzug ins Adlon machten sie hier regelmäßig ausgedehnte Spaziergänge, um sich unbehelligt von möglichen Abhörversuchen besprechen zu können.

Ariane hatte gestern geduldig im Restaurant ausgeharrt und als man sie schließlich herauskomplimentiert hatte, war sie zur Tivoli-Bar gelaufen und hatte dort von den Ereignissen gehört. Durch den strömenden Regen war sie zum Polizeipräsidium marschiert, entschlossen, solange eine Szene zu machen, bis man ihr Zutritt zu ihm gewähren würde. Sie hatte das Amt gerade rechtzeitig erreicht, um mitzuerleben, wie Clarson in den Wagen geladen wurde. Im Präsidium hatte sie daraufhin aufgebracht Auskunft darüber verlangt, wohin man ihn bringen würde. Den Beteuerungen der Beamten, er sei frei und werde soeben zurück zu seinem Hotel gefahren, hatte sie nicht glauben wollen. Schließlich hatte man auch sie in einen Polizeiwagen gesetzt und zurück ins Adlon gebracht.

»Wir buchen noch heute den Heimflug«, stellte Ariane kategorisch fest.

Clarson stützte bei jedem Schritt sein gesamtes Gewicht auf den Stock und fiel hinter seiner Frau zurück. Ariane drehte sich um und schaute ihn an, als sei sein Hinken bloße Schauspielerei. »Du bist unglaublich«, schüttelte sie den Kopf. »Du willst wirklich hierbleiben?«

Clarson trat an einen der kleinen Teiche der Parkanlage. Ein paar Enten watschelten herbei, in der Hoffnung auf Brotkrumen.

»Ich weiß nicht, vielleicht sollte ich.«

Nichts lag ihm ferner, als Gefahr um ihrer selbst willen zu suchen. Doch unverrichteter Dinge zurück in den Ohrensessel seines Kaminzimmers zu flüchten, war keine Handlungsoption, für die er sich besonders erwärmen konnte. Es würde bedeuten, davongelaufen zu sein beim ersten Anzeichen, dass die Luft dünn wurde, und hätte seiner kleinen Sammlung ein weiteres gescheitertes Unterfangen hinzugefügt. Jedenfalls war er einstweilen noch nicht bereit, sich auf einen unzeitigen Ruhestand in seinem Home County einzurichten,

nur unterbrochen von gelegentlichen Einsätzen in Übersee im Auftrag seines Stiefbruders.

»Und was genau willst du tun?«, Ariane sprach wieder lauter, als es ihm lieb sein konnte. »Du weißt gar nichts, außer dass es irgendwie ein Komplott gegen Hitler geben soll. Der einzige Mann, der dir mehr erzählen könnte, ist letzte Nacht in deinen Armen verblutet. Ich werde nicht zulassen, dass du ihm in einem Anfall von blindem Eifer nachfolgst und mich gleich im ersten Ehejahr zur Witwe machst.« Sie schaute über den Teich und fügte leise hinzu: »Es hat alles sowieso keinen Zweck. Ich erkenne Magda gar nicht wieder. Sie ist hier so anders als bei ihren Besuchen in London.«

»Glaubst du nicht auch, dass deine Schwester im Grunde genau das Leben führt, das sie sich erträumt hat? Einschließlich des ganzen Nazi-Brimboriums?«

Ariane antwortete nicht.

Er wandte sich zum Weitergehen, steckte seine rechte Hand in die Hosentasche und spreizte den Ellenbogen ab. Ariane hakte sich ein und lehnte sich an seine Schulter an. Es war gut, sie an seiner Seite zu spüren.

»Nun gut«, sagte er leise, während sie um den Teich spazierten. »Ich muss jetzt ohnehin mit Churchill sprechen. Wardley war das einzige Verbindungsglied. Und da jeder Telefon- oder Briefkontakt zu riskant ist, gibt es keine andere Lösung, als dem Alten persönlich meine Aufwartung zu machen. Ich werde gleich nachher in die Botschaft gehen und mich nach neuen Ausweispapieren erkundigen.«

Die Britische Botschaft war eine Insel der Normalität, ein Stück England inmitten des Berliner Regierungsbezirks. Sie strahlte wohlige Vertrautheit aus und vermittelte dem Eintretenden das sichere Gefühl, dass die Welt zumindest an manchen Orten noch in Ordnung war. Draußen feierte das Dritte Reich derweil sich selbst. Der sogenannte Heldengedenktag hielt dieses Mal als Anlass her und nichts aus dem üblichen Repertoire von Flaggenparaden und Militäraufmärschen wurde ausgelassen, gewürzt mit Festtagsreden, die mehr geschrien als gesprochen wurden. Ein Besuch der diplomatischen Vertretung Seiner Majestät bedeutete, diesem Lärm zu entfliehen und ließ außerdem auf eine gute Tasse Tee hoffen.

Vizebotschafter Ashfield war einem Angebot seines Vorgesetzten gefolgt und nutzte für die Zeit von dessen Abwesenheit die dem

Geschäftsträger vorbehaltene Dienstwohnung im obersten Geschoss. Henderson hatte es von Beginn an abgelehnt, die engen Räumlichkeiten, die er als finster und muffig empfand, zu beziehen und pflegte stattdessen täglich von seiner offiziellen Residenz in Grunewald anzureisen.

»Es ist Sonntag, mein Herr. Seine Exzellenz ist erst wieder morgen für Besucher zu sprechen«, begrüßte ihn eine milchgesichtige Nachwuchskraft hinter dem breiten Pult in der Mitte der Eingangshalle mit tadelndem Unterton. Der Empfangsbereich hatte gemäß Ministerialvorschrift stets unter der Aufsicht eines Angehörigen des diplomatischen Korps zu verbleiben und man betraute bevorzugt untere Ränge des statusbewussten Dienstes mit dieser wenig geliebten Aufgabe.

Clarsons energisches Beharren, dass sein Erscheinen gemeldet werde, veranlasste einen der umstehenden Sicherheitsbeamten, sich dienstbeflissen und mit finsterer Miene dem Empfangspult zu nähern. Doch der junge amtbevollmächtigte Diplomat machte ein abwehrendes Handzeichen in dessen Richtung und griff mit indignierter Miene zum Hörer.

»Seine Exzellenz will sie in der Tat gleich sprechen«, sagte er anschließend ein wenig beschämt. »Ich lasse Sie hinaufbegleiten.«

»Danke, dass Sie gekommen sind«, empfing ihn ein um Jahre gealterter Ashfield an der Tür zum Büro des Botschafters in der dritten Etage, in dem er als amtierender Geschäftsträger während der Abwesenheit Hendersons residierte. Der Raum roch muffig und nach dunklem Tabakqualm. Auf beiden Fensterbänken stapelten sich Bücher und Akten in ledernen Kladden, das bitter nötige Öffnen der Fenster unmöglich machend. Der Vizebotschafter schien während der kalten Jahreszeit nicht viel von Frischluftzufuhr zu halten.

»Hier herrscht natürlich große Aufregung«, begann er, seinen Gast hinein geleitend. »Das ist das Letzte, was die deutsch-britischen Beziehungen in der derzeitigen Situation gebrauchen können. Nicht zu sprechen von meiner persönlichen Betroffenheit. Ich habe in Wardley einen guten Freund verloren.«

Er trug einen schwarzen Zweireiher, bewegte sich würdevoll wie stets, doch langsamer, fast gebrechlich. Der Tod des Handelsattachés hatte ihn regelrecht aus der Bahn geworfen. Auch erschien er älter, als Clarson bei ihrer ersten Begegnung geschätzt hatte. Der faltigen Haut des dünnen Halses nach zu urteilen, musste Ashfield deutlich über sechzig sein.

Er bot Clarson einen Platz in einer dunkelgrün gehaltenen Sitzgruppe an, vor einem lebensgroßen Porträt des ersten Herzogs von Marlborough, des Helden der Schlacht von Höchstädt und Vorfahr Winston Churchills. Er schaute zunächst zu, wie Clarson sich mit seinem steifen Bein in dem tiefen viktorianischen Polstersessel einrichtete, und ließ sich dann selbst schwer atmend wie nach einer körperlichen Anstrengung nieder.

»London hat jetzt hundert Fragen, die ich nicht beantworten kann. Die Botschaft soll ihre eigenen Nachforschungen anstellen, obwohl die deutschen Behörden von einem gewöhnlichen Verbrechen ausgehen. Wie bitte soll ich das anstellen? Etwa persönlich den Kommissar spielen? Ich wäre jedenfalls froh, wenn dies alles schnell vorüber wäre.«

Eine ältere Sekretärin mit gütigem, rundem Gesicht brachte unaufgefordert Tee für den Vizebotschafter und seinen Gast. Der Anblick des Gedecks ließ Ashfield etwas aufatmen.

»Nun ja«, sagte er, nachdem er den Tee gekostet und sich in den Sessel zurückgelehnt hatte, »*ubique quo fas et gloria ducunt*.«

Clarson hob die Augenbrauen und sah Ashfield fragend an.

»*Überall, wohin Pflicht und Ruhm rufen*. Das Motto meiner alten Einheit, des Royal Artillery Regiment. Ich habe es mir zu eigen gemacht.«

»Wenn dieser Ruf nur immer so klar und deutlich zu vernehmen wäre«, kommentierte Clarson.

Ashfield nickte sinnierend, bevor er zum Thema zurückkehrte. »Ich höre, man hat *Sie* als Zeugen vernommen?«

Die deutsche Polizei hatte wohl entsprechende Mitteilung gemacht. Kein Wunder also, dass Ashfield ihn trotz der sonntäglichen Ruhezeit empfing.

»Ja, ich war am Tatort, als der Mord geschah.«

»Der gute Wardley hatte eine Schwäche für sonderbare Etablissements«, sagte der Vizebotschafter kopfschüttelnd. »Bei allem Respekt vor privatem Faible und Gusto, was hatte Sie an diesen Ort verschlagen?«

»Attaché Wardley wollte etwas vertraulich mit mir besprechen und hatte mich dorthin gebeten. Und ich bin nicht als Zeuge vernommen worden, sondern als Tatverdächtiger.«

Ashfield riss die Augen auf. »Um Himmels willen! Wie kommt es dann, dass Sie überhaupt vor mir sitzen?«

»Ich bin noch in der Nacht ohne Angaben von Gründen freigelassen worden. Natürlich waren die Vorwürfe komplett haltlos. Doch

das Ganze ging so plötzlich über die Bühne, dass ich annehme, dass Goebbels seine Finger im Spiel hatte und die Berliner Polizei vor ihm gekuscht hat.«

»Sie sagen das mit einer Unbekümmertheit, die ich nicht nachvollziehen kann. Minister Goebbels kann vielleicht ein paar kleine Kripobeamte eine Zeit lang einschüchtern, doch wenn die Gestapo Sie in die Finger kriegen will, wird er sich schon etwas Besonderes einfallen lassen müssen, um das zu verhindern. Polizei und Geheimdienst unterstehen Himmler und seinem Vize Heydrich, den neuen starken Männern hinter Hitler. Die beiden werden sich von dem kleinen Minister nicht reinreden lassen.«

»Goebbels' Ehekrise scheint doch bereinigt zu sein, zumindest nach außen hin.«

»Das mag so sein, doch die Affäre hat ihn seine privilegierte Stellung bei Hitler gekostet. Im Augenblick kämpft er wohl noch darum, wieder einer der Favoriten zu werden. Die Voraussetzungen dafür stehen im Grunde nicht schlecht. Schließlich ist er ein ganz hemmungsloser Bewunderer des Reichskanzlers und gehört zu den Radikalsten in der Führungsclique. Alle einigermaßen gemäßigten Kräfte scheinen ausgetauscht zu werden. Im letzten Jahr hat es die Armeeführung sowie den alten Außenminister von Neurath getroffen und jetzt mehren sich die Gerüchte um Göring. Zur selben Zeit machen sich die Slowaken zu Handlangern Berlins und demonstrieren in den Straßen für ihre Unabhängigkeit vom tschechoslowakischen Bundesstaat, was im Klartext nichts anderes als Unterordnung unter die deutsche Vormacht bedeutet.«

»Sie klangen sehr viel optimistischer auf dem Empfang vor zwei Tagen.«

Ashfield antwortete mit einem resignierenden Unterton: »Ich tue das Menschenmögliche, um die deutsch-britischen Beziehungen zu verbessern. In meiner Position kann ich mich nicht von etwaigen persönlichen Antipathien leiten lassen.«

»Wohl nicht immer ganz leicht unter den gegebenen Umständen«, antwortete Clarson, unschlüssig, ob er die Ausrede für Ashfields anbiedernde Rhetorik akzeptieren sollte.

»Und er hat nichts gesagt?«, brachte der Vizebotschafter das Gespräch wieder auf Wardley. »Ich meine, davon, was er mit Ihnen besprechen wollte?«

»Dazu ist er nicht mehr gekommen.«

Es machte keinen Sinn, den Vizebotschafter einzuweihen. Er musste zu Churchill und mit ihm die Angelegenheit besprechen. Dann würde man weitersehen.

»Eigenartig. Höchst eigenartig. Was könnte Wardley veranlasst haben, Sie ins Vertrauen ziehen zu wollen? Sie kannten sich doch gar nicht.«

Clarson zuckte die Achseln. »Ich habe keine Erklärung.«

Ashfield zog die Stirn in Falten, während Clarson seine Tasse hob und den Duft des Darjeeling in die Nase kriechen ließ. Es war Zeit, auf den Grund seines Besuches zu sprechen zu kommen.

»Ich habe Sie aufgesucht, Exzellenz, um mir einen Pass ausstellen zu lassen. Die deutsche Polizei hält meinen alten zurück.«

»Nun, prinzipiell respektieren wir zunächst die Maßnahmen der hiesigen Behörden.«

»Wie darf ich das verstehen?«, entfuhr es Clarson. Wollte Ashfield ihm etwa bedeuten, dass er hier gefangen war, weil der Botschaft die Kooperation mit den Deutschen wichtiger war?

Ashfield räusperte sich. »In Ihrem Fall würden wir natürlich davon absehen. Wir stellen Ihnen gerne neue Dokumente zur Verfügung. Das alleine wird Ihnen jedoch nicht sehr viel weiterhelfen, ohne Einreisevisum im Pass.«

Wie hatte er das nur vergessen können? Natürlich benötigte er den Stempel der Grenzpolizei, der bei der Ausreise gegengezeichnet wurde.

»Sprechen Sie mit Goebbels. Er ist offenkundig auf Ihrer Seite. Schließlich hat er Sie ja aus dem Gefängnis befreit. Vielleicht ist er ganz froh, wenn Sie das Land bald wieder verlassen.«

Churchills Urahn auf dem Gemälde über ihnen blickte nur scheinbar harmlos und unbeteiligt in den Raum. Die Leinwand verdeckte einen quadratmetergroßen Wanddurchbruch. Er war Teil einer höchst einfachen doch wirkungsvollen Anlage, um Gespräche im Dienstbüro des Botschafters mitzuhören. Hinter der Öffnung verbarg sich eine kleine Kammer, deren Decken und Wände mit dunkelrotem Samttuch bespannt waren. Ein einzelner Stuhl und ein kleiner Beistelltisch waren mit dem gleichen schalldämmenden Material überzogen. Peter Ellis benutzte den Raum gerne. Er vermittelte ihm ein Gefühl von aristokratischer Salonspionage vergangener Jahrhunderte. Behutsam, doch sehr zufrieden stellte er sein Whiskyglas auf dem Tischtuch ab. Dieser Henry Clarson war eine interessantere Figur, als er angenommen hatte.

14

Als Traube am Montagmorgen mit der Aktentasche unter dem Arm sein Büro betrat, wurde er bereits erwartet. Er traf auf die entschlossenen Augen eines jungen Mannes mit beinahe kahl geschorenem, blondem Haar, der zurückgelehnt in seinem Stuhl hinter seinem Schreibtisch saß. Traube stutzte; der Kollege an der Pforte hatte nichts erwähnt. Unter dem offenen Ledermantel des Besuchers lugte eine SS-Uniform hervor. Die schwarze Offiziersmütze hatte er auf dem Tisch abgelegt.

»Obersturmführer Struttner, SD. Heil Hitler!«, grüßte der Mann, während er sich langsam aus dem Stuhl des Kommissars erhob.

Traube ahnte, dass ihn nun die Ereignisse vom Wochenende einholen würden. Er begab sich zu seinem Schreibtisch, ohne zu antworten. Nur zögernd räumte der ihn an Größe weit überragende SD-Mann seinen Platz.

»Was kann ich für Sie tun, Obersturmführer?«, fragte Traube schließlich förmlich, nachdem er seinen Stuhl für sich reklamieren konnte, und hielt dem ungebetenen Besucher dessen Offiziersmütze vor die Brust. Mit einem kurzen Blick versicherte er sich, dass die Unterlagen auf seinem Tisch unversehrt waren. Der Stapel Akten war allem Anschein nach nicht angerührt worden, bloß das gerahmte Porträt seiner Familie stand an einer anderen Stelle. Er legte seine Tasche ab und rückte seinen Stuhl zurecht. Von der Sicherheit seines Arbeitsplatzes aus konnte er besser agieren.

Auch sein Gegenüber ließ sich Zeit mit der Antwort. »Sie haben im Mordfall Adrian Wardley ermittelt?«

»Da müssen Sie sich in die Prinz-Albrecht-Straße bemühen. Den Wardley-Fall haben wir entsprechend der Dienstvorschrift an die Gestapo weitergeleitet.«

Struttner zog seine Nase hoch. Das Geräusch ließ Traube erschaudern und verdeutlichte, wie wenig Gewicht sein Gast auf ein respektvolles Auftreten legte. »Diese Dienstvorschrift ist Ihnen etwas später eingefallen, als man es erwarten würde.«

»Die Identität des Opfers ist erst bei der Untersuchung im Leichenschauhaus bekannt geworden. Ich habe daraufhin gleich die Kollegen von der Gestapo eingeschaltet.«

»Der Mann hatte seinen Pass dabei! Klingt nicht eben nach vorbildlicher Polizeiarbeit.«

Tief Luft holend schloss Traube für eine Sekunde die Augen. Die Arroganz der SD-Leute war unübertrefflich. Stets traten sie mit einer Attitüde der Allmacht auf, dabei waren sie im Grunde nichts weiter als die Kollegen von der Nachbarbehörde. Er beabsichtigte nicht, dieses Spiel mitzuspielen. Immerhin hatte er als Hauptsturmführer den höheren Rang inne. »Es ist nicht Ihre Aufgabe, das zu beurteilen, Obersturmführer.«

»Das kommt darauf an«, entgegnete Struttner, nahm einen von Traubes Bleistiften und klopfte ein paarmal spielerisch gegen das Blech der Tischlampe.

»Lassen Sie das!«, fuhr Traube ihn an. »Das kommt worauf an?«, fuhr er fort, nachdem Struttner sein Trommelspiel unterbrochen hatte, ohne den Bleistift aus der Hand zu legen.

»Es könnte als Verschleppung der Aufklärung eines Verbrechens angesehen werden.«

»Werden Sie nicht unverfroren, Obersturmführer. Ich habe nichts als meine Dienstpflicht getan.«

»Wie dem auch sei«, sagte Struttner, auf den sitzenden Kommissar herabschauend. »Das ist alles nebensächlich. Gravierender ist, dass Sie den Tatverdächtigen trotz der Präsenz schwerwiegenden Belastungsmaterials haben laufen lassen.«

Traube presste die Zähne zusammen. In einem politischen Vertuschungsfall zwischen die Fronten zu geraten, konnte mehr als unangenehm werden. Auf Anweisung des Polizeipräsidenten hatte er nicht nur den vermeintlichen Täter auf freien Fuß gesetzt, sondern auch das Aussageprotokoll der Hauptbelastungszeugin vernichtet, bevor er die Akte der Gestapo zugestellt hatte. Doch auch ohne die Aussage hätte man den Engländer aufgrund der Fingerabdrücke auf der Tatwaffe in Haft halten müssen. Es galt mit äußerster Umsicht zu agieren, um nicht als Bauernopfer zu enden.

Die Lippen des jungen Obersturmführers verformten sich zu einem bitteren Grinsen. »Warum entlässt ein kleiner Kommissar einen hochgradig Verdächtigen, statt ihn einfach der Gestapo zu übergeben? Das ist nicht logisch.«

»Was haben Sie damit zu tun? Das ist ein Gestapo-Fall.«

»Aufgrund einer möglichen staatspolitischen Dimension hat unser Dienst die Untersuchung an sich gezogen.«

Traube massierte seine Fingerknöchel. Aus irgendeinem Grund war die Sache so heiß, dass selbst die Gestapo draußen gehalten wurde. Das

bedeutete, dass Struttner über die Akte verfügte und entsprechend von den Fingerabdrücken wusste. Er konnte sich auch jederzeit einen der Beamten der Streife vorknöpfen, die an dem fraglichen Abend Dienst geschoben hatten, und so von der Aussage der Zeugin erfahren. Erstes Gebot war es jetzt, sich Klarheit darüber zu verschaffen, wer auf welcher Seite stand. »Wer ist Leiter der Ermittlungen?«

»Ich«, antwortete der Obersturmführer knapp.

»Sind Sie nicht noch etwas jung für solch eine Verantwortung?«

Struttner schien von der Frage beleidigt. »Alte Männer wie Sie sind doch nichts weiter als das lästige Überbleibsel eines gescheiterten Systems.«

»Sind Sie sicher, dass Ihr eigener Vorgesetzter Gefallen an solchem Gerede finden würde?«

»Ich ermittle im direkten Auftrag von Gruppenführer Heydrich.«

Die Antwort ließ Traube erneut die Zähne zusammenbeißen. Der gerade mal fünfunddreißigjährige Reinhard Heydrich war eine der mächtigsten Figuren des Reiches und von mancherlei Geheimnis umwittert. Ihm unterstanden neben dem SD auch die Gestapo und Traubes eigene Behörde, die Kriminalpolizei. Wo immer er persönlich an einer Sache dran war, verloren Dienstvorschriften und normale Rechtsnormen ihre Gültigkeit.

»Clarsons Aussage war glaubhaft. Natürlich waren seine Fingerabdrücke überall auf dem Opfer zu finden. Immerhin war der Diplomat in seine Arme gestürzt. Ein Erdolchen in den Rücken wäre für ihn unter den gegebenen Umständen nicht nur umständlich gewesen, sondern er hätte sich damit auch einem hohen Risiko ausgesetzt, beobachtet zu werden. Viel einfacher wäre es von seinem Standort aus gewesen, das Opfer von vorne zu attackieren. Auch die Form des Schnitts am Hals lässt auf eine Attacke von hinten schließen, sofern der Mörder ein Rechtshänder war.«

»Ist Ihnen nicht der Gedanke gekommen, dass der Engländer es so inszeniert haben könnte, damit die naive deutsche Polizei glaubt, ein Dritter sei der Täter gewesen?« Struttner setzte nach, bevor Traube antworten konnte: »Und warum haben Sie den Mann nicht sofort vernommen?«

»Mein Verfahren der Nachtverhöre hat sich bewährt.«

»Unsinn! Damit geben Sie den Verdächtigen bloß Zeit, sich eine passende Geschichte zurechtzulegen.«

Traube mochte die Belehrungen nicht, auch der Ton gefiel ich nicht und schon gar nicht von jemandem, der jung genug war, um sein Sohn

zu sein. Doch sechs Jahre Naziherrschaft hatten ihn gelehrt, wann man sich bissige Bemerkungen besser verkniff.

Struttner gefiel sich sichtbar in seiner Rolle und setzte sein Verhör mit harter Stimme fort: »Und es gab keinerlei Hinweise auf seine Täterschaft? Keiner der etwas beobachtet hätte? Die Bar war doch voller Leute, die sich in unmittelbarer Nähe aufhielten.«

»Eine Truppe betrunkener SA-Männer hatte gerade das Lokal gestürmt. Entsprechend gab es ein großes Durcheinander und daher keine verlässlichen Zeugen.«

Struttner trat noch näher an den Schreibtisch ran. Einen Augenblick lang schien sich sein Körper anzuspannen, als setze er zum Sprung an. Dann erschien ein Lächeln auf seinem Antlitz und er fuhr mit einem gleichmütigen Ausdruck in der Stimme fort: »Haben Sie deshalb die Aussage der jungen Frau erst gar nicht der Akte beigefügt?«

Touché. Der SD musste bereits mit jemandem von der Streife oder der SA gesprochen haben. Es war Zeit, die Waffen zu strecken.

Struttner wandte sich gemächlich dem Fenster des Büros zu, scheinbar geduldig die Antwort des Kommissars abwartend. Traube räusperte sich und setzte seufzend eine fatalistische Miene auf.

»Ich hatte einen Anruf von einer vorgesetzten Dienststelle erhalten, die mir auftrug, so zu handeln, wie ich es getan habe.«

Struttner drehte sich abrupt um. Seine Augen weiteten sich im Triumph des Augenblicks und seine Mundwinkel deuteten ein Siegerlächeln an. Der SD-Mann war zu jung, um einen solchen Moment nicht offen genießen zu wollen.

»Mehr kann ich Ihnen nicht sagen«, kam Traube weiteren Fragen zuvor. »Ich bin zum Stillschweigen verpflichtet.«

Struttner amüsierte diese Bemerkung. »*Zum Stillschweigen verpflichtet*«, äffte er Traube nach. »Glauben Sie wirklich, Sie können mich mit solch einer Floskel abspeisen? Den Namen, bitte!«

»Ich sage Ihnen doch, ich unterliege der Schweigepflicht. Ich habe schon mehr erzählt, als ich hätte tun dürfen«, wehrte sich der Kommissar.

Struttner setzte sich auf den Stuhl vor Traubes Tisch. Genießerisch langsam stützte er die Ellenbogen auf die Tischplatte auf und schaute seinem Gegenüber in die Augen. »Herr Hauptsturmführer, Ihr Hintern brennt schon lichterloh. Es wird wirklich Zeit für Sie, mit den Löscharbeiten zu beginnen.«

Traube lehnte sich zurück, um der Nähe des SD-Offiziers auszuweichen. Sein Gegenüber gab ihm noch einen Augenblick Zeit zu kapitulieren.

»Der Polizeipräsident von Berlin«, begann Traube zögernd, »hatte persönlich angerufen und mich angewiesen, den Mann laufen zu lassen sowie die Akte zu schönen, damit die Freilassung vertretbar aussah.«

»Wie hat Helldorf seine Anweisung begründet?«, setzte Struttner nach.

»Der Präsident hat von höheren Interessen gesprochen. Er gab keine nähere Erklärung dazu ab und es ist nicht meine Aufgabe, Entscheidungen der Polizeiführung infrage zu stellen.«

»Natürlich. Verstehe«, änderte Struttner seinen Ton. Er hatte bekommen, was er wollte. »Hatten Sie noch Gelegenheit die Personalien des Verdächtigen zu überprüfen?«

»Dazu war keine Zeit mehr«, schüttelte Traube den Kopf, während er überlegte, wie viel Ärger ihm aus dieser Affäre noch erwachsen könnte. Es machte kaum irgendeinen Sinn, Struttner um Vertraulichkeit zu bitten. Ihm blieb einzig die Hoffnung, dass der SD gar nicht die Absicht hatte, Helldorf mit dem Vertrauensbruch seines Untergebenen zu konfrontieren.

»Er ist der Schwager von Magda Goebbels«, raunte Struttner kollegial.

»Ah, daher«, murmelte Traube. »Ist er denn flüchtig?«

»Er denkt gar nicht daran. Er residiert gemütlich und selbstzufrieden in der Luxusetage des Adlon.«

»Na, dann können Sie ihn doch festnehmen lassen und die Untersuchung wieder in die richtige Bahn lenken, Obersturmführer.«

Struttner warf den Bleistift zurück auf Traubes Schreibtisch, zog die Nase hoch und entgegnete: »Alles zu seiner Zeit, Herr Hauptsturmführer, alles zu seiner Zeit.«

15

Warum mussten deutsche Telefone so schrill in den Ohren klingeln? Clarson kletterte aus dem Bett und hüpfte, dem morgendlichen Schmerz im linken Knie ausweichend, auf dem rechten Bein zum Apparat auf der Anrichte. Der Anrufer stellte sich als Referent im Propagandaministerium vor. »Der Reichsminister erwartet Sie in seinem Büro. Wenn Sie gleich kommen wollen?«

Der sich als Sippenoberhaupt gebärdende Goebbels bestellte den Dank für seine gute Tat ein und würde ihm zugleich ein paar schwer zu beantwortende Fragen stellen wollen. Clarson hatte, dem unvermeidlichen Verhör ausweichend, den Rest des gestrigen Sonntags von einem Besuch auf Schwanenwerder abgesehen und stattdessen für den heutigen Morgen geplant, ihn in seinem Ministerium aufzusuchen. Doch der Schwager war ihm mit preußischer Effizienz zuvorgekommen.

Eine halbe Stunde später überprüfte Clarson mit einem kurzen Blick in den Spiegel den Sitz seines dunklen Einreihers und war bereit für den Tag. Sein Morgenritual – Zeitungslektüre bei Spiegelei und gebratenem Speck – würde er nachholen. Er küsste eine besorgt dreinblickende Ariane zum Abschied, setzte den hellen Borsalinohut auf und brachte ihn, mit beiden Händen an die Krempe fassend, sorgfältig in die gewünschte Position.

Auf den Hotelflur tretend, lief er in einen jungen Burschen in Luftwaffenuniform, der im Begriff war, an die Tür ihrer Suite zu klopfen.

»Herr Clarson? Gestatten, von Veesenmayer, Fähnrich im Zentralamt der Reichsluftwaffe, Stab des Oberbefehlshabers«, grüßte der Soldat mit der Hand an der Mütze. »Ich komme im persönlichen Auftrag von Generalfeldmarschall Göring. Er lässt ausrichten, dass sie herzlichst eingeladen sind zur Vorführung des neuen Düsenjägers heute Vormittag.«

»Düsenjäger?«

»Ja, ganz große Sache, Herr Clarson. Wird heute zum ersten Mal Außenstehenden gezeigt. Welturaufführung sozusagen.«

Ungläubig nahm er den Umschlag mit dem Einladungsschreiben in Empfang. Sollten die Deutschen tatsächlich einen Strahltriebjäger im Arsenal haben?

»Der Generalfeldmarschall hat mir persönlich aufgetragen, Ihnen auszurichten, wie sehr er Ihr Erscheinen schätzen würde.«

»Und der Feldmarschall wird eigenhändig über die Köpfe der Zuschauer hinwegbrausen?«

»Nee, nur anzuschauen ist er. Der Düsenjäger, meine ich. Draußen in Adlershof auf dem Gelände der Versuchsanstalt der Luftwaffe. Das wollen Sie bestimmt nicht verpassen. Die Veranstaltung beginnt in einer knappen Stunde. Der Wagen wartet bereits vor dem Hotel.«

»Es tut mir leid. Ihre freundliche Einladung kommt etwas zu kurzfristig. Ich bin gerade auf dem Weg zu einem Termin, den ich unmöglich aufschieben kann.«

»Der Generalfeldmarschall wird darüber sehr enttäuscht sein.«

»Den ersten Düsenjäger der Welt anzuschauen, lasse ich mir auch nur ungern entgehen. Sagen Sie dem Generalfeldmarschall meine besten Empfehlungen, ich sei untröstlich und würde einem Treffen zu einem anderen Zeitpunkt mit Freude entgegensehen.«

Etwas perplex dreinschauend ob der Ablehnung einer persönlichen Einladung des Oberbefehlshabers, marschierte der junge Fähnrich den Flur hinunter. Clarson schaute ihm nach, selbst verwundert über das plötzliche Interesse an seiner Person.

Das Propagandaministerium war nur wenige Minuten Fußmarsch entfernt. Die frische Morgenluft genießend, spazierte Clarson durch die lange Allee von Regierungsbauten in der Wilhelmstraße. An den Ministerien für Landwirtschaft und Justiz vorbei, passierte er die sauber polierten Fassaden des Auswärtigen Amts. Den Gebäuden aus der Kaiserzeit hatte man Stilelemente der neuen Epoche hinzufügt. Adlerstatuen und Hakenkreuze in Lorbeerkränzen verunstalteten nun Eingangsportale und Fenstersimse.

In Berlins Zentrum herrschte rege Betriebsamkeit. Die Menschen auf den Bürgersteigen schienen allesamt in Eile zu sein. Der böige Wind hatte die Stadt fest im Griff und die allgegenwärtigen Hakenkreuzflaggen zerrten hektisch an ihren Masten. Reger Autoverkehr sorgte dazu für eine beständige Geräuschkulisse. Mehr als einmal traf Clarson der strafende Blick von Passanten, für die der flanierende Mann mit Spazierstock ein Hindernis darstellte. Einzig ein Mann im Trenchcoat auf der anderen Straßenseite zwanzig Meter hinter ihm schlug das gleiche langsame Tempo an.

Bald hatte er den Wilhelmplatz erreicht, auf dem der Neubau des Reichsministeriums für Volksaufklärung und Propaganda die ganze Nord- und halbe Ostseite einnahm. Der kühle Kontinentalwind

hatte hier freie Bahn und Passanten überquerten die offene Fläche im beschleunigten Schritt mit den Händen an ihren Kopfbedeckungen. Die Chauffeure der langen Reihe schwarzer Taxis zogen es vor, in ihren Wagen sitzen zu bleiben, während sie auf Gäste aus dem Hotel Kaiserhof warteten.

Clarson zog den Hut tiefer ins Gesicht und ließ seinen Blick zu der erst vor zwei Monaten eingeweihten Neuen Reichskanzlei schweifen, die im Westen des Platzes ihren Ausgang nahm und sich über die gesamte vierhundert Meter lange Voßstraße erstreckte. Architektur zur Machtdemonstration zu nutzen, war das übliche Gebaren einer Diktatur und weit verbreitet auf dem Kontinent, aber nirgendwo sprengte es derart alle Dimensionen wie in Deutschland. Nur ein einziger Bau im Regierungszentrum konnte mit Hitlers neu errichtetem Palast konkurrieren: Das gerade mal zweihundert Meter weiter südlich gelegene Reichsluftfahrtministerium, ein fünfstöckiger Betonklotz mit schmuckloser grauer Kalksteinfassade, in dem Göring seinen Hauptsitz bezogen hatte, wartete mit beinahe ebenbürtigen Ausmaßen auf.

In Europa war ein Zeitalter der Diktatoren angebrochen – Mussolini in Italien, Stalin in Sowjetrussland, Salazar in Portugal und nun Franco in Spanien. Dazu kamen ihre Imitatoren in den Kleinstaaten des Balkans und faschistische Bewegungen in den wenigen verbliebenen Demokratien unter der Führung von Kerlen wie Oswald Mosley, die sich von der Aussicht auf absolute Macht und bedingungslose Gefolgschaft der Massen blenden ließen.

Doch sie wurden allesamt in den Schatten gestellt vom Regime Adolf Hitlers. Das neu erstandene Großdeutschland hatte den alten *Erbfeind* Frankreich an Bevölkerung und Wirtschaftskraft weit hinter sich gelassen und kein Land auf dem Kontinent konnte es wagen, auf sich alleine gestellt, den Unmut seines Herrschers auf sich zu ziehen, der ein Millionenheer, ausgerüstet mit den neuesten Errungenschaften deutschen Ingenieurwesens, hinter sich wusste. Nicht bloß größer und mächtiger war das neue Deutschland, auch unberechenbarer und geprägt von einem dunklen ideologischen Fanatismus, so dass man sich des Kaisers und seiner preußischen Militaristen geradezu wehmütig erinnerte.

Als Clarson auf den Eingang des Ministeriums zusteuerte, verzog sich sein Verfolger hinter die Hausecke am Ende der Wilhelmstraße und steckte sich eine Zigarette an.

Ein Angestellter mit kleiner runder Beamtenbrille führte ihn mit wichtiger Miene über einen der langen Flure im obersten Stockwerk zum Vorzimmer des Ministers. Vier auffallend attraktive Sekretärinnen, allesamt in der aktuellen Frühjahrsmode gekleidet, saßen in den Ecken des riesigen Raumes hinter kleinen Schreibtischen. Wie einem Hollywoodfilm entsprungen, sortierten sie in tadellos aufrechter Haltung Akten oder telefonierten in sanftem Ton. Sein Begleiter nickte den Damen beiläufig zu und bat Clarson dann durch eine hohe gepolsterte Eichentür am gegenüberliegenden Ende des Vorzimmers. Dabei gebärdete er sich, als sei Clarson ein Pennäler, der zum Schuldirektor gerufen wurde.

Das Ministerbüro war schlecht geheizt, offenbar mochte es Goebbels so. Die Unterarme auf dem Schreibtisch abgelegt, wirkte er ein wenig wie ein Heranwachsender, der probehalber den Platz des Vaters eingenommen hatte. Mit wohlkontrollierten Bewegungen blätterte er einen Stapel Übersetzungsabschriften ausländischer Tageszeitungen durch, dabei mit halbem Auge den eintretenden Clarson beobachtend. Verzögert und mit einem Seufzer erhob er sich schließlich und begrüßte seinen Besucher mit einem nachlässigen Händedruck und tiefen Ringen unter den Augen. Die enorme Anspannung, unter der er ansonsten unentwegt zu stehen schien, war am heutigen Morgen nur undeutlich wahrnehmbar. Offenbar hatte sie sich in der zurückliegenden Nacht Entladung in unersättlicher Arbeitswut gesucht. Von seinen üblichen amourösen Abenteuern musste er in Anbetracht seiner Situation notgedrungen Abstand nehmen – für den Moment zumindest. Er zwang sich zu einer freundlichen Miene, bot Clarson von dem bereitstehenden Kaffee an und kam auf den Empfang von vor drei Tagen zu sprechen.

»Wir Nationalsozialisten gehören einer ganz anderen Welt an als diese Diplomaten mit ihren steifen Kragen und hochnäsigen Gesichtern. Das alte Europa wird einen Sturm erleben, den es nicht überstehen wird. Wir sind die neue, frische Zeit. Alles Alte und Verbrauchte wird von uns hinweggefegt werden.« Seine Gesichtszüge lebten etwas auf, als er sich anschickte, über seinen geliebten Hitler zu dozieren, dessen gerahmtes Porträt ein unvermeidliches Element auf dem Schreibtisch eines deutschen Ministers war und selbstredend auch auf Goebbels' Pult nicht fehlte. »Die strategische Landkarte des Kontinents ist von ihm in den letzten zwölf Monaten komplett umgekrempelt worden. Die Staatsmänner des Auslands können es mit dem Genie des Führers schlichtweg nicht aufnehmen.«

Clarson stand in seiner derzeitigen Lage nicht der Sinn nach politischem Palaver mit einem Mann, den einzig ein bemerkenswertes Talent für Hetze sowie hündische Unterwürfigkeit gegenüber Hitler in seine Position gebracht hatten.

»Herr Minister, Sie haben mich zu sich gebeten?«

»In der Tat«, räusperte sich Goebbels und heftete den undurchdringlichen Blick seiner dunklen Augen auf ihn. »Ich habe mir Gedanken über Sie gemacht. Im Prinzip betrachte ich es nicht als meine Aufgabe, den Mitgliedern meiner Familie beruflich unter die Arme zu greifen. Da Sie jedoch in Deutschland über keinerlei andere Verbindungen verfügen, mache ich bei Ihnen eine Ausnahme.«

Clarson zog rätselnd die Mundwinkel zusammen und ließ Goebbels weiter sprechen.

»Ich möchte Ihnen ein Angebot machen. Die Auslandsabteilung meines Ministeriums hat noch nicht den Leistungsstandard erreicht, den ich von ihr erwarte. Insbesondere die Auswertung der ausländischen Presse wird noch zu dilettantisch durchgeführt. Vonnöten ist hier jemand, der mit Sachverstand die angelsächsischen Blätter systematisch analysieren lässt und mich mit hinreichend Munition für die kommenden Propagandaschlachten versorgt. Das ist eine Aufgabe, bei der Sie sich bewähren können.«

Clarson glaubte seine Ohren nicht zu trauen. Was hatte Goebbels auf den Gedanken gebracht, dass er eine Beschäftigung suchte? Er musste doch wissen, dass Clarson finanziell unabhängig war. War dies ein Test seiner Kollaborationsbereitschaft oder gar der Versuch, ihn zu kompromittieren, indem er ihn zu einem Teil des Nazi-Apparates machte? Wahrscheinlicher war, dass der Minister lediglich einer Bitte seiner Frau folgte, die ihre Schwester langfristig an Berlin binden wollte. So kurz nach der Versöhnung, die seine Karriere gerettet hatte, könnte er ihr das schwerlich abschlagen. Außerdem würde der Familienpatron ihn auf diese Weise besser im Auge behalten können.

»Sie können hier ja nicht dauerhaft als Bonvivant in Kaffeehäusern sitzen«, versuchte Goebbels einen Scherz.

Clarson nickte, doch innerlich schüttelte er den Kopf. Er hatte sich getäuscht. Goebbels hatte nichts mit seiner rätselhaften Freilassung zu tun. Er wusste ganz offensichtlich nicht das Geringste von den Ereignissen der Samstagnacht. Clarson entschied, den Minister für Volksaufklärung seiner Unkenntnis nicht zu berauben.

»Ich habe keinerlei Erfahrung mit einer solchen Art von Tätigkeit«, antwortete er bedächtig.

»Sie scheinen ein aufgeweckter Mann zu sein. Sie erhalten Mitarbeiter. Zum nächsten Ersten können Sie Ihren Dienst antreten. Mein Referent wird bis dahin alle notwendigen Einzelheiten mit Ihnen klären. Ich bin sehr gespannt darauf zu sehen, wie Sie diese Aufgabe meistern werden. Sollten Sie sich bewähren, wird es in meinem Ministerium noch ganz andere Möglichkeiten für Sie geben.«

Es klang weniger nach einem Angebot, denn nach der Mitteilung, dass er von nun an einer von Goebbels' Angestellten sei. Im Prinzip war dies eine Entwicklung, wie sie glücklicher kaum sein konnte. Als einer von seinen Zuträgern würde er zumindest hin und wieder in dienstlichem Kontakt mit Goebbels stehen. Das konnte seine Aufgabe nur erleichtern. Er begann zu bedauern, dass er gestern zugestimmt hatte, nach London zurückzukehren. Dennoch konnte er die Beleidigung, die in der Offerte lag, nicht so einfach verwinden; war er doch soeben degradiert worden von einem im Prinzip ebenbürtigen Familienangehörigen zu einem Handlanger, der für den Trommler der Galeere die Schlägel zu putzen hatte. Darüber hinaus war sein Verwandter ein derart unsympathischer Zeitgenosse, dass es ihm nicht leichtfiel, sich auf seine Ambition zu besinnen, ein Vertrauensverhältnis zu ihm aufzubauen.

»Außerdem erhalten Sie eine Wohnung, die Sie sich gleich anschauen können«, fügte Goebbels hinzu und reichte ihm ein Schreiben, das den Stempel der Berliner Stadtverwaltung trug. »Bülowstraße im Stadtteil Steglitz, gute Adresse. Sie werden zufrieden sein.«

Er hatte offenbar nicht die Absicht, Clarsons Reaktion abzuwarten und reichte ihm ohne aufzustehen über den Schreibtisch hinweg die Hand. »Wenn Sie mich jetzt entschuldigen möchten«, sagte er mit einem Lächeln, das freundlich erscheinen sollte, sein Gesicht jedoch zu einer Fratze verzerrte, »ich bin sehr beschäftigt im Augenblick.«

Stirnrunzelnd erhob sich Clarson auf den Stock gestützt, während Goebbels bereits den Telefonhörer am Ohr hatte und einen seiner Angestellten zusammenstauchte.

Ein Unbekannter, der mächtig genug war, um der deutschen Polizei Befehle zu erteilen, musste ein ihm unerklärliches Interesse daran haben, ihn auf freiem Fuß zu sehen.

Am Ausgang des Gebäudes hielt ihm ein Angestellter mit einer angedeuteten Verbeugung die hohe hölzerne Tür auf, während Clarson

darüber nachdachte, umzukehren und Goebbels um eine Ausreisemöglichkeit zu bitten, selbst wenn das bedeutete, die Geschichte von Inhaftierung und eingezogenem Pass auszubreiten.

Der Wind trug den Duft heißen Bratfetts in seine Nase. Ein kleiner Würstchenstand auf Rädern hatte auf dem Wilhelmplatz Station gemacht. Er beschloss, das gewohnte englische Frühstück im Adlon durch eine deutsche Bratwurst zu ersetzen und doch noch Görings ominöser Einladung zu folgen. Beim Anblick der fetttriefenden Würste auf dem schwarzen Grill machte er jedoch wieder kehrt und ging direkt auf eines der wartenden Taxis zu.

Sein Beschatter war verschwunden. An seiner Stelle stand ein kleiner Knirps mit einer viel zu großen Umhängetasche an der Ecke. Ein Exemplar des *Angriff* in die Höhe haltend, rief er über den Platz: »Extrablatt! Tschechisches Heer macht mobil! Slowakischer Ministerpräsident in Berlin! Führer verspricht Unterstützung im Freiheitskampf der Slowakei!«

16

Es war das ungewöhnlichste Gebäude, das man sich vorstellen konnte. Der runde, stumpfe Betonobelisk ragte zwanzig Meter hoch, hatte einen Durchmesser von zehn bis zwölf Metern und war ein Blickfang, lange bevor man das Areal der Deutschen Versuchsanstalt für Luftfahrt im Süden Berlins erreicht hatte. Seine Form ähnelte einer aufrecht stehenden Medikamentenkapsel. Eine Treppe führte an der Außenseite entlang zu einer Tür auf halber Höhe, dem einzigen Anzeichen, dass es sich bei dem Monolithen um ein Gebäude handelte.

Clarson zählte ein paar Münzen ab und ließ sie in die geöffnete Hand des Taxifahrers fallen. Der mit Stacheldraht bekrönten Mauer entlang, die das Gelände vom Stadtteil Adlershof abgrenzte, schritt er zu einem kleinen, weiß getünchten Wachhäuschen neben einem stählernen Eingangstor. Dort zeigte er seine Einladung vor, die Wache griff zum Telefon und ließ ihn anschließend ein. Ein alter Feldwebel mit ansehnlichem Bauch grüßte routiniert und geleitete ihn über den gepflasterten Hof. »Sie sind spät dran. Die Schau hat längst angefangen.«

Die Versuchsanstalt beherbergte neben einem Flugfeld, an dessen Rändern ein halbes Dutzend Militärmaschinen parkten, eine stattliche Anzahl unterschiedlichster Anlagen und Gebäude, durch deren Fenster man über Schreibtische gebeugte uniformierte Männer erkennen konnte. Sie passierten eine riesige horizontale Betonröhre, deren Durchmesser die Straßenlaternen des Geländes weit überragte und die nach circa hundert Metern in eines der Gebäude mündete. Clarson erkannte den Windkanal zur Simulation von Luftströmungen von einer ähnlichen Einrichtung der Royal Air Force in Lincolnshire. Auf den obeliskenförmigen Turm auf der gegenüberliegenden Seite des Hofes konnte er sich dagegen auch aus relativer Nähe keinen Reim machen. An einem Wachposten vor einer von mehreren einfachen Hallen aus Wellblech am Rande der Startbahn angelangt, salutierte der Feldwebel kurz und ließ ihn stehen.

Die Wache öffnete stumm die Tür und der Werkstattgeruch von Metall und Schmieröl schlug ihm entgegen. Er war ein wenig enttäuscht, im Innern des kleinen Hangars eine Traube von ungefähr vierzig Menschen anzutreffen, die Hälfte von ihnen in Uniformen der unterschiedlichsten Couleur. Gehofft hatte er auf eine vertraulichere

Begegnung mit Göring, der sein einziger verbliebener Kandidat für die Rolle des unbekannten Beschützers war.

Niemand schien von seiner Ankunft Notiz zu nehmen. Alle Augen waren auf das silberfarbene Fluggefährt gerichtet, das in der Mitte des Raumes unter einem von der Decke hängenden Hakenkreuzbanner stand. Auch Clarson traute kaum seinen Augen.

Sein Absturz während einer Routineübung in Mittelengland hatte zwar seine Laufbahn jäh beendet, nicht jedoch seine Leidenschaft für die Fliegerei. Er war damals zur Air Force gegangen in der Überzeugung, dass die Luft das entscheidende Schlachtfeld der Zukunft darstellen würde. Doch die Entwicklung der kleinen Fliegertruppe war aufgrund des Mangels an Investitionen in das technisch Mögliche weit hinter ihren Möglichkeiten zurückgeblieben. Die Reichsluftwaffe hingegen schien all das umzusetzen, wovon sie als junge Piloten nach dem Krieg nur hatten träumen können.

Der einsitzige Jäger faszinierte in seiner Fremdartigkeit. Die kleinen Tragflächen trugen keine Rotoren und am Bug fand sich dort, wo man einen Propeller vermutet hätte, ein Loch. Der Rumpf glich einer leicht nach außen gewölbten Röhre, die am Heck in einer kleineren Öffnung endete. Abgesehen von der schmalen Pilotenkabine, schien der gesamte Korpus aus dem neuartigen Strahltriebwerk zu bestehen. Das technische Prinzip war jedem, der sich für die Zukunft der Luftfahrt interessierte, bekannt. Doch hatte es bis dato niemand fertiggebracht, das theoretische Konzept in die Praxis umzusetzen. Die Air Force hatte ein entsprechendes Ansinnen des englischen Erfinders des Strahlantriebs als unmöglich abgelehnt. Die Deutschen hatten sich allem Anschein nach über sämtliche Hindernisse hinweggesetzt und tatsächlich den ersten sogenannten Düsenjäger gebaut.

In eine mit Orden übersäte, taubenblaue Uniform gepackt, ließ Göring seine gewaltige Stimme ertönen. Einem stolzen Zirkusdirektor gleich, marschierte er vor der Maschine auf und ab und erläuterte der erstaunten Zuhörerschaft das neueste Wunderwerk des Deutschen Reiches. »Das Turbinen-Luftstrahltriebwerk macht unsere He 178 schneller als jedes rotorgetriebene Flugzeug, das man sich überhaupt denken kann«, exklamierte er. Das Echo der blechernen Wände verstärkte den Klang seiner Worte noch, ein vermutlich willkommener Nebeneffekt der gewählten Örtlichkeit.

Zur Erstvorführung für das Ausland waren Vertreter aus den verschiedensten Ländern eingetroffen. Neben den deutschen Offizieren

waren die Italiener, Ungarn und Rumänen leicht an ihren Uniformen auszumachen, die Übrigen trugen Zivil. Der Luftwaffenchef ergriff eine Flasche Champagner, die an einer Schnur von einem drei Meter hohen improvisierten Holzgalgen hing, schleuderte sie gegen das verstärkte Seitenteil des Fliegers und taufte ihn mit pathetischer Miene auf den Namen seiner einjährigen Tochter Edda. Gleich darauf verschwand er, huldvoll in die Runde grüßend, von einem italienischen Offizier begleitet durch eine Hintertür. Die geladenen Diplomaten und Militärs schauten sich ratlos an, verwundert über das abrupte und vorzeitige Ende der Veranstaltung. Ordonnanzen begannen sogleich, die Gäste an einem unberührten Champagner-Buffet vorbei zurück zu den Wagen zu geleiten. Clarson rückte, den Borsalinohut in der Hand, unzufrieden seine Krawatte zurecht. Die Hoffnung auf eine Aussprache mit Göring hatte sich als Illusion erwiesen.

»Ich bin überrascht, Sie hier zu sehen«, äußerte Peter Ellis, der plötzlich wie aus dem Nichts neben ihm erschienen war, in einem geradezu inquisitorischen Tonfall, als müsse Clarson sich für seine Anwesenheit rechtfertigen. Der Air Attaché hatte sich noch rechtzeitig ein Glas Champagner gesichert und leerte es in einem Zug.

»Görings Waffenkammer erscheint mir um einiges eindrucksvoller, als ich sie mir vorgestellt hatte«, überging Clarson die Bemerkung. »Inklusive dem seltsamen Beton-Ei dort draußen.«

Aus der sich zum Ausgang bewegenden Gruppe löste sich ein Mann in einem dunklen Zweireiher und gesellte sich zu ihnen.

»Mister Clarson«, sagte Ellis, nun einen freundlichen Ton anschlagend, »darf ich Ihnen Claude Guillemont von der hiesigen Vertretung der Französischen Republik vorstellen? Monsieur Guillemont – Henry Clarson, der Ehegatte von Goebbels' Schwägerin.«

»Sehr erfreut Ihre Bekanntschaft zu machen«, sagte der Franzose, kurz seinen Hut lüftend. Dann ergänzte er feixend: »Ich nehme an, Monsieur Goebbels kann etwas männliche Unterstützung in der Familie gebrauchen.«

Der jüngst ausgestandene Ehezwist gab also immer noch Anlass für offene Häme.

»Ich denke der Propagandaminister empfindet den britischen Teil seiner Verwandtschaft eher als Belastung«, antwortete Clarson. »Wir hinken beide, doch das ist auch schon alles, was wir gemeinsam haben«, fügte er hinzu, um dem Franzosen anzudeuten, dass etwaige Hemmungen, offen zu sprechen, unbegründet waren.

Guillemont benötigte keine Ermunterung. Er strich mit Daumen und Zeigefinger über seinen dünnen schwarzen Schnurrbart und raunte mit französischem Akzent: »Da zeigen sie uns etwas, das aussieht wie ein Ding aus der Zukunft. Und versuchen uns zu erschrecken mit Geschichten von dem, was es alles können soll.« Er gab sich redlich Mühe, verächtlich zu klingen, dennoch verriet sein Tonfall Besorgnis.

»Es ist verblüffend, wie offen die Deutschen ihre neuesten Waffen präsentieren«, pflichtete Clarson bei.

»Derlei Vorführungen sind nicht ungewöhnlich«, erläuterte Ellis. »Göring wirkt dabei stets wie ein kleiner Junge, der mit seinem neuesten Spielzeug prahlen will. Aber lassen wir uns nicht täuschen, in Wahrheit ist es gezielte Einschüchterung. Und darin ist der dicke Luftwaffenboss ein Meister.«

»Das Ganze könnte den gegenteiligen Effekt haben und uns zu größeren Rüstungsanstrengungen animieren«, entgegnete Clarson.

»Göring will im Moment nur Eines«, antwortete Ellis nachdenklich, »nämlich den drohenden Krieg verhindern. Nur steht er damit ziemlich alleine da in diesem Land. Die ganze Schau von eben erscheint mir nahezu wie ein verzweifelter Akt der Abschreckung.«

»Hat er überhaupt noch Einfluss?«, warf Guillemont ein. »Der oberste Flieger des Reiches hat doch, nach allem was wir wissen, zur Zeit Flughöhe Null bei seinem Herr und Gebieter. Wir dachten schon, er wäre gänzlich abgemeldet.« Guillemont schaute sich kurz um. »Besonders als es Anfang des Monats hieß, er habe sich zur Kur begeben und niemand sagen konnte, wann er zurückkehren würde.«

»Ich weiß nicht recht«, murmelte Ellis. »Vielleicht haben wir ja hier so etwas wie ein Comeback des zweiten Mannes im Reich erlebt. Die Veranstaltung hat der Welt jedenfalls gezeigt, dass er wieder da ist. Und vielleicht bedeutet das ja eine Chance für den Frieden.«

»Nichts würde ich mir sehnlicher wünschen«, entfuhr es Guillemont. »Wir müssen alles Menschenmögliche tun, um einen neuerlichen Krieg zu vermeiden. Dieses Mal würde alles noch viel fürchterlicher werden, wie man an dieser neuen Über-Waffe unschwer erkennen konnte.«

»Es handelt sich doch ganz augenscheinlich bloß um einen Prototypen«, versuchte Clarson zu beruhigen. »Die Maschine mag ja enorme Spitzengeschwindigkeiten erreichen. Doch wie sieht es mit ihrer Wendigkeit aus? Und wie lange hält sich der Vogel in der Luft? Solange Göring ihn uns nicht fliegend zeigt, wissen wir eigentlich gar nichts.«

Guillemont schnaubte unbeeindruckt. »Was Sie hier sehen, ist nur eine von einer ganzen Reihe von Forschungsstätten. Sehen Sie den harmlos aussehenden Mann dort drüben?« Er zeigte auf einen freundlich dreinblickenden Zivilisten inmitten einer Gruppe von Wehrmachtsoffizieren, der noch keine dreißig sein konnte. »Wernher von Braun, junger Bursche, doch schon Direktor der Heeresversuchsanstalt in Peenemünde. Die geben sich dort weit weniger aufgeschlossen. Niemand weiß, woran sie arbeiten. Warum ist er hier? Wieso interessiert er sich für den Strahlantrieb? Das bereitet mir ungleich mehr Kopfzerbrechen.«

»Jedenfalls funktioniert die Einschüchterungstaktik der Deutschen, wie man an Ihrer Reaktion unschwer erkennen kann«, provozierte Ellis schmunzelnd.

»Sie missverstehen mich vollkommen!«, gab Guillemont indigniert zurück. »Wir stehen selbstverständlich an der Seite Britanniens. Sobald London zu den Waffen greift, werden wir im selben Moment das Gleiche tun. Aber die Nazis sind Meister darin, sich technischen Fortschritt zunutze zu machen. Er ist die eigentliche Quelle ihrer Macht.«

Sie hatten das Gelände fast vollständig überquert, als sich Ellis, von einem der Luftwaffengeneräle diskret herbei gewinkt, mit einem kurzen Handschlag entschuldigte. Auch der Franzose verabschiedete sich mit Hinweis auf die Limousine seiner Botschaft vor dem Eingangstor. Sein Angebot, ihn zurück in die Innenstadt mitzunehmen, schlug Clarson aus.

Stattdessen blieb er auf dem Hof der Forschungsanstalt zurück. Er war keinen Schritt weitergekommen an diesem Vormittag. Was ihm blieb, war ins Adlon zurückzukehren, wo Ariane auf baldige Ausreise drängen würde, was wiederum bedeutete, sich ohne sichere Aussicht auf den gewünschten Ausgang der Goebbels'schen Inquisition stellen zu müssen. Unterdessen wartete eine Verschwörergruppe zur Beseitigung Hitlers vergebens auf Unterstützung aus dem Königreich.

Er passte einen unbeobachteten Moment ab, drehte sich um und flanierte zurück ins Zentrum des Geländes.

17

Clarson lenkte seine Schritte in eine kleine Gasse zwischen zwei Bürogebäuden. Er wollte dem Wellblechhangar ausweichen, vor dem noch einige Teilnehmer von Görings Schauspiel rauchend plauderten. Am Ende des schmalen Fußwegs wandte er sich nach links und sah sein Ziel in kaum fünfzig Metern Entfernung vor sich. Als er näher trat, nahm er ein dumpf vibrierendes Geräusch ähnlich dem Klang einer Propellerturbine wahr, das aus dem Inneren des Objektes drang.

Der fensterlose Betonturm hatte ihn von Beginn an neugierig gemacht. Er war entschlossen, die runde Fassade solange nach einem Schild, einer Aufschrift oder einem schlichten Kabel abzusuchen, bis er vom Gelände gewiesen würde. Irgendein Detail würde schon Aufschluss über den Zweck der Anlage geben. Der Monolith war groß genug, um jede erdenkliche Waffe oder sonstiges Ungemach zu verbergen und die Versuchsanstalt der Luftwaffe sicher kein Ort, an dem an Harmlosigkeiten geforscht wurde.

Doch der Turm schien sein Geheimnis nicht preisgeben zu wollen. Die Oberfläche aus einfachem rauem Beton vibrierte leicht unter den Vorgängen im Innern, ansonsten fand sich nicht der kleinste Hinweis. Er war im Begriff aufzugeben, als Turbinengeräusch und Vibration plötzlich schwächer wurden und schließlich ganz verstummten. Die Metalltür am oberen Ende der Außentreppe öffnete sich, ein Mann in einem grauen Straßenanzug trat heraus und kam die Stufen hinunter. Als er Clarson bemerkte, zog er die Augenbrauen zusammen.

»Was tun Sie hier?«, fuhr er Clarson an und schob sich mit der flachen linken Hand das zur Seite gekämmte Haar aus der Stirn. Die Geste und die ganze äußere Erscheinung des Mannes erinnerten Clarson an eine andere Bekanntschaft, die er kürzlich gemacht hatte. Mit seiner übel gelaunten Mimik, der markanten Nase und den rundlichen Wangen, dazu den grazilen Händen hätte sein Gegenüber als ein Bruder des Reichskanzlers durchgehen können.

»Ich hatte das Vergnügen an der Präsentation des Strahltriebjets teilzunehmen – auf persönliche Einladung von Oberbefehlshaber Göring«, erklärte Clarson.

»Sind Sie einer der britischen Attachés?«, fragte der Unbekannte, als er den englischen Akzent vernahm.

»Henry Clarson aus London«, streckte er seine Hand zum Gruß aus, »ein Bekannter des Generalfeldmarschalls.«

Die Miene seines Gegenübers hellte sich etwas auf. »Hans Lessing, leitender Ingenieur der Firma Heinkel.«

»Dann habe ich vorhin also eines der Produkte Ihres Unternehmens bewundert.«

»Ja, ja, der He 178-Jäger ist eines der Prestigeprojekte unseres Hauses«, antwortete Lessing wegwerfend, als sei der hochmoderne Flieger bloß kalter Kaffee.

»Mein Kompliment, das war sehr beeindruckend. Ich nehme an, Sie waren selbst an seiner Entwicklung beteiligt?«

»Ich bin für alles zuständig, was mit technischem Fortschritt in der Luftfahrt zusammenhängt«, gab der Ingenieur mit unverhohlenem Stolz zurück. Er tätschelte den monströsen Betonbau wie ein lieb gewonnenes Haustier. »Wie ich sehe, hat auch diese Anlage Ihr Interesse geweckt.«

»In der Tat, wenngleich ich zugeben muss, keine rechte Vorstellung zu haben, um was es sich dabei handeln mag.«

»Der Trudelturm ist einmalig in der Welt«, ging Lessing in offenes Prahlen über und begann seine Worte mit erläuternden Gesten für den Laien zu untermalen. »Wir simulieren hier mit Hilfe eines vertikal von unten nach oben verlaufenden Luftstroms natürliche Flugbedingungen, um den gefährlichen Zustand des Trudelns zu analysieren.«

Clarson wusste nur zu gut, wovon der Ingenieur sprach. Vergeblich hatte er immer wieder versucht, die Erinnerung an jene traumatischen Sekunden aus seinem Gedächtnis zu streichen. Seine Maschine war damals mit schnell wachsender Geschwindigkeit torkelnd Richtung Erdboden gerast und ihm war der Gedanke in den Kopf geschossen: *Das war's dann. Hier kommst du nicht mehr lebend raus!* Mit aller Gewalt hatte er seinerzeit am Höhenruder gerissen, ohne einen Effekt zu erzielen. Erst als er, einer Eingebung folgend, angefangen hatte, das Seitenruder mit statt gegen die Richtung des Trudelns zu steuern, war es ihm im letzten Augenblick gelungen, die antriebslose Bristol-Bulldog vor dem unvermeidlichen Aufprall halbwegs abzufangen und so dem sicheren Tod zu entgehen.

»Die Luftwaffe trainiert ihre Piloten in diesem Turm?«

»Nein, dazu würden Größe und Kapazität des Windkanals natürlich nicht ausreichen. Wir verwenden maßstabsgetreue Modelle von ein paar Metern Spannweite, die frei in einem Drahtkäfig schweben. Mit-

hilfe der gewonnenen Erkenntnisse können wir unsere Piloten dann besser ausbilden. Außerdem erhalten wir Hinweise zur Konstruktionsoptimierung unserer Flugzeuge und werden dadurch manches Leben retten.« Er machte eine kleine rhetorische Pause, dann fügte er hinzu: »Wir sind in der Luftfahrtforschung absolut führend in der Welt und fest entschlossen diesen Vorsprung nicht wieder herzugeben.«

Lessing war, wie es schien, einer jener vielen deutschen Ingenieure, die den Verlockungen unbegrenzter Finanzmittel für Forschung und Entwicklung erlegen waren. Bereitwillig machten sie sich zu Werkzeugen des Regimes und versetzten die Nazis auf diese Weise erst in die Lage, den Rest der zivilisierten Welt herauszufordern. Die Flugsicherheit zu verbessern, war zweifellos ein edles Unterfangen, doch Clarson konnte sich des Eindrucks nicht erwehren, dass ein senkrechter Windkanal den Nazis noch zu anderen Zwecken dienen würde. Die eigentliche Bestimmung des Turms mochte sehr wohl sein, die neue Technik des Sturzkampfbombardements zu perfektionieren. Im spanischen Bürgerkrieg hatte die Legion Condor damit Panik und Entsetzen verbreitet. Doch dies würde Lessing kaum bekümmern, seine Aufmerksamkeit schien allein auf das Erzielen neuer Forschungsleistungen gerichtet.

Er empfand das Bedürfnis, dem Ingenieur einen Nasenstüber zu verpassen, auf dass diesem die Lust an den Lobpreisungen seiner technischen Wundertaten vergehen würde. »Ihr Name lässt mich an den berühmten deutschen Dichter denken«, räsonierte er. »Ich habe in meiner Jugend eines seiner Werke gelesen: *Nathan der Weise*. Sein Appell an die Toleranz zwischen den Religionen hat mich seinerzeit sehr beeindruckt. Ist vermutlich kein Lesestoff mehr im heutigen Deutschland, für das Sie die Waffen bauen.«

Der plötzliche Themenwechsel gefiel Lessing nicht. »Ich glaube nicht, dass Sie die hiesigen Verhältnisse von London aus hinreichend beurteilen können«, gab er irritiert zurück.

»Es wird kaum ein Geheimnis daraus gemacht, wie man mit jüdischen Bürgern in Ihrem Land umgeht«, setzte Clarson nach.

»Das werfen Sie dem Falschen vor.«

»Sie meinen, Sie haben so gar nichts mit all dem zu tun?«

»Vielen Dank, ich brauche keine selbstgerechten Belehrungen«, war Lessings indignierte Antwort. »Ich kenne die Situation in Deutschland selbst sehr genau. Meine Frau ist Jüdin und ich Halbjude, wie man das heutzutage nennt, wenn man eine jüdische Mutter hatte.«

Clarson stutzte. »Verzeihen Sie, ich hatte keine Ahnung.« Er wusste nicht recht, wie er fortfahren sollte. »Wie lebt es sich, ich meine, wie kommen Sie zurecht in Deutschland unter diesen Umständen?«

»Meine Familie wohnt nicht mehr in Deutschland«, antwortete Lessing in verhaltenem Ton, »ist in die Schweiz übersiedelt. Feldmarschall Göring hat ihre Ausreise ermöglicht.«

»Und Sie selbst? Sie leben weiter hier?«

»Emigration ist in meiner Situation keine Option. Die Luftwaffe braucht die Entwickler von der Industrie. Solange ich von Nutzen bin, bleibe ich unbehelligt. Außerdem bin ich, auch wenn das seltsam für Sie klingen mag, immer noch deutscher Patriot.«

Der Ingenieur, der Clarson zunächst so philisterhaft erschienen war, musste mit bizarren und kaum erträglichen Lebensumständen konfrontiert sein. Er würde regelmäßige Benachteiligung und Ausgrenzung erfahren und sich stetig verschärfenden gesetzlichen Schikanen ausgesetzt sehen in einem Land, das Juden generell zum Staatsfeind Nummer eins erklärt hatte. Gleichzeitig arbeitete er an Ausbau und Festigung der Machtstellung des Reiches mit und stand dabei sogar in direktem Kontakt zu einem seiner führenden Repräsentanten.

Clarson sah jedoch keinen Anlass, Lessings Patriotismusphrase unwidersprochen zu lassen. »Also helfen Sie dem Regime, das Ihre Familie verfolgt, sich ganz Europa zu unterwerfen.«

Lessings Mundwinkel zuckten kurz und seine Züge spannten sich sichtbar an. »Ich muss irgendwie leben und meine offiziell von mir geschiedene Frau unterstützen. Sie erhält in der Schweiz keine Arbeitserlaubnis. Ohne meine Anstellung bei Heinkel wäre sie auf Almosen angewiesen. Außerdem bin ich Göring für seine Hilfe in der ganzen Angelegenheit zu Dank verpflichtet.«

Eine Gruppe von jungen Offizieren schlenderte an ihnen vorbei über den Hof und sie unterbrachen ihr Gespräch.

Clarson schaute sich um. Vom anderen Ende des Hofes marschierten zwei Männer in Luftwaffenuniform in ihre Richtung.

Lessing zuckte mit den Schultern, als glaubte er, eine weitere Erklärung schuldig zu sein: »Überleben, bis die Zeiten sich ändern.«

Die Soldaten beschleunigten ihre Schritte und steuerten erkennbar auf sie zu. Auch Lessing hatte sie bemerkt und sprach nun mit leiser Stimme: »Übrigens, Göring hat hier eine reine Schau abgezogen. In Wahrheit hat die Luftwaffe gar kein Interesse an der He 178 und stellt keine Gelder für ihre Fortentwicklung bereit.«

»Die geringe Reichweite?«

Lessing lächelte vielsagend, dann waren die beiden Soldaten herangetreten und postierten sich rechts und links von Clarson. Am unteren Ärmel ihrer Uniform war ein Streifen aufgenäht, der den Schriftzug *Hermann Göring* trug.

»Herr Heinrich Clarson?«, fragte der Ältere, dessen Schulterstücke ihn als Oberfeldwebel auswiesen.

»Henry ist der Name.«

»Wenn Sie uns bitte begleiten wollen?«

Der andere Soldat, ein Gefreiter, fasste ihn am linken Arm.

»*Wollen*?«, wiederholte Clarson und deutete mit dem Kopf auf die Hand, die ihn gepackt hatte.

Die Wache löste den Griff nicht.

»Herr Clarson, bitte folgen Sie uns.«

Clarson nickte dem unbehaglich dreinschauenden Lessing zu und lüftete zum Abschied kurz seinen Hut, bevor er sich den beiden Uniformierten zuwandte. »Meine Herren, ich stehe Ihnen zur Verfügung.«

Die einfache Baracke, zu der er geführt wurde, befand sich etwas abseits der anderen Gebäude im Schatten von Buschwerk und einigen Fichten. Die Eingangstür öffnete sich zu einem kleinen Saal, in dem es nach Zigarettenasche stank und der augenscheinlich als Aufenthaltsraum für die Piloten diente. Während der Gefreite sich am Ausgang postierte, kontrollierte der Oberfeldwebel das Nebenzimmer hinter einer Seitentür. Nachdem er sich versicherte hatte, dass sich dort niemand aufhielt, verließ er mit seinem Kameraden das kleine Gebäude, ohne einen Blick oder ein Wort an Clarson zu richten.

Der Raum war kahl und mit einfachen Tischen, Stühlen und Holzbänken ausgestattet. Neben Porträtfotos von Hermann Göring und Manfred von Richthofen, dem *Roten Baron* und Fliegerhelden des Weltkriegs, zierte ein großes Propagandaplakat die Wand, auf dem drei junge Piloten eine Hakenkreuzflagge vor einer Messerschmidt in den Wind hielten. Der rote Schriftzug darunter lautete: *Niemals mehr wehrlos – niemals mehr ehrlos*.

Eine halbe Ewigkeit lang schien nichts zu geschehen. Clarson vertrieb sich die Zeit, indem er den Silberknauf seines Spazierstocks inspizierte und mit dem Daumen die dunklen, angelaufenen Stellen auf der Unterseite polierte. Er war zuversichtlich, dass seine Vermutung korrekt war. Tatsächlich öffnete sich schließlich die Eingangstür und die Silhouette jenes Mannes erschien, dem zu begegnen er gehofft hatte.

18

Stampfenden Schrittes kam Göring auf ihn zu, während die Wache die Tür von außen schloss. Die Absätze seiner Uniformstiefel hallten vom Holz des Fußbodens wie Trommelschläge wider und unterhalb seines Doppelkinns tanzte sein Pour-le-mérite-Orden im Rhythmus dazu.

»Mein lieber Clarson, wie gut Sie wiederzusehen.«

Der Oberbefehlshaber der Luftwaffe begrüßte ihn wie einen alten Bekannten mit einem ausladenden Handschlag. In seinem Pfannkuchengesicht zeigte sich dabei das freundliche Lächeln eines Vertrauten. Einladend wies er auf einen der vielen Stühle und ließ sich selbst auf einer kleinen Holzbank gegenüber nieder, die er fast zur Gänze ausfüllte. Tief atmend schlug er die Beine übereinander und legte seinen rechten Arm auf die Rückenlehne, einem selbstzufriedenen Gutsherrn gleich. Der Duft von süßlichem Körperöl zog Clarson unangenehm in die Nase.

Es war leicht zu erkennen, warum Göring vielen Zeitgenossen sympathisch vorkam. Er hob sich angenehm ab von dem düster-verbohrten Führungstypus des Regimes, wirkte bei aller unverkennbaren Brutalität seines Charakters wie ein großes Kind, dabei zugänglich und halbwegs gebildet.

Früh hatte er sich an die Seite Hitlers gestellt und anfangs mit der jungen SA Krawalle und Straßenaufmärsche organisiert. Doch bald schon hatte er, der selbst auf einem Schloss aufgewachsen war, sich bloß noch in den Palästen des Adels und Großbürgertums bewegt, emsig bemüht, die Nazipartei in den führenden Kreisen der Gesellschaft salonfähig zu machen.

Von Beginn an hatte er sich als der zweite Mann hinter Adolf Hitler gesehen und darauf gesetzt, eines Tages seine Nachfolge anzutreten. Das war zunächst nicht mehr als ein Anspruch gewesen. Auf das Vertrauensverhältnis zu seinem Führer setzend, hatte er geduldig seine Position ausgebaut und dabei dessen absolute Autorität in allen Fragen stets anerkannt. Dies nicht zu getan zu haben, war ein Fehler, den die eigentlichen zweiten Männer der Nazibewegung, Gregor Strasser und Ernst Röhm, mit dem Leben bezahlt hatten.

»Sie galten schon als verschwunden«, begann er. »Doch offensichtlich scheint Ihnen unser Forschungsinstitut hier zu gefallen.«

»Es war sehr freundlich von Ihnen, mich einzuladen«, erwiderte Clarson. »Auch wenn ich eben beinahe das Gefühl hatte, verhaftet zu werden.«

»Die Umstände tun mir leid«, gab Göring abwinkend zurück. »Ich hoffe, man hat die Form nicht verletzt und ist Ihnen in angemessener Weise gegenübergetreten. Ich wollte jedoch sicherstellen, dass wir heute noch Gelegenheit haben zu sprechen.«

Es bedurfte einer Willensanstrengung, seinem bohrenden Blick standzuhalten.

»Imponierendes Projekt, Ihr Strahltriebflieger«, überbrückte Clarson eine kleine Pause, entschlossen, nicht den ersten Schritt zu machen. Göring würde ihn kaum hergebracht haben, um einen Schwatz über die Zukunft der Luftfahrt zu halten. Doch das Bild von Wardleys blutüberströmter Leiche mahnte Clarson, behutsam vorzugehen.

»Ja, das dachte ich mir, dass der Ihnen den Atem verschlägt.« Görings grinsende Mundwinkel kämpften gegen seine fleischigen Wangen an. »Einmal Flieger, immer Flieger. Die Fliegerei lässt einen Mann nicht wieder los. Meine Absicht ist, die gesamte Jagdwaffe mit Typen dieser Art auszustatten. Deutschland wird dann über eine Luftmacht verfügen, die alles bisher Dagewesene zu wertlosen Klapperkisten degradiert.«

»Ihre Nachbarn in Europa werden das mit Beunruhigung verfolgen«, entgegnete Clarson, die Hände vor sich auf den Stock stützend.

»Herr Clarson, ich bin ein Mann des Friedens«, gab Göring fast beleidigt zurück. »Allen voran Sie sollten das wissen.« Mit einer umständlichen Bewegung kramte er ein besticktes Taschentuch aus dem Innern der Uniformjacke hervor und wischte sich die Stirn. »Es freut mich jedenfalls, dass Sie meiner Einladung gefolgt sind. Ich war, offen gesagt, nicht ganz unbeteiligt daran, dass Sie dazu überhaupt in der Lage waren.«

Clarson hob die Augenbrauen. Göring schaute ihn mit musterndem Blick an und fuhr fort.

»Schlimme Sache dieser Vorfall von Samstagnacht. Mein Beileid übrigens. Ich nehme an, Sie waren mit dem Handelsattaché befreundet?«

»Verstehe ich Sie richtig? Habe ich meine plötzliche Freilassung Ihrer Intervention zu verdanken?«

»Glücklicherweise ist der Berliner Polizeipräsident ein alter Freund und Kampfgenosse von mir. Auch wenn ich nicht mehr direkt für die Polizei des Landes verantwortlich bin, hatte ich so doch die Möglichkeit, auf unbürokratische Weise dem üblen Spuk ein Ende zu bereiten.«

»Herr Ministerpräsident«, antwortete Clarson. Zivilpersonen sprachen Göring im Allgemeinen mit seinem Titel als Regierungschef des

Landes Preußen an. Von den unzähligen Ämtern, die er angehäuft hatte, vermittelte dieses das größte Ausmaß an Autorität. Militärs pflegten seinen Rang als Generalfeldmarschall in der Anrede zu verwenden. »Ich bin Ihnen sehr verbunden, doch ich habe mit diesem brutalen Verbrechen nicht das Geringste zu tun.«

»Natürlich sind Sie unschuldig, das steht doch ganz außer Frage. Das Problem ist nur, dass die Gestapo es nicht so sehen wird. Aber das haben wir ja einstweilen verhindert, dass Sie in deren Hände geraten.«

Einstweilen? Göring übermittelte eine zwiespältige Botschaft.

»Sie sind ein Ehrenmann«, fuhr der Marschall in jovialem Ton fort, »das habe ich gleich erkannt. Und als ehemalige Kampfpiloten verbindet uns sowieso der Ehrenkodex der Lüfte.«

Clarson drehte den Stock zwischen seinen Fingern. Es sprachen immer die am lautesten von Ehre, die davon am wenigsten im Leib hatten. Die Methoden der Luftwaffe im Spanischen Bürgerkrieg jedenfalls hatten mit der oft beschworenen Ritterlichkeit des Luftkampfes nicht viel gemein gehabt.

»Ich hätte es, offen gesagt, vorgezogen, wenn man offiziell jedweden Tatverdacht hätte fallen lassen, statt mich in einer Nacht-und-Nebel-Aktion unter Vorbehalt auf freien Fuß zu setzen.«

»Ich verstehe. Doch das war bei der gegebenen Indizienlage leider nicht machbar. Jedenfalls wäre eine komplett unmögliche Situation entstanden, wenn ein Verwandter von Reichsminister Goebbels und Angehöriger der Londoner Gesellschaft hier bei uns unter falschem Tatverdacht einsäße. Das musste ich schon aus politischen Gründen verhindern.« Die Hände auf die Oberschenkel abgestützt, beugte sich Göring so weit zu ihm vor, dass Clarson fürchtete, der übergewichtige Feldmarschall werde von der Bank rutschen und vor seine Füße stürzen. »Außerdem ist es besser«, hauchte er mit leiser Stimme, »wenn der Inhalt Ihrer Unterhaltung mit Attaché Wardley nicht SD und Gestapo zur Kenntnis gelangt.«

»Wir haben über Jazzmusik gesprochen.«

»Das wird kaum das einzige Thema gewesen sein.«

»Wir sind beide ausgesprochene Liebhaber des Swing.«

Göring schnaufte tief, lehnte sich zurück und verschränkte die Arme. »Hören Sie, Wardley hat mir vertraut und ich ihm. Das war die Basis all unserer Unterredungen. Als Beauftragter für den Vierjahresplan habe ich die Oberhoheit über das deutsche Wirtschaftsleben und hatte schon von daher vielerlei Berührungspunkte mit dem Handelsat-

taché. Wesentlich war mir aber die Friedenssicherung. Attaché Wardley und ich haben im Dienste des Friedens eng zusammengearbeitet. Wir hatten vereinbart, dass er Sie ins Vertrauen ziehen würde. Meine Hoffnung ist nun, dass er noch die Gelegenheit dazu hatte.«

Wardley, der selbsternannte Geheimhaltungsspezialist, hatte tatsächlich Göring seinen Namen genannt und ihn vermutlich auch gleich als möglichen Kurier nach England angepriesen.

Clarson spürte, wie Göring sich unter wachsender Anspannung bemühte, das Mienenspiel seines Gastes zu deuten. Es reizte ihn, den Marschall noch etwas länger im Ungewissen zu lassen. Doch Versteckspiel konnte dem Fortgang des Gesprächs bloß schaden. Göring war – das hatte er an seinem ersten Abend in Schwanenwerder zu spüren bekommen – ein Mann, der es vorzog, frei von der Leber weg zu sprechen. Es gab keinen Grund, ihn unnötig zu verprellen.

»Der Attaché war in der Tat an mich herangetreten mit der Bitte, ihn bei seinen vertraulichen Friedensbemühungen zu unterstützen.«

»Es freut mich, dass wir für die gleiche Sache einstehen«, sagte Göring erleichtert. »Europa braucht jetzt beherzte Männer wie Sie.«

»Muss ich annehmen, dass es Wardleys Engagement in dieser Angelegenheit war, das ihn zum Opfer eines blutigen Verbrechens werden ließ?«

»Es wird mit extrem hohem Einsatz gespielt, mein lieber Clarson. Es geht um Leben und Tod – für alle Beteiligten. Bei Wardley kam hinzu, dass er als ausländischer Diplomat Immunität vor Strafverfolgung genoss, so dass jedes offizielle Einschreiten unerwünschte internationale Komplikationen mit sich gebracht hätte. Ihn auf diese Weise aus dem Weg zu räumen, war für meine Feinde die einzige Möglichkeit, meine Pläne zu durchkreuzen.«

»Sie kennen die Hintermänner der Tat?«

Mit angespanntem Gesichtsausdruck beugte sich Göring wieder Clarson zu. »In Deutschlands Führung tobt ein Kampf zwischen zwei Lagern. Gegen mich stehen Kräfte, die mithilfe eines Krieges die Radikalisierung des Regimes betreiben wollen. Ich dagegen stehe für eine Politik der Normalisierung der Verhältnisse im Innern wie in der Außenpolitik.« Der Marschall nahm in der Tat kein Blatt vor den Mund.

»Bedeutet das nicht, dass Sie selbst ebenfalls in Gefahr sind?«

Göring winkte verächtlich ab. »Niemand weiß, was ich wirklich vorhabe. Man erwartet im Gegenteil allenthalben, dass der Führer mich bei nächster Gelegenheit aus meinen Ämtern werfen wird.« Seine

Miene verzog sich zu einem selbstbewussten Schmunzeln. »Ich kann es kaum erwarten, das Gesicht bestimmter Herren zu sehen, wenn ich meinen Plan zur Ausführung bringe.«

19

Göring wähnte sich in Sicherheit, weil seine Feinde sich nicht an ihn herantrauten. Ein Privatmann aus London würde ein leichteres Opfer abgeben.

»Die Affäre könnte mich oder gar meine Frau in ernsthafte Schwierigkeiten bringen. Der Mörder wird mich zusammen mit Wardley gesehen haben.«

»Ich habe Maßnahmen getroffen, um Sie zu schützen. Major Binnewies aus meinem Leibregiment hat den Befehl, sich Ihrer anzunehmen.«

»Garantiert das meine Sicherheit?«

»Eine Garantie gibt es nicht. Der einzige Ausweg ist fortzuführen, was begonnen wurde. Ich brauche rasch einen vertraulichen Kontakt zu Britannien. Ich baue auf Sie.«

»Sie wollen, dass ich in Ihrem Auftrag nach London gehe?«

»Glauben Sie mir, unter normalen Umständen würde ich Sie nicht belästigen, doch für langwierige Annäherungstänze bleibt mir keine Zeit mehr. Die Ermordung Wardleys hat uns zurückgeworfen, dabei steht ein Kriegsausbruch unmittelbar bevor. Wir müssen innerhalb weniger Tage zu einer Übereinkunft kommen.«

»Für die Erhaltung des Friedens bin ich jederzeit bereit, mich zu verwenden«, erklärte Clarson. Außerdem würde er nur auf diese Weise erfahren, was wirklich gespielt wurde. »Attaché Wardley hatte eben begonnen, mich über Details in Kenntnis zu setzen, als wir jäh unterbrochen wurden.«

»Es ist ein Jammer«, sinnierte Göring, »dass Wardley den Erfolg seiner Arbeit nicht mehr erleben kann.«

»Ich gehe also recht in der Annahme, dass Sie Unterstützung von der britischen Insel suchen?«

»Ich erwarte nichts weiter, als dass London seinem Eigeninteresse folgt. Ein neuer Waffengang würde große Teile unserer Länder der Zerstörung preisgeben und könnte doch nur das Ergebnis haben, beide Mächte ins zweite Glied zurückzuwerfen.« Görings Tonfall wurde lauter und eindringlicher. »Die Vereinigten Staaten und Russland würden früher oder später auf den Plan treten und den erschöpften europäischen Mächten ihren Frieden diktieren. Die Amerikaner waren als ein Volk von hundert Millionen Menschen im letzten Krieg bereits ein

entscheidender Faktor. Inzwischen sind daraus hundertfünfzig Millionen geworden, die alleine für ein ganzes Drittel der Weltindustrieproduktion verantwortlich sind.« Tief atmend wischte er sich erneut die Stirn. »Deutschlands Anteil liegt gerade bei einem Achtel. Die Zahlen für Großbritannien sehen noch ernüchternder aus. Und das bolschewistische Russland, der Erzfeind aller Kulturnationen, steht drohend im Osten und wird mit jedem Tag stärker.«

Er erhob sich und begann mit ausholenden Schritten auf und ab zu gehen. »Es wäre der Untergang der europäischen Großmächte!«, rief er in den Raum. »Und England ist das Land, das am meisten zu verlieren hat. Glauben Sie etwa, dass Indien unter diesen Umständen im Empire gehalten werden könnte? Nein, das britische Weltreich wäre für immer verloren.« Göring blieb unmittelbar vor dem sitzenden Clarson stehen und schaute ihm in die Augen. »Deutschland und England trennen keine unterschiedlichen Interessen, im Gegenteil. Wir wollen beide den Bestand unserer Reiche sichern und ähneln uns insofern sehr.«

»Ich denke nicht, dass Ihre Einschätzung von der Ähnlichkeit beider Regime in meinem Land geteilt würde«, entgegnete Clarson, ohne sich zu rühren. »In London brennen keine Synagogen und die Führer der Opposition sitzen im Parlament und nicht im Konzentrationslager.«

Er war sich noch immer nicht sicher, worauf Göring letztendlich hinaus wollte. Hatte er mithilfe von Wardleys Geheimdiplomatie das Königreich bloß aus einem kommenden Krieg heraushalten wollen?

»Ja, ja, diese Auswüchse müssen korrigiert werden«, gab Göring irritiert zurück. »Da gebe ich Ihnen ja recht. Aber Sie müssen verstehen, dass wir eine Revolution durchzuführen hatten. Wir standen vor der ungeheuren Aufgabe, eine starke kommunistische Bewegung in unserem Land auszurotten. Dabei mag hier und da über die Stränge geschlagen worden sein. Aber bei Revolutionen fließt nun einmal Blut. Es kommt jetzt nur darauf an, den europäischen Frieden sicherzustellen, alles andere wird folgen.«

»Dazu muss sich zunächst und vor allem die deutsche Politik ändern.«

»Die könnte sich bald sehr radikal ändern.«

»Sie meinen, es wird keine deutsche Aggression gegen die Tschechoslowakei geben?«

»Tut mir leid«, schüttelte Göring seinen gewaltigen Schädel. »Der Führer ist in dieser Angelegenheit völlig unnachgiebig und zu keinerlei Kompromiss bereit.«

»Haben Sie nicht die Möglichkeit, Einfluss auf den Reichskanzler zu nehmen?«

»Damit ist es vorbei. Man hat meine Position bei ihm gezielt untergraben. Der Waffengang gegen Prag ist unausweichlich. Und das Risiko, dass aufgrund des Beistandsverprechens der Westmächte daraus ein neuer Weltkrieg wird, nimmt der Führer bewusst in Kauf.«

»Verzeihen Sie, aber ich kann Ihnen nicht ganz folgen. Sagten Sie nicht soeben, dass Sie Ihre Bemühungen dahin gehen, den europäischen Frieden zu bewahren?«

»Dazu ist es zu spät. Europa wird für einen Augenblick in den Abgrund der Selbstvernichtung schauen müssen. Es geht mir darum, sehr rasch nach Kriegsausbruch eine allgemeine Verständigung zu erzielen.«

Clarson erhob sich nun ebenfalls und stützte seinen durchgedrückten linken Arm auf dem Stock ab. »Und wie glauben Sie, die alliierten Mächte zum Einlenken bewegen zu können?«

»Durch eine Änderung der deutschen Politik, die die souveränen Rechte aller Völker in Europa anerkennt, verbunden mit dem Verzicht auf jegliche Ansprüche gegenüber der Tschechoslowakei«, erklärte Göring bestimmt. »Auf dieser Basis könnte ein Friede geschlossen werden, bevor es überhaupt zu ernsthaften Kampfhandlungen kommt.«

»Was könnte Deutschland zu solch einer Kehrtwendung veranlassen?«, entgegnete Clarson mit skeptischer Miene, während er mit der freien Hand den Sitz seines Krawattenknotens überprüfte.

»Die neue Politik würde eingeleitet werden durch einen Wechsel in der Reichsspitze. Dieser Wechsel wäre gleichzeitig der Garant der neuen außenpolitischen Orientierung.«

Endlich ließ Göring die Katze aus dem Sack.

»Wie würde diese neue deutsche Regierung aussehen?«, setzte Clarson nach.

»Ich werde die Sache persönlich in die Hand nehmen und alle radikalen und kriegstreiberischen Kräfte ausschalten.«

»Was wird mit Hitler geschehen?«

Göring begann erneut auf- und abzugehen. Der ungewöhnliche, süße Duft seiner Hautpflege begann den gesamten Raum auszufüllen. »Sie können davon ausgehen, dass seine Person einer raschen Friedensregelung nicht im Wege stehen wird.«

»Das klingt, an den letzten Äußerungen des Reichskanzlers gemessen, wenig wahrscheinlich. Es sei denn …« Clarson hielt inne.

Göring blieb vor dem Propagandaplakat stehen und antwortete, um einen stoischen Tonfall bemüht, ohne sich zu ihm umzudrehen: »Der Führer hat es in seinem Werk *Mein Kampf* selbst geschrieben: Wenn eine Regierung das Volk dem Untergang entgegenführt, dann ist Rebellion nicht nur Recht, sondern Pflicht.«

Clarson blies hörbar Luft aus. Es war unglaublich. Göring hatte tatsächlich die Absicht, zum Brutus des Dritten Reiches zu werden.

»Ich denke«, antwortete Clarson in die Stille des Raumes, »eine solche Entwicklung könnte die Regierung Seiner Majestät in der Tat dazu bewegen, eine grundsätzlich neue, positive Haltung gegenüber Deutschland einzunehmen.«

»Premierminister Chamberlain will ja im Grunde nichts anderes als den Frieden«, verkündete Göring, seinen Marsch durch den Raum wieder aufnehmend. »Und Frankreich schaut auf London, bereit, dem englischen Beispiel zu folgen. Es ist allein die Gruppe um Churchill, die einem Ausgleich mit Deutschland im Wege steht. Der alte Kämpe wird bei Kriegsausbruch noch einflussreicher werden, vielleicht wird er sogar Premierminister. Wie auch immer, gegen ihn wird es jede britische Regierung schwer haben, ein Ende der Kampfhandlungen durchzusetzen, wenn das Schießen erst einmal angefangen hat. Darum ist es so wichtig, ihn auf unserer Seite zu wissen. Attaché Wardley hatte mir gegenüber angedeutet, dass Sie der geeignete Mann dafür seien.« Göring warf ihm einen erwartungsvollen Blick zu.

»Churchill ist der Erzgegner Nazideutschlands und –«, erwiderte Clarson.

»Gerade deshalb«, fiel Göring ihm mit lauter Stimme ins Wort, »ist es unerlässlich, ihm deutlich zu machen, dass ein schneller Frieden die Abkehr von allem bedeutet, was Herrn Churchill am heutigen Deutschland missfällt. Abrüstungsverhandlungen könnten sofort begonnen werden. Unter meiner Führung würde sich das Reich auch in dieser Frage äußerst flexibel zeigen.«

»Warum diese Geheimdiplomatie im Vorhinein?«

»Ich brauche die verbindliche Übereinkunft, dass sich die Kriegsabsicht Englands nur auf das gegenwärtige Regime bezieht. Die erste Amtshandlung der neuen Regierung wird die Beendigung des Feldzugs gegen die Tschechoslowakei sein, im Vertrauen darauf, dass dies auch das Ende des Konflikts mit England und Frankreich bedeutet. Jede Verzögerung in dieser Angelegenheit könnte fatale Auswirkungen für die Neuordnung im Reich haben.« Göring holte tief Luft. »Sind Sie bereit,

in diesem Sinne für die Interessen Britanniens und die Erhaltung des europäischen Friedens einzutreten?«

Eine neue Regierung würde sich also nur halten können, wenn sie sich in der Lage sah, den Deutschen den Frieden als Antrittsgeschenk zu machen. Es war, wie Wardley gesagt hatte. Hier eröffnete sich eine vielleicht einmalige Möglichkeit, die Welt vor einem Krieg zu bewahren und gleichzeitig Hitler loszuwerden.

»Jederzeit«, antwortete Clarson ohne zu zögern.

Göring ging auf ihn zu, schüttelte ihm die Hand und hielt sie fest. »Ich danke Ihnen von Herzen. Sie werden in Kürze wieder von mir hören. Mit Ihrer Hilfe werden wir ein neues Kapitel in der europäischen Geschichte aufschlagen: eine Ära der Freundschaft und Kooperation der germanischen Großmächte.«

Clarsons Fingerknöchel schmerzten unter Görings fester werdendem Händedruck, der dessen abschließende Worte unterstrich: »Das Reich ist bis an die Zähne bewaffnet und würde einen Krieg bis zur Vernichtung seiner Feinde führen, selbst wenn das den eigenen Untergang bedeutete.« Er klopfte Clarson auf den Oberarm und verließ dann in der gleichen abrupten Manier den Raum, wie er ihn betreten hatte.

Er hatte es nicht lassen können, mit einer unverhüllten Drohung zu enden. Ebenso wie die Vorführung eines Strahltriebjägers, der in Wahrheit niemals gebaut werden würde, war auch dies ohne Zweifel Teil einer wohlüberlegten Inszenierung. Seiner Kampfansage an die Radikalen des Regimes zum Trotz, hatte er nicht von den Methoden der Nazis Abschied genommen und spielte auf der ihm vertrauten Klaviatur von Versprechungen, Einschüchterung und Bluff.

Doch bei all dem Theaterdonner von Görings Auftritt war die besorgte Unruhe, der geradezu ängstliche Ausdruck in seinen Augen unverkennbar geblieben

20

Oberst Clemens Nausitz strich nervös über die Standartenflagge des Potsdamer Infanterieregiments Nr. 9 an der Wand seiner Stube. Die Einheit stand in der Tradition der alten preußischen Garderegimenter und seine Offiziere hatten das entsprechende Elitebewusstsein verinnerlicht. Seit einem Jahr war er der erste bürgerliche Kommandant des *Graf 9*, wie das Regiment wegen des hohen Anteils Adliger unter seinen Offizieren häufig genannt wurde. Wenn ihm dies vor zehn Jahren vorhergesagt worden wäre, als er sich als Reitlehrer auf pommerschen Junkerhöfen durchgeschlagen und in Stallungen geschlafen hatte, hätte er glauben müssen, verspottet zu werden. Nausitz war sich wohl bewusst, dass er seine späte, steile Karriere nur dem explosionsartigen Ausbau der Wehrmacht zu verdanken hatte, der eingetreten war, nachdem man Adolf Hitler zum Reichskanzler gemacht hatte. Plötzlich hatte man jeden einzelnen Weltkriegsleutnant gebraucht, auch die, die nichts mit dem Gesocks der Nazipartei im Sinn hatten.

Als er endlich ein Türklopfen vernahm, zog er kurz seinen Uniformrock straff und hieß seine beiden Gäste einzutreten.

»Wir haben einen Verräter in unserer Mitte!«, raunte er ihnen zu, kaum dass sie die Tür hinter sich geschlossen hatten.

»Aber nein, das haben wir nicht«, entgegnete General Halder, überrascht ob der ungewöhnlichen Begrüßungsworte.

»Wollen Sie etwa behaupten, dass Weihnacht sich tatsächlich beim Reinigen der Waffe eine Kugel in den Kopf gejagt hat?«

»Das war selbst für den SD eine erbärmliche Erklärung. Weihnacht wird sich durch irgendeine Dummheit verraten haben. Vermutlich hatte er sich dem Falschen anvertraut.«

»Und hat damit vielleicht uns alle verraten.«

»Wenn das der Fall wäre, wären wir drei schon auf dem Weg zum Schafott.«

»Fest steht jedenfalls«, warf Oberstleutnant von Dannegger ein, »dass der SD uns enger im Nacken sitzt, als uns lieb sein kann.«

»Vielleicht sollten wir unser Vorhaben nochmals überdenken«, gab Nausitz mit gequälter Miene von sich.

»Kommt überhaupt nicht infrage!«, fuhr von Dannegger ihn an. »Wir müssen es tun, schon um der vielen anständigen Männer willen,

die die Nazis in Lager gesperrt und umgebracht haben, während wir nur zugeschaut haben.«

Von Dannegger war das Gerede satt, das letztendlich nichts weiter war als feiges Ausweichen vor dem Unvermeidlichen. Spätestens Weihnachts Tod hatte doch allen Beteiligten vor Augen führen müssen, dass es gar keine Alternative gab. Die Offiziere mussten jetzt ihrer Verantwortung ins Auge sehen. Es war der einzige Weg.

Franz Halder nahm seinen Zwicker ab und rieb sich die Nase. Mit Daumen und Zeigefinger der linken Hand fasste er den Steg der Sehhilfe, zog ein graues Taschentuch hervor und begann, die Gläser ausgiebig zu reinigen. Nausitz beobachtete seinen alten Vorgesetzten aus Weltkriegstagen eine Weile. Schließlich verlor er die Geduld. »Wie können Sie so ruhig bleiben, wo wir dabei sind, Ehre und Leben zu riskieren?«

Halder lächelte milde. Er setzte den Zwicker wieder auf, rückte ihn mit großer Detailverliebtheit zurecht, schritt ans Fenster und schaute auf den Kasernenhof. Unten schrie ein Feldwebel exerzierenden Soldaten kurze Kommandos zu. »Wir werden es mit den vorhandenen Kräften wagen müssen.« Er räusperte sich. »Mit jeder Erweiterung unseres Kreises wächst die Gefahr des Verrats. Außerdem ist schlichtweg keine Zeit mehr. Hitler kann jeden Augenblick einen Krieg vom Zaun brechen.«

»Gibt es denn keine Möglichkeit, ihm doch noch sein größenwahnsinniges Abenteuer auszureden?«, fragte Nausitz eindringlich, obgleich er die Antwort kennen musste.

»Sein Entschluss steht fest«, schüttelte Halder den Kopf. »Er spricht gerade mit dem Slowakenführer Tiso. Er wird ihn solange bearbeiten, bis der sich bereit erklärt, die Unabhängigkeit vom tschechoslowakischen Bundesstaat auszurufen und um deutschen Schutz zu bitten. Damit will Hitler dem Ganzen das i-Tüpfelchen aufsetzen und sich eine passende Scheinrechtfertigung für den Angriff auf die Rest-Tschechei besorgen. Nicht, dass es darauf noch ankommt.«

»Er kann doch nicht am Generalstab und damit an Ihnen vorbei einen Krieg erklären wollen?«

»Sie wissen doch, wie er ist«, Halder zuckte mit den Schultern. »Der Aufmarsch an der tschechischen Grenze ist abgeschlossen, alles weitere liegt jetzt in seinen Händen. Und im Westen sind wir so schwach, dass die französische Armee praktisch ungehindert bis ins Ruhrgebiet spazieren könnte.«

»Der Führer wird recht behalten mit seiner Ansicht. Der Franzose wird sich rein defensiv verhalten und nicht aus den Bunkerbollwerken der Maginotlinie herauswagen«, stellte Nausitz fest.

»Das ist doch uninteressant«, ereiferte sich von Dannegger. »Was zählt, ist, dass wir eine nicht wiederkehrende Gelegenheit haben, Hitler und das ganze Verbrecherpack von Goebbels bis Himmler loszuwerden.«

Nausitz ignorierte ihn und blieb Halder zugewandt: »Wann wird der Angriffsbefehl kommen?«

»Schwer zu sagen. Das Oberkommando hat sich fünf Tage Vorlaufzeit ausbedungen. Er hat das rundweg abgelehnt und darauf bestanden, dass wir innerhalb von vierundzwanzig Stunden nach seinem Signal losschlagen.«

»Das ist eine fahrlässig knappe Frist.«

»Es stellt zweifellos hohe Anforderungen an die Truppe. Doch die Angriffsstellungen sind fertig ausgehoben, auch scharfe Munition wurde bereits ausgegeben. Es wird nicht alles gemäß dem Handbuch der Preußischen Kriegsakademie ablaufen, aber Hitler wird seinen Willen bekommen. Darum müssen wir ebenfalls von einem auf den anderen Tag bereit sein. Andererseits möchte ich fast mein Offizierspatent darauf verwetten, dass es der Samstag sein wird.«

»Warum ausgerechnet dann?«

»Hitler hat Überraschungen für das Ausland immer auf diesen Wochentag gelegt.« Halder hob den Zeigefinger und berührte seine Nasenspitze. »Die Wiedereinführung der Wehrpflicht, der Einmarsch ins Rheinland, die Besetzung Österreichs – alles Samstage. Wahrscheinlich wähnt er die Politiker der Demokratien dann im Wochenende und weniger geneigt, Widerstand zu leisten. Abergläubisch, wie er ist, wird er nur ungern von seinem Muster abweichen wollen.«

»Die Antwort des Westens wird auch an einem Wochenende nicht auf sich warten lassen«, entgegnete Nausitz wegwerfend.

»Auch ich erwarte die Kriegserklärungen Englands und Frankreichs nur wenige Stunden nach dem Beginn unserer Operationen gegen die Tschechoslowakei.«

»Und genau diesen Augenblick müssen wir ausnutzen«, von Dannegger schlug mit den Fingerknöcheln auf den Tisch des Kommandeurs, »wenn der Schock in der Bevölkerung über den neuen Weltkrieg am größten ist.«

Halder nickte. »Auf Ihre Männer ist hundertprozentig Verlass?«, fragte er an Nausitz gerichtet.

Der Regimentskommandeur nahm Haltung an. »Ich lege meine Hand für jeden Einzelnen von ihnen ins Feuer.«

»Das Regierungsviertel muss komplett abgeriegelt werden«, begann Halder das vereinbarte Vorgehen zu rekapitulieren. »Niemand betritt oder verlässt den umstellten Bezirk. Abordnungen des Regiments verschaffen sich Zutritt zu allen Ministerien, die zuständigen Amtsleiter werden an Ort und Stelle in Schutzhaft genommen, bis wir die Kontrolle über die Situation haben.«

Clemens Nausitz nickte kurz und Halder wandte sich von Dannegger zu. »Alles steht und fällt mit der Festnahme Hitlers in der Reichskanzlei. Ich vertraue auf dich, gemeinsam mit mir diese Aufgabe zu erledigen. Du und deine Männer sind hinreichend immun gegen das Charisma des Führers. Im besten Falle wird alles völlig unblutig ablaufen. Sollte es doch zu einem Schusswechsel kommen, dann ist er in den Quartieren des Führerbegleitkommandos in den Westflügeln am wahrscheinlichsten. Jedenfalls muss jedweder Widerstand sofort gebrochen werden, notfalls mit Waffengewalt. Innerhalb von zwei Stunden kann alles erledigt sein.«

Nausitz zog an den Ärmeln seiner Uniform und erklärte förmlich: »Hitler wird vor die Alternative gestellt werden, sich vor einem Militärgericht zu verantworten oder seinen ehrenvollen, aber unwiderruflichen Rückzug ins Privatleben zu erklären.«

»Wir wollen ihn wirklich so einfach davonkommen lassen?«, hielt von Dannegger dagegen.

Nausitz machte eine brüskierte Geste. »Mein lieber von Dannegger, immerhin war es der Führer, der Deutschlands Ehre wieder hergestellt und ihm den gebührenden Platz unter den Nationen der Welt zurückgegeben hat.«

Mit der Andeutung eines Kopfschüttelns bedeutete Halder dem jungen Oberstleutnant, auf eine Entgegnung zu verzichten, und setzte seinen Vortrag fort.

»Außerhalb dieses Bezirks werden die Gauleitung der Partei und die Verwaltungszentrale der SA besetzt. Abteilungen des Regiments *Hermann Göring* bringen die Rundfunkzentralen sowie die Telefon- und Telegrafennetze unter ihre Kontrolle. Hoepner wird an der Spitze eines seiner Panzerbataillone das Quartier der SS-Leibstandarte in der Finckensteinallee umstellen. Unterdessen wird General von Witzleben im Zossener Hauptquartier die Kooperation der Heeresführung gewährleisten sowie Keitel und Jodl im OKW unter Arrest stellen las-

sen. Zur gleichen Zeit sollte Göring mit Himmler und Konsorten fertig geworden sein. Er wird anschließend als neuer Reichspräsident über sämtliche Radiosender eine Erklärung an das deutsche Volk verlesen: Sofortige Einleitung des Rückzugs aus der Tschechoslowakei, Wiederherstellung des Friedens, Bildung einer Regierung der nationalen Versöhnung.«

»Dieser aufgeblasene Popanz!«, schnaubte von Dannegger.

»Auch ich fühle mich nicht wirklich wohl dabei, gemeinsame Sache mit ihm zu machen«, pflichtete Nausitz bei.

»Ich bitte Sie, meine Herren! Nicht noch einmal die gleiche Diskussion!«, gab Halder zurück. »Wir haben uns ihm angeschlossen, weil es der einzige gangbare Weg ist. Er allein kann als Staatsoberhaupt nach Hitlers Ausscheiden eine Übergangsphase einleiten, ohne dass Tumulte und Ausschreitungen von Parteiaktivisten und SA alles gleich wieder kaputt machen. Außerdem wird er der Wehrmacht nur formal vorstehen; die Truppe wird auf das Reich, nicht auf seine Person vereidigt werden.«

»Und Göring hat sich von sämtlichen seiner alten Nazi-Kumpanen losgesagt?«, fragte Nausitz.

»Welche Wahl hat er denn noch?«, fiel von Dannegger dazwischen. »Bei Hitler hat er ausgespielt. Vermutlich wird der Führer ihn im Windschatten des Kriegsausbruchs ablösen wollen, so wie er im vergangenen Jahr Fritsch und von Blomberg kurz vor der Besetzung Österreichs abserviert hat. Außerdem konnten sich die Nazi-Granden untereinander noch nie riechen. Machen Sie sich keine Sorgen, Herr Oberst, Göring ist ganz auf unserer Seite. Leute, die in die Enge getrieben sind, werden weniger wählerisch.«

Nausitz nickte mit zweifelnder Miene. Halder ergänzte von Danneggers Worte: »Nur mit seiner Hilfe wird es gelingen, Parteibonzen und Salonnazis ruhig zu halten. Außerdem wird er es sein, der die SS unter Kontrolle bringt. Sein Zerwürfnis mit Himmler kommt wie gerufen.«

»Können wir die Ausschaltung der Prinz-Albrecht-Straße ganz ihm überlassen?«, fragte von Dannegger. »Die Zentralen von Gestapo und SS zeitgleich zu eliminieren, ist eine gewaltige Aufgabe.«

»Von einem wie Himmler erwarte ich keine Heldentaten«, antwortete Halder ruhig. »Die Sondereinheit von Görings Leibregiment sollte keine Schwierigkeiten haben, die Gebäude im Handstreich zu nehmen.«

»Ist es wahr, dass Göring die Festnahme Himmlers persönlich durchführen will?«, schmunzelte von Dannegger. »Ich würde gerne

Mäuschen spielen, wenn sich die beiden gegenüberstehen, nachdem sie sich nun solange wie zwei bengalische Tiger belauert haben.«

»Sollte es zu ernsthaftem Widerstand einzelner SS- oder gar Wehrmachtseinheiten kommen, womit ich nicht rechne«, erläuterte Halder, »so steht der Rest von Hoepners Panzerdivision im Norden Berlins zum Eingreifen bereit. General von Witzleben sollte sicherstellen können, dass sich der übrige Berliner Wehrkreis neutral verhält. Darüber hinaus wird Polizeipräsident Graf von Helldorf sämtliche Bahnhöfe und Flugplätze für den Moment schließen lassen, um auszuschließen, dass wir mit irgendwelchen unliebsamen Überraschungen konfrontiert werden. Sobald unsere Position in der Hauptstadt gesichert ist, wird es Aufgabe des Heeres sein, die Entwaffnung von SA und SS im gesamten Reichsgebiet durchzuführen. Die Wehrmacht wird wieder alleinige Waffenträgerin der Nation werden.« Erneut starrte der Stabschef aus dem Fenster. »Das Wesentliche ist ein schneller Waffenstillstand«, räsonierte er nach einer kleinen Pause. »Wir nehmen dem Volk seinen geliebten Führer, doch wir bringen ihm Frieden und ein Ende von Gestapo und Bevormundung.«

Nausitz zupfte an den Fransen der Regimentsstandarte. »Wir dürfen unter keinen Umständen in eine Situation geraten, in der wir im Kampf gegen Engländer und Franzosen stehen und uns selbst der einzigen Figur, die alles zusammenhält, beraubt haben.«

»Die Westmächte werden einlenken«, sagte Halder bestimmt. »Göring stellt das durch seine Vorabsprachen sicher. Er hat die richtigen Verbindungen und den entsprechenden Status, um Zusagen von den Briten zu erhalten. Im Übrigen glaube ich, dass die Westmächte jede Möglichkeit, eine Wiederholung des Weltkrieges zu vermeiden, dankbar ergreifen werden.«

»Wenn ich daran denke«, stöhnte Nausitz, »welches Wagnis es bedeutet, den vielleicht erfolgreichsten Staatsmann der deutschen Geschichte zu verhaften ...«

Erneut war von Dannegger zur Stelle. »Um den Untergang Deutschlands zu verhindern, ist es nötig, jedwedes Risiko einzugehen. Es ist unsere Pflicht vor Gott und dem Vaterland!«

General Halder war froh, seinen alten Schützling von der Kriegsakademie an seiner Seite zu wissen. Oberstleutnant Klaus Ritter von Dannegger, Offizier in der sechsten Generation, hatte sich der Verschwörung mit dem gleichen Übereifer verschrieben, wie andere der Person Hitlers. Halder hatte diese preußische Unbedingtheit nie ganz

nachvollziehen können. Doch von Danneggers inbrünstige Überzeugung, dass sie das Richtige taten, hatte sich als ein hilfreiches Antidot gegen die Zauderer unter den Mitverschwörern erwiesen.

»Wie weit sind Görings Sondierungen gediehen?«, erkundigte sich Nausitz.

»Ich erwarte in Bälde Nachricht über den Vollzug der Vereinbarung mit den Engländern«, antwortete der General mit mehr Zuversicht in der Stimme, als er innerlich verspürte.

Nausitz atmete tief durch. »Es wird also wirklich ernst. Mit dem SD auf unseren Fersen ist es wohl auch höchste Zeit, dass es losgeht.« Er strich über die Kante seines Tisches und schaute sinnierend in die Leere. »Wenn spätere Generationen zurückblicken, werden sie sagen, wir haben das Richtige getan?«

Von Dannegger winkte irritiert ab. »Wir hätten es schon viel früher machen sollen!«

Halder legte dem Offizier schweigend eine Hand auf die Schulter. Von Danneggers Eifer war wohltuend. Er übertünchte Zweifel, die auch Halder plagten. Eine Revolution war ein Sprung ins Dunkle. Und er machte sich keine Illusionen. Was sie planten, war nichts weniger als eine Revolution. Sie würden Kräfte freisetzen, die kaum beherrschbar bleiben würden.

21

»Sie haben Glück. Ministerialbürokraten haben Vorrang. Nach dieser Wohnung würde sich so mancher die Finger lecken.«

Der Hausverwalter schloss die Wohnungstür ab und überreichte Clarson den Schlüsselbund. Er war in den Fünfzigern, schlecht rasiert, trug eine einfache Filzkappe der alten kaiserlichen Armee, dazu das Jackett eines schlichten Anzuges aus grobem Garn und ein Parteiabzeichen auf der schwarzen Krawatte.

Goebbels hatte nicht gelogen, Steglitz war ein beschauliches Viertel. Auch die Wohnung, die sich über die beiden oberen der vier Stockwerke des Hauses erstreckte, bot mehr Stil, als er erwartet hatte. Wenn der großzügige Salon und die übrigen Zimmer mit ihren hohen, stuckverzierten Decken erst neu möbliert waren, würde man sich nicht beklagen können.

Vielleicht konnte man sich hier ein zweites Domizil einrichten, wenn alles vorbei war und sie nach England zurückgekehrt waren. Andererseits wusste Clarson nicht recht, was ihn an diesen Ort zurückziehen sollte. Er wusste ja nicht einmal, und das war ein unbequemer Gedanke, was er nach seiner Rückkehr in London anfangen würde.

Natürlich war es absurd, sich in seiner Situation um eine neue Bleibe zu kümmern. Doch er konnte nichts weiter tun, als Görings nächsten Schritt abzuwarten und Goebbels erwartete ohne Zweifel, dass er die angebotene Heimstatt in Augenschein nahm.

»Es werden zwar viele Wohnungen frei im Viertel«, murmelte der Verwalter, langsam vor Clarson und Ariane durch das mit blauen Kacheln verzierte Treppenhaus schlurfend. Er machte den Eindruck, als ob ihm jede einzelne seiner Bewegungen Schmerzen bereitete. Alle paar Schritte blieb er kurz stehen, um Atem zu schöpfen, und stocherte keuchend in seiner Pfeife. »Da werden aber alle die reingesetzt, die umsiedeln müssen wegen der neuen Prachtstraßen.«

Die sogenannte Ost-West-Achse, das erste Teilstück des Umbaus Berlins zur Welthauptstadt, sollte in fünf Wochen zu Hitlers Geburtstag mit einer gigantischen Truppenparade eingeweiht werden. Die Büros von Albert Speer, des zuständigen Generalbauinspektors für die Reichshauptstadt, befanden sich am Pariser Platz gleich neben dem Adlon und viele seiner Architekten verkehrten regelmäßig in Bar und Café des Hotels.

»Wird janz groß«, fuhr der Hausverwalter im Berliner Dialekt fort. »Der Führer plant angeblich phänomenale Siegesbauten.«

»Muss bloß noch der Krieg her«, kommentierte Clarson, »in dem die Siege errungen werden.«

»Na ja«, hustete der Mann durch seine braunen Zähne, ohne auf Clarsons Worte zu achten, »wird von Berlin wohl nich viel mehr als der Name übrig bleiben.«

Im Vorbeigehen warf Clarson einen Blick aus dem Treppenhausfenster. Unten auf der Straße war eine Gruppe von Hitlerjungen dabei, die Flaggen des gestrigen Heldengedenktags einzurollen. Auf der Rückfahrt vom Luftwaffentestgelände war ihm in einiger Entfernung ein Wagen mit zwei Männern in Zivil gefolgt. Nach dem Mittagessen im Hotel hatte sich der gleiche dunkelblaue Audi wieder an seine Fersen geheftet. Seine Beschatter hatten es eher in Kauf genommen, bemerkt zu werden, als zu riskieren, ihn aus dem Auge zu verlieren.

»Die Einrichtung können Se übrigens jünstig von der Gauverwaltung erstehen.«

»Warum ist die Wohnung überhaupt noch möbliert?«, erkundigte sich Ariane.

»Da waren Juden drin, sind ausjewandert und mussten alles zurücklassen.« Der Hausverwalter zog schmauchend an seiner Pfeife. »Ist das Beste, wenn se weg sind.«

»Warum?«, fragte Ariane.

Clarson kannte den scheinbar harmlosen Ton in ihrer Stimme und wusste, was bevorstand.

»Der Mann war Zahnarzt von Beruf, das dürfen se ja nun nich mehr.«

»Ist es nicht dumm, einen guten Zahnarzt zu verjagen, nur weil er jüdisch ist?«

»Na, hören Se mal! Muss eine deutsche Frau sich von den Händen eines Juden anfassen lassen, nur weil se Zahnschmerzen hat? Und überhaupt! Es war den deutschen Nachbarn auf die Dauer nich zuzumuten, mit Juden unter einem Dach zu wohnen.«

»Das ist doch alles absurder Unfug«, fauchte Ariane dem entsetzten Mann unvermittelt ins Gesicht. »Dieser ganze Hass gegen eine völlig unschuldige Minderheit ist so unsagbar ekelerregend, dass es mich schon schaudert, es nur mit anzuhören.«

Der Hausverwalter verharrte ein paar Sekunden lang in einer Art Schockstarre, aus der er sich erst durch Fuchteln der Arme wieder befreite. »Das muss ich mir nicht bieten lassen!«, fuhr ereiferte er sich.

»Die jüdische Rasse ist eine Gefahr für Deutschland. Nich umsonst hat der Führer diese Maßnahmen ergriffen.«

Ariane war um die Replik nicht verlegen. »So können nur Unmenschen daherreden«, schnaubte sie und begann, den konsternierten Verwalter halb zur Seite schubsend, mit ihren laut klackenden Absätzen die Treppe hinunterzugehen.

Dieser verlor nun endgültig die Fassung. »Das ist unerhört! Ich werde Meldung machen!«, schrie er ihr nach. »Ich will hier kein komisches Gesindel im Haus, das bloß Ärger macht.«

»Ich bitte Sie, mein Herr, so spricht man doch nicht mit einer Dame!«

Die freundliche Stimme war unterlegt von einem leichten schwäbischen Akzent und gehörte einem Luftwaffenoffizier, der auf dem unteren Treppenabsatz erschienen war. Mit jedem Schritt zwei Stufen nehmend, kam er auf sie zu. Als ihre Augen sich trafen, erkannte Clarson ihn. Er hatte bei der Präsentation des Heinkel-Jägers am heutigen Morgen in Görings Nähe gestanden.

»Vielen Dank«, sagte der Fremde verbindlich, dem empörten Hausverwalter die Hand auf den Rücken legend. »Wir kommen von hier ab ohne Sie klar.«

Der Mann mochte sich so schnell nicht beruhigen und begann über die Undankbarkeit der Welt zu schimpfen, doch der Anblick einer Uniform mit dem Ärmelstreifen *Hermann Göring* trug dazu bei, dass es dem Offizier schließlich gelang, ihn die Treppe hinunterzukomplimentieren.

»Gestatten, Theobald Binnewies«, stellte er sich vor, als sie unter sich waren. »Major zur besonderen Verwendung im Regiment *Hermann Göring*.«

Er war vielleicht Mitte vierzig, noch leidlich schlank und etwas weniger als mittelgroß. Die Uniform trug er wie ein Klubjackett, die linke Hand ruhte unmilitärisch in der Hosentasche. Sein Auftreten war auf eine Weise unangestrengt, wie man es im Deutschland dieser Tage nur selten antraf.

»Haben Sie Verständnis für den Mann«, sagte er mit dem Anflug eines Schmunzelns, während sie die Treppe hinuntergingen. »Von den Parteigenossen gibt es zwei Sorten: Die einen schaffen es, nach oben zu kommen, die anderen bleiben unten und müssen für die oben Angekommenen die Drecksarbeit erledigen. Und die sind dann halt ein wenig launisch von Zeit zu Zeit.

Vor dem Haus standen zwei dunkelblaue Limousinen. Clarson erkannte eine davon als den Audi 920, der ihm seit seinem Besuch in der Versuchsanstalt so anhänglich gefolgt war. Binnewies öffnete die Tür des vorderen Wagens und beugte sich zum Fahrer hinab: »Ich fahre selbst. Herr Clarson wird mich begleiten. Folgen Sie mir mit der gnädigen Frau in dem anderen Automobil.« Er drehte sich zu Clarson um und erklärte: »Ich muss mit Ihnen unter vier Augen sprechen.«

Clarson tauschte einen Blick mit Ariane aus, die nicht glücklich aussah.

»Sagen Sie mir jetzt nicht, dass Sie vor Ihrer Frau keine Geheimnisse haben«, kommentierte Binnewies die Szene. »In dem Fall sollten Sie schleunigst damit anfangen – im Interesse Ihrer Frau.«

»Eine Minute, bitte«, sagte Clarson an Binnewies gerichtet und ging mit Ariane zur Ecke des Hauses, wo sie sich ungestört unterhalten konnten.

»Es wird böse ausgehen«, begann sie flüsternd, »wenn wir nicht so bald wie irgend möglich deutschen Boden verlassen.« Sie sprach weiter, bevor er antworten konnte. »Das große Gepäck ist heute Morgen angekommen.«

Auf dem Hinflug hatten sie nur das Nötigste für die ersten Tage mitnehmen können. Die meisten Koffer hatten sie per Schiff verschickt, die nun endlich zwei ganze Wochen später eingetroffen waren. »Ich habe es gleich wieder zurückgehen lassen«, bekannte Ariane und schob sich in seine Arme.

Clarson drückte sie an sich. Spätestens seit seinem Gespräch in der Pilotenbaracke hatte er das Vorhaben fallen lassen, unverzüglich nach London zurückzukehren. Dieser Plan war ihm ohnehin zuwider gewesen und Ariane war das nicht entgangen. Sie hatte sich auf einem Spaziergang im Anschluss an ein kurzes Mittagessen im Café Adlon seine Schilderung der Begegnung mit Göring schweigend angehört und auf diese Weise ein jederzeit widerrufbares Einverständnis erklärt, trotz der möglichen Gefahr bis auf Weiteres in Berlin zu bleiben.

Nachdem sie einen Moment umschlungen verharrt hatten, befreite sich Ariane aus der Umarmung und nahm seinen Kopf zwischen ihre Hände. »Vielleicht sitzt du schon in der Falle und bist nicht mehr als ein Köder, mit dem die Verschwörer aus ihren Verstecken gelockt werden sollen.«

Clarson zuckte zustimmend mit den Achseln und schwieg. Er wusste keine Antwort.

22

Binnewies erwartete ihn hinter dem Steuer der Limousine. Zwei Männer seiner Begleitung hatten im Wagen dahinter Platz genommen. Ein Dritter, unter dessen Mantel sich eine Pistolentasche abzeichnete, hielt Ariane die Tür zum Fond auf.

Clarson ließ sich auf dem Beifahrersitz neben Binnewies nieder. Durch das Heckfenster konnte er beobachten, wie seine Frau widerstrebend auf die Rückbank des anderen Wagens kroch.

»Sie sollten darauf bedacht sein, dass Ihre Gattin etwas weniger Flurschaden anrichtet«, begrüßte ihn der Major, seine Worte mit dem Hauch eines Lächelns untermalend.

Clarson zog seinen Hut ab und fuhr sich durchs Haar. »Ariane hat das Wesen eines Engels«, gab er, mit den Fingern über den Hut auf seinem Schoß streichend, zur Antwort. »Eine gewisse emotionale Kompromisslosigkeit geht nun mal damit einher.«

Binnewies zuckte mit den Schultern. »Wenn Sie es sagen.«

Er ließ den Motor an und fuhr los. Der Himmel hatte sich zugezogen und vereinzelte Schneeflocken fielen auf die Windschutzscheibe. Der Winter schien ein letztes Rückzugsgefecht führen zu wollen.

»*Jüdische Rasse*!«, schüttelte Binnewies den Kopf. »Was für ein Hokuspokus! Dass die Leute dieses Gerede ernst nehmen.«

»Wenn ich es richtig verstehe, gehört Antisemitismus in Deutschland zur Staatsdoktrin«, wunderte sich Clarson. »Ihr Kommentar klingt vor diesem Hintergrund recht verwunderlich.«

»Ich bitte Sie, die ganze Rassenlehre entbehrt doch jeder vernünftigen Grundlage. Abgesehen von ein paar verkorksten Judenhassern glaubt nicht wirklich jemand daran. Aber es ist natürlich praktisch, einen Blitzableiter zu haben, ein Hassobjekt für die Unzufriedenen.«

Major Binnewies schien dem Wahnwitz des Nationalsozialismus mit Zynismus zu begegnen.

»*Zur besonderen Verwendung*«, wechselte Clarson das Thema, »das bedeutet persönliche Spezialaufträge Görings, nicht wahr?«

»Richtig. Das Regiment *Hermann Göring* ist eine Infanterieeinheit, die der Luftwaffe unterstellt ist. Wir sind sozusagen Hermanns kleine Privatarmee.«

»Sie duzen sich?«

»Nein«, lachte Binnewies, »das mag er nicht, auch wenn ich inzwischen einer seiner engsten Mitarbeiter bin und wir uns schon seit dem Weltkrieg kennen. Wir waren beide junge Leutnants im gleichen Bataillon, bevor Hermann zu den Fliegern ging. Doch die Offiziere seines Regiments sprechen alle von ihm nur als Hermann.«

An einer Grünfläche zwischen zwei Häuserzeilen mit Villen aus der Kaiserzeit brachte Binnewies den Wagen zum Stehen, drehte den Motor ab und räusperte sich. »Der Generalfeldmarschall war sehr zufrieden mit Ihrem Gespräch heute Vormittag.«

»Das freut mich zu hören.«

»Er möchte, dass Sie alsbald nach England reisen.«

Clarson nickte kurz.

»Ein Fahrer wird Sie morgen Abend um Mitternacht am Adlon abholen, um Sie nach Carinhall zu bringen, Hermanns Residenz in der Schorfheide, nördlich von Berlin. Dort werden Sie von ihm persönlich genaue Instruktionen erhalten. Sie können dann gleich anschließend in den Morgenstunden des fünfzehnten abfliegen.«

»Ich verfüge seit meinem unfreiwilligen Aufenthalt auf einer Berliner Polizeistation über keinen gültigen Pass mehr.«

»Machen Sie sich um die Rahmenbedingungen Ihrer Reise keine Gedanken. Während wir hier sprechen, wird bereits alles Notwendige in die Wege geleitet. Sie werden übermorgen früh mit vollständigen Papieren ausgestattet direkt von Görings Privatflugplatz abfliegen. Um Ärger mit der britischen Luftüberwachung zu vermeiden, wird für Sie eine zivile *Tante Ju* bereitstehen, die den Engländern als privater Charterflug der Lufthansa gemeldet wird. Da zivile und militärische Luftfahrt beide Hermann unterstehen, wird es keine Schwierigkeiten machen, dies rechtzeitig zu organisieren.«

Sie schwiegen eine Weile und beobachteten zwei Jungen auf dem Rasen des kleinen Parks, die sich einen aus Stoffresten zusammengenähten Ball zuspielten. Der dichter werdende Schneefall schien die kleinen Fußballer nicht zu stören.

»Ich muss darauf bestehen, dass meine Frau mich begleiten kann«, eröffnete Clarson dem Major, ohne ihn dabei anzusehen.

»Das ist völlig undenkbar«, wies Binnewies das Ansinnen sofort zurück, als handele es sich um eine geradezu groteske Idee.

»Es ist meine Bedingung.«

»Sie können keine Bedingungen stellen.«

»Gut«, murmelte Clarson, öffnete die Wagentür und begann auszusteigen.

»Warten Sie!«, rief Binnewies, während Clarson sein Bein aus dem Wagen zog. »Ich werde mit Hermann sprechen. Aber ich kann nichts versprechen.«

»Ich fliege mit meiner Frau oder gar nicht«, antwortete Clarson zum Wageninneren heruntergebeugt. »Es entzieht sich auch völlig meinem Verständnis, warum dies unüberwindbare Schwierigkeiten machen sollte.«

In Binnewies' Gesicht konnte Clarson ablesen, wie der Major mit sich rang, ehe er antwortete, ohne ihm dabei direkt in die Augen zu sehen. »Ich glaube, dass man es vorziehen würde, wenn Sie etwas für Sie Wertvolles in Deutschland zurückließen.«

Clarson starrte ihn mit hochgezogenen Augenbrauen an.

»Wir kennen Sie nicht wirklich«, sprach Binnewies weiter. »Ihre Beteiligung bedeutet ein zusätzliches Risiko.«

Clarson richtete sich auf. Was er gerade gehört hatte, gefiel ihm nicht. Es verstärkte nur seine Entschlossenheit, Ariane unter allen Umständen in Sicherheit zu bringen.

»Seien Sie nicht gekränkt.« Binnewies stieg nun seinerseits aus und wandte sich über das Autodach hinweg Clarson zu. Sein Atem gefror, während er sprach. »Niemand hat die Absicht, Ihrer Frau das geringste Leid zuzufügen. Aber Sie könnten ja auf die Idee kommen, in London statt zu Churchill zu einer der Zeitungen in der Fleet Street oder gar zur deutschen Botschaft zu laufen. Da ist es schon beruhigend, wenn Sie so etwas wie ein Pfand hinterlassen.«

»Das ist doch Unfug.«

»Mag wohl sein«, antwortete Binnewies. »Aber der Einsatz aller Beteiligten ist zu hoch, um sich nicht gegen mögliche Falschspieler abzusichern. Zwei Männer haben bereits ihr Leben gelassen.«

»Zwei Männer? Es hat außer Wardley noch ein Opfer gegeben?«

»General Weihnacht«, nickte Binnewies. »Er war einer der führenden Köpfe unserer Gruppe. Sie werden verstehen, dass wir nun äußerste Vorsicht walten lassen.«

»Hören Sie«, entgegnete Clarson unbeeindruckt, »meine Frau hat mit all dem nichts zu schaffen und ich will sie in Sicherheit wissen, wenn Sie hier Ihren Umsturz veranstalten.«

»Ihr droht keine Gefahr.«

»Was macht mich so sicher?«

Binnewies schaute sich um. In einiger Distanz hielt der zweite Wagen, auf dessen Rückbank Ariane mit verschränkten Armen saß. Abgesehen von den kickenden Jungen war der kleine Park menschenleer. »Man wird *ihm* in seiner pompösen Reichskanzlei zu Leibe rücken und die Sache erledigen«, antwortete er schließlich, an Clarson vorbeischauend.

»Was ist, wenn Ihnen das ganze Unternehmen misslingt und einer der Verschwörer, der meinen Namen kennt, in einem Folterkeller der Gestapo landet?«

Binnewies und Clarson schauten sich kurz in die Augen.

»Auch ich habe eine Familie, Herr Clarson. Auch sie ist in Gefahr, wenn die Angelegenheit schiefgehen sollte.«

»Sie glauben, dass man Ihre Familie mit hineinziehen würde?«

»Wie ich bereits sagte, wir spielen hier um extrem hohe Einsätze.«

Keiner sagte mehr ein Wort. Schließlich unterbrach Binnewies das Schweigen. »Hören Sie, Hermann vertraut Ihnen und wir brauchen Sie. Es ist keine Zeit mehr, einen anderen Kontakt von gleicher Qualität zu knüpfen. Das ist Ihnen offensichtlich nicht entgangen. Sie können also davon ausgehen, dass Hermann wohl oder übel Ihre Bedingung akzeptieren wird.«

Clarson nickte gemessen und kletterte zurück in die Wärme des Wagens.

»Ich hatte heute Morgen beim Verlassen des Hotels einen zweiten Schatten«, sagte er, als auch Binnewies wieder eingestiegen war. »Könnte das ein Problem werden?«

»Das waren meine Männer«, erwiderte der Major. »Keine Sorge, wir kümmern uns nur um alle Eventualitäten.«

»Auch darum, dass mein Unterfangen nicht von Erfolg gekrönt sein könnte?«

»Hermann hält Churchill für den entscheidenden Mann auf der britischen Insel. Und er weiß, wovon er redet, glauben Sie mir.«

»Ich möchte Ihren Optimismus gerne teilen.«

»Sie müssen einfach Erfolg haben«, antwortete Binnewies eindringlich. »Ein Scheitern würde eine Katastrophe zur Folge haben.« Er zog für einen Moment seine Stirn in Falten, dann fragte er Clarson zugewandt: »Welcher Natur sind Ihre Verbindungen zu Churchill?«

»Wir verkehren im gleichen Klub.«

Das war insofern korrekt, als seine beiden Treffen mit ihm in dessen Klub stattgefunden hatten.

»Glauben Sie, dass er sich auf unsere Seite stellen wird?«, fragte Binnewies zweifelnd.

»Ich weiß es nicht«, antwortete Clarson ehrlich. »Wie viel Zeit habe ich?«

»Der Generalfeldmarschall erwartet eine Antwort innerhalb von achtundvierzig Stunden nach Ihrer Ankunft.«

»Das wird kaum genügen. Wenn ich übermorgen früh abfliege, bliebe mir ein Zeitfenster bis Freitagmittag. Sie können davon ausgehen, dass Churchill Zeit benötigen wird, um sich mit einigen Männern seines Vertrauens ins Benehmen zu setzen, bevor er eine gültige Antwort geben kann.«

»Tut mir leid. Wir benötigen Nachricht aus London innerhalb dieser Frist, andernfalls könnte es zu spät sein.«

»Warum ist es so unerlässlich, alles im Vorhinein abzusprechen?« Görings Antwort auf die gleiche Frage hatte ihn nicht zufriedengestellt. »Eine Verständigung mit Großbritannien könnte doch durchaus auch nach dem Regimewechsel kurzfristig und vor allem einfacher in die Wege geleitet werden.«

Binnewies schüttelte den Kopf und ließ einen Augenblick verstreichen, bevor er antwortete. »Ohne ein positives Signal aus London ist den meisten Beteiligten das Wagnis unseres Unternehmens zu groß.«

»Was soll das heißen?«

»Es bedeutet, es würde in einem solchen Fall gar nicht erst zu dem Versuch eines Regierungswechsels kommen.«

Clarson schloss einen Augenblick die Augen, um das Gehörte zu verarbeiten. Binnewies schaute ihn nachdenklich an und ergänzte: »Sie sind im Begriff Weltgeschichte zu machen, mein Guter. Also vermasseln Sie es nicht!«

23

»Und … *sind* Sie ein Spion?«

Der angetrunkene SS-Mann aus Goebbels' Begleitkommando ließ nicht locker.

»Ich möchte Ihnen nur so viel verraten«, gab Willy Birgel lächelnd zurück, »dass ich einen Adligen am österreichischen Hof spiele, der am Vorabend des Weltkrieges in *Verdacht* gerät, ein ausländischer Agent zu sein. Alles Weitere sollten Sie selbst herausfinden. Es sind ja nur noch zwei Tage bis zur Premiere.«

Der UFA-Film *Hotel Sacher* mit Publikumsliebling Willy Birgel in der Hauptrolle würde am fünfzehnten März in die Kinos kommen. Die laufende Werbekampagne auf Litfasssäulen und im Reichsrundfunk stellte sicher, dass auch die neueste Produktion unter Goebbels' Oberaufsicht zum Kassenschlager werden würde.

Der Minister hatte den Film als Präsident der Reichskulturkammer erst vor wenigen Tagen auf einer internen Vorpremiere einer abschließenden Prüfung unterzogen. Es wäre nicht das erste Mal gewesen, dass er einen fertigen Film zur Überarbeitung zurück an die Produktion verwiesen hätte. So kurz vor dem Kinostart und mit fertig geplanter Premierenfeier wäre dies für die zuständigen Herren einem beruflichen Desaster gleichgekommen. Doch der Minister hatte sich hoch zufrieden gezeigt und das gesamte Ensemble zu einem Umtrunk einladen lassen und dazu jeden, der auch nur im Entferntesten an der Produktion beteiligt gewesen war.

Die Gesellschaftsräume seiner Stadtvilla in der Hermann-Göring-Straße waren entsprechend bis zum Bersten gefüllt mit Herren in schwarzen Abendanzügen, begleitet von Damen in bunten Frühlingsfarben. Mithilfe süßen Moselweins, der in unbegrenzten Mengen zur Verfügung stand, hatten sich die Gäste in eine ausgelassene Stimmung getrunken. Filetsteakmedaillons, garniert mit kleinen Ananasstückchen, wurden von vier Kellnern auf schwarzen Tabletts durch die Menschenmenge balanciert und machten die Versorgungskrise des Reiches für den Moment vergessen. Im hinteren der drei Salons begleitete ein Pianist eine ungarische Chansonnette mit Liedern im Polka-Rhythmus und einige der Gäste ließen sich trotz des allgemeinen Gedränges nicht vom Tanzen abhalten. Ansonsten stand man mit dem Glas in der Hand in kleinen Grüppchen herum und ergötzte sich am neuesten Berliner Klatsch.

Der Hausherr war kurzfristig zu einer Besprechung in die Reichskanzlei abkommandiert worden, so dass Magda sich in der Rolle der alleinigen Gastgeberin gefallen konnte. Niemals länger als ein, zwei Minuten bei einer der Gästegruppen verweilend, stolzierte sie in einem goldlaminierten weißen Kleid mit tiefem Rückenausschnitt und Schleppe umher, zurecht darauf vertrauend, dass man ihr stets rücksichtsvoll Platz einräumen werde.

Das Fest, von dem laute, lachende Stimmen aus sämtlichen Winkeln an Clarsons Ohren drangen, hatte erwartungsgemäß nach weniger als einer Viertelstunde begonnen, ihn zu langweilen. Doch als Abschluss dieses ereignisreichen Tages hatte er nichts gegen etwas Langeweile bei einem guten Drink einzuwenden.

Sie waren am späten Nachmittag ins Adlon zurückgekehrt und Ariane hatte es in ihrer Freude über den baldigen Heimflug nicht lassen können, ihrer Schwester am Telefon von der Absicht zu erzählen, Deutschland bald wieder den Rücken zu kehren.

Magda hatte sich entsetzt gezeigt über die Aussicht, die eben erst mit ihr vereinte Schwester wieder zu verlieren. Sofort hatte sie begonnen, sich in ihren Bemühungen um sie noch zu überbieten. Die Einladung zu diesem Fest am gleichen Abend, das Ariane als Schauspielerin laut Magda besonders genießen werde, war nicht der einzige Versuch geblieben, ihnen den Verbleib in Berlin schmackhaft zu machen.

Um ihnen noch etwas mehr vom Glanz des Lebens im inneren Kreis der Nazielite zu vermitteln, hatte sie das Einverständnis der Reichskanzlei eingeholt, sich von ihnen beim morgigen Mittagessen begleiten zu lassen.

Magda gehörte gemeinsam mit ihrem Mann zu den regelmäßigen Gästen an Hitlers Tafel. Der Reichskanzler hatte es sich zur Gewohnheit gemacht, mit einem guten Dutzend seiner Angestellten und Mitarbeiter sowie einigen geladenen Gästen den Tisch zu teilen. Es blieb Clarson unerklärlich, wie unverrückbar sie an die Anziehungskraft Adolf Hitlers glaubte, der sie selbst offensichtlich völlig erlegen war.

Es war sein Vorschlag gewesen, die ungewöhnliche Einladung anzunehmen. Er hatte Gefallen an der Idee gefunden, auf diese Weise noch einmal den Hochmut des Tyrannen in seinem Palast zu erleben, in dem stillen Bewusstsein, dass dessen jähes Ende unmittelbar bevorstand. Es würde eine Art Abschiedsessen mit besonderem Reiz werden, so kurz vor ihrem Rückflug in konspirativer Mission für

den designierten Nachfolger. Göring genoss keineswegs Clarsons Sympathien, doch war er allemal die bessere Alternative, verglichen mit dem fanatischen Amtsinhaber. Er konnte es kaum abwarten, vor Churchill zu treten und ihm die außerordentliche Nachricht zu übermitteln.

Ariane stand in einem neu erstandenen Abendkleid aus dunkelblauem Seidensatin und Spitze mit zusammengekniffenem Mund neben Clarson. Ihre anfängliche Hochstimmung war inzwischen ins Gegenteil umgeschlagen.

»Goebbels mag sehr wohl eines der Hauptziele der Putschisten sein«, raunte sie ihm zu und fuhr sich dabei besorgt durch die Haare. »Das bedeutet, dass auch Magda in Gefahr ist.«

Clarson ließ den Blick über ihre Umgebung schweifen. Eng beieinanderstehende, flüsternde Paare waren nichts Ungewöhnliches. Die beträchtliche Geräuschkulisse zwang beinahe dazu, seinem Zuhörer direkt ins Ohr zu sprechen.

»Ich vermute, es wird ein ziemlich unblutiger Umsturz werden«, antwortete er im Versuch, ihr etwas von der Sorge um die Schwester zu nehmen.

»Dieses Haus liegt mitten im Regierungsbezirk«, setzte Ariane nach. »Was ist, wenn es zu Schießereien oder Geiselnahmen kommt?«

»Warum sollte jemand auch nur die geringste Absicht haben, gegen die Ehefrauen der Führung vorzugehen?«

»Vielleicht wird sie von den Putschisten einfach mit erschossen«, sagte Ariane in einem Ton, als sähe sie es bereits vor sich. Sie nippte an ihrem Likörglas, um anschließend mit Bestimmtheit hinzufügen: »Wir müssen einen Plan schmieden, wie wir Magda mit in den Flieger nach England nehmen können.«

Clarson verschluckte sich um ein Haar an seinem Wein. Er blickte seiner Frau in die Augen und erkannte, dass es ihr völlig Ernst war. Wenn Ariane sich etwas in den Kopf gesetzt hatte, an dem ihr Herz hing, war es eine Herkulesaufgabe, mit vernünftigen Argumenten zu ihr durchdringen zu wollen. Doch nichts in der Welt würde ihn dazu bewegen können, Magda in die Putschpläne gegen den von ihr geliebten Hitler einzuweihen.

»Lass uns später darüber reden, an einem geeigneteren Ort«, erkaufte er sich eine Galgenfrist.

Er gab einem vorbeigehenden Kellner ein Zeichen, der daraufhin sein Tablett von der Schulter nahm und ihm die Köstlichkeit der

Stunde präsentierte. Norwegische Lachsstückchen waren verziert worden mit verschiedenen Sorten Kaviar, dessen Import durch die angespannten Beziehungen des Regimes zu Sowjetrussland offenkundig nicht beeinträchtigt wurde.

Ein wohlgenährter, kahlköpfiger Direktor der Universum Film AG, den Magda ihm zu Beginn des Abends vorgestellt hatte und der Ariane einen zweideutigen Blick zugeworfen hatte, gesellte sich zu ihnen. Er wollte es sich nicht nehmen lassen, mit dem ausländischen Gast die politische Weltlage zu diskutieren.

»Ich glaube nicht, dass ihr uns angreifen werdet«, gab er seiner Zuversicht über einen anhaltenden Frieden mit dem Königreich Ausdruck. »Ihr habt doch sogar Franco anerkannt, obwohl der Bürgerkrieg noch gar nicht zu Ende ist.«

»Die deutsche Politik gegenüber der Tschechoslowakei trägt nicht eben zur Entspannung der Lage bei«, gab Clarson distanziert zurück.

»Warum regt man sich in London so sehr über dieses kleine Land auf?«, erwiderte sein Gegenüber. »Wenn die Slowaken unabhängig sein wollen, warum lässt man sie dann nicht?«

»Großbritannien sollte sich aus mitteleuropäischen Angelegenheiten raushalten«, mischte sich ein Clarson unbekannter Herr mit stark riechendem Eau de Cologne ein. »Die tschechischen Länder haben von jeher zum deutschen Kulturraum gehört. Haben Sie zum Beispiel gewusst, dass in Prag die älteste deutsche Universität steht?«

Bevor Clarson etwas erwidern konnte, trat ein Mann in Livree an ihn heran. »Verzeihung, Herr Clarson, wir haben einen Anruf für Sie. Sie können das Gespräch im Foyer annehmen, ich führe Sie gerne hin.«

Er folgte dem Hausangestellten, erleichtert, dass ihm die Fortsetzung der Unterhaltung erspart blieb.

Den Kopf an den Hörer gepresst und das andere Ohr mit der Hand abgedeckt, versuchte er inmitten weinseliger Filmleute Binnewies' Worten zu folgen. »Wir müssen Sie sofort sprechen.« Die Stimme des Majors klang angestrengt und besorgt.

»Was ist passiert?«

»Das möchte ich Ihnen lieber persönlich sagen. Können Sie bitte gleich zu Hermanns Villa hinter dem Leipziger Platz kommen?«

»Natürlich«, antwortete Clarson nach kurzem Zögern.

»Es ist weniger als zehn Minuten Fußweg von Ihnen. Gehen Sie einfach hinunter zum Potsdamer Platz und von dort nach links in die Leipziger Straße. Beeilen Sie sich bitte!«

»Ich bin auf dem Weg«, sagte Clarson und legte auf. Er war froh, einem Fest voller Leute, mit denen er nichts gemein hatte, den Rücken kehren zu können.

Er flüsterte Ariane die Neuigkeit zu, herzte Magda zum Abschied, verwies auf seine Schmerzen im Knie als Ausrede für den vorzeitigen Aufbruch und bahnte sich einen Weg durch die Festgesellschaft zur Garderobe. Während er auf seinen Mantel wartete, tippte ihn eine der vielen jungen Schauspielerinnen mit einem halbvollen Sektglas an.

»Sie gehören zur Familie von Dr. Goebbels?«

»Ich habe die Halbschwester seiner Frau geheiratet. Ja, ich denke, das macht mich zu einem Teil seiner Verwandtschaft, in einer gewissen Weise.«

»Sie klingen nicht gerade begeistert darüber.«

»Ich hoffte, den Minister heute Abend anzutreffen, aber, wie es aussieht, habe ich da – wie wir alle – Pech gehabt.«

»Dabei sind alle froh, dass er verhindert ist«, gluckste die Schauspielerin, verzog ihr Gesicht und rollte mit den Augen.

Clarson schmunzelte und wandte sich ab, um Hut und Mantel entgegenzunehmen. Sein Gegenüber erschrak und klammerte sich an seinen Arm. »Sie werden doch nichts sagen?«, flehte sie. »Ich habe zu viel getrunken und weiß nicht, was ich rede.«

»Seien Sie unbesorgt. Ich habe gar nicht verstanden, was Sie sagten«, erwiderte er, ging zum Ausgang und ließ den festlichen Trubel hinter sich.

24

Clarson fand das nächtliche Berlin mitten im März in eine Schneedecke gehüllt. Er legte seinen Schal um den Hals, sorgfältig und akkurat mit dem Knoten unter dem Kinn, streifte die beigen Wollhandschuhe über und klappte den Kragen hoch. Es war bereits nach Mitternacht und, vom gelegentlichen Geräusch in der Ferne fahrender Autos abgesehen, geradezu gespenstisch still. Der Kontrast zu Goebbels' Vorpremierenfeier hätte nicht größer sein können. Es fühlte sich an wie die Ruhe vor der Entscheidungsschlacht. Die Welt stand vor einem neuen Krieg, doch Deutschland, die große Kulturnation, hatte die Chance, das Nazijoch abzuschütteln und Europa mochte die drohende Katastrophe erspart bleiben.

Die Hermann-Göring-Straße führte vom Brandenburger Tor in Richtung Süden zum Potsdamer Platz, vorbei an einer Reihe von Gebäuden an ihrer Ostseite, darunter die amerikanische Botschaft, die Goebbels'sche Villa und die Westflügel der Neuen Reichskanzlei. Auf der Westseite der Straße nahm der Tiergartenpark, ihr Revier für private Spaziergänge, seinen Ausgang.

Seine Schritte pressten laut knirschend Abdrücke in den Schnee. Nach einer Weile bemerkte er, wie sich unter dieses Geräusch ein weiteres, entfernteres Knirschen mischte.

Clarson hielt inne. Die Schritte mochten von Binnewies' Leuten stammen oder anderweitig harmlos sein. Das fremde Geräusch verstummte wie ein Echo. Er ging ein paar Schritte weiter und das Knirschen hinter ihm kehrte zurück. Es war beinahe Neumond und nahezu vollkommen dunkel.

Die Straßenbeleuchtung von Berlin erlosch um Punkt zweiundzwanzig Uhr. Das furiose Aufrüstungsprogramm des Regimes verschlang mehr Rohstoffe und Devisen als die Volkswirtschaft freizustellen vermochte und zwang zu solcherlei Sparmaßnahmen. Selbst hier im Zentrum brannte nur jede zweite Laterne, die nicht mehr als einen kleinen Fleck um den eigenen Pfosten in gelbes Licht hüllte. Der Tiergarten auf der gegenüberliegenden Straßenseite erschien von seiner Position aus gesehen bloß als große schwarze Masse.

Wenige Meter vor ihm zweigte nach links die Voßstraße ab, die als einzige Straße hell erleuchtet war, da sich an ihrer Nordseite die Hauptfront der Reichskanzlei befand. Er würde diesen kleinen Umweg

nehmen. Am Ende der Voßstraße konnte er wieder nach rechts abbiegen und über die Wilhelmstraße sein Ziel erreichen.

Seine Beschatter würden im kräftigen Schein der neuen Laternen an der Reichskanzlei erkennbar werden oder es sogar vorziehen, ihre Verfolgung abzubrechen. Er war im Begriff, um die Straßenecke zu biegen, als er hinter sich die Silhouetten dreier Männer im Laufschritt näher kommen sah. Er beschleunigte seine Schritte, um in die Straßenmitte zu gelangen. Dort würde er im Blickfeld der beiden Ehrenwachen sein, die weniger als fünfzig Meter entfernt auf halber Höhe des Treppenaufgangs zum Hauptportal von Hitlers Residenz an ihren vorbestimmten Plätzen strammstanden.

Die Front der Reichskanzlei war abweisend wie eine Festung und mutete, von der Straßenecke aus betrachtet, nahezu endlos an. Die schmalen Fenster der zwanzig Meter hoch aufragenden Außenfassade wirkten aus Clarsons Perspektive wie überdimensionierte Schießscharten.

Für seine Verfolger würde es ein Leichtes sein, zu ihm aufzuschließen, und es war müßig, dagegen anzugehen. Auf seinen Stock gestützt, blieb er in der Mitte der Straße stehen.

»Hinken alle in der Familie?«, tönte einen Moment später eine verächtliche Stimme in seinem Nacken.

Er wandte sich um. Vor ihm stand ein Bulle von Mann, der aussah, als sei er einem Leni-Riefenstahl-Film entsprungen. Er trug einen schwarzen Ledermantel mit Schulterstücken und Kragenspiegel, auf denen die Runen der SS zu erkennen waren. Pistolentasche und Dolch trug er über dem Mantel am eng geschnürten Koppel, die Offiziersmütze hatte er aus der Stirn geschoben und das Licht der zahlreichen Laternen spiegelte sich in einem jungen Gesicht wider, das Stolz und Brutalität ausstrahlte. Der Mann hielt Clarson eine metallene Dienstmarke an einer Kette hin. »Gestatten der Herr? Obersturmführer Struttner, SD.«

Einen Schritt hinter ihm hatten sich zwei weitere Männer in Ledermänteln der SS postiert, beide deutlich älter als ihr Vorgesetzter.

»Unterwegs, um sich ein wenig die Beine zu vertreten?«, fragte der Obersturmführer ohne weitere Einleitung und begann, Clarson langsam zu umkreisen. »Oder wieder auf dem Weg zu einer Verabredung in einer Swing-Bar?«

Seine ironische Frage verdiente keine Antwort.

»Wie ich höre, haben Sie kürzlich Bekanntschaft mit der Deutschen Kriminalpolizei gemacht. Kommissar Traube. Pflichtbewusster Mann.

Versucht einen Mörder zu fangen. Hatte ihn eigentlich schon, musste ihn aber wieder laufen lassen. Das kann einem den Spaß am Beruf nehmen so etwas.« Struttner baute sich wenige Zentimeter vor Clarson auf, sein Atem roch nach Schnaps. »Man hat Sie aus Gründen der Staatsräson nicht in Haft gehalten«, fuhr er mit höhnischem Unterton fort, »doch das kann sich ändern. Ich habe jetzt die alleinige Ermittlungshoheit über den Fall. Ich könnte Sie auf der Stelle verhaften lassen und Sie würden schon bald ohne viel Aufhebens an einem Galgen baumeln.«

Clarson schaute seinem Gegenüber ins Gesicht, in die Augen, die ihn im fahlen Laternenlicht anstarrten. »Sie wissen sehr gut, dass ich nicht der Täter bin.«

»Ihre Fingerabdrücke auf der Tatwaffe, dazu ein belastender Augenzeuge, ich kann mir gar keine eindeutigere Indizienlage vorstellen.«

Clarson machte Anstalten, sich zum Weitergehen abzuwenden, doch der SD-Offizier blockierte ihm den Weg.

»Wie kann ich Ihnen weiterhelfen?«, seufzte Clarson.

»Nun, zum Beispiel würde es mich interessieren«, Struttner hielt sich eine in einem schwarzen Lederhandschuh steckende Faust vor den Mund und unterdrückte ein Aufstoßen, »warum Sie sich mit einem britischen Diplomaten zu heimlichen Treffen in einem mehr als fragwürdigen Tanzschuppen verabreden.«

Keine Replik über Liebhaberei von Jazzmusik würde ihn jetzt weiterbringen. »Wäre es nicht angemessener, wenn Sie mich morgen im Hotel Adlon aufsuchten?«, entgegnete er stattdessen. »Oder darf ich Ihre Frage bereits als Teil eines offiziellen Verhörs verstehen?«

Struttners Antwort kam prompt. Er machte einen kleinen Schritt zurück und trat Clarson ansatzlos und mit voller Wucht zwischen die Beine.

Clarson, auf die Attacke gänzlich unvorbereitet, krümmte sich unter dem stechenden Schmerz zusammen, der ihm bis ins Rückenmark schoss und hoch zu seinem Nacken lief. Er suchte den Halt seines Stocks, um nicht vornüber zu kippen.

»Macht das einen sehr offiziellen Eindruck auf Sie?«, versetzte Struttner.

Wieder ging er um Clarson herum und riss ihm mit einem säbelnden Tritt von hinten die Beine weg. Clarsons versteiftes Bein machte es ihm unmöglich, sich effektiv mit den Knien abzufangen und er landete bäuchlings auf dem schneebedeckten Asphalt. Keuchend stützte er sich mit den Armen ab, abschätzend, wo ihn die nächste Attacke treffen

würde. Der Schmerz im Unterleib verursachte ihm Übelkeit. Aus den Augenwinkeln konnte er die Ehrenwachen erspähen, die ungerührt wie Bronzestatuen auf ihren Plätzen verharrten.

»Sie haben nicht die geringste Vorstellung davon, gegen wen Sie angetreten sind«, zischte Struttner.

Die Royal Air Force pflegte ihre Piloten zu instruieren, allen eventuellen Misshandlungen in Gefangenschaft mit stoischem Schweigen zu begegnen. Dies erachtete man als das angemessene Verhalten für einen Offizier Seiner Majestät und war darüber hinaus vorgeblich am ehesten geeignet, etwaige Peiniger dazu zu bewegen, von ihren Untaten abzulassen. Clarson hatte seine Zweifel, ob sich dieser Effekt bei einem Nazigeheimpolizisten einstellen würde.

»Das macht es gerade interessant«, erwiderte er stöhnend.

Statt einer Antwort trat ihm der Obersturmführer mit der eisenummantelten Spitze seines Stiefels gegen die rechte Schläfe. Clarsons Kopf schleuderte unter reißendem Schmerz zur Seite. Ehe er sich versah, ließ Struttner sich fallen und rammte Clarson sein Knie zwischen die Schulterblätter. Mit routiniertem Handgriff öffnete der SD-Offizier die Pistolentasche und zog seine Dienstwaffe hervor. »Sie verraten mir jetzt besser, was Samstagnacht in der Bar vor sich gegangen ist, Engländer«, sagte er, lud durch und setzte den Lauf in Clarsons Genick auf. »Oder wir beenden es gleich hier und jetzt.«

Struttner drückte die Mündung des Laufes mit grober Gewalt in die Einbuchtung unterhalb des Schädelknochens. Clarson wand seinen Kopf, um sich Linderung zu verschaffen, doch das veranlasste den Obersturmführer bloß, die Waffe noch fester aufzusetzen. Die beiden anderen SD-Männer sahen sich beunruhigt an.

Im selben Augenblick vernahm Clarson ein aufheulendes Motorengeräusch. Ein Wagen hielt, vom Wilhelmplatz kommend, mit hoher Geschwindigkeit auf sie zu. Der Fahrer setzte vor der Gruppe auf der Straßenmitte zu einer Vollbremsung an, doch die Räder gerieten auf dem Schnee ins Rutschen und die Geschwindigkeit des Wagens verringerte sich nicht.

Seine Begleiter wichen erschrocken zur Seite und auch Struttner richtete sich auf, bereit zu einem Ausweichsprung. Wenige Meter vor ihnen fassten die Reifen endlich Halt und der Wagen kam gerade noch rechtzeitig halb quer zur Fahrbahn vor dem liegenden Clarson zum Stehen. Die Türen sprangen auf und vier uniformierte Männer sprangen heraus. Einer von ihnen war Binnewies.

»Ah, Görings Mann fürs Grobe!«, rief Struttner abfällig, als er ihn erkannte.

Der Major ignorierte den Kommentar. »Geleiten Sie Herrn Clarson ins Auto«, sagte er an seine Männer gerichtet.

Zwei von ihnen traten neben Clarson, der sich mithilfe seines Stocks auf dem rutschigen Grund langsam aufrichtete, bis der Schmerz im Unterleib ihm Einhalt gebot und ihn, noch halb gebückt, verharren ließ. Er klopfte sich den Schnee vom Mantel, nahm seinen Hut von jemandem entgegen und setzte ihn, mit beiden Händen nachkorrigierend, auf den dröhnenden Kopf. Sein Blick traf Struttner. Als er auszuatmen versuchte, wollte die Luft seine Lungen nicht verlassen. Stattdessen stieg nun endlich Wut in ihm auf und ließ seinen inneren Gleichmut den Rückzug antreten.

Clarson wandte sich ab und war im Begriff, sich mit den Männern des Luftwaffenregiments auf die offene Wagentür zuzubewegen, als einer von Struttners Begleitern seine Waffe zog und sich ihnen in den Weg stellte. Sein Kollege tat es ihm nach. Binnewies' Männer hielten inne. Beide Gruppen standen sich bewegungslos gegenüber.

»Wir nehmen Herrn Clarson mit«, sagte Binnewies bestimmt. »Wenn Sie das verhindern wollen, müssen Sie uns alle erschießen.«

Einer der SD-Männer lud durch, doch Struttner gebot ihm mit einer Handbewegung Einhalt. Er fixierte Binnewies und zog die Stirn in Falten. »Dieses Spiel wird immer interessanter.«

An den Männern in den SS-Mänteln vorbei, ging Binnewies, Clarson und seine Männer in Schlepptau, langsam auf den Audi zu.

Struttner trat an den Major heran, den er um einen ganzen Kopf überragte, drückte ihm den Lauf seiner Waffe gegen den die Brust und raunte ihm zu: »Ich überblicke vielleicht noch nicht ganz, was zum Teufel sich hier abspielt, aber seien Sie versichert, der Moment ist nahe, an dem wir dieses zersetzende Geschwür, das hier im Verborgenen heranwächst, bis aufs rohe Fleisch ausbrennen werden. Und das wird kein erfreulicher Tag für Sie werden.«

»Ich würde an Ihrer Stelle nicht darauf wetten, dass dieser Tag jemals kommen wird«, antwortete Binnewies, stieg ein und schlug die Wagentür zu.

Als Clarson es ihm gleichtun wollte, hielt Struttner ihn am Arm fest und fauchte: »*Wir* beide werden uns auch wiedersehen und rechnen Sie dann besser nicht damit, dass wieder ein paar Ihrer Schutzengel herbeigeflogen kommen.«

Clarson schaute den SD-Offizier ein letztes Mal an, riss sich los und kletterte in den Wagen.

»Es wird Zeit, dass ich dieses Land verlasse«, sagte er durchatmend, als sie unterwegs zu Görings Villa waren.

»Wir haben jetzt Wichtigeres zu tun«, gab Binnewies zurück. »Aber allemal gut, dass ich das Haus habe beobachten lassen. Otten kam gleich zu mir und hat den verdächtigen Mercedes gemeldet. Dachte mir schon, dass darin meine lieben Ex-Kollegen sitzen würden.«

»Sie haben für den SD gearbeitet?«, fragte Clarson, während er seine pochend schmerzende Schläfe abtastete, an der sich eine Beule von der Größe und Form eines Eies zu bilden begann.

»Ja, war nicht mein Geschmack. Wie Sie bemerkt haben werden, sind wir nicht im guten Einvernehmen geschieden.«

25

Binnewies ließ sich von der Ordonnanz Cognac einschenken und blies den Rauch seiner Zigarette an die Decke zu einem Kronleuchter aus kapitalen Hirschgeweihen. Clarson hatte sich am Kaminfeuer postiert, das willkommene Wärme spendete. Im flackernden Licht versicherte er sich, dass sein Mantel keinen Schaden genommen hatte. Das Stechen im Unterleib war einem gleichmäßigen, dumpfen Schmerz gewichen.

Die Ordonnanz trat an ihn heran und er überzeugte sich mit einem Blick auf das Etikett von der ausgesuchten Qualität des Flascheninhalts. Nach der Auseinandersetzung mit Struttner, die mit der Plötzlichkeit eines Sturms über ihn gekommen war, kam ein guter Schluck jetzt gerade recht. Das angenehme Brennen am Gaumen war beinahe einem feinen Scotch ebenbürtig. Wie Binnewies den sanft-seidigen Nachgeschmack mit dem Rauch einer Zigarette zerstören konnte, blieb ihm ein Rätsel.

Der Raum, ausgestattet mit einem wuchtigen altdeutschen Schreibtisch aus Nussbaum, auf dem ein großes gerahmtes Hitlerporträt dominierte, war als Arbeitszimmer eingerichtet, ohne dass der Eindruck entstand, dass es als solches genutzt wurde. Zwei Ledersessel mit Beistelltisch standen vor einem niedrigen Kamin, auf dessen Sims eine mannshohe Alabasterfigur thronte. Die Skulptur im Stile Arno Brekers stellte einen Mann mit nacktem, muskulösem Oberkörper dar, der mit beiden Händen einen schweren Schmiedehammer hielt und seinen Betrachter mit pathetischem Ausdruck anstarrte. Clarson lächelte trotz seiner Schmerzen unwillkürlich, als er sich den Eigentümer der Villa in der gleichen Positur vorstellte.

Das dreistöckige Gebäude nahm sich für Görings Verhältnisse beinahe bescheiden aus und wurde von ihm als private Zufluchtsstätte im Regierungsbezirk genutzt. Die rauschenden Bälle und Empfänge, für die er berüchtigt war, fanden in den Nachbargebäuden statt, dem Preußenhaus und dem sogenannten Haus der Flieger, die, ihrer alten Funktion als Kammern des aufgelösten preußischen Landtages beraubt, von ihm nach Gutdünken für derlei Zwecke umgestaltet worden waren. Hauptobjekt seiner hemmungslosen Prunk- und Repräsentationssucht war jedoch sein Landgut Carinhall, wo er an der Stelle einer alten Jagdhütte ein mit Kunstwerken angefülltes, imposantes Schloss hatte errichten lassen. In der Hauptstadt legte der monumentale Bau

des Luftfahrtministeriums mehr als hinreichend Zeugnis von seiner herausgehobenen Stellung unter den Naziführern ab.

Binnewies nahm, seinem Gast auffordernd zunickend, einen kräftigen Schluck. Clarson schwenkte das Glas und tat es ihm nach.

»Wir haben ein Problem«, erklärte der Major, nachdem die Ordonnanz den Raum verlassen hatte. Er wirkte ungewöhnlich ernst, geradezu niedergeschlagen.

»Ein größeres als einen Geheimdienst, der Menschen auf offener Straße zu exekutieren droht?«

»Ich fürchte ja.«

»Sie belieben zu scherzen.«

»Ich wollte, es wäre so«, seufzte Binnewies. »Der Krieg hat begonnen.«

»Jetzt scherzen Sie wirklich.«

Der Major schüttelte schweigend den Kopf. Er hatte seine Lockerheit, die ihn bei ihrer ersten Begegnung ausgezeichnet hatte, vollständig eingebüßt. Er nahm einen tiefen Zug von einer Zigarette, als müsse er sich Linderung verschaffen. »SS-Einheiten haben heute Abend im Schutz der Dunkelheit die Grenze zur Tschechoslowakei überschritten. In der Nähe der slowakischen Hauptstadt Preßburg sind sie in Booten über die Donau gesetzt. Offenbar hatten sie den Auftrag, die neue slowakische Regierung zu schützen, und gleichzeitig sicherzustellen, dass die Unabhängigkeitserklärung, die Hitler Ministerpräsident Tiso heute abgerungen hat, auch wirklich umgesetzt wird. Sie sind von tschechoslowakischen Grenztruppen bemerkt worden, die sofort das Feuer eröffneten. Es hat den Anschein, dass die SS diese Eventualität nicht einkalkuliert hat.« Er stieß in einer abschätzigen Geste Rauch durch seine Nase.

»Was fällt diesen Tschechen ein?«, kommentierte Clarson, zufrieden über die Gegenwehr der kleinen Nation. »Fangen an zu schießen, wenn man in ihr Land einfällt.«

»Jedenfalls haben sich aus dem Ganzen schwere Gefechte entwickelt mit nicht unerheblichen Verlusten auf beiden Seiten. Der Führer ist außer sich vor Wut. Und das Schlimmste für ihn: Seine SS hat ordentlich den Hintern versohlt bekommen. Er hat getobt wie kaum jemals zuvor und die sofortige Vernichtung der Tschechoslowakei befohlen.«

»Was soll das bedeuten?«, antwortete Clarson, noch ganz unter dem Eindruck seiner Begegnung mit dem SD stehend, »*Vernichtung* eines Landes? Der Mann redet, als handele es sich um Ungeziefer.«

»Der tschechische Gesandte ist für morgen früh um elf Uhr in die Reichskanzlei einbestellt worden, um die Kriegserklärung entgegenzunehmen«, setzte Binnewies seinen Bericht mit monotoner Stimme fort. »Die Prager Regierung ihrerseits hat Hilfsgesuche an die Regierungen der Westmächte gesandt und aus Paris kam bereits die Meldung, dass die Nationalversammlung für morgen einberufen ist mit dem Ziel, die allgemeine Mobilmachung zu beschließen.«

»Schon irgendwelche Reaktionen aus London?«

»Nein, wird aber kaum lange auf sich warten lassen.«

»Wie gedenkt sich Hitler vor der Weltöffentlichkeit zu rechtfertigen?«

»Nun, die offizielle Lesart ist, dass die SS auf Einladung des slowakischen Teilstaates die Grenze überschritten hat und die tschechoslowakische Regierung der Aggressor ist.«

»Das ist eine lächerliche Erklärung.«

»Bedeutungslose Propaganda. Aus dem Hut gezaubert, um vor dem eigenen Volk nicht als Angreifer dazustehen. Das Problem ist, dass die Phase der schrittweisen Eskalation der Ereignisse mit inszenierten Zwischenfällen zwischen Tschechen und Slowaken wegfällt und der allgemeine Krieg jetzt schneller kommen wird, als uns lieb sein kann.«

»Wie viel Zeit bleibt, bis ernsthafte Kampfhandlungen aufgenommen werden?«

Im letzten Krieg hatte es nach der Mobilmachung auf allen Seiten immerhin noch eine ganze Woche gedauert, bis die ersten Schüsse fielen.

»Die Geschwader der Zweiten Luftflotte haben Befehl erhalten, morgen Nacht aufzusteigen, um beim ersten Tageslicht Prag dem Erdboden gleichzumachen. Zur selben Zeit werden Jäger und taktische Bomber in den tschechischen Luftraum eindringen, um die beginnende Großoffensive des Heeres zu unterstützen.«

»Was wird aus meiner Reise nach London?«

»Genau zu dem Zeitpunkt, an dem wir Sie auf Friedensmission nach London schicken wollten, werden stattdessen Sturzkampfbomber auf die tschechischen Linien niedergehen.«

»Und der geplante Umsturz?«

Binnewies breitete die Arme aus und gab ein verzagtes Stöhnen von sich. »Wie es aussieht, haben Hitler und die Schergen des SD den Sieg davongetragen.«

»Noch hat der Krieg nicht begonnen«, argumentierte Clarson gegen Binnewies' Verzagtheit an. »Wenn wir keine Zeit verlieren, können wir vielleicht noch rechtzeitig alles Notwendige in die Wege leiten.«

»Genau darum habe ich Sie hergebeten«, entgegnete Binnewies, bat ihn am Kamin Platz zu nehmen und ließ sich selbst ebenfalls dort nieder. »Offen gesagt, ich hatte befürchtet, dass die Episode von vorhin Sie eingeschüchtert hätte.«

Clarson setzte sich auf den freien Sessel gegenüber dem Major, ohne etwas zu erwidern. Das genaue Gegenteil war der Fall. Mehr denn je war er entschlossen, zum Ende dieses Regimes beizutragen.

»Ich bin jedenfalls froh«, fügte Binnewies hinzu, »dass Sie noch an Bord sind.« Er kippte den Rest seines Cognacs hinunter und verzog das Gesicht. »Wir müssen jetzt entschlossen handeln. Hermann agiert zu vorsichtig, zu taktierend, will immer den sicheren Weg gehen. Sich über Umwege mit Churchill abzusprechen, war ein Luxus, durch den uns der Führer gerade einen dicken Strich gemacht hat. Unsere einzige Chance, noch rechtzeitig eine Zusage zu erhalten, besteht darin, den direkten Kontakt zur Regierung zu suchen.«

»Langsam«, sagte Clarson, ehe Binnewies weitersprechen konnte, und hob abwehrend beide Hände. »Vor ein paar Minuten habe ich noch draußen im Schnee gelegen mit einer geladenen Pistole am Hinterkopf. Ich kann nicht sagen, dass ich daran besonderen Gefallen gefunden hätte. Es ist an der Zeit, dass ich etwas mehr darüber erfahre, was hier vorgeht.«

»Ich verstehe«, erwiderte Binnewies, den Blick fest auf Clarson gerichtet. »Immerhin halten Sie Ihre Haut für unsere Sache hin.«

Obgleich sie völlig alleine in dem großen Raum waren, beugte er sich zu Clarson hinüber und sprach mit leiser Stimme. »Das Ziel unseres Unternehmens kennen Sie. Weg mit Hitler und einem System, in dem Sadisten wie Struttner sich offen auf der Straße austoben und Staatsmacht spielen können. Es wird verdammt noch mal Zeit, dass diese Bande ausgetauscht wird. Praktisch die gesamte Heeresführung steht in der Sache hinter Hermann. Sie alle haben von Hitlers halsbrecherischem Kurs die Nase voll. Auf das Signal des Generalfeldmarschalls hin werden mit einem Schlag alle Macht- und Kommunikationszentralen des Reiches in unseren Besitz gebracht werden. Der Führer und seine engsten Helfershelfer in Staat und Partei sowie die gesamte SS-Führung und das im letzten Jahr eingesetzte Oberkommando der Wehrmacht werden innerhalb eines Zeitfensters von wenigen Stunden

arretiert. Ganz Berlin wird von uns loyalen Truppen besetzt, an jeder größeren Straßenecke Kontrollposten eingerichtet. Die Aktion ist bis ins letzte Detail organisiert, alle Vorbereitungen sind abgeschlossen. Es ist eine Konstellation, die so nicht wiederkehren wird.«

Clarson beobachtete sorgsam Binnewies' Mienenspiel. Görings Offizier zur besonderen Verwendung würde ein vorzüglicher Lügner sein. In seiner Position war dies eine unverzichtbare Eigenschaft. Clarson hoffte, dass zumindest die Hälfte von dem, was er hier zu nächtlicher Stunde aufgetischt bekam, der Wahrheit entsprach. So kritisch wie die Situation im Augenblick war, würde der Major ihm und wohl auch sich selbst Mut zusprechen wollen.

»Ihre Vorbereitungen sind offensichtlich nicht gänzlich unbemerkt geblieben.«

»Ja, unglücklicherweise hat der SD Wind davon bekommen, dass Hermann etwas plant. Sie haben daraufhin Wardley liquidiert, um seine Geheimkontakte nach London zu sabotieren. Dabei wird man auf Sie gestoßen sein und hat Sie prompt ins Visier genommen.«

»Spätestens seit dem Zusammenstoß von heute Abend wird der SD wissen statt nur vermuten, dass ich mit drinstecke.«

»Und hat gleich miterlebt, wie offen Hermann sein Regiment einsetzt, um Sie zu schützen.«

»Göring selbst scheint sich für unantastbar zu halten.«

»Obersturmführer Struttner wird darauf angesetzt sein sicherzustellen, dass Hermann nicht noch im letzten Moment vor seiner Entlassung irgendeinen Coup landet, der seine Position rettet. Von unseren wirklichen Absichten hat der SD keinen Schimmer.«

»Sie glauben, Göring ist im Prinzip schon abgemeldet?«

»Ein Ergebnis der Wühlarbeit unseres ehrenwerten Reichsführers SS«, nickte Binnewies. »Der SD untersteht Reinhard Heydrich und ist Teil von Himmlers SS-Imperium. Himmler arbeitet stetig und unermüdlich daran, seine Zuständigkeiten zu erweitern und Konkurrenten um die Macht auszuschalten. Erst hat er Hitler dazu gebracht, die SA-Spitze zu liquidieren, dann hat er es geschafft, Hermann die Zuständigkeit für die Polizei abzuluchsen und schließlich war er hinter den Kulissen die treibende Kraft, als vergangenes Jahr die Wehrmachtsführung ausgewechselt wurde.« Binnewies blies den Rauch des letzten Zuges zur Decke und zerdrückte den Zigarettenstummel im Aschenbecher. »Seit einer Weile intrigiert er nun gegen Hermann und hat ihn bei Hitler wegen seines Widerstands gegen den Kriegskurs erfolgreich

angeschwärzt. Mit der Folge, dass der Feldmarschall aus dem inneren Kreis verbannt wurde, wo er der letzte Vertreter einer gemäßigten Außenpolitik war.«

Aus dem Nebenzimmer tönte plötzlich Görings gewaltige Stimme durch die Eichentür auf der anderen Seite des Raumes. »Ist der Clarson da? Soll reinkommen.«

Binnewies stand auf und ging zu der Tür, um dem Ruf seines Herrn zu folgen. Die Klinke bereits in der Hand hielt er inne.

»Hermann hat zurzeit eine kleine Schwächephase«, sagte er leise. »Die Nachricht von dem vorgezogenen Angriffstermin hat er nicht gut aufgenommen.«

»Wollen Sie damit sagen, dass der zweite Mann im Staat, der außerdem Oberbefehlshaber der Luftwaffe ist, nichts von dem geplanten Übergriff der SS auf die Tschechoslowakei gewusst hat?«

»Er wurde zuletzt vom Führer nur noch selten konsultiert.«

»Das hört sich nach der Untertreibung des Jahres an.«

»Wie dem auch sei, ich habe versucht, ihn zu überzeugen, dass wir unser Ziel trotz der neuen Entwicklung noch erreichen können, doch bin nicht zu ihm durchgedrungen. Immerhin hat er zugestimmt, dass ich Sie herbitte, um alle verbleibenden Möglichkeiten auszuloten.« Seine haselnussbraunen Augen strahlten Clarson auffordernd an. »Ich baue auf Ihre Unterstützung.«

26

Der Salon der Villa kam Clarson wie eine Parodie auf den Besitzer vor. Es sah aus, als habe man eine Kreuzung von Alpenbauernhof und Sultanspalast angestrebt.

An den eichenvertäfelten Wänden des weitläufigen Raumes hingen Geweihe sowie präparierte Hirsch- und Wildschweinköpfe, die Trophäen von Görings Jagdleidenschaft, ferner Offizierssäbel aus den unterschiedlichsten Ländern und Zeitaltern und dazwischen ein Gemälde, das ein Blumenmädchen vor einem Schloss im Gebirge zeigte. Den Boden bedeckten dicke Orientteppiche, auf denen voluminöse, blassgrün bezogene Polstermöbel um einen über zwei Meter breiten und fast ebenso hohen Kamin arrangiert waren. Ein ausgestopfter Löwe, der sich auf dem Fenstersims auszuruhen schien, setzte der außergewöhnlichen Raumgestaltung die Krone auf. Nicht auszuschließen, dass es sich dabei um einen Verwandten der von Göring auf Carinhall als Haustier gehaltenen Raubkatze handelte.

Der Raum war düster, erfüllt von schwerer, stickiger Luft und drückend warm. Die einzige Lichtquelle bildete ein Berg lodernd brennender Holzscheite in der mächtigen Feuerstelle, der unruhig tanzende Schatten warf. Er strömte eine gleißende Hitze aus, die den Aufenthalt in den nächststehenden Möbeln unerträglich machte. In der Ecke der Sitzgruppe neben dem Kamin lag der Hausherr auf einem breiten Diwan.

Binnewies trat entschlossen an ihn heran und zog an der Schnur einer Stehlampe neben dem Kopfstück des Möbels.

»Was soll denn das?«, fuhr Göring ihn an, die Augen mit der Hand gegen das grelle Licht schützend.

Clarson erschrak, als er den Marschall sah. Das kommende Staatsoberhaupt, die Hoffnung der Verschwörung gegen Krieg und Tyrannei, zitterte am ganzen Körper, vibrierte geradezu. Das Hemd war bis zum Bauchnabel aufgeknöpft, das hervortretende Unterhemd schweißnass und im Schritt der Uniform war eine unappetitlich feuchte Stelle zu erkennen. Seine Augen waren von tiefen Rändern umgeben und schimmerten glasig.

Es gab seit vielen Jahren Gerüchte über Görings Morphiumsucht und darüber, dass seine Maßlosigkeit ihn zu allen erdenklichen Drogen greifen ließ. Dennoch war in der Öffentlichkeit niemals ein Anzeichen davon wahrzunehmen gewesen.

»Clarson, kommen Sie her«, rief er keuchend und krümmte sich hustend auf dem Diwan. »Binnewies meint, dass wir es noch schaffen können. Was glauben Sie?« Görings Stimme war trotz seines Zustandes klar und hart.

»In Anbetracht der Bedeutung unseres Vorhabens sollten wir nichts unversucht lassen«, antwortete Clarson.

»Ich habe ihm stets die Treue gehalten«, rief Göring in den Raum, ohne Clarsons Worten Beachtung zu schenken. »Himmler, das Schwein, will mich fertigmachen.«

»Übermorgen ist der fünfzehnte, Herr Generalfeldmarschall«, drang Binnewies in Göring. »Die Iden des März. Es gibt kein besseres Datum, um zuzuschlagen.«

»Hah«, schnaubte Göring wegwerfend. »Wissen Sie nicht, was mit den Cäsarmördern am Ende geschehen ist? Und wie sie in die Geschichte eingegangen sind?« Er schüttelte unkontrolliert den Kopf. »Fast zwanzig Jahre lang habe ich mich treu in seinen Dienst gestellt.«

»Sie haben Hitler die Treue gehalten«, bearbeitete Binnewies seinen Vorgesetzten. »Er ist es, der untreu geworden ist.«

»Ich bin zu gefährlich für ihn, weil ich neben ihm zu groß geworden bin, weil ich im Volk beliebter bin.«

»Es geht um die Rettung Großdeutschlands«, sagte Binnewies, beim letzten Wort Haltung annehmend, als handele es sich um ein Heiligtum. »Davor muss alles zurückstehen, auch der Führer selbst.«

Göring begann sich auf dem Diwan aufzurichten, während ein Hustenanfall seinen Körper heftig erschütterte. Er wischte die vom Husten feucht gewordene Hand an der Hose ab und vergrub, auf der Sofakante hockend, das Gesicht in seinen riesigen Händen. In dieser Position verharrte er, dabei immer wieder tief Luft holend und laut hörbar durch seine Finger ausblasend. Binnewies nahm auf einem der Polstersessel gegenüber Platz und wartete. Clarson entledigte sich seines Mantels, wählte einen entfernteren, kühleren Platz und beobachtete die Szene. Es dauerte eine halbe Ewigkeit, bis Göring den Kopf wieder hob. Er wischte sein Gesicht mit den blanken Händen ab und schüttelte sich.

»Ich lasse mich nicht kaltstellen, von niemandem«, sagte er anschließend in einem ruhigen Ton, der gefährlicher klang als das bekannte bellende Schimpfen seiner Stimme.

Wieder war Binnewies zur Stelle. »Es gibt nur noch eine einzige Möglichkeit, Herr Generalfeldmarschall. Die Flucht nach vorne.«

Göring erhob sich und stellte sich mit dem Rücken vor das Feuer, leicht wankend, doch ansonsten regungslos wie ein blutender Stier in der Arena.

Auch Binnewies stand auf und kam dicht an ihn heran. »Wir müssen jetzt schnell und entschlossen handeln. Wir brauchen Ihren Mut und Ihre Tatkraft.«

Die Wirkung seiner Appelle war allmählich in Görings Ausdruck ablesbar.

»So wie im letzten Jahr beim Anschluss Österreichs«, setzte der Major nach, »wo Sie den Einmarsch durchgesetzt haben, als alle anderen schon die Segel streichen wollten.«

Göring schaute Binnewies und Clarson mit zusammengezogenen Mundwinkeln an. »Also, was können wir tun?«

Binnewies wandte sich an Clarson. »Sie sind ein Vertrauter des britischen Vizebotschafters? Immerhin hatte er sie auf seinen Empfang eingeladen und Sie sind am Morgen nach Ihrer Inhaftierung gleich als Erstes zu ihm gelaufen.«

Er war also bereits zu dieser Zeit observiert worden.

»Es ist ein verflixtes Pech«, fiel Göring dazwischen, mehr zu sich selbst denn zu seiner Umgebung sprechend, »dass Botschafter Henderson in einem Londoner Krankenhaus liegt. Henderson und ich sind einige Male gemeinsam zur Jagd gegangen. Wir konnten vertrauensvoll von Mann zu Mann miteinander sprechen. Mit Jägern ist es wie mit Fliegern: Zwischen ihnen besteht ein besonderes Band, eine Verbindung über alles Trennende hinweg.«

Göring hatte begonnen, langsam durch den Raum zu gehen. Binnewies folgte ihm beunruhigt mit den Augen, doch der Marschall schien sich zusammenzureißen. Er schaute sich um und zeigte auf seinen Uniformrock. Binnewies sprang herbei, ergriff das Kleidungsstück und streifte es seinem Weltkriegskameraden wie ein Kammerdiener über das offene Hemd. Gegen das Zittern seiner Hände ankämpfend, knöpfte Göring den Rock mühsam Knopf für Knopf zu. Als nächstes schnallte er den von Binnewies angereichten Gürtel seiner Uniform um, an dem Säbel und Dolch baumelten.

Auf diese Weise halbwegs wieder hergerichtet, befreite er den Dolch aus der verzierten Scheide, nahm ihn in seine rechte Faust, holte tief Luft, biss die Zähne zusammen und drückte die Spitze der Waffe ungefähr einen Zentimeter tief in die Außenseite seines rechten Oberschenkels. Der Schmerz ließ ihn zusammenzucken, er ließ den Dolch

fallen und presste die Handfläche gegen die Stelle, an der Blut durch den Stoff zu dringen begann.

»Macht den Kopf wieder klar«, erklärte er mit einer Mischung aus Stöhnen und Lachen.

Clarson wusste nicht, ob die Prozedur ihren Zweck erfüllte. Jedenfalls blieb Göring selbst in seinem desolaten Zustand ein Mann, der eigentlich ins Schaugeschäft gehörte. Noch immer schwer atmend, jedoch in ruhigem Ton, wandte er sich zurück an Clarson. »Den Vizebotschafter kenne ich nicht. Ich nehme an, Sie haben jederzeit Zugang zu ihm?«

»Wie Major Binnewies bereits sagte, ich bin selbst am Sonntagmorgen gleich empfangen worden.«

»Gut. Ich brauche jemanden, der ihm klarmachen kann, dass es sich bei meiner Offerte nicht um irgendeine Finte im diplomatischen Spiel der Stunde handelt.«

»Ich bin gerne bereit, Exzellenz Ashfield die Ernsthaftigkeit Ihrer Absichten sowie die Dringlichkeit der ganzen Angelegenheit zu erläutern.«

»Einen Versuch ist es wert. Gehen Sie gleich morgen früh hin.«

»Warum nicht sofort?«, warf Binnewies ein. »Inzwischen zählt jede Stunde.«

Göring winkte ab. »Es wäre sinnlos, den Vizebotschafter aus dem Bett klingeln zu lassen. Er würde heute Nacht doch nichts mehr erreichen. Wir würden bloß unnötigen Verdacht erregen.«

»In der gegenwärtigen Situation besteht dieses Risiko bei Tag ebenso«, wandte Clarson ein.

»Warum sollten Sie als britischer Staatsbürger nicht die eigene Botschaft aufsuchen?«

Binnewies räusperte sich.

»Wir hatten vorhin eine kleine Begegnung mit unseren Freunden vom SD«, gestand Clarson.

Göring schaute den Major fragend an.

»Obersturmführer Struttner«, bestätigte Binnewies.

»Haben wir das unter Kontrolle?«

»Ich weiß nicht recht. Es war diesmal ziemlich haarig.«

Der Feldmarschall nickte. »Herr Clarson, gehen Sie morgen früh um Punkt neun Uhr zu Ashfield. Bis dahin werden wir dafür Sorge tragen, dass Ihnen weitere unangenehme Begegnungen mit dem SD erspart bleiben. Aber bitte keine Extratouren! Versuchen Sie nichts auf eigene Faust, meine ich damit. Ich könnte sonst nicht für Ihre Sicher-

heit garantieren. Kommen Sie anschließend gleich zu mir ins Ministerium und erstatten Bericht.«

Göring ließ sich stöhnend auf einem Polstersessel nieder und Binnewies übernahm die weiteren Erläuterungen: »Es ist keine Zeit mehr für Präliminarien. Der britischen Regierung muss klargemacht werden, wie viel von ihrer Stellungnahme abhängt. Wir benötigen umgehend Antwort auf die folgende Frage: Sollte die derzeitige deutsche Regierung durch eine neue, dem europäischen Frieden verpflichtete Führung abgelöst werden, wird London unter diesen Umständen den Prozess der Erneuerung in Deutschland unterstützen, in dem es einem sofortigen Friedensschluss zustimmt?«

Den Kopf auf die Rückenlehne zurückgeneigt und an die Decke starrend, verfolgte Göring die Ausführungen seines Vertrauten. Als er das Wort wieder ergriff, sprach er ruhig und überlegt. Sein Zittern schien verschwunden.

»Ich habe keine einzige Forderung an Prag. Die Tschechoslowakei wird von mir wieder hergestellt werden, ihre inneren Angelegenheiten interessieren mich nicht. Wenn es sein muss, zahle ich dem Land sogar eine Wiedergutmachung für Schäden und Opfer, die es durch bereits vollzogene Kriegshandlungen erlitten hat. Auch in Bezug auf unser Verhältnis zu Polen bin ich zu einer völligen Normalisierung der Beziehungen auf Basis der bestehenden Grenzziehung bereit. Machen Sie deutlich, dass es hier sich um eine grundlegende und dauerhafte Neuorientierung der deutschen Außenpolitik handelt.«

»Welche Reaktion erwarten Sie?« Clarson kratzte sich die Schläfe. »Würde Ihnen eine allgemeine, um nicht zu sagen wachsweiche Antwort, wie sie zu erwarten steht, genügen?«

»Ich will eine Abmachung unter Ehrenmännern. Der beginnende Krieg wird Chamberlain hoffentlich den Ernst der Lage klarmachen. Jetzt geht es darum, den Ball ins Rollen zu bringen. Wenn sich die britische Regierung erst einmal grundsätzlich positiv geäußert hat, wird alles Weitere folgen.«

»Letzten Endes benötigen wir natürlich eine eindeutige Stellungnahme«, ergänzte Binnewies. »Etwas, dass man vorzeigen kann.«

»Ja«, schnaubte Göring geringschätzig. »Sonst machen sich unsere tapferen Heeresoffiziere die Hosen voll, dass sie vom Mob der Straße davongejagt werden.«

Clarson verzog das Gesicht. Die beiden Luftwaffenmänner stellten ihn mit leichter Hand vor eine kaum lösbare Aufgabe. »Die zur Ver-

fügung stehende Zeit ist denkbar knapp«, wandte er ein. »Ein solcher Schritt, wie Sie ihn von der britischen Regierung erwarten, hat intensive Konsultationen zur Voraussetzung.«

»Ashfield soll sich direkt an den Premierminister wenden und zwar am besten noch in Ihrer Anwesenheit. Außenminister Halifax ist ein Querkopf und würde nur Schwierigkeiten machen.«

»Selbst ein Premierminister wird sich erst darüber beraten wollen.«

»Dann soll er schnell machen«, erwiderte Göring. »Es besteht jetzt Gefahr im Verzug. Es muss den Engländern klargemacht werden, dass es sich hier um eine nicht wiederkehrende Gelegenheit für sie handelt. Die Alternativen sind dauerhafter Frieden auf der Basis der bisherigen Verhältnisse oder erbarmungsloser Kampf bis zum letzten Mann. Stellen Sie sicher, dass Ashfield sofort mit seiner Regierung Kontakt aufnimmt. Weigern Sie sich einfach, sein Büro zu verlassen, bis das geschehen ist. Wir wollen keine unnötigen Verzögerungen.« Er drückte seine Hand wieder auf die Wunde im Oberschenkel und zog die Mundwinkel schmerzverzerrt auseinander. »Und noch eins: Erwähnen sie meinen Namen nicht.«

»Wie bitte?« Clarson glaubte, sich verhört zu haben. Die Erfolgschancen waren durch die kurze Frist, in der alles vonstattengehen musste, gering genug. Keine Namen zu nennen, musste die Mission komplett aussichtslos machen.

»Es genügt, wenn Sie von gemäßigten und friedliebenden Teilen der deutschen Führung sprechen.«

»Wie stellen Sie sich das vor? Ihr Name gibt dem Ganzen erst das nötige Gewicht.«

»Ich kann mich nicht exponieren! Damit würde ich mich in die Hände Englands begeben.«

»Wenn ich keinen Namen nennen kann, brauche ich den Vizebotschafter gar nicht erst aufzusuchen. Es wäre wie der Versuch, einen Fluss zu durchschwimmen, ohne dabei nass zu werden.«

»Er hat recht, Herr Generalfeldmarschall!«, griff Binnewies ein. »Wir können jetzt nicht mehr hinter dem Berg halten!«

»Ich habe gesagt, keine Namen, das ist mein letztes Wort«, schnappte Göring erschöpft. »Sie kennen die britischen Diplomaten nicht. Alles, was Sie tun müssen, ist entschlossen aufzutreten. Und genügend Glaubwürdigkeit bringen Sie hoffentlich selbst mit.«

Clarson gab noch nicht auf. »Herr Ministerpräsident, Sie müssen mich autorisieren, Ihren Namen zu verwenden. Er allein gibt dem Szenario einen seriösen und realistischen Klang.«

Er machte sich auf einen Wutanfall Görings gefasst. Doch der Marschall blieb sachlich. »Es ist zu früh, glauben Sie mir. Ich kenne das diplomatische Spiel hinter den Kulissen besser als Sie beide zusammen. Bringen Sie mir eine prinzipielle Zusage oder zumindest ein verwertbares Signal, dann sehen wir weiter.«

»Ich werde Ross und Reiter nennen müssen, um London eine solche Reaktion überhaupt zu ermöglichen.«

Göring ignorierte seine Worte. »Das wäre alles.«

Auch Binnewies setzte noch zu einer Gegenrede an, brach aber ab, bevor er einen Ton herausgebracht hatte. Er kannte seinen Vorgesetzten und wusste, wann er zu schweigen hatte.

Der Marschall deutete mit der Hand zur Tür, als Zeichen, dass er das Gespräch als beendet ansah. »Ich verlasse mich auf Sie«, sagte er, während er Clarson zum Ausgang begleitete. »Zeigen Sie mir, dass ich recht hatte, als ich Sie aus den Kerkern der Berliner Polizei geholt habe.«

Binnewies chauffierte ihn persönlich mit dem Wagen zum Adlon. »Ich glaube, wir haben Ihnen noch gar nicht hinreichend gedankt«, murmelte er, als Clarson sich anschickte auszusteigen, »dass Sie sich trotz der Gefahr für Ihr eigenes Leben für unsere Sache zur Verfügung stellen.«

Der Major war das genaue Gegenteil seines Vorgesetzten. Die beiden waren ein mehr als unwahrscheinliches Paar. Vielleicht war es ihre Bekanntschaft aus dem Weltkrieg, die den kultivierten Binnewies an die Seite Görings gebracht hatte. Das gemeinsame Kriegserlebnis schuf manchmal seltsame Bande.

Clarson ließ den Griff seines Stocks zwischen seinen Fingern kreisen. »Ich beginne mich zu fragen, ob ich in einer Mannschaft spiele, die eine Chance auf den Sieg hat.«

»Keine Sorge, er ist morgen früh wieder auf dem Damm. Hitlers Stunden sind gezählt, die SS wird verschwinden, Himmler mitsamt seinen Häschern abgeurteilt werden.«

»Was wird mit dem Schwager meiner Frau geschehen?«

»Auch der Propagandaminister spielt für die gegnerische Mannschaft.«

»Rechnen Sie mit Blutvergießen?«

»Ich denke, das wird unausweichlich sein.«

27

»Ich kann im Moment wirklich nichts für Sie tun. Seine Exzellenz hat gestern die Botschaft verlassen und ist seither noch nicht zurückgekehrt. Es ist, wenn ich so frei sprechen darf, darüber hinaus äußerst zweifelhaft, dass er Zeit für Sie finden wird, sollte er im Laufe des Tages eintreffen.«

Der junge Diplomat, der mit schottischem Akzent und dem modischen Desaster einer weißen Papierrose im Knopfloch über den Zugang zur Botschaft regierte, war kaum kooperativer als sein Kollege vom Wochenende.

Nachdem man die Sicherheitskontrollen an der Hauptpforte hinter sich gebracht hatte, betrat man die Eingangshalle über einen Marmorfußboden in schwarz-weißem Schachbrettmuster. Zum Aufzug oder den seitlichen Treppenaufgängen gelangte man, indem man durch die kleinen Türen einer kaum einen Meter hohen, ornamentierten Absperrung aus dunkel lackiertem Holz trat, die das Foyer vom Rest des Gebäudes abtrennte. Da hier stets drei oder vier Sicherheitsbeamte herumlungerten, war das Placet des diensthabenden Empfangschefs, dessen Pult man in der Mitte der Halle postiert hatte, die einzige Möglichkeit, über den Eingangsbereich hinauszugelangen.

Bis hierher war, wie von Göring versprochen, alles problemlos verlaufen. Auf der kurzen Strecke vom Adlon hierher hatte Clarson keinerlei Observation bemerken können. Einzig ein leichter Schmerz im Unterleib meldete sich bei jedem seiner Schritte als kleiner Gruß von Struttner.

»Wo kann ich Seine Exzellenz antreffen?«, fragte Clarson ungeduldig.

»Ich kann Ihnen darüber keine Auskunft geben.«

»Es handelt sich um eine Angelegenheit von außerordentlicher Wichtigkeit. Der Vizebotschafter wird wollen, dass ich mich unverzüglich mit ihm in Verbindung setze.«

»Ich kann Ihnen keine Auskunft geben, weil ich es nicht weiß. Seine Exzellenz pflegt mich nicht über sein Leben außerhalb der Vertretung auf dem Laufenden zu halten.«

»Er kann wohl kaum spurlos vom Erdboden verschwunden sein! In dieser krisenhaften Situation muss der agierende Botschafter doch für die Regierung des Gastlandes erreichbar sein.«

»Kommen Sie denn im Auftrag der deutschen Regierung?«, war die ironische Replik des Diplomaten, die Clarson in gewisser Weise hätte bejahen können.

Er war ratlos und tippte mit dem Stock gegen die Vorderfront des Empfangspults. Er hatte sein Blatt willentlich überreizt, als er Göring im Glauben gelassen hatte, ein Vertrauter Ashfields zu sein. Ein in einer Ecke sitzender Sicherheitsbeamter schaute unwirsch zu ihm hinüber.

»Lassen Sie mich mit dem Air Attaché sprechen«, sagte Clarson endlich.

Sein Gegenüber schien zunächst nach einem Grund zu suchen, ihm auch diese Bitte abzuschlagen, wies den Sicherheitsbeamten dann aber doch an, ihn zu dessen Büro zu geleiten.

Clarson bezog den trinkfreudigen Ellis nur ungern in die Affäre mit ein, doch er sah keine andere Möglichkeit. Wohin auch immer Ashfield entschwunden war, er würde kaum eine Auszeit von seinen Dienstpflichten nehmen, ohne die leitenden Angestellten der Botschaft ins Bild zu setzen.

»Herr Attaché«, eröffnete er ihm, nachdem er gegenüber Ellis' Schreibtisch Platz genommen hatte und das Begrüßungsritual abgeschlossen war. »Ich setze meine Hoffnung darauf, dass Sie über den Aufenthaltsort des Vizebotschafters informiert sind. Ich habe eine außerordentlich wichtige Nachricht für Seine Exzellenz, die keinen Aufschub duldet.«

»Sie müssen entschuldigen, dass ich mit meiner Arbeit fortfahre«, antwortete Ellis, als hätte er Clarson nicht richtig zugehört. »Aber diese Schreiben sollen heute noch das Haus verlassen.«

Er hatte sich eine Stelle seines mit Akten und Papieren übersäten Tischs freigekämpft und signierte, durch eine kleine Nickelbrille auf seiner Nasenspitze schauend, einige Briefe mit einem gravierten schwarzen Füllfederhalter. An der Wand hinter ihm hing eine riesige Weltkarte, auf der die zahllosen britischen Besitzungen rot hervorgehoben waren und die schon bald nicht mehr als ein Relikt aus einer vergangenen Zeit sein würde. Das Empire wusste, dass seine Tage gezählt waren. Doch es war entschlossen, mit Würde unterzugehen und bis zuletzt die ihm zugefallene Rolle auf der Weltbühne zu spielen.

»In welcher Angelegenheit wünschen Sie Seine Exzellenz zu sprechen?«

»Tut mir leid, ich bin nicht autorisiert, mich vor Dritten dazu zu äußern.«

Ellis beäugte ihn interessiert, zuversichtlich bald mehr zu erfahren. »Ich verstehe, doch ich fürchte, ich kann Ihnen in diesem Fall nicht weiterhelfen.«

Nun begann der unangenehme Teil. Um Ellis kooperativ zu stimmen, musste er ihm die Wichtigkeit seines Anliegens klarmachen, ohne zu viel preiszugeben. Bei aller Hemdsärmeligkeit, die der Diplomat gelegentlich zur Schau trug, haftete ihm doch eine Aura des Undurchschaubaren an, die verhinderte, dass Clarson ihm Vertrauen schenkte. Wie immer er es anfangen würde, er würde unweigerlich die Neugier des Attachés entfachen.

»Die Nachricht, die ich, wie ich bereits betonte, dringlichst zu übermitteln beauftragt bin, ist von staatspolitischer Bedeutung.«

Ellis zuckte mit den Schultern und schloss dabei für eine Sekunde die Augenlider, deren Rötung sich deutlich von seiner weißen Gesichtsfarbe abhob. Er schickte sich an, weitere Abschriften seines Briefes zu signieren.

»Ich handele im Auftrag eines führenden Vertreters des Deutschen Reiches.«

Jetzt schob Ellis seine Feder zurück in die Halterung aus schwarzem Marmor und legte die Lesebrille ab. Clarson hatte seine volle Aufmerksamkeit. »Das ist höchst ungewöhnlich.«

»Dies sind ungewöhnliche Zeiten, Herr Attaché.«

»In der Tat, Herr Clarson, in der Tat. Und Sie sind ein außerordentlich ungewöhnlicher Bote für eine Nachricht aus dem Führungskreis des Dritten Reiches. Sie werden mein Erstaunen nachvollziehen.«

»Das tue ich durchaus, Herr Attaché, doch ich kann über die Hintergründe meines Auftrages keinerlei Auskunft geben.« Clarson lehnte sich vor und legte eine Hand auf Ellis' Schreibtisch. »Ich bitte um Ihr Vertrauen und Ihre Kooperation, Herr Attaché.«

Augenscheinlich versucht, weiter in ihn zu dringen, kratzte sich Ellis sinnierend den Hinterkopf. Dann besann er sich eines Besseren und signalisierte mit einem Nicken, dass er die Zwecklosigkeit weiterer Fragen erkannt hatte. Er erhob sich von seinem Stuhl. »Kommen Sie, ich bringe Sie zu ihm. Er sitzt in seinem Büro am Ende des Flurs.«

»Er ist also doch hier!«

»Der Empfang hat strikte Anweisung, den Vizebotschafter abzuschirmen«, erläuterte Ellis, als sie über den rubinfarbenen Teppich des Korridors schritten. »Es geht wegen der Tschechienkrise zurzeit ein-

fach zu viel vor, als dass er sich mit irgendwelchen Bagatellen abgeben könnte.«

»Ich bin weit davon entfernt, Bagatellen vorzutragen.«

»Das habe ich verstanden.«

Ohne eine Antwort auf sein Klopfen abzuwarten, trat Ellis in das Zimmer des Vizebotschafters.

Hinter seinem wuchtigen viktorianischen Schreibtisch, auf dem die rosafarbene Blüte einer dürren Orchidee den einzigen Schmuck bildete, war Ashfield tief in seinen Ledersessel gerutscht und telefonierte rauchend.

Als er Clarson sah, deckte er die Sprechmuschel mit der Hand ab und tauschte irritierte Blicke mit Ellis aus. Seine unverhohlene Verärgerung gab seiner Stimme einen näselnden Klang.

»Sie müssen schon entschuldigen, Herr Clarson, doch ich habe jetzt wirklich keine Zeit für Sie. Wie Sie aus der Presse entnommen haben werden, befinden wir uns aktuell in einer höchst spannungsgeladenen Situation, die meine ganze Aufmerksamkeit erfordert.«

»In eben dieser Angelegenheit bin ich zu Ihnen gekommen«, antwortete Clarson und begab sich zu einem der beiden gepolsterten Stühle, die vor dem Schreibtisch für Ashfields Gesprächspartner bereitstanden. Er pflanzte seinen Stock fest auf dem Boden auf und sagte zu Ellis gewandt: »Wenn Sie uns bitte entschuldigen wollen.«

»Natürlich«, antwortete der Air Attaché und verließ ohne Zögern den Raum.

Ashfield schaute konsterniert, vertröstete die Person am anderen Ende der Leitung und legte auf. Ellis' Gesichtsausdruck hatte ihn davon überzeugt, sich anzuhören, was Clarson vorzubringen hatte. Mit einer zögerlichen Handbewegung bot er ihm an, Platz zu nehmen.

»Verzeihen Sie mein unangemeldetes Eindringen, Exzellenz, doch ich muss Sie unaufschiebbar in einer Sache von eminenter Wichtigkeit sprechen.«

»Sie sehen mich aufs Äußerste verwundert, Herr Clarson. Bitte erklären Sie sich.«

»Es handelt sich um die Möglichkeit einer raschen Beendigung des Krieges, noch bevor wesentliche Kampfhandlungen einsetzen.«

»Nun mal schön langsam mit den jungen Pferden, mein Guter«, lachte Ashfield. Er hatte sein souveränes aristokratisches Gebaren zurückgewonnen, das Clarson während des Botschaftsempfangs schätzen gelernt hatte. »Von einem Krieg kann doch gar nicht die Rede sein.«

»Exzellenz, ich habe die sichere Information, dass sich dies noch im Laufe des Vormittags ändern wird. Die deutsche Wehrmacht bezieht, während wir sprechen, ihre Angriffspositionen und wird morgen bei Sonnenaufgang zur Eroberung der Tschechoslowakei antreten.«

»Das glaube ich nicht«, war Ashfields einfache Antwort. Nach kurzem Zögern setzte er hinzu: »Ich gebe zu, dass die gegenwärtige Situation für den außenstehenden Betrachter extrem kritisch erscheinen mag, doch wir sind guter Hoffnung, die Krise um die Tschechoslowakei friedlich regeln zu können. Da dies der letzte verbliebene territoriale Streitpunkt in Europa ist, könnte der alte Kontinent anschließend durchaus in eine Phase der Ruhe und Entspannung eintreten.«

»Was im Himmels willen bringt Sie zu einem solchen Urteil?«

Ashfield offenbarte eine erstaunliche und geradewegs absurde Zuversicht. Clarson fühlte sich beinahe an die Rede des Vizebotschafters von letzter Woche erinnert.

»Mein lieber Clarson, ich kann Ihnen dazu im Moment wirklich keine näheren Angaben machen. Das müssen Sie verstehen.«

»Sie müssen doch erkennen, dass wir unmittelbar vor der deutschen Kriegserklärung an die Tschechoslowakei stehen.«

»Die Regierung Seiner Majestät ist entschlossen, eben das zu verhindern. Glauben Sie mir, ich sehe eine gute Möglichkeit, dass das Vereinigte Königreich und die Heimat Ihrer Gemahlin einer langen Friedensperiode entgegensehen.«

Ashfield schlafwandelte noch immer durch eine Welt der Illusionen, in dem eine friedliche Verständigung mit Hitler möglich war.

Es würde ein unsanftes Erwachen geben.

28

»Exzellenz, ich handele nicht in eigener Sache. Ich komme zu Ihnen im Auftrag der deutschen Opposition.«

Ashfield riss mit amüsiertem Ausdruck die Augen auf, so dass seine buschigen Brauen beinahe sein silbernes Haupthaar berührten.

»Wen meinen Sie, wenn Sie von Opposition sprechen? Das Wort ist nicht eben beliebt in diesem Land. Es sollte Ihnen nicht entgangen sein, dass es im heutigen Deutschland gar keine Opposition gibt. Ich würde gar so weit gehen zu sagen, dass sie von den Deutschen auch nicht sehr vermisst wird.«

»Sie irren sich. Sie steht im Gegenteil unmittelbar davor, Hitlers Regime zu stürzen.«

»Das kann ich nicht glauben«, antwortete Ashfield irritiert. »Wie kommen Sie zu diesen Gerüchten?«

»Es sind keine Gerüchte, Exzellenz. Ich stehe in direktem Kontakt mit dieser Gruppe.«

Ashfield setzte eine ungläubige Miene auf. »Wer sind diese Leute?«

»Ich spreche von Männern in höchster Stellung in Staat und Armee.«

Der Vizebotschafter schüttelte den Kopf und griff nach einer weiteren Zigarette. »Und die haben Sie eingeweiht?«

»Man hat mich gebeten, als Bote zur britischen Regierung zu fungieren. Eine Position, die Attaché Wardley inne hatte, bis er vom SD ermordet wurde.«

Ashfields Körper durchfuhr ein kurzes Zucken, als er den Namen seines toten Freundes hörte. »Sie sagen, der SD hat Adrian auf dem Gewissen?«

Clarson nickte.

»Mit Verlaub, mein lieber Clarson, Sie eröffnen mir hier eine unglaubliche Geschichte nach der anderen. Haben Sie dafür irgendwelche Beweise?«

»Wardley ist ermordet worden, um die Verbindung der deutschen Opposition zur britischen Insel zu kappen. Ich bin hier, um diesen Kontakt wieder aufzunehmen.«

Das Telefon läutete. Bevor der Anrufer zu Wort kommen konnte, rief Ashfield in den Hörer: »Ich bin in einer wichtigen Besprechung und wünsche nicht gestört zu werden. Bitte stellen Sie bis auf Weiteres keine Anrufe durch.«

Er legte auf und wandte sich mit unvermindert erstauntem Gesicht wieder seinem Gast zu.

Clarson erhob sich, um seinen Worten zusätzlichen Nachdruck zu verleihen. »Aufgrund der Dringlichkeit und Bedeutung der Angelegenheit muss ich Sie bitten, unverzüglich den Premierminister persönlich zu kontaktieren.«

»Den Premierminister? Herr Clarson, dies entwickelt sich zur absonderlichsten Unterhaltung, die ich je geführt habe.« Mit seinen gelb verfärbten Fingern führte Ashford die Zigarette an seine gespitzten Lippen und inhalierte dann mit weit geöffnetem Mund wie ein Perlenfischer vor dem nächsten Tauchgang, um anschließend den Rauch breitflächig über seinen Tisch zu blasen.

»Hitler steht bei den Deutschen in solch hohem Ansehen«, fuhr Clarson fort, »dass die Opposition nur gegen ihn vorgehen will, wenn dies das Ende des unpopulären Krieges garantiert. Daher wünscht Sie von der britischen Regierung eine Absichtserklärung, dem sofortigen Frieden auf Basis der bestehenden europäischen Ordnung zuzustimmen, sobald Hitlers Diktatur beseitigt ist.«

»Sie reden wieder, als sei der Krieg bereits da. Zugegeben, Hitler hat in rücksichtsloser Manier die Hand nach der Vorherrschaft über ganz Mitteleuropa ausgestreckt. Aber im Prinzip hat er diese Vorherrschaft ja schon längst. Er braucht keinen Krieg gegen ein Land, dass sich aus der Not seiner strategischen Lage heraus ohnehin in allen Belangen nach dem großen Nachbarn richten muss.«

»Exzellenz«, erwiderte Clarson mit ungläubigem Unterton, »obwohl Sie wissen, dass es in der letzten Nacht bereits zu ersten Gefechten an der Grenze gekommen ist, glauben Sie immer noch an die Erhaltung des Friedens?«

»Derlei Zwischenfälle sind natürlich außerordentlich besorgniserregend. Aber dazu sind wir Diplomaten schließlich da, um dafür zu sorgen, dass aus solchen Vorkommnissen kein Flächenbrand entsteht.«

Clarson war sprachlos.

»Bitte nehmen Sie doch wieder Platz, Herr Clarson«, sagte Ashfield wohlwollend. »Sie dürfen nicht vergessen, dass Deutschland nicht unser einziges Sorgenkind auf dem Kontinent ist. Das eroberungslüsterne Italien schielt gierig auf Albanien und die Sowjetunion wird, wenn sie sich erst von Stalins Säuberungsaktionen erholt hat, eine ganz neue und völlig unkalkulierbare Gefahr darstellen. Die angrenzenden Kleinstaaten würden ihr hilflos ausgeliefert sein, wenn den Sowjets

nicht ein starkes Deutschland gegenüberstände. Den Wiederaufstieg der deutschen Militärmacht beurteilen wir angesichts dessen nicht pauschal negativ. Es kommt jetzt darauf an, Hitlers überbordende Ambitionen zu zähmen. Dann wird er bald schon ein unverzichtbarer Faktor in einem neuen europäischen Mächtegleichgewicht sein. Die aktuelle Krise ist nicht mehr als ein Detail, wenn Sie es aus einer langfristigen und gesamteuropäischen Perspektive betrachten.«

»Das heißt, die Tschechen werden auf dem Altar des europäischen Friedens geopfert?«

»Ich fürchte, das ist bereits geschehen, als wir im letzten Jahr das Münchener Abkommen unterzeichneten.«

Bei den Verhandlungen in der bayerischen Hauptstadt im vergangenen Herbst hatten Frankreich und Großbritannien der Abtrennung des Sudetenlandes, des mehrheitlich deutsch besiedelten Teils der verbündeten Tschechoslowakei, und seiner Angliederung an Deutschland zugestimmt, ohne dass die Prager Regierung selbst zu den Verhandlungen zugelassen gewesen wäre.

Clarson setzte sich wieder. Er hatte nicht erwartet, dass es so schwer werden würde. Natürlich war die anonyme Nachricht eines geplanten Umsturzes kaum konkret genug, um auf großes Vertrauen zu stoßen. Doch Ashfield glaubte noch nicht mal an den bevorstehenden Kriegsausbruch.

»Ich versichere Ihnen, eine aktive und machtvolle Opposition gegen Hitler steht in den Startlöchern.«

»Sie haben mir immer noch nicht verraten, wer diese mysteriöse Opposition überhaupt sein soll.«

»Die Männer, in deren Auftrag ich mich an Sie wende, wollen zunächst ungenannt bleiben. Mein Auftrag ist es lediglich, eine Stellungnahme entgegenzunehmen, ob man im Eventualfall mit der Unterstützung der Regierung Seiner Majestät rechnen kann.«

»Was soll das bedeuten, die Oppositionellen möchten ungenannt bleiben? Woher beziehen Sie Ihre Kenntnisse?«

Clarson schüttelte den Kopf.

Ashfield tat es ihm nach. »Es tut mir leid, das geringe Ausmaß an Information ermöglicht mir keine solche Stellungnahme.«

»Sie können den Premierminister doch zumindest darüber in Kenntnis setzen, dass eine Anti-Hitler-Opposition existiert, die den Kontakt nach London sucht und auf Unterstützung der Regierung Seiner Majestät baut.«

»Ich bedaure, das ist ausgeschlossen. Mit so etwas kann ich unmöglich zu meinem Minister gehen, von Chamberlain persönlich ganz zu schweigen.«

»Exzellenz! Sie wollen einfach nichts tun? Gar nichts?«

»Was soll ich dem Premierminister denn sagen? Ich habe nichts weiter als die Aussage eines Einzelnen, eines Außenstehenden, wie ich hinzufügen möchte. Was glauben Sie, wie viele Verschwörungstheorien und absurde Initiativen im derzeitigen Klima in diplomatischen Kreisen herumspuken? Wozu dem Premierminister die Zeit stehlen mit einer Geschichte von einer Verschwörung, von der wir nicht das Geringste wissen?«

»Ohne ein Zeichen aus London wird es keinen Umsturzversuch geben. Sie, Exzellenz, haben gleichsam das Schicksal der Opposition gegen Hitler in der Hand.«

Ashfield winkte ab. »Wie plante diese *Opposition*, wie Sie sie nennen, denn, gegen Hitler vorzugehen, der einen mächtigen Sicherheitsapparat und Millionen begeisterter Nazis hinter sich weiß? Wie sollen wir beurteilen, ob ihre Männer auch nur die geringste Aussicht auf Erfolg haben? Wer garantiert uns, dass eine neue Regierung tatsächlich eine Verbesserung der internationalen Lage mit sich bringen würde?«

Ashfield hatte natürlich recht mit seinen Einwänden. Im Grunde war Clarson sich von Beginn an bewusst gewesen, dass er von Görings Vorgaben abweichen musste. Er heftete seinen Blick auf den Vizebotschafter, während er die Bombe platzen ließ. »Der Kopf der Verschwörung heißt Hermann Göring.«

»Göring?«, Ashfields Gesicht gefror vor Erstaunen. »Göring? Woher haben Sie diese Information?«

»Von ihm persönlich. Er hat mir gestern Nacht aufgetragen, Sie aufzusuchen und um Unterstützung für die zukünftige Regierung zu bitten.«

Ashfield atmete durch. »Göring ist die deutsche Opposition, von der Sie sprechen? Ein Erzgauner ist er, der 1933 an der Spitze der Polizei massenweise unliebsame Regimegegner in Konzentrationslager hat verschleppen lassen. Viele von ihnen sind bis heute nicht wieder aufgetaucht.«

Das Ansinnen des Marschalls, seinen Namen ungenannt zu lassen, war nicht bloße Risikoscheu gewesen. Offenbar kannte er seinen Ruf außerhalb Deutschlands genau und wusste, dass seine Verstrickung in die Verbrechen des Nationalsozialismus eine Bürde sein musste.

Dennoch würde sein Name der britischen Regierung signalisieren, dass es sich bei den Umsturzplänen nicht um das Hirngespinst einiger Unzufriedener handelte. Außerdem hasste der zweitmächtigste Mann Deutschlands die SS, betrachtete ideologischen Fanatismus bloß kopfschüttelnd und stand für eine berechenbare Außenpolitik.

»Es ist mir wohl bewusst, dass der Feldmarschall keinen Preis für demokratische Tugendhaftigkeit gewinnen würde. Doch haben Sie nicht soeben Ausgleich und Kooperation selbst mit Hitler das Wort geredet?«

»Mein lieber Herr Clarson, wenn Ihnen Göring gesagt hat, dass Hitler Krieg bedeutet, dann deshalb, weil er selbst ausgespielt hat, nichts weiter. Das sind doch Phantasiegebilde eines Frustrierten. War er nüchtern oder im Morphiumrausch, als er mit Ihnen gesprochen hat?« Ashfield war während seiner letzten Worte aufgestanden, ging um seinen Schreibtisch herum und kam auf Clarson zu. »Wie auch immer, auf jeden Fall interessant zu erfahren, was sich da hinter den Kulissen abspielt«, sagte er tröstend. »Davon müssen Sie mir in Bälde mehr erzählen. Jede Einzelheit interessiert uns natürlich.«

Ashfield schickte sich an, ihn aus seinem Büro herauszukomplimentieren. Doch so einfach würde er es ihm nicht machen.

»Ist das alles?«, Clarson stand auf und wurde laut. »Ist das Ihre ganze Reaktion? Hören Sie, Exzellenz, selbst wenn es sich bloß um die entfernteste aller Möglichkeiten handeln würde, einen verheerenden Krieg zu verhindern, wäre es Ihre verdammte Pflicht als Vertreter unseres Landes, dem nachzugehen und die Sache zumindest einer Prüfung zu unterziehen.«

Ashfield zuckte zusammen und setzte eine indignierte Miene auf. »Ich verstehe Ihre Aufregung ja sehr gut, dennoch muss ich –«

»Exzellenz!«, rief Clarson beschwörend.

Der Vizebotschafter setzte neu an. »Nun gut, in Anbetracht der Reputation, die Ihre Person der Information verleiht, werde ich die Sache diskret dem Außenminister zur Kenntnis bringen. Das ist alles, was ich im Augenblick tun kann.«

»Vielleicht wäre es angebracht, wenn Sie und der Generalfeldmarschall eine vertrauliche Unterredung führen würden. Dies würde die Angelegenheit doch auf eine neue, bedeutendere Ebene heben«, appellierte Clarson an Ashfields Eitelkeit. Wenn er gemeinsam mit Binnewies auf Göring eindringen würde, würden sie den übervorsichtigen Feldmarschall hoffentlich davon überzeugen können, über seinen Schatten zu springen.

Ashfield Augen hellten sich etwas auf. Er ging zurück hinter seinen Schreibtisch und antwortete in geschäftsmäßigem Ton: »Nun gut. Ich bin bereit, mit dem Ministerpräsidenten zu einem Gedankenaustausch zusammenzukommen. Solcherlei Konsultationen könnten sich auch ganz allgemein nur positiv auf die deutsch-britischen Beziehungen auswirken. Sollte der Ministerpräsident im persönlichen Gespräch Ausführungen machen, die den Ihrigen entsprechen, wäre in der Tat ein Kasus gegeben, um den Premierminister zu involvieren.«

»Das freut mich sehr, Exzellenz«, antwortete Clarson zufrieden. »Ich werde Ministerpräsident Göring umgehend davon in Kenntnis setzen und versuchen, noch für heute eine Zusammenkunft zu arrangieren.«

»Sie verfügen offensichtlich über einen ausgezeichneten Draht zu ihm«, antwortete Ashfield nicht ohne Verwunderung. »Kommen Sie doch am frühen Nachmittag wieder zu mir. Es ist wohl überflüssig zu betonen, dass die Angelegenheit höchste Vertraulichkeit gebietet.«

»Das ist es in der Tat.«

»Gut. Reden wir nach dem Lunch weiter. Ich werde bis dahin Fühlung mit dem Foreign Office aufgenommen haben.«

29

Am Ende der kleinen Halle, hinter einem klobigen Schreibtisch aus Eichenholz saß Göring, seine hellblaue Uniform mit einer Unzahl von Orden behängt, wie ein Märchenkönig in einem riesigen Polsterstuhl, in dessen Holzrahmen zu Ornamenten arrangierte altgermanische Symbole eingraviert waren. Die hohen Wände hinter ihm zierten zwei überlebensgroße, goldumrahmte Gemälde mythischer Helden des neuen Deutschlands: links Siegfried vor dem getöteten Drachen in einer Pose voller Stummfilmdramatik, rechts der Führer und Reichskanzler Adolf Hitler, in nazi-braunem Mantel mit Hakenkreuzbinde auf einem Hügel stehend, den Blick in die Ferne gerichtet.

Es war nicht Halders erster Besuch in Görings Büro im Reichsluftfahrtministerium, dessen Ausmaße Hitlers Arbeitszimmer in der Neuen Reichskanzlei nur wenig nachstanden. Er hatte nie Anstoß an der Vorliebe des Marschalls für Prunk und Protzereien genommen, sondern sie stets mit einem Kopfschütteln abgetan. Heute spürte er erstmals Überdruss an diesem Gebaren.

Er hatte eine schlaflose Nacht hinter sich, angefüllt mit nicht enden wollenden. nervenzermürbenden Besprechungen zur Organisation einer Angriffsoperation, die plötzlich unmittelbar bevorstand und sein eigentliches Vorhaben mit einem Schlag zunichte gemacht hatte. Über Monate hinweg hatte Halder akribisch im Geheimen daran gearbeitet, Mitstreiter zu finden, die bereit waren, den schweren Weg mit ihm zu gehen. Innerhalb einer einzigen Nacht war nun alles zu Staub zerfallen. Seine Mission war gescheitert, die Tür war zugeschlagen. Die desaströse Wendung der Ereignisse hatte ihn auch spät in der Nacht, als sich der Führer endlich in seine Privatgemächer in der Alten Reichskanzlei zurückgezogen hatte, keinen Schlaf finden lassen. Auf dem Antlitz seines Gegenübers dagegen – der Noch-Oberbefehlshaber der Luftwaffe hatte seinen Generalinspekteur an seiner Stelle an den Konferenzen teilnehmen lassen – hatten die Vorgänge der letzten Nacht dem Anschein nach keinerlei Spur hinterlassen.

»Nach allem, was wir in Erfahrung bringen konnten«, setzte Halder seinen Bericht fort, »war alles auf das Dilletantischste vorbereitet und Himmler hat, als die Sache schon verloren war, statt den Rückzug anzuordnen, noch zusätzliche Einheiten in das bereits aussichtslose Unternehmen gepumpt. Das Ergebnis war ein Chaos auf dem kleinen

Brückenkopf. Als Himmler schließlich den längst überfälligen Befehl zum Abbruch gab, artete der Rückzug in eine unorganisierte Flucht aus.«

Göring hatte den linken Ellenbogen auf der Armlehne abgestützt, zwei Finger seiner Hand an sein Kinn gelegt und hörte schweigend zu.

»Die Boote mussten sich unter hohem Blutzoll durch das Sperrfeuer der tschechischen Artillerie kämpfen«, sprach Halder weiter. »Der ganze Generalstab ist außer sich und hat eine Mordswut auf die SS und ihren Reichsführer.«

»Die Wut sollte sich gegen Hitler richten. Er war es schließlich, der ihr den Befehl gegeben hat, auf eigene Faust vorzupreschen», bemerkte Göring kühl. »Im Grunde hätte es nicht besser für uns laufen können. Das Offizierskorps verzeiht einem politischen Führer so ziemlich alles, nicht aber militärische Hasardeurspiele, die derart katastrophal enden.«

»Was nützt das noch?«, entgegnete Halder, den Blick auf das Gemälde Adolf Hitlers gerichtet. »Dieser Mann ist Deutschlands Schicksal.«

»Jetzt nehmen Sie doch erst einmal Platz, General!«, antwortete Göring.

Halder zog es vor, stehen zu bleiben. Hitler hatte die Initiative ergriffen, mutwillig den Krieg vom Zaun gebrochen und, wie so oft zuvor, alle anderen ausmanövriert. Die Katastrophe würde ihren Lauf nehmen und mit den Nazis an den Schalthebeln war auf ein baldiges Ende nicht zu hoffen. Was übrig blieb, war die Angelegenheit so anständig wie möglich abzuwickeln. »Sie dürfen den Befehl, Prag zu bombardieren, nicht ausführen, Herr Generalfeldmarschall.«

Göring stutzte. »Das ist völlig ausgeschlossen!«

»Ein Terrorangriff gegen zivile Einrichtungen wird es nur schwerer machen, zu einem Verständigungsfrieden zu kommen.«

»Der Führer würde mich sofort aus allen Ämtern werfen, vielleicht sogar unter Arrest stellen.«

»Wollen Sie wirklich für den Tod von Tausenden von Zivilisten verantwortlich sein?«

»Diese Verantwortung trägt der Führer. Es schadet gar nichts, wenn die Alliierten einen Geschmack davon bekommen, was ihnen bevorsteht. Das kann für die Ausführung unserer Pläne nur hilfreich sein.«

»Unsere Pläne sind bloß noch Makulatur, Herr Generalfeldmarschall. Es geht jetzt darum, die ganze Sache, die nun einmal unvermeidlich ist, in einer Weise über die Bühne zu bringen, dass wir unseren Kindern noch ins Gesicht schauen können.«

»Mein lieber General Halder, ich habe nicht vor, wegen ein paar kleinerer Turbulenzen den Kopf in den Sand zu stecken. Ich sage Ihnen, wir werden genau nach Plan vorgehen.«

Halder starrte Göring an. »Wie stellen Sie sich das vor?«

»Wir schlagen zu – noch heute.«

Halder musste seinen Zwicker mit der Hand vor dem Runterfallen bewahren. Meinte Göring das ernst hinter seinem undurchdringlichen Gesichtsausdruck? Das warf nicht nur alle Planungen über den Haufen, auch die Vorbedingung des ganzen Unternehmens war bisher nicht erfüllt.

»Gibt es etwa Neuigkeiten aus London?«

»Mein Emissär berät, während wir sprechen, mit Vertretern der britischen Regierung, um die angestrebte Vereinbarung abzuschließen.«

»Das ist ausgezeichnet. Wir benötigen allerdings eine eindeutige Stellungnahme, die ich an unsere Gruppe weiterleiten kann.«

Es war schwer genug gewesen, seine Mitverschwörer davon zu überzeugen, sich hinter Göring zu stellen. Erst dessen vollmundiges Versprechen, eine Friedensvereinbarung mit den Westmächten zu erzielen, hatte schließlich den Ausschlag gegeben. Ohne die Zusage der Briten als Sicherheitsnetz drohte alles auseinanderzufallen.

»Sie können das als erledigt betrachten – eine reine Formalie. Ich habe Ihnen doch von Anfang an gesagt, dass ich keine Schwierigkeiten sehe, mich mit den Engländern ins Benehmen zu setzen«, erwiderte Göring. »Ihre schüchternen Offiziere werden nun über ihren Schatten springen müssen.«

Halder war übernächtigt, doch die Müdigkeit war wie weggeblasen. Nur zu gerne hätte er dem an den Rand gedrängten Marschall zugestimmt. Göring wollte in einem letzten verzweifelten Akt vorpreschen und etwas erzwingen, was gerade unmöglich geworden war. Im Generalstab sah man bereits Generalinspekteur Milch als neuen Oberbefehlshaber der Luftwaffe.

Er sah sich einem fordernden Blick Görings ausgesetzt und es fiel ihm nun auf, wie uneben dessen Antlitz an diesem Morgen wirkte. Seine linke Gesichtshälfte war minimal, doch unverkennbar nach unten verzogen und die Augen schienen an Beweglichkeit eingebüßt zu haben. Halder empfand Erleichterung darüber, dass auch Göring von der Anspannung der Situation nicht unberührt blieb.

Loszuschlagen, ohne einen Beweis in den Händen zu halten, dass London mitspielte, war ein Vabanquespiel, das nur zu leicht in einem Desaster enden konnte. England, einmal im Krieg mit einem durch Umsturz geschwächten Reich, mochte sehr wohl danach trachten, die

Errungenschaften des letzten Jahres – die Eingliederung Österreichs und des Sudetenlandes – wieder rückgängig zu machen. Das würde die Verschwörer unwiderruflich zu Verrätern stempeln. Hitler würde als großer Triumphator in die Geschichte eingehen, der alle Deutschen, ohne einen Tropfen Blut zu vergießen, in einem Reich vereint hatte, während auf Halders Konto Verrat, Niederlage und erneute Zersplitterung Deutschlands gehen würden. Wie lange sich ein neues Regime unter solchen Umständen auch immer halten würde, am Ende warteten das Schafott und die Schande auf ihn.

Es war ein Risiko, das einzugehen, er bereit gewesen wäre. Doch das änderte nichts an der Sachlage, dass gar keine Möglichkeit mehr bestand, die Verschwörungspläne umzusetzen.

»Sie können Ihre Gespräche mit London einstellen«, erklärte Halder bestimmt. »Es wird keinen Staatsstreich geben.«

»Warum das denn?«, bellte Göring.

»Weil Hitler, ohne es zu wissen, dabei ist, der Falle zu entschlüpfen.«

»Was erzählen Sie da?«

»Er will den Feldherrn spielen«, sagte Halder abschätzig, »und reist noch heute an die Front. Sobald er dem Prager Gesandten die Kriegserklärung überreicht hat, wird er in seinen gepanzerten Zug steigen, den er für den Rest des Feldzuges als mobiles Hauptquartier nutzen will. Wir stehen ohne jeden Operationsplan da.«

Die Nachricht traf Göring unvorbereitet. Tief atmend bewegte er sich, unruhig nach einem Ausweg suchend, in seinem Stuhl hin und her. »Dann erledigen wir ihn eben dort«, entfuhr es ihm schließlich.

»In seinem militärischen Quartier, umgeben von der Leibstandarte? Unmöglich ohne starke Kräfte, die wir vor Ort gar nicht zur Verfügung haben.«

»Dann eben bei seiner Rückkehr nach Berlin!«

»Und wann wird das sein?«, erwiderte Halder. »Akzeptieren Sie es, wir sind auf den Ausgangspunkt zurückgeworfen! Wie lange wird es noch dauern, bis der Führer Sie zwingen wird, Ihren Abschied zu nehmen? Eine Woche? Oder vielleicht nur noch einen Tag? Danach würde ein Staatsstreich wie ein bloßer persönlicher Racheakt aussehen und wäre schon allein dadurch zum Scheitern verurteilt.«

»Ich mag es nicht, wenn so gesprochen wird«, antwortete Göring in einer Stimmlage, die nicht verbarg, dass er sich seiner Lage wohl bewusst war.

»Sie müssen den Tatsachen ins Auge sehen, Herr Generalfeldmarschall: Es ist vorbei.«

30

Göring nahm zwei große, flach geschliffene Rubine aus einem offenen Etui auf seinem Schreibtisch und presste sie mit seiner Rechten knirschend gegeneinander. Die Stirn in Falten gezogen, kauerte er in Gedanken versunken in seinem Thron. »Für wann ist Hitlers Abreise vorgesehen?«, fragte er nach einer halbe Ewigkeit.

»Sein Kommandozug wird ab vierzehn Uhr am Potsdamer Bahnhof für ihn bereitstehen. Ich habe Order, den Führer zu begleiten.«

Göring nickte langsam. Er ließ die Edelsteine zurück in das Futter des Lederetuis gleiten, erhob sich und erklärte ruhig: »Wir müssen es heute machen, noch bevor er Berlin verlässt.«

»Unvorstellbar! Wir sind auf eine solche Planänderung in keiner Weise vorbereitet. Im Gegenteil! Hoepner ist gestern Abend an die Westfront abkommandiert worden, seine Panzer werden justament verladen.«

Göring verharrte stehend mit verkniffener Miene, seine Finger trommelten auf den Schreibtisch. »Wir tun es, Halder«, wiederholte er. »Sämtliche Wehrmachtseinheiten sind seit heute Morgen in Alarmbereitschaft. Das wird alles einfacher machen. Das neunte Infanterieregiment sollte bereits einsatzbereit in den Kasernen stehen. Unser Operationsplan ist bis ins Detail ausgearbeitet, alle wesentlichen Männer wissen, was sie zu tun haben. Was sollte uns aufhalten?«

»Das Zeitfenster würde trotz allem nicht ausreichen.«

»Die Sondereinheit meines Leibregiments ist jederzeit bereit zuzuschlagen. Sie hat schon 1934 mit der SA aufgeräumt, in einer nicht weniger kritischen Situation. Ich lasse die Männer gleich im Hof antreten. Die Mobilmachung wird alles ganz unverdächtig aussehen lassen.«

Halder schüttelte den Kopf. »Ihre Truppe muss nur über den Hof in die Prinz-Albrecht-Straße marschieren. Ein Regiment von Potsdam heranzuführen, ist eine ungleich schwierigere Aufgabe. Der Führer verlässt Berlin in wenigen Stunden. Es ist schlichtweg unmöglich, am helllichten Tage so mir nichts dir nichts die Innenstadt zu besetzen, ohne unvorhersehbare Schwierigkeiten und Verzögerungen einzukalkulieren.«

»Sie sollen ja nicht wie die Magyaren marodierend durch die Straßen ziehen. Lassen Sie Nausitz das Neunte zur Sammlung auf dem

Königsplatz antreten! Niemand wird eine solche Order im Tumult der allgemeinen Mobilmachung infrage stellen. Schon gar nicht, wenn sie vom Generalstabschef kommt.«

»Es bleibt der Zeitfaktor als Problem.«

»Nicht, wenn wir stufenweise vorgehen.«

»Was meinen Sie damit?«

»Wir setzen Hitler fest, noch während er in der Reichskanzlei weilt, und sorgen dafür, dass es solange nicht nach außen dringt, bis das *Graf 9* herangeführt ist.«

»Das ist tollkühn!«, rief Halder und meinte es nicht als Kompliment.

»Wenn der Führer ausgeschaltet ist«, fuhr Göring mit fester Stimme fort, »und das SS-Hauptquartier in unserer Hand, wer würde sich gegen den zweiten Mann im Reich und designierten Nachfolger stellen wollen? Das Potsdamer Regiment ist doch bloß eine zusätzliche Absicherung, damit alle gleich wissen, woher der neue Wind weht.«

»Ist es nicht genug, dass Hoepners Panzer ausfallen?«

»Herr General, Sie sind ein gepriesenes Genie in Fragen militärischer Taktik. Benötigen wir wirklich Kampfpanzer, um das Zentrum Berlins unter Kontrolle zu halten? Außerdem kann er seine Panzer ja wieder ausladen und steht dann später noch zur Verfügung. Mit Helldorf auf unserer Seite haben wir doch die gesamte Polizei der Hauptstadt hinter uns. Es kann gar nicht schiefgehen.«

Halder ließ seine linke Hand auf der Knopfleiste seines Uniformrocks ruhen; eine unwillkürliche Bewegung, um den schmerzenden Magen zu beruhigen. Görings Eifer war dem Wagemut eines mit dem Rücken zur Wand stehenden Mannes entsprungen und bildete einen beinahe erfrischenden Kontrapunkt zu der Zögerlichkeit der Offiziere des Verschwörerkreises. Der Plan war risikoreich wie ein Pokerspiel, doch gleichzeitig von einer nassforschen Chuzpe, die ihm sehr wohl zum Erfolg verhelfen mochte.

»Wann rechnen Sie mit einer Nachricht von Ihrem Emissär? Ich müsste mich mit den übrigen Herren absprechen.«

»Für Absprachen bleibt keine Zeit mehr!«, rief Göring, nun ganz in seinem Element. »Dies ist der Augenblick der Entscheidung. Ihre Offiziere haben sich an uns gebunden, als sie zustimmten mitzutun. Wir müssen jetzt ein klares Signal ausgeben. Unsicherheit im Führen erzeugt bloß Unsicherheit im Folgen. Die Zusage Britanniens wird eintreffen – noch heute Vormittag. Die Frage ist, wann die Herren von der Kriegsakademie bereit sein können.«

»Von Dannegger und seine Leute sitzen in ihren Büros in der Kruppstraße. Alles ist seit gestern in höchster Alarmbereitschaft und erwartet Befehle vom Oberkommando.«

»Dann könnten sie also durchaus in kürzester Frist aktiviert werden?«

»Ohne Zweifel.«

»Hitler pflegt vor einer Reise stets sein gewohntes Mittagessen in vertrauter Runde einzunehmen. Er hat sich das wegen seines empfindlichen Magens zur Angewohnheit gemacht. Das ist unser Moment. Es geht dort immer sehr informell zu. Sie müssen lediglich die Wachen im Eingangsbereich der Alten Reichskanzlei überwinden.«

»Eine Abordnung der Kriegsakademie könnte in meiner Begleitung dem Führer ganz offiziell seine Aufwartung vor dem anstehenden Feldzug machen.«

»Bitte, da haben Sie es. Das Ganze ist im Grunde einfacher als der ursprüngliche Plan. Es muss jetzt nur entschlossen gehandelt werden.«

»Die gesamte Mittagstafel würde einschließlich des Dienstpersonals arretiert bleiben müssen, bis wir genügend Einheiten in der Innenstadt in Stellung gebracht haben«, räsonierte Halder widerstrebend, das Szenario in seinem Kopf durchspielend. »Eventueller Widerstand von Tischgästen oder Ordonnanzen müsste mit der Schusswaffe gebrochen werden.«

»Hitler führt selbst stets eine Waffe in der Innentasche seiner Jacke mit sich.«

»Aufgrund des Überraschungsmoments könnte die Aktion gänzlich unblutig vonstattengehen.«

»Wir haben nur diese eine Gelegenheit«, drang Göring in den Generalstabschef. »Geben Sie Ihren Männern das Signal: London wird mitspielen! Es gilt jetzt, die einmalige Chance zu nutzen!«

Halder zögerte, eine Antwort zu geben.

»Hitler liebt die ausgedehnte Mittagspause«, sprach Göring erregt weiter. »Doch darauf dürfen wir es nicht ankommen lassen. Sobald er sich in den Speisesaal der Alten Reichskanzlei begibt, ist der Zeitpunkt zum Handeln gekommen. Ich lasse Adjutant von Below informieren, dass er mich telefonisch auf dem Laufenden hält und Nachricht gibt, sobald der Führer sich zu Tisch begibt. Wie lange brauchen Sie von der Kruppstraße zur Reichskanzlei?«

»Zwanzig Minuten, nicht mehr«, antwortete Halder. »Wenn keine unvorhergesehenen Schwierigkeiten auftauchen.«

»Was sollte Schwierigkeiten machen? Goebbels könnte als Gauleiter von Berlin mit der örtlichen SA für Unruhe sorgen, doch den kassieren wir an Hitlers Tafel gleich mit ein. Und Himmler werde ich persönlich einen Überraschungsbesuch abstatten.«

»Was ist mit Heydrich?«

»Heydrich wird der Neuordnung der Reichsspitze nicht entgegenstehen«, winkte Göring ab. »Er wird im Gegenteil glücklich sein, Himmler loszuwerden.«

Halder verzog das Gesicht. Göring wischte Bedenken mit allzu leichter Hand vom Tisch. »Er ist ein unberechenbarer Mann, dem nicht zu trauen ist. Denken Sie nur an Weihnachts Schicksal.«

»Der Gruppenführer ist vollständig in der Gewalt eines überkochenden Ehrgeizes, der sein ganzes Handeln bestimmt. Doch solange ihm Himmler vor der Nase sitzt, kann er nicht weiter kommen. Die neuen Machtverhältnisse nach unserer Aktion werden ihm daher wie gerufen kommen und er wird den Teufel tun, seinem Vorgesetzten, für den er bloß Verachtung übrighat, beizuspringen. Überlassen Sie die Neutralisierung der staatlichen Sicherheitsorgane getrost mir, so wie es vereinbart war. Ich war bis vor ein paar Jahren selbst Dienstherr der Polizei, ich weiß, wie man den Laden unter Kontrolle hält.«

Halder nickte langsam mit zweifelnder Miene, während Göring weitersprach.

»Es ist ganz einfach. Wir lassen Hitler heute Vormittag den Krieg erklären, setzen ihn anschließend fest und sobald die Antwort der Westmächte vorliegt, treten wir vor das deutsche Volk.«

»Was ist, wenn es länger dauert, bis London und Paris reagieren?«

Göring griff mit einer flinken Handbewegung zum Telefon und ließ sich mit einem seiner Referenten verbinden. »Für wann ist die Sitzung des französischen Parlaments anberaumt?« Er lauschte einen Augenblick lang der Antwort, fragte ein paarmal nach, dann legte er den Hörer sichtbar zufrieden wieder auf. »Die Debatte beginnt um zehn Uhr dreißig. Es wird eine mehrstündige Aussprache erwartet. Das bedeutet, die Nachricht unserer Kriegserklärung an die Tschechoslowakei wird mitten in die Beratungen platzen. Eine prompte Reposte ist also garantiert. Die französische Regierung wird sich dem Druck der allgemeinen Empörung auf keinen Fall entziehen können.«

»Das ist gut«, sagte Halder, der das Gefühl nicht abschütteln konnte, als zögen sich sämtliche Organe in seinem Bauch zusammen. Er hatte es zuerst gespürt, als Göring begonnen hatte, ihn zum Handeln zu

drängen, und es damit abgetan, dass das improvisierte Stückwerk, dass sie anstatt seines ursprünglichen, minutiös durchgeplanten Szenarios anpeilten, seiner sorgfältig abwägenden Natur zuwiderlief. Doch es gab noch einen anderen, wesentlicheren Grund für sein Unwohlsein. Ihm drohte die Führung des Unternehmens aus den Händen zu gleiten. Dabei hatte er den ausgebooteten Feldmarschall ursprünglich erst mit der Nase auf diesen Ausweg aus dessen aussichtsloser Lage stoßen müssen. Wohl war es stets die Göring zugedachte Rolle gewesen, am Bug des Schiffes das Zepter zu schwingen, doch im Hintergrund hatte er, Halder, das Ruder in der Hand behalten wollen. »Es ist entscheidend, dass wir in unserer Radiobotschaft auf die Kriegserklärung zumindest einer der Westmächte Bezug nehmen können.«

»Wir könnten uns kein besseres Szenario wünschen«, erklärte Göring bestimmt. »Unmittelbar nach dem Kriegseintritt Frankreichs gehen wir an die Öffentlichkeit und teilen der Welt mit, dass Offiziere der Akademie versucht haben, Hitler von seinem fatalen Kurs abzubringen. Dabei kam es zu einem Handgemenge mit Schusswechsel, in dessen Verlauf der Führer unglücklicherweise getötet wurde. Aufgrund von Reichsgesetz und Geheimerlass aus dem Jahre 1934 ist mir automatisch seine Nachfolge zugefallen.«

»Ich habe mich mit den Männern unseres Kreises darauf verständigt, dass Hitler nach seiner Verhaftung vor ein Militärgericht gestellt wird.«

»Sind Sie wahnsinnig?«, fuhr Göring sein Gegenüber mit quickender Stimme an. »Das neue Regime wird nicht bestehen können, solange Hitler noch am Leben ist!«

Halder hatte die ursprüngliche Vereinbarung, wonach Hitler zu töten war, übergangen, um von Witzleben und Nausitz für die Verschwörung zu gewinnen. Natürlich war es unehrenvoll, Hitler wie einen kranken Hund abzuknallen, doch Göring hatte gute Gründe für seinen Einwand. Nur der Tod des Diktators würde Partei und Wehrmacht von ihrer Treuepflicht entbinden.

»Ich stehe bei den Herren Nausitz und von Witzleben im Wort«, schüttelte Halder den Kopf. »Außerdem würde eine Tötung Hitlers ohne gerichtliche Verurteilung als Mord angesehen werden und auf entsprechende Ablehnung in allen sozialen Schichten stoßen.«

»Nein, nein, nein!«, echauffierte sich Göring. Er griff sich nach Luft schnappend an den Kragen, dann warf er sich in die Brust und fuhr in ruhigerem Ton fort. »Ich fürchte, wir können auf die verständlichen

Bedenken der genannten Herren keine Rücksicht nehmen. Beide werden ja auch gar nicht in diesen Teil der Aktion eingebunden sein.«

Halder schwieg, doch innerlich stimmte er zu.

Sich mit dem ganzen Gewicht seines massigen Körpers auf dem Schreibtisch abstützend, blickte der Feldmarschall hinauf zum Bildnis Hitlers hinter ihm. »Das ist das Schwerste von allem. Ich bin dem Führer bis ins Innerste verpflichtet.«

»Wir alle haben den gleichen Treueid geschworen«, entgegnete Halder.

»Ja, natürlich. Doch für mich ist es schwerer. Ich war ihm seit den frühen Jahren der Kampfzeit auch persönlich eng verbunden.«

»Die Pflicht gegenüber Deutschland wiegt schwerer.«

Göring wandte sich wieder seinem Gesprächspartner zu. »Sie haben recht, wir müssen jetzt ganz rücksichtslos auch gegen uns selbst sein. Es geht um das Schicksal des Reiches, ja Europas für die nächsten hundert Jahre. Persönliche Empfindungen und Loyalitäten haben zurückzustehen.«

Anfangs hatte sich Halder gewundert, warum Göring die Festnahme Hitlers gänzlich ihm und den Offizieren der Akademie überlassen wollte. Allmählich war ihm jedoch klar geworden, dass Göring der direkten Konfrontation mit seinem Führer aus dem Wege ging. Er wollte ihn bloß weg haben, vom Erdboden verschwunden, ohne selbst beteiligt zu sein. Seine Abneigung, sein Zorn richteten sich ganz gegen Himmler, den er für seinen Abstieg verantwortlich machte.

Gleichwohl war es kaum mehr als die übliche Heuchelei, mit der sich Halders Gegenüber nun zum Opfer der Umstände stilisierte. Der Feldmarschall mochte eine Reihe positiver Eigenschaften haben, Skrupel gehörten nicht dazu. Er war kalt, brutal und rücksichtslos, wenn es darauf ankam. Es würde nicht einfach werden, ihn unter Kontrolle zu halten.

»Wer könnte es tun?«, riss Göring ihn aus seinen Gedanken.

Halder rang mit sich. »Geben wir ihm fünf Minuten Zeit, das Notwendige selbst zu erledigen. Soviel sind wir ihm schuldig.«

»Wenn er darauf nicht eingeht?«, erwiderte Göring geschäftig. »Haben Sie jemanden in der Gruppe, mit dessen Hilfe wir uns dieses Problems entledigen könnten?«

»Ja.«

Beide schwiegen für einige Sekunden.

»Wer ist es?«, fragte Göring schließlich nach.

»Oberstleutnant von Dannegger.«

»Können wir uns auf ihn verlassen?«

»Für das Gelingen unseres Unternehmens würde er alles tun.«

»Dann lassen Sie uns keine Zeit mehr verlieren!«

Halder blickte den ihn erwartungsvoll anstarrenden Göring an, der seine Hand ausgestreckt hatte. »Wagen wir es!«, sagte er schließlich und schlug ein.

Göring verharrte einen Moment lang im Pathos des Augenblicks, dann riss er den Hörer von der Gabel und hielt ihn Halder vor die Brust. »Rufen Sie Nausitz an! Er kann womöglich schon zur selben Zeit wie Sie mit einer ersten Kompanie vor Ort sein und einen Bezirk um die Wilhelmstraße abriegeln.«

Halder nahm den Hörer zögernd entgegen und ließ sich verbinden. »Oberst Nausitz? – Die Stunde der Tat ist gekommen.«

31

»Was soll das heißen, seine Exzellenz glaubt nicht an einen Krieg?«, brauste Göring auf.

»Die britische Diplomatie ist unverändert von der Möglichkeit eines Interessenausgleichs mit Hitler überzeugt«, gab Clarson zur Antwort.

Göring holte einmal tief Luft, dann platzte es aus ihm heraus. »Diese feigen Nichtsnutze! Dieses lasche Pack! Es ist nicht zu glauben! Sie wollen sich um den Krieg herummogeln!« Er sprang mit einer solchen Energie auf, dass seine Körpermasse den riesigen Schreibtisch ins Wanken brachte, und ließ seine fleischige Faust unsanft auf die ledernen Arbeitsfläche niedergehen. »Sie müssen, müssen den Krieg erklären! Sie müssen!«

Göring war einer jener Zeitgenossen, die glaubten, Schreien sei eine angemessene Art menschlicher Interaktion; eine auf dem Kontinent weit verbreitete Unsitte.

Clarson hatte den Marschall in seinem pompösen Büro im Reichsluftfahrtministerium geschäftig über eine Unterschriftenmappe gebeugt angetroffen. Mit einem kleinen Füllfederhalter hatte er eilig die darin befindlichen Dokumente abgezeichnet, ohne ihnen Beachtung zu schenken, und eigenhändig eine Löschwiege aus blauem Marmor über die feuchte Tinte seines Namenszuges gewalzt.

Er wirkte ausgeruht und vor Gesundheit strotzend. Der Kontrast zu seinem desolaten Zustand letzte Nacht hätte nicht größer sein können. Clarsons Eintreffen hatte ihn zunächst nicht veranlasst, seine Tätigkeit zu unterbrechen. Er hatte seinem Gast einen Platz in einer Sitzgruppe an einem der Fenster des riesigen Büros angeboten und sich dem nächsten Dokument zugewandt. Clarsons Mitteilung hatte ihn schließlich aus seiner Routine gerissen und von seinem enormen Bürosessel aufspringen lassen.

»Der Engländer darf sich nicht so einfach davonstehlen. Die können doch ihre tschechischen Bundesgenossen nicht einfach im Regen stehen lassen.«

»Offensichtlich beabsichtigen sie genau das tun«, antwortete Clarson. »Die britische Regierung setzt nach wie vor auf Hitler als Kooperationspartner und hat infolgedessen kein Interesse, sich an eine deutsche Opposition zu binden, die für sie eine weitgehend unbekannte Größe ist. Immerhin will Ashfield bis zum Nachmittag Fühlung mit seinem Minis-

terium aufgenommen haben.« Clarson hatte sich entschieden, nicht lange um den zentralen Punkt herumzureden. »Außerdem hat er seine Bereitschaft erklärt, noch heute persönlich mit Ihnen zusammenzutreffen.«

»Was? Was erzählen Sie da?«

»Ich musste Ihren Namen nennen, um überhaupt Interesse an der Meldung von den Aktivitäten einer Opposition gegen das gegenwärtige Regime zu wecken.«

»Das ist unerhört!«, fuhr Göring auf. »Ich hatte Ihnen klare Instruktionen gegeben.«

»Die ich befolgt habe, Herr Ministerpräsident. Doch die Nachricht von gänzlich anonymen Putschplänen hatte es nicht vermocht, Seine Exzellenz zu irgendeiner Stellungnahme zu bewegen.«

»Das ist ein Vertrauensbruch!«, setzte der Marschall nach.

»Aus der Not geboren, Herr Ministerpräsident. Ich freue mich, Ihnen mitteilen zu können, dass die Nachricht von Ihrer Beteiligung vom Vizebotschafter äußerst positiv aufgenommen wurde. Seine Exzellenz ist sehr daran interessiert, binnen kürzester Frist mit Ihnen ins Gespräch zu kommen. Offen gestanden hatte ich den Eindruck, dass man aufseiten der britischen Diplomatie bereits erwartet hatte, dass ein Mann Ihres Formats nicht widerstandslos von der Bühne der Weltgeschichte abtreten würde.«

Ein Mann von Görings Charakter würde für billige Schmeicheleien dieser Art empfänglich sein.

Der Marschall machte eine unwirsche Handbewegung. »Was nützt das alles? Ich brauche die Kriegserklärung und ich brauche sie dringend.«

»Sie können eine Änderung der britischen Position erwirken durch das direkte Gespräch. Lassen Sie den Vizebotschafter zu sich bitten!«

»Ich habe andere Dinge zu tun.«

»Was kann es in diesem Augenblick Wichtigeres geben?«

»Alles ist in Bewegung geraten. Alles muss schneller gehen als vorgesehen. Sie, mein guter Clarson, müssen Großbritannien davon zu überzeugen, dem Reich den Fehdehandschuh hinzuwerfen! Diese Aufgabe fällt jetzt Ihnen zu.«

»Ich kann nicht sehen, wie das möglich sein soll. Die Regierung in London sieht in Hitler einen zentralen Faktor der zukünftigen europäischen Friedensordnung.«

»Das ist ein Witz!«, ereiferte sich Göring erneut. »Der Führer sieht es als seine Lebensaufgabe an, dem deutschen Volk neuen Lebensraum

zu erobern und das schon seit seinem Eintritt in die Politik. Ich habe lange geglaubt, dass ich ihm diesen Wahn ausreden kann. Glauben Sie mir, ich habe alles versucht, was in meiner Macht stand, sogar mein Vertrauensverhältnis zu ihm aufs Spiel gesetzt. Doch er hat sich unwiderruflich auf diesen Kurs festgelegt und die gesamte Führungsspitze des Reiches darauf eingeschworen. Die ungeahnten außenpolitischen Erfolge des letzten Jahres waren für ihn nur zusätzliche Bestätigung seiner Mission.«

»Sie meinen, die verantwortlichen Männer um ihn wissen von seinen Kriegsplänen und unterstützen sie?«

»Es ist amtliche Politik«, nickte Göring. »Jedermann im inneren Zirkel weiß, dass es spätestens in ein paar Jahren losgehen wird.«

»Pardon? Es ist als die offizielle Politik des Dritten Reiches festgelegt?«

»Ich sage Ihnen doch, es ist beschlossene Sache.«

»Das ist schwer zu glauben.«

»Ihr Engländer verkennt das Wesen von Hitlers Regime.«

»Wie soll ich *das* Ashfield klarmachen? Sie sind derjenige, der mit ihm sprechen muss.«

Göring schien kurz zu überlegen, dann beugte er sich, ohne ein Wort zu sagen, zum linken Unterschrank seines Schreibtischs hinunter. Er zog die hölzerne Tür auf. Dahinter verbarg sich ein kleiner stählerner Panzerschrank von etwa einem halben Meter Höhe. Gewissenhaft drehte er das Kombinationsrad zweimal abwechselnd nach rechts und nach links, legte den Handgriff um und die schwere Tresortür öffnete sich geräuschlos. Als er sich wieder aufrichtete, hatte Göring ein Dokument in den Händen. Er ließ es nonchalant auf seine Unterlagen auf dem Schreibtisch fallen, das Schriftbild Clarson zugewandt. Es handelte sich um wenige maschinengeschriebene und mit roter Schnur zusammengeheftete Blätter mit dem Briefkopf des Reichskriegsministeriums. »Dies ist die wahre Natur von Hitlers Außenpolitik«, kommentierte er, bedeutungsschwer mit dem Zeigefinger auf das Dokument tippend.

GEHEIME REICHSSACHE

Besprechung vom 5. November 1937

Anwesend:
Der Führer und Reichskanzler,
Reichskriegsminister Generalfeldmarschall von Blomberg,
Oberbefehlshaber des Heeres Generaloberst von Fritsch,
Oberbefehlshaber der Kriegsmarine Generaladmiral Raeder,
Oberbefehlshaber der Luftwaffe Generaloberst Göring,
Reichsminister des Auswärtigen von Neurath,
Oberst Hoßbach.

Der Führer betonte eingangs, dass seine nachfolgenden Ausführungen das Ergebnis eingehender Überlegungen und der Erfahrungen seiner viereinhalbjährigen Regierungszeit seien. Was er mitzuteilen im Begriff sei, sei als seine testamentarische Hinterlassenschaft für den Fall seines Ablebens zu verstehen.

Das Ziel der deutschen Politik sei die Sicherung und die Erhaltung der Volksmasse und deren Vermehrung. Die deutsche Zukunft sei ausschließlich durch die Lösung der Raumnot bedingt. Daß jede Raumerweiterung nur durch Brechen von Widerstand und unter Risiko vor sich gehen könne, habe die Geschichte aller Zeiten – Römisches Weltreich, Englisches Empire – bewiesen. Weder früher noch heute habe es herrenlosen Raum gegeben, der Angreifer stoße stets auf den Besitzer.

Die deutsche Politik habe mit den beiden Haßgegnern England und Frankreich zu rechnen, denen ein starker deutscher Koloß inmitten Europas ein Dorn im Auge sei.

Zur Lösung der deutschen Frage könne es nur den Weg der Gewalt geben und dieser könne niemals risikolos sein.

Nach einem Zeitpunkt 1943–1945 sei nur noch eine Veränderung zu unseren Ungunsten zu erwarten. Die Aufrüstung der Armee, Kriegsmarine, Luftwaffe sowie die Bildung des Offizierskorps seien annähernd beendet. Die materielle Ausstattung und Bewaffnung seien modern, bei weiterem Zuwarten läge die Gefahr ihrer Veraltung vor. Wie die Lage in den Jahren 1943–45 tatsächlich sein würde, wisse heute niemand. Sicher sei nur, daß wir nicht länger warten können. Es sei sein unabänderlicher Entschluß, spätestens 1943–45 die deutsche Raumfrage zu lösen.

Zur Verbesserung unserer militär-politischen Lage müsse in jedem Fall einer kriegerischen Verwicklung unser erstes Ziel sein, die Tschechei und gleichzeitig Österreich niederzuwerfen, um die Flankenbedrohung eines etwaigen Vorgehens nach Westen auszuschalten.

Die Angliederung der beiden Staaten an Deutschland bedeute militär-politisch eine wesentliche Entlastung infolge kürzerer, besserer Grenzziehung, Freiwerdens von Streitkräften für andere Zwecke und der Möglichkeit der Neuaufstellung von Truppen bis in Höhe von etwa 12 Divisionen.

Der Führer wolle unter Ausnutzung einer sich bietenden günstigen Gelegenheit den Feldzug gegen die Tschechei beginnen und durchführen, wobei der Überfall auf die Tschechei ›blitzartig schnell‹ erfolgen müsse.

Clarson wischte sich über die Stirn. Mit ans Groteske grenzender Offenheit war hier ausgesprochen und dokumentiert, dass die Zerschlagung der Tschechoslowakei bloß Teil einer Gesamtstrategie war, bloß Vorspiel für den Angriffskrieg gegen die Demokratien des Westens.

Nicht ein Wort hatte Hitler über das Selbstbestimmungsrecht der Deutschen verloren oder über seine Mission, unterdrückte deutsche Volksgenossen heim ins Reich zu holen – jene Propagandamäntelchen, mit denen er seine Ansprüche in der Öffentlichkeit zu bedecken

pflegte. Seine Phrasen vom Lebensraum, die er als junger Agitator in einem Buch niedergeschrieben hatte, das sich wie ein Gruselroman las, waren keine Fantasie geblieben. Er hatte sie im Gegenteil zum Zentrum der politischen und militärischen Planungen des Reiches gemacht.

Clarson schlug die letzte Seite des Dokuments auf. Hier waren Bedenken und Vorbehalte festgehalten, die die Herren Fritsch, von Blomberg und von Neurath im Anschluss an Hitlers Ausführungen geäußert hatten. Alle drei waren nur wenige Monate danach aus ihren Ämtern entfernt worden.

Am Fuß der Seite hatten von Blomberg und Hitler unterschrieben, gleich neben dem Siegelstempel, den man auf sämtliche Seiten des Protokolls gedrückt hatte.

Göring ignorierte das dumpfe Schellen, mit dem sich sein Diensttelefon meldete, zunächst. »Sie sehen, der Führer setzt sein Programm genau nach Plan um, im letzten Jahr Österreich, jetzt die Tschechoslowakei. Wenn Chamberlain weiter dem Krieg ausweicht, dann fällt er damit bloß auf Hitlers Spiel herein«, erklärte er, klappte die lederne Unterschriftenmappe zu, auf der das Dokument gelegen hatte und begrub es so zwischen ihren Seiten.

Von Göring selbst war kein Wort der Gegenrede protokolliert, offenbar hatte er die Absichten Hitlers widerspruchslos abgenickt. Es war daher kaum überraschend, dass er diesen Teil des Dokuments Clarsons Einblick rasch wieder entzogen sehen wollte.

»Was? … Ja, kann reinkommen«, bellte Göring, nachdem er den Hörer schließlich doch abgenommen hatte, bevor er sich zurück an Clarson wandte. »Ich befreie die Westmächte von einer Bedrohung ihrer Existenz, bewahre sie vor einem verheerenden Krieg. Was glauben die Herren in Westminster denn, was meine Luftwaffe mit Städten wie London oder Paris machen würde?«

Eine der hohen Flügeltüren öffnete sich und Major Binnewies trat ein. Er schloss die Tür hinter sich und nahm mit der Hand an der Mütze Haltung an. »Herr Generalfeldmarschall, melde gehorsamst, die Sondereinheit ist im Hof angetreten.«

Göring schritt zu einem der Fenster und warf einen flüchtigen Blick hinaus.

»Ich glaube ein paar Worte an die Truppe wären hilfreich in der gegebenen Situation, Herr Generalfeldmarschall«, erklärte Binnewies, wie stets ruhig und gefasst.

»Natürlich.« Göring wies mit der Hand auf Clarson. »England macht Schwierigkeiten. Die Herren dort sind, wie es scheint, nicht bereit, ihr Liebesverhältnis mit dem Pazifismus aufzugeben.«

Binnewies schaute Clarson mit stillem Vorwurf an, als verhindere er das Eingreifen Londons persönlich.

Göring setzte seine Offiziersmütze auf und ging zu einer großen roten Schatulle mit Goldbeschlag, die auf einem kleinen Tisch unterhalb eines gerahmten Wandspiegels stand. Mit respektvoller Behutsamkeit öffnete er das Behältnis.

Clarson spähte aus dem Fenster. Im Innenhof des Ministeriums standen circa zweihundert Mann von Görings Leibregiment mit geschulterten Gewehren in Habtachtstellung. Er schaute Binnewies fragend an.

»Ich fürchte, der Führer wird sich heute an seinem Mittagessen verschlucken«, sagte der Major leise.

»Was, heute Mittag?«, raunte Clarson schockiert. »In ein paar Stunden?«

Binnewies nickte kurz, ohne eine weitere Regung zu zeigen.

»Wie soll die britische Zusage unter diesen Umständen noch rechtzeitig eintreffen?«, fragte Clarson, der den Druck der sich überstürzenden Ereignisse spürte. Plötzlich fand er sich im Zentrum eines Staatsstreichs wieder, im Büro des Rädelsführers, der im Begriff war, seine Truppen auf den Tyrannenmord einzustimmen.

»Spielt keine Rolle, es gibt jetzt sowieso kein Zurück mehr. Aber die verdammte Kriegserklärung muss her. Es fehlte noch, dass Ihr Briten den Franzosen im letzten Moment in den Arm fallt.« Göring stand mit dem Rücken zu ihnen und hatte seinen Marschallstab aus dem seidenen Bett der Schatulle befreit. Das fünfzig Zentimeter lange Utensil, das den höchsten aller militärischen Ränge repräsentierte, war zwischen den goldverzierten Enden mit hellblauem Samt überzogen und übersät mit den Emblemen der Zeit: Eiserne Kreuze, Balkenkreuze und kleine goldene Wehrmachtsadler mit Hakenkreuz. Göring hielt kurz vor dem Spiegel inne, sich selbst mit dem Artefakt grüßend.

Binnewies lenkte seinen Blick auf Clarson.

Der Marschall nickte. »Gehen Sie!«, rief er mit einer Inbrunst, als sei er bereits dabei, seine Ansprache zu halten. »Übermitteln Sie Ashfield die Nachricht von des Führers wahren und eindeutig dokumentierten Absichten! Überzeugen Sie London, wie töricht es ist, auf das amtierende Regime zu setzen! Es ist jetzt höchste Eile geboten.« Er

begann, ihn mit dem Marschallstab aus dem Zimmer zu winken. »Ich werde schon bald für direkte Konsultationen zur Verfügung stehen.«

»Ich werde tun, was in meiner Macht steht«, erwiderte Clarson. Außerdem würde er sicherstellen, dass Ariane und er nicht zum falschen Zeitpunkt an Hitlers Mittagstafel saßen.

»Warten Sie noch!«, rief Göring, als Clarson bereits an der Tür war. »Es kann etwas durcheinander gehen im Laufe des Tages. Wir stellen Ihnen besser ein Schreiben aus, das sicherstellt, dass sie unter allen Umständen gleich zu mir vorgelassen werden.«

Binnewies nahm an einem Seitentisch vor einer Schreibmaschine Platz, legte das Papier mit Görings Briefkopf und Wasserzeichen ein und tippte einen kurzen Text.

Herr Henry Charles Clarson ist gegen Vorlage dieses Schreibens ohne jeden Verzug und Ausnahme zu Ministerpräsident Generalfeldmarschall Hermann Göring vorzulassen.

Er riss das Blatt aus der Maschine und unterzeichnete. Dann zündete er einen Barren Siegellack an und ließ einen fetten Tropfen auf das Schreiben fallen. Göring trat hinzu und drückte mit hochherrschaftlichem Habitus seinen Siegelring auf den roten Fleck – wie ein Renaissancefürst aus einer der dekadenteren Seitenlinien der Medici. Dann unterschrieb er am Fuß des Blattes neben den Worten *Für die Richtigkeit: Ministerpräs. Gen.feldmarsch. Göring.*

32

Der Portier des Adlon, ein Bär von einem Mann in einem bordeauxroten Dienstmantel, öffnete die Wagentür mit freundlicher Miene, zog den Zylinder und grüßte Clarson mit Namen.

Clarson kletterte eilig aus dem Fond des Taxis, das er vor dem Ministerium herbeigewinkt hatte, und hielt mit langen Schritten auf den Eingang zu. Über dem Pariser Platz hingen dichte, dunkle Wolken. Es war einer jener Vormittage, an denen es nicht richtig hell wurde und alles mit einem Grauschleier überzogen blieb. Vor dem Hotel händigte ein fröstelnder Zeitungsjunge Passanten eine Sonderausgabe des *Angriff* aus, die Goebbels hatte drucken lassen, um das Publikum mit den neuesten Schauermärchen über die Tschechen und ihre Untaten an der deutschen Minderheit auf das Kommende einzustimmen. Seinen Bemühungen, eine allgemeine Kriegslüsternheit zu entfachen, blieb der Erfolg gleichwohl versagt. Die Menschen griffen schweigend zu den feilgebotenen Zeitungen, verbittert auf ein Wunder hoffend, das den Frieden retten würde.

In einem Augenblick charakterlicher Schwäche war Clarson gestern auf Magdas Einladung eingegangen, weil er so unmittelbar wie möglich das historische Ereignis von Hitlers Entmachtung hatte miterleben wollen. Sich mit Ariane an des Kanzlers Mittagstafel einem möglichen Feuergefecht mit Todesfolge auszusetzen, war jedoch mehr Nähe zur Weltgeschichte, als ihm lieb war. Die einfachste Lösung war, dass Ariane im Hotel blieb oder sich in ein Taxi setzte und die Stadt verließ, bis alles vorbei war. Er selbst beabsichtigte nach Görings letzter Enthüllung, sofort zu Ashfield zurückzukehren. Doch Ariane würde ihre Halbschwester unter keinen Umständen blind in eine solche Gefahr laufen lassen. Also musste es irgendwie gelingen, Magda davon zu überzeugen, heute der Reichskanzlei fernzubleiben, ohne sie in Vorgänge einzuweihen, von denen sie besser nichts erfuhr.

»Die gnädige Frau hat das Hotel vor wenigen Minuten verlassen, Herr Clarson«, meldete der diensttuende Chef der Rezeption freundlich und zuvorkommend wie stets, während er den Zimmerschlüssel aushändigte. »Sie lässt ausrichten, dass Sie um zwölf Uhr dreißig am Eingang der Alten Reichskanzlei erwartet werden.« Angesichts von Clarsons Verwunderung fügte er hinzu: »Sie ist von der hohen Frau abgeholt worden.«

»Hohe Frau?«

»Die Gemahlin von Reichsminister Goebbels, Herr Clarson.«

Es war gerade einmal zehn Uhr dreißig. Ob Sie schon zur Reichskanzlei aufgebrochen waren? Magda hatte sich gestern während des Festes damit großgetan, dass sie ihnen die *sagenhaften Säle* der Neuen Reichskanzlei vorführen werde, und sie auf diese Weise wissen lassen, wie frei sie sich im Zentrum der Macht bewegen konnte.

»Geben Sie mir die Reichskanzlei, bitte.«

»Pardon, Herr Clarson?«

»Lassen Sie sich bitte mit der Pforte der Reichskanzlei verbinden.«

»Sehr wohl, Herr Clarson, sofort.«

»Irgendwelche Neuigkeiten?«, fragte er wartend einen zweiten Angestellten. Es bedurfte keiner Erläuterung, worauf er sich bezog. Der drohende Krieg war das beherrschende Tagesgespräch.

»Tut mir leid, Herr Clarson«, kam die Antwort mit einer Prise Mitgefühl für den englischen Gast. »Die aktuellen Schlagzeilen lassen wenig Hoffnung.«

Er wies auf einige Exemplare der *Berliner Morgenpost*, die an der Seite des Tresens lagen. *Tschechische Grenzprovokationen blutig zurückgeschlagen – Reservisten zu den Waffen gerufen – Paris lügt und hetzt.* Clarson sparte sich die Mühe, die dazugehörigen Artikel zu studieren.

Der Chef der Rezeption hatte persönlich die gewünschte Verbindung hergestellt und stellte das Tablett mit Telefon und danebenliegendem Hörer routiniert lächelnd vor ihn auf den Tresen.

Die Pforte der Reichskanzlei zeigte sich weniger hilfsbereit. »Ich bedaure, wir geben am Telefon grundsätzlich keine Auskünfte.«

»Sie werden doch Buch führen, über den Ein- und Ausgang von Besuchern. Alles, was ich möchte, ist, dass Sie mir mitteilen, ob meine Frau sich in Ihrem Hause aufhält.«

»Ich bedaure, Vorschriften sind Vorschriften. Heil Hitler.«

Der Mann hatte aufgelegt. Clarson dankte den Herren in der bordeauxroten Livree des Adlon und machte sich auf den Weg.

Er stutzte, als er eines der Gesichter in der kleinen Menschenmenge vor der Neuen Reichskanzlei am Wilhelmplatz erkannte. Er hatte es nicht mehr in Berlin vermutet. Eine schwarze Limousine wartete vor dem Eingang und auf dem Bürgersteig hatten sich Männer der Leibstandarte postiert. Das Meisterwerk von Hitlers Lieblingsarchitekten Speer würde so kurz nach seiner Einweihung noch unvermindert

Schaulustige anziehen. Die Gruppe um den Eingang bestand jedoch aus Reportern, die angelockt wurden von Gerüchten, dass große Ereignisse bevorstünden.

Patrick Jenner hatte ihn ebenfalls erkannt. »Hallo Mister Goebbels«, grüßte er feixend.

Einige der in der Nähe Stehenden drehten verwundert ihre Köpfe, als sie den bekannten Namen hörten.

»Nanu, noch da?«, gab Clarson zurück.

»Ja, leider«, antwortete Jenner, ohne sein schelmisches Grinsen einzustellen. »Jetzt wo der Krieg losgeht, hat mich mein Boss mit einem neuen Auftrag beglückt – da ich gerade sowieso in Berlin bin.«

Es entstand eine kleiner Tumult unter den kaum dreißig Zaungästen, als ein Mann in dunklem Mantel und mit Zylinder aus der Reichskanzlei trat. Eifrig bemühten sich die Fotojournalisten um ein titelseitengerechtes Bild des unscheinbaren Herrn, der es eilig hatte, in der bereitstehenden Limousine zu verschwinden. Auch Jenner sprang hinzu, hielt sich eine kleine Taschenkamera vor das Auge und ließ seine Finger in schneller Folge abwechselnd den Auslöser drücken und den Film weiterdrehen.

»Das war der tschechische Gesandte«, erklärte er, nachdem der Wagen um die Ecke zur Voßstraße verschwunden war. »Machte ein ziemlich betretenes Gesicht, was?«

Das war kein Wunder. Der Diplomat würde in seiner Manteltasche eine Kriegserklärung tragen, ausgehändigt von einem wütenden Reichskanzler oder seinem unsäglichen Außenminister. Offenbar hatte Hitler das Tempo noch einmal verschärft und den Vertreter der Tschechoslowakei früher einbestellt.

»Ich sehe, Sie sind jetzt politischer Journalist?«

»Hat sich momentan so ergeben. Obwohl ich eher an den privaten Seiten der Politikerwelt interessiert bin. Ich liefere den Blick hinter die Kulissen.«

»Und das bedeutet?«

»Nun, zum Beispiel der Klatsch in der Bar über Goebbels' Seitensprünge hat mir mehr als genug Material für eine herrliche Reportage gegeben. Ist gestern auf fast allen Radiostationen der Ostküste gelaufen. Jetzt brauche ich nur noch ein schönes Foto des kleinen Ministers für den Bericht in einer Illustrierten, am besten mit einem deutschen Fräulein im Arm.« Er hielt Clarson breit grinsend seine Kamera vors Gesicht. »Wunderbares Ding, die Leica. Macht Bilder, wie eine der

großen, mit den riesigen Linsen. Ist das Produkt einer deutschen Firma und verkauft sich bei uns in den Staaten wie verrückt, aber versuchen Sie mal, hier in Berlin eine in die Hände zu kriegen.« Er ließ die Kamera in seine Manteltasche gleiten und holte eine Packung Zigaretten heraus. »Ich könnte noch etwas vertrauliches Material gebrauchen. Die Inside-Story der Ehekrise, sozusagen.«

»Kommen Sie damit nicht ein wenig spät?«

Jenner schüttelte den Kopf, während er die Flamme seines Streichholzes vor dem Wind abschirmte. »Unsere Hörer sind ganz begierig darauf, mehr zu erfahren. Sie wissen doch Dinge, die sonst keiner weiß. Wie wäre es mit einem Exklusivinterview?«

Clarson lächelte ihn nur an.

»Na gut«, sagte Jenner, »verstehe Ihre Zurückhaltung. Dann machen wir es eben anonym und ich gebe alles vertraulich und ohne Quellenangabe an meine New Yorker Zentrale weiter.«

»Vergessen Sie das besser«, erwiderte Clarson schmunzelnd und verabschiedete sich. Er hatte im Augenblick weder Zeit noch Sinn für Jenners neu entdeckte Vorliebe für Klatschreportagen.

»Wann sind Sie mal wieder in der Bar?«, rief Jenner ihm nach.

Clarson ging über den Vorhof zur Rechten von Hitlers Amtssitz zum Eingang der altehrwürdigen Reichskanzlei aus Bismarcks Zeiten, die von Speers Protzbau zum Nebengebäude degradiert worden war. Hier befanden sich die Wohnräume Hitlers und auch der kleine Speisesaal, in dem er sein Mittagsmahl im Kreise von Vertrauten einzunehmen pflegte. Goebbels kam nahezu täglich aus seinem Ministerium herüber, unausgesetzt die Nähe zu seinem Führer suchend, dem alleinigen Fundament seiner Macht.

Magda begleitete ihn, wann immer sie in der Stadtvilla weilte und der Zustand ihrer Ehe es angemessen erscheinen ließ. Status und Macht übten eine nahezu hypnotische Anziehung auf sie aus; Dinge, die Ariane geradezu abstießen. Es war sonderbar, wie sehr Magda an ihrer jüngeren Schwester hing, wie viel ihr das enge Verhältnis zu ihr bedeutete, obwohl beide nicht unterschiedlicher hätten sein können. Fast schien es Clarson, als wollte sie Ariane in ihre Welt hineinziehen, um sich auf diese Weise eine Art Absolution für den gewählten Lebensweg einzuholen und zugleich ein Stück ihrer ursprünglichen Identität hinüberzuretten in ihr neues Dasein.

Die beiden Beamten von der Eingangspforte trugen der Krisensituation angepasste Mienen. Im direkten Gespräch gaben sie sich jedoch

zuvorkommender, besonders als Clarson auf seinen Namen auf der Einladungsliste des Tages hinweisen konnte. »Wir wissen leider nichts über den Verbleib der beiden Damen. Doch Reichsminister Dr. Goebbels ist im Haus. Wir melden Sie gerne bei ihm an.«

Clarson wartete sitzend in einem Vorraum unter alten Wandteppichen mit Darstellungen von Hirschjagden in der brandenburgischen Mark, während er sich ausmalte, wie Ariane, zwischen Goebbels und Magda eingeklemmt, die Lobpreisungen auf Hitlers zu Stein gewordenen Größenwahn ertragen musste. Schließlich erschien ein grauhaariger Zivilangestellter in Livree. »Der Reichsminister möchte Sie gleich sprechen. Bitte folgen Sie mir.«

Er führte ihn durch eine Verbindungstür und einen kleinen Gang in den ausgedehnten Innenhof der Neuen Reichskanzlei. Der sogenannte Ehrenhof war Teil der auf Einschüchterung ausländischer Diplomaten angelegten Architektur, deren einziger Zweck die Demonstration von Macht war. An überlebensgroßen Statuen unbekleideter Männer in heroischen Posen vorbei und von Ehrenwachen der Leibstandarte interessiert beäugt, betraten sie nach einer Vorhalle den Mosaiksaal, einen gänzlich in rotem Marmor gehaltenen Raum von knapp fünfzig Metern Länge, dessen Licht durch das Milchglas der Decke einfiel. Der blanke Fußboden ließen jeden Schritt laut widerhallen und rief dem Besucher auf diese Weise deutlich ins Bewusstsein, dass der leere Raum einer Funktion entbehrte.

Der Zugang zum nächsten Raum war erneut von zwei der schwarz uniformierten Männer der Leibstandarte bewacht, die mit Stahlhelm und Gewehr auf kleinen Podesten rechts und links der hohen Flügeltüren in Pose standen. Allein ihre Koppel und Handschuhe waren in weißer Farbe gehalten, davon abgesehen unterschied sie nichts von einem Frontsoldaten. Es folgte ein weiterer Saal, der keinem rechten Zweck diente außer der Einschüchterung seiner Besucher. Er war kreisrund gehalten und dem Pantheon in Rom nachempfunden. Alles war in der Illusion erbaut, antiken Cäsaren gleich Größe und Ruhm in steinernen Bauten manifest machen zu können.

Adolf Hitler war unbändig stolz auf seine neue Residenz, pflegte von Zeit zu Zeit eigenhändig Gäste durch die Säle zu führen und dabei mit der Kenntnis baulicher Details zu prahlen. Gleichwohl beabsichtigte er, nach dem Sieg im großen Krieg und dem Aufstieg seines Reiches zur dominierenden Weltmacht weiterzuziehen in ein ungleich größeres Gebäude, den sogenannten Führerpalast. Die Planungen dafür waren abgeschlossen, erste Baumaßnahmen hatten begonnen.

33

Schließlich hatten sie die mit hundertfünfzig Metern Länge normale Dimensionen sprengende Marmorgalerie erreicht. Der wolkenverhangene Himmel ließ nur trübes Tageslicht durch die hohen Fenster auf der Längsseite zur linken Hand dringen. Stattdessen hüllten als Nachbildungen weißer Kerzen gestaltete Wandleuchten, die sich in dem glanzpolierten Boden aus altrotem Marmor widerspiegelten, die Halle in warmes Licht. Die der Fensterfront gegenüberliegende Wand war mit Teppichen aus dem Wiener Kunsthistorischen Museum geschmückt, auf denen heroische Szenen der Antike zu bestaunen waren. Davor hatte man großzügige Sitzgruppen arrangiert. Seinen Ausmaßen zum Trotz war der riesige Raum kaum der zentrale Prozessionssaal eines modernen Jupitertempels, wie die Londoner Presse geschrieben hatte. Er glich eher einem ins Absurde vergrößerten möblierten Korridor eines Herrenhauses in der Provinz.

Auf halbem Weg durch den endlosen Saal befanden sich die turmhohen Eingangstüren zum Arbeitszimmer des Führers, markiert von zwei jungen, großen Kerlen der Leibstandarte. Knapp zwei Dutzend Männer warteten stehend oder sitzend in der Nähe. Uniformträger überwogen unter ihnen so deutlich, dass man sich in Zivil regelrecht unzureichend gekleidet vorkam. Clarson erkannte eine Reihe der Herren von der gemütlichen Teerunde auf Schwanenwerder am Abend seiner Ankunft wieder. Nun starrten sie zu ihm wie zu einem störenden Eindringling hinüber. Die Anspannung des Augenblicks war deutlich in ihren Gesichtern abzulesen. Keiner der Anwesenden konnte sicher vorhersagen, welche Ausmaße die Flut des bevorstehenden Blutvergießens annehmen würde und ob er von ihr zu größerer Herrlichkeit gespült oder in den Abgrund gerissen würde. Ihr Führer hatte das Großdeutsche Reich wie einen goldenen Chip auf den Roulettetisch geworfen und die Kugel rollte bereits.

Etwas abseits der kleinen Versammlung saß Goebbels, wie alle anderen zum Warten verurteilt, seltsam isoliert auf einem Polsterstuhl unterhalb einer überlebensgroßen Darstellung des siegreichen Alexanders beim Einzug in Babylon. Von Ariane oder Magda fand sich keine Spur. Clarsons Eintreffen schien dem Minister gerade recht zu kommen. Er zeigte auf einen der Stühle in seiner Nähe. »Ich habe mit Ihnen zu reden.«

Clarson nahm Platz, seinem Bein Erholung gönnend. Goebbels beobachtete ihn ungeduldig, kaum verhehlend, dass er gerne losgeschrien hätte. Die Örtlichkeit und die Anwesenheit Anderer ließen ihn jedoch eine gedämpfte Lautstärke anschlagen. »Ich verlange eine Erklärung von Ihnen.«

Während keiner ihrer Begegnungen hatte Goebbels Anstalten gemacht, seinem Verwandten das Du anzubieten.

»Was soll ich Ihnen erklären, Herr Goebbels?«

Clarson wusste, wie sehr es seinen Verwandten auf die Palme brachte, wenn man ihn mit seinem Namen statt seinem Titel ansprach. Aufgrund der bevorstehenden Ereignisse gab es allerdings keinen Grund mehr, diese Tatsache nicht auszukosten. Der Mann würde, so stand zu hoffen, innerhalb der nächsten Stunden aus dem Amt gejagt und dem Haftrichter vorgeführt werden. Von seiner Anklagebank aus mochte er dann vielleicht eine letzte Gelegenheit haben, seine giftige Zunge einzusetzen und Hasstiraden in alle Richtungen spucken. Doch würde er niemanden mehr schrecken können und nicht mehr sein als ein entzauberter Dämon aus einer vergangenen Schreckensperiode.

»Meine Großzügigkeit, Ihnen in Deutschland eine neue Existenz zu ermöglichen, ist von Ihnen nicht honoriert worden«, schimpfte Goebbels in näselndem rheinischem Akzent.

»Ich verstehe nicht.«

»Ich bin vorhin von einem Herren des SD aufgesucht worden und habe in kompletter Ahnungslosigkeit dagestanden.«

Clarson gab sich überrascht, während er über eine passende Replik nachdachte.

»Sie sind schlichtweg nicht auf die Idee gekommen«, kam Goebbels ihm mit ironischem Unterton zuvor, »die Angelegenheit mit einem einzigen Wort zu erwähnen, als sie gestern Morgen bei mir waren. I wo denn!«

»Ich bin selbstverständlich davon ausgegangen, dass Sie orientiert waren«, antwortete Clarson ruhig. »Ich hätte nicht gedacht, dass derlei Dinge vorgehen können, ohne dass man Sie ins Bild setzt.«

»Also haben Sie einfach geschwiegen? Das ist wie eine Lüge. Eine passive Lüge. Davon versteht Ihr Engländer ja was. Es ist Ihnen doch wohl klar, dass der Tod eines Diplomaten in der gegenwärtigen Lage keine Lappalie ist. Das kann bis zum Führer hochgehen. Wie hätte ich *dann* dagestanden, wenn mich der Führer befragt hätte?«

Die Herren von Hitlers Stab beobachteten ihre kleine Szene mit unverhohlener Neugier.

»Das dulde ich nicht«, schrie Goebbels, keine Rücksichten mehr nehmend, wie in einer Propagandarede und schlug die Faust auf einen imaginären Schreibtisch, »dass hinter meinem Rücken derlei Dinge vorgehen!«

Clarson erwiderte nichts. Es gab keine Antwort, die es wert gewesen wäre, in einen ausgedehnten Streit mit dem gallespuckenden Minister einzustimmen.

Auch Goebbels schwieg eine Zeit lang. Dann fuhr er in ruhigerer Tonlage fort: »Ich verlange, dass Sie mich ab sofort von solcherlei Vorgängen umgehend in Kenntnis setzen. Habe ich Ihr Ehrenwort?«

»Herr Goebbels, ich werde Sie von nun an über alle Morde in meiner Umgebung informieren.« Es war ihm gleichgültig, ob der Minister an der Ironie seiner Antwort Anstoß nehmen würde.

»Ihr Wohlergehen hier in Berlin hängt ganz allein von meinem guten Willen ab. Merken Sie sich das besser!«, fiel dieser zurück in seinen Wutanfall. Die Nazigrößen hatten unverkennbar allesamt ein Faible für Drohgebärden.

»Ich verstehe das sehr gut«, antwortete Clarson, um die Sache abzuschließen und wechselt gleich das Thema. »Ich hatte gehofft, unsere Gemahlinnen hier anzutreffen.«

Goebbels machte eine irritierte Geste. »Ihnen scheint wohl entgangen zu sein, in welcher Lage sich Europa momentan befindet. Auf diesen Ort blickt heute die Welt. Frauen haben in dieser Situation hier nichts verloren.«

Die Türen zum Arbeitszimmer des Führers öffneten sich und die Wachen davor schlugen die Hacken zusammen. Ihre Kameraden an den Ausgängen der Marmorgalerie taten es ihnen gleich. Hitlers Mitarbeiter erhoben sich aus den Sesseln und auch Goebbels stand auf in Erwartung seines Herrn, ohne sich weiter um Clarson zu kümmern.

Als Erstes schritt eine wenig beeindruckende Gestalt in einer Generalsuniform heraus, dahinter ein hochgewachsener Mann in der Uniform eines SS-Brigadeführers mit fahler Gesichtsfarbe, der mit verächtlichem Ausdruck auf den deutlich kleineren Goebbels herabschaute. Er war bereits halb an ihm vorbeistolziert, als er innehielt, um so beiläufig wie giftig zu bemerken: »Der Führer und ich haben jetzt keine Zeit für Angelegenheiten, mit denen Sie betraut sind.«

Goebbels warf seinem Intimfeind von Ribbentrop schweigend einen festen Blick zu, der gleichgültig erscheinen sollte, sein überkochendes Inneres jedoch nur unvollkommen überdeckte. Ostentativ

wandte er sich anschließend dem Eingang zu Hitlers Zimmer zu, doch einer der Kanzleisekretäre erschien in der Tür und stellte sich ihm in den Weg. »Tut mir leid, Herr Reichsminister, der Führer ist in Eile.«

Goebbels lief hochrot an, doch erwiderte nichts, während von Ribbentrop die Szene schmunzelnd beobachtete und triumphierend das Kinn reckte.

Kurz darauf erschien Hitler, wie üblich missmutige Intensität zur Schau tragend. Doch es kostete ihn heute erkennbare Anstrengung, das gewohnte Abbild von ernster Willenskraft aufrechtzuerhalten. Er ging auf seine in Bereitschaft stehende Entourage zu und erteilte in freundlichem Ton ein paar kurze Befehle.

Als er seinen Minister warten sah, schüttelte er ihm beiläufig die Hand und sagte vertröstend: »Mein lieber Dr. Goebbels, wir sprechen später. Es gehen große Dinge vor. Ich brauche Sie dafür. Halten Sie sich bereit.«

Dann marschierte er an der Seite von Ribbentrops und gefolgt von seinen Bediensteten Richtung Ausgang los, seine düstere Entschlossenheitsmiene aufgesetzt, die jedoch untermalt war von einem rätselhaften Ausdruck diebischer Freude.

Clarson umfasste den Knauf seines Stocks noch fester, als könne er Hitler damit am Verlassen des Gebäudes hindern. Was auch immer hier genau vor sich ging, wenn der Diktator nicht bis Mittag zurückkehrte, war der Staatsstreich zum Scheitern verurteilt.

Unterdessen war ein letzter Teilnehmer der zu Ende gegangenen Besprechung in den Saal getreten. Schlank und von weit überdurchschnittlicher Größe entsprach er mit seinem hellen Haar und den blauen Augen als Einziger in der Naziführungsclique dem propagierten Idealbild des nordischen Herrenmenschen. Die Methoden des von ihm aufgebauten Geheimdienstes hatten ihm den Spitznamen *blonde Bestie* eingetragen und Gerüchten zufolge betrachtete sein Vorgesetzter Himmler die Machtstellung des aufstrebenden Zöglings inzwischen mit reichlich gemischten Gefühlen. In kerzengerader, gleichwohl unverkrampfter Haltung bewegte er sich auf Goebbels und Clarson zu, die Lederhandschuhe in seiner linken Hand wie eine Reitpeitsche haltend.

»Der Führer wird augenblicklich nach Eger nahe der tschechischen Grenze abfliegen«, sagte Heydrich sachlich und ohne Einleitung. Er hatte ein knochiges, langgezogenes Gesicht mit hoher Stirn, unter der das eng zusammenstehende Augenpaar misstrauisch auf die Umgebung niederblickte.

»Gibt es denn Krieg?«, warf Clarson arglos ein.

Heydrich schaute ihn an. Seine unruhigen Augen suchten Clarsons Gesicht ab, als speicherten sie jedes Detail für eine spätere Analyse. »Wollen Sie mir Ihren Begleiter nicht vorstellen, Herr Reichsminister?«, erwiderte er an Goebbels gewandt, der Clarson missfällig anstarrte.

»Henry Clarson, der Schwager meiner Frau«, gab der kurz angebunden von sich.

»Angenehm, Heil Hitler«, sagte der SD-Chef freundlich, dabei nachlässig den Unterarm zum entsprechenden Gruß hebend.

Clarson konnte sich des Gefühls nicht erwehren, dass der Geheimdienstchef bereits gewusst hatte, wer er war, ja dass er seinetwegen bei Goebbels stehengeblieben war. Doch dies mochte auch bloß die gewöhnliche Paranoia sein, die einen automatisch beschlich, wenn man dem berüchtigten Heydrich vorgestellt wurde.

»Herr Clarson ist in meiner Begleitung hier, um sich die Neue Reichskanzlei anzuschauen«, erläuterte Goebbels.

»Ein eindrucksvolles Gebäude, das Ort vieler historischer Ereignisse sein wird«, antwortete der Gruppenführer. »Architektur verbindet die Kunst mit dem Staatsmännischen. Ein großes Reich, das bestehen will, ist undenkbar ohne große Bauten.«

»Wird der Führer hier nicht noch sein Mittagessen einnehmen?«, fragte Clarson.

»Was?«, fuhr Goebbels ihn an, ungehalten über die unpassende Frage.

»Meine Frau und ich haben die Ehre, heute zu den geladenen Gästen zu gehören«, erläuterte Clarson den Goebbels bekannten Umstand.

»Dinge ändern sich rasch im nationalsozialistischen Deutschland«, antwortete Heydrich ernst. »Das werden Sie während Ihres Aufenthaltes noch häufiger feststellen. Sie kommen aus einem stagnierenden System und sind das nicht gewohnt.« Dann erschien zum ersten Mal und nur für einen kurzen Augenblick ein Lächeln auf seinen Lippen. »Richten Sie sich besser darauf ein.«

34

Zwischen den Regierungsgebäuden trieb der beißend kalte Kontinentalwind ein paar letzte Schneeflocken durch Straßen, in denen es vor Uniformen wimmelte. Alle bewegten sich noch gehetzter als am Vortag, von den Vorzeichen des aufziehenden Krieges nur im Vorbeigehen Notiz nehmend.

Auf dem Flachdach des Propagandaministeriums war ein Trupp Soldaten dabei, ein diskret in Stellung gebrachtes Flakgeschütz mit einem Tarnnetz zu bedecken. Man schien den eigenen Phrasen von der Undurchdringlichkeit des deutschen Luftraumes nicht vollständig zu vertrauen.

Fünf uniformierte Männer der Berliner Polizei hatten sich vor dem Eingang der Botschaft postiert und blockierten den schmalen Bürgersteig. Passanten waren gezwungen, auf die Straße auszuweichen, wo sie Gefahr liefen, in einen der Lastwagen zu laufen, die Truppen zu ihren Sammlungsorten karrten.

Einer der Polizisten hielt Clarson einen Schlagstock gegen die Brust und verwehrte ihm den Durchgang.

»Was soll das?«, erkundigte sich Clarson.

»Tut mir leid, die diplomatische Vertretung Großbritanniens ist für den Besucherverkehr geschlossen.«

»Nun, das wird für mich nicht gelten – als Botschaftsangehörigem«, versuchte sich Clarson mithilfe seines englischen Akzents an dem Posten vorbeizubluffen.

»Ausweis?«, erwiderte dieser gleichgültig.

Clarson zögerte.

»Ohne Diplomatenausweis können wir Sie nicht durchlassen, mein Herr.«

»Verzeihen Sie«, antwortete Clarson, »ich habe mich nicht korrekt ausgedrückt. Ich wollte sagen, ich bin ein Angehöriger des Botschafters, des amtierenden Geschäftsträgers meine ich – ein Cousin.«

Der Uniformträger schaute sich unschlüssig um.

»Ich kann Seine Exzellenz bitten, es Ihnen gegenüber zu bestätigen«, fügte Clarson hinzu.

»Warten Sie«, sagte der Polizist und ging zu seinem im Hintergrund stehenden Vorgesetzten. Die beiden tauschten sich kurz aus und traten auf Clarson zu.

»Das überprüfen wir«, sagte der das Kommando führende Beamte. »Wie ist der Name?«

»Henry Charles Clarson.«

»Melden Sie den Mann«, sagte er zu seinem Untergebenen. »Wenn die Botschaft bestätigt, lassen Sie passieren.«

Clarson hoffte, dass der diensthabende Empfangschef, der seinen Namen vom heutigen Morgen kennen musste, klug genug war mitzuspielen, oder dumm genug, um selbst darauf hereinzufallen.

Er wartete frierend auf den Stock gestützt, während sein Blick hinüber zur Allee Unter den Linden wanderte, wo das Holz der gefällten Bäume auf Pferdewagen gehievt wurde. Doch die Männer, die die dicken Stämme mit Seilen auf die Ladeflächen zerrten, trugen diesmal keine Uniformen des Reichsarbeitsdienstes, sondern waren schmale, graue Gestalten in abgewetzter Kleidung, umringt von Wachposten in schwarzen Wollmänteln.

Als der Polizist nach einer Weile wieder am Eingang der Botschaft erschien, winkte er Clarson anstandslos durch.

Ashfield begrüßte ihn in seinem Büro mit einem breiten Lächeln. Er konnte es kaum abwarten, dass Clarson Platz genommen hatte, bevor er sich mit durchgestrecktem Kreuz auf seinem Schreibtischsessel niederließ, froh seine gute Laune teilen zu können. »Ich habe Recht behalten, mein Lieber.«

»In welcher Hinsicht, Exzellenz?«

»Schon bald wird ein großes Aufatmen durch Europa gehen«, verkündete er und nickte dazu mit der grauen Krone seines Haares. »Es tut mir leid, dass Sie Schwierigkeiten hatten, in die Botschaft zu gelangen. Doch eine Zeit lang hing tatsächlich Krieg in der Luft. Die Polizei wird allerdings bald abziehen und der normale Dienstverkehr wieder aufgenommen werden.«

Clarson rätselte, wovon der Vizebotschafter reden mochte.

»Ich habe eben mit meinem tschechoslowakischen Amtskollegen telefoniert«, fuhr Ashfield fort. »Er hat mich darüber in Kenntnis gesetzt, dass er Hitler heute Morgen die Bitte von Präsident Hácha um ein persönliches Gespräch auf höchster Ebene übermittelt hat. Der Führer hat zugestimmt, auf diese Weise die gegenwärtige Krise zwischen beiden Ländern zu bereinigen. Die beiden werden heute noch als Symbol für die gegenseitige Annäherung nahe der deutsch-tschechischen Grenze zusammentreffen.« Er lehnte sich in seinen

Arbeitssessel zurück und schaute seinen Besucher erwartungsvoll an.

»Das ist eine verblüffende Wendung in letzter Minute«, kommentierte Clarson, dem Böses schwante.

»Das ist es tatsächlich«, strahlte Ashfield. »Unter uns gesagt, hinter den Kulissen war London nicht unbeteiligt am Zustandekommen des direkten Dialogs. Ich selbst hatte noch gestern am späten Abend die Gelegenheit, in einer Unterredung mit Außenminister von Ribbentrop in diesem Sinne zu wirken. Es ist wohl nicht zu viel behauptet, wenn ich sage, dass die britische Diplomatie einen Krieg abgewendet hat, der sich leicht zu einem ähnlichen Weltenbrand hätte ausbreiten können wie 1914. Alle Hoffnungen ruhen jetzt auf einer einvernehmlichen Übereinkunft zwischen Hitler und Hácha. Die Regierung Seiner Majestät hat den Präsidenten entsprechend instruiert.«

Clarson vergrub die Stirn in seiner Hand. Es war noch schlimmer, als er erwartet hatte.

»Dies ist ein stolzer Moment für das Empire«, betonte Ashfield, irritiert über Clarsons Reaktion.

»Man hat die Tschechoslowakei also komplett aufgegeben«, sagte Clarson, den Blick vor sich auf den Boden gerichtet.

»Ich fürchte, Sie verstehen nicht. Wir setzen auf eine einvernehmliche Lösung.«

»Nein, das tun Sie nicht.« Clarson heftete seine Augen auf den Diplomaten. »Um es ganz deutlich auszusprechen: Sie haben die Tschechen verraten und verkauft!«

»Mein lieber Herr Clarson, Ihre nachgerade kindliche Naivität kann gelegentlich verstörend wirken. Zu Ihrer Information: Die Tschechoslowakei ist derzeit dabei, in ihre Bestandteile zu zerfallen. Ich muss Sie wirklich bitten, Äußerungen zu unterlassen, die leicht als eine Beleidigung der Regierung Seiner Majestät missverstanden werden könnten. Was geschehen ist, geschah im Interesse der Völker Europas. Wie ich bereits betonte, bin ich der festen Überzeugung, dass unsere Maßnahmen den Frieden in Europa festigen und sichern werden.«

»London hat die Prager Führung also gedrängt, vor Hitler den Kotau zu machen, und zu tun, was immer er verlangt.«

»Prag wird sich näher an das Reich anlehnen müssen, das war unausweichlich. Jeder der etwas von Geostrategie versteht, wusste das seit langem.«

»Was ist aus dem Beistandsversprechen der Alliierten geworden?«

Ashfield atmete tief durch. »Mit der Unabhängigkeitserklärung der Slowakei, die wir für heute erwarten, wird die Beistandsgarantie Frankreichs und Großbritanniens gegenstandslos werden.«

»Das heißt, man hat Hácha deutlich gemacht, dass die Westmächte ihr Versprechen nicht einhalten werden und Prag alleine gegen das übermächtige Deutschland steht.«

»Wenn ein Staat sich auflöst, gelten auch keine Abmachungen mehr, die man mit seiner Regierung getroffen hat.«

»Sie machen es sich sehr einfach.«

»Ich habe von Ihnen den gleichen Eindruck. Schauen Sie, ich bin weit davon entfernt, das Berliner Regime besonders zu mögen und eine ideale Welt stelle ich mir auch anders vor. Doch in dem äußerst komplizierten Mächtekonzert Europas kommt man mit simplem Idealismus nicht weit.«

»Dieser Erfolg bringt Hitler nur näher an die Umsetzung seiner wahnwitzigen Lebensraumpläne heran. Verstehen Sie denn nicht, jedes Mal wenn ihm nachgibt, gießt man damit bloß Öl ins Feuer.«

»Hören Sie, der Krieg zwischen der Tschechoslowakei und dem Reich, mit dem die Welt draußen immer noch rechnet, wird nicht stattfinden. Daher gibt es auch keinen Anlass für militärischen Beistand. Ein Bündnisfall, auf den sich Prag berufen könnte, ist nicht gegeben.«

Kein Wunder, dass Hitler mit solch selbstzufriedenem Gesicht durch die Reichskanzlei stolziert war. Dank der diplomatischen Initiative der Briten wusste er, dass er von Hácha verlangen konnte, was er wollte, ohne einen Krieg zu riskieren.

»Der Mann mit dem kleinen Bärtchen wird sich vor Freude auf die Schenkel klopfen.«

»Ich denke, Hitler kann in der Tat sehr zufrieden sein«, antwortete Ashfield mit einer Miene, die Missbilligung über Clarsons Ausdrucksweise signalisierte. »Und wir mit ihm, denn er hat keinen Grund mehr, Europa in einen Krieg zu stürzen. Und das ist in der Hauptsache ein Verdienst von Premierminister Chamberlain und seiner Politik.«

Clarson stampfte mit dem Stock auf den Boden. »Es ist dieser verdammte Irrglauben, dass Hitler irgendwie zähmbar sei. Er wird das Kriegsschwert ziehen und zwar dann, wenn er alle uns freundschaftlich verbundenen Kleinstaaten verschluckt hat und sein Reich zu übermächtiger Stärke angewachsen ist. Statt unseren Alliierten auf dem Kontinent den Rücken zu stärken, lassen wir alles geschehen und

versäumen in der Zwischenzeit, uns auf das Unvermeidliche vorzubereiten und endlich ein Rüstungsprogramm aufzulegen, das dem Deutschlands ebenbürtig ist.«

»Ich verstehe, dass Sie enttäuscht sind. Schließlich hatten Sie gehofft, Teil eines coup d'état gegen Hitlers Herrschaft sein zu können.« Beim Begriff *coup d'état* hatte Ashfield seiner Stimme einen ironischen Klang gegeben, als habe es sich dabei um eine utopische Kinderspielerei gehandelt. »Ich möchte Ihnen ganz offen sagen, dass ich daran nie geglaubt habe. Die Nationalsozialisten sitzen heute in Deutschland derart fest im Sattel, dass ein paar einzelne Männer daran nichts ändern werden.«

»Dank dem Einknicken der Regierung Seiner Majestät steht das in der Tat zu befürchten.«

Ashfield schüttelte unwirsch den Kopf und nahm die nächste Zigarette aus dem Teakholzkästchen auf seinem Tisch. Sein schweres Tischfeuerzeug war in die Metallkartusche einer kleinkalibrigen Artilleriegranate eingelassen, eines der typischen Geschenke für vormalige Offiziere dieser Waffengattung.

»Ich habe Einsicht in ein Dokument erhalten«, begann Clarson, unsicher, ob es noch Sinn machte, »in dem Hitler seine wahren Absichten dargelegt hat. Es handelt sich um das Protokoll einer Konferenz im November siebenunddreißig, in der er die Militärführung und seinen Außenminister auf einen Plan zur Beherrschung Europas verpflichtet.«

»Ihre Geschichten werden immer gruseliger«, antwortete Ashfield und ließ seine schlanke Hand in einer abwehrenden Geste winken.

»Exzellenz, die Besetzung Österreichs und der Tschechoslowakei werden darin als Vorbereitungsstufe eines Krieges gegen die Westmächte beschrieben.«

»Das kann ich nicht glauben. Dies wäre ein fürwahr erstaunliches Dokument. Vielleicht war es eine unbedachte Äußerung des Kanzlers. Gelegentliche Ausfälle aus seinem Munde sind ja nicht ganz unbekannt.«

»Was ich heute Morgen auf Görings Schreibtisch gesehen habe, fällt wohl kaum in diese Kategorie. Hitler hat während dieser Konferenz ausdrücklich und unmissverständlich betont, von welch grundsätzlicher Bedeutung seine Kriegspläne für ihn sind. Er bezeichnete sie gar als sein testamentarisches Vermächtnis im Falle seines Todes.«

Ashfield blickte unzufrieden. Die Nachricht schien ihn mehr zu stören, als zu entsetzen. »Was soll ich Ihrer Meinung nach jetzt tun? Was

soll die Regierung Ihrer Majestät jetzt tun? Auf Hörensagen einen Krieg erklären, und darauf hoffen, dass Hitler tatsächlich verschwindet?«

»Es könnte eine einmalige Gelegenheit sein. Göring und seine Mitverschwörer aus dem Offizierskorps brauchen die Kriegserklärung der Westmächte, um ihre Tat vor dem deutschen Volk rechtfertigen zu können.«

Ashfield breitete seine Arme aus. »Darauf kann man keine Politik bauen, dass man sagt, wir haben da einen Mann in Berlin, der hat ein unglaubliches Dokument gesehen. So funktioniert das nicht. Die Regierung Seiner Majestät kann sich nicht an das waghalsige Abenteuer eines zu kurz gekommenen Nazis und ein paar preußischer Militaristen binden, die um ihre Pfründe fürchten. Die britische Regierung und vor allem der Premierminister selbst vertrauen darauf, dass sich die Verhältnisse auf dem Kontinent nach dem Ende der aktuellen Krise zu normalisieren beginnen. Europa ist ein alter Mann, der einen langen Weg gegangen ist und Ruhe braucht.«

»Der Friede ist möglich, Exzellenz, allerdings nicht mit Hitler, sondern nur mit einer neuen Regierung, die die Rechte der Nachbarvölker respektiert.«

»Es ist ja eine schöne Theorie, dass mit einem Putsch des von Ihnen offenbar verehrten Göring ein ewiges Friedensreich anbrechen würde. Doch welche Garantien haben wir dafür? Wie würde Britannien dastehen, nach einem Schulterschluss mit einer Verschwörung gegen ein legitimes Staatsoberhaupt, ausgemacht hinter verschlossenen Türen? Was geschieht, wenn der Staatsstreich scheitert, die Regierung Seiner Majestät aber mit den Umstürzlern konspiriert hat?«

»Treffen Sie sich mit Göring! Nur auf diese Weise kann die ganze Angelegenheit vorangetrieben werden.«

Ashfield winkte ab. »Es macht keinen Sinn, noch auf ein Pferd zu setzen, während ein anderes bereits durch die Ziellinie läuft.«

»Exzellenz, der Krieg mit Deutschland wird kommen. So oder so. Wenn unser Land jetzt Mut beweist und zu den Waffen greift statt wegzuschauen, kann bald schon alles wieder zu Ende sein, die Tschechoslowakei gerettet und Hitler auf dem Altenteil.«

»Ich sage Ihnen, das Gegenteil wird eintreffen«, erwiderte Ashfield so schroff, wie es seine kultivierten Umgangsformen gerade noch zuließen. »Auch ich habe meine Informationen aus Kreisen der deutschen Führung und ich glaube, meine Quellen sind etwas zuverlässiger als die Ihren. Wer die Gelegenheit hat, hinter die prachtvolle Kulisse des

Dritten Reiches zu schauen, dem wird nicht entgehen, wie bitter nötig Deutschland eine Phase der Entspannung braucht. Die finanziellen Kalamitäten, in die sich Berlin manövriert hat, werden es dem Land nicht erlauben, seine Hochrüstungspolitik noch lange fortzusetzen.«

»Sie werden verzeihen, Exzellenz, aber das ist ein höchst eigentümlicher Standpunkt.«

»Sprechen Sie einmal mit Hjalmar Schacht, wenn Sie Gelegenheit dazu haben.«

»Dieser Gentleman ist mir noch nicht vorgestellt worden.«

»Schacht war bis Anfang dieses Jahres Reichsbankpräsident und als solcher einer der wichtigsten Männer des Nazi-Regimes«, antwortete der Vizebotschafter jovial, doch mit einem Unterton, der Clarson als ahnungslosen Außenseiter abzustempeln suchte. »Er ist ein weltgewandter Mann, aufgewachsen in den USA, holte Deutschland in den Zwanzigerjahren aus dem Elend der Hyperinflation. Ein Gespräch würde sich wirklich lohnen. Mit einem komplizierten System von verschachtelten Krediten und Scheinfirmen hat er die enorme Aufrüstung des Dritten Reiches erst finanzierbar gemacht, und nebenbei die Mittel für Autobahnen und Erholungsheime organisiert.«

»Sie meinen, alles ist auf Pump gekauft?«

»In der Tat. Hitler hat es geschafft, innerhalb von ein paar Jahren die gesunden Staatsfinanzen Deutschlands so vollständig zu zerrütten, dass es selbst Schacht zu heiß wurde und er ein Ende der Hochrüstung angemahnt hat. Hitler wollte das im Januar noch nicht wahrhaben und hat Schacht aufgebracht in Pension geschickt. Doch er wird die Augen nicht mehr länger vor den Realitäten verschließen können. Deutschland ist praktisch bankrott und Hitler weiß, dass er auf die Zusammenarbeit mit den anderen Mächten angewiesen ist, um aus dem Schlamassel wieder herauszukommen. Seine Alleingänge werden bald der Vergangenheit angehören.« Der Vizebotschafter war ganz vom augenblicklichen Erfolg der britischen Verständigungspolitik eingenommen und sah nicht, dass der deutsche Diktator einen anderen Weg aus seinem monetären Engpass wählen würde.

»Ich nehme an, dass Sie entgegen Ihrer Zusage keine Rücksprache mit dem Foreign Office in Bezug auf die besprochene Angelegenheit gehalten haben?«

»Sie sollten aufhören, Ihren Traumschlössern nachzujagen, mein Guter«, antwortete Ashfield, verärgert darüber, dass dem Erfolg der britischen Diplomatie die Anerkennung versagt blieb.

Clarson nickte und erhob sich, unwillig noch mehr Zeit auf den Vizebotschafter zu verschwenden.

»Genießen Sie den geretteten Frieden«, rief Ashfield ihm nach.

»Haben Sie das auch Ihrem tschechoslowakischen Amtskollegen gesagt?«, gab Clarson zurück und ließ die Tür hinter sich ins Schloss fallen.

35

»Meine Geduld mit den Tschechen hat jetzt ein Ende«, schrie Hitler, sein Oberkörper zuckte, während er seine rechte Hand säbelnd durch die Luft fahren ließ. Er wischte ein weiteres Mal das Haarbüschel zur Seite, das ihm über seine schweißfeuchte Stirn vor die Augen gerutscht war. »Ich habe den unverrückbaren Entschluss gefasst, nun ein für alle Mal mit dem Prager Schweinestall aufzuräumen.«

Eine halbe Stunde schon waren Emil Hácha, Präsident der demokratischen Tschechoslowakei, und sein Außenminister František Chvalkovsky einem ununterbrochenen Redeschwall ausgesetzt, dessen Ton zunehmend dem Wutanfall eines Feldwebels bei der Stubeninspektion ähnelte.

»Die kurze Geschichte Ihrer Republik ist eine einzige Ansammlung von Heuchelei und Feindseligkeiten gegen das deutsche Volk. Sie persönlich, Herr Präsident, nehme ich davon aus, doch das ändert nichts an meiner felsenfesten Absicht, den Geist der Beneš-Demokratie mit Stumpf und Stiel auszurotten.«

Die beiden Repräsentanten des wehrlosen Landes kauerten regungslos in ihren Sesseln und folgten mit ungläubigem Entsetzen dem Schauspiel, das der deutsche Reichskanzler vor ihren Augen aufführte.

Sein angegriffenes Herz hatte es dem sechsundsechzigjährigen, stets fröstelnd wirkenden Präsidenten unmöglich gemacht, per Flugzeug nach Berlin zu kommen und er hatte angeboten mit dem Zug anzureisen. Hitler jedoch hatte eine Gelegenheit gewittert, in der sich zuspitzenden internationalen Krise keine Zeit verlieren wollen und darum das grenznahe Eger als Tagungsort ausgewählt. Die böhmische Kleinstadt, in der dreihundert Jahre zuvor der große Wallenstein seinen Meuchelmördern erlegen war, hatte bis zum Herbst 1938 noch zu Háchas Republik gehört. Hier hatte Hitler nach der Annexion der Grenzgebiete der Tschechoslowakei im letzten Oktober im Jubel der deutschsprachigen Bevölkerungsmehrheit gebadet.

Háchas Sonderzug hatte ihn hinter der Grenze an Feldern vorbeigeführt, die übersät waren mit unzähligen olivfarbenen Zelten, Lkw und Panzerfahrzeugen als unmissverständliches Zeichen dafür, was auf dem Spiel stand. Nicht, dass es dessen noch bedurft hätte. Bedächtig und intellektuell wirkend, dazu von kleinem Wuchs, war er gleichwohl fest entschlossen, sein Land aus den Wogen des über Europa tobenden

Sturms zu retten, indem er das Schiff der Prager Demokratie in die geschützte Bucht der Anlehnung an den mächtigen Nachbarn überführte.

Bei ihrer Ankunft war er auf dem kleinen Bahnhof mit allen einem Staatsoberhaupt gebührenden Ehren empfangen worden. Eine Militärkapelle hatte die tschechoslowakische Nationalhymne angestimmt, während er die improvisierte Ehrenformation einer in der Nähe liegenden Infanteriedivision abgeschritten war.

Zuvor hatten der Bürgermeister der Stadt und sämtliche Angestellten seiner Verwaltung das örtliche Rathaus überstürzt räumen müssen, um Scharen von Geheimpolizisten, Beamten des Auswärtigen Amtes sowie einer Abordnung der SS-Leibstandarte *Adolf Hitler* Platz zu machen.

In der Mitte eines kleinen Festsaals, in dem gewöhnlich Hochzeiten und Kammerkonzerte stattfanden, war eiligst eine Sitzgruppe aufgestellt worden, bestehend aus Polstermöbeln und einem niedrigen, mit Getränken und Notizblöcken ausgestatteten Tisch.

Die beiden Staatsgäste hatten dankbar Platz genommen, in der Hoffnung durch weitgehende Konzessionen den Herrscher jener Großmacht milde zu stimmen, die ihr Land im Norden, Westen und Süden wie das Maul eines gefräßigen Löwen umfasste.

In einem Halbkreis ihnen gegenüber saßen ihre deutschen Gastgeber. General Wilhelm Keitel, Chef des Oberkommandos der Wehrmacht, Reichsaußenminister Joachim von Ribbentrop und Wilhelm Stuckart, Staatssekretär im Reichsinnenministerium, bildeten die Kulisse für Hitlers Spektakel und starrten mit düsteren Mienen auf ihre Gäste. Der bereitstehende Dolmetscher konnte sich im Hintergrund halten, da die Herren aus Prag beide des Deutschen mächtig waren.

Hitlers Stuhl war leer geblieben. Er hatte es vorgezogen, seine Tiraden im Stehen auf seine Gäste niedergehen zu lassen. In deren Verlauf hatte er sich derart in Rage geredet, dass er begonnen hatte, erregt im Saal auf- und abzuschreiten.

»Die Tschechoslowakei ist nichts weiter als eine Missgeburt des Diktats von Versailles. Aber die Geschichte hat nunmehr das Urteil über Ihr künstliches Staatsgebilde gesprochen.« Hitler hielt einen Augenblick inne, um Atem zu holen.

Hácha, der noch nicht zu Wort gekommen war, nutzte die kleine Pause, um seine Vorschläge zur Annäherung beider Staaten zu unterbreiten. »Verehrter Führer, wir sind gekommen, um Ihnen zu ver-

sichern, dass es unsere feste Überzeugung ist, dass keine Konflikte zwischen unseren beiden Ländern bestehen, die nicht auf dem Wege bilateraler Konsultation ausgeräumt werden können. Im Feld der Außenpolitik sind wir bestrebt, uns gänzlich und in allen Belangen mit Ihnen abzustimmen. Mein Land ist darüber hinaus offen für den Abschluss einer Zoll- und Wirtschaftsunion mit dem Großdeutschen Reich.«

»Dazu ist es jetzt zu spät«, wehrte Hitler missmutig ab. »Es ist vielmehr zum Schutze des Reiches notwendig, dass wir nach der erfolgten Unabhängigkeitserklärung der Slowakei das Protektorat über die Rest-Tschechei übernehmen, um selbst nach dem Rechten sehen zu können. Ich setze Sie daher hiermit davon in Kenntnis, dass in den Morgenstunden des kommenden Tages die Wehrmacht in tschechisches Territorium einmarschieren wird.«

Hácha rang nach Luft, als er die Nachricht vernahm.

»Ihre Regierung hat jetzt zwei Möglichkeiten«, fuhr Hitler mit harter Stimme fort. »Sie kann entweder eine flüchtige Gegenwehr leisten, der selbstredend innerhalb kürzester Zeit mit Brachialgewalt ein Ende bereitet würde und die die Vernichtung einer Unzahl von Kulturgütern auf tschechischem Territorium zum Ergebnis hätte, von den Verlusten an Menschenleben gar nicht zu sprechen. Oder aber Sie unterzeichnen die vorliegende Erklärung und verhindern damit unnötiges Blutvergießen.« Dabei zeigte er auf ein Schriftstück, das auf einem Tisch am Rande des Saales lag.

Hácha erhob sich, holte eine runde Hornbrille aus der Innentasche seines Jacketts und begab sich zu dem Dokument.

»Es ist der Text einer Übereinkunft«, erklärte Hitler, »die wir an die Presse geben möchten und die die Basis sein wird für alle zukünftigen Maßnahmen, sobald die Wehrmacht morgen die Kontrolle über die Rest-Tschechei übernommen hat.«

Während Hácha den kurzen Text studierte, wich auch die letzte Farbe aus seinem Gesicht. Er ließ das Papier aus seinen Fingern gleiten und nahm die Brille von der Nase. Sein Blick wanderte hilfesuchend zunächst zu seinem Außenminister dann zurück zu Hitler. »Das kann ich nicht unterzeichnen. Das liegt selbst für den Präsidenten der Republik außerhalb seiner Vollmachten.«

»Sollten Sie sich weigern«, entgegnete Hitler, »werde ich die Luftwaffe anweisen, Prag innerhalb von vierundzwanzig Stunden zurück ins Mittelalter zu bomben. Glauben Sie mir, da bin ich eiskalt.«

Hácha trat auf seinen Gastgeber zu. »Es muss doch eine andere Möglichkeit gehen, Herr Führer. Ich bitte Sie inständig!«

»Sie werden in eine verkohlte Ruinenstadt zurückkehren«, antwortete Hitler mit verschränkten Armen, »wenn Sie durch Ihre starrsinnige Haltung weiterhin eine unblutige Lösung verhindern.«

Auf der Stirn des Präsidenten hatten sich Schweißperlen gebildet, er krümmte sich unter einem Hustenanfall.

»Wenn Ihnen das Leben und das Wohlergehen Ihrer Landsleute am Herzen liegt, unterzeichnen Sie«, drängte Hitler weiter.

Hácha röchelte, sein Husten wurde stärker. Er griff Halt suchend nach der Rückenlehne eines leeren Polsterstuhls, doch das Möbel kippte nach hinten um und nahm den Präsidenten mit. Chvalkovsky stürzte herbei und begann in tschechischer Sprache hektisch auf Hácha einzureden, der rücklings mit leeren Augen auf dem Fußboden lag, ohne die kleinste Regung von sich zu geben.

»Der Morell soll kommen!«, schrie Hitler, von dem Ereignis aus dem Konzept gebracht.

Wenige Minuten später erschien Hitlers Leibarzt keuchend in der Flügeltür des Rathaussaales. Der schwer übergewichtige Mann kniete sich nach Atem ringend zu dem bewusstlosen Hácha hinunter und öffnete angestrengt seinen ledernen Arztkoffer. Er machte den Eindruck, als sei er selbst einer Ohnmacht nahe und würde jeden Augenblick über dem Präsidenten kollabieren. Mit hektischen Bewegungen seiner zitternden Hände kramte Morell eine der sonst dem Reichskanzler vorbehaltenen Amphetaminspritzen hervor und setzte sie an Háchas entblößtem Unterarm an. Er hatte kaum den Kolben bis zum Anschlag durchgedrückt, als der Präsident die Augen wieder aufschlug. Chvalkovsky und eine herbeigerufene Schwester geleiteten ihn zurück an den Seitentisch.

»Sie sind ein alter Mann, der einem zerfallenden Staat vorsteht«, sagte Hitler trocken. »Der Einmarsch der deutschen Truppen ist unabwendbar. Sie können ihrem Volk ein schlimmeres Schicksal ersparen.«

Háchas Miene zeigte, dass er aufgegeben hatte. Er setzte umständlich mit beiden Händen seine Brille wieder auf und las die Erklärung erneut.

Der Führer und Reichskanzler hat heute in Gegenwart des Reichsministers des Auswärtigen von Ribbentrop den tschechoslowakischen Staatspräsidenten Dr. Hácha und den tschechoslowakischen Außenminister

Dr. Chvalkovsky auf deren Wunsch in Eger empfangen. Bei der Zusammenkunft ist die durch die Vorgänge der letzten Wochen auf dem bisherigen tschechoslowakischen Staatsgebiet entstandene ernste Lage in voller Offenheit einer Prüfung unterzogen worden. Auf beiden Seiten ist übereinstimmend die Überzeugung zum Ausdruck gebracht worden, dass das Ziel aller Bemühungen die Sicherung von Ruhe, Ordnung und Frieden in diesem Teile Mitteleuropas sein müsse. Der tschechoslowakische Staatspräsident hat erklärt, dass er, um diesem Ziel zu dienen und um eine endgültige Befriedung zu erreichen, das Schicksal des tschechischen Volkes und Landes vertrauensvoll in die Hände des Führers des Deutschen Reiches legt. Der Führer hat diese Erklärung angenommen und seinem Entschlusse Ausdruck gegeben, dass er das tschechische Volk unter den Schutz des Deutschen Reiches nehmen und ihm eine seiner Eigenart gemäße autonome Entwicklung völkischen Lebens gewährleisten wird.

Hácha schaute sich zu seinem Außenminister um, der sich neben ihm über das Dokument gebeugt hatte. Chvalkovsky blieb stumm jeden Rat schuldig.

»Wenn sich der Einmarsch in erträglicher Form und ohne sinnlosen Widerstand abspielt«, erklärte Hitler, nun einen gütigen Ton anschlagend, »dann würde es mir leichtfallen, den Tschechen ein großzügiges Eigenleben, eine Autonomie und gewisse nationale Freiheit zu gewähren.«

Von Ribbentrop war mit einem goldenen Füllfederhalter zur Stelle. Hácha ergriff ihn zögernd und unterzeichnete langsam Buchstaben für Buchstaben, als hoffte er, noch in letzter Sekunde unterbrochen zu werden.

Chvalkovsky und von Ribbentrop folgten Háchas Beispiel. Zuletzt unterschrieb Hitler und reichte dem eilfertig neben ihm stehenden von Ribbentrop die Feder zurück. Zorn und Missmut, die Hitler die gesamte Besprechung über beherrscht hatten, waren aus seinem Gesicht wie weggeblasen. Er hatte nun jegliches Interesse an seinen Gästen verloren, verabschiedete sich kurz und förmlich und verließ den

Saal, ohne sich noch einmal umzudrehen. Zurück blieb ein Staatsoberhaupt, das sich von einem Herzanfall erholte und gerade das Ende der Existenz seines Landes unterschrieben hatte.

»Telefonieren Sie sofort mit Prag und geben Sie Weisung an Ihren Kriegsminister, dass die tschechische Armee in den Kasernen zu bleiben hat!«, fuhr von Ribbentrop den Präsidenten im Befehlston an.

Hácha ergriff den Hörer, den ihm der Dolmetscher mit mitleidigem Blick vor die Brust hielt, und tat, wie ihm geheißen.

Vor der Tür wurde Hitler von seinen Adjutanten und einigen Mitarbeitern erwartet.

»Er hat tatsächlich unterschrieben.« Der Reichskanzler strahlte über das ganze Gesicht. »Ich werde als der größte Deutsche aller Zeiten in die Geschichte eingehen.«

36

Das Hämmern in seinem Kopf war ihm nur zu vertraut und wie stets nach einer durchzechten Nacht schwor er sich, künftig nach dem zweiten oder dritten Glas auf Sodawasser umzusteigen. Doch die Ereignisse des gestrigen Tages hatte er als außerordentliche Umstände gewertet, die einen Absturz in einer Bar rechtfertigten, und Binnewies hatte das ebenso gesehen. Patrick Jenner gehörte praktisch schon zum Inventar der Hotelbar und so hatten sie sich zu dritt die Etikette des Adlon zunutze gemacht, nach der die Bar erst schließen durfte, wenn der letzte Gast gegangen war.

Clarsons Gedanken verschwammen vor seinem inneren Auge und der beißende Geschmack im Mund brachte ihn schließlich dazu, sich im Bett aufzurichten. Jetzt erst nahm er Arianes Stimme vor dem Hintergrund des lärmenden Radios wahr. Der Reichssender Berlin des Großdeutschen Rundfunks wiederholte ein weiteres Mal die Goebbels'sche Erklärung zum Einmarsch.

... hat das Schicksal des tschechischen Volkes vertrauensvoll in die Hände des Führers gelegt ... Die großdeutsche Wehrmacht hat heute Morgen um sechs Uhr damit begonnen, den Schutz der böhmischen Länder zu übernehmen ... Der Führer ist auf dem Weg nach Prag ...

»Dieses von sich selbst eingenommene Jaulen seiner Stimme macht mich krank«, stöhnte Ariane, ließ aber den Volksempfänger, der zur Grundausstattung sämtlicher Zimmer des Hotels gehörte, weiter durch die Suite dröhnen. Im Schatten der Geräuschkulisse konnten sie sich gedämpft, doch offen unterhalten.

Ariane war wie üblich ganz die blühende Morgenfrische, adrett gekleidet und fertig für den Tag. Sie brachte Tee, setzte sich zu ihm aufs Bett und führte ihren Bericht fort. »Es war schrecklich! Wie eine Reise in ein vergangenes Jahrhundert.« Magda hatte sie gestern Vormittag zu einem Besuch bei irgendeinem Verband nationalsozialistischer Mütter geschleppt. »Unsägliche, verspießerte Gestalten, die Häkelwettbewerbe veranstalten und die Mutter an Heim und Herd zur Heldin der Nation stilisieren. Und du hättest sehen sollen, wie Magda im Respekt der Frauen gebadet hat. Sie ist ganz vernarrt darauf, bewundert zu werden. Aber das Schlimmste war, einige der Mütter hatten auch Angst vor ihr. Angst, etwas Falsches zu sagen oder sonst irgendwie Magdas Zorn zu erregen. Und ich glaube, auch das genoss sie.«

»Hast du sie damit konfrontiert?«, fragte Clarson, während er mithilfe des dampfenden Tees versuchte, wach zu werden.

»Nein, hab ich nicht.«

»Wie ungewöhnlich. Warum nicht?«

»Weil es zwecklos gewesen wäre. Magda hat sich verändert und nicht zum Guten.«

»Tut mir leid, das zu hören.«

»Unsinn, du hast mir doch schon die ganze Zeit damit in den Ohren gelegen, dass ich mir Illusionen mache«, gab Ariane zurück, verrührte ein Stück Zucker in ihrem Tee und ließ den Silberlöffel dabei klirrend gegen das Porzellan schlagen.

»Hast du ihr vorgeschlagen, nach England zu kommen?«

»Natürlich.«

»Was hat sie geantwortet?«

»Ein Dasein ohne Nationalsozialismus sei ihr nicht lebenswert.« Ariane neigte sich zu ihm hinüber und flüsterte ihm ins Ohr: »Ich war kurz davor, sie zu ohrfeigen.«

»Du hast aber nicht?«, fragte Clarson, auf alles gefasst.

Ariane schüttelte den Kopf. »Ich kann sie nicht mehr ertragen.«

»Das sind ja ganz neue Klänge aus deinem Mund«, erklärte Clarson schmunzelnd, während er sich unter Mühen dazu überwand, unter der Bettdecke, seinem wohligen Schutzmantel gegen den Rest der Welt, hervorzukriechen. Im Zeitlupentempo erhob er sich und humpelte ins Bad. In der Aufrechten bekam der drückende Schmerz an den Schläfen eine ganz neue Qualität.

Er drehte beide Hähne auf, tunkte eines der weißen Handtücher in das sich allmählich füllende Becken und tauchte sein Gesicht in den lauwarmen, nassen Stoff. Erst jetzt traute er sich, einen Blick in den kleinen, von einem bronzenen Rosenornament umrahmten Spiegel zu werfen. Es war immer wieder erstaunlich, wie innerhalb von nur einer Nacht aus einem zivilisierten Menschen eine Art Höhlenbewohner werden konnte. Was er sah, waren die erwarteten Folgen des Entschlusses, sich mit Jenner auf einen Parcours durch die Getränkekarte der Adlon-Bar begeben. Theobald Binnewies hatte versucht, sie zu begleiten, war jedoch während der russischen Wodka-Cocktails mit dem Kopf auf der Tischplatte liegengeblieben.

»Wie lange wird er brauchen, um dir die Papiere zu besorgen?«, fragte Ariane, im Türbogen stehend. Im Hintergrund ertönte inzwischen Klavierspiel aus dem Volksempfänger. Binnewies hatte ihm

versprochen, mit Göring bezüglich seiner Ausreisedokumente zu sprechen. »Warum rufst du nicht das Polizeipräsidium an«, fuhr sie fort, »und erkundigst dich selbst, wie die Dinge um deinen Pass stehen? Vielleicht haben Sie ja Ihr Interesse an dir verloren, jetzt wo sie die siegreiche Invasion in ein friedliches Nachbarland feiern.«

»Mein Pass wird zusammen mit meiner Akte auf dem Pult von Obersturmführer Struttner liegen. Und der ist nicht gerade ein Freund von mir. Es ist besser zu warten, bis Binnewies mir neue Papiere über die Berliner Behörden organisiert hat.«

Er rührte mit dem Pinsel die Rasierseife an und trug sie auf Kinn und Wangen auf. Eine morgendliche Rasur war ein Akt der Entspannung und Selbstbesinnung und machte selbst einen schweren Kater halbwegs erträglich. Elektrische Rasierer, wie sie jetzt in illustrierten Zeitungsanzeigen und auf Litfasssäulen beworben wurden, waren eine ganz unsinnige Erfindung und ein Beispiel dafür, wie die Fortentwicklung der Technik den Niedergang der Kultur vorantrieb.

Es würde keinen Krieg zwischen Deutschland und der Tschechoslowakei geben und das hatte alle anderen Pläne hinfällig werden lassen. Von ihren Freunden im Stich gelassen, hatte die Prager Republik keine andere Möglichkeit als die Selbstaufgabe gesehen, in der illusorischen Hoffnung, von der kommenden Besatzungsmacht milde behandelt zu werden. Hitler hatte es wieder einmal geschafft. Er verfügte nun über ein paar Millionen weitere Arbeitskräfte, dazu kamen die tschechoslowakischen Goldreserven und die Skoda-Werke, die ihre modernen Panzer fortan für die Wehrmacht bauen würden. Der Nachbar Polen, zu dem sich die Beziehungen seit Januar rapide verschlechtert hatten, als von Ribbentrop bei einem Besuch in Warschau Gebietsforderungen gestellt hatte, würde bald auch an seiner Südgrenze deutsche Armeeverbände stehen haben. Göring hatte derweil den Schwanz eingezogen und sich nach Carinhall begeben.

Die Lage hätte nicht bedrückender sein können. Doch Clarson hatte noch einen Trumpf, sah noch eine Chance, Hitler in die Suppe zu spucken. Und darum war er schließlich hier. Die Idee war simpel genug und hatte sich gestern Nacht, als er zwischen Binnewies und Jenner über seinem Glas gebrütet hatte, wie von alleine eingestellt.

Eine knappe Stunde später stieg er mit Jenner in eines der auf dem Pariser Platz bereitstehenden Taxis, obgleich sich das Luftfahrtministerium kaum mehr als einen Kilometer entfernt die Wilhelmstraße hinunter

befand. Für vermeidbare Spaziergänge fühlte sich Clarson momentan nicht in der Verfassung. Er legte den Borsalinohut auf den Schoß und kühlte die Stirn an der Seitenscheibe.

»Ich habe dir gesagt, bleib bei deinem Scotch!«, sagte Jenner, über beide Ohren grinsend.

»Dir scheint es ja blendend zu gehen«, stöhnte Clarson.

»Das Geheimnis ist, regelmäßig zu trinken, Henry, nicht bloß, um Ärger wegzuspülen.«

Als sie das Taxi vor der grauen Kalksteinfassade des Ministeriums wieder verließen, hielt hinter ihnen eine Mercedes-Limousine an. Zwei Herren in schwarzgrauen Ledermänteln stiegen mit versteinerten Mienen aus. Clarson hatte sie bereits beim Verlassen des Hotels bemerkt, wo sie ihnen, an der Rezeption stehend, kritische Blicke nachgeworfen hatten.

»Geheime Staatspolizei«, murmelte der Ältere der beiden mit rauer Stimme, kurz die Dienstmarke aus der Tasche ziehend.

»Patrick Jenner? Journalist der CBS?«

»Schön, dass man in Berlin meinen Namen kennt«, gab Jenner mit amerikanischem Selbstbewusstsein zurück.

»Wir müssen Sie bitten, zu uns in den Wagen zu steigen.«

»Ich denke ja nicht daran.«

»Bitte machen Sie keine Schwierigkeiten, Herr Jenner«, antwortete der Beamte.

»Was geht hier vor?«, fiel Clarson dazwischen. »Ich verlange eine Erklärung.«

»Wer sind Sie?«, konterte der Gestapo-Mann stoisch.

»Henry Charles Clarson.«

»Sind Sie auch Journalist?«

»Nein. Ich weile auf persönliche Einladung von Reichsminister Dr. Goebbels in Deutschland, der der Schwager meiner Frau ist. Ich erwarte Auskunft darüber, was meinem Begleiter vorgeworfen wird.«

»Na, vorwerfen tun wir ihm gar nichts. Wir führen nur einen Befehl aus.«

»Aber natürlich, alle führen nur Befehle aus.«

»Nun mal keine Aufregung, mein Herr! Wir wollen den Mann ja nicht verhaften!«

Jenner und Clarson schauten sich verwundert an.

Der Polizist warf sich in eine offizielle Pose. »Herr Patrick Jenner, ich setze Sie hiermit davon in Kenntnis, dass Ihnen die Akkreditierung mit

sofortiger Wirkung entzogen ist. Damit erlischt zugleich Ihre Aufenthaltserlaubnis. Sie haben das Gebiet des Großdeutschen Reiches ohne jeden Verzug zu verlassen. Sie werden die nächste Maschine nach Zürich nehmen und von dort aus Ihre weitere Reise eigenständig planen. Das Flugticket stellen wir Ihrer Agentur in Rechnung. Ihr Flugzeug geht in etwas mehr als drei Stunden ab. Das gibt Ihnen genügend Zeit, die notwendigen Vorbereitungen zu treffen. Wir werden Sie begleiten und dafür Sorge tragen, dass alles glatt über die Bühne geht und seine Ordnung hat.« Die Hände hatte er während seiner kleinen Ansprache in den Taschen seines Ledermantels gelassen. Jetzt starrte er Jenner stumm an und demonstrierte auf diese Weise die bekannte Tatsache, dass es müßig war, Diskussionen mit Herren von der Gestapo zu beginnen.

»Meine Reportage über Goebbels' private Ausschweifungen scheint auch in Deutschland nicht ganz unbeachtet geblieben zu sein«, kommentierte Jenner stolz. »Meine Abreise muss wohl etwas früher als geplant stattfinden.« Er schüttelte Clarson die Hand. »Schade, ich hätte gerne an unserem kleinen Abenteuer mitgewirkt.«

»Das reicht jetzt«, drängte der Gestapo-Beamte.

»Einen Augenblick noch«, sagte Clarson.

»Tut mir leid, es ist Herrn Jenner untersagt, noch irgendwelche Kontakte zu Bürgern des Reiches zu unterhalten.«

»Nun, diese Regelung betrifft mich nicht«, entgegnete Clarson kühl. »Ich bin britischer Staatsbürger.«

Der Polizist blickte für einen kurzen Moment ratlos und verärgert, dann zischte er: »Machen Sie, was Sie wollen. Aber Beeilung, bitte schön.« Er blieb zwischen ihnen stehen, die Szene kritisch beäugend.

»Da du so plötzlich abreisen musst«, begann Clarson, »habe ich mich gefragt, ob du mir nicht ein Abschiedsgeschenk machen willst.«

»Natürlich«, antwortete Jenner, der gleich verstanden hatte, und drückte ihm seinen Fotoapparat in die Hand.

»Halt!«, rief der Beamte und griff hastig nach der Kamera. »Ich muss alles Bildmaterial konfiszieren.« Er öffnete unbeholfen den Apparat, riss den Filmstreifen heraus und legte die geöffnete Kamera leer zurück in Clarsons Hände.

»Was für ein Land …«, schüttelte Jenner den Kopf, bevor er sich in gleichmütigem Ton an Clarson wandte: »35mm Film – wird in Berlin keine Schwierigkeiten machen, Ersatz zu besorgen.« Er zwinkerte mit einem Auge und fügte hinzu: »Vielleicht kann man sich ja später noch in Tempelhof zu einem letzten Abschiedsgruß treffen.«

»Kleine Änderung im Plan«, antwortete Clarson nach kurzem Nachdenken. »Ich glaube, ich muss hier schon eine gute Reise wünschen.«

»Jetzt ist es genug mit dem Palaver!« Der Gestapo-Mann packte Jenner grob am Oberarm und begann ihn fortzuzerren. Sein jüngerer Kollege trat heran, um mitzutun.

»Wir sehen uns am Flughafen!«, rief Jenner noch, bevor er sich widerstrebend und mit angewiderter Miene in den Wagen der Gestapo schieben ließ.

Clarson schaute ihm nach, bis die Limousine außer Sicht war. Ihr gemeinsam ausgeheckter Plan war geplatzt wie eine Seifenblase, noch bevor sie das Ministerium erreicht hatten. Doch seine neue Idee gefiel ihm ohnehin besser.

»Sie können hier nicht herumstehen«, waren die unfreundlichen Worte eines Wachmanns, der sich vor ihm aufzubauen begann.

»Ist nicht meine Absicht«, erwiderte Clarson. »Ich möchte umgehend zu Major Binnewies vom Regiment *Hermann Göring* gebracht werden. Ich werde erwartet.«

37

Oberstleutnant Klaus von Dannegger blickte aus dem Seitenfenster des Wagens hinüber zu dem Gebäude auf der anderen Straßenseite. Die klassizistische Fassade signalisierte althergebrachte preußische Ehrwürdigkeit und wirkte wie eine wohlerwogene Täuschung. Gleich in den ersten Wochen der Naziherrschaft hatte sich der SD in das alte Gästehaus der Republik eingenistet und dem Namen *Prinz-Albrecht-Palais* einen geheimnisumwitterten, bedrohlichen Klang gegeben.

Am Telefon hatte Heydrich den höflichen Dienstleister gegeben, der seiner Auftragspflicht nachkam. Gemäß Führerbefehl waren die Stäbe der Waffen-SS nach dem Debakel von vorletzter Nacht künftig unter Hinzuziehung der Expertise der Kriegsakademie auszubilden. Mit kollegialem Unterton hatte sich der SD-Chef offen abfällig über absurden Rassekult und stumpfsinnigen Drill als Ersatz für profunde militärische Ausbildung ausgelassen. Natürlich würde er gewusst haben, dass jeglicher Versuch, von Dannegger einzulullen, von vornherein zum Scheitern verurteilt blieb. Es war schlichtweg Teil des Spiels.

Himmler würde Heydrich mit der Ausführung des Befehls betraut haben, um sicherzustellen, dass die Kontrolle über die Ausbildung seiner militärischen Elitetruppe nicht Richtung Wehrmacht abdriftete. Der Gruppenführer war bekanntermaßen niemand, der sich ihm zugesprochene Kompetenzen von Dritten aus der knochigen Hand winden ließ. Vielleicht hatte Heydrich auch selbst eilfertig seine Dienste anerboten; wie üblich schnell bei der Hand, wenn es galt, heikle oder schwierige Aufgaben zu erledigen, sich unentbehrlich zu machen, seine Machtposition auszubauen. Doch von Dannegger hatte das sichere Gefühl, dass dies nicht die ganze Geschichte war. Heydrich hatte etwas vor und er würde herausbekommen was.

»Warten Sie hier«, sagte er zu seinem Chauffeur von der Fahrbereitschaft des Heereskommandos, bevor er ausstieg und sich bedächtig zur Pforte am Haupteingang begab.

»Ich komme auf Einladung von Gruppenführer Heydrich«, ließ er den Posten wissen.

Ein kleiner, gedrungener Unterscharführer erwartete ihn bereits, grüßte – ungewöhnlich für einen Nichtmilitär – mit der Hand an der Mütze und geleitete ihn ins Innere des Gebäudes.

Sein Kollege an der Pforte wartete ab, bis sie um die Ecke verschwunden waren, trat dann aus der Tür und ging über die Straße auf den wartenden Chauffeur zu. »Der Oberstleutnant lässt ausrichten, dass seine Besprechung wohl doch länger dauern wird. Wir lassen Sie rufen.«

Bald hatten sie die breiten, vornehmen Flure des alten Palais durchquert und schritten durch triste Bürokorridore, die sich in nichts von irgendeinem x-beliebigen Verwaltungsamt unterschieden. Von Dannegger wunderte sich, wozu er in einen Hinterhaustrakt geführt wurde, den zweifellos bloß subalterne Chargen bevölkerten. Die Miene seines Begleiters ließ keine Deutung zu. Schließlich öffnete der Unterscharführer mit unterwürfig einladender Geste eine der vielen Türen.

Der Raum war fensterlos, von einer einzelnen von der Decke hängenden Glühbirne schwach ausgeleuchtet und abgesehen von einem Holztisch und zwei einfachen Stühlen kahl und leer – ein typischer Vernehmungsraum. Noch halb in der Tür stehend fuhr von Dannegger herum. »Wo ist der Gruppenführer?«

Sein Gegenüber schwieg.

»Was soll das hier? Ich verlange eine Erklärung! Was erlauben Sie sich?«, rief er mit wachsender Empörung.

Derweil hatte sich hinter ihm lautlos eine Seitentür geöffnet, ein Mann in der Uniform eines Hauptscharführers schlüpfte in den Raum und setzte übergangslos eine Luger-Pistole am Genick des Oberstleutnants an. Von Dannegger fuhr herum, ergriff den Unterarm des Angreifers und drückte den überraschten Mann entschlossen gegen die Wand. Er rang mit seinem Gegner um den Besitz der Waffe, als er einen Schuss hinter sich hörte, der aus der Pistole des Unterscharführers stammen musste. Einen Augenblick später breitete sich ein Gefühl der Lähmung in seinem Rücken aus, und erst dann, zuletzt, setzte der Schmerz mit seiner ganzen Wucht ein. Er taumelte durch den Raum, von den beiden SD-Männern gespannt beobachtet, und sank nach wenigen Schritten vornübergeneigt in die Knie, ungläubig ins Leere starrend. Warum keine Verhaftung, kein Verhör, keinerlei Fragen? Warum diese Hinrichtung, einem Meuchelmord gleich? Der nervenzerreißende Schmerz im Rückgrat verband sich mit der quälenden Erkenntnis, in die Falle gegangen zu sein, die vor nichts haltmachende Brutalität des Regimes noch unterschätzt zu haben.

Von Dannegger nahm seine Umgebung nicht mehr wahr, hörte die Beschimpfung durch den Hauptscharführer nicht, der herantrat, die Waffe wenige Zentimeter über seinen Hinterkopf hielt und mit zugekniffenen Augen abdrückte.

Sein Oberkörper erschütterte unter dem Einschlag der Kugel und er spürte, wie seine Lebensgeister begannen, ihm zu entgleiten. Einen Moment lang stemmte er sich noch mit aller ihm verbliebenen Energie gegen die Endgültigkeit des Todes, dann kippte er mit einem Zucken seitlich auf den einfachen Leinenteppich und blieb regungslos liegen.

38

Binnewies' Büro befand sich im Erdgeschoss des Nordflügels des Gebäudekomplexes, der sowohl die Leitung der zivilen Luftfahrt als auch das Oberkommando der Luftwaffe beherbergte. Die Einrichtung setzte sich zusammen aus einem kleinen Aktenschrank, einer stattlichen Getränkebar und dem Schreibtisch mit einem gerahmten Foto seiner Frau, zwei kleine Mädchen im Arm haltend. Den einzigen Wandschmuck bildeten ein Alpenpanoramagemälde und ein vergrößertes Foto einer Gruppe erschöpft dreinschauender Soldaten in irgendeinem Schützengraben des Weltkriegs. Es war weder der Arbeitsplatz eines Bürokraten noch der eines aktiven Offiziers. Abgestellt *zur besonderen Verwendung*, war er nur wenig mehr als dem Namen nach Angehöriger von Görings Infanterieregiment. Seine eigentliche Aufgabe bestand darin, seinem Dienstherrn für die Erledigung heikler Aufträge zur Verfügung zu stehen, und an solchen bestand im Intrigenspiel des Dritten Reiches niemals Mangel.

»Cognac?«, fragte er, müde im Schreibtischstuhl sitzend, und goss sich selbst ein.

»Um Himmels willen«, antwortete Clarson, dessen Schädelbrummen sich beim bloßen Gedanken an Alkohol noch verstärkte.

Die Nachwirkungen ihres Gelages waren deutlich an Binnewies' Körperhaltung ablesbar. Doch hatte er es irgendwie geschafft, seine gesunde Gesichtsfarbe zu bewahren. »Ich dachte, du würdest Patrick mitbringen«, sagte er und prostete ihm zu.

Die gemeinsam durchzechte Nacht hatte sie zu einer Art Freunde gemacht. Binnewies war nach dem Weltkrieg als Hauptmann mit dem Eisernen Kreuz zweiter Klasse auf der Brust verabschiedet worden und hatte sich anschließend als Bankkaufmann versucht, bis er vom Kollaps der Weltwirtschaft dem Heer der Arbeitslosen zugeführt worden war. Zuletzt hatte er sich in einer Tiroler Kleinstadt mit dem Verkauf von Versicherungen durchgeschlagen und war schließlich, nach dem Anschluss Österreichs, in Heydrichs Dienste getreten.

Den SD-Chef hatte er im Glauben gelassen, dass er Ressentiments gegen seinen kometenhaft aufgestiegenen ehemaligen Bataillonskameraden hegte, und den Auftrag erhalten, das Gebaren in dessen Ämterimperium unter die Lupe zu nehmen. Doch Göring hatte den Spieß umgedreht, seinen Gefährten aus Weltkriegstagen in sein Ministerium geholt und zum Major befördert – ein Binnewies' Alter halbwegs

angemessener Dienstrang. Mittels dieses Manövers hatte er nicht bloß den immer dreister auftretenden Geheimdienst für den Moment ausgebremst, sondern sich auch gleich noch Zugang zu ein paar Dienstgeheimnissen des SD verschafft.

»Macht auch keinen Unterschied mehr«, räsonierte Binnewies, nachdem Clarson ihm einen kurzen Abriss der Begegnung mit der Gestapo gegeben hatte. »Die ganze Idee klang gestern Nacht nach ein paar Gläsern vielleicht kühn und vielversprechend, doch bei Tageslicht besehen –«

»Hast du das Protokoll besorgt?«, unterbrach Clarson.

»Nein«, antwortete Binnewies und stellte das Glas ab. »Ich bin nicht mehr der Überzeugung, dass es noch irgendeinen Sinn macht. Die Gelegenheit ist verpasst.«

Clarson hatte kalkuliert, dass der Beweis für Hitlers Kriegsprogramm auf der Titelseite einer amerikanischen Tageszeitung eine letzte Chance sein mochte, die Westmächte doch noch zu einer Kurskorrektur zu bewegen. *Wenn die Welt nur wüsste*, war das Mantra des Plans gewesen, ausgeheckt in der vergangenen Nacht im Flüsterton und mit der Unterstützung von mehr als hinreichenden Mengen Alkohol. Auf Binnewies' Zugang zu Görings Unterlagen bauend, hatten sie sich kurzzeitig des Besprechungsprotokolls bemächtigen wollen, woraufhin Jenners Taschenkamera zum Einsatz gekommen wäre. Mit derlei explosiver Fracht ausgestattet, hätte der Journalist die Rückreise antreten und seine Verbindungen zu einer der großen Zeitungen der Ostküste in den Dienst der Sache stellen sollen. Clarson hatte Jenner heute Morgen dabei haben wollen, damit er bezeugen könnte, dass das Dokument aus Görings persönlichem Panzerschrank stammte. Goebbels' verletzte Eitelkeit hatte diesem Vorhaben ein vorzeitiges Ende bereitet.

»Lass uns in sein Büro gehen«, insistierte Clarson auf seinen Stock gestützt.

Binnewies schüttelte den Kopf. »Wir waren gestern nicht ganz bei Sinnen. Sobald dieses Protokoll im Ausland publik würde, wäre hier eine Hexenjagd auf den Verräter im Gange, von der sich jemand, der aus dem liberalen England kommt, überhaupt keine Vorstellung machen kann. Es würde keine zwei Tage dauern, bis man mir auf die Spur gekommen wäre.«

»Werden nicht alle Teilnehmer der Besprechung eine Kopie erhalten haben? Und würde der Verräter nicht im Kreis der inzwischen verabschiedeten Teilnehmer vermutet werden?«

»Was ist, wenn es gelingt, das Foto als eindeutig von Görings Kopie stammend zu identifizieren?«

»Würde Göring dich nicht decken?«

»Du weißt nicht, wie kritisch Görings Lage bereits ist. Man würde annehmen, dass er selbst hinter der Aktion gestanden hat, und entsprechende Maßnahmen ergreifen.«

»Ich verstehe«, konzedierte Clarson. »Außerdem wäre der Effekt zweifelhaft. Die deutsche Regierung würde Himmel und Hölle in Bewegung setzen, um das Protokoll als Fälschung und jüdische Propaganda zu diffamieren. Es ist besser, wenn man in Deutschland gar nichts davon mitbekommt, dass ihr Staatsgeheimnis verraten ist.«

»Wie willst du das anstellen?«

»Ich bringe es vertraulich der britischen Regierung zur Kenntnis, ohne dass man hier davon erfährt.«

Binnewies lehnte sich in seinem Schreibtischstuhl zurück und schien zu überlegen.

Clarson konnte nun doch einen Drink gebrauchen. Allein das beständige Dröhnen in seinem Kopf überzeugte ihn, dem Impuls zu widerstehen. »Wir haben nichts zu verlieren«, sagte er, sich zu einem Schmunzeln zwingend.

Der Major deutete ein Nicken an, griff zu seinem Cognac und kippte ihn hinunter. Er wischte sich den Mund und grinste nun ebenfalls breit. »Wir haben nicht viel Zeit. Hermann ist auf dem Weg ins Ministerium. Er kann jede Minute eintreffen.«

Am Ende eines Korridors mit einer Fensterfront zur Linken und den Büros des persönlichen Stabes zur Rechten trafen sie auf die üblichen hohen Flügeltüren herrschaftlicher Bauten, umrahmt von zwei Posten der Wachkompanie seines Leibregiments. Es waren die gleichen kaum zwanzigjährigen Burschen wie am Vortag, als er erstmals Görings Dienstzimmer aufgesucht hatte.

»Guten Morgen, Herr Major«, grüßten beide unaufgeregt und nahmen kurz Haltung an, während Binnewies zwischen ihnen die Flügel der ersten Tür aufzog, anschließend das zweite Paar Türflügel aufdrückte und ganz selbstverständlich eintrat.

Görings Zimmer lag am Ende des Trakts und hatte drei Fensterfronten, von denen man den Hof und die anderen Gebäudeteile des Ministeriums überblickte. Alles war peinlich sauber aufgeräumt, wie man es vom Büro des Ministerpräsidenten jenes Staates, der Ordnung

als eine seiner ureigenen Kardinaltugenden pries, nicht anders erwartet hätte.

Der Raum war möbliert mit einer ledernen Sitzgruppe unter einem großen Fenster zur linken Hand, während auf der rechten Seite, quer vor der gegenüberliegenden Ecke und eingerahmt von den beiden enormen Gemälden, der massive Schreibtisch stand. Darauf befanden sich zwei Telefone aus Bakelit und eine schwarze Leselampe, dazwischen ein altmodisches Tintenfass, eine Löschwiege, drei Füllfederhalter in goldenen Halterungen, ein geschlossenes Lederetui und das obligatorische Standporträt Hitlers. Jemand hatte außerdem eine große Glasvase mit frischen Blumen hingestellt.

Binnewies machte sich unverzüglich an die Arbeit. Er öffnete die hölzerne Schranktür des Schreibtischs und begann, am Rad des Kombinationsschlosses zu hantieren.

Clarson hielt die Luft an. Das ganze Vorhaben hatte seine Durchführbarkeit dem Umstand zu verdanken, dass Binnewies von Göring unlängst die Ziffernfolge des Tresors anvertraut worden war, damit er Unterlagen daraus zu einer Besprechung im Preußenhaus bringen konnte. Clarson rechnete fast damit, dass man die Kombination in der Zwischenzeit wieder geändert hatte.

Wenige Sekunden später zog Binnewies am Hebel der Panzertür und schmunzelte triumphierend, als sie sich langsam und geschmeidig öffnete.

»Kein Grund allzu sehr beeindruckt zu sein«, sagte er halb flüsternd. »Der wahre Giftschrank steht in Carinhall. Wenn ich mir dort Zugang verschaffen könnte, wäre ich vermutlich in der Lage, die halbe Naziführung zu erpressen. Hier bewahrt er nur ein paar dienstliche Papiere auf, die er dem Einblick seiner Angestellten entzogen wissen will.« Binnewies zog einen Handbreit hohen Stapel Akten heraus, legte ihn auf den Schreibtisch und begann mit der Suche. »Das Protokoll ist nicht da«, raunte er kaum zwei Minuten später.

»Bist du sicher?«, fragte Clarson und durchwühlte selbst nochmals sämtliche Akten. Er überprüfte den Panzerschrank, der jedoch bloß noch eine kleine Stahlkassette für Wertgegenstände enthielt.

»Fehlanzeige«, resümierte Binnewies in einem Ton, in dem Enttäuschung und Erleichterung gleichermaßen mitschwangen.

»Verflucht!«, entfuhr es Clarson, während er mit dem Stock gegen seinen Unterschenkel schlug. »Ob Göring es beiseite geschafft hat?«

»Wüsste nicht, was ihn dazu hätte veranlassen sollen«, antwortete Binnewies und verstaute die Akten wieder im Tresor.

Clarson schaute sich suchend um.

»Es ist das Büro des Oberbefehlshabers«, kommentierte Binnewies unwirsch. »Da bleibt nichts liegen. Akten werden ihm zur Einsicht vorgelegt und wieder weggenommen.«

»Kennt sonst jemand die Kombination?«

Binnewies zog die Mundwinkel herunter und schüttelte den Kopf. »Vielleicht sein persönlicher Referent. Aber das glaube ich nicht. Dass ich sie kenne, ist auch bloß einem Zufall zu verdanken.«

»Achtung!«, drang der laute Ruf einer Wache auf dem Gang durch die Türen.

»Hermann kommt! Raus hier!«, schreckte Binnewies auf. Er zeigte auf eine Tür einige Meter links von den großen Flügeltüren zum Korridor. »Das Zimmer des Referenten. Lass mich reden.«

Binnewies klopfte leise an und öffnete die Tür einen Spalt weit. Clarson erkannte, wie sich rechts von ihnen die Flügeltüren zu öffnen begannen, schob Binnewies beherzt in den Nebenraum und schloss die Tür hinter sich.

Das Zimmer war leer. Die Tür zum Flur stand halb offen. Der Referent war hinausgetreten, wo Göring mit gewohnt voller Stimme auf ihn einsprach.

»Sekretärinnen«, hauchte Binnewies mit Blick auf eine geschlossene Tür an der gegenüberliegenden Wand. Görings Stimme verstummte hinter den sich schließenden Flügeltüren. Der Referent hatte ihn in sein Büro begleitet. Er verfügte über ein großräumiges Dienstzimmer mit einem langen Schreibtisch, auf dem sich eine Unzahl von Akten in verschiedenen Ablagen stapelte. An der Wand hingen die Porträts von Hitler und Göring ebenbürtig nebeneinander.

Binnewies winkte ihn an der Tür zum Flur stehend herbei, als Clarson eine Mappe mit Messingbeschlägen in einem Ablagekorb erkannte. Hastig öffnete er sie. Das Protokoll lag noch am gleichen Platz wie am Vortag, als Göring die Unterschriftenmappe vor seinen Augen zugeschlagen hatte. Jemand musste sie weggeräumt haben, ohne zu ahnen, welch brisantes Papier zwischen ihren Seiten klemmte.

Er ergriff das Dokument, zog das linke Hosenbein hoch und wickelte es rasch um das Schienbein unter seinen Strumpf. Er war noch dabei, sein Hosenbein wieder herunterzuziehen, als Binnewies ihn mit

entsetztem Blick am Ärmel packte und auf den Korridor zerrte. Dort grüßte er die Wachen kurz und nachlässig, wandte ihnen den Rücken zu und ging mit Clarson ruhigen Schrittes auf das Treppenhaus zu.

Vom anderen Ende des Flurs kam ihnen ein Zwicker tragender Mann in der Uniform eines Heeresgenerals entgegen, der sie ernst fixierte, ehe er den Gruß des Majors routiniert erwiderte und seinen Weg zu Görings Büro fortsetzte.

»Das war gegen unsere Abmachung«, zischte Binnewies, als sie zurück in seinem Büro waren.

»Fotografien von fragwürdiger Qualität würden uns jetzt nicht mehr weiterhelfen«, versuchte Clarson zu erklären. »Der britische Vizebotschafter ist so sehr von der Gutmütigkeit Hitlers überzeugt, dass nur der Anblick des Originals auf seinem Schreibtisch ihn aus seinen Träumen reißen wird.«

»Es ist zu riskant, Henry.«

»Ich leihe mir das Protokoll doch nur aus. Göring wird gar nicht auffallen, dass es nicht mehr in seinem Tresor liegt.«

»Tut mir leid, das kann ich nicht zulassen.«

»Du hast keine andere Wahl«, antwortete Clarson. »Ich werde es nämlich nicht wieder herausrücken.«

»Die ganze Nation verneigt sich in Ehrfurcht vor Ihrem Genie! Nochmals meine innigsten Glückwünsche, mein Führer!« Göring legte behutsam den Hörer auf und ließ sich in den Sessel hinter seinem Schreibtisch fallen. »Stellen Sie sich das vor, Halder! Das Gespräch kam aus Prag! Der Führer ist bereits auf dem Hradschin. Er hat den Großteil der einmarschierenden Wehrmacht von seiner Wagenkolonne überholen lassen und ist gleich nach den ersten Einheiten von Heer und SS in Prag eingetroffen. Er hat mich gerade zu sich gebeten. Ich werde noch heute hinfliegen und ihm vor Ort meine Aufwartung machen.«

»Was wird er Ihnen sagen wollen?«, fragte Halder.

»Es ist eine Auszeichnung, eine Ehre, an diesem historischen Ereignis teilhaben zu können.«

»Sie vermuten nicht, dass er Ihnen die Entlassungspapiere aushändigen will?«

»Dazu hätte er gar keinen Grund«, wehrte Göring mit einer winkenden Geste ab, die seine offenbare Unsicherheit nicht zu überspielen vermochte.

»Himmler ist längst bei ihm. Ihn hat Hitler gleich mitgenommen«, schenkte Halder nach.

Göring erwiderte nichts.

»Was wird aus unserem Vorhaben?«, fragte Halder noch, obwohl er die Antwort ahnte.

»Das ist vorbei und wir verlieren kein Wort mehr darüber«, antwortete Göring lapidar. »Wir haben die Pflicht vor der Weltgeschichte, jetzt mit dem Führer zu gehen. Sie sehen doch, die Vorsehung steht auf seiner Seite. Die Westmächte sind ihm einfach nicht gewachsen. Er wird uns zur führenden Macht in der Welt machen! Jetzt heißt es, weiter mit allen Mitteln zu rüsten, Flugzeuge und Panzer zu produzieren, ehe Engländer und Franzosen aus ihrem Dornröschenschlaf aufwachen. Geben Sie ihm noch ein, zwei Jahre Zeit und Deutschland wird unbesiegbar sein!« Halder seufzte, seine Augen auf den Boden gerichtet. Es war vorbei, das wusste er. Es würde keinen weiteren Versuch mehr geben. Niemals wieder würde es gelingen, den Marschall für ein solches Unternehmen zu gewinnen. Göring war nicht bloß umgefallen, er war zurückgekehrt in Hitlers Schoß. Und dort fühlte er sich unzweifelhaft am wohlsten.

39

»Seine Exzellenz hat einen Besucher«, beantwortete der Schotte hinter dem Empfangspult in ungewohnt freundlichem Ton Clarsons Bitte, zu Ashfield vorgelassen zu werden. Die Botschaft hatte ihren normalen Dienstverkehr wieder aufgenommen, ein Zeichen, dass sich die Lage zu entspannen begann.

Noch war es nicht zu spät. Die offizielle Antwort Londons stand noch aus. Die Dinge waren noch im Fluss. Wenn das Protokoll der britischen Regierung rasch genug zur Kenntnis gelangte, mochte das Pendel noch zugunsten derjenigen ausschlagen, die entschlossen waren, sich Hitlers Aggression entgegenzustellen. Und da er nicht vorhatte, das Dokument sehr bald wieder zurückzugeben, konnte es heute noch in die Diplomatenpost nach London gehen. Ashfield würde gar nicht anders können, wenn er das Original mit eigenen Augen sah. Den Streit mit Binnewies würde er aushalten.

»Wenn Sie solange im Büro gegenüber bei seiner Sekretärin warten möchten?« Der Diplomat wies einen der Sicherheitsbeamten an, Clarson hinauf zu begleiten. »Sie ist berühmt für Ihr vorzügliches Gebäck, das sie Gästen gerne anbietet«, rief er ihm nach, als Clarson durch die Absperrung zum Aufzug ging.

Ein kurzer Klingelton verkündete die Ankunft der Kabine und der Sicherheitsbeamte öffnete ihm die Aufzugstür. Vor ihnen stand ein auffällig großer Mann in einem nichtssagenden, grauen Straßenanzug. Clarson erkannte zuerst die Augen, obgleich sie im Tageslicht farblos wirkten. Es waren die gleichen Augen, die ihm vorletzte Nacht vor der Reichskanzlei begegnet waren.

Obersturmführer Struttner stutzte und benötigte einen Augenblick, um auszuloten, wie er sich verhalten sollte, bevor er an Clarson vorbeischauend eiligen Schrittes Richtung Ausgang marschierte.

»Kannten Sie den Mann?«, fragte der Sicherheitsbeamte, als sie im Aufzug standen.

»Nicht wirklich«, antwortete Clarson nachdenklich. »Wir sind neulich auf der Straße ineinander gelaufen.«

Der diensthabende Diplomat am Empfang hob den Hörer ab und wählte eine einstellige Nummer. »Herr Henry Clarson ist auf dem Weg zu Ihnen«, sagte er nach einem kurzen Warten. »Wenn Sie Seiner

Exzellenz seine Ankunft melden möchten? Ich habe ihm außerdem Ihre hausgemachten Ingwerkuchen empfohlen.«

Er drückte kurz die Telefongabel herunter und wählte eine weitere einstellige Nummer. »Herr Henry Clarson ist auf dem Weg zu Seiner Exzellenz.«

»Danke«, antwortete Peter Ellis und legte auf.

»Ich bin erfreut, Sie so zeitig wiederzusehen.« Ashfield bot ihm lächelnd einen Platz in der Sitzgruppe an, dazu Tee und Gebäck. Seine vorangegangene Besprechung war zu Ende und die Sekretärin hatte Clarson gleich in das Botschafterbüro gebeten. »Ich hoffe, Sie haben mich gestern nicht missverstanden. Wir sind Ihnen äußerst verbunden, dass Sie Interna mit uns teilen, die zum besseren Verständnis der Zustände in der deutschen Führung beitragen. Es ist für die Regierung Seiner Majestät natürlich von enormer Bedeutung zu erfahren, wie tief die Risse innerhalb der deutschen Führung gehen. Wir brauchen alle Namen, alle Details. Ich glaubte nur nie an den Erfolg der diskutierten Planspiele. Daher war ich gestern etwas kurz angebunden. Es war ein hektischer Tag. Es sind hektische Zeiten für uns alle.« Ashfield redete eine Nuance schneller als üblich. »Lassen Sie uns rekapitulieren, ob es sich bei Görings Äußerungen um mehr als bloße Prahlerei gehandelt hat.«

Clarson schwieg und kostete den Tee.

Ashfield überbrückte die kleine Pause. »Wie haben Ihre Kontakte die Nachrichten von gestern aufgenommen? Hatten Sie schon Gelegenheit, persönlich mit dem Ministerpräsidenten zu sprechen?«

»Der Herr, der gerade aus Ihrem Büro kam, war von einer eindrucksvollen Größe«, stellte Clarson fest, innerlich hoffend, dass Struttner in einem anderen Teil der Botschaft geweilt hatte.

»Ja, richtig, in der Tat«, antwortete Ashfield überrascht.

»Es schien mir beinahe, als ob ich den Herrn irgendwoher kannte«, setzte Clarson fort.

»Oh, das glaube ich nicht. Eine rein private Bekanntschaft. Wir gehören dem gleichen Reitklub an.«

»Seltsam«, erwiderte Clarson und griff unwillkürlich nach seinem Stock, den er wie üblich neben seinem Bein abgelegt hatte. »Ich hatte angenommen, er hätte Sie zum Mord an Handelsattaché Wardley befragt.«

Ashfield erstarrte. »Pardon?«, war alles, was er herausbrachte.

»Der Mann ist ein Offizier des SD und ermittelt, offiziell zumindest, im Fall des Mordes an dem Attaché.«

»Sie irren sich«, entgegnete Ashfield, der sich blitzschnell wieder gefangen und die Fassade des souverän-distanzierten Diplomaten hochgezogen hatte. »Ich sagte Ihnen doch, er ist einer meiner Reitfreunde«, versteifte er sich auf seine Geschichte. Er hatte den Fehler gemacht, die Situation eingangs mit einer improvisierten Lüge überspielen zu wollen, nun blieb ihm kaum eine andere Strategie.

Clarson war entschlossen, den Diplomaten nicht mehr von der Angel zu lassen. »Warum war Obersturmführer Struttner bei Ihnen?«

Ashfield rang nach einer Replik und Clarson setzte nach. »Warum leugnen Sie seine Identität?«

»Das wird mir jetzt zu albern«, winkte Ashfield mit indignierter Miene ab. »Herr Clarson, Sie sind einem kompletten Missverständnis aufgesessen.«

»Gleich zu Beginn hatte ich mich gefragt, warum Sie so wenig überrascht waren, als ich mit der Meldung von einer Verschwörung zu Ihnen kam. Das war doch etwas ganz Schockierendes. Sie waren überrascht, aber auf eine seltsame Art und Weise. Es war nicht die Verschwörung, die Sie erstaunte, sondern lediglich, dass ich als ihr Kurier auftrat.«

»Ich muss Sie wirklich bitten, augenblicklich von Ihren ehrverletzenden Andeutungen abzulassen.«

»Welcher Form war Ihr Verhältnis zu Attaché Wardley?«

»Was implizieren Sie mit dieser Frage?«, brauste der Vizebotschafter auf. »Adrian Wardley war einer meiner engsten Freunde.«

»Ja und darum wird er sich Ihnen anvertraut haben«, gab Clarson zurück und erhob sich aus dem Sessel. »Sie sind die mysteriöse Informationsquelle des SD«, sagte er laut und zeigte dabei mit seinem Stock auf die Brust des Vizebotschafters.

Ashfield sprang nun ebenfalls auf, offen empört über die verletzende Geste. Clarson war sich nicht sicher, wohin seine Anschuldigungen führen würden. Immerhin hatte er nicht den geringsten Beweis. Doch der wie ein erwischter Lausbub dreinschauende Struttner im Aufzug der Botschaft war ihm Indiz genug. »Sie haben Ihren Freund an den SD verraten!«

»Es gehört schon ein gehöriges Maß an Impertinenz dazu, hier in meinem eigenen Büro mit dem Tonfall eines Staatsanwaltes aufzutreten«, erwiderte Ashfield scharf. Seine Adern an der geröteten Kehle tra-

ten deutlich hervor. »Ich muss Sie bitten, auf der Stelle die Botschaft zu verlassen und mir nicht mehr unter die Augen zu treten, ehe Sie wieder bei Sinnen sind.« Er wies mit seinem langen, dünnen Arm zur Tür.

Ein um Einlass bittendes Klopfen war zu vernehmen. Das Geräusch kam jedoch nicht von der Eingangstür, sondern von der Seitenwand neben dem Porträt des Herzogs von Marlborough, dort, wo ein mannshoher Paravent den Blick auf die Wand verdeckte. Mit seinen indischen Dschungelmotiven diente er als malerische Hintergrunddekoration für eine davor postierte Zimmerpalme.

Das Klopfen wurde intensiver, fordernder und schien Ashfield in regelrechte Panik zu versetzen.

»Wollen Sie nicht öffnen?«, fragte Clarson, unwillig der Aufforderung zu gehen Folge zu leisten.

Zögernd begab sich der Vizebotschafter zur Quelle seines Schreckens und schob den Paravent zur Seite.

Auf der nun einsehbaren Stelle der Wand zeichneten sich die Umrisse einer schmalen Seitentür ab. In der gleichen marineblauen Stofftapete verkleidet wie der Rest der Wand, hätte man sie auch ohne die Abdeckung leicht übersehen können. Ashfield drehte den winzigen Knauf und zog die Tür mit kämpferischer Geste auf.

Das enge, samtverkleidete Zwischenzimmer verfügte über Türverbindungen sowohl zum leer stehenden Nachbarbüro als auch zum Dienstzimmer des Botschafters. Auf diese Weise konnte es nicht nur zum Abhören von Gesprächen, sondern auch als Versteck und als diskreter Ausgang Verwendung finden.

»Du hast mich zu informieren, bevor du die Kammer benutzt«, fuhr Ashfield den eintretenden Air Attaché an. »Es ist alles eine Verwechslung«, setzte er, um eine gleichmütigere Stimme bemüht, fort, noch ehe Ellis das Wort ergreifen konnte. »Der Stress der vergangenen Tage hat Herrn Clarson etwas zugesetzt. Er sieht Gespenster.«

»Das lässt sich ja überprüfen«, entgegnete sein neuer Gast kühl. »Ein privater Freund aus dem Reitklub, der dich in deinem Büro aufsucht, da kannst du doch sicher nähere Angaben machen.«

»Was fällt dir ein? Ich bin dein Vorgesetzter!«

»Nur in meiner Funktion als Air Attaché.«

»Das ist unerhört«, echauffierte sich Ashfield. »Ich bin der amtierende Geschäftsträger. Ich alleine übe in dieser Mission die Amtsgewalt aus.«

»Nicht in dieser Angelegenheit.«

»Übernimmt der Secret Service jetzt etwa die Führung der Geschäfte in der Berliner Vertretung?«

»Ich habe einen Mord aufzuklären, nichts weiter.«

»Glaubst du etwa, *ich* hätte Adrian auf dem Gewissen? Schnüffelst du mir deshalb hinterher?«

»Du warst außerordentlich erschüttert über Adrians Tod. Es war richtiggehend rührend, das mit anzusehen. Ich frage mich nun allerdings, ob es in Wahrheit die Mitschuld an seinem Tod war, die du so schmerzhaft empfunden hast.«

»Du trinkst zu viel, Peter, du hast Wahnvorstellungen.«

»Die Verantwortung für den Tod eines Freundes zu tragen …«, sagte Ellis, den Kopf wiegend.

»Ich trage keine Schuld an Adrians Tod!«, krähte Ashfield. »Struttner hat mir eben einen Eid darauf geschworen, dass der SD damit nichts zu tun hatte!«

Niemand antwortete. Auch Ashfield unterbrach die Stille nicht, sondern schloss die Augen, als ihm klar wurde, in welche Lage er sich manövriert hatte.

»Warum, Edward?«, fragte Ellis nach einer Weile, den Vizebotschafter mehr traurig als vorwurfsvoll anschauend.

Ohne etwas zu antworten, begann Ashfield sich mit starrem Blick durch den Raum zu bewegen und ließ sich ermattet in den Sessel hinter seinem Schreibtisch sinken.

Ellis trat an ihn heran. »Was hattest du mit einem deutschen Geheimdienstoffizier zu bereden?«

Ashfield sagte immer noch kein Wort und schaute Ellis mit weit geöffneten, ungläubigen Augen an.

Dessen Ton wurde schärfer. »Was um alles in der Welt hat dich dazu gebracht, mit dem SD zu paktieren?«

»Ich habe nicht paktiert!«, wehrte sich Ashfield. »Was soll das? Ist das ein Verhör? Ich habe einen Gast hier im Büro, wie dir nicht entgangen sein wird. Es ist mehr als unangebracht, diese Unterhaltung in seiner Gegenwart zu führen.«

»Ich bin gezwungen anzunehmen, dass du in Konspiration mit einem fremden Geheimdienst die Interessen von König und Land verraten hast«, überging Ellis Ashfields Beschwerde. »Und ja, dies ist ein Verhör.«

»Was erlaubst du dir? Auch die Zuständigkeiten des Secret Service haben ein Limit.«

»Du weißt sehr wohl, dass du jedweden Kontakt zum SD mit mir abzustimmen hast. Stattdessen hast du dich entschieden, die Sache zu vertuschen.«

»Ich habe lediglich …«, seufzte Ashfield, ohne fortzusetzen.

»Was? Du hast was?«

Der Vizebotschafter senkte den Kopf, seine graue Haartolle fiel ihm in die Stirn. Er sank tiefer in seinen Arbeitssessel, um darin gänzlich unbeweglich zu verharren. Allein seine Augen, obgleich sie geradeaus ins Leere starrten, zeugten von Leben.

»Edward?«, drang Ellis auf ihn ein.

Ashfield hob den Kopf wie in Zeitlupe. »Es gibt da eine Dame«, sagte er so leise, dass er kaum zu verstehen war. »Eine junge Dame, an der mein Herz hängt. Es wäre der Tod für meine Frau, wenn sie davon erfahren würde. Das konnte ich nicht zulassen.«

»Welche Dame?«

»Ich habe Sie im Salon Kitty kennengelernt.«

»Im Salon Kitty??«, schnellte Ellis' Stimme hoch. »Dem Luxusbordell in der Giesebrechtstraße?«

»Unglücklicherweise hat der deutsche Geheimdienst davon erfahren. Ich werde erpresst.« Die letzten seine Worte hatte er bereits mit dem Unterton jener Erleichterung ausgesprochen, die Täter oft unmittelbar nach ihren Geständnissen empfanden. Er hatte aufgegeben, statt weiter zu leugnen und irgendeine Geschichte zu erfinden. Es hätte ihm ein Leichtes sein können, sich etwa darauf zurückzuziehen, dass der SD ihm noch ein paar Fragen zum Mord an Wardley gestellt hätte und er Clarson mit einer Notlüge abgefertigt habe, da er ihn als einen Tatverdächtigen ansah, dem er nicht vertraute. Doch aus irgendeinem Grunde hatte Ashfield die schnelle Kapitulation vorgezogen. »Ich flehe dich an, Peter, lass nichts von alledem zu meiner Frau dringen. Das hat sie nicht verdient.«

»Du weißt so gut wie ich, dass das unmöglich ist.« Ellis' Augen hatten sich zusammengezogen und ihren mitfühlenden Ausdruck verloren. »Für eine Romanze mit einer Dirne!«, zischte er den Vizebotschafter an, bevor er in ein ausladendes Kopfschütteln überging.

Ashfield durchfuhr ein kurzes Zucken, als habe sein aristokratisches Gehabe, jene Hülle, die zu seiner Natur geworden war, eine Erschütterung erfahren. Er wich dem Blick des Air Attachés aus und verbarg die Augen in seiner Handfläche. »Botschafter Henderson nimmt in der nächsten Woche seinen Dienst wieder auf und ich werde um meinen

gleichzeitigen Abschied bitten. Meine Frau und ich wären nach London zurückgekehrt und hätten all das hinter uns gelassen. Alles wäre gut gewesen. Eine Woche, nur eine einzige Woche hat gefehlt.«

»Du stehst ab sofort unter Arrest wegen des Verdachts auf Hoch- und Landesverrat.«

»Dazu hast du keine Befugnis«, begehrte der Vizebotschafter noch einmal auf.

Ellis blieb ungerührt. »Du wird dich selbst in die Hände unseres Wachdienstes begeben und deine Rückreise als Gefangener antreten.«

»Wenn Sie nicht überall Ihre Nase reingesteckt hätten«, keuchte der geschlagene Ashfield mit Blick auf Clarson. »Ich hätte gar nichts weiter verraten können. Ich habe ja praktisch gar nichts gewusst, bevor *Sie* in die Botschaft gelaufen kamen.«

»Wardley hätte mich gar nicht erst angesprochen, wenn er nicht von seinem eigenen Freund hintergangen worden wäre.«

»Alles, was ich getan habe, ist, Struttner die kleine Information zu stecken, dass Adrian Gespräche mit Oppositionellen über die Unterstützung einer zukünftigen deutschen Regierung führte.« Ashfields Stimme driftete nun in ein Jammern ab. »Derlei Kontakte und Gedankenspielereien sind ja nichts völlig Absonderliches in der Welt der internationalen Diplomatie. Der SD hat ihn als Konsequenz enger beschattet, das hat ihn vorsichtiger werden lassen und so hätte alles seinen Gang gehen können, ohne dass jemand zu Schaden gekommen wäre.«

»Du hast die Frage noch nicht beantwortet, warum Struttner dir vorhin einen Besuch abgestattet hat«, unterbrach Ellis Ashfields Wehklagen.

»Ich hatte ihm gesagt, er soll mich nicht in der Botschaft aufsuchen. Doch alles spielt plötzlich verrückt. Man hat Herrn Clarson beobachtet, als er gestern zweimal zu mir gekommen ist. Was mischen Sie sich auch in Dinge ein, mit denen Sie nichts zu schaffen haben? Adrian hatte bloß vage Andeutungen gemacht. Ich hatte keine Ahnung, was genau vor sich ging, bis Sie mir diese Information gestern quasi aufgedrängt haben.«

Clarson erstarrte. »Und jetzt weiß es Struttner?«

»Struttner hat kompromittierende Fotos und drohte, sie meiner Frau zuzuspielen. Ich hatte keine Wahl.«

»Was hast du ihm erzählt?«, rief Ellis mit aufgerissenen Augen.

»Alles, was ich weiß.«

Ellis' Antlitz verfärbte sich rot und er versetzte dem in seinem Sessel kauernden Vizebotschafter eine Ohrfeige.

Ashfield wehrte sich nicht. »Du weißt nicht, was es heißt, vom SD in die Zange genommen zu werden. Sie hätten mich und meine Familie rücksichtslos in den Dreck gezogen. Das konnte ich nicht zulassen, nicht nach fast vierzig Jahren Dienst für Seine Majestät.«

Clarson sprang an den Schreibtisch und riss den Hörer von der Gabel. Es war keine Sekunde mehr zu verlieren. »Geben Sie mir eine Amtsleitung, bitte.«

Ashfields Sekretärin zögerte, als sie die unvertraute Stimme vernahm.

»Es ist höchste Eile geboten!«, setzte er energisch hinzu und wurde freigeschaltet.

Die Rezeption des Hotel Adlon war weniger zuvorkommend als gewohnt.

»Gibt es ein Problem?«, erkundigte er sich ungeduldig, als er die Zögerlichkeit des Hotelangestellten registrierte.

»Es sind just einige Herren von der Sicherheitspolizei auf dem Weg zu Ihrer Suite«, lautete die Antwort nach einer kleinen Pause. »Es wäre in Anbetracht dessen nicht angemessen, Sie durchzustellen, Herr Clarson. Ich bedaure.«

»Edward, lass diesen Unsinn!«, schrie Ellis plötzlich.

Ashfield hatte eine Schublade seines Schreibtischs aufgezogen und eine Walther PPK herausgenommen. Ellis, kaum mehr als einen Meter von ihm entfernt, starrte ihn an, unsicher, was Ashfield beabsichtigte. Wie in einer Trance gefangen, entsicherte dieser die kleine Waffe und steckte sich die Mündung des kurzen Laufes in den Mund.

»Edward, tu das nicht«, sagte Ellis langsam und beschwörend.

Ashfield rührte sich nicht. Nur seine Augen schauten zu Ellis hinüber, als suchten sie Hilfe. Dann fiel der Schuss.

Sein Kopf wurde nach hinten geschleudert, der Körper verkrampfte kurz, erschlaffte wieder und rutschte langsam, einen blutigen Schmierfilm hinterlassend, am Leder des Arbeitssessels hinab auf den Fußboden unter dem Schreibtisch. Ellis stürzte herbei, doch für den Diplomaten kam jede Hilfe zu spät.

»Hallo?«, klang es fragend aus dem Hörer.

»Passen Sie auf, Sie Wicht!«, gab Clarson scharf zurück. »Ihre Aufgabe ist durchzustellen, nichts weiter! Geht das in Ihren Kopf? Sollten Sie sich weigern und Schaden entstehen durch Ihre störrische Inkom-

petenz, dann Gnade Ihnen Gott! Es würde mir ein persönliches Vergnügen sein, dafür zu sorgen, dass Sie Ihre Eigenmächtigkeiten bitter bereuen werden.«

Einen Moment lang vernahm er nichts. Dann antwortete die indignierte Stimme des Angestellten: »Die Gneisenau-Suite, bitte schön!«

Sechs-, siebenmal klingelte es ohne Reaktion. Dann endlich wurde der Hörer abgenommen. »Hallo, wer spricht bitte?«, meldete sich eine männliche Stimme.

Clarson legte auf.

Zwei Sicherheitsbeamte betraten den Raum, vom Geräusch des Schusses alarmiert. Mit einem Nicken signalisierte ihnen Ellis, dass die Lage unter Kontrolle war und zeigte schweigend auf die Stelle, wo der tote Ashfield gekrümmt auf dem Boden lag.

»Ich nehme an, ich kann nicht mit Ihrer Hilfe rechnen?«, fragte Clarson, während er eilig Mantel, Hut und Schal vom Kleiderständer hinter der Tür ergriff.

»Tut mir leid. Wir verfügen außerhalb des Botschaftsgeländes über keinerlei Handhabe.«

»Haben Sie eine Waffe für mich?«

»Nein!«, antwortete Ellis entschieden.

Clarson ging hinter den Schreibtisch und beugte sich über die Leiche. Ashfields Kopf war zur Seite gerutscht und sein Gesicht lag halb auf dem blutgetränkten Teppich, der Kiefer war weit geöffnet, das Austrittsloch am Hinterkopf deutlich erkennbar. Die Arme hatte er von sich gestreckt und die PPK ließ sich leicht aus seiner klammernden Hand befreien.

»Lassen Sie diesen Blödsinn!«, rief Ellis. »Was haben Sie denn vor? Es gibt nichts, was Sie noch tun können.«

»Rufen Sie Göring an!«, entgegnete Clarson, bereits in der Tür. »Warnen Sie ihn! Es geht jetzt um jede Minute.«

40

Mit weit ausholenden Schritten hastete er durch die Lobby, ignorierte die Rezeption, zwängte seinen Stock in den sich schließenden Türspalt des Aufzugs und zwang den Liftboy so, die Tür wieder zu öffnen. In der Kabine traf er auf eine ältere Dame, die ihre Empörung über sein Benehmen mit einem Lächeln überspielte. Er wandte sich um und warf einen Blick in das Foyer. Niemand schien ihm zu folgen. Eine Etage später ließ der Liftboy die entrüstete Dame aussteigen. Endlose Sekunden vergingen, dann setzte sich der Aufzug mit einem gedämpften Klappern wieder in Bewegung.

Ashfield musste sich darüber im Klaren gewesen sein, dass ein Schlag des SD gegen die Verschwörer, der unweigerlich unmittelbar auf sein Gespräch mit Struttner folgen musste, die erhobenen Anschuldigungen bestätigen und ihn des Verrats überführen würde. Darum hatte er gewusst, dass weiteres Leugnen sinnlos war und seine bittere Konsequenz gezogen.

Im vierten Stock angekommen, stürzte Clarson aus dem Lift, streifte dabei einen davor wartenden Mann an der Schulter und rannte den Korridor hinab, so schnell es sein Bein zuließ. Vor der Tür horchte er, umklammerte die entsicherte Waffe in seiner Manteltasche und klopfte mit dem Stock in der Linken an. Schwer atmend wartete er auf eine Antwort. Kein Laut war zu hören. Er drückte die Klinke herunter und schob die unverschlossene Tür auf. Der Salon war von den Zimmermädchen wie üblich auf das Ordentlichste hergerichtet worden und gänzlich verwaist. Er hinkte ins Schlafzimmer, ahnend, dass er dieses ebenfalls leer vorfinden würde. Selbst das Badezimmer untersuchte er noch, obgleich er wusste, dass es keinen Sinn machte.

Als er zurück in den Salon trat, erwartete ihn der Mann, mit dem er vor dem Aufzug zusammengestoßen war, in der Eingangstür der Suite. »Bleiben sie ruhig und legen Sie die Hände über den Kopf«, sagte der Unbekannte in einem hohen, quäkenden Tonfall.

Der junge Geheimpolizist hatte ein schmales, hageres Gesicht und die Hand, die mit einer Luger-Pistole auf Clarson zeigte, war verkrampft und zitterte leicht. Im Bewusstsein seiner Allmacht hatte er gleichwohl eine gleichmütige Miene aufgesetzt.

Für eine Sekunde musste Clarson der Versuchung widerstehen. Ein verdeckter Schuss durch die Manteltasche würde bei der gerin-

gen Entfernung ohne Zweifel sein Ziel finden und ihm hinreichend Zeit geben, sein Gegenüber anschließend vollends außer Gefecht zu setzen. Mitten in Berlin einen deutschen Polizisten niederzustrecken, konnte jedoch niemandem, dessen Strategie auf Überleben ausgerichtet war, empfohlen werden und machte auch gar keinen Sinn, solange er Ariane nicht in Sicherheit wusste. Was ihm blieb, war die Hoffnung, dass Göring, von Ellis alarmiert, aufs Ganze gehen würde, um seinen eigenen Kopf aus der Schlinge zu ziehen, und ihn auf diese Weise zum zweiten Mal aus den Fängen des deutschen Sicherheitsapparates rettete.

Er löste langsam seinen Griff von der PPK und tat, wie ihm befohlen. Auf das Geheiß des Eindringlings stellte er sich mit dem Gesicht zur Wand auf und vernahm kurz darauf das Drehen der Wählscheibe.

»Ich habe ihn«, waren die einzigen Worte, bevor der Hörer wieder aufgelegt wurde.

In der Lobby trafen sie auf einen zweiten Beamten und die beiden führten ihn diskret auf die Straße. Niemand sprach ein Wort, auch Clarson ging schweigend zwischen ihnen her. Weder Protest noch die Namen Goebbels oder Göring würden Eindruck machen. Er sah ein, wie idiotisch es gewesen war, völlig kopflos aus der Botschaft zu stürmen, statt das Protokoll, das immer noch unter dem Strumpf um sein Schienbein gewickelt war, Ellis zu übergeben, der als Mann vom MI6 bestens gewusst hätte, was damit anzufangen war.

Zu seiner Überraschung führten sie ihn nicht zu einer dunklen Limousine für den Abtransport in eine Zelle, sondern wandten sich nach rechts, überquerten die Wilhelmstraße und hielten auf das Eckgebäude gegenüber Adlon und Britischer Botschaft zu, in dem das Reichserziehungsministerium residierte. Der Pförtner des Eingangs Unter den Linden erkannte die Männer und nickte beiläufig. Durch einen langen Korridor im ersten Stock, in dem der beißende Geruch von Essigreiniger hing, erreichten sie ein Büro gegenüber der Botschaft, das augenscheinlich der Nutzung durch den SD vorbehalten war.

Seine Taschen waren nicht durchsucht worden. Vielleicht vermuteten sie bei einem in einer Suite des Adlon residierenden, englischen Gentleman keine Waffe. Die PPK gab ihm nun das trügerische Gefühl, dass seine Lage vielleicht noch nicht gänzlich ausweglos war.

Zwei zivil gekleidete Männer schauten von ihren Plätzen hinter der Fenstergardine auf, als sie das Zimmer betraten. Zwischen ihnen stand eine Fotokamera auf einem Stativ, deren Linse auf den Eingang zur Botschaft gerichtet war.

»Bringt ihn gleich zu ihm«, sagte einer von ihnen.

Im Nebenzimmer erwartete sie ein aufgedrehter Struttner, der wieder Uniform trug. Ein weiterer Mann, an den Schulterstücken seines schwarzen SS-Dienstrocks mit der gefürchteten SD-Raute auf dem Ärmel als Unterscharführer zu erkennen, saß in angespannter Haltung am Tisch, einen Telefonhörer gegen das Ohr gepresst. Ariane hockte in der Ecke hinter der Tür auf einem Stuhl, ihre Handtasche auf dem Schoß. In ihren Augen spiegelte sich eine Mischung von Angst und Wut, davon abgesehen schien sie in Ordnung zu sein.

»Nehmen Sie Platz!«, sagte Struttner knapp, zeigte auf den Stuhl neben Ariane und wandte sich zurück an seinen Untergebenen. »Und?«

»Sein Büro weiß nichts über den Verbleib des Gruppenführers, Herr Obersturmführer.«

»Wo ist er, in drei Teufels Namen? Ausgerechnet jetzt!«

»Sollen wir nicht doch die Dienststelle informieren?«

»Nein!«, wurde Struttner laut. »Das hier muss direkt an den Gruppenführer persönlich gehen! Versuchen Sie weiter, ihn ausfindig zu machen.« Er machte keinerlei Anstalten, seine aufgeregte Anspannung zu verbergen. Praktisch im Alleingang war er dabei, eine hochverräterische Verschwörung zu zerschlagen, und konnte es kaum erwarten, seinem Dienstherrn zu berichten. Nur noch Zentimeter war er von der Ziellinie entfernt. Die Belohnung würde beträchtlich sein, sein rascher Aufstieg garantiert.

Er ließ seine Augen durch das Zimmer schweifen, auf der Suche nach einem Objekt für seinen Tatendrang, der, von der momentanen Unmöglichkeit, seinen Meister zu kontaktieren, zum Überkochen gebracht wurde. Sein Blick blieb auf Ariane haften.

»Lassen Sie meine Frau aus dem Spiel!«, sagte Clarson. »Sie hat mit der Sache nichts zu tun.«

»Sie kommen von England herübergeflogen, um an einem Umsturzversuch gegen den Führer mitzuarbeiten, ohne Ihre Frau einzuweihen? Machen Sie sich nicht lächerlich!« Allerdings schien ihm nun ein anderer Gedanke gekommen zu sein. Er griff nach einem Stuhl und nahm mit der Rückenlehne zwischen den Knien unmittelbar vor Clarson Platz. Er schnaufte selbstzufrieden und schaute ihn mit einem Siegerlächeln an. »Meine Untersuchung richtet sich eigentlich gar nicht gegen Sie«, begann er ungewohnt freundlich. »Ihre Frau ist die Schwägerin eines Reichsministers, das kann Ihren Kopf retten, sofern Sie von jetzt an keine Dummheiten mehr machen und mit den Ermittlungsbehörden kooperieren.«

Clarson erwiderte nichts.

»Ich bin über Görings verräterische Pläne unterrichtet. Er hat sein eigenes Todesurteil bereits gesprochen. Sie sind bloß ein kleiner Fisch. Ich kann Sie laufen lassen. Doch ich brauche die Namen der verräterischen Offiziere.«

Clarsons regungslose Miene schien ihn zu amüsieren.

»Oh, wir werden sie alle bekommen. Machen Sie sich darüber keine Illusionen. Es könnte allerdings sein, dass wir sehr unfreundlich werden müssen und am Ende Familienangehörige in Mitleidenschaft gezogen werden. Eine unangenehme Prozedur für alle Beteiligten und im Grunde ganz überflüssig. Letztlich kriegen wir sie doch alle, ohne jede Ausnahme. Glauben Sie mir, ich weiß, wovon ich rede.«

»Die Identität der involvierten Offiziere ist mir nicht mitgeteilt worden«, konnte Clarson wahrheitsgemäß antworten.

»Ich gebe Ihnen das hier«, Struttner griff in seine Jackentasche und zog Clarsons Pass hervor, »und sie können morgen schon wieder gemeinsam mit Ihrer reizenden Frau über den Trafalgar Square flanieren. Ich lasse Sie zum Flughafen eskortieren und alles wird bald hinter Ihnen liegen, wie ein böser Traum, der schnell verblasst.«

»Erwarten Sie wirklich, dass ich auch nur einem einzigen Wort, das aus Ihrem Mund kommt, Glauben schenke?«

Das Telefon läutete. Zögernd wandte sich Struttner ab.

»Gruppenführer Heydrich für Sie, Herr Obersturmführer!«

»Endlich!« Er sprang auf und nahm den Hörer entgegen. »Herr Gruppenführer, es ist Göring! Der Kopf der Bande ist Göring. Der Engländer Clarson hat als Kontaktmann fungiert ... Ich habe gewusst, dass Binnewies nicht auf sich alleine gestellt agiert ... Ja, ich komme soeben aus der Britischen Botschaft ... Er stand in direktem Kontakt mit dem Ministerpräsidenten ... Natürlich ... Jetzt sofort? ... Zu Befehl, Herr Gruppenführer ... Wir sind auf dem Weg ... Jawohl, Herr Gruppenführer.« Er legte auf, ließ die Hand auf dem Hörer ruhen und atmete tief durch. »Alle Mann bereit machen! Wir gehen zu Göring. Befehl des Gruppenführers.« Er setzte seine Offiziersmütze auf, streifte den Ledermantel über und band den Ledergürtel mit SS-Dolch und Pistolentasche darüber. In voller Montur war der riesige Struttner ein außerordentlich bedrohlicher Anblick. »Pleiger, Sie bleiben hier und halten den Krüppel und seine Frau unter Kontrolle«, sagte er zu dem Beamten, der Clarson im Adlon aufgelauert hatte.

»Zu Befehl, Herr Obersturmführer!«

»Haben Sie außerdem weiterhin ein Auge auf die Botschaft. Wer weiß, welche Überraschungen wir noch erleben«, fügte Struttner hinzu und verschwand mit den übrigen Männern aus der Tür.

Pleiger geleitete die Clarsons mit vorgehaltener Pistole zurück in den Nebenraum, von dem aus der Botschaftsverkehr observiert wurde, und zeigte auf zwei einfache Holzstühle. »Hinsetzen!«

Clarson drehte sich leicht, um mit dem Körper seine Hand zu verdecken, die langsam in seine Manteltasche wanderte.

»Halt!« Der SD-Mann fasste ihn misstrauisch am Arm. »Hände hoch!«, rief er und richtete seine Luger drohend auf Clarsons Kopf. Mit der linken Hand begann er, die Außenseite der Manteltasche abzutasten. »Ich glaube es ja nicht! Der Mann schleppt eine Pistole mit sich rum. Mantel ausziehen, aber schön vorsichtig! Nicht in Nähe der Tasche kommen und keine Mätzchen!«

Clarson streifte den Mantel langsam ab und ließ ihn auf den Stuhl fallen.

»Umdrehen, Hände an die Wand!« Nervös begann Pleiger, ihn mit einer Hand nach weiteren Waffen abzusuchen, während seine Luger unentwegt auf Clarsons Kopf zeigte. Im nächsten Augenblick stürzte Pleiger urplötzlich stolpernd in Clarsons Rücken.

Ariane war, den unbeobachteten Moment ausnutzend, aufgesprungen und hatte ihn in Ermangelung einer besseren Idee mit aller ihr zur Verfügung stehenden Kraft nach vorne geschubst. Clarson, von dem strauchelnden Geheimpolizisten gegen die Wand gedrückt, bekam ihn nicht zu fassen. Pleiger, geistesgegenwärtig genug, den Griff um seine Waffe nicht zu lösen, begann sofort sich wieder aufzurappeln und schickte sich an herumzufahren. Der harte Druck eines Pistolenlaufes an seinem Hinterkopf ließ ihn indes jäh innehalten.

»Ein Erzfehler von euch verdammten Nazis! Ihr missachtet die Frauen.« Ariane hatte sich blitzschnell der PPK aus der Manteltasche bemächtigt und starrte Pleiger mit zu Schlitzen verengten Augen und einem Ausdruck im Gesicht an, der selbst Clarson davon überzeugte, dass sie kurz davor stand, abzudrücken.

Der SD-Mann hatte den Mund aufgerissen und war zu einer Salzsäule erstarrt. Clarson brachte dessen Waffe in seine Gewalt und schaute fragend zu Ariane hinüber.

»Er sieht klug aus«, stellte sie fest, »er wird sich fesseln lassen und froh sein, diesen Tag zu überleben.«

Pleiger unterstützte diese Lageeinschätzung durch heftiges Kopfnicken.

Clarson nahm rasch seinen Schal vom Hals und band ihn um den Mund des SD-Mannes, bevor dieser auf die Idee kommen würde, das Haus zusammenzuschreien. Pleiger ließ sich willig mit dem eigenen Gürtel und der Schnur eines Telefons auf einen Stuhl binden.

Während Ariane noch die Fesseln enger zurrte, ließ sich Clarson im Nebenraum mit dem Luftfahrtministerium verbinden. »Major Theobald Binnewies, bitte.«

Eine Minute später hetzten sie über den kahlen Flur. Hinter ihnen setzte leise, doch gut hörbar ein dumpfes Heulen ein. Pleiger verfügte über kräftige Stimmbänder, die der Knebel nur unvollkommen einzudämmen vermochte.

An der Ecke zum Treppenhaus wandte sich Clarson um und konnte beobachten, wie eine junge Frau, augenscheinlich aufgeschreckt von den beunruhigenden Geräuschen, aus einem der Büros trat und sich anschickte, vorsichtig am Zimmer des SD anzuklopfen.

Im gleichen Augenblick wurde er unsanft gebremst von einem glatzköpfigen Ministerialbeamten, der plötzlich vor ihm stand und eine Hand gegen Clarsons Brustkorb drückte. Er hatte ihn davor bewahrt, in seine aktenbeladene Sekretärin zu laufen, die nichtsdestotrotz die Kontrolle über einige ihrer Ordner verlor, die krachend auf dem Boden aufschlugen.

Ariane wartete bereits ungeduldig auf der Treppe. Clarson versuchte, seinen Weg fortzusetzen, doch der Mann hielt ihn aufgebracht an seinem Mantel fest und zeigte auf seine Kollegin, die in die Hocke gegangen war, um ihre Akten wieder an sich zu nehmen. »Würden Sie der Dame gefälligst zur Hand gehen? Das gebietet doch wohl der Anstand!«

Das stöhnende Rufen wurde lauter. Die Frau vor den SD-Büros hatte die Tür geöffnet und schlug gleich darauf die Hände vor das Gesicht in einer Mischung aus Hilferuf und Schreckensschrei.

»Sie sehen doch, dass meine Verletzung mir das nicht erlaubt«, schauspielerte Clarson Empörung, wies mit dem Stock auf sein steifes Bein und befreite sich aus dem Griff des unbekannten Tugendwächters.

Der Beamte war zwischen den Ereignissen hin- und hergerissen, lief ein paar Schritte auf die alarmschlagende Frau zu, machte aber als-

bald kehrt, um laut rufend Clarson nachzueilen. »Heh, stehen bleiben, zum Donnerwetter!«

Sie sprangen die Stufen zum Erdgeschoss hinab und eilten auf den Ausgang zu, vorbei an dem durch den Lärm aufgeschreckten Pförtner. Auf der Straße winkte Clarson ein Taxi vom Pariser Platz herbei, ohne seine Schritte zu verlangsamen.

»Wir müssen zu Magda, vielleicht weiß Sie einen Ausweg«, rief Ariane im Laufen.

»Deine Schwester kann uns jetzt nicht mehr helfen. Binnewies ist unsere einzige Hoffnung. Er will uns in Görings Villa treffen.«

Hinter ihnen trat der Pförtner auf die Straße und beobachtete, wie sie sich auf die harten Polster im Fond des Taxis fallen ließen.

»Zum Palais des Preußischen Ministerpräsidenten, Leipziger Platz.«

41

Provozierend laut schallte das Aufschlagen von Stiefelabsätzen durch den Korridor. An der Spitze seiner drei Begleiter marschierte Struttner auf die Flügeltüren zu.

Der persönliche Referent war, von der Pforte alarmiert, aus seinem Büro getreten, bereit, die überraschenden Gäste zu empfangen. Die Männer schoben ihn grob beiseite und befreiten ihre Pistolen aus den Halftern. Verwirrt über die sich darbietende Szene, nahmen die beiden Ehrenwachen ihre Gewehre auf und entsicherten.

»Halt, halt!«, ging der Referent mit gequältem Lächeln dazwischen. »Der Obersturmführer wird erwartet.«

Die Wachen wichen zögernd, doch erleichtert zur Seite und der Referent öffnete diensteifrig das erste Türenpaar, klopfte an und trat ein. »Obersturmführer Struttner, Herr Ministerpräsident.«

Struttner betrat unmittelbar hinter ihm das Büro, die Luger-Pistole im Anschlag und dicht gefolgt von seinen Untergebenen mit nervösen Mienen.

»Danke, dass Sie gekommen sind, Obersturmführer«, erklang Görings kräftige Stimme aus einem der ledernen Polstersessel der Sitzgruppe. Reinhard Heydrich saß ihm mit einer Kaffeetasse in der Hand gegenüber. »Bitte warten Sie noch einen Moment vor der Tür mit Ihren Männern«, setzte Göring fort, irritiert auf die gezogenen Waffen der kleinen Gruppe blickend.

Struttners Mundwinkel zuckten kurz, er ließ seine Waffe sinken und blieb konsterniert im Raum stehen.

»Nun?«, fügte Heydrich hinzu.

»Zu Befehl, Herr Ministerpräsident!«, riss sich der SD-Offizier endlich zusammen und trat den Rückzug an, mitsamt seiner Eskorte, die kaum schnell genug wieder aus Görings Büro verschwinden konnte.

Heydrich stellte die Tasse ab und fuhr in seinem Vortrag fort, ohne der kleinen Episode weitere Beachtung zu schenken. »Allerdings werden wir alle diejenigen, die in der Sache direkt mit Ihnen in Kontakt gestanden haben, leider nicht schonen können.«

»Ich habe ausschließlich mit Halder selbst verhandelt.«

»Das macht es einfacher.«

»Mit ihm habe ich vorhin bereits eingehend gesprochen«, fuhr Göring etwas nervös fort. »Er wird fortan gemeinsam mit uns bedingungslos hinter dem Führer stehen.«

»Halder lassen wir in Ruhe«, stellte der Herr der Sicherheitspolizei fest. »Wenn dem Generalstabschef etwas zustieße, würden die falschen Leute neugierig werden. Es ist selbstredend unter allen Umständen zu vermeiden, dass der ganzen Angelegenheit besondere Aufmerksamkeit vonseiten des Führers geschenkt wird.«

»Das Gleiche gilt für den Reichsführer-SS. Wir können auch aus dieser Richtung keine übereifrige Neugierde gebrauchen.«

»Den Informationsfluss zu Himmler habe ich unter Kontrolle«, beruhigte Heydrich. Das Wort *ich* hatte er mit einer winzigen Betonung unterlegt. »Mehr Sorgen bereitet mir das Offizierskorps. Wir kennen ja gar nicht das ganze Ausmaß dieses Sumpfes. Wer weiß schon, mit wie vielen Offizieren Halder gesprochen hat?«

»Es ist wohl in der Tat besser, wenn etwas Blut fließt – als Warnung für den Stabschef und seine Gesinnungsgenossen. Der junge Oberstleutnant von der Kriegsakademie, ganz verstaubter Militäradel, von provozierender Distanz zur Partei und zu allem, wofür wir Nationalsozialisten stehen, wäre das ideale Objekt für eine solche Aktion.«

»Ist bereits in die Wege geleitet worden.«

Göring riss die Augen auf in unzufriedenem Erstaunen.

»Seine fanatische Entschlossenheit stellte eine nicht unerhebliche Gefahr dar«, rechtfertigte Heydrich kühl sein eigenmächtiges Vorgehen. »Außerdem war es ein notwendiger Schuss vor den Bug des Offizierskorps, wie Sie selbst gerade ausführten.«

»Sonst noch irgendwelche Aktionen, von denen ich nichts weiß?«

»Verzeihen Sie, Herr Ministerpräsident, dass ich Sie erst im Nachhinein ins Bild setze. Doch die Gesamtsituation ist äußerst kritisch und erforderte sofortiges, energisches Handeln.«

»Ich verbitte mir solche Alleingänge. Es genügt, die Übrigen unter enger Beobachtung zu halten. Wir kennen ja jetzt unsere Pappenheimer.«

»Was ist mit dem Engländer?«

»Ein schwieriger Fall. Natürlich müssen wir sein Stillschweigen sicherstellen, so oder so. Allerdings drohen hier unschöne Komplikationen.«

»Die Tatsache, dass er zu Goebbels' Familie gehört, sollte uns nicht schrecken.«

»Es ist noch etwas anderes. Unglücklicherweise hat er in der Botschaft meinen Namen genannt.«

»Sie glauben, dass die entsprechende Information von London ihren Weg zurück nach Deutschland finden könnte, wenn wir ihn hochnähmen?«

»Das wäre nicht auszuschließen. Außerdem hat er Verbindungen in die Londoner Gesellschaft. Es muss unter allen Umständen vermieden werden, dass ich mit irgendwelchen Aktionen gegen ihn in Verbindung gebracht werde.«

»Das versteht sich von selbst.«

»Darüber hinaus ist es unvermeidlich, sich gleichzeitig auch um die Frau zu kümmern.«

»Ein Verkehrsunfall.«

»Egal was, nur glaubwürdig muss es sein. Wenn das dilettantisch angestellt wird, halsen wir uns damit einen ganzen Sack neuer Probleme auf.«

»Können wir davon ausgehen, dass die Beziehungen des Ehepaars zu Reichsminister Goebbels hinreichend distanziert sind?«

»Machen Sie sich darüber keine Sorgen. Der wird ihnen keine Träne nachweinen.«

»Ein Mann von Goebbels' Charakter und Lebenswandel«, kommentierte Heydrich mit einem sarkastischen Grinsen, »hat es wohl nicht ganz leicht, Freunde zu finden.«

»Das wäre dann alles«, antwortete Göring kurz und atmete tief.

»Nicht ganz«, widersprach Heydrich. »Es bleibt noch ein letztes Nest auszuräuchern.«

»Wovon reden Sie?«

»Ich spreche von einem Mann, der so tief in die ganze Affäre verstrickt ist wie kein anderer und der keine Skrupel hätte, sein Wissen um die Vorgänge für sein eigenes Weiterkommen zu nutzen. Jemand, der Sie, ohne auch nur mit der Wimper zu zucken, verraten würde.«

»Ist das notwendig?«, erwiderte Göring und zog die Mundwinkel gequält auseinander. »Er hat mir treu gedient. Ich fühle mich ihm verpflichtet.«

»Ich fürchte, seine Beteiligung ist bereits aktenkundig. Struttner hat Blut gerochen«, entgegnete Heydrich. »Und der Obersturmführer nimmt seine Pflichten außerordentlich ernst. Es ist in jeder Hinsicht die sauberste Lösung. Sein Tod ist die einzige Möglichkeit, Sie herauszuhalten, Herr Generalfeldmarschall.«

»Sie meinen wohl, uns beide herauszuhalten.«

Heydrich griff erneut zu seiner Kaffeetasse, lehnte sich zurück und nahm leise schlürfend einen Schluck. »*Zu dieser Welt*«, begann er zu rezitieren, »*wo die Würfel eisern fallen, gehört ein eiserner Sinn, gepanzert gegen das Schicksal und gewappnet gegen die Menschen. Denn das ganze Leben ist ein Kampf.* – Schopenhauer.«

»Ich brauche keine Nachhilfe in Sachen Härte!«, fuhr Göring auf, noch ungehalten über Heydrichs Schauspiel, vier Geheimpolizisten mit der Waffe in der Hand in sein Büro spazieren zu lassen.

»Natürlich nicht, Herr Ministerpräsident, bitte entschuldigen Sie! Doch Binnewies ist ein gefährlicher Mann, ganz ohne Loyalität und Pflichtgefühl. Er hat ja auch einmal kurzzeitig in meinen Diensten gestanden. Ein ganz unzuverlässiges Individuum und überhaupt kein Nationalsozialist. Ich sehe keine andere Möglichkeit.«

»Na schön«, lenkte Göring ein. »Aber es muss kurzer Prozess gemacht werden. Wir brauchen einen sauberen Schnitt ohne Zeugenaussagen.«

»Genau zu diesem Zweck habe ich Obersturmführer Struttner hergebeten. Er ist der ideale Mann für derlei Operationen.«

»Gut. Bitten wir ihn herein.«

Heydrich trat zur Tür und ließ seinen Untergebenen eintreten. Struttner hatte inzwischen seine Pistole weggesteckt, seine Männer warteten im Flur.

»Sie haben sehr gute Arbeit geleistet, Obersturmführer. Ich bin sehr zufrieden«, empfing Heydrich den strammstehenden Struttner. »Dank Ihrer Hilfe ist es gelungen, eine hochverräterische Verschwörung schon im Anfangsstadium zu ersticken. General Weihnacht war der Kopf einer kleinen Clique dummer, unsagbar verbrecherischer Offiziere. Im Grunde ist das keine große Überraschung, denn er war ein widerwärtiger Defätist. Struttner, in dieser kritischen Phase, in der wir in Europa Umbrüche von welthistorischer Bedeutung erleben, heißt es, unter allen Umständen zusätzliche Unruhe innerhalb des Offizierskorps zu vermeiden. Ihre gesamte Operation unterliegt daher absoluter Geheimhaltung. Zu keinem Menschen darf ein einziges Wort über diese Sache dringen. Ich wiederhole: zu keinem Menschen. Haben Sie mich verstanden?«

»Jawohl, Herr Gruppenführer!«

»Mit der Liquidierung von General Weihnacht und Oberstleutnant von Dannegger sind wir fast am Boden der Verschwörung angelangt.«

»Herr Gruppenführer, ich glaube nicht, dass –«

»Und Sie, Struttner, haben in hervorragender Weise dazu beigetragen. Wir müssen jetzt noch einen letzten Hauptakteur dieser Affäre ausschalten. Unglücklicherweise ist er einer der engsten Mitarbeiter des Ministerpräsidenten.«

»Verstehe, Herr Gruppenführer«, antwortete Struttner. Sein perplexes Gesicht verriet das Gegenteil.

»Sie kennen den Mann, von dem ich spreche?«

»Jawohl, Herr Gruppenführer.«

»Ich erteile Ihnen hiermit den Befehl, der feigen Verschwörung gegen den Führer und unsere heilige nationalsozialistische Sache auch das geistige Haupt abzuschlagen. Gegen diese Zelle muss rücksichtslos vorgegangen werden. Sie haben selbst für die härtesten Maßnahmen sowohl meine Rückendeckung als auch die des Ministerpräsidenten.«

»Kennen Sie keine falsche Rücksicht!«, fügte Göring hinzu. »Wer sich gegen den Führer stellt, stellt sich gegen die Nation und ist des Todes.«

42

Nachdem er seine Unzufriedenheit über ihren Besuch in Abwesenheit Görings durch ein halb unterdrücktes Grunzen angezeigt hatte, geleitete der alte Hausdiener sie zu jenem Büro, in dem Clarson zwei Tage zuvor die Mitteilung über den Ausbruch des Krieges erhalten hatte.

Binnewies stand geschäftig an einem offenen Wandtresor, eine Zigarette im Mundwinkel. Koppel und Uniformjacke hatte er über Görings Schreibtischstuhl gehängt, die Hemdsärmel waren hochgekrempelt. Das große Fenster hinter dem Schreibtisch gab jetzt bei Tageslicht einen von den dünnen Gardinen kaum verdeckten Blick auf die grüne Rasenfläche eines Gartenparks frei. Im Hintergrund erkannte man die alten preußischen Parlamentsgebäude. Der Major zog mit besorgter Miene einen Stapel Akten aus dem Panzerschrank, doch ansonsten offenbarte er eine in Anbetracht der Situation irritierende Ruhe.

»Struttner ist im Begriff Göring zu verhaften«, wiederholte Clarson seine Worte vom Telefon, im Versuch ihn zu alarmieren.

»Das bezweifle ich«, entgegnete Binnewies. »Struttner ist ein Bluthund, aber er liegt an einer festen Leine. Das ist nicht das Problem.«

»Ich weiß nicht, woher du deinen Optimismus nimmst. Er hat Vizebotschafter Ashfield erpresst, der ihm prompt sämtliche Details anvertraut hat.«

Binnewies lachte kalt und schüttelte den Kopf. »Wir ahnten zwar, dass das Leck irgendwo in der Botschaft lag. Doch dass der Geschäftsträger höchstpersönlich dahintersteckt, ist schon ein echter Treppenwitz.« Der Major schien sich nur wenig für Clarsons Enthüllung zu interessieren.

»Und ich habe gerade miterlebt, wie er mit seinen Männern losmarschiert ist, um Göring festzunehmen«, fügte Clarson hinzu.

»Hermann hat das unter Kontrolle, verlass dich darauf. Heydrich wird den Teufel tun, seinen Verbündeten fallen zu lassen, und so Himmlers Position noch weiter zu stärken. Er will an Himmler vorbei und dazu braucht er Hermann.«

»Heydrich und Göring verbündet??«

»Ein reines Zweckbündnis – die zuverlässigste von allen Allianzen.«

»Ich wage es kaum zu fragen«, antwortete Clarson erstaunt, »aber was ist mit Heydrichs Loyalität zu seinem Führer?«

»Heydrich ist eine Ratte, die immer oben schwimmen wird. Loyalität kennt er nur zu sich selbst.«

»Das ist alles komplett widersinnig«, rief Ariane.

»Ganz im Gegenteil, gnä' Frau. Hermann hat sich mit Heydrich abgesprochen, gleich nachdem diese lästige Schnüffelnase Struttner uns auf die Spur gekommen war.«

Clarson zog die Augenbrauen hoch. »Darum bin ich nach meinem nächtlichen Zusammenstoß mit dem angetrunkenen Obersturmführer nicht mehr behelligt worden.«

»Heydrich hat ihn auf Görings Intervention hin zurückgepfiffen«, bestätigte Binnewies.

»Und Struttner hat davon nichts gewusst?« Clarsons Griff um den Silberknauf wurde fester.

»Fanatiker wie ihn belässt man am besten in ihrem Wahn von der Gradlinigkeit der Welt.«

»Es erscheint mir ein äußerst gefährliches Spiel, einen solchen Grobian ermitteln zu lassen, während man einen Umsturz vorbereitet.«

»Du wärst überrascht, wie nützlich er sich für unsere Sache erwiesen hat.«

»Inwiefern?«

»Auf vielfältige Weise.«

»Das bedeutet im Klartext?«

»Nun zum Beispiel, als er dich vorgestern in den Schnee geworfen hatte, da wusste ich, dass du dich ganz auf unsere Seite stellen würdest«, lachte Binnewies. Er ließ den verblüfften Clarson stehen, stellte sich an den Schreibtisch und blätterte die Dokumente aus dem Tresor durch.

Clarson ließ seinen Hut in einen der Sessel fallen, stützte sich auf den Stock und massierte sich mit der rechten Hand die Schläfen. Die *blonde Bestie* sollte plötzlich ein Mitkämpfer der Verschwörer sein, dabei machten seine Männer gerade Jagd auf ihn. Binnewies hatte es gestern Nacht nicht für nötig erachtet, die kleinste Andeutung darüber zu machen, und offenbar verschwieg er ihm noch einiges mehr. »Wie ich sehe, hast du auch hier Zugang zu Verschlusssachen.«

»Das sind die Befehle, die im Rahmen des Putsches hätten rausgehen sollen, um die Autorität der neuen Regierung in allen Reichsteilen zu etablieren. Die meisten davon sind wertlos für künftige Zwecke. Doch ein paar Perlen befinden sich darunter.« Zufrieden zog Binnewies einige wenige Blätter aus dem Stapel heraus, die im Unterschied zu den anderen bereits Görings Siegel und Unterschrift trugen. »Die sind jetzt

am besten bei mir aufgehoben.« Er faltete die Papiere und schob sie in die Innentasche der Uniform über dem Stuhl.

»Wäre es in Anbetracht der Situation nicht angemessener, sie ins Feuer zu werfen?«

»Ist bloß eine kleine Absicherung für den Eventualfall.«

»Sie sagen, Struttner sei an die Leine gelegt«, mischte sich Ariane ein. »Wieso bin ich dann am helllichten Tag aus dem Hotel verschleppt worden?«

»Unglücklicherweise hat der Obersturmführer eine Tendenz, eigenmächtig zu handeln. Es tut mir ausgesprochen leid, dass Sie am Ende der ganzen Affäre noch unschuldig in deren Mühlen geraten sind.«

»Soll das bedeuten, dass alles ein Irrtum war und die deutsche Geheimpolizei uns fortan unbehelligt lassen wird?«, hakte Ariane nach.

»Ich denke, das wird das Ergebnis der zurzeit stattfindenden Besprechung zwischen Heydrich und Göring sein.«

»Ganz überzeugt klingen Sie nicht.«

Das Schellen der Hausglocke unterbrach sie.

Binnewies trat an die Tür, öffnete sie einen Spalt und lauschte in den Korridor. Einen Augenblick später betrat ein Leutnant aus Görings Regiment schnaufend den Raum. Sein blasses Gesicht unter kurz geschorenen, rotblonden Krausen kam Clarson bekannt vor.

Der junge Offizier nahm Haltung an und deutete mit einer Kopfbewegung in Richtung von Clarson und Ariane.

»Das geht in Ordnung, Manke, Sie können frei sprechen«, sagte Binnewies, der ihn offensichtlich erwartet hatte.

Der Neuankömmling zögerte dennoch.

»Ihre Meldung, Leutnant!«, fügte Binnewies ungeduldig und in schärferem Ton hinzu.

»Der SD ist auf der Suche nach Ihnen, Herr Major«, erstattete der Leutnant halb flüsternd Bericht.

»Verdammt!«

»Eine Abordnung hat eben mit gezogener Waffe Ihr Büro gestürmt.«

»Verdammt, verdammt!« Binnewies fuhr sich mit der Hand durch die Haare.

»Was bedeutet das?«, mischte sich Clarson ein.

»Göring wechselt die Seiten«, antwortete Binnewies, nach Fassung ringend. »Als ob ich es nicht geahnt hätte! Sein Spiel ist verloren, jetzt will er die Bauern vom Brett wischen, bevor jemand zu genau hinschaut.«

»Ich habe immer bloß Befehle ausgeführt!«, zeterte Manke erschrocken, unbewusst einen kleinen Schritt zurückweichend.

»Darum geht es nicht, Leutnant. Hermanns Sorge vor einem Krieg, der zu früh kommt, war unberechtigt, der geplante Umsturz hat sich in Luft aufgelöst. Nun geht er daran, seine Mitwisser aus dem Weg zu räumen. Sie stecken mit drin.«

Manke begann nach Luft zu schnappen. Unruhig taxierte er Clarson für eine Sekunde, dann blickte er hilfesuchend zur Tür, als sei er versucht zu türmen. Seine Schläfen waren rot angelaufen und an der Seite seines Halses traten, halb vom Uniformkragen verdeckt, großflächige gerötete Stellen hervor.

»Bleiben Sie ruhig, Mann, und tun Sie, was ich Ihnen sage!«, wechselte Binnewies, der sich selbst wieder gefangen hatte, in den Kommandoton.

»Du bist Görings Vertrauter«, warf Clarson verwirrt ein, dem die plötzlichen Wendungen ein Schwindelgefühl bereiteten. »Warum lässt er dich fallen?«

»Hermann ist da eiskalt. Als er Heydrich einweihte, wusste ich, dass ich gefährdet bin. Ich stehe bei unserem Vorzeigearier nicht eben in hohem Ansehen und seine Rachsucht ist legendär. Er vergisst nicht, wenn man ihm einmal auf die Füße getreten ist.«

Clarsons Schädel brummte noch immer, während er versuchte, seine Gedanken zu ordnen. Wenn er sich bloß erinnern könnte, wo er das Gesicht des Leutnants schon einmal gesehen hatte. Aus irgendeinem Grund war er überzeugt, dass dies der Schlüssel zu allem war. Die Nachricht von Görings Absprache mit Heydrich hatte alle seine Annahmen auf den Kopf gestellt. Doch das war es nicht alleine. Das Räderwerk unter seiner Schädeldecke hatte sich vorher schon in Bewegung gesetzt. In der Hektik der Flucht hatte er jedoch nicht die Ruhe gefunden, seinen Gedanken nachzugehen, und nun lag die Nachricht von Heydrichs Beteiligung wie ein Nebelschleier über allem.

Struttners eigenartiges Telefongespräch mit dem SD-Chef war der erste Stein des Anstoßes gewesen. Er war stets davon ausgegangen, dass der SD von ominösen, konspirativen Treffen Görings mit Wardley Wind bekommen und sich entschlossen hatte, dessen Geheimdiplomatie zu torpedieren. Doch für Struttner war nicht die Tatsache, dass gegen den Führer konspiriert wurde, die sensationelle Neuigkeit gewesen, sondern dass Göring dahinterstand. Damit stellte sich die Frage neu, warum Wardley ermordet worden war. Sein Tod passte nicht ins

Bild. Nach einer Absprache zwischen Heydrich und Göring hätte es für eine solche Tat kein Motiv mehr gegeben und vorher? – Wenn der SD so wenig gewusst hatte, dass ihm die Beteiligung Görings verborgen geblieben war, warum hätte er sich dann selbst des einzigen Informationskanals berauben sollen? Ashfields Beteuerung, dass es nicht der SD war, der Wardley auf dem Gewissen hatte, machte so betrachtet Sinn.

Clarson schaute Manke an und hatte plötzlich den *Tiger Rag* im Ohr. Jetzt erinnerte er sich. Als er am Samstagabend in den Jazzklub gekommen war, hatte er Manke mit gesenktem Kopf und geröteten Stellen am Hals an der Bar hocken gesehen. Und mit einem Mal begriff er. Der Anruf des Polizeipräsidenten, der zu seiner Freilassung geführt hatte, war merkwürdig frühzeitig gekommen. Wie hatte Göring so schnell von Wardleys Ermordung und seiner eigenen Verhaftung erfahren? Er musste einen Informanten am Tatort gehabt haben und dafür kam nur eine einzige Person infrage: der Mörder.

»Seit wann genau kooperiert Göring mit Heydrich?«

Binnewies antwortete nicht. Er räumte die restlichen Akten zurück in den Wandtresor und hängte das Gemälde, das den Alten Fritz bei der Inspektion seiner *Langen Kerls* zeigte, wieder an seinen Platz darüber.

»Warum hat Adrian Wardley sterben müssen?«, setzte Clarson nach, Binnewies' Gesicht nach einer Reaktion absuchend.

»Um den Handelsattaché tut es mir leid«, murmelte der Major, setzte sich an den Schreibtisch und nahm den Telefonhörer in die Hand.

Clarson fühlte kalte Wut in sich hochsteigen und wartete kurz ab, bis sie ganz von ihm Besitz ergriffen hatte. Dann hob er seinen Stock, hielt ihn gegen Mankes Brustkorb und starrte in dessen fleckiges Gesicht. »Sie waren es! Sie haben Wardley mitten in der Bar wie ein Schwein abgestochen!«

43

Manke schlug den Stock beiseite. Sein ganzer Kopf war nun feuerrot angelaufen. »Wardley hatte sich das selbst eingebrockt!«

»Er hat recht«, sagte Binnewies, seinen Untergebenen mit einer Handbewegung zur Ruhe mahnend. »Der Handelsattaché war eine tickende Zeitbombe. Als er uns meldete, dass man ihm auf den Fersen war, blieb nur diese Möglichkeit. Der SD hätte ihn früher oder später in die Mangel genommen und alles wäre aufgeflogen.«

»Er stand auf unserer Seite! Warum den eigenen Mann umbringen, wenn man sich anschließend ohnehin mit dem SD an einen Tisch setzt?«

»Ich konnte nichts tun. Niemand hätte etwas tun können«, antwortete Binnewies. »Die Situation zwang einfach dazu.« Er legte den Hörer zurück auf die Gabel und fixierte Clarson mit einem Blick, in dem die Bitte um Verständnis lag. »Der junge, dienstbeflissene Struttner war auf unsere Umsturzvorbereitungen gestoßen. Ein reiner Glückstreffer, während er dabei war, das Personal der diplomatischen Vertretungen auszuhorchen. Aber er war ehrgeizig und intelligent genug, um damit nicht zu seinem Vorgesetzten zu laufen, sondern gleich ganz nach oben zu Gruppenführer Heydrich. Der gab ihm einen persönlichen Sonderauftrag, auf dass alles unter seiner unmittelbaren Kontrolle blieb. Struttner sah die große Chance, sich vor Heydrichs Augen zu profilieren, und machte sich mit doppelter Energie ans Werk. Alle an der Verschwörung Beteiligten schwebten damit in höchster Lebensgefahr. Folglich musste der Handelsattaché dran glauben, um das Leck wieder zu schließen.«

»Und es gab keine Möglichkeit, Wardley schlicht nach London zurückgehen zu lassen, statt ihn zu erdolchen?«

»Nicht ohne zu riskieren, dass das ganze Unternehmen auffliegt. Wir brauchten eine kurzfristige und endgültige Lösung. Ein Reinhard Heydrich, der einmal Lunte gerochen hat, bleibt auch ohne Beweise ein gefährlicher Mann. Darum Hermanns Doppelstrategie: einerseits dem SD die Zähne ziehen, indem man ihn von seiner Informationsquelle abschneidet, und andererseits an Heydrich herantreten. Hermann kannte den SD-Chef. Er wusste, dass man bloß dessen glühenden Ehrgeiz zu bedienen brauchte, um ihn auf unsere Seite zu ziehen.«

»Aber er war doch auf Wardley als Verbindungsmann nach London angewiesen.«

»Nicht wirklich.« Binnewies schaute ihn an, als warte er, dass bei Clarson der Groschen fiel. »Denn plötzlich bist du auf der Bildfläche erschienen. Wardley hat dich höchstpersönlich als neuen Kontaktmann empfohlen, nicht ahnend, dass er damit sein eigenes Todesurteil unterschrieb.« Binnewies krempelte sich die Ärmel herunter und knöpfte sich die Manschetten zu. »Wir kannten dich natürlich nicht und mussten uns noch deiner Mitarbeit versichern. Da kam ein kleiner Aufenthalt in einer Zelle gerade recht.«

Clarsons Züge erstarrten. »Wardley ist bewusst auf eine Weise ermordet worden, die mich belastete?«

»Manke hat sich als echter Experte erwiesen, als Künstler geradezu«, erwiderte Binnewies, die schockierenden Wahrheiten ohne Befangenheit ausbreitend. »Hermann wollte sich den neuen Mann auf diese Weise gleich zu Dank verpflichten. Ihm das Gefühl geben, von seinem Schutz abhängig zu sein.«

»Und die Zeugin in der Bar?«

»War Mankes Begleiterin. Eine Kleinkriminelle, die sich so Haftverschonung erkauft hat. Ganz normales Verfahren. Wenn man einen Mann an einem öffentlichen Ort liquidieren will, bringt man am besten gleich seine eigenen Zeugen mit. Wäre aber gar nicht nötig gewesen, da du so freundlich warst, die Tatwaffe anzufassen.«

»Ein eiskalter und noch dazu überflüssiger Mord am eigenen Verbündeten«, kommentierte Clarson.

»Was hast du geglaubt, was wir hier tun, Henry?«, wurde Binnewies laut. »Wir waren dabei, unter den Augen von Millionen begeisterter Nazis Hitler den Gnadenschuss zu verpassen. Da kann man nicht in den Kategorien eines Gentlemansports denken. Ein hochwillkommener Ersatz für den verbrannten Handelsattaché warst du, nichts weiter. Und hast dankenswerterweise den Briten gleich noch glaubhaft gemacht, dass der SD hinter der Bluttat stände. Du hast dich wahrlich als ein grandioser Glücksfall erwiesen.«

»Was wäre bei der ganzen Sache für dich herausgesprungen? Der große Sprung auf der Karriereleiter?«

Binnewies schaute ihn verächtlich an. »Das ganze System des Nationalsozialismus ist letzten Endes nichts anderes als ein permanenter Kampf um Macht auf allen Ebenen. Entweder schaffst du es nach oben oder du wirst auf ewig die Drecksarbeit für andere machen.«

»Welch eine verabscheuungswürdige Weltsicht.«

»Ja, so einer wie du aus einer vornehmen Familie hat leicht reden. Du und ich, wir haben beide auf Hermann gesetzt und wir sind dabei weiß Gott weit genug gegangen. Du siehst, in welche Lage uns das gebracht hat.«

»Wir müssen hier abhauen, Herr Major!«, unterbrach Manke, immer noch um Atem ringend vor Anspannung.

»Und wohin, Leutnant, schlagen Sie vor zu gehen? Der SD spürt Sie überall auf. Es ist nur eine Frage der Zeit.«

»Wir müssen doch irgendetwas tun.«

»Reißen Sie sich zusammen und verlieren Sie nicht die Nerven. Das Spiel ist noch nicht zu Ende.« Binnewies griff erneut nach dem Hörer und drückte zweimal auf die Gabel. »Geben Sie mir eine Verbindung ins SS-Hauptamt, Persönlicher Stab des Reichsführers«, bat er die Dame von der Telefonzentrale.

»Was hast du vor?«, fragte Clarson.

»Es ist jetzt unsere einzige Überlebenschance. Und Göring und Heydrich kommen dahin, wo sie hingehören – auf den Müllhaufen der Weltgeschichte.«

»Du willst die Verschwörung an Himmler verraten?«, rief Clarson fassungslos.

»Erschrick nicht so beim Namen Himmler!«, erwiderte Binnewies mit der Hand auf der Sprechmuschel. »Was glaubst du, mit wem *du* dich eingelassen hattest?« Jemand meldete sich in der Leitung und Binnewies ließ sich durchstellen. »Nein, ich muss darauf bestehen, mit dem Chef des persönlichen Stabes zu sprechen … Major Binnewies, ich bin Gruppenführer Wolff bekannt … Ist er oder der Reichsführer-SS selbst in Prag erreichbar? … Nein, ich rufe wieder an.« Unzufrieden legte er auf.

»Weißt Du überhaupt, was du da tust?«, fragte Clarson. »Du wirst sämtliche oppositionellen Offiziere an Hitler ausliefern.«

»Die sterben sowieso. Jetzt wo die Sache geplatzt ist, lässt Hermann sie liquidieren und niemand wird je erfahren, dass er dahinterstand. Alle werden denken, dass der SD kurzen Prozess gemacht hat.«

»Was macht dich so sicher?«, entgegnete Clarson. »Vielleicht soll es nur dich treffen, vielleicht fühlt *er* sich aus irgendeinem Grunde von *dir* verraten.«

Binnewies lachte kurz und verächtlich. »Du hast noch immer keine Ahnung, bei welchem Spiel du mitgespielt hast, was? Der Pakt mit

den Hitlergegnern im Offizierskorps war von Anfang an eine gänzlich unnatürliche Verbindung. Sie waren überhaupt erst bereit, sich mit ihm einzulassen, nachdem General Weihnacht ausgeschaltet wurde.«

»Der Tod des Generals geht ebenfalls auf Görings Konto?«

»Die Opposition gegen Hermann innerhalb der feinen Offiziersgilde war zu groß. So entstand die Idee, sich des SD zu bedienen, um den Offizieren eine wenig Feuer unter dem Hintern zu machen und einen der Stänkerer hochzunehmen. Also wurde Wardley gebeten, Weihnachts Name als Kopf einer Widerstandsgruppe nach England weiterzuleiten. Es war zugleich ein Test, ob der SD wirklich an dem Briten dran ist. Tatsächlich ist Struttner dem General prompt am darauffolgenden Tag auf den Leib gerückt. Weihnacht hat sich dann praktischerweise selbst eine Kugel in den Kopf gesetzt. Danach waren die Übrigen williger.« Er stand auf und streifte seine Uniformjacke über. »Wie ich bereits sagte, Struttner hat sich als außerordentlich nützlich erwiesen.«

Clarson umfasste unwillkürlich die PPK, die sich wieder in seiner Manteltasche befand. Der zynische Zug in Binnewies' Charakter, den Clarson zunächst durchaus geschätzt hatte, offenbarte nun seine ganze Abgründigkeit. »Wie lange hätte er sich an seine Partner gebunden gefühlt, wenn SS und Hitler erst einmal ausgeschaltet gewesen wären?«, stellte er die offensichtliche Frage.

»Ich weiß es nicht«, antwortete der Major. »Mit Heydrich an seiner Seite wäre ein Bruch wohl nur eine Frage der Zeit gewesen. Hermann hatte es nicht zufällig den Offizieren überlassen wollen, Hitler zu beseitigen, während wir den ungeliebten Himmler ausgeschaltet hätten.«

»Mein Gott! Er hätte die Offiziere also im Anschluss an den Putsch an die Wand stellen lassen und wäre selbst als Wiederhersteller von Recht und Ordnung nach einem Staatsstreich gewissenloser Offiziere vor die Nation getreten.«

»Wäre eine mögliche Variante gewesen.«

»In der Nazi-Partei hätte man ihn womöglich gar als Bewahrer des Nationalsozialismus gefeiert. Und er hätte nicht als ein verräterischer Brutus dagestanden, sondern als eine Art Marc Anton, als Rächer Cäsars.«

»Lasst uns gehen«, sagte Binnewies, Clarsons Worte ignorierend.

»Wohin?«

»Ums Eck in die Prinz-Albrecht-Straße. Himmlers Dienstsitz ist im Moment vermutlich der einzige Ort in Berlin, wo der SD nicht einfach

hereinspazieren und Leute abführen kann.« Der Major schnallte sich sein Koppel um und wies einladend zur Tür. »Wir spielen jetzt in Hitlers Mannschaft, ob es dir gefällt oder nicht.«

44

Die grünen Bänke im Sitzungssaal des britischen Unterhauses waren bis zum Bersten gefüllt. Viele der Abgeordneten hatten nur einen Stehplatz gefunden. Die alte Chamber of Commons im Palast von Westminster war längst zu klein geworden, um allen Mitgliedern des Parlaments Platz zu bieten. Ein Umbau der Räumlichkeiten indes wäre einem Sakrileg gleichgekommen und war nie ernsthaft erwogen worden.

Der Premierminister stand an seinem kleinen hölzernen Stehpult. Seine schmale Statur ließ ihn größer wirken, als er tatsächlich war. Von unterhalb eines breiten, halb ergrauten Schnurrbarts, der die bewegungslose Oberlippe komplett überdeckte, drang seine näselnde, fast weinerliche Stimme durch den Saal. »Die Besetzung Böhmens durch deutsche Streitkräfte begann heute Morgen um sechs Uhr. Die tschechische Regierung hat die Bevölkerung angewiesen, keinen Widerstand zu leisten. Seit der slowakische Landtag die Unabhängigkeit der Slowakei erklärte, hat die Lage sich verändert. Mit einer solchen Erklärung machte sich der Staat, dessen Grenzen zu garantieren wir uns anerboten hatten, durch innere Spaltung selbst ein Ende, und die Regierung Seiner Majestät kann sich demgemäß nicht als durch diese Verpflichtung gebunden betrachten.» Er reckte den dünnen Hals, als enge sein hoher, steifer Kragen ihn ungebührlich ein, blickte zu den Bänken der Opposition hinüber und erklärte laut und bestimmt: »Ich verurteile strikt jegliche Vorwürfe eines Vertrauensbruchs seitens des Reichskanzlers. Wir werden an unserer Politik des Appeasements festhalten.«

45

»Wir nehmen zur Kenntnis, dass Sie die Absicht haben, wie ein schleimiger Wurm unter Hitlers warme Decke zu kriechen. Auf unsere Begleitung werden Sie allerdings verzichten müssen.« Ariane hatte ihre Handtasche ergriffen und stolzierte zur Tür.

Binnewies reagierte sofort. Er riss seine Waffe aus der Pistolentasche und hielt sie Clarson an die Schläfe. »Ich verabscheue unnötiges Blutvergießen, gnä' Frau. Drum seien Sie bitte so freundlich und stellen sich mit erhobenen Händen an der Wand auf! Henry, das Gleiche gilt für dich.«

»Bist du komplett wahnsinnig geworden?«, herrschte Clarson ihn an und war versucht, die Waffe beiseite zu schlagen, so wie es Manke mit seinem Stock getan hatte. Doch Binnewies erschien kühl und ungerührt und es bestand für Clarson keinerlei Zweifel, dass der Major im Eventualfall unbehelligt von irgendwelchen Skrupeln bleiben würde.

Binnewies drückte den Lauf gegen Clarsons Kopf und schob ihn so in Richtung Wand. »Offen gestanden war es nicht meine Absicht, dich als Anstandsbegleitung mitzunehmen. Du bist ein trefflicher Beweis für die Verstrickung des Auslandes. Die Gelegenheit, einen wesentlichen Beitrag zur Festsetzung der Verräter zu leisten, kann ich mir wirklich nicht durch die Finger gehen lassen. Tut mir aufrichtig leid.« Binnewies zuckte entschuldigend mit den Achseln. »Durchsuchen, beide!«, befahl er Manke.

»Ein wenig spät, um den Dienstherren noch einmal zu wechseln, glaubst du nicht?«, raunte Clarson mit dem Gesicht zur Wand.

»Ich liefere ihm Hermanns Kopf auf einem Silbertablett, dazu den seines Vizes, der ihm schon lange zu groß und eigenmächtig geworden ist – der Reichsführer wird darüber mehr als erfreut sein. Was meine Rolle angeht, so habe ich stets in guter deutscher Nibelungentreue die Anordnungen meines Vorgesetzten befolgt. Solche Mitarbeiter wird der Reichsführer zu schätzen wissen.«

»Der Stiefelknecht Heinrich Himmlers werden, um das eigene armselige Leben zu retten!«, fauchte Ariane. »Geht es noch erbärmlicher?«

»Himmler hat mir nichts getan«, gab Binnewies kühl zurück. »Es ist Göring, der uns gerade den SD auf den Hals hetzt.«

Manke hatte die PPK gefunden und an sich genommen und tastete Clarson weiter ab. »Was ist das?«, fragte er barsch, als er bei den Unterschenkeln angelangt war.

Clarson bückte sich langsam, zog das Protokoll unter den wachsamen Augen des Leutnants hervor, ließ es auf den Schreibtisch fallen und warf seinem Trinkkumpan von vergangener Nacht einen bitteren Blick zu.

»Was hast du dir eingebildet?«, gab der zurück. »Dass ich meinen Hintern für die Wiedererrichtung des alten Parteienstaates hinhalte? Du scheinst vergessen zu haben, dass dir hier der Vertrauensmann von Nazi Nummer Zwei gegenübersteht.«

»Du hast mich soeben wieder daran erinnert. Aber verlass dich drauf: Solltest du Himmler und Hitler den Nachweis überbringen, dass ihre engsten Vertrauten ihren Tod geplant hatten, um an ihre Stelle zu treten, wird der Blutrausch ihrer Rachsucht vor dir nicht Halt machen.«

Erneut schellte die Hausglocke.

Binnewies lauschte durch einen kleinen Türspalt in den Korridor. Der breite, marmorverkleidete Flur zwischen Eingangsfoyer und Büro war fast zehn Meter lang und Clarson, der von Mankes Pistole etwas abseits der Tür in Schach gehalten wurde, konnte die Worte nicht ausmachen. Jemand schien in gebieterischem Ton auf den Hausdiener einzusprechen.

Schnell schloss Binnewies die Tür wieder. Schlagartig leichenblass geworden, suchte er mit der Schulter Stütze an der Wand. »Mein Gott!«, gab er mit kehliger Stimme von sich. »Woher wissen die, wo ich bin, verdammt?« Er starrte Manke an. »Sie Idiot! Man ist Ihnen gefolgt.« Er atmete tief ein, riss entschlossen die Tür auf, feuerte drei Schüsse auf eine Gruppe von SD-Männern, die sich durch den Korridor näherte, schlug die Tur wieder zu und wich zur Seite aus.

Die Antwort ließ nicht lange auf sich warten. Eine schnelle Folge von Kugeln durchschlug das dünne Türblatt, pfiff durch den Raum und landete im gegenüberliegenden Fenster, dessen Glasscheiben laut klirrend in sich zusammenfielen. Binnewies presste den Rücken gegen die Wand, die Pistole an seine Brust gedrückt. Sein Atem ging laut und schnell, während er seinen Kopf hektisch nach einem Ausweg absuchte.

»Elender Mist! Was sollen wir jetzt tun?«, quäkte Manke.

Binnewies ignorierte ihn. Sein Blick fiel auf das Fenster. Er marschierte schnellen Schrittes darauf zu, schob die Gardine beiseite, steckte vorsichtig den Kopf hinaus und spähte nach beiden Seiten.

Leichtfüßig und ohne sich noch einmal umzudrehen, sprang er auf das Fenstersims, das mit Scherben übersät war, die unter seinen Stiefeln knirschten. Von dort ließ er sich auf den Hof fallen und rannte los.

»Elender Mist!«, wiederholte Manke, in den Raum rufend.

Binnewies hatte die freie Rasenfläche überquert und war fast bei den zu exakten Würfeln beschnittenen Buchsbaumbüschen angelangt, als der Schuss fiel. Die Kugel drang unterhalb des linken Schulterblatts in seinen Brustkorb ein, er schrie gellend auf, stolperte noch ein paar Schritte weiter und stürzte dann schwerverletzt in einen der Büsche. Ein SD-Mann lief, die Pistole am ausgestreckten Arm, über das Gras des Hofes auf ihn zu.

Binnewies lag halb von dem Buchsbaum verdeckt auf dem Rücken und kreischte vor Schmerz. Seine Lunge war in Herznähe aufgerissen worden und würde rasch voll Blut laufen. Mit wild zitternden Händen kramte er ein paar lose Zettel aus der Brusttasche. Er versuchte sie in die Höhe zu halten, doch sein Arm gehorchte ihm nicht mehr und er wedelte stattdessen, die Dokumente fest umklammert, mit dem Handgelenk über seiner Brust, dabei unentwegt über den Hof schreiend. Der SD-Mann kam zögernd auf ihn zu, unsicher, was es mit Binnewies' Geste auf sich hatte.

Kurz darauf erschien Struttner im Laufschritt auf der Szene und hieß seinen Mann innezuhalten. Er trat dicht an Binnewies heran, ergriff die Papiere und hielt eine Luger-Pistole über dessen Kopf. Der schaffte es, sein schreiendes Wehklagen für den Moment zu unterbrechen und seinen Henker schwer keuchend anzustarren. Struttner sprach ihn an, doch Binnewies antwortete nicht, sondern gab stattdessen einen sonoren Schmerzenston von sich. Der Obersturmführer beugte sich herunter, packte den Schwerverletzten an der Schulter, schüttelte ihn aufgebracht und wiederholte seine Worte. Binnewies röchelte und schwieg. Schließlich sah Struttner die Zwecklosigkeit seiner Bemühungen ein, erhob sich wütend und blickte kurz zu seinem Untergebenen hinüber, der das Geschehen mit sichtbarem Unbehagen verfolgte. Dann schoss er Binnewies in die Stirn.

Clarson und Ariane hatten sich auf den Boden geworfen, um nicht ins Sichtfeld des Fensters zu geraten. Von Manke, der mit Dienstwaffe und PPK bewaffnet wie gelähmt in einer Ecke kauerte, hilflos beobachtet, krochen sie über den Boden durch die Seitentür in den Salon.

Ein Gedanke ließ Clarson noch einmal umkehren. Er begab sich auf allen vieren zurück zum Schreibtisch, reckte den Kopf über die

Tischplatte und streckte mit einem Sicherungsblick zum Fenster die Hand nach dem Papier aus. In diesem Moment trafen sich ihre Blicke.

Der Schock der Überraschung ließ Struttner einen winzigen Augenblick zögern. Clarson schnappte sich das Protokoll und war zurück auf dem Boden, bevor die Schüsse fielen. Er griff hastig nach seinem Hut auf dem Sessel und kroch, das unbewegliche Bein hinter sich her zerrend, zurück in den Salon.

Der alleingelassene Manke rang sich nun ebenfalls zum Handeln durch und trat ängstlich mit erhobenen Händen ans Fenster. »Nicht schießen! Ich ergebe mich. Ich habe mit all dem nichts zu tun. Lang lebe der Führer!«

Er hatte noch nicht zu Ende gesprochen, als zwei kurz aufeinanderfolgende Schüsse ihn in Gesicht und Hals trafen und wie das Opfer eines Erschießungskommandos zusammensacken ließen.

Sie flüchteten durch den Salon, dann ziellos den Korridor hinunter, tiefer in das Gebäude hinein. Die Türen, an denen sie vorbeiliefen, stießen sie auf, fieberhaft einen rettenden Ausweg suchend, ohne eine Vorstellung davon zu haben, wie dieser aussehen könnte. Eine Tür mit Eisenbeschlägen am Ende des Flures war verschlossen, doch der Schlüssel steckte im Schloss und als Clarson den Lichtschalter in dem dunklen Raum gedreht hatte, erkannte er, dass sich hier unverhofft eine Chance bot. Sie schlüpften durch die Tür und schlossen sie eiligst von innen wieder ab.

Es war die sauberste Garage, die er je gesehen hatte. Der Geruch von Wandfarbe kämpfte mit dem von Öl und Benzin. Keinerlei Werkzeug oder Gartengerät verunstaltete die makellose Reinlichkeit des weiß getünchten Raumes, der groß genug war, um zwei oder drei Fahrzeuge zu beherbergen, doch ganz offensichtlich so gut wie niemals benutzt wurde. Auch die Flügel des großen Holztores waren innen weiß gestrichen und mit einem Vorhängeschloss verriegelt. In der Mitte der Garage stand ein einzelner, unter einer grauen Schutzplane verborgener Wagen.

Ariane sprang darauf zu und riss die Plane mit einem kräftigen Ruck herunter. Zum Vorschein kam ein eidottergelbes BMW-328-Sportcabriolet mit zurückgefaltetem Verdeck, sorgfältig rückwärts eingeparkt. Die beiden Sitze waren unmittelbar vor der Hinterachse angebracht und räumten so dem Sechs-Zylinder-Motor unter einer langen, mit zwei breiten, braunen Lederriemen fixierten Haube den gebührenden Platz ein. Es musste sich um eines der vielen Spielzeuge handeln, die

Göring sich zugelegt hatte, ohne je Zeit für sie zu finden. Der Wagen war praktisch fabrikneu und vielleicht nur ein einziges Mal gefahren worden.

Durch die Zugangstür drangen aufgeregte Rufe, jemand rüttelte an der Klinke. Jenseits des Garagentors waren Schritte zu vernehmen.

In einem Holzkästchen an der Wand neben der Tür war durch ein kleines Glasfenster ein Schlüsselbund mit gravierten BMW-Logos zu erkennen. Clarson warf ihn Ariane zu, die bereits ungeduldig hinter dem Steuer saß und eine Abgebrühtheit offenbarte, um die er sie beneidete.

Ein dumpfer Schlag dröhnte von der Zugangstür durch den Raum, kurz darauf gefolgt von einem weiteren. Das Holz der Tür würde den Schlägen eher früher als später nachgeben. Er eilte zum Tor, schob die beiden Eisenriegel, die es an der Decke und am Boden fixierten, zurück und sprang, einen kurzen Blick mit Ariane austauschend, zu ihr in den Wagen.

Der Motor sprang ohne Verzögerung an und füllte den Raum mit ohrenbetäubendem Getöse. Ariane ließ das Kupplungspedal springen und gab Vollgas. Der Wagen prallte an das Tor, die Hinterräder drehten durch. Erst nach einigen quälenden Sekunden barst das Holz um das Schloss und die Torflügel schwangen auf.

Ein behelmter Soldat in SD-Uniform erwartete sie, nur wenige Meter vor ihnen postiert, mit einem Armeegewehr im Anschlag, bereit auf alles zu feuern, was durch das Garagentor kommen würde.

Der aufheulende Motor warf den Wagen mit einer atemberaubenden Beschleunigung nach vorne und Ariane hielt mit durchgestrecktem Fuß auf ihn zu. Der Soldat zielte reflexartig auf den männlichen Insassen und drückte ab. Die Kugel zerschlug die zweiteilige Windschutzscheibe vor Clarsons Gesicht, pfiff haarscharf an seinem linken Ohr vorbei und bohrte sich in die Lederverkleidung des zurückgeklappten Verdecks.

Zu spät versuchte sich der SD-Mann mit einem Sprung zur Seite zu retten, der rechte Kotflügel erwischte sein Schienbein und riss ihn zu Boden. Ariane schaltete, ohne den Fuß vom Gas zu nehmen, und der Sportwagen sprang vom Kopfsteinpflaster des Hofes auf die Grasfläche, die das Palais von der Prinz-Albrecht-Straße trennte. Er begrub einen der Zierbüsche unter sich, schlug mit der Hinterachse auf der Bordsteinkante auf und fegte mit quietschenden Reifen und unvermindert steigender Geschwindigkeit an den Zentralen von Gestapo und SS vorbei in Richtung Osten.

Clarson spürte das Pochen seines Herzschlages bis in die Kehle. Churchill hatte recht gehabt. Nichts auf der Welt sei aufregender, hatte er in seinen Memoiren geschrieben, als dass folgenlos auf einen geschossen werde.

Er verbarg sein Gesicht hinter seinem Hut, um dem eisigen Fahrtwind seine ärgste Wucht zu nehmen, während er seinen Schoß von den Resten der Frontscheibe befreite. »Tut mir leid, dass ich dich in diesen Schlamassel reingezogen habe«, raunte er ächzend, als sie zwei Straßenecken weiter waren.

»Wie lautet der Plan?«, erwiderte Ariane.

»Raus aus diesem Land, so schnell es geht.«

»Hast du es auch etwas konkreter?«

»Ich fürchte nein. Sehr lange werden wir jedenfalls kaum unbehelligt bleiben. Dies muss das auffälligste Gefährt in ganz Berlin sein.«

»Zu Magda nach Schwanenwerder?«

»Zu weit entfernt, zu offensichtlich. Man würde uns spätestens an der Pforte zur Insel abfangen.«

»Wohin dann? Zum Flughafen?«

»Ohne Pass?«

»Ich habe meine Papiere einstecken. Vielleicht können wir uns beide damit irgendwie durchmogeln. Wir haben keine andere Wahl. Es sei denn, das Ding hier kann fliegen.«

»Warte!«, rief Clarson. »Du hast mich auf eine Idee gebracht. Es ist zumindest eine Chance!«

Der Mann auf dem Bürgersteig schaute verdutzt auf den Wagen, der neben ihm zum Stehen kam. Das fröstelnde Pärchen fuhr aus irgendeinem Grund bei wenigen Grad über Null mit offenem Verdeck. Außerdem waren die Windschutzscheibe zerstört und der Stoßfänger verbeult.

»Entschuldigen Sie, mein Herr! Können Sie uns bitte den Weg nach Adlershof beschreiben?«

46

Ariane fuhr den Wagen bis unmittelbar vor das gusseiserne Einfahrtstor der Versuchsanstalt heran. Den Motor ließ sie laufen. Clarson stieg aus, trat auf den Wachposten zu und pflanzte seinen Stock vor ihm auf den Boden aus beigegrauem Beton.

Hinter dem Tor wartete ein gutes Dutzend der modernsten deutschen Kampfflugzeuge. Irgendwie musste es gelingen, sich einer flugtauglichen Maschine zu bemächtigen und sie einigermaßen stabil in die Luft zu kriegen. Er hatte noch keine Vorstellung davon, wie er dies bewerkstelligen sollte. Jedenfalls mussten sie erst einmal auf das Areal gelangen, danach würde man weitersehen.

»Heil Hitler!«, grüßte er den Wachposten, der zur Antwort die Hand an den Helm nahm. »Holen sie mir den Diensthabenden.«

Der Posten grüßte erneut und marschierte zurück ins Wachhäuschen. Einen Moment später kam er mit einem alten Hauptfeldwebel zurück, der allem Anschein nach bereits einige Jahrzehnte lang sein Brot in Uniform verdient hatte.

»Wie Sie sehen, hatten wir ein kleines Malheur mit dem Wagen des Ministerpräsidenten«, erklärte Clarson mit so viel Nonchalance in der Stimme, wie er aufbieten konnte. »Bringen Sie ihn bitte zu einem gut geschützten Unterstellplatz.« Er griff in die Innentasche seines Mantels, zog ein Papier heraus, entfaltete es und hielt es dem Feldwebel vor die Nase. Der nahm den Passierschein zögerlich entgegen, hielt ihn am ausgestreckten Arm vor sich und las mit zusammengekniffenen Augen. »Hm«, grunzte sein tiefer Bass anschließend. »Der Ministerpräsident ist nicht hier.«

»Gut, dann werden wir auf ihn warten. Meine Gemahlin hat den Wunsch, sich nach der Aufregung des unerfreulichen Ereignisses ein wenig frisch zu machen. Stellen Sie uns bitte entsprechende Räumlichkeiten zur Verfügung.«

»Ich fürchte, das ist nicht möglich.«

»Also machen Sie bitte keine unsinnigen Schwierigkeiten. Sie haben doch das Schreiben.«

»Wir können Sie nicht auf das Gelände lassen, wenn der Ministerpräsident gar nicht hier ist.«

»Er sollte längst da sein.«

Der Hauptfeldwebel drehte sich zu seinem Kameraden hinter dem Pult des Wachhäuschens um.

»Er ist nicht angekündigt, Herr Hauptfeldwebel.«

»Es muss etwas dazwischen gekommen sein«, entgegnete Clarson. »Würden Sie ihn bitte anrufen und nachfragen?«

»Den Ministerpräsidenten anrufen? Ich glaube kaum, dass ich ihn an die Strippe bekommen würde.«

»Wir könnten uns bei seinem persönlichen Leitungsbüro im Ministerium erkundigen«, meldete sich der Unteroffizier hinter dem Pult zu Wort.

»Tun sie das«, bestätigte der Feldwebel.

»Hören Sie«, drängte Clarson, »der Ministerpräsident hat offenbar derlei Schwierigkeiten vorausgesehen und mir genau zu diesem Zweck gestern dieses Schreiben ausgestellt.«

»Tut mir leid, mein Herr, da müssen wir erst Klarheit reinbringen. Wir kontaktieren das Ministerium.«

»Warten Sie«, warf Clarson auf eine neue Idee verfallend ein, »vielleicht kann Ingenieur Lessing ja weiterhelfen. Er wird an meiner Besprechung mit dem Ministerpräsidenten teilnehmen.«

»Herr Lessing ist auf dem Gelände, Herr Hauptfeldwebel«, kam die Meldung aus dem Wachhäuschen.

Der Feldwebel schaute auf den beschädigten Wagen, studierte erneut den Passierschein und ließ ein paar endlose Sekunden verstreichen. »Das ist ein sehr seltsames Vorgehen«, sagte er schließlich. »So ein Schreiben habe ich noch nie gesehen. Wir kennen Sie gar nicht.«

»Ich war doch vorgestern schon einmal hier – als persönlicher Gast des Ministerpräsidenten.«

»Ist das die zuvorkommende Art, die Hermann mir versprochen hat?«, rief Ariane vom Wagen herüber.

»Wir tun hier bloß unsere Pflicht, gnädige Frau.«

»Das verstehe ich sehr gut«, gab Clarson zurück, »doch ich habe den Auftrag, mich mit Ingenieur Lessing abzustimmen, auch wenn der Ministerpräsident nicht zugegen ist. Die ganze Angelegenheit wird in zehn Minuten erledigt sein. Anschließend können wir alle wieder unserem Tagwerk nachgehen. Der Ministerpräsident hat nun mal einen bunten Strauß voll Pflichten, da ändert sich schon mal etwas, ohne dass jeder Einzelne informiert werden kann.«

»Gut«, sagte der Feldwebel endlich. »Vielleicht kann der Herr Ingenieur die Sache aufklären. Ich begleite Sie zu ihm.«

Am Ende der Straße hatte eine Limousine auf der Mitte der Kreuzung angehalten. Die schwarz uniformierten Insassen spähten intensiv

in sämtliche Richtungen, dann bog der Wagen in die Seitengasse ein und rollte auf die Versuchsanstalt zu.

Sie trafen Lessing im Haupthangar des Geländes an, wo er zusammen mit drei seiner Mitarbeiter eine zweimotorige Heinkel He 111 mit vergrößerter Bombenkammer begutachtete. Er schien verunsichert, als er den Engländer wiedererkannte, mit dem er vor zwei Tagen vertraulicher gesprochen hatte, als er es hätte tun sollen.

»Der Herr und die Dame erwarten den Ministerpräsidenten heute hier auf dem Gelände«, meldete der Hauptfeldwebel mit voller Stimme, die in dem riesigen Raum widerhallte. »Sie sagen, dass Sie ebenfalls dazu geladen sind?«

»Unsinn! Davon weiß ich nichts. Warum um alles in der Welt sollte er mich hier aufsuchen wollen?«

»Das hab ich mir doch gleich gedacht.«

»Es mag ja sein, dass Hermann nicht kommen kann«, winkte Clarson ab. »Ich muss jedoch in jedem Fall mit Ihnen sprechen, Ingenieur Lessing. Das ist unerlässlich.«

»Die Herrschaften haben keine gültige Vollmacht zum Betreten des Geländes«, wandte der Feldwebel ein.

Lessing schaute Clarson und Ariane an und versuchte, in ihren Gesichtern zu lesen. »Ich kümmere mich darum«, erwiderte er, als er zu begreifen schien, dass Clarson ihn ohne das Beisein des Wachmannes sprechen musste.

»Ich muss Eintrag machen ins Besucherbuch«, insistierte der Soldat.

»Es ist gut, Kallenbach, ich sagte doch, ich kümmere mich darum.«

»Ich brauche für alle Besucher den Nachweis ihrer Autorisation durch das Ministerium. Da gibt es keine Ausnahmen.«

»Die Pforte wird die erforderlichen Informationen bekommen, verlassen Sie sich darauf. Das wäre alles.« Lessing schenkte dem Hauptfeldwebel jenen arroganten Blick, den Clarson schon bei ihrer ersten Begegnung kennengelernt hatte. Es erzielte den gewünschten Effekt. Der Feldwebel streckte die Waffen. »Sie haben nachher nicht den Ärger, wenn die Dokumente nicht in Ordnung sind«, raunte er noch, dann trollte er sich.

Lessing entschuldigte sich bei seinen Mitarbeitern und führte Clarson und Ariane an den Rand der Halle. »Was soll die Fabel von Görings Besuch?«

»Wir brauchen Ihre Hilfe, Herr Lessing.«

»Erklären Sie sich bitte!«

»Ich fürchte, es fehlt die Zeit für lange Erläuterungen. Meine Frau und ich sind soeben den Häschern des SD entflohen. Wir müssen Deutschland verlassen und zwar umgehend.«

»Was? Wie stellen Sie sich das vor?«

Lessings Mitarbeiter starrten zu ihnen herüber, waren aber zu weit entfernt, um der Unterhaltung folgen zu können.

»Kurz gesagt, wir brauchen ein Flugzeug.«

»Was glauben Sie, was das hier ist? Ein Privatflugplatz? Außerdem haben wir hier keine Maschine, die es so mir nichts, dir nichts bis nach England schaffen würde.«

»Es muss doch ein einziger dieser Vögel flugtauglich sein. Wir müssen bloß irgendwie über die Grenze.«

»Was bringt Sie überhaupt auf die Idee, dass ich Ihnen dabei helfen würde?«

»Sie sind unsere einzige Hoffnung«, fiel Ariane ein.

»Das ist leider wahr«, sekundierte Clarson. »Ihre Hilfe allein kann uns vor dem Tod retten!«

»Tut mir leid«, wand sich Lessing. »Ich kann nichts für Sie tun.«

»Alles, was wir von Ihnen wollen, ist, dass Sie mit dem Finger auf ein einsatzbereites Flugzeug zeigen.«

»Wir befinden uns in Ihren Händen. Sie müssen uns helfen«, setzte Ariane hinzu.

»Können Sie denn eine Jagdmaschine überhaupt steuern?«

»Ich war einige Jahre Pilot der britischen Luftwaffe.«

Lessing dachte nach, von Clarson und Ariane ungeduldig angestarrt. »Gut«, seufzte er, kam ein Stück näher und sprach mit gedämpfter Stimme weiter. »Im Westhangar am anderen Ende des Geländes steht eine Bf 110. Sie ist für heute Mittag zu einem Testflug eingeteilt.«

»Das heißt, sie ist fertig aufgetankt?«

Lessing nickte. »Es ist ein Langstreckenjäger. Wenn Sie wollen, kommen Sie damit bis in die schottischen Highlands. Außerdem würde die Kabine mehr als hinreichend Platz für Sie beide bieten. Allerdings weiß ich nicht, wie Sie das Ganze bewerkstelligen wollen, denn der Pilot und sein Flugingenieur werden bei der Maschine sein.«

»Kommen Sie mit, helfen Sie uns, sie abzulenken«, bat Ariane flehend.

»Das werde ich nicht tun. Ich bringe mich allein schon dadurch in Gefahr, dass ich hier stehe und mit Ihnen rede. Was glauben Sie, was

passieren wird, sobald Sie weg sind? Wenn Sie mit einem unserer Jäger über die Grenze abhauen, nachdem Sie vorher mit mir gesprochen haben? Ich muss doch wohl nicht betonen, dass meine Situation in diesem Land bereits prekär genug ist.«

»Natürlich nicht, entschuldigen Sie!«, nickte Clarson, plötzlich beschämt, den Ingenieur mit hineingezogen zu haben. Lessing hatte gerade mehr getan, als er hatte hoffen dürfen.

Einer der Männer des Einsatzkommandos war ausgestiegen und stand nun im Wachhaus der Eingangspforte, wo er mit lauter Stimme am Telefon sprach. Der diensthabende Hauptfeldwebel neben ihm trat nervös von einem Bein auf das andere.

47

Die zwei mächtigen Daimler-Benz-Propellermotoren in den Tragflächen ließen den zwölf Meter langen Rumpf zwischen ihnen schlank und gestreckt erscheinen. Die Messerschmidt Bf 110 stand in einem kleinen offenen Hangar am Ende der Startbahn. Der außergewöhnlich dunkle, beinahe schwarze Hauptanstrich stand im scharfen Kontrast zu ihrem hellblauen Unterbauch und gab ihr einen bedrohlichen Anblick. Außer einem weißen Balkenkreuz trug sie keinerlei Kennung, selbst das obligatorische Hakenkreuz am Heck fehlte. Vier an der Bugnase angebrachte Antennen wirkten mit ihren Verstrebungen wie das Geweih eines fremdartigen Ungeheuers.

Die schmale Kuppel des Glasverdecks erstreckte sich dreieinhalb Metern lang bis weit hinter die Pilotenkanzel. Durch ihr rückwärtiges Fenster, dort, wo der dem Heck zugewandte Bordschütze seinen Platz hatte, starrten die Läufe eines Doppel-MG schräg in den Himmel. Ein metallener Kasten, in seinen Ausmaßen einem Sarg ähnelnd, war zwischen die beiden Sitze der Flugkabine gezwängt worden und füllte den Raum unterhalb des Glasdachs zur Gänze aus. Von seinem Korpus führte ein dicker Bund Kabel zum Steuerpult des Piloten.

Unmittelbar neben der Jagdmaschine stand der Pilot und genoss gemeinsam mit zwei uniformierten Männern schwarzen Kaffee und eine Zigarette im Stehen. Seine Fliegerkappe hatte er bereits aufgesetzt, die Schutzbrille auf die Stirn geschoben. Das Klingeln eines Telefons unterbrach ihre Unterhaltung.

»Ich frage mich, was das soll«, sagte der Pilot, als er wieder auflegte. »Wir sollen sofort in den C-Block kommen, zu einer überraschend anberaumten Dienstbesprechung.«

Clarson konnte die Gunst der Fügung kaum fassen. Sie hatten gerademal die Hälfte ihres Weges zurückgelegt, als sich die Tür auf der Rückseite des Westhangars öffnete und drei Männer mitsamt ihren Kaffeebechern in Richtung der Verwaltungsgebäude abzogen, ohne dem in einiger Entfernung der Startbahn entlangschlendernden Pärchen viel Aufmerksamkeit zu schenken. Bei der großen Zahl von Zivilangestellten in der Versuchsanstalt waren sie offenbar kein völlig ungewohnter Anblick.

Gänzlich unbehelligt betraten sie den verwaisten Hangar. Rasch erklomm Clarson die an der linken Tragfläche nahe des Rumpfes befestigte, kurze Leiter. Von Ariane gespannt beobachtet, löste er die

Verschraubung der Glasabdeckung, um sich Zugang zur Pilotenkanzel zu verschaffen.

»Kannst du das fliegen?«

Clarson genügte ein Blick, um zu erkennen, dass die vernünftige Antwort *Nein* lautete. Diese Maschine stammte aus einem anderen Zeitalter als die Bulldog-Doppeldecker, die den Stand der Technik repräsentiert hatten, als er sich das letzte Mal in einem Pilotensitz angeschnallt hatte. Ohne Instruktion und hinreichend Zeit, um sich mit der Maschine vertraut zu machen, kam ein Fluchtversuch einem Sprung von einer Felsenklippe in unbekanntes Gewässer gleich. »Kein Problem«, erwiderte er.

Das Glück war ihnen bis hierhin hold gewesen und er würde es eben noch eine Weile länger strapazieren müssen. Für Arianes Flugangst war jetzt jedenfalls ein ausgesprochen schlechter Zeitpunkt.

Über die Instrumententafel gebeugt, war er noch dabei sich auszumalen, wie viel Startschub er benötigen würde, als er einen Mann in taubenblauer Fliegeruniform bemerkte, der schräg über die Startbahn auf den Westhangar zulief. Eiligst kletterte er die Stufen der kleinen Leiter wieder hinunter und verbarg sich mit Ariane hinter dem Ausgang in der Rückwand der Halle. Es stand zu hoffen, dass der Soldat wieder verschwinden würde, sobald er feststellte, dass seine Kameraden nicht mehr da waren. Durch den Türspalt spähend, sah er, wie der Mann in den Hangar gerannt kam und sich irritiert umschaute. Nun erst erkannte er Lessing, der sich eine wattierte Pilotenkombination der Luftwaffe über seinen Anzug gestreift hatte.

»Wir müssen uns beeilen, sie werden bald zurückkommen«, schnaufte der Ingenieur, als sie den Hangar wieder betraten.

»Was haben Sie vor?«

»Sie brauchen einen Piloten, der das Flugzeug kennt. Ich werde Sie fliegen. Hier habe ich nichts mehr verloren.«

»Aber …« Clarson musste nicht weitersprechen.

»Das gibt es doch nicht!«, stieß Lessing aus, die aufgerissenen Augen auf den Mittelteil der Kabine gerichtet. »Welcher gottverdammte Idiot hat das unfertige Funkmess einbauen lassen? Zwischen den Sitzen wäre mehr als genug Platz gewesen. Frau Clarson hätte dort bequem ein Nickerchen halten können, bis wir irgendwo auf einer englischen Wiese gelandet wären.«

Die Apparatur blockierte den gesamten Stauraum und an eine Möglichkeit, eine dritte Person an Bord zu nehmen, war nicht zu denken.

»Dann raus damit!«, rief Clarson.

»Dazu fehlt die Zeit. Eine Anlage von diesem Gewicht ist selbstredend auf dem Gerüst verschraubt.«

»Und wenn schon! Sie haben das Luftwaffenpersonal einmal abgelenkt, Sie können es wieder tun.«

Lessing erstarrte, dann schüttelte er schweigend den Kopf. Sein Blick war von den Vorgängen am anderen Ende der Startbahn gefangen genommen. Eine Gruppe von etwa zehn Männern, die meisten von ihnen in schwarzen Uniformen, hatte begonnen, den Haupthangar zu umstellen.

»Sie kommen schneller, als ich gehofft hatte«, schnaubte Clarson, dessen Brummschädel sich plötzlich mit ungekannter Stärke zurückmeldete. Ein Schwindelgefühl ließ ihn Halt an der Wand suchen, während er rasch rückwärts in jenen Teil des Hangars zurückstolperte, der von der Startbahn nicht eingesehen werden konnte.

Ihr Vorrat an Glück war aufgebraucht. Das letzte mögliche Fluchtfenster war eben dabei, sich unwiederbringlich zu schließen. Vielleicht noch zwei Minuten, dann würde der SD bei ihnen sein. Lessing musste fliegen. Es gab gar keine andere Möglichkeit.

»Nehmen Sie meine Frau mit.«

»Ich fliege nicht ohne dich«, rief Ariane. »Auf keinen Fall!«

»Lassen Sie nur«, sagte Lessing nervös. »Es war eine dumme Idee. Ein Moment der Schwäche.« Er wandte sich zum Ausgang in der Hinterwand. »Hals- und Beinbruch für Sie.«

»Sie fliegen Lessing!«, insistierte Clarson. »Ich kann diese moderne, mir völlig fremde Maschine nicht steuern.« Er fasste Ariane am Arm. »Du musst ihn begleiten. Jetzt ist nicht der Zeitpunkt für abwegigen Starrsinn. Wir haben keine Zeit mehr zu verlieren.«

Er wollte Ariane einen Abschiedskuss geben, doch sie wich ihm aus.

»Flieg du mit ihm! Mir werden sie nichts tun.«

»Entschuldigen Sie, dass ich alles verkompliziert habe«, sagte Lessing mit fatalistischer Miene. »Ich werde Sie alleine lassen.«

»Herr Lessing, verflucht, uns rennt die Zeit davon! Ich erkläre es Ihnen zum letzten Mal: Ich kann diesen Jäger nicht fliegen. *Sie* müssen meine Frau retten – und sich selbst.«

Endlich nickte der Ingenieur.

Ariane hatte die Arme verschränkt. »Ich werde dich nicht alleine lassen«, sagte sie bestimmt. »Meine Verbindung zu Magda ist deine einzige Überlebenschance. Keine Macht der Welt wird mich in dieses Flugzeug bringen. Ich meine es ernst.«

Er wusste, dass sie sich Illusionen machte. Die Art und Weise wie Binnewies und Manke exekutiert worden waren, ließ keinen Raum für Hoffnung, weder für ihn noch für seine Frau. Sie waren beide zu nahe dran an Hitlers Vertrautem Goebbels, als dass sie mit Görings Nachsicht rechnen durften. Clarson wusste aber auch, dass jeglicher Versuch, Ariane umzustimmen, vergeblich bleiben musste, dazu kannte er sie zu gut. In ihrer unsäglichen Sturheit verspielte sie ihre letzte, unverhoffte Fluchtmöglichkeit.

Das Einsatzkommando des SD hatte vom Haupthangar abgelassen und kam, von Männern der Wachmannschaft begleitet, auf sie zu. Einige trugen Gewehre, die Übrigen hatten Pistolen gezückt. Jeden Moment würde es zu spät sein.

»Ariane, um Himmels willen, steig in den verfluchten Flieger!«

Sie antwortete nicht einmal.

Lessing starrte bewegungsunfähig auf die herannahenden Schergen. Clarson legte ihm eine Hand auf die Schulter. »Ich habe eine Bitte.«

»Was kann ich tun?«, antwortete Lessing, ohne seinen Blick abzuwenden.

»Suchen Sie in England so schnell wie möglich Winston Churchill auf und geben Sie ihm das hier.« Er zog das Besprechungsprotokoll aus der Tasche.

»Was ist das?«

»Dieses Dokument *muss* die britische Insel erreichen.« Er schob das gefaltete Papier unter Lessings Pilotenkluft. »Dann wird das alles hier wenigstens einen Sinn gemacht haben.«

Die Worte rissen Lessing aus seiner Trance. Behände erklomm er die Stufen zur Tragfläche. Der SD war inzwischen auf weniger als fünfzig Meter herangekommen.

»Verlassen Sie sich auf mich«, rief er, während er die kleine Leiter zur Seite stieß. Er bestieg die Pilotenkanzel, zog das Verdeck zu und machte sich ohne jede Verzögerung daran, die Doppelzündung der beiden Daimler-Benz-Motoren zu starten. Augenblicke später setzten sie hustend und spuckend zu lärmen ein, die Propellerblätter begannen scharfen Säbeln gleich durch die Luft zu wirbeln und zogen die Maschine quälend langsam unter dem Dach hervor. Ihre Verfolger riefen sich alarmiert kurze Kommandos zu und wechselten in den Laufschritt. Die Bf 110 gewann jetzt rasch an Tempo und rollte geradewegs auf die herbeieilenden Geheimpolizisten zu.

Ein SS-Scharführer an ihrer Spitze zielte auf die Pilotenkabine und feuerte.

»Aufhören, Jesus-Maria!«, schrie der Hauptfeldwebel hinter ihm keuchend. »Das ist Ingenieur Lessing!«

Verwirrt wichen die Männer des Einsatzkommandos zur Seite aus und blickten dem Flugzeug nach, wie es die Startbahn entlangraste und sich in der Nähe des Haupthangars mit scheinbarer Leichtigkeit in die Lüfte erhob.

Lessing ließ den Jäger nahezu lotrecht aufsteigen, zog dann eine enge Schleife, die schließlich zu einer vollständigen Wende führte, und setzte zum Sturzflug auf die Startbahn an. Mit der zweimotorigen Maschine war dies ein komplett halsbrecherisches Manöver. Wenig mehr als einen Meter über dem Boden brachte er das Flugzeug gekonnt wieder in die Horizontale und brauste mit markerschütterndem Lärm über die Köpfe der sich erschrocken duckenden Männer von SD und Luftwaffe hinweg.

Es sah aus, wie ein von lange angestauter Wut genährter Abschiedsgruß. Lessing riss das Flugzeug erneut nach oben und schickte sich an, das Manöver zu wiederholen.

»Ist der wahnsinnig geworden?«, schrie einer, andere hielten ihre Karabiner in die Luft und feuerten in Richtung des Flugzeugs.

Clarson erkannte nun den Zweck des riskanten Spiels. Lessing zog die Aufmerksamkeit ihrer Häscher auf sich und gab ihnen Gelegenheit, sich unerkannt davonzustehlen.

Bis zur Begrenzungsmauer hinter dem Hangar waren es nur wenige Schritte. Clarson warf seinen Mantel über die Stacheldrahtkrone des knapp drei Meter hohen Mauerwerks, um ihren stählernen Spitzen den ärgsten Effekt zu nehmen. Den Griff seines Stocks hakte er daneben in den Drahtverhau ein und zog sich mit dessen Hilfe, die Füße gegen die Mauer gestemmt, in wenigen Sekunden hoch. Auf der Mauer hockend, bot sich ihm ein freier Blick über die Köllnische Heide hinter dem Gelände. Kahler Laubwald, der bis zum Horizont reichte, unterbrochen nur vom Grün vereinzelter Tannen oder Fichten.

Er half Ariane, ihm auf die gleiche Weise zu folgen, dann seilten sich beide auf der anderen Seite am Spazierstock nach unten ab. Er versuchte noch, seinen Mantel wieder an sich zu nehmen, doch das Kleidungsstück hatte sich unwiederbringlich im Stacheldraht verhakt. Vergeblich riss und rüttelte er an ihm, bevor er aufgeben musste

und unverrichteter Dinge mit Ariane in den Schutz des Waldes verschwand.

Die Wachmänner der Luftwaffe hatten unterdessen im Hangar Unterschlupf gesucht, gefolgt von den Männern des SD, die ihre sinnlose Schießerei aufgaben. Ein letztes Mal fegte Lessing im Tiefflug über die Startbahn, dann wechselte er in den Steigflug und die Jagdmaschine verlor sich bald in den Wolken.

Noch bevor die schwarze Limousine vor dem Westhangar zum Stillstand gekommen war, schwang die Beifahrertür auf und Struttner sprang heraus. Einer der SD-Männer lief auf ihn zu, streckte die Hand zum Hitlergruß aus und begann, vom Obersturmführer zornig angestarrt, Bericht zu erstatten. Die Übrigen sammelten sich zögernd um ihn, in der Erwartung neuer Befehle.

»Suchen Sie sämtliche Gebäude ab, jeden Raum, jede Ecke!«, herrschte Struttner die Männer an. »Ich will, dass jeder erdenkliche Flecken kontrolliert wird. Und ich will sie lebend! Die Pforte hat dafür zu sorgen, dass niemand das Gelände verlässt. An die Arbeit!«

Er schaute zu, wie zwei Scharführer die Wachmänner der Luftwaffe ihren beiden Suchtrupps zuteilten und mit ihnen zu den Gebäuden der Anstalt hinüberliefen. Als er alleine war, entsicherte er seine Waffe und begab sich hinter den Hangar zu der Stelle, wo ein großes Stück dunkelblauer Stoff im Stacheldraht hing, das bereits im Wagen seine Aufmerksamkeit erregt hatte.

48

Keuchend liefen sie zwischen engstehenden, noch vom Winter entlaubten Buchen und Eichen tiefer in den Wald, die Beine hektisch in das dichte Unterholz setzend. Die hohen Absätze ihrer Schuhe ließen Ariane noch langsamer als Clarson vorwärts kommen. Er drehte sich wieder und wieder um, konnte jedoch niemanden hinter ihnen erkennen.

Erst als Sie die Versuchsanstalt bereits einige hundert Meter hinter sich gelassen hatten, entdeckte er zwischen den Bäumen eine entfernte Silhouette, die sich erschreckend schnell auf sie zubewegte. Bald erkannte er den Obersturmführer, der trotz seines ledernen Uniformmantels wie ein Hürdenläufer über das niedrige Buschwerk des Waldes zu fliegen schien.

»Wir müssen uns trennen«, keuchte Clarson, weiter in den Wald hinein hetzend.

»Niemals!«, rief Ariane, die Struttner ebenfalls bemerkt hatte.

»Es muss sein. Er wird mich verfolgen, du kannst dich derweil zum nächsten Bahnhof durchschlagen und mit deinem Pass ganz legal ausreisen.«

»Ich lass dich nicht alleine. Er wird dich umbringen«, rief sie schnaufend.

»Mach schon, verschwinde!«

»Ich kann dich nicht einfach zurücklassen. Ich kann nicht.«

Clarson blieb stehen und drehte sich um. Struttner war bedrohlich nahe gekommen und würde bald das Feuer eröffnen können. Er stieß sich von seinem Stock ab und rannte auf Struttner zu.

»Was tust du?«, erschrak Ariane.

»Lauf um dein Leben!«, rief er, ohne sich noch einmal umzudrehen.

Struttner, verdutzt von Clarsons Richtungswechsel, suchte reflexartig hinter einem Baum Deckung. Einen Moment später erkannte er, dass Clarson keine Waffe trug. Er verharrte, halb verdeckt von einer Buche, die Waffe auf Clarson gerichtet, durchatmend.

Circa zehn Meter vor Struttner suchte auch Clarson hinter einer Baumgruppe Schutz. Unsicher, ob er nicht doch über eine verborgene Waffe verfügte, näherte sich der SD-Offizier ihm vorsichtig, indem er von Baum zu Baum sprintete. Clarson presste sich mit Rücken und Kopf gegen eine dicke Eiche und erwartete sein Schicksal. Immerhin

war es knapp gewesen. Sie hätten es um ein Haar geschafft. Alles, was er jetzt noch tun konnte, war Zeit zu gewinnen, damit Ariane eine Chance hatte, sich nach London durchzuschlagen. Die Wahrheit über Hitlers Kriegspläne war bereits dorthin unterwegs.

»Ich hätte nicht geglaubt, dass es am Ende so einfach wird«, sagte Struttner, der plötzlich neben ihn getreten war und nun sah, dass Clarson den Kampf nicht mehr aufnehmen würde. »Ich weiß nicht, wie Sie es zu Binnewies geschafft haben, doch das war mehr, als ich von Ihnen erwartet hätte. Auf der anderen Seite ist ein Mann mit Nerven, wie Pleiger sie hat, nicht unüberwindbar. Sie sind mir jetzt dreimal durch die Fänge geglitten. Ich fürchte allerdings, dass Ihre Glückssträhne damit an ihrem Ende angelangt ist.«

Er schaute sich absichernd um. Seine Stirn war schweißnass und die zurückgelegte Aufholjagd ließ ihn tief atmen. Er beugte sich leicht zu Clarson vor, wie ein Bär, der sich zum Angriff aufrichtet.

»Ist meine Vermutung korrekt, dass ich verhaftet bin?«, erwiderte Clarson.

»Ja, so stellen Sie sich das vor. Das glaube ich gerne. Eine geheizte Zelle für ein paar Tage und der dicke Göring, der es weiß Gott wie geschafft hat, am Ende der ganzen Sache im Siegerlager aufzutauchen, paukt Sie dann schon raus. Oder gar Ihr angeheirateter Schwager!« Struttner zog die Nase hoch. »Wissen Sie, Clarson, ich bin sehr verärgert. Ich decke die unglaublichste Sache auf, eine Verschwörung, die bis in die höchsten Kreise reicht. Enge Vertraute des Führers wollen ihn hinterrücks verraten. Und mit einem Mal soll alles nur eine armselige Revolte von ein paar subalternen Offizieren, die dem Kaiser nachtrauern, gewesen sein? Man versucht mich für dumm zu verkaufen und das mag ich nicht. Aber ich glaube, hier und jetzt ist der Moment gekommen, wo ich die ganze Wahrheit erfahren werde.«

»Es *war* die Wahrheit, als ich Ihnen heute sagte, dass ich neben Görings und Binnewies' Namen keine weiteren kenne.«

Struttner richtete den Lauf der Luger-Pistole auf Clarsons Kopf.

»Sie wollen die Wahrheit erfahren, indem Sie mich erschießen?«

»Wer hat –«

Er kam nicht weiter. Ein schwerer Ast ging jäh auf seinen Schädel nieder. Er ließ die Waffe ins Unterholz fallen und sank in die Knie. Ariane stand direkt hinter ihm, das Gesicht so vor Wut verzerrt, dass Clarson es kaum wiedererkannte. Sie holte erneut aus, kam jedoch nicht zu einem zweiten Schlag. Blitzartig war Struttner wieder hochgeschnellt

und hatte seine Faust mit der Wucht seines ganzen Körpergewichts in ihre Magengrube gebohrt.

Warum zum Teufel war sie nicht davongelaufen? Die erfolgreiche Überwältigung Pleigers musste sie übermütig gemacht haben. Sie taumelte mit offenem Mund und weit aufgerissenen Augen zurück.

»Du verdammte Engländer-Hure!« Struttner holte aus und trat ihr wutentbrannt mit aller Kraft dorthin, wo schon der Faustschlag gelandet war. Ariane jaulte auf und sank in sich gekrümmt zu Boden.

Clarson war zu der Stelle gesprungen, wo Struttners Waffe liegen musste, doch er konnte sie im Gebüsch des Unterholzes nicht rechtzeitig ausmachen.

Struttner schwenkte zurück und trat nach ihm. Die metallenen Kappen seiner enormen Stiefel waren imstande, eine verheerende Wirkung zu entfalten. Clarson gelang es, den Tritt mit beiden Händen abzufangen und ihm so viel von seinem Effekt zu nehmen. Doch bevor er seine Abwehr neu ausrichten konnte, trat Struttner mit dem anderen Bein zu. Der Tritt traf Clarson ungebremst in der rechten Niere und ließ ihn zur Seite stolpern. Er fing sich an einem Baumstamm auf und stieß sich von ihm ab, um sich auf Struttner zu stürzen. Der ließ ihn mit einer flinken Ausweichbewegung ins Leere laufen und Clarsons Faust streifte bloß seine Schläfe. Noch ehe er sich wieder gefangen hatte, war Struttner erneut an ihm dran und schlug ihm in schneller Folge gegen Kopf und Magengrube.

Clarson wehrte sich, so gut er konnte. Im Air-Force-Training hatte er seinerzeit stets eine anständige Figur gemacht. Doch der deutsche Offizier war wie ein Tornado, seine Schläge so plötzlich und präzise, dass Clarsons Abwehr und Gegenschläge rasch schwächer wurden.

Struttner ließ schließlich kurz von ihm ab, versicherte sich, dass Ariane immer noch schluchzend auf dem Boden lag, und setzte bellend seine Befragung fort. »Mit wem steht Göring noch im Bunde? Warum ist er auf einmal Heydrichs bester Freund?«

Clarson bezweifelte, dass es dem vor Wut schäumenden Hünen nach Arianes Attacke noch um die Antworten ging. Er ignorierte die Fragen und richtete den Blick auf den Boden, auf der Suche nach einem Ast, den er als Waffe benutzen konnte. Doch Struttner kam ihm zuvor, griff nach dem Knüppel, den Ariane schon eingesetzt hatte, und säbelte ihn mit beiden Händen quer in Richtung von Clarsons Kopf. Er versuchte noch, sich zu ducken, doch das Holz traf ihn mit voller Wucht auf der linken Stirnseite. Taumelnd suchte er Halt, während er spürte,

wie warmes Blut in sein Auge zu laufen begann. Durch das Schwindelgefühl einer beginnenden Ohnmacht drang die zornige Stimme Struttners zu ihm. »Sie elender Krüppel! Ich tue der Welt einen Gefallen, wenn ich Sie ausmerze.«

Er begann zu torkeln und hörte bald auf, einzelne Knüppelschläge wahrzunehmen. Der Schmerz war überall und betäubte seine Sinne. Seine Augen schwollen rasch zu oder liefen voller Blut, er konnte den Unterschied nicht mehr ausmachen. Schließlich versagten seine Kräfte, sein rechtes Knie gab nach und sein steifes Bein ließ ihn nach vorne kippen statt zu Boden zu sinken. Halb bewusstlos umklammerte er Struttners Rumpf und drückte sein Gesicht Schutz suchend gegen den Bauch seines Gegners. Struttner umfasste Clarsons Kopf und rammte sein Knie mehrmals in die ihm schutzlos ausgelieferte Magengrube.

Unter den Einschlägen stöhnend, kämpfte er verzweifelt dagegen an, das Bewusstsein zu verlieren, in der Gewissheit, dass Struttner auch dann nicht von ihm ablassen würde, sondern erst dann, wenn er tot auf dem Waldboden läge. Mit seiner rechten Hand tastete Clarson so lange, bis sie ihr Ziel erreicht hatte, er umfasste es und zog es in einer Kraftanstrengung zurück vor seine Brust.

Struttner packte ihn an den Haaren und riss seinen Kopf zurück. Clarson konnte das Gesicht nicht mehr deutlich ausmachen, dennoch schien es ihm, als habe der Offizier ihn anspucken wollen. Doch was Struttner nun sah, ließ ihn jäh innehalten. Sein Blick fiel auf seinen SS-Dolch in der Faust des Engländers, dessen zweiundzwanzig Zentimeter lange, glänzende Stahlklinge bedrohlich auf seinen Bauch zeigte.

Im gleichen Moment bündelte Clarson in einem verzweifelten Akt sämtliche Reserven, die ihm noch geblieben waren, in seinem rechten Arm und ließ ihn vorschnellen. Das Mantelleder unterhalb des Koppels leistete einen kurzen Widerstand, danach versank das Messer geschmeidig bis zum Schaft im Leib des Obersturmführers.

Struttner gab ein tiefes, langgezogenes Grunzen von sich und stierte Clarson mit aufgerissenen Augen an, nicht wütend, bloß aus der Fassung gebracht von seiner eigenen Verwundbarkeit. Er machte zwei kurze Schritte nach hinten, umfasste den Dolch mit beiden Händen und riss ihn entschlossen und unter Stöhnen heraus. Das Manöver schien ihm größere Schmerzen zu bereiten, als es das Eindringen der Klinge getan hatte. Unterhalb des Mantels begann das Blut, an seinen Hosenbeinen herunterzulaufen. Er ließ den Dolch fallen, riss Gürtel und Mantel auf, um den Blutstrom durch den Druck seiner Hände

aufzuhalten. Doch seine Uniform sog sich weiter voll mit Blut und verfärbte sich so in ein noch tieferes Schwarz. Das Messer musste eine seiner Nieren durchstochen haben.

Röchelnd wanderte Struttner gekrümmt ein paar Schritte umher, dann sank er nieder, den Rücken halb gegen einen Baum gelehnt, wo er stumm zu zittern begann, während sein Atem schwerer wurde und in ein Hecheln überging.

Clarson war unweit daneben zu Boden gegangen.

49

Er wusste nicht, wie viel Zeit vergangen war, als er die Augen wieder aufschlug. Ariane kniete neben ihm und tupfte die Wunde an seiner Stirn ab. Mit ihrer Hilfe schaffte er es, sich trotz der Schmerzen langsam zu erheben. Er verharrte einen Augenblick, bis das Schwindelgefühl nachgelassen hatte und die Schwärze vor seinen Augen einem halbwegs klaren Sichtfeld gewichen war.

Struttner lag noch immer in der gleichen Position, Kopf und Schultern an einer Eiche abgestützt, die Hände auf die Wunde gepresst. Sein Hecheln war schneller geworden, das Zittern hektischer. Seine Züge waren vom Schmerz verzerrt, die Mundwinkel zuckten. Doch er gab keinen Laut, nicht einmal ein Wimmern von sich. Ariane trat dicht an ihn heran, ignorierte die sie fixierenden Augen und begann die Taschen seiner Uniform zu untersuchen. Struttner rührte sich nicht, vermochte sich nicht mehr zu wehren und warf ihr zornige, ungläubige Blicke zu. Er bewegte verkrampft die zitternden Lippen, als wollte er Worte formen, doch Ariane schenkte dem keine Beachtung und wühlte weiter in seinen Innentaschen.

Clarsons trockener Rachen reizte ihn zu husten, aber der stechend schmerzende Brustkorb ließen ihn innehalten. Tief gekrümmt quälte er sich zu seinem Stock, der kaum zwei Meter neben ihm auf dem Waldboden lag. Gestützt auf das vertraute Utensil, schickte er sich an, den Dreck vom Anzug zu wischen, bevor er bemerkte, dass sich Kragen und Schulterpartie mit Blut vollgesogen hatten und er das müßige Unterfangen einstellte.

Struttners Hecheln begann schwächer zu werden, gleich einer aufziehbaren Spieluhr, deren Melodie langsamer wurde. Das Gesicht des Offiziers war nun gänzlich weiß, die Augen, noch farbloser als zuvor, starrten unbeweglich in die Ferne. Nur das beständige Zittern und der schwache, in Stößen gehende Atem erinnerten daran, dass sich hinter dieser Totenmaske noch Leben verbarg. Clarson wandte sich ab, um sich umzuschauen. Er benötigte einen Moment zur Orientierung, denn die Mauer der Versuchsanstalt war hinter den Bäumen verschwunden. Noch waren nirgendwo Verfolger auszumachen. Die vollkommene Stille des Ortes machte einen beinahe vergessen, dass man sich am Rande einer Millionen-Metropole befand.

Seinen rechten Arm um ihre Schultern gelegt, wandten sie sich stumm zum Gehen, den sterbenden Obersturmführer hinter sich lassend. Ariane hielt Clarsons Reisepass in der Hand, ihr Beutestück aus Struttners Jackentasche.

»Da der Frieden gestern auf so wunderbare Weise gerettet wurde«, sagte sie leise, »sollte es eigentlich keine Unterbrechungen im Flugverkehr geben.«

Epilog 1

Dichte Dampfwolken ausstoßend, zog die mit schwarz-weiß-roten Girlanden geschmückte Lokomotive die angehängten Waggons langsam und gemessen auf Gleis Eins des Görlitzer Bahnhofs im Zentrum von Berlin. Die Militärkapelle intonierte dazu einen der stampfenden preußischen Märsche. Zwei Tage nach seinem Einzug in Prag kehrte der Sieger eines unblutigen Feldzuges in die Hauptstadt des Reiches zurück.

Propagandaminister Goebbels hatte sich persönlich sämtlicher Details angenommen und den Empfang wie einen Triumphzug eines römischen Cäsaren orchestriert. Selbst der Wettergott zeigte sich dem Ereignis zugeneigt. Die Mittagssonne lachte an einem nahezu wolkenlosen Himmel – *Führerwetter*.

Der Zaun zum Vorplatz des Bahnhofs war eigens für das Ereignis eingerissen worden, um dem Aufmarsch einer Unzahl uniformierter Männer Platz zu machen. Aus Sperrholz hatte man zwei Besuchertribünen errichtet: eine kleinere für die Vertreter der in- und ausländischen Presse und eine weitläufigere, angefüllt mit dreihundert geladenen Gästen.

Daneben harrten bereits seit Stunden Schaulustige aus, die von hier ab zu Tausenden den langen Weg zur Reichskanzlei säumten, in der Hoffnung, einen Blick auf ihren Führer erhaschen zu können, wenn dieser aufrecht stehend in einer offenen Mercedes-Limousine ein Bad in der Menge nehmen würde.

SS und Wehrmacht hatten Ehrenformationen abgestellt. Eine Hundertschaft der Leibstandarte mit auf Härte trainierten Gesichtern hielt sich die polierten Gewehre mit weißen Handschuhen fest umklammert vor die Brust, die Bajonette aufgepflanzt. Zwei Schritte davor stand ihr Kommandeur, Obergruppenführer Sepp Dietrich, einer von Hitlers alten bayerischen Kampfkumpanen. Schulter an Schulter mit der Einheit der SS folgte in graugrünen Wehrmachtsuniformen die Gardekompanie des 9. Potsdamer Infanterieregiments, an ihrer Spitze Oberst Clemens Nausitz in tadelloser Haltung.

Der Führer und Reichskanzler des Großdeutschen Reiches schritt die engen Stufen des Waggons hinab, betrat mit todernster Miene, doch unverkennbarer Selbstzufriedenheit das Pflaster des Bahnsteigs und glättete mit der Hand flüchtig seine parteibraune Uniform, an deren

linker Seite die üblichen drei Auszeichnungen hefteten: das goldene Parteiabzeichen mit der Gravur *Nummer 1* auf der Rückseite, darunter das Eiserne Kreuz erster Klasse sowie das Verwundetenabzeichen, beide aus seiner Dienstzeit in den Schützengräben des Weltkriegs. Er begann mit entschlossenem Schritt, den Arm zum Gruß von sich gestreckt, über einen roten Teppich die Reihen der angetretenen Soldaten abzuschreiten. In ehrfürchtigem Abstand folgten ihm Außenminister von Ribbentrop, OKW-Chef Keitel und Reichsführer-SS Himmler, die gemeinsam mit Hitler aus Prag zurückgekehrt waren.

Am Ende der Ehrenformationen wartete der Pulk des Führungskorps des Regimes: Reichsminister, Reichs- und Gauleiter der Partei, Spitzen der SS und hochrangige Offiziere der Wehrmacht. Allein der Generalstabschef des Heeres hatte sich krankgemeldet.

Hitler nahm eine vorgezeichnete Position auf einer quadratischen Teppichfläche im gleichen Rot ein. Hinter ihn traten die Oberbefehlshaber der drei Waffengattungen: Generaladmiral Raeder, Generaloberst von Brauchitsch und Generalfeldmarschall Göring.

Ein einziger Fotograf des Propagandaministeriums hatte Zugang zu dem Gelände erhalten und hielt den Augenblick aus nächster Nähe fest. Nach der Unruhe, die durch den mysteriösen Tod zweier hoher Offiziere in Kreisen der Wehrmacht entstanden war, kam der symbolische Akt der Geschlossenheit zum geeigneten Zeitpunkt.

Der Minister für Volksaufklärung und Propaganda trat aus der Reihe der Paladine hervor, postierte sich in der Mitte des verbliebenen freien Platzes und hielt mit unverhülltem Stolz über diese ihm erwiesene Ehre die kurze Festrede. Er pries *die neuerliche Großtat unseres geliebten Führers* und das Glück diesen *weltgeschichtlichen Moment an Ihrer Seite miterleben zu dürfen*. Es waren die üblichen Huldigungen, so oft wiederholt, dass man kaum mehr hinhorte. Dennoch verstanden alle Anwesenden die versteckte Botschaft. Nach den nicht enden wollenden Gerüchten der zurückliegenden Monate war es eine unmissverständliche Bestätigung dafür, dass Goebbels das Vertrauen des Führers zurückgewonnen hatte. In der vordersten Reihe der Besuchertribüne, umringt von ihren sechs Kindern, das Jüngste auf dem Schoß haltend, strahlte eine glückliche Magda.

Adolf Hitler, der unbeschränkte Herrscher Mitteleuropas, mächtiger als je ein Deutscher zuvor, hatte mit sicherem Instinkt für maximalen Effekt entschieden, die Veranstaltung zu nutzen, um noch ein weiteres Zeichen zu setzen. Als die Goebbels'sche Lobpreisung zu

Ende gegangen war und die Menge Gelegenheit zu ausgiebigen Heilrufen gehabt hatte, wandte er sich um, stellte sich in zwei Metern Abstand vor Göring auf und streckte den rechten Arm aus zu einem theatralischen Salut. Göring, unsicher, was ihn erwartete, hob zur Erwiderung seinen Marschallstab wie ein Königszepter an.

Einige endlos lange Sekunden standen sich die beiden gleich großen Männer stumm gegenüber. Schließlich nickte Hitler kurz und ernst und wandte sich an die Umstehenden: »Männer der Großdeutschen Wehrmacht und der SS, Volksgenossen und Volksgenossinnen! Hier stehen wir versammelt als Zeugen des Aufstiegs des Deutschen Reichs zur beherrschenden Macht Europas und somit zu einer führenden Macht in der Welt. Dass uns diese Gunst zuteil geworden ist, ist die Frucht eines jahrzehntelangen, unermüdlichen Ringens. In all diesen Jahren hat ein Mann an meiner Seite gestanden und gekämpft, erst um das deutsche Volk, dann um die Ausrottung der kommunistischen Gefahr in unserem Land und schließlich um die Beseitigung des Diktats des Versailler Vertrages, der unsere Nation so bitter geknechtet hatte. Und ich weiß, er wird unerschütterlich an meiner Seite stehen, wenn unser großes, blühendes Reich in der Zukunft vor neue Herausforderungen gestellt werden sollte. Er ist daher wie kein anderer dazu berufen, sollte mir während der kommenden Kämpfe etwas zustoßen, als Führer des deutschen Volkes an meine Stelle zu treten.«

Hitler machte einen Schritt auf seinen alten Mitkämpfer zu und schüttelte ihm pathetisch die Hand. Er hatte Göring wie einen reuigen Sünder zurück ins erste Glied geholt, ja herausgehoben über alle anderen, die vor Jahren in einem nie veröffentlichten Geheimerlass festgelegte Nachfolgeregelung vor aller Welt bekannt gegeben und ihr damit letzte Gültigkeit verliehen. Die Reihen waren nun fest geschlossen für den kommenden Krieg.

Hitler wollte sich zu der bereitstehenden Limousine begeben, doch Göring, mit feucht werdenden Augen, stellte sich in seinen Weg. »Mein Führer! Mit Ihnen gehe ich durchs Feuer, auf immer und ewig!«

Epilog 2

Das Pfeifen war ohrenbetäubend. Die Bremsen des Zuges schrien gellend auf unter der Last von Lokomotive und acht Waggons. Der diensthabende Schaffner der mittelenglischen Kleinstadt Banbury winkte energisch mit seiner Kelle am ausgestreckten Arm, bis die Räder zu einem außerplanmäßigen Stillstand gekommen waren.

»Warum halten wir?« Premierminister Chamberlain blickte irritiert von seinem Redemanuskript auf. Er war auf dem Weg zu einer Konferenz seiner Partei in Birmingham, um zur Innenpolitik der Regierung zu sprechen, und versuchte die relative Ruhe der Zugreise zu nutzen, um letzte Vorbereitungen zu treffen.

Sein Begleiter Horace Wilson zog die Fensterscheibe herunter und streckte den Kopf heraus, auf der Suche nach der Ursache.

»Du wirst es nicht glauben, Neville. Es ist dieser gottverdammte Churchill. Wie es aussieht, hat er das Bahnhofspersonal veranlasst, den Zug zum Halten zu bringen. Verfolgt er uns jetzt schon auf unseren Dienstreisen?«

Eine Minute später betrat der Gescholtene das Abteil mit Melone und Aktentasche in den Händen.

»Um Himmels willen, Churchill!«, rief ihm der Premierminister entgegen, ohne sich von seinem Platz zu erheben. »Ihr Verhalten ist beispiellos. Haben Sie keine eigene Transportmöglichkeit?«

»Entschuldigen Sie, dass ich Sie inkommodiere und zur Unterbrechung Ihres Studiums zwinge, Premierminister«, hustete Churchill. »Doch die Bedeutung der Mitteilung, die ich zu machen habe, erlaubt kein geduldiges Warten auf den rechten Augenblick.«

»Hätten Sie sich wirklich keinen geeigneteren Zeitpunkt und vor allem angemesseneren Ort aussuchen können?«, fuhr ihn Wilson an.

»Ich stimme zu, die Umstände sind anomal und stellen zweifellos eine gewisse Verletzung der guten Form dar. Allerdings bin ich überzeugt, dass der Premierminister es mir in Anbetracht der gegebenen Situation nicht verzeihen würde, wenn ich nicht auf ein unverzügliches Gespräch bestünde.«

»Worum in drei Teufels Namen geht es?«, fragte Chamberlain angestrengt, den das Erscheinen des ungebetenen Gastes augenblicklich ermüden ließ.

»Ich muss darauf insistieren, Sie unter vier Augen zu sprechen«, entgegnete Churchill ernst.

»Machen Sie sich nicht lächerlich! Wilson genießt mein uneingeschränktes Vertrauen.«

»Tut mir leid.«

»Es ist in Ordnung, Neville«, sagte Wilson verärgert. »Ich werde mir eben auf dem Bahnsteig etwas die Beine vertreten.«

»Vielen Dank«, nickte Churchill und wartete ab, bis Chamberlains Berater die Abteiltür hinter sich geschlossen hatte.

»Kommen Sie besser gleich zur Sache.«

»Sie erlauben?« Churchill deutete auf den Sitz gegenüber dem Premierminister.

»Bitte«, seufzte Chamberlain. Er nahm die Lesebrille ab. Das durch das Fenster eindringende Sonnenlicht ließ die Ränder und Falten unter seinen Augen, die ihm seine ernste und bedachte Erscheinung gaben, deutlich hervortreten.

Churchill nahm umständlich Platz.

»Was haben Sie so Wichtiges auf dem Herzen?«

»Premierminister, ich bin gekommen, um eine Änderung der Haltung der Regierung Seiner Majestät zu den Vorgängen auf dem Kontinent anzumahnen.«

»Hören Sie, ich habe doch schon vor zwei Tagen im Unterhaus dazu Stellung genommen. Ich bin mir wohl darüber bewusst, dass meine Politik nicht auf ungeteilte Zustimmung stößt – nicht einmal in meiner eigenen Partei. Das Schicksal der Tschechen tut mir persönlich leid, glauben Sie mir, doch Sie müssen bedenken, welch ungleich größeres Unglück wir durch die Eingrenzung des Konflikts verhindert haben. Sie dürfen nicht unterschätzen, wie sehr die Menschen in unserem Land den Krieg verabscheuen. Ich habe noch den Jubel vom letzten Herbst vor Augen, als ich aus München mit dem geretteten Frieden zurückkehrte.«

»Premierminister, der Krieg ist unabwendbar.«

»Nun, das ist noch offen. Solange eine Chance besteht, und sei sie noch so klein, den Frieden zu erhalten, will ich darum ringen.«

»Ich habe hier den Beleg, dass es diese Chance gar nicht gibt. Dass sie im Gegenteil eine bloße Chimäre ist, von Hitler aufrechterhalten, solange bis sein Reich stark genug ist, sich ganz Europa zu unterwerfen.«

»Wovon reden Sie da?«

Churchill begann in seiner Aktentasche zu kramen.

»Ziehen sie jetzt wieder ein Papier von einem Ihrer anonymen Zuträger hervor?«

Churchills Mundwinkel verzogen sich für einen winzigen Augenblick zu einem Schmunzeln, bevor der Ernst in sein Gesicht zurückkehrte. »Dies ist ein Protokoll einer geheimen Besprechung Hitlers mit der deutschen Armeeführung vom November siebenunddreißig.«

»Woher haben Sie das?«

»Es stammt aus Görings Schreibtischtresor. Ich kann für die Echtheit garantieren, ich habe einen vertraulichen Kontakt in der Spitze des Reiches.«

»Wie bitte? Wollen Sie mir etwa sagen, dass Sie an Secret Service und Foreign Office vorbei eigene geheimdienstliche Ermittlungen in fremden Länder anstrengen?«

»Der Einfachheit halber«, überging Churchill die Frage, »habe ich eine englische Abschrift des Textes anfertigen lassen.«

Chamberlain beugte sich mit empörter Miene über das Papier, während Churchill geduldig abwartete, bis der Premierminister den Inhalt erfasst haben würde.

Fünf Minuten später ließ sich Chamberlain mit offenem Mund gegen die Rückenlehne seines Sitzes fallen und schaute abwechselnd Churchill, das Dokument und die Übersetzung an.

»Premierminister, wir müssen dieser Gefahr endlich in die Augen sehen«, ergriff Churchill das Wort.

Chamberlain vertiefte sich erneut in das Dokument und seine englische Abschrift. Schließlich legte er die Papiere zur Seite und blickte auf das Manuskript seiner Rede, in dem er mit einem grünen Stift etliche Änderungen vorgenommen hatte.

Er sagte noch immer kein Wort. Langsam nahm er die Blätter seines Vortragstextes auf und riss sie entzwei.

Churchill riss die Augen auf. »Premierminister, ich bin sicher, es war eine sehr gute Rede!«

»Nein, mein guter Churchill, das war es nicht. Schon das Thema war falsch.«

Die Delegierten der Parteikonferenz hatten Platz genommen, bereit den Ausführungen ihres Premierministers zu folgen. Chamberlain trat an das Rednerpult, die Gespräche im Saal erstarben, nur leises Gemurmel und vereinzeltes Stühlerücken waren noch zu hören. Er räusperte

sich kurz und strich mit seinem Zeigefinger über seinen Schnurrbart – eine Geste, für die er bekannt war. Es sollte das einzig Vertraute bleiben an diesem Nachmittag. Er beugte sich leicht zu dem Mikrofon für die gleichzeitige Übertragung im Rundfunk vor, nickte ins Publikum und ergriff schließlich das Wort. »Die außerordentlichen Vorgänge, die sich in dieser Woche in Europa abgespielt haben, schieben alles andere in den Hintergrund, und ich bin überzeugt, dass sowohl Sie als auch diejenigen, die meine Worte über das Radio empfangen, einen Kommentar der Regierung Seiner Majestät und eine Wertung dieser Vorgänge und ihrer Implikationen wünschen.

Jeder Mann und jede Frau in diesem Land, die sich an das Schicksal der Juden und der politisch Verfolgten in Österreich erinnern, müssen heute von Kummer und dunklen Vorahnungen erfüllt sein. Wer würde nicht mitfühlen mit dem stolzen und tapferen Volk der Tschechen, das so plötzlich Opfer einer Invasion geworden ist, dessen Freiheit beschnitten wurde, dem die nationale Unabhängigkeit genommen wurde?

Deutschland, unter seiner gegenwärtigen Regierung, hat die Welt mit einer Serie von unangenehmen Überraschungen konfrontiert. Die Remilitarisierung des Rheinlandes, der Anschluss Österreichs, die Abtrennung des Sudetenlandes – all diese Dinge haben die Weltöffentlichkeit geschockt und verletzt.

Die Dinge aber, die sich diese Woche unter völliger Missachtung der von der deutschen Regierung selbst aufgestellten Grundsätze ereignet haben, scheinen noch zu einer anderen Kategorie zu gehören, und sie müssen uns allen die Frage nahelegen: Ist dies das Ende eines alten Abenteuers oder ist es der Anfang eines neuen? Ist dies der letzte Angriff auf einen kleinen Staat, oder sollen ihm noch weitere folgen?« Chamberlains Stimme wurde nun laut. »Ist dies sogar ein Schritt in der Richtung auf den Versuch, die Welt durch Gewalt zu beherrschen?

Die Politik dieser Regierung wird mit dem heutigen Tage eine komplette Kehrtwendung vollziehen. Alle Aspekte des öffentlichen Lebens werden einer sorgfältigen Prüfung unterzogen werden. Jeden Stein werden wir umdrehen, sowohl im Königreich als auch im Empire, und alles in unserer Macht stehende tun, um die nationale Sicherheit zu stärken, so wie der Ernst der Lage es gebietet. Denn kein größerer Fehler könnte gemacht werden, als anzunehmen, nur weil wir davon überzeugt sind, dass Kriege ein im Prinzip sinnloses und grausames Unterfangen sind, dass unsere Nation deshalb ihr Rückgrat eingebüßt

habe und sich nicht einem solchen Versuch, sollte er je unternommen werden, mit all ihr zur Verfügung stehenden Macht entgegenstellen wird.«

Nachbemerkungen

Henry Clarson ist eine fiktionale Figur. Es existiert keine vergleichbare historische Person, die als Vorlage gedient hätte. Die privaten Aktivitäten Winstons Churchills zur Sammlung nichtöffentlicher Informationen blieben auf das eigene Land beschränkt. Magda Goebbels' jüngere Halbschwester Ariane heiratete keinen Engländer, sondern – nach dem Krieg – den Amerikaner Sam Sheppard, dessen Lebensgeschichte die Fernsehserie *Dr. Kimble auf der Flucht* inspirierte, später mit Harrison Ford in der Hauptrolle für das Kino verfilmt.

Nur wenige Orte der Handlung haben Krieg und Nachkriegszeit überlebt. Das heutige Hotel Adlon und die Britische Botschaft im Nachbarhaus sind Neubauten der Neunzigerjahre an gleicher Stelle. Das Reichsluftfahrtministerium dagegen ging aus Bombardement und Schlacht um Berlin beinahe unbeschadet hervor und beherbergt heute das Bundesfinanzministerium. Wo einst die Stadtvilla von Joseph Goebbels stand, befindet sich nun das Denkmal für die ermordeten Juden Europas. In der Erde darunter hat sich ein letzter Rest der Residenz des Propagandaministers erhalten. Während der Bauarbeiten für das Mahnmal wurde sein Privatbunker wiederentdeckt, den man im Anschluss an eine eingehende Inspektion versiegelte. Der Trudelturm kann heute noch besichtigt werden. Er ist zusammen mit dem Großen Windkanal Teil eines Ensembles von Denkmälern der Luftfahrtforschung im Technologiepark Adlershof.

Die He 178, der Welt erstes Flugzeug mit Strahlantrieb, hatte ihren Jungfernflug im Sommer 1939 wenige Tage vor Kriegsbeginn. Wegen ihrer geringen Reichweite zeigte die Luftwaffe jedoch kein Interesse an dem privat finanzierten Projekt des Flugzeugbauers Ernst Heinkel. Der Prototyp wurde, bereits im Museum stehend, 1943 bei einem Bombenangriff zerstört. Eine Nachbildung ist im Terminal des Rostocker Flughafens ausgestellt.

Die Messerschmidt Bf 110 war die Maschine, mit der Rudolf Hess 1941 zu seiner abstrusen Friedensmission nach Schottland aufbrach. Der Langstreckenjäger, dessen industrielle Produktion im Februar 1939 aufgenommen wurde, war schneller und hatte eine stärkere Bewaffnung als die einmotorige Bf 109. Aufgrund ihrer geringeren Manövrierfähigkeit erwies sie sich jedoch in der Luftschlacht über England den britischen Spitfires und Hurricanes desaströs unterlegen.

Die beiden einzigen erhaltenen Exemplare befinden sich im Royal Air Force Museum in London und im Deutschen Technikmuseum in Berlin.

Fiktional ist auch die Figur des Hans Lessing. Jedoch ist sie weniger unwahrscheinlich, als es in Anbetracht der rigorosen antijüdischen Politik der Nationalsozialisten erscheinen mag. Dies belegt der Fall des Hans Mühlbacher, der als sogenannter Halbjude bzw. Mischling ersten Grades bis ins Jahr 1943 hinein als Ingenieur der Firma Henschel an der Entwicklung von Lenkraketen für die Luftwaffe beteiligt war. Auch war es im nationalsozialistischen Deutschland nicht unüblich, Funktionsträgern mit jüdischen Ehefrauen nahezulegen, sich von ihren Partnern zu trennen.

Das Zitat *Wer Jude ist, bestimme ich*, das man Göring in den Mund gelegt hat, untermauert das Ausmaß seiner Menschenverachtung und belegt gleichzeitig seinen pragmatischen Umgang mit derlei Angelegenheiten, wie im Fall eines seiner engsten Vertrauten, des Generalinspekteurs der Luftwaffe Erhard Milch, der einen Vater jüdischen Glaubens hatte. Göring schaffte das Problem aus der Welt, indem er die Mutter eine Erklärung unterzeichnen ließ, dass ihr Sohn außerehelich gezeugt worden sei. Seine aktenkundige Äußerung nach den Pogromen vom 9. November 1938: *Mir wäre es lieber gewesen, ihr hättet zweihundert Juden erschlagen und hättet nicht solche Werte vernichtet*, reiht sich nahtlos in dieses Bild ein.

Ich bin heute der Ansicht, dass es vielleicht das Beste gewesen wäre, wenn der Führer nach der Münchener Konferenz einen tödlichen Autounfall erlitten hätte. (...) Ja, es ist traurig, dass ich nicht 1938 an die Regierung gekommen bin. So soll sich Hermann Göring 1946 in Gefangenschaft geäußert haben. Göring hat wohl nie gegen Hitler konspiriert, sondern stets darauf vertraut, eines Tages die legitime Nachfolge anzutreten, gemäß der Regelung eines Geheimerlasses aus dem Jahre 1934. Für die Öffentlichkeit machte schließlich Hitlers Reichstagsrede vom 1. September 1939 den ohnehin als zweiten Mann des Regimes geltenden Göring zum Thronerben.

Sein Verhältnis zu Hitler setzte er allerdings erheblichen Belastungen aus, als er sich 1938/39 gegen dessen Kriegskurs stellte, den er für zu risikoreich hielt. Er hätte es stattdessen vorgezogen, die erreichte Machtposition zu genießen und weiterhin ungestört seine Prunksucht auszuleben. Entsprechend war seine Stellung bei Hitler im Frühjahr 1939 auf einem Tiefpunkt angelangt. Zwei Wochen vor der Besetzung

Prags begab er sich zur Kur nach San Remo. Über die sich zuspitzende Lage wurde er von seinem Führer nur verspätet informiert und erst in letzter Minute nach Berlin zurückbeordert.

Die Schilderung der Verschwörung im Buch ist an die militärischen Widerstandspläne im Zusammenhang mit der Sudetenkrise vom Herbst 1938 angelehnt. Im Bund mit Erwin von Witzleben, Erich Hoepner und anderen Offizieren, darunter Ludwig Beck und Hans Oster, plante Halder, im Anschluss an die Kriegserklärung der Alliierten Hitler persönlich zu verhaften. Theo Kordt, Botschaftsrat in London, sollte den Geheimkontakt zur britischen Regierung herstellen. Das Vorhaben scheiterte, als Chamberlain überraschend nach Deutschland reiste und Hitlers Forderungen so weit entgegenkam, dass dieser von einem Angriff auf die Tschechoslowakei absah. Ein letztes Mal spielte Halder im November 1939 mit dem Gedanken, den Diktator festnehmen zu lassen. In der Folgezeit stellte er sich loyal in dessen Dienste und hatte nicht unerheblichen Anteil an den Erfolgen der Wehrmacht in der ersten Kriegshälfte, bis er 1942 wegen Meinungsverschiedenheiten mit Hitler über die Operationsführung an der Ostfront entlassen wurde. Im September 1944 wurde er verhaftet, als die Verschwörungspläne von 1938 ans Licht kamen, und verbrachte den Rest des Krieges im Konzentrationslager.

Das Dokument von Hitlers Besprechung mit seinen Generälen im November 1937 war als sogenanntes Hoßbach-Protokoll ein zentrales Beweisstück in den Nürnberger Prozessen. Es handelte sich bei dem Original jedoch nicht um ein Protokoll im eigentlichen Sinne, sondern um eine nachträgliche Niederschrift durch den anwesenden Oberst Hoßbach und trug daher auch nicht die Unterschrift des Reichskanzlers. Der Inhalt indes ist im Buch unverändert, wenngleich nur in Auszügen wiedergegeben.

Hitlers Ansprache vor Vertretern der Wirtschaft, der NSDAP und der Generalität vom März 1939 in Kapitel 10 ist in Anlehnung an die Aussagen von Staatssekretär Wilhelm Keppler und Generaldirektor Vogl nach dem Krieg beschrieben.

Die amtliche Verlautbarung über das Treffen Hitlers mit Emil Hácha, zu deren Unterzeichnung der tschechoslowakische Präsident genötigt wurde, ist ein Originaldokument, abgesehen von dem Detail, dass der Tagungsort nicht Eger sondern Berlin war. Die Schilderung der Besprechung folgt weitgehend der Darstellung des Augenzeugen Dolmetscher Paul Schmidt in seinen Memoiren.

Auch die Stellungnahme Chamberlains im britischen Unterhaus zum Einmarsch der Wehrmacht entspricht der historischen Vorlage, ebenso wie der Text von dessen erstaunlicher Kehrtwendung zwei Tage später in der Rede von Birmingham am Ende des Buches.

Der Salon Kitty in der Giesebrechtstraße, einer Seitengasse des Kurfürstendamms, war ein häufig von ausländischen Diplomaten besuchtes Aushorchbordell des SD mit entsprechend instruiertem Personal und versteckten Mikrofonen auf allen Zimmern.

Eine Swing-Jugend existierte während der Dreißigerjahre und bis in den Krieg hinein in einer ganzen Reihe von größeren deutschen Städten. Sie wurde von Hitler-Jugend, SA und Staatsorganen mit Argusaugen beobachtet und verfolgt. Mit Regenschirmen, Shag-Pfeifen und – sofern erhältlich – ausländischen Tageszeitungen als Markenzeichen, bei den Mädchen waren es auffälliges Make-up, lange Zigarettenspitzen und kurze Röcke, bildeten sie allein schon durch ihren Mut zum Anderssein eine Gegenbewegung zu den Befehl-Gehorsam-Strukturen, die in allen Lebensbereichen Einzug gehalten hatten. Im Zentrum dieser unorganisierten und facettenreichen Subkultur stand amerikanische Jazzmusik, die zum Teil mit deutschen Texten versehen wurde: *Wir tanzen Swing bei Meier Barmbeck. Es ist verboten, wir hotten nach Noten. Und kommt die Polizei, dann tanzen wir Tango. Und ist sie wieder weg, dann swingen wir den Tiger Rag.*

FÜR CHLOE

SUTTON
VERLAG